八十年代激情文坛

我在《文汇月刊》十年

罗达成　著

中国大百科全书出版社

▶ 2016年10月，作者在海宁钱塘江边

▲ 1993年10月，作者在纽约

▲ 1993年10月，作者摄于白宫门前

▲ 1998年9月，作者（中间站立）在加拿大，披着雨衣观看尼加拉瓜大瀑布

▲ 2017年1月，洛杉矶女儿家中，作者与孙子罗顺天、外孙徐嘉旻（左）合影

▲ 2002年，作者随中国作家代表团访韩，在韩国作协朗读作品

▲ 作者在《文汇月刊》编辑部的唯一一张留影。就在这间逼仄、凌乱的办公室里，作者工作了十年

▲ 1988年春，作者（右1）与报告文学作家孟晓云、陈冠柏、麦天枢、江迅（右2至右5），在南京城墙上

▲ 1985年，成都，全国体育报告文学研究会成立，推选鲁光（后排右3）为会长，作者（后排右2）和何慧娴、李玲修（前排右2、右3）等为副会长。曹礼尧（前排右4）为作者在四川文艺出版社的第一本报告文学选集责编

▲ 1985年7月，上海首届文学奖颁奖，及天目山笔会启行，王元化、柯灵、茹志鹃、梅朵等前辈作家，与王安忆等一批青年作家合影。作者（后排右6）的《杭州001号》，获报告文学一等奖

▲ 八十年代中期，北京，作者与《人民文学》副主编周明（右）在一起

▲ 1991年8月，作者在哈尔滨与部队作家、《雪白血红》作者张正隆（右）相聚

▲ 2015年4月，作者与阔别32年的北岛（左）在上海重逢

▲ 1988年，作者与肖复兴（右）在庐山

▲ 1988年1月，全国首届体育报告文学评奖揭晓，《“十连霸”的悔恨》获一等奖。图为作者从国家体委副主任张彩珍手中接过奖状

▲ 2014年，作者与赵丽宏（右）、谢大光（左）在上海浦东新区

▲ 八十年代末，作者（右）与满锐（左）摄于上海

▲ 1991年11月，作者（右2）与张弦（左2）、尹卫星（左1）在珠海

▲ 1985年6月，作者（左1）在镜泊湖采访哈尔滨工业大学校长杨士勤（右2）。左2为《北方文学》责编门瑞瑜

▲ 1983年夏，作者（右2）与陶本一（右3）、赵丽宏（左1）、刘征泰（左2）、鲁光（左3）在太湖笔会

▲ 1992年10月，作者（后）与蒋子丹（前）赵晓东（中）参加《家庭》笔会，在江轮上告别三峡

▲ 1987年7月，作者与舒婷摄于上海

▲ 1980年秋，朦胧诗讨论会期间，作者（右3）与郭风、舒婷（右5、右4）等合影

▲ 1985年冬，作者（右2）与梅朵（中）、张辛欣（左2）、周玉明（左1）、周嘉俊（右1）摄于圆明园路文汇报老大楼顶层

▲ 1985年，作者（右）与周玉明（中）在兴凯湖参加体育笔会

▲ 2015年7月，与《文汇报》老报人郑重（左），及由《文汇报》调任上海作协党组书记的汪澜（中）合影

▲ 九十年代，《文汇报》特刊部同人在江苏兴化。后排左2为作者，右5为汪澜，右2为刘绪源

序

肖复兴

达成的这部《八十年代　激情文坛——我在〈文汇月刊〉十年》，是我一直期盼的书，也是我隐隐担忧的书。因为无论对于达成，还是对于如今的文坛，这都是一本不同寻常的书。得知这部书终将在中国大百科全书出版社出版，我很为达成感到高兴。这部书，书写了《文汇月刊》1980 年创刊至 1990 年终刊的十年历史。这段历史，不仅独属于《文汇月刊》，同时也是中国文坛乃至中国当代一段重要的断代史。

重读这部厚重甚至有些沉重的书稿，不禁眼湿心热。往事如风，扑面而来，清新而料峭，锥心而砭骨，一时百感而难言。夜来无寐，蓦然跳进脑海里的，近乎没来由，竟是放翁的两句诗。一句是“旧交只有青山在”；一句是“扫壁闲寻往岁诗”。

“旧交只有青山在。”

八十年代，改革开放的新时代，万象更新，百废待兴。风起于青萍之末，文坛风生水起，雨后春笋般，创刊许多新的文学刊物。可以说，哪一种也赶不上《文汇月刊》的命运起伏跌宕，并如此揪动作者、读者和编者，乃至多方之心。一本平常的文学刊物，能够遍地开花于社会生活之中，迅速地扑入如此众多人的心目之中，只能属于八十年代。

为这样一本只有十年为期并不长却内涵不凡的刊物作传，其实，也是为一个时代存照，为自己的一份记忆写心。所以，我说这部书不同寻常，便在于作者必须具有对史、对人、对己的一份真知卓识，需要见得一颗直面现实与历史交织而难解难分的勇敢的心。

书名说“激情文坛”，“激情”二字，对于八十年代，是一种怀念；对于如今，则是一种反讽。因为如今，激情早已不再，不仅文坛，整个世界，都已经变得面目皆非。重新回顾并书写那段历史，恰恰是这部书的意义所在。《文汇月刊》的兴盛，正是一个时代的兴盛；《文汇月刊》的终结，正是一个时代的终结。在那个时代里，文学不属于精英，而属于大众；文学没有屈膝于权势和资本，而有着独立的品质和正义与正气；文学没有被边缘化或偏安于一隅，而是身处时代的激流之中，让浊浪排空也淋湿自己的一身，而没有衣襟上溅湿一点浪花就狼狈而逃。

因此，《文汇月刊》的历史，就是那段历史的一个缩影。这个缩影之中，既有文学的激情，也有那个时代的激情。没有哪一个时代的文学，比那时更敏感地感知并激情地介入现实的生活中，从而构成了严峻而激荡的历史不可或缺的一部分。没有哪一部书如这部书一样，以一本刊物的兴亡作为个案进行解剖，由此拔出萝卜带出泥，连带出众多作家和编者，连带出世道与人心，连带出活生生的生活，从而鲜活地勾勒出一个难忘的时代。达成的这部《八十年代　激情文坛——我在〈文汇月刊〉十年》，将成为研究这段历史的文学与社会的一个活标本。我相信，它将成为当代文学史的一部分，也将成为当代历史的一个生动形象的注脚。所以，开宗明义，我说这部书的价值，正在于书写的是中国文坛乃至中国当代一段重要的断代史。

逝者如斯，八十年代，显得那样遥远。达成说：“从 1980 年到 1990 年那十年，是我一生中最充实、最难忘的一段时光。”人至晚年，蓦然回首，他更加“留恋那时文学在社会上的崇高地位”；“留恋那时是充满人情味而少有铜臭味，人与人之间有着真诚交流和相互帮衬”。我以为，这是达成写作这部书潜在的情感动因。一部优秀的文学作品，从来都是从心灵到心灵，所有再厚重再复杂的历史，再浓烈再难忘的回忆，从心灵深处潜在而涌动出难以平复和抑制的情感，都是写作的最初出发点。

对于达成，写作这部书的最初出发点，正出于这样朴素却至关重要的一点。在这部书开端的《文汇月刊》“创刊三老”一章中，有着最为详情并最富感情的描摹。对于这三位长辈梅朵、谢蔚明、徐凤吾，尤其是梅朵对于这本刊物所付出的心血、对于文学所倾注的情感、对于时代所寄托的期望，以及对于达成的知遇之恩……往事历历，达成曾经不止一次对我陈情诉说过。“旧交只有青山在”，特别是这三位长辈先后作古，岁月让这一份情感增值，更让他难以抑制。他说：“这段经历，如火山深埋心头。”这部书的写作，便是达成的火山喷发口。

达成是一个感情深厚真挚的人，这是他当年作为作者和编者出道时的底色，也成就了这部书最为感人之处。古今中外的作家里，人与作品剥离是常有的。但达成文里文外如一，互文互质，互为镜像。我和达成相识并相交于《文汇月刊》创刊伊始之时。在上海火车站的人流如织中，达成接的我，远远地向我挥手。那是我们第一次相见，却一眼认出彼此，似乎相识多年，他乡遇故知。然后，我们一起穿过丽宏诗中说过的“举着鲜花穿过”的南京路，到那间没有窗户的小屋里找丽宏。从此，开始了我们之间的文字和朋友之交。

以后，我会常常被他的电话和电报催稿，逼我的写作更上层楼。可以说，他对我有力的催促，知心的帮助，改变我写作乃至人生的走向。即便对我的孩子，他一样以诚相待。那时，我的孩子刚刚上小学，他来北京见到孩子，像大人一样和孩子握手，耐心地和孩子纹枰对弈。达成是中国象棋高手，和孩子下棋时却一样认真。孩子说，从来没有一个大人和他握过手。在孩子的童年日记里，记录梦中见到达成的情景。都说作家要有一颗赤子之心，达成有。岁月经年，时至如今，达成还保留着孩子当年画给他的贺年卡。“旧交只有青山在”，达成重情重义，重视老朋友，哪怕是小孩子。

可以说，没有这样一份真诚而深厚的感情，是不可能写出这样一部书的，因为这不是一部单纯的怀旧怀人之作，可以浅吟低唱，婉转低回，而是要面对严峻的时代，叩问波诡云谲的历史。当然，除了情感，还需要对史料的积累，辩证和识见。这便是我想到的放翁的另一句诗：“扫壁闲寻往岁诗。”将诗中的“闲”字改为“细”字，或者“苦”字，对于达成的这部书最合适不过。

“扫壁苦寻往岁诗。”

达成开始这部书写作之前，就是先进行这样“扫壁”的准备工作的。在《文汇月刊》十年之中，达成和全国各地的老中青作家一百多位有过两千余封的通信，开始被他从尘埋网封中翻腾出来，整理出来，一一打印，记录在案。琐碎，单调，却让逝去的岁月回流，万千事物和感怀复活。这些宝贵的第一手材料，破茧成蝶，将成为这部书稿流淌的血脉。之后，他开始走访《文汇月刊》的老人，又以电话和通信的方式，遍访和《文汇月刊》有过密切交往的亲历者。这两样工作，用了他两年的时间。不知道如今还有多少作家，肯下这样的笨功夫、苦功夫，为一本书，愿意让手与脚都磨下粗粝的老茧，让心储满水流如瀑，方敢倾泻在字里行间？这和戏说者、矫饰者和倚马可待者的写作，不可同日而语。

要知道，这时候的达成退休多年，七十初度，已是秋深春远之时。他的身体一直不好，抱衰病之躯，珍时惜日，再贾余勇，做最后一搏。他说他 “不惜以生命的余日为代价，去做这件事” 。这话讲得近乎悲壮，道出的却是他真实的心情与愿景。重新握笔，重温故旧，钩沉往事，思索历史，殚精竭虑，一直坚持六年之久。对于达成，是很不容易的。他是那种郊寒岛瘦苦吟式的作家，尤其写作这部书，所有的经历，所有的文字，都和他有着切肤之痛。出于朋友之间的信任，每写完一章，他都会发我一看，征求意见，一遍遍修改，让我心动，让我感佩，让我汗颜。

写完这部书稿之后，他对我说：心身都被掏空。作为读者，作为老友，我目睹了这部书稿破土萌芽，在六年内的时间里，一步步地完成。这是他“面壁”的修为，是他“扫壁”的努力，是他“破壁”的成就。抵达过去，和抵达未来，同样都是不容易的。在过去与未来之间，站着的是有心的写作者。这便是文学写作的力量和魅力。这是一部难得的心血之作，生命之作。达成以最大的努力、耐心和毅力，为我们打捞了一段不应该忘记的历史，对于特别容易健忘的我们，不至于将那段悲喜交加的历史记忆，淡忘、迷失乃至消失在遗忘的风中。

在这部书的写作中，其中重头戏是勾勒了激情四射的八十年代报告文学的成长轨迹。在新时期乃至 1949 年以后漫长的历史中，这十年的报告文学灿若星花，强劲地介入现实的变革生活中，其影响至深，是无可比拟的。它不仅构成了《文汇月刊》的鼎盛，更赢得了众多的作者与读者。因有达成和众多当时风靡一时优秀的报告文学作家的交往，这部书的书写，细节充盈，内容丰沛，笔力沉稳。在稿件的往来中，在评奖的活动中，在日常的交往中，既有友情的慰藉，也有心思的抵牾，甚至矛盾的交锋。其中彼此真实且真诚的投入，见证那个时代，同时见证达成的为文为人。在这些清晰翔实而激动人心的记述中，记录下报告文学的十年同时也是《文汇月刊》十年的发展史。这将会是当代文学史绕不过去的一个意味深长的章节。

在这部书中，达成还记述了与北岛、舒婷、赵丽宏、雷抒雁等诗人的交往。达成最早也是一名诗人，他是以诗入文入编入世的。当年，他的报告文学的创作，就融入了诗的元素而为人称道。因此，这部书同样延续了他诗的文笔、秉性、心智与品质。“直不辅曲，明不规暗。”在事事有案可稽严谨的史实叙述中，他更是神清思澈，假笔传心，将这部书写成了诗。“扫壁苦寻往岁诗”，他将往岁的人记、史记、情记、心记，四者合一，努力写成了一首长诗。使得这部书不仅具有纪实的史的价值，同时具有诗一样的文学价值。

2015 年，达成的书稿，在《上海文学》以“煮字风云”为专栏名，刊登了一年，引起很大反响，读者被他的真挚和真实深深感动。从那个时代过来的文人，被他的文字引起强烈共鸣，年轻的读者也在他的叙述中了解了历史的真相。他的这个专栏，荣获第十一届《上海文学》奖，对他而言，当之无愧。

布罗茨基曾经说过：“归根结底，每个作家都追求同样的东西：重获过去或阻止现在的流逝。”我喜欢布罗茨基的这句话。达成的《八十年代　激情文坛——我在〈文汇月刊〉十年》，便是这样可以“重获过去或阻止现在的流逝”的一部书。相信读者自会明察。相信曾经和《文汇月刊》共同经历过那十年的作者会感同身受，从心底涌出一声叹息，或感叹，或赞叹。

作为达成的老朋友，能够为这样一部书写序，是我的荣幸。

2018 年 5 月 15 日夜写于芝加哥

目录

名家追忆《文汇月刊》

写在前面：心头的熔岩与读者的梦

罗达成

北岛说过：“回想八十年代，真可谓轰轰烈烈，就像灯火辉煌的列车在夜里一闪而过，给乘客留下的是若有所失的晕眩感。”搞文学的人，特别留恋八十年代，留恋那时文学在社会上的崇高地位、在人们心头的无上价值；留恋写作环境的宽松、舒畅，留恋那代人为事业奋发拼搏的进取精神；留恋那时充满人情味而少有铜臭味，人与人之间有着真诚交流和相互帮衬。难怪许多文化人都感慨不已：我们经历过八十年代，已经不虚此生了！

我也特别怀念八十年代——从1980年到1990年那十年，是我一生中最充实、最难忘的一段时光。那时，我在大名鼎鼎的主编梅朵手下，呕心沥血、若痴若狂地投身于《文汇月刊》的编辑工作。毋庸置疑，兼具文学性和综合性的《文汇月刊》品位很高，是当时全国最具影响、最有冲击力和号召力的杂志之一，在人们心头，似有“鼎之轻重，未可问也”的分量。有人赞誉它，“是八十年代文艺复兴的一面旗帜”。有人则叹息它的一去不返：“能编出这样的杂志，已成绝唱。《文汇月刊》是特定历史条件下的产物，任何时候不可能再有这样的刊物。”

让我感念不已的是，多少年过去了，这本总共只有十年寿命的刊物，没有被人们淡忘，许多文艺界、文化界的大名家，都曾和这本刊物产生过激情碰撞。他们至今还完整无缺地保存着《文汇月刊》的每一期——从第1期到第121期。

当年，为了装订每年的合订本，在发现缺少某一期时，这些很少启齿麻烦别人的文艺大家、一代名流，会毫不犹豫地写信给编辑部，我至今手头还藏有许多名家“恳请帮助配齐”的信笺。大诗人公刘即为一例，1984年1月12日，他给我来信：“日昨整理各种期刊，发现《文汇月刊》12号缺失，回想也的确不曾读过；贵刊是我逐年保存的少数几种刊物之一，买又买不到，为此恳望你能检寄一本，俾能成套。”

而从那个年代过来的更多普通读者，他们也深情地珍藏着一部分《文汇月刊》，任是搬家迁徙、工作调动，也不忍割舍。

这段经历，如同火山深埋心头。2011 年，梅朵病逝。这位工作狂，在 1990 年 6 月《文汇月刊》停刊后，一直郁郁寡欢；他原本就佝偻的身子更直不起来，眼睛里也失去了光泽。我的一位同事，曾记下梅朵在最后的散伙会上，流着眼泪说的几句话：“这是我一生中最伤心的时刻，比我以前送去劳教二十年时还难受，因为那时我是麻木的。现在办了十年《文汇月刊》，就像一个孩子养了十年，突然夭折了，我把所有的感情都寄托在她身上……希望诸位到新的岗位上，能继续发挥作用。”

那年，梅朵七十岁，已超过离休年龄了，但始终难以接受报社几年前就宣布他为顾问的现实。与刊物共命运的他心犹未甘，总觉得没工作够，实际工作时间太短暂了——学生时代，曾在重庆国民党监狱坐过三年牢；1957 年“反右”后，又被送去劳教二十一年。更何况，这回是在刊物无疾而终的情况下，让他彻底离开工作岗位回家养老的。

2003 年，同住在一幢大楼里的谢晋，因为出书让梅朵写序——一是觉得老梅了解自己，是最合适人选；二是知道老朋友退休后心境抑郁，让他动动笔，会有所解脱。谁知，梅朵因为当时正在服用一种进口高血压药。一万个服用者中，可能有一个会产生药物反应。梅朵不幸成了这“万分之一”，浑身骨头痛得不堪忍受，连坐都不能坐，他不得不住进中山医院干部病房。

梅朵的晚年，是在这家医院的病床上度过的，在那里一住八年。哀莫大于心死，往事皆成追忆，不能再风风火火、频繁地飞往北京组稿；不用再用加急电报半夜三更搞“精神轰炸”，逼迫限期交稿，让作家们一个个惊呼“梅朵梅朵没法躲”；激情丢失了，思想停滞了，语言功能也几近消失，连跟至亲好友都不对话、不交流。梅朵在得抑郁症之后，继而又患上“阿尔茨海默病”，几乎完全不认识人了。生命的最后时刻，他神智失常，呼叫呻吟，拒绝进食，又被罕见的“超级病菌”所彻底击垮，每天要靠昂贵的进口针药艰难而又痛苦地苟延生机。医生给他插了胃管，又要切开气管，家属不忍卒睹，终向院方请求放弃医疗。

他的去世，让我记忆的熔岩从胸中喷涌而出，不能抑制。2011 年 1 月底，我怀着深深敬意和拳拳真情，在《笔会》上写了一篇悼念文章《敬畏梅朵》。这带泪的缅怀文字之感慨之激扬，似也触碰了京城一批已入老境的文学名流的心弦，有五六十人相继致电致信慰藉年已八十五岁的梅朵夫人姚芳藻。

一些杂志和一批朋友，读了文章深感言犹未尽，纷纷鼓动我、勉励我能放开笔墨来写《文汇月刊》；再现她在幸存的十年里每每有重磅巨制，造成万人传阅、洛阳纸贵的风采；再现那支神通广大、生龙活虎、几乎清一色由作家组成的编辑队伍；再现那些与刊物共命运、被“梅朵梅朵没法躲”追稿的那些文学名家们，也同时再现八十年代那个文艺复兴的伟大时代。他们劝说道：《文汇月刊》的三位创办人——三个命运多舛的“摘帽右派”，其中梅朵和谢蔚明相继去世，仅存的把关编审徐凤吾业已垂垂老矣（2017 年 9 月，徐凤吾也去世了，终年九十五岁）。剩下的，最了解情况且相对年轻的只有当年的副主编——你和肖关鸿，而肖眼下忙于经营自己的文化发展公司；你如果现在不抓紧写，就写不动了。这段历史也就因为你们而湮没了。

我整整迟疑了一年，担心自己廉颇老矣，会因写回忆文章，而将已经习惯了的散淡、平静的退休生活打破，乃至被累垮；但辗转反侧，长吁短叹，打算轻松，而心头却始终无法轻松，种种顾虑终被担心有一天会为愧对梅朵、愧对刊物、愧对历史的悔恨所盖过，梅朵当年对我们这些后辈有知遇之恩！我鼓励自己，就把写作这段回忆，作为我一生中最后的文字、最后的拼搏，算是孤注一掷吧。

我开始艰难起步。姚芳藻与我几度长谈，谈她和梅朵这对患难的“右派”夫妻，惨淡与辉煌交织的命运时日。她把正在送审、准备出版的《大劫难——〈文汇报〉反右岁月》的校样给了我——毕竟是亲身经历，这本书之悲催感人和震撼力，似更胜过章诒和的《往事并不如烟》。然而，一年多后——2014 年 4 月 20 日，姚芳藻也离开了人世。她病重入院后，直至去世前一个多月跟我通电话，以及让子女跟我联系，谈的都是关于她那本追忆《文汇报》“反右”岁月的书：完稿十多年了，两家出版社出过校样，最终都搁浅了。问我能否帮忙另找地方出版。我征询过，努力过，均无果而终，唯留遗憾和心痛。

《文汇月刊》的把关责编、铁面无私的徐凤吾，也已九十岁，垂垂老矣。与我长谈时，他感叹说：“我曾经想过写回忆录，但现在已经写不动了。”这使我想起他的老同事、老同学、我在《笔会》时的老上司、老作家徐开垒，在看了《敬畏梅朵》之后，特意给我打电话，他叮嘱说：“你千万要抓紧时间写啊！否则到我这个年纪，就力不从心，不能提笔了。”令人遗憾和痛心的是，这是我们之间的最后一次通话。

徐凤吾从他当年记下的十年日记中，给我摘出了概括《文汇月刊》从创办至停刊所有大事和关键节点的十六页《文汇月刊始末》。当年的编辑部同人，包括已出国多年、在英国 BBC 就职的嵇伟，不光与我恳谈，还给我送来他们曾发表过的关于《文汇月刊》的各类文字。我给北京、天津、长春、哈尔滨、成都，乃至已在国外的，当年曾和我们并肩作战、交往甚笃的兄弟刊物编辑，以及一批报告文学名家写信、打电话，得到了热烈回应，有二三十位给我写来了关于我们刊物以及编辑的“二三事”和“印象记”，还给以热切的鼓励和鞭策，认为做这件事极有意义，应当一鼓作气。

最打动我的，是《文汇月刊》的老作者、老朋友肖复兴、赵丽宏、陈冠柏和陈丹晨。复兴、丽宏、冠柏三位，每过一段日子，都会“敲打”我一次：“无论如何不能动摇、不能放弃！”而自己正在张罗出版回忆录、被审稿与删改弄得备受煎熬的丹晨兄，在短信中鼓励说：“电话里聊到的关于《文汇月刊》十年的回忆录，我以为非常好，非常值得写，而且非你莫属。芳藻大姐写的 1957 年的回忆文章也非常好，都是重要的第一手史料，我也对她讲过我的感受。这些文章比那些不知所云的小说要有价值得多，有意义得多。也是我们这些当事者、历史的见证者、参与者应尽的责任，希望你早日完成。如何发表是下一步的事，总可以为后人留下一点真实的历史片段。”

所幸的是，有意无意间，我保留下了从我在《笔会》工作起，直至《文汇月刊》停刊期间，与一百多位作家联系的大半信件，一个作家少的一两封，多的上百封，总计大概有将近两千封吧。

其中有老作家和名头很大的魏钢焰、汪静之、郭风、袁鹰、魏巍、流沙河、曾卓、孙静轩、黄宗英、田流、公刘等人的；更多的是当时的中生代作家、评论家和编辑——其中多与报告文学相关，如冯骥才、张锲、姜德明、张凤珠、高瑛、朱宝蓁、吴泰昌、陈丹晨、韩少华、乔迈、鲁光、理由、陈祖芬、张胜友、刘进元、肖复兴、孟晓云、李玲修、袁厚春、佘开国、王颖、李延国、尹卫星、韩静霆、王中才、王宗仁、朱秀海、张正隆、谢望新、祖慰、谢大光、陈冠柏、蒋巍、贾宏图、杨匡满、叶永烈、李元洛、叶文玲、朱子南、王维洲、王兆军、周明、傅溪鹏、石英、谢致红、刘茵、刘登翰、曹礼尧、廉正祥、魏世英、朱谷忠、彭瑞根、张步真、罗石贤等；还有诗人李瑛、雷抒雁、徐刚、刘祖慈、叶文福、顾工、李松涛，以及朦胧诗的代表人物北岛、舒婷，等等。自然，也有许多上海名家，如辛笛、徐中玉、芦芒、徐开垒、肖岗、王安忆、赵长天、叶辛、赵丽宏、秦文君、俞天白、江迅、黎焕颐的信。这是笔十分折磨人的宝贵财富，我花了一年多时间才算整理完毕。

非但如此，我还以极大耐心，花了七八个月，把十年的《文汇月刊》所有重要篇目认真看了一遍，摘写提要，做了笔记；还做了一份较为详尽的目录，以便撰写期间不时查阅。仅动笔之前这点准备工作，已经花掉近两年时间！

或许是巧合，在我花了这么长时间做前期工作，而且工作量之大远远超出预料，超出承受力，心中充满疑虑和畏难情绪时，在网上看到一篇《余墨 de 博客——放飞灵魂，让孤寂的心有个着落》，那份淡淡惆怅、浓浓感怀，给我以难言的激励和鞭策，唤起我强烈的责任感和使命感！博文说，“《文汇月刊》是二十世纪八十年代一本文艺类期刊，由上海文汇报社主办，故名“文汇”。印象中的她是一本十分有格调的杂志，但却没有所谓格调、品位通常会带来的孤芳自赏。至今我还保存着八十年代初到 1990 年第 6 期停刊时的每一期杂志。……感谢《文汇月刊》，陪伴我度过整个八十年代！”

毋庸置疑，《文汇月刊》已经深映在那个年代过来的读者和思想文化界人士的心中。在我写作这本回忆录的第四年，觉得自己形同一叶孤舟，苦海无边，始终看不到岸边灯火和地平线。一位亦师亦友的名家，把偶然找到的一篇 1993 年《读书》上惋惜、感叹《文汇月刊》的短文——《〈文汇〉风格》发给了我，又一次给以激情鼓励和无比安慰，让我觉得再苦再累也值——

《复旦沙龙》刊出一篇小文，以《逝者如斯》为题，将《文汇月刊》追忆了一番：“美丽的事物也会因各色各样的原因悄然消逝，留意的人只有惋惜感叹的份。”

作者写道："精而不涩，丰而不肥"，是记忆中对《文汇》最好的评价。一本纯文学刊物要在大红大绿的报刊中保有自己的一席之地，光有出污泥不染的精神是不行的，还要竭力刊登一些雅俗共赏之作，以期有更大的接受面。"看上去就像倾国倾城的杨玉环一般，恰到好处。"《文汇》的小说登得很杂，从前卫文学到阳春白雪都有，但构成它浓郁味道的却是在一些文学杂志上渐趋销声匿迹的传记文学栏。它曾以极大篇幅推出的传记文学作品，有很大的"命若琴弦，流年似水"之感。其实这就是《文汇》风格了。

作者说："这么一本刊物再无声息是有些冤枉的。"然而，假如在张爱玲所说"海棠无香，鲥鱼多刺，《红楼梦》残缺"这三件人生憾事之外，再添一件呢？《文汇》实在并非是"无声息"的。

从2012年1月至今，整整六年过去了。我终于艰难完成了这本关于《文汇月刊》的回忆文字，为它留下了一点"声息"。记得陈祖芬在我动笔前，曾好心劝止过："虽然你做的是一件很应该做的事，但我还是要说：老友罗达成，我为你担心！"我回复说："不惜以生命的余日为代价，去做这件事。"祖芬感叹："这话近乎悲壮。"

我不知道这个抉择是否"近乎悲壮"，但此刻，我确已精疲力竭。

2018.1.31

补记：代价沉重，无怨无悔

罗达成

2012年初，我横下一条心，开始写这本追忆《文汇月刊》的书稿。直至2018年1月底，我才如同无边苦海中始终看不到岸边灯火的一叶孤舟，挣扎靠岸。从70岁写到76岁，整整花了六年零一个月，终于写完这本书稿的最后一行字。

我在第一时间，把终于完工的消息告诉了老友、《上海文学》社长赵丽宏。他是苦苦动员我写这本书的始作俑者，没有他2011年间整整一年的一再鼓动，我绝对没有勇气在这个年龄接手这个太过艰难的"大工程"。丽宏的劝说终告成功，是2012年伊始，在上海作家协会门口那个淡雅、书香味十足的小咖啡馆里。他"警告"说："如果不以这本极有价值和意义的回忆录终结写作生涯，你一定会抱恨终身，不能原谅自己！"棒喝之后是"胡萝卜"，他说到时《上海文学》会连载你书稿中部分篇章，联系出版社出版的事也一定会负责到底。言出必行，2015年，我的书稿进程过半，丽宏就在《上海文学》上，为我开设了一个"煮字风云"专栏，连载了一年。他还调侃说："想不到侬这部多年不开的'老爷车'，开动起来倒蛮灵光。"

稿子交出，压力骤减，靠着决心和信念，苦苦支撑、奋斗了两千多天的我，顿然觉得周身被极度疲劳所裹挟，太累太累了。我安慰自己：休整三五个月，也许会恢复如常。从二月初到五月初，我放慢节奏，一边耐心等待"负责到底"的丽宏，寻寻觅觅，帮书稿落实出版社，一边在为之准备相关的图片和扫描件。在这前后，因为书中写到的《文汇月刊》一些人相继离世，我的心境一直感到压抑，感到完成这本书的紧迫和责任。几位前辈，谢蔚明、梅朵、梅朵夫人姚芳藻，以及"创刊三老"之一的徐凤吾，先后于2008、2011、2014、2017年去世——幸好都是高龄，他们去世时已是 85 岁到 95 岁。让我震惊和难以接受的是，2018 年伊始，1 月 14 日我在龙华殡仪馆送走 67 岁的刘绪源。5 月 4 日又在这里送走周玉明，她也只有 71 岁。

我没想到，几天之后，病魔和厄运竟也找上了我。5 月 6 日那天，我在家里叹息、伤感，说人生无常，周和刘他们还年轻，走得太早了。还说及，我们这些人都不太注重身体，我便血也有几个月了，一是不很在意，二是放不下手头的事，舍不得花几天时间去做检查。儿子很警觉，当晚与在美国医院工作的姐姐通话，征求意见。姐姐斩钉截铁地对他说："要立即带老爸做肠镜！"8 日上午，儿子强行带我去长海医院做肠镜。儿子要避开我，把肠镜报告告诉姐姐，我告诉他不必："我已经知道结果，检查报告上第一行就写着'直肠 CA, 中二期，呈菜花状'"。当时，我感到突然，感到惊讶，但并未崩溃，半是感喟、半是悲叹地对儿子说："我已经 76 岁，就算现在离去，也不算夭折了。"

这结果出乎意外，却也在情理之中，我有一定思想准备：虽然心意已决，不顾家人和朋友的劝阻和反对，不顾一切地开始动笔。但我明白，以我这个年纪，写这样容量的回忆文字，无疑是和生命赛跑。生命走向终点是自然法则，人到 70 多岁已经开始"排队"了，我一直跟朋友们说，"我们排队不插队"。但我一直不愿深想，像我这样年复一年沉浸在八十年代的氛围和回忆里，足不出户地伏案写作，本身不就是一种风险极高的"插队"？一语成谶，我动笔前说过"不惜以生命为代价"，现在果真要兑现这沉重"诺言"了。5 月 9 日入院，第二天全身检查，5 月 11 日早上便做手术。这是我一生中最受煎熬最难忍受的时日。从一早推往手术室，到术后进重症监护室，因为全身麻醉，护士不让我吃安眠药，前后四十多个小时我没有睡过一分钟。心如碎片，头若开裂，这过程是无法言诉的痛苦和折磨，让我近乎崩溃，觉得生不如死，生无可恋……

好在这灰暗、颓丧的情绪只持续了两天，就倏然而去。我的手机关了三天，我让衣不解带、全程陪护的儿子，负责给知道我在住院做手术（却不知道在哪家医院）的赵丽宏和汪澜通报消息。刚回归普通病房，便深深感受到他们的友情和温暖。先是丽宏打来手机，细问病情，还让我儿子把手机搁在我耳边，说："听说你手术成功，太好了！安心休养！你人虚弱，我不多说了。"过一会儿，他又发来微信："书的出版你大可放心，我一定会替你找到一家有全国影响、最适合推出这本书稿的出版社。"丽宏是我相交四十多年的挚友，让我下决心写《八十年代 激情文坛——我在〈文汇月刊〉十年》的主要推手，他知道这本书稿是我晚年生活和生命中的重要组成部分，病中更是牵肠挂肚，所以在这艰难时刻坚定、热情地让我放心："我对这本书的出版有信心，你对我也要有信心，有耐心！"

十来分钟后，汪澜也打来手机安慰道："你有强大的生命力，一定会战胜疾病，很快康复！"——"坏脾气"的我，和"好性子"的她，曾是文汇报老同事，在《文汇特刊》搭档十年，合作默契。她接任"特刊"后，不久被提升为文汇报副总编，之后又调任上海作家协会党组书记，直至退休。她还在微信上暖心、实在地写道："朋友们如此牵挂你，足见你的人格魅力……一，盼你放下一切杂念，安心治疗休养；二，包括出书等任何大小事情，有需要帮忙的请尽管吩咐（到时，需要的话，书的校样我可以帮忙一起看）。相信你会一天比一天感觉好起来。加油。"他们关切的话语和文字，让我感动不已。

生活待我不薄，让我深感温暖。我出院回家的第二天，从医的女儿业已向所在医院请好一个月假，迅即从洛杉矶赶回上海，既照顾我的饮食起居，又负责伤口消毒、换纱布、拆线。印象最深的是，我们父女间这次有过一次思想碰撞的对话——这些年，女儿曾多次强烈地劝阻我，不能这样呕心沥血写作，必须放松下来，去国内外旅游散心，但我依然故我，没听她的。这次她匆匆赶回，很心疼我大手术后身心受到重创，问道："老爸，你现在后悔了吧？"我回答说，不听你的确实付出沉重代价，而且接下来要做化疗，几个月一次肠镜复查，很折磨人。但如果听你的，不写这本我渴望写的书，听任那段历史被湮没，以我性格，一定会寝食难安，夙夜忧叹。那种日子能忍受吗？这沉甸甸的五十余万字的书稿校样，虽以生命为代价，却是我晚年生活极其重要的组成部分。如果时光倒流到六年前，让我重新选择，我一定还会选择写这本回忆录。即使天不假年，让我离去，但这书会留下。而且，我在天堂见到梅朵时，可以面无愧色地说：老梅，我尽力了！

女儿说不出话来。谁让她有个这么倔的老爸？但她假期结束，回到洛杉矶后，却在电话里、微信里，说了许多让我动容，为之震撼的话："老爸，你最关心的是书的出版，我们更在乎你的身体。我们觉得这次病理报告出来是二期，已经是抽了上上签了。老天对你不薄，二期肠癌这次化疗好以后不会威胁生命。晚年最想做的事，你全力以赴做好了，没有留下遗憾。现在该把一切放下。以后十年或者二十年应该好好活，不要事事操心太多，不要轻易发火。你在鬼门关前都走了一遭，其他有什么过不去的事？”还说：“在上海时，那天丽宏叔叔来探望你，说找出版社的事他正全力以赴，一定会负责到底，为书稿找到圆满归宿。你千万不要太过纠结。”知道我的情绪不太稳定，且因化疗反应双脚都有指甲严重瘀血，几近剥落……她千叮万嘱，还不放心，8 月间她先斩后奏地告诉我，已经买好明年 1 月 18 日机票，回上海过年，“这次三个星期，是拿自己的休假，不用开证明。20 多年了，出国之前最后一次在上海过年是 1995 年……”我感到欣慰，又很不安，她儿子正要考大学呢。

9 月 9 日，一个温暖而又关键时刻——再过一天就是我的生日；而折磨我的最后一轮药物化疗再过两天就要结束。这天下午，丽宏来电告诉我一个好消息：“我把你的书稿，推荐给一家国家级出版社了！他们对八十年代的文坛十分熟悉，对《文汇月刊》也相当了解……”他说，中国大百科全书出版社社长刘国辉，来上海向他诚意组书稿；而他觉得遇到了对的出版社和对的人，向他们热忱推荐我的《八十年代 激情文坛——我在〈文汇月刊〉十年》。豪爽的刘社长很有魄力，说他们也正在组织关于八十年代文坛的书稿……真是机缘凑巧，一拍即合。

傍晚，丽宏又催促我，赶快将书稿的电子文本传送给他，他要马上转发给编辑李默耘，真是紧锣密鼓。一个多小时后，丽宏又转发来李的微信：“我刚才收到了，已经转发给了社长。上午社长还说，稿子来了就发给他看。我刚大概看了前面部分，真的很有价值……”。

今年是改革开放 40 周年，我期盼这本书能在这个时刻在这家大社、名社出版。倘能如此，让《文汇月刊》这张八十年代上海极具影响的文化名片，在读者心头唤起回忆，闪耀光辉，我的所有付出都值了！

2018 年 9 月 10 日，病中补记

（又：值此书出版之际，谨向四年多前就热情肯定和支持这个选题的上海作

家协会、上海文化发展基金会致谢。

并向八十年代曾为报告文学事业共同奋斗，这次又应我之约写来回忆《文汇月刊》二三事的周明、祖慰、乔迈、张正隆、谢大光、陈冠柏等三十多位报告文学名家、名编由衷致谢——惜乎因篇幅所限，书中所附“名家追忆《文汇月刊》”，只收入其中十一篇，我深以为歉。此外，老友肖复兴兄真情作序，王震坤兄为之装帧设计，刘凌先生及其女儿刘效礼在书稿修改过程中亦多有付出，一并深深致谢。）

一 《文汇月刊》的“创刊三老”

《文汇月刊》在1980年初应运而生。八十年代，是一个让那一代人，特别是让摆脱了精神枷锁的知识阶层，充满翻身感、兴奋感、创造感的年代。“文革”的浩劫终于过去了，而在1978年底中共中央召开十一届三中全会之后，气势磅礴的思想解放运动紧随着在神州大地上迅猛展开，中国二十世纪的一场文化高潮也奔涌而来。文艺复兴的春风，吹绿了原先一片空白、荒芜的文化园地，被禁锢多年的古典文学名著、外国文学名著重新出版了。饱经文化饥渴的人们，为买到一本向往已久的《基督山伯爵》、《包法利夫人》、《三个火枪手》、《一千零一夜》，或是《红楼梦》、《水浒传》、《西游记》，心甘情愿地在书店门口排成上千人的长队，等候上三四个小时。而形形色色的杂志，也开始相继推出，读者的购买需求太强烈了，一本家庭类、生活类杂志，竟可以发行十几万、几十万册，甚至二三百万册。不过，品位很高的文学艺术类杂志还是凤毛麟角，少之又少，而被“解放”未几、重新握笔的名家，每写出一篇力作，都会被人们争相传阅，轰动一时。那些读者，用现在的说法堪称是文学的忠实“粉丝”或“钢丝”了——当时没有也不可能有如今这样泛滥而俗气的“娱乐至上”、“四星高照（影星、歌星、球星和主持人明星）”。

那时，我和报社一些同事每天最想做的一件事，就是抽空从文汇报社所在的圆明园路，赶往相隔两站地的福州路逛书店。我在一两年时间里，在旧书店里几乎配齐了徐迟、刘白羽、秦牧、杨朔、魏巍、魏钢焰、黄钢、艾青、郭小川的作品，还配齐了由人民文学出版社、作家出版社、上海文艺出版社出版的十来本散文特写选、报告文学选，以及《远离莫斯科的地方》等一些外国文学名著。最让我得意的是，我有一张“内部购书卡”。每当我踏进那个“内部供应书店”，都像跨进无比美妙的精神殿堂，内心都震颤不已。许多在外面排长队都买不到的书，这里全有，譬如经典名著《复活》、《安娜·卡列尼娜》、《战争与和平》、《忏悔录》、《普希金抒情诗选》、《莱蒙托夫诗选》，还有现当代作品《苏联近代小说选》，及柯切托夫的《州委书记》、《叶尔绍夫兄弟》、《你到底要什么》，等等。当然，还有许多政治类、经济类、哲学类、科技类方面的稀罕书，那在普通书店里也是不见踪影的。

随着大气候的日渐宽松，让人惊叹的好作品开始涌现出来了。我当时在《文汇报》，跟着既是名编又是著名散文家的徐开垒编《笔会》副刊（其间，曾一度改名为《风雷激》）。我亲眼看到，这位性格比较内向的老编辑，早在1977年5月，编发后来被文艺界誉为“结束了沉默”的巴金先生的《一封信》时，是那样惊喜交加，激情难抑：“巴金先生恢复写作了！”当时，“四人帮”粉碎了，但文艺界的完全解冻还有待时日。而巴金的这篇作品，为文坛的彻底解冻起到了划时代作用。

一年之后，冻冰更见消融，我又在《笔会》亲身见证了第一篇“伤痕文学”的诞生。1978年夏天，当卢新华的短篇小说《伤痕》，在复旦大学中文系学生宿舍4号楼拐角处的墙报上张贴出来后，校内外一拨又一拨人前来观看，有人叫好，也有人否定，争论很大。

有同学请《文汇报》的评论部主任钟锡知去看看。钟很有眼力，觉得这篇东西尽管写作上并不成熟，但有强烈的时代烙印和穿透力，催人泪下，发人深思，是对“文革”的深刻批判和血泪控诉。他不光把小说带给《笔会》主编徐开垒，还口若悬河地层层游说，直至游说到报社总编马达那里。尽管《伤痕》很尖锐，很可能引起轩然大波，但马达有胆有识，不避风险，准备将它发表。不过，当时时机太过敏感，正值十一届三中全会召开前夕，而“实践是检验真理的唯一标准”的一场大讨论，尚无结果。马达将这篇小说送请上海市委宣传部副部长洪泽审阅，洪泽也看得泪水盈盈。于是，《伤痕》得以在1978年8月11日的《笔会》上刊出。这篇小说经过有着一百七十万份发行量的《文汇报》传播，影响之大，震撼了万千读者，也震撼了中国文坛，一篇小说催生了一批“伤痕文学”。而卢新华从复旦大学毕业后，也因此有幸进入《文汇报》当记者。

《文汇报》要推出《文汇月刊》，也是马达拍板定夺的。马达是久经磨炼的红色老报人，1941 年在苏中根据地参加新四军，时年十六岁。次年起，就在游击战争中，开始他的新闻生涯，“推手推车，办油印报”，十八岁就成了总编辑。

1951 年起，马达在《劳动报》当了七年总编辑，他虽在 1957 年“反右”时幸免遭劫，却在次年因“严重右倾”被逐出《劳动报》；后被安排在中共上海市委机关刊物《解放》杂志，与另一个“严重右倾”的人物钦本立成了亲密合作的同事，他管评论，钦管经济报道。六十年代，马达当了上海市委副秘书长，后来调到《解放日报》当总编辑，“文革”成了“走资派”，被打倒在地。1977 年，他重新出山，带领“清查组”到《文汇报》，清查《文汇报》十年动乱中的问题，随后又留下来担任《文汇报》党委书记、总编辑。《文汇报》的著名记者郑重曾赞誉道：“马达之与《文汇报》，恰是英雄造时势，时势造英雄。在改革开放初期宽松的政治环境中，马达登上《文汇报》的舞台，导演了一场又一场有声有色鲜明泼辣的活话剧。鼎盛时‘门票销售’——报纸发行量一百七十三万份，创造了《文汇报》历史上空前的辉煌，也是马达新闻生涯中最值得称道的时期。”

马达不光有胆识，善于学习，而且有超前意识。在许多人不知现代报业集团为何物时，他已经开始思考并做出尝试，觉得大报不应该只办一张报纸，还应该搞经营，搞活动，办系列报，办出版社，办刊物。马达在解释为什么会有这些设想时，说：一方面得益于几次出国访问，“在日本参观《朝日新闻》等几家大报时，发现他们都有电视台、电台、多媒体的联合宣传，在经济上都产生效益。在新加坡参观《联合早报》时，发现他们的出版社办得很好，每周在报社都举办大型读者讲座，请专家作时事报告，请作者讲写作，同时出售书刊，报社与读者的联系十分紧密。”另一方面是学习、研究了新闻界前辈史量才、邹韬奋等先生的经验。“在申报社时，史量才除了办《申报》，还办画报，编地图集，办职业学校，并投资办产业。邹先生除编《生活周刊》外，还出版其他报纸、杂志，在全国设办事处，办了许多生活书店，既办报又经营。”

多年后，马达在接受采访，回答为何要创办月刊时，还说到当时的历史原因：“即粉碎‘四人帮’之后，《文汇报》率先刊发了许多第一流的作家的第一篇新作，如巴金、丁玲、艾青、曾卓、流沙河，等等，不少人政治上还没平反，但《文汇报》已在读者中为他们平反了。这使《文汇报》恢复了它与知识分子的那种

七十年代末八十年代初，沐浴着改革开放的春风，党委书记、总编辑马达将《文汇报》带入全盛时期

特殊的联系，在读者中的地位也迅速提高，印数一下子从几十万上升到一百多万。当时《笔会》副刊一周只有一期，名家的好稿源源不断寄来，用不了，很可惜，于是起了办刊物的念头。那时正值百废待兴，我们也是雄心勃勃，计划在日报之外，再搞周刊、月刊和《文汇年鉴》。"

真是不谋而合。当马达在为报社的发展勾画蓝图、运筹帷幄时，被打成"右派"后放逐到劳教农场二十一年、刚刚归队的《文汇报》一位老将——当年曾任《文汇报》编委、北京办事处负责人之一的梅朵，已经前来请缨了："希望报社能办一本以文学为主并扩及其他文艺领域的综合性的刊物，要办得与众不同，名家云集！"对于刊物的定位和风格，他也有了比较明晰的设想。惺惺相惜，激情碰撞，马达和报社领导班子很快就批准筹办《文汇月刊》，由梅朵牵头，谢蔚明为副手，再加上一个反右时仅被"戴帽"，而有幸没被送去"劳改"、留在报社改造的老编辑徐凤吾帮助把关。这三个人，都是"摘帽右派"。1957 年，他们被打成"右派"时都才四十岁左右，而如今劫尽归来，已是廉颇老矣，差不多都到了退休年龄的边沿：梅朵六十岁，谢蔚明六十二岁，徐凤吾五十八岁。

这三个命运多舛的《文汇报》老人，个个都有传奇般的坎坷人生。

被戴上“右派”帽子时，梅朵、姚芳藻夫妇和谢蔚明都在《文汇报》北京办事处工作。1958年春节前一天——大年三十早上，谢蔚明和《文汇报》北京办事处的另一个“右派”杨重野，都被宣布“有历史问题”，作为“反革命”逮捕，戴着手铐弄到北大荒去劳改。而下午，梅朵和办事处另一个年轻人刘光华也被带走，但算是劳动教养，没戴手铐。让人难以思量的是，这个原本是亲人团聚的除夕，竟成了人间悲剧的时日。

梅朵的曲折人生

这是个黑色的除夕。上午，谢蔚明被捕。下午梅朵、刘光华也被带去劳动教养。这一年，梅朵三十七岁。

梅朵原名许绥曾，1921年出生于江苏丹阳商人家庭。祖父是中医，之后又开了爿丹阳最大最有名气的中药店。但到了他父亲这一辈，家道开始衰落，连筹措他上中学的费用都难以为继。但是这个家庭出身，后来成为梅朵严重的历史负担。

梅朵在苏州省立一中读书毕业后，考取上海的同济大学，读理工科，梦想将来能当科学家。但1937年，日本鬼子来了，不光他就读的同济大学内迁了，上海所有的大学都停掉了。在他家乡，日本人也已经进来了。他们家，与时任新四军第一支队丹阳游击纵队司令员的管文蔚关系比较好，梅朵的一个姐姐、一个妹妹都参加部队了。直到解放后，梅朵和她们才得以重新相见。

过了两年，十九岁的梅朵，渴望到陪都重庆去读书。当时，直接去重庆的交通已被切断，他辗转香港、广州、海口，才到重庆。到那里，已经过了大学入学考试的期限，唯有国立剧专还可以补考。在曹禺的主考下，他以优异成绩被戏专录取。吴祖光、张骏祥都是他的老师。梅朵很留恋那段生活，他和老师感情很深：曹禺经常在下课后让他跟着回家吃饭，每当这时，总是梅朵帮老师拿着拎包；走在前面的曹禺，则是边走边读厚厚的原版戏剧文学名著。而一到周末，天气炎热，梅朵他们又总是晚上跑到张骏祥老师的住处，既是乘凉，又是求教，在座的常有曹禺老师和吴祖光老师。当时学校里有着宽松、自由的学术氛围，他们和老师可以各抒己见，进行讨论。

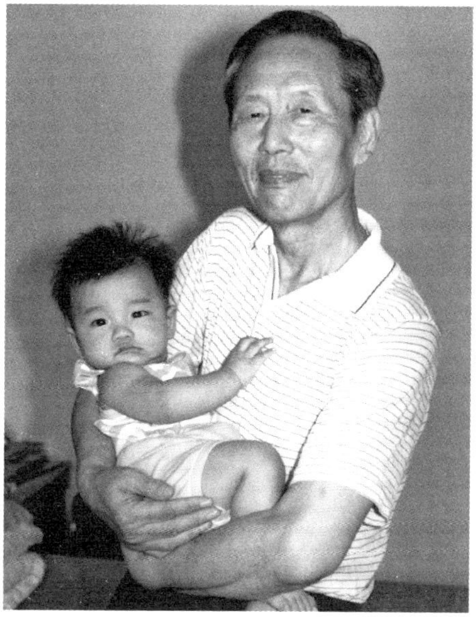
八十年代，梅朵与外孙

梅朵在剧专读书很用功，图书馆里的书全部看过。他还在学校里加入了共产党，因为参加学生运动，他被反动政府抓去坐了三年牢。出来后，他加入中国电影制片厂下面的中电剧团，张骏祥、白杨都在里面，张骏祥是团长。当时重庆只有话剧，没有电影；第二次世界大战后，即便连上海这样的大都市也没有影片可供放映。1943年，梅朵在重庆《新华日报》发表他的第一篇剧评《评吴祖光的〈风雪夜归人〉》，自此剧评写作不辍。

抗战胜利后，1946年梅朵随中电剧团来到上海。敌伪时被封掉的《文汇报》，也刚复刊不久。他投稿到《文汇报》，竟意外地收到该报主笔——大名鼎鼎的柯灵先生的回信。柯灵当时负责《文汇报》全部十多个副刊和周刊，约他面谈。

因为复刊伊始，亟需人手；加之梅朵这篇文章写得不错，面谈时柯灵先生给了梅朵一个极大惊喜，问道：“你愿意进《文汇报》工作吗？”引路人的一句问话，就此彻底改变了梅朵的人生，让他有缘成为一个终身的报人。柯灵先让梅朵跟陈钦源一起编《浮世绘》，以及《读者的话》。惯于提携后生的柯灵，更有惊人之举：在文艺性副刊《浮世绘》创刊那一期上，他写了一段“编者的话”，并署上三个主编的名字，除他自己和陈钦源外，还有梅朵。梅朵受宠若惊，感动得不得了，他刚刚进《文汇报》，还是一个实习编辑，竟被列为主编之一。

对于柯灵先生的破格栽培、此后又曾给以诸多关怀和工作机遇，梅朵念兹在兹，怀有终生的敬意和谢意。

《浮世绘》及《读者的话》每天都要刊出。梅朵忙得不可开交：《浮世绘》副刊必须经常外出组稿；而《读者的话》深受读者关注，他每天都要阅处几百封读者来信，其中有一百多封是向政府提意见的。由于国民党政府在上海一系列的“劫收”表现，越来越多的人认识到统治者独裁腐败的真面目，《读者的话》便大量发表读者揭露怒斥当局的来信。反动当局感到下不了台，恼羞成怒，1946 年 6 月曾勒令《文汇报》停刊一周。

尽管从早到晚忙得不亦乐乎，年轻的梅朵不知疲倦，又接手主编一个《戏剧电影》周刊。他本来搞戏剧理论，现在则每天要看电影，主攻方向转到电影评论方面来了。原本，上海没电影，美国电影也不好进来。而现在，电影多得不得了，美国好莱坞来了，上海昆仑、文华等各大电影公司也都在赶拍电影。梅朵每天看电影，每天写影评，因为版面上日复一日地有他的影评，梅朵的影评开始有名气了。这是他生命充满朝气的一段历程。

1947 年，内战开始后，《文汇报》被反动当局勒令停刊。梅朵丢了工作，曾去做过一阵教师。一年后，徐铸城在香港出版《文汇报》，柯灵是副总编辑。柯灵带了两个编辑去，一个梅朵，一个陈钦源。

因为条件有限，柯灵没有能带黄裳去。黄裳也是在之前《文汇报》需要人时，由柯灵招来编副刊的。他原来在大西南，做美军翻译官。美军走掉了，他没有工作，于是写信给柯灵，说想回来，但没有钱买票。柯灵寄了一笔钱给他，黄裳才得以回上海进《文汇报》。但这次到香港，柯灵没有带上他。多年之后，在黄裳为有关梅兰芳《舞台生活四十年》的旧事，跟柯灵在报上开笔战时，柯灵曾感慨地与人说起过往的历史原因：“这大概是因为我当时没有带他到香港去的缘故吧。”

在香港的那段生活十分艰苦，整个编辑部挤在一间房子里办公，晚上则是很多人挤在一间房子里睡觉。到了夏天，编辑部里热得像个大蒸笼。但梅朵觉得，能够追随徐铸成先生和柯灵先生到这里来办报，已经是太幸运了。梅朵除了主编文艺副刊《彩色版》外，还主编了一个电影周刊。他曾经著文记下那段时日：“那时，很多文化人都汇聚香港，因此报纸上集中地刊出了他们的文章。几乎很少有这样的报纸，能够在版面上见到这么多的文化界的权威人士的文章。我所主编的文艺副刊也每天刊出著名作家、艺术家们的作品。那时的黄永玉，还是一株新芽，我们也全力给以支持，不断刊出他的特富新意的木刻和其他美术创作。同时，在我编的文艺副刊上，还经常刊出解放区作家的作品，这成为这个副刊的一个突出特点。那时我的编辑思想比较开放，不拘一格，能做到兼收并蓄，尤其特别关注新人新作。这一点也成了我以后编辑刊物的一贯态度。”

次年6月上海解放。先期回来的徐铸成写信到香港，指定梅朵、陈钦源等九人立即回沪参加《文汇报》复刊工作。日夜盼望的事终成事实，梅朵一行欣喜若狂，在轮船从香港开出后，居然“放浪形骸”，在甲板上大跳秧歌舞。不过，真正回到《文汇报》的只有四五个人，其余几个有的分到《解放日报》，有的分到《新闻日报》。当时，上海百废待兴，到处需要人，上级组织将徐铸成手里的九个人“抢走”了一半。

梅朵虽然还在《文汇报》主编文艺副刊、剧影周刊，并担任言论委员，每天都要挤时间写文章，发表大量文艺评论，但他只是兼职，真正的岗位是上海市文管会，负责电影方面的事情。他先是在于伶领导下，参加上海电影制片厂的筹建工作。1951年，梅朵担任文化局文艺处研究室主任，开始创办《大众电影》和《大众戏曲》，同时担任这两本杂志的主编。当时全国只有两种电影期刊，即上海的《大众电影》和北京中央电影局主办的《新电影》。梅朵真个是全力以赴，《文汇报》的活揽着、忙碌着，又把《大众电影》办得风生水起，既深入浅出，又图文并茂，吸引了众多读者，年轻人尤为追捧，发行量竟高达一百多万，这在当时真是绝无仅有。而北京的《新电影》则办得枯燥无味，读者不屑一顾。

让梅朵大出意外、简直匪夷所思的是：办好了一个《大众电影》，却导致他不得不离开《文汇报》，甚至不得不带着杂志社原班人马离开上海。原委是，1952年，中央电影局领导要摘梅朵手里这个人见人爱的桃子——决定《新电影》

停刊，让《大众电影》搬到北京去办。

起初，中央电影局对梅朵不薄，评级定薪定级相当宽厚：级别为 12 级，并维持他在《文汇报》当编委时的一百八十元高薪。但梅朵只过了两年好日子。1954 年起，一个运动接着一个运动，批判越来越猛烈，到了批判“胡风反革命集团”时，则达到了高潮。梅朵在上海“三反”、“五反”时，作为出身剥削家庭、受资产阶级教育的知识分子，又因印刷刊物要和私营的制版厂、印刷厂打交道，被怀疑有经济问题，但他有惊无险地通过了审查。接着，又开始批判电影《武训传》。梅朵主编的《大众电影》曾以赵丹扮演的武训做封面，并且刊出了赵丹写的《我怎样演武训》的文章，他在刊物上写了自我检查后，也得以过关。

但这次“胡风事件”，梅朵没那么幸运了，他被审查、批判，受到了冲击。梅朵一直靠边站，直到 1956 年还没有得到解脱。在单位——梅朵一手创办的《大众电影》里，他被靠边、被冷落；可资安慰的是，他在北京有一个温暖的家。梅朵于 1952 年随刊物调到北京后，结束了在老家的那段婚姻。次年，与已调至《文汇报》北京办事处的文艺记者姚芳藻另组家庭，1956 年他们有了一个可爱的女儿。他俩当年相识，很有点戏剧性：1946 年，姚芳藻从中国新闻专科学校毕业，到上海《前线日报》剧影版当实习记者。她首次采访任务，是采访一场春节大联欢。当她怯生生地来到中国电影制片厂所属的中电剧团时，负责接待她的就是梅朵。当时，中电剧团既拍电影，也做话剧，而梅朵在搞宣传工作。

见梅朵这样不死不活地靠边，不能工作，姚芳藻劝道：“已经靠边两年了，不如想办法回《文汇报》吧！”但老天似乎要折磨梅朵，他刚有了回《文汇报》的念头，已是希望成灰，因为《文汇报》自身的存在已成问题。皮之不存，毛将焉附？

1956 年 4 月 28 日，《文汇报》宣布停刊，全班人马移师北京创办《教师报》。这是教育部与上海市委“一拍即合”的结果。当时教育部想效法苏联，出一张全国性的专业报——《教师报》；而上海市正想缩减报纸。教育部对这支人马期望甚殷、关爱备至，在得胜门外学士路辟有近百亩旷地，建筑了面积为五千平方米的四层大楼，作为编辑及办公之用，并建有高大的机器房，装好进口的新式印报机。《教师报》创刊后，每周两期，发行量高达五十万份以上。教育部任命徐铸成为总编辑，他跟部长们相处甚为融洽，而重要社论，大多由身为副部长的著名作家叶圣陶先生亲自执笔。

仅仅过了一个多月，一天晚上，徐铸成在参加波兰大使馆国庆酒会上，就被即将离任的《光明日报》总编辑常芝青问及：“中央已决定《文汇报》复刊，想必你已经接到通知了？”徐铸成听了，简直不敢相信自己的耳朵。几天之后，中宣部副部长张际春，便约徐铸成、浦熙修到中南海的中宣部办公室面谈。张际春对他们说：“中央已决定恢复《文汇报》，今天请你们来，作为正式通知。希望你们尽快拟好两个方案：一、《文汇报》复刊后的编辑方针；二、《文汇报》发复刊计划，复刊需要多少经费，包括房屋、机器设备和职工搬迁等所需费用，希望一一开列清楚。”张际春还特别强调急迫性：“中央盼《文汇报》早日复刊，因此要求你们抓紧，将方案送给我们，转呈中央审批。”

可以说，中央这回对《文汇报》“复刊”有求必应，包括扩大“北办”人马和地盘，以及历年来散落出去的老同志归队难题，都很痛快地答应了。

不过，徐铸成起初写复刊编辑方针时不得要领，幸亏有时任《人民日报》总编辑邓拓这位高人指点。邓拓说：“中央希望《文汇报》及早复刊，自然期望能大力宣传‘双百’方针，鼓励知识界大胆鸣放。《文汇报》一向和知识界有着密切联系，在知识分子中有特殊的影响，因此更有利于说服他们抛开顾虑，畅所欲言。广大知识分子思想上的顾虑消除了，才能尽其所长，为社会主义尽其力量。我看，这应是《文汇报》复刊后主要的编辑方针。”1956 年 10 月 1 日，《文汇报》正式复刊，受到广大读者热烈欢迎。

有上级的指示，原先坚决不放人的电影局，将梅朵行政级别降了三级，放回《文汇报》。梅朵苦尽甘来，回到《文汇报》工作，夫妻俩都兴奋不已。

其后一段时间，《文汇报》在整风运动及“大鸣大放”中，表现十分抢眼，一度风光无限。但 1957 年六七月间，风云突变，《人民日报》接连发表三篇社论《这是为什么？》、《文汇报在一个时期内的资产阶级方向》，以及《文汇报的资产阶级方向应当批判》，对《文汇报》做出极其严厉的声讨和批判……

这离《文汇报》再次复刊，仅仅才八个月。《文汇报》一共揪出二十一个“右派”。而小小一个北办，就占了三分之一，其中包括梅朵和姚芳藻这对“右派”夫妻。梅朵被送到河北、山西的农场、煤矿，劳动教养了二十多年。

梅朵被带走劳动教养，先被送到天津清河农场；其后又到山西阳泉煤矿，去当矿工，做运输，再到山西永基农场。

后来，虽已宣布摘掉梅朵“右派”帽子，可是按规定要留在那里做农场职工。一直到 1979 年，“四人帮”粉碎后，有文件下来，“右派”要改正。姚芳藻知道这消息后，写信给他，叫他回来等“改正”，不要留在那里了。

改正后的梅朵能不能进《文汇报》，还是个大问号，许多单位都把这些人当成爱莫能助的“包袱”。梅朵渴望工作，于是姚芳藻去找梅的老朋友、上海《电影新作》的主编王世桢谈。他们对梅朵欢迎得不得了，刊物发行到一百多万，正缺少人手呢。虽说王世桢欢迎梅来，但他没有人事权，要通过电影局。焦急万分的梅朵在等待中得了心脏病。值得庆幸的是，这时候马达已到《文汇报》当家了，他表态说：“所有‘右派’全部回来！”这些当年叱咤风云的名记、名编，被打成“右派”后受尽屈辱和磨难，熬过二十一年才得以重回报社怀抱。

谢蔚明：从生死战场走来的记者

1958 年的除夕。梅朵是这天下午被送去劳动教养的。而上午被捕的谢蔚明，性质更严重，“右派”再加历史问题，是被戴上手铐带走的。

冤屈难辩，谢蔚明有什么历史问题呢？1937 年“七七”卢沟桥事变时，他一边看报，一边流下热泪，痛恨日本鬼子侵略，又为中国军队奋起抵抗而激动，决心把青春、热血献给抗战。9 月，他考取教导总队，当上一名上等兵，开始军旅生活。随后，他参加了南京保卫战。12 月 13 日，南京城破。“由于国民党高层的错误指挥，南京保卫战只坚持了七天，在并未城陷的情况下下令撤退，导致自相践踏。”谢蔚明曾如是描写过在那场惨绝人寰的大劫难中，得以侥幸逃生的场景：“日寇穷追不舍，飞机轰炸扫射，鲜血染红了长江水。我幸而在千钧一发关头，多次逃脱日寇炮火，在大雾弥漫之夜，从八卦洲到达长江对岸的苏皖两省交接处，脱险回到武汉。”

1938年，在保卫大武汉的激昂年代，谢蔚明考进黄埔军校，原本计划结业后带兵打仗。想不到军事委员会政治部部长陈诚前来检阅，训话三天，最后传令各中队选拔文科、术科（军事）优秀学员二十多名，到重庆工作。谢蔚明经中队推荐当选，且被派到重庆中央训练团新闻研究班学习。之后，又当上政治部第三厅所属通讯社的记者。1940年初春，谢蔚明在被派往战地之前，还有幸见到时任三厅厅长的大文豪郭沫若，聆听他以《战时宣传工作》为题所做的专题演讲。

四十年代的谢蔚明

作为青年通讯社特派记者的谢蔚明，刚上战地就又与死神擦肩而过。他从重庆沿江而下，由宜昌到襄樊，他搭乘的军用卡车，黄昏时抵襄樊城郊，刚下车在一茅草摊点上用餐，突然警报大作，由于没有制空权，敌机转眼已到头顶，低空机枪扫射。他惊慌奔跑，趴在庄稼地里隐蔽，而茅草店已被打得稀烂。随后，他如愿以偿地见到了五战区司令官李宗仁。这位赫赫有名的上将，面对一个初出茅庐的毛头小伙子记者，一点架子都没有，答复他的提问，从国内战局到国际形势一一作了剖析；并建议他到大别山去，看看敌后的战时省会新气象。

90岁的谢蔚明，当年曾从南京大屠杀中死里逃生

当谢蔚明走出大别山时，忽然接到政治部部长张治中的派令，委派他为《扫荡报》战地特派员，而青年通讯社已经撤销。他置派令于不顾，决心到湖北战时省会恩施，因为有几个老同学在那里工作。之后，曾在国民党中央党部所属的《武汉日报》、湖北省府机关报《新湖北日报》任采访部主任，历时两年。

最让谢蔚明感到欣慰和钦敬的是，1942 年初春，他曾到恩施城西一座小山脚下的普通农舍拜访叶挺。叶挺将军在这里度过了两年多的囚居生活。虽然对方素不相识，而且又是官方报纸记者，但叶挺还是坦然表达了自己对时局的看法。他说："抗战一开始，就提出全民抗战的口号，但是空喊了几年，没有实行。国民党政府总是害怕民众起来，设置种种障碍，捆绑民众的手脚。要是放手发动老百姓共同对敌，抗战怎么会有这样丧师失地的局面呢？"叶挺这位一代名将对年轻的谢蔚明寄以期望："你很年轻，才二十多岁，青年新闻工作者要有正义感，发扬正气，为人民立言、立德、立功。"这些话，使谢蔚明获益终身，"如果说，此后我做了一些对革命有益的事，跟叶挺将军的这次接见和教诲是分不开的。"

1944 年，谢蔚明又奉派到江防前沿地带松滋县创办《新湖北日报》鄂中版，那是正面战场上独一无二的铅印日报。当长江北岸日寇渡江南侵、风声鹤唳时，就将印报设备拆散，笨重的东西沉入水塘，铅字藏入山洞；等到日寇撤返江北，报纸继续出版。其间，鄂中版还隐蔽了几位地下党员，接纳了多批途经松滋到解放区的同志。1945 年 8 月 15 日傍晚，正在山沟里办报的谢蔚明从电台里听到日本投降的消息，兴奋不已、欣喜若狂。

抗战胜利后，谢蔚明任中央社武汉分社采访组长，南京《和平日报》采访部副主任兼《每日晚报》采访部主任。

让谢蔚明最感慨万千的是两件事：一件是日本投降后，他跟随部队到处去受降，每天要去好几个地方，骑在马上，跑几十里路。另一件是，1946 年，他坐在南京审判法庭的记者席上，见证了对日军战犯的审判。在法庭上，谢蔚明听到最为惊心动魄的一幕，是一个中国青年士兵的证词。在南京保卫战中城破被俘的五万中国军人，被捆绑双手押送到燕子矶的低洼地，山地高处的多架机关枪构成火力网同时扫射。他应声倒在别人的尸体下边，才幸免一难。当谢蔚明亲眼看到，在南京大屠杀中首开杀戒的日寇师团长谷寿夫，在出庭接受正义审判后，被押赴雨花台枪决的可耻下场时，不由得想起秋瑾女侠的一句诗：“磨刀有日快恩仇”。

1946年，国共和谈破裂后，范长江在随周恩来撤返延安前叮嘱谢蔚明，以后的联系人是梅益：“同他交往，可以倾心相处。”1949年，新中国成立后，谢蔚明从故乡到南京，见到主管意识形态部门的石西民，请他分配工作。石告诉他，梅益已从北平来信打听你的下落，建议他去北平。去后，梅益与他对坐叙谈，说：“你的事，我已经跟廖承志商量过了，让你马上工作。现在到处要人，你是老记者，要是干老本行，《人民日报》、新华社由你自行选择。”。但谢蔚明坦陈不想再做新闻工作，希望能先到最艰苦的地方锻炼自己。并说，“我是旧社会的知识分子，这些日子受到自卑心理支配，觉得适应不了新社会的要求，最强烈的愿望是学习，通过学习改造自我。”梅益见谢蔚明愿望甚坚，很快就安排他到华北大学正定分校学习。

谢蔚明学习期满，浦熙修来信说，她接受《文汇报》总主笔邀约，成立《文汇报》北京办事处，但单枪匹马，期盼谢蔚明到京合作。浦熙修还附信托谢转交华大分校，让他们放谢去京，但遭到拒绝。当时，浦熙修和华大校长吴玉章同是首届全国政协委员，便向吴老求情，吴老一个长途电话，让谢得以成行。而在谢蔚明离开华大分校前的这段日子，浦熙修一次次写来数页长的信，邀约合作，连路费也都寄来了。一片真诚，感人至深，原本不想再做新闻的谢蔚明，来到了《文汇报》北京办事处。

浦二姐如此看中谢蔚明，是对他相知甚深；且是对他的滴水之恩，涌泉相报。1948年，浦熙修在南京被国民党逮捕坐牢时，身为《和平日报》采访部副主任的谢蔚明曾伸出援手，为之奔走，还送去书和被子及吃的东西，给以诸多帮助，让她永志难忘。浦熙修是名记者，她虽然不是党员，但中共把她当作真诚的可以信赖的朋友，周恩来副主席说她是“我们的亲戚”。在重庆，她是周公馆的常客；在南京，又是梅园新村的常客。1946年6月23日，国民党反动派在南京制造“下关惨案”，来自上海的和平请愿的代表马叙伦等遭到特务殴打。在现场采访的浦熙修，为了掩护雷洁琼代表，身受重伤，头发被一绺绺地扯掉，血溅全身。周恩来、董必武、邓颖超、郭沫若赶往医院慰问。1947 年，反动军警制造了“5·20”大血案，镇压南京学生反内战、反迫害、反饥饿的示威大游行。浦熙修不顾反动派的威胁和压力，坚持报道了事实真相。1948 年 11 月 16 日深夜，国民党特务闯进南京长江路的一处木板小楼，逮捕了浦熙修。

八十年代，在北京，谢蔚明与分别三十九年的浦家三妹、彭德怀夫人浦安修见面时，回忆起这段往事：

熙修同志被捕的第二天上午，我到国民党南京卫戍总司令部会见了担任参谋长、出身于西北军的将领张知行（后任国务院参事），我和他是抗战时结识的。一打听，张告诉我，熙修同志确实关押在卫戍总部看守所。按照规定，未决犯不能接见家属，当然朋友也不行。我承张知行先生法外施恩，当天就探望了她，从北平赶来的洁修大姐，和在南京机关担任会计工作的浦友梧老先生，立即准备了衣被杂物托我送到狱中。熙修同志被关押在卫戍总部后面，两面是墙，一边是木栅栏的单间里。我见到她神情泰然，只是感到狱中寂寞，想看小说消遣，我就买了一部《三国演义》给她送去。几天后，她又被押送到宪兵司令部关押，我去探望遭到拒绝。接着又听说她转移到国防部保密局。步步升级，说明她已被当作重要政治犯看待，处境岌岌可危。保密局在羊皮巷，它继承着中美合作所的衣钵，是个充满血腥气的特务机关。如果不是由于李宗仁代总统释放政治犯，熙修同志肯定不会活着走出保密局。

谢蔚明投奔浦熙修，有幸进入《文汇报》驻京办事处，真是如鱼得水。郁风先生后来在为谢蔚明所著的《那些人，那些事》一书序言中，曾如是介绍这位老友：

上世纪五十年代初，风华正茂的谢蔚明，紧随名报人浦熙修，在刚刚解放、日新月异的岁月中，驰骋京华，采访新闻，以最快的速度在销量很大的上海《文汇报》上发表。当时，我通过早在重庆、南京相识相知的老友浦熙修认识了他：年轻干练、热情友好、不知疲倦、快乐潇洒的谢蔚明。当时的《文汇报》驻京办事处，就是许多文化界朋友相识相聚，兴奋地交流国家建设好消息的去处。谁也没有料到，1957 年反右，众多知识分子蒙难，浦熙修遭批判，谢蔚明也卷入其中，被发配至北大荒，一去十九年！

当时的《文汇报》驻京办事处，真个是“谈笑有鸿儒，往来无白丁”，成为颇有吸引力和凝聚力的文化沙龙。谢蔚明的人脉之广、交友之众，以及他采写过的大名家之多，在《那些人，那些事》一书中，展现得淋漓尽致。在“老友弄趣”一组文章中，作者亲切回忆一众好友：如黄永玉、聂绀弩、姚雪垠、常任侠、黄宗英、杨宪益，以及黄苗子、郁风等。而在另一组“高山仰止”文章中，大都是他当年采访过的一批让人景仰的名流前辈，如：巴金、郭沫若、刘海粟、俞平伯、沈从文、夏衍、阿英、梅兰芳、老舍、张恨水，等等。“机缘巧合之下，这些人一一成为谢蔚明采访的对象，也正因为这层工作关系，他接触到了那个时代的许多名人，也用自己手中的那杆笔记录下了那些人的那些事。”

由军人而报人，经历独特、才干过人的谢蔚明，在南京大屠杀的血火中得以侥幸逃生，但 1957 年“反右”时他被划为“右派分子”，直接原因与他和京剧界渊源太深有关——他在北办多年跑戏曲与文史。在 1949 年至 1957 年间，谢蔚明是凡梅兰芳先生演出必看，一场不拉。而《文汇报》自 1950 年 10 月 10 日起，连载梅兰芳述、许姬传手记的《舞台生活四十年》持续一年。谢蔚明为这个连载，每天到护国寺梅宅去帮助梅、许二位收集材料。梅先生是很有人情味的忠厚长者，多次拿他吸的特供中华牌香烟，往谢蔚明的口袋里塞；还曾赠给谢蔚明亲笔签名的生活照。谢蔚明还在梅家结识了梅的弟子，创造出风靡剧坛程派唱腔的程砚秋——每逢演出，票不好买，谢蔚明就麻烦他。有时，程砚秋还会亲自把票给谢蔚明送来。

而谢蔚明被认定的主要罪状，是他曾著文为京剧名角筱翠花（于连泉）鸣不平。筱翠花是中国有名的花旦，脚上有独无仅有的绝活——跷功。但他演的，像《杀夫》、《杀子报》、《活杀张三郎》这类戏，新中国成立以后全部禁演，以至无戏可演，跷功也废掉了。而在整风“大鸣大放”开始后，文化部放开禁令，讲可以演了。谢蔚明何曾料到，一篇感慨文章换来一顶“右派”帽子；随后，又被以子虚乌有的所谓“历史问题”，定为“历史反革命”，逮捕后发配到北大荒，先后在兴凯湖、音河、嫩江的农场劳教。三年自然灾害期间，他一度吃用柞树叶烘干磨粉做的窝窝头充饥，体重只剩四十公斤，骨瘦如柴、全身浮肿，还染上肺病。

谢蔚明这一去，一个家庭顿然倾塌，妻离子散。在新华社摄影部工作的妻子迫于政治压力和生存压力，不久便与谢蔚明分手，而年幼的女儿则被寄养在亲戚家里艰难度日……

十一届三中全会后，谢蔚明平反返沪，而与他同去北大荒的人，大都有去无回，长眠于那片黑土地了。然而，谢蔚明活着回来了，他为自己庆幸。“他终于活着回来了，虽然从外貌到内心都发生了很大变化。”他的朋友们，也为之欣慰、感叹，郁风说：“谢蔚明是我和苗子多年老友，他能幸运地活到现在，已经是奇迹；还能够写书出版，那就不只是他的幸运，也是读者的幸运了。”

徐凤吾：“辣手改文章”的老报人

相对而言，在创办《文汇月刊》的三个“摘帽右派”中，徐凤吾算是幸运的了。他被打成“右派”后，没有被流放送去劳教，而是留在报社里就地改造——仍做原来工作，但已不叫编辑而叫干事了。

徐凤吾出生在江苏吴江盛泽镇。小学毕业后，就读于嘉兴中学，国文老师胡宛春是胡石言的父亲。徐凤吾与胡石言（原名胡庆坻，后为著名军旅作家，曾任南京军区前线歌剧团团长，南京军区创作室主任）、杨瑛（后来曾任新华社上海分社社长）三人，是不同班的同学。后来，在“孤岛”上海，他们参加了同一读书会（一心读书会）。徐凤吾到上海浙江中学就读高中后，又考入康勒特路（现为西康路）上的暨南大学。“暨大”是名牌大学，原在市中心，也是“逃难”进租界，挤在一个教堂里面，周予同、周谷城、郑振铎都是该校的老师。徐凤吾因为成绩好，分在傅东华这个班。他的国文老师是傅东华，还听郑振铎讲文学史，听周予同讲历史，以及听周谷城的课。老师一个个都是名教授。

有意思的是，徐凤吾和后来成为著名报人、作家的徐开垒也是暨大同学。多年后，同在《文汇报》效力的徐开垒曾对徐凤吾笑言：“我们两个有五同：同姓、同年同月（1922 年 2 月）生、同学、同事、同志（先是加入民盟，后又都加入共产党）。”

九十年代，徐凤吾在南浦大桥

1942年，一心向往参加革命的徐凤吾，只读了半年大学，就继老同学杨瑛、胡石言之后到苏北投奔新四军，分配在三分区服务团，任文艺通讯组组长。

刚去不久，徐凤吾所在地发生了一起所谓的“托派真理团”事件。起初怀疑一个叫王新华的人是托派，审查他时，他又交代出一个叫王薇的女同志。这两个人怎么也过不了关，一定要他们讲一点东西出来。他们只好编造了说：“我们有个组织，叫真理团。”实际上根本没这回事。这一讲不得了，审查者追问还有什么人，结果他们越编越多，从两个变为几个，十几个，几十个，直至一百多个。也怀疑到徐凤吾头上了，问：你是吗？徐回答说：“我非但不是，我也从来没有听到过，啥叫真理团。”结果，锄奸科科长说：“只要你承认就能留下来，不承认只好让你回去。”本无谋，何谓相坐？徐凤吾说：“无中生有的东西，我不可能承认。”他总共只去了两个多月，就被赶了回来，这太让他失望了。回到上海后，他没有工作，继而又生肺病，而且病得很厉害，贫病交加，苦不堪言。

直到1946年5月，徐凤吾才有机会到《文汇报》工作，由投稿者变成编辑。

当时，刘火子在编本市新闻，徐凤吾做他的助理编辑。但一年后，《文汇报》即被国民党政府查封，徐凤吾赋闲在家，向其他报纸投稿。尽管他去参加革命，遭遇曲折，他还是站在进步一边，反饥饿，反贪污，痛批国民党政府的腐败、专制，言辞激烈。1949 年 2 月初，上海解放前夕，他还以欧阳海笔名，在《商报》副刊上开了个专栏《蜂刺集》，三言两语，评点时事。他在这个专栏上连续三次呼吁上海“向北平看齐——和平解放”。他写道：“穷则变，变则通。新春看大局，自然是变。变是定了，现在也只是时间问题而已。许多人已经在讨论如何‘应变’？”“我们不仅希望和平，也希望和平以后的‘建国’。这‘建国’，是‘各尽所能，各取所值’！”“无愧于良心者，不必担忧大局变动。原来就是靠本领吃饭的，也不必惧怕新的局面。北平是榜样。上海市民全都希望，‘向北平看齐’！”“北平‘变’后，新政府宣布四项政策：一、取消独裁贪污制度，实行人民民主制度。二、没收官僚资本，发展国营工商业，改进工人生活水准，救济受战争损失的及贫穷的人民。三、废止封建制度及剥削，实行‘耕者有其田’。四、整肃贪官，及发展行政机构的清廉。这政策，是真正的三民主义，中山先生的革命主张的延续和执行。于是我们格外向往北平，要‘向北平看齐’！”

《商报》当时还是国民党政府控制的报纸，年轻气盛的徐凤吾在报上抒发民众心声，风险很大。不过，这些有锋芒的话，也经过一些“包装”，是“裹”在其他文字中间的。如第一篇的标题是《靠本领吃饭的不必惧怕新局面》，第二篇的标题是《闭目而思仿佛真有时代巨轮》，第三篇的标题是《硬碰硬·有颜色》。看上去，似乎与他所要表达的主题没有联系。欧阳海这个笔名，一些地下党人都知道。在中共中央上海局地下党文化工作委员会担任领导工作的姚溱，1950 年 7 月 31 日给他写信时，信封上就写“《文汇报》编辑部徐凤吾（欧阳海）收”。解放初期，徐凤吾还用这笔名在上海《大公报》、《新闻日报》、《新民晚报》撰写杂谈，后因出了个英雄战士欧阳海，为避嫌，他才不再用这个笔名。

1949 年《文汇报》复刊，徐凤吾因肺病复发，不能做夜班，一时不能回《文汇报》。这时，有朋友在无锡办了一张《晓报》，叫徐凤吾去当副总编。友人说：“你来，既可以养病，又可以帮我。”徐凤吾去了九个月。当地开人代会时，他发了几篇苏南的新闻，都在《文汇报》头版刊登。于是，柯灵写信叫徐凤吾回来，还是去编本市新闻；后来又去编文教版，由编辑而主编，直至1957年。

解放以后，徐凤吾很积极，1956年曾想写报告，要求入党。谁知入党报告还没写出来，1957年就变成"右派"了。他当"右派"，就因为在一次讨论会上读了一封信。《文汇报》有位非常出色的年轻记者叫江显良，有独立思考能力，不肯随波逐流，他在北办给徐凤吾写信，说《文汇报》的肃反是错误的，没有一点成绩。肃反中，好多人受审查，最终没有审查出一个反革命，《文汇报》肃反成绩是零。徐凤吾看了他的信，大为共鸣，便在一次会上读信，讲《文汇报》肃反确实不行。结果，徐凤吾和写信的年轻记者江显良，都被打成"右派"（江后来跳楼自杀）。

戴帽以后，徐凤吾还是做文教版编辑，还是每天从早上忙到晚上11点。不同的是，他本来是主编，戴帽后变干事了。在打成"右派"的人中，他和姚芳藻（梅朵夫人）摘帽算早的。1960年，徐凤吾去干校劳动半年后被召回，陈虞孙在党委召开的大会上宣布："你们两个同志回来了，不要再回干校了。"虽然他能被叫"同志"了，但还是"摘帽右派"，直到1979年才得到"改正"。

改正后，为了能让女儿"顶替"进报社，五十八岁的徐凤吾只能提前退休了。他刚退，就受两家杂志的重托：除了编《民主与法制》，还编《科学生活》。没想到，《文汇报》分管副总编唐海又找他，说报社要办《文汇月刊》，要他参加；并说，这是梅朵出的主意。至于已经上手的两家杂志，唐海叫他"逐步过渡"；梅朵则说："没关系，可以三个地方都做。"但徐凤吾一搭手，觉得工作量太大了，特别是《文汇月刊》，梅朵稿子拿来后交给他，删改、发排，具体事儿都不管了。而创刊伊始，人手奇缺，徐凤吾忙得不可开交；幸好从校对组调来一个叫胡国萍的年轻助手，帮忙跑排字房，一天不知要跑多少次！

就此，徐凤吾开始了他在《文汇月刊》的"铁将军把关"生涯。乍看起来，徐凤吾慈眉善目，说话轻声细语，却在报社以"辣手改文章"著称：编文教版时，他曾将河南省教育厅的一份一万多字的调查报告，删改成仅有三百字的短消息，让人不寒而栗！到《文汇月刊》后，他风格依旧，铁面无私，而且得到梅朵和报社领导的绝对信任。之后，编辑或责编为删稿的事跟他争论，乃至争吵，时有发生，但徐凤吾依然故我，不减锋芒。即使1985年后，我当了《文汇月刊》副主编，对我所提的意见，他也只是选择性地听取，毕竟我不是梅朵，没有那个资历和分量。

梅朵、谢蔚明及徐凤吾，成为《文汇月刊》创刊三老，也是黄金拍档。梅朵和谢蔚明当年都是名动京城的《文汇报》名记、名编。两人人脉广泛，在文艺界有大批名家朋友。由他们来主办《文汇月刊》确是如鱼得水，没有梅谢二老，《文汇月刊》不可能拿到那么多大名家的稿件，也不可能一开张就红红火火，很快就办得如日中天。他们一直说："失去的时间已不可追回，唯有加倍地努力，投身到办刊事业中去。"

二

新华书店只看了目录，就包下开印的十万册刊物

——《文汇月刊》创刊的日子

1980年1月20日，文汇报社推出了《文汇增刊》创刊号。刊名原本一开始就叫《文汇月刊》，但因当时纸张限量配给供应，刊物所需纸张全靠文汇报印刷厂节约下来的有限资源，以致第二年才正式改为《文汇月刊》。

未见其人，先闻其声。创刊号还没上市，但仅从《文汇报》头版刊登的目录，已然强势吸引住众多读者和文学界、艺术界的眼球。创办人之一的老编辑徐凤吾的日记，简略地记下了新华书店以及读者的那份狂热——

1月10日：唐海（当时分管这一摊的《文汇报》副总编辑）说："新华书店看了目录，他们包下了开印的十万册《文汇增刊》。"

1月20日：《增刊》上市第一天，南京路新华书店挤坏两块玻璃。

读者对"创刊号"的感觉是喜出望外，人们竞相传阅、交口称赞。在二十世纪八十年代——乃至之前许多年，大概没有一本杂志的"创刊号"能像这样光灿夺目、一鸣惊人，文学性与艺术性兼容，十多个栏目丰富多彩，内容厚实可读。而它的最大卖点，是文章作者名家扎堆，豪华至极：撰稿的五十多位作家、艺术家，都是我国当代的一流名家，其中有不少还是享誉世界的大名家。他们当中许多人，因为"胡风案件"、"错划右派"、"'文革'浩劫"的冲击和折磨，在文坛销声匿迹十多年、二十多年，作品与读者阔别已久，现在全都荟萃在这本有九十六页（后来五六年间，因纸张不断涨价，刊物先是缩版到八十八页，之后又缩减到八十页）的刊物上，怎么能不引起全国读者和知识阶层的极大关注和阅读热情呢？！

读一读这分量厚重的第一期刊物，确实让人眼含泪光，胸潮跌宕。在"心中的花圈”里，有巴金怀念老舍、唐弢追怀冯雪峰，以及冯亦代的“哭姚平”等重磅大作。有茅盾、叶圣陶、姚雪垠的“作家书简”。在“探索者的足印”中，有王蒙的《文学与安定团结》等探讨文章。有陈虞孙、冯英子的“杂文”。有董鼎山、吴祖光、徐铸成、萧离的“随笔”。有刘心武、於梨华的“小说”。在“一束鲜花”中，是大诗人艾青、公刘及程光锐、邵燕祥等的诗作。在“绝望的海底”、“万顷波涛中”历经磨难的艾青，《虎斑贝（外二首）》依然饱含激情、脍炙人口，贝壳和诗句都依然辉映着“美好阳光”：

美丽的虎斑贝 / 闪灼在你身上 / 是什么把你磨得这样光 / 是什么把你擦得这样亮 / 比最好的瓷器细腻 / 比洁白的宝石坚硬 / 像鹅蛋似的椭圆滑润 / 找不到针尖大的伤痕 / 在绝望的海底多少年 / 在万顷波涛中打滚 / 一身是玉石的盔甲 / 保护着最容易受伤的生命 / 要不是偶然的海浪把我卷带到海滩上 / 我从来没有想到能看见这么美好阳光。

而在“读书札记”一栏中，还有曾卓、舒芜，有杨宪益、戴乃迭，以及姜德明等名家。曾卓的《笛声（外一章）》和舒芜的《说“梦”》都不

1980年1月，推出《文汇增刊》创刊号

1981年1月号，正式定名为《文汇月刊》

过四五千字，内容也不含冲击性，却因他们是1955年“胡风事件”后在文坛首次亮相，引人关注。

《文汇月刊》不光是文学的，还是艺术的，是高品位、全方位、大容量的综合性刊物。在这一期里，有着许多关于中外电影、音乐、美术的文章。电影专栏里，有电影评论家梅朵、导演谢晋、主演祝希娟等对刚上映的影片《啊，摇篮》的一组讨论文章；以及牧君、成谷推荐、评点美国好莱坞新片，并穿插十余张镜头照片的文章。在《戏剧欣赏》、《音乐之声》里，则有吴小如、舒巧、朱逢博等人撰文。《画廊》里有吕蒙、何振志的文字，而四个精美插页分别是程十发的国画、林风眠的水粉画、陈逸飞及埃德加·德加的油画；封一到封四则是文学家或艺术家的生活照和舞台照。

这期创刊号着实让人爱不释手，栏目丰富、琳琅满目，名家多得让人眼花缭乱，真不知先从哪一篇看起？不过，最具看点、最有分量的力作，当数“心中的花圈”一栏中，巴金赶写的怀念老舍的《怀念老舍同志》，以及唐弢撰写的《追怀雪峰》，堪称难得的名篇。这些由大名家缅怀大名家，有血有泪有真情的纪实文字，是名头更大、层次更高、影响更深远的“伤痕文学”。

此外，《读书札记》一栏中，翻译大家杨宪益、戴乃迭夫妇关于《红楼梦》的文字，特别是英籍汉学家戴乃迭的《一个西方人对〈红楼梦〉的看法》，笔力非凡；而舒芜破解《红楼梦》的《说“梦”》，以及曾卓的《笛声（外一章）》，除却文章本身的魅力之外，还因他们是1955年“胡风事件”后在文坛重新亮相，梅开二度。

（一）大师缅怀大师：巴金的《怀念老舍同志》

“文革”中，一些大师级人物被批判、被打倒、被压抑，有话不能说，有话无处说，现在终于可以说了。《文汇月刊》开设“心中的花圈”这个悼念文章专栏，让名家们一吐为快，显示了刊物与当时时代的契合，及文学与万千读者的共生与共鸣。而由大师级人物巴金撰文，追怀含冤死去的大师老舍的《怀念老舍同志》，分量格外深重，读者分外关注。

《怀念老舍同志》，是“创刊号”上最让人心灵震撼的文章（后收入《随想录》中），也是巴金先生复出后所写的追怀篇章中最具影响的作品之一。与他两年多前，在《文汇报》上发表的《一封信》一样，有着满腔悲愤，有着深情呼唤，令人动容，发人深省。不过，《一封信》是由《笔会》主编徐开垒编发的；而怀念老舍的这篇文章，是《文汇月刊》主编梅朵偕夫人，以及副主编谢蔚明三人一起登门求稿的。

谢蔚明曾几次著文追忆这次组稿经过：

当时办刊，组稿对象是尽可能邀请著名作家、艺术家。我们首先想到的便是中外闻名的巴金。有一天，梅朵、姚芳藻夫妇和我直奔武康路巴金的家。一按门铃，开门的正是巴金。芳藻向巴老介绍我，巴老说：“我们早就认识的。”就这一句话，使我受宠若惊。他指的是二十多年前我对他的采访。当时我刚刚步入中年，巴金因为赴朝、访苏，先后路过北京，我和他也不过短暂的接触。经过二十多年的时代风霜，我想自己早已在人们的记忆中消失，如今重理文字工作，编刊物，才来到大师家里造访。想不到大师还能记得我，一种欣慰之感顿时涌上心头。

梅朵、芳藻和我请巴老为《文汇增刊》写稿，巴老满口应允。这就是发表在《文汇增刊》创刊号上的长篇《“我爱咱们的国啊，可是谁爱我呢？”——怀念老舍同志》，文末注明稿成于“十二月十五日”，符合我与梅朵、芳藻走访巴老约稿的时间，显示巴老援笔立就的非凡记忆力，天纵奇才，显示巴老译著等身的功力来源。

在吴泰昌的《我亲历的巴金往事》中，也说到了这篇文章：“1979年11月30日，巴金开完第四次全国文代会和第三次全国作代会回沪。12月6日下午开始写《怀念老舍同志》，15日下午改定。这是我读到的巴金写怀念友人文章中最长的一篇。”

巴金的这篇追念文章，写于他悼念不久前去世的日本作家中岛健藏那篇文章之后。那篇文章说到，1977年9月初中岛健藏和井上靖等日本朋友到上海时，送书给他，井上靖的书中有篇《壶》就是怀念老舍的。他晚上读着，眼前尽是老舍的面容和身影，“他不停地说：‘请告诉朋友们，我没有问题。’”这句话，是

1966年7月10日，在人民大会堂的一次会议上，老舍对他说的。那天，他还与中岛健藏一起跟老舍亲切交谈。巴金当时完全没有想到，这竟是诀别——当年年底他就从批斗他的造反派嘴里，“含糊其辞”地听到老舍去世的噩耗。而确切的消息，直至十一年后，才从中岛健藏先生的口中得到证实，消息来自中日友协的一位负责人。但这一次也只是解决了“死”的问题，至于怎么死法和当时的情况中岛先生也并不知道。

巴金先生平实而不平静的文字里，不光是无尽哀痛，更有痛心的追问：“井上靖先生的散文写于1970年12月，那个时候老舍同志的亡灵还作为反动权威受到批斗。为老舍同志雪冤平反的骨灰安放仪式一直拖到1978年6月才举行，而且骨灰盒里也没有骨灰。甚至在1977年上半年还不见谁出来公开替死者鸣冤叫屈。”

“‘为什么会闹成这个样子？’去年6月3日，我在北京八宝山公墓礼堂参加老舍同志的骨灰安放仪式，我低头默哀的时候，想起了胡絜青同志的那句问话。”巴金痛心地说：“老舍同志是中国知识分子最好的典型，没有能挽救他，我的确感到惭愧，也替我们那一代人感到惭愧。但我们是不是从这位伟大的作家的惨死中找到什么教训呢？他的骨灰虽然不知道抛撒到了什么地方，可是他的著作流传全世界，通过他的口叫出来的中国知识分子的心声，请大家侧耳倾听吧：‘我爱咱们的国呀，可是谁爱我呢？’”

巴金此前不久参加第四次全国文代会，因为不能再看到老舍同志，感到十分寂寞，而且心怀疑团：“到今天我还没有弄明白，老舍同志的结局是自杀还是被杀，是含恨投湖还是受迫害致死。”有好心人劝慰说，“不要再纠缠在过去吧，要向前看，往前跑啊！”但巴金不可能不“纠缠”：“我没有办法使自己赶快变成《未来世界》中的‘三百型机器人’，那种机器人除了向前走外，什么都看不见。很可惜，‘四人帮’开动了他们的全部机器工作了十年，却始终不曾把我改造成机器人。过去的事情我偏偏记得很牢。”

巴金确实记得很牢：

老舍先生在世的时候，我每次到北京开会，总要去看他，谈了一会，他照例说：“我们出去吃个小馆吧。”他们夫妇便带我到东安市场里一家他们熟悉的饭馆，边吃边谈，愉快度过一两个钟头。我不相信鬼，我也不相信神，但是我却希望真有一个所谓“阴间”，在那里我可以看到许多我所爱的人。倘使有一天真的见到了老舍，他约我去“吃小馆”，向我问起一些情况，我怎么回答他呢？……我想起了他那句“遗言”：“我爱咱们的国啊，可是谁爱我呢？”我会紧紧捏住他的手，对他说：“我们都爱你，没有人会忘记你，你要在中国人民中间永远地活下去！”

巴老自己也很在意这篇文章，他在1980年3月6日给李健吾的信中说：“我写了篇怀念老舍的文章，为知识分子讲了两句话。我这样想：要实现四化，就离不了知识分子。一般地说，中国的知识分子是好的，老舍是一个代表人物。”他的这篇长文，岂止是为老舍呐喊，也是在为中国的知识分子呐喊呵。这篇放在刊物头条的《怀念老舍同志》，真不知震撼了多少读者的心弦！

（二）难得的名篇：唐弢撰写的《追怀雪峰》

这期的“心中的花圈”专栏中，还有唐弢的《追怀雪峰》，与巴老文章相映生辉，也是深为读者所关注和

创刊号上，最震撼读者心弦的文章，是巴金的《怀念老舍同志》和唐弢的《追怀雪峰》

欣赏的名家名篇。唐弢早年也曾是老《文汇报》的人，对这张报纸用情很深。1946 年 7 月 1 日文汇报《笔会》副刊创刊，他应柯灵之邀约，当了主笔。现在，作为老同事和老朋友的梅朵、谢蔚明为《文汇月刊》创刊号催稿，他当然要赶出一篇分量很重的力作。《追怀雪峰》一文，也是“赶出来”的，于“1979 年 11 月 17 日冯雪峰追悼会之日写完”。

在黑底套白字的沉甸甸标题《追怀雪峰》旁，配发了一张温馨的合家欢——“冯雪峰与鲁迅两家 1931 年 4 月合影与上海”。这大概是在公园里拍摄的：照片前排，冯雪峰和抱着儿子的鲁迅盘膝坐在草地上，雪峰神情憨厚，鲁迅则满脸慈祥，带着浅笑；后排，又高又浓密的树木下，坐着手抱孩子的雪峰夫人和许广平。这张半个世纪前的极其珍贵的合影，显现了两家人非同寻常的友情。

不过，倘使知道这张照片拍摄经过的话，会格外感到它的弥足珍贵。冯雪峰的儿子冯夏熊，虽然在拍摄这张著名的老照片四年之后才出生，但如今也已白发苍苍。他积累了相当多的史料，著书立传，对父亲与鲁迅相知相契的友谊如数家珍。在左联纪念馆中悬挂着的这张合影前，他曾指着照片中的一个幼儿说：“那是我姐冯雪明，不是我！”“拍这张照片的时候，许广平刚哭过，眼泪没干，头微微低着……”原来，许广平当时不愿意拍这张照片——因为柔石前些日子刚英勇就义，而柔石是冯雪峰的高中同学和挚友。鲁迅坚决要与冯雪峰及其妻女合影，对许广平的想法不以为然。

冯夏熊现在想来，颇为谅解：“一个女人有了孩子之后，产生这样的顾及家庭安危的想法也很正常。”拍完这张照片不久后，1933 年冯雪峰离开了上海。腹中怀着冯夏熊的冯妻带着女儿，在鲁迅家落脚了相当长一段时间。

冯雪峰的辉煌身世和作品，尽人皆知，1954 年为《红楼梦》研究问题和“胡风事件”受批判，“反右”时被划为“右派”；“文革”中又被关进牛棚，1976 年患肺癌去世。直至 1979 年，中共中央为他彻底平反并恢复名誉。《追怀雪峰》写于追悼会后，但并不哀婉，着墨更多的是述说和怀念：在唐弢“第一印象”中，“身上似乎有一种掩盖不住的农民气质”的雪峰，和鲁迅的那种亲密无间的关系；以及在鲁迅去世后，他为写作《鲁迅回忆录》，为整理和注释工程浩大的《鲁迅全集》，付出了全部的精力和心血。通篇文章中，披露了许许多多鲜为人知的情节。

唐弢回忆他与雪峰初次见面，是在1936年10月的非常时期，“那时鲁迅刚刚逝世，丧仪正在举行，报上发表不少关于这方面的消息。其中的一条说，因为许广平先生哀毁过度，治丧委员会的委员又很忙碌，凡是有关丧事的规划，另外由一个人全面负责……消息还说，这个从不抛头露面的人，是一位十分神秘的人物。”

一天傍晚，我从胶州路万国殡仪馆回家，治丧办事处要我顺道带一封信到周建人先生家里，收信人不是周建老本人，而是报上说的那位神秘人物；所谓神秘的人物其实也并不神秘，而是我早已闻名却不曾见过面的冯雪峰。

报上的消息是夸大了的。雪峰虽然和许先生、周建老一起参加治丧事宜的商讨，特别是在同宋庆龄、蔡元培、沈钧儒诸先生的联系方面，做了很多工作，但他既不曾独居斗室，也没有全面指挥丧仪的进行。在当时，他只是代表组织尽了他个人应尽和能尽的力量。

雪峰确是“代表组织的”。翻看辞书中有关他的词条，可以看到他整个三十年代和上海文坛密不可分：“1929年参加中国左翼作家联盟的筹备工作，并成为三十年代左翼文艺的重要领导人之一。这一时期，主编或参与编辑《萌芽月刊》、《巴尔底山》、《前哨·文学导报》、《十字街头》等左联机关刊物。参加了与各色资产阶级、小资产阶级文学团体、文学主张的论战。1933年起，离开上海去中央革命根据地，随后参加长征。先后任中央苏区党校教务长、副校长，红军大学政治教员等职。1936年，以中共中央特派员身份到上海兼管文艺工作，参加了两个口号的论争。1937年底回故乡从事创作。1941年被国民党逮捕囚于江西上饶集中营。1942年出狱后，在重庆、上海等地从事统战和文化工作，继续从事理论研究和文学创作。”

而且，让人不敢设想的是，鲁迅这样一个有性格、有锋芒的人，文章如投枪、匕首，几乎从不为人所左右，偏偏有个人常常要执拗地左右鲁迅，甚至强他所难，此公便是当时不到三十岁的冯雪峰。鲁迅先生生前并没有跟唐弢谈起过冯雪峰，但鲁迅逝世以后，许广平先生对他谈到了雪峰。她说：当年住在闸北景云里的时候，雪峰是邻居，每天晚上十一点左右，他便过来和鲁迅闲聊，谈政治，谈文艺，商量出版刊物，往往到凌晨二三点才回去。雪峰固执地要先生做这做那，鲁迅有的接受了，有的拒绝。雪峰说："先生，你可以这样这样的做。"鲁迅说："不，这样我办不到。"雪峰又说："那你可以那样那样的做。"鲁迅说："那样也不行。"雪峰说："先生，我看可以的，你就试试吧。"于是两个人争执起来，到最后，鲁迅说："试试就试试吧。"他真的吃力地做起来。许广平看到鲁迅先生太累了，从旁劝告说："何苦呢，对一个青年的话便这样认真起来！""不！"鲁迅先生说："这个人是直率的，浙东人老脾气。至于对我的态度，从政治立场上说，我以为他是对的！"

唐弢回忆道：和雪峰再次见面，是十年后的 1946 年，抗日战争结束，雪峰重新回到上海。已经接手《文汇报・笔会》副刊的唐弢，"并没有把许广平的这些话告诉雪峰。但这些又确实是我约他写鲁迅回忆文章的最初动力。至于在我头脑里对《鲁迅回忆录》有个初步的概念，并且一再催促将它写出来，那是我知道雪峰有意写回忆鲁迅的文章，并且陆陆续续听他讲了一些片断以后的事情。那些片断，无论雪峰后来写出来的或是没有写出来的，我觉得都是很美的故事，是我听到的关于鲁迅故事里非常激动人心的部分。"

作为二十世纪三十年代初"左翼作家联盟"主要领导人之一，冯雪峰也被认为是"左联"中最懂鲁迅的人。许多年后，冯雪峰之子冯夏熊在《冯雪峰传略》一书中写其父亲与毛泽东的关系，"长征期间，两人一起交谈散步不下数十次，可见关系非同一般。冯雪峰后来成为中共与鲁迅之间联系的主要人物，与他和毛泽东个人的关系有关。"而雪峰在与唐弢这次重逢时，也曾说起他深感毛泽东对鲁迅极其关注和敬重。雪峰追述道：1933 年秋冬，在被特务盯上后，组织上让他暂时离开上海，回到瑞金沙洲坝后，很快见到了毛主席。当时在筹备第二次全国苏维埃代表大会，"筹备稍有空隙，毛主席便把雪峰找去，详细询问上海的工作，询问鲁迅的事情。有一回，主席亲自来到雪峰的住处，见面以后，风趣地说，'今晚约法三章：一不谈红米南瓜，二不谈地主恶霸，只谈鲁迅'……"

追随鲁迅、影响鲁迅、回忆鲁迅，这勾勒出了雪峰的人生和工作。新中国成立不久，雪峰便组织人力，负责整理和注释《鲁迅全集》的工作。在唐弢看来，对雪峰来说，“这个工作确实是最重要、最合适不过的了。雪峰认真地审核每一条注释，仔细地研究每一个措辞，字斟句酌，唯恐其有不准确或者不稳当的地方。不过农民气质在雪峰性格里也留下了某种弱点：严格而不免执拗，朴素而失之偏急。我和他曾经发生过几次争论。”

雪峰1954年因《红楼梦》研究问题和“胡风事件”受批判，1957年被划为“右派”；1966年又被关进牛棚。他被迫中止公开的文学活动，作为普通编辑从事中国现代文学作品的编辑工作。1972年参与《鲁迅日记》的校订。在多年没有见面之后，1973年唐弢去看望了雪峰，他已被折磨得贫病交加、不成人样：“他满头白发，形容枯槁，憔悴和瘦削使我第一次发现雪峰的苍老。他住在一间用衣柜和帐幔隔开的小房子里，患着严重哮喘病，一面谈话，一面咳嗽，有时连气都透不过来。”他接受了唐弢的劝告，暂时放下对之前“愤而焚稿”的长篇小说“另起炉灶”的计划，写些笔记回忆之类的短文，最迫切的是将几件和鲁迅有关的事情弄清楚。但他家里的书刊久已散失，无法核查文字材料。于是，“从1974年起，每隔一个时期，雪峰便到我家里，和我一起翻查书刊，核对材料，有时也把需要继续翻阅的期刊带回去……进入1974年冬天，雪峰肺气肿复发，像吸干了青油尚在燃烧的灯芯一样，正慢慢地暗淡下去，慢慢地熄灭下去。”1976年，雪峰终因晚期肺癌引起并发症去世，让他不能瞑目的是两件事：一是关于环绕鲁迅的几件大事还没弄清楚。二是念念不忘的“回到党内”的愿望没有实现——直到1979年，中共中央为他彻底平反并恢复名誉。

在这篇感人肺腑、动人心魄的追怀文字结束时，唐弢感慨中带着欣慰：“现在，雪峰的问题已经改正，党敞开双臂将他搂入怀抱，沉冤得雪，遗愿已偿。”他还在“附记”中写道：“本文前四节1979年8月中旬写于江西庐山疗养院二分院，以后搁置行箧，终未完篇。今雪峰追悼会在党中央关怀下，正式举行，再补三节，告慰故人。”

（三）丧子之痛中，杨宪益、戴乃迭赐稿说“红楼”

让读者颇感意外和欣喜的，是在这期刊物的“读书札记”里，还有两篇“夫妻档”说《红楼梦》的，作者是在国际上享有崇高声誉、中英合璧的两位翻译巨匠——杨宪益和他的英籍夫人戴乃迭。

他俩都是谢蔚明的老朋友，他们还有着共同的知己好友郁风、黄苗子、黄永玉、丁聪、范用等。谢蔚明劫尽归来，出任《文汇月刊》副主编，老友们说起彼此这些年遭遇，唏嘘不已。谢蔚明被捕放逐北大荒，回来已无家可归，妻子为情势所逼，早已带着女儿离开了。杨宪益夫妻的命运比谢更惨痛，“文革”中因被诬为“里通外国的特务”，于 1968 年 4 月底双双被投入牢狱，二人虽然同时关押在北京半步桥监狱四年，却彼此都不知道对方的下落。出狱后，一家人终获团圆，但悲剧仍在延续，因父母出事受严重刺激而精神失常的儿子，病情不见好转，只得被送往英国治疗，但 1979 年他竟用汽油自焚，葬身于烈火之中。

说来难得，就在这对珠联璧合的恩爱夫妻，遭受到一生中最沉重的打击后，沉浸于那种万念俱灰的心境中难以解脱，以酒浇愁愁更愁时，他俩居然没有回绝谢蔚明的稿约——对这位落魄多年、刚刚重获自由和工作的老朋友，他们已经不可能动用“拒绝”这样的字眼！

他们双双赐稿。杨宪益给了一组“译余偶拾”，其中一篇是《〈红楼梦〉里提到的金星玻璃》，只有五百字，但只有精通外语和外国国情的他，才能说清楚问题的来龙去脉。而戴乃迭写的《一个西方人对〈红楼梦〉的看法》，三千多字，俨然大家手笔，娓娓道来，条分缕析，见解鲜明、独到而又十分精辟。谢蔚明为之配发了编者按：“戴乃迭同志是华籍英人，她和她的丈夫杨宪益同志长期致力于介绍中国历代文学作品于西方读者。四十年来，他们夫妇合译过《诗经》、《离骚》、《史记选》、《宋明平话》、《儒林外史》、《鲁迅小说选》等文学名著数百种。去年由外文出版社出版的我国古代名著《红楼梦》英译本是他们合译的巨著之一。戴乃迭同志应本刊之请，谈她对这一名著的看法，值得一读。”

读一读戴乃迭先生文章的主要观点吧：

《红楼梦》一书在西方并不普遍为人所知，虽然汉学家都一致认为它是中国最伟大的古典长篇小说。有些外国读者对我说：“这部小说我没法看懂。”我对他们的劝告是：“耐心些。坚持看下去，你就会发现它是很值得一读的。”

诚然，对一般西方读者来说，阅读中国古典小说，尤其是阅读《红楼梦》，确实有很多困难。首先是中国古典小说结构松散，情节进展缓慢……现代读者一般对此都感到厌烦。其次，更为重要的，是社会历史背景不同。……《红楼梦》的社会背景比十六世纪的欧洲对他们更为生疏。不仅中国的文化不同于西方，封建主义的历史也漫长得多，它逐渐形成的上层建筑也更为复杂。这个思想、礼教和僵硬的社会习俗构成的上层建筑，束缚了各个阶级的年轻人。宝玉给英国读者的最初印象，似乎是一个女人气的、患狂郁症的、带着莫名其妙的自卑感的人。只有当我们对这个令人窒息的社会环境有所了解之后，我们对他才能做出较为准确的评价。

西方读者遇到的另一个障碍，是这部小说一开始就写了许多西方人完全不熟悉的神话和传说。作者将佛教和道教里的神和仙同凡人混在一起，以高度现实主义的手法加以描绘。这就把我们搞糊涂了，因为我们自幼受希腊、罗马神话传说和圣经的熏陶——完全是另一种文化传统。小说里各种各样的医药及占卜算命这类显然是中国人的虚玄神秘的玩意儿，也同样使我们难以捉摸。最后一点是，《红楼梦》里引用了大量文学和经书典故，其中有一些连今天的中国青年都不清楚，更何况外国读者。此外，小说里为数众多的诗词和双关语，在翻译中不可避免地要损失不少。

我强调这些困难，为的是着重说明：一个十八世纪中叶的中国作家需要有莎士比亚的艺术造诣，才能吸引二十世纪的西方读者。曹雪芹无疑是具备这种才华的。小说的情节在很多方面同他自己的家庭遭遇相仿，因此他非常熟悉他所写的那类大贵族家庭及其全部食客。通过大量人物描写，作者绘出了一幅他的社会、正在衰落的中国封建主义的图景。从这方面看，《红楼梦》堪与《战争与和平》相比拟。在《红楼梦》中，作者将细腻的心理描写同超逸的幽默和高雅的诗词糅和在一起。以我看，曹雪芹在这方面胜过了托尔斯泰。五十多个主要人物，作者都有细致入微的描绘，并且写出了他们之间的相互作用。宝玉和黛玉初看像泪汪汪的神经病患者，他们却原来是叛逆者：反抗对待妇女的封建态度、谋取官职的科举考试以及许多封建道德信条。令人感到兴趣的——在我们看来是不寻常的——做法是，他们用诗词来表达。这些诗词显示了作者的性格。书中关于中国封建大家庭日常生活，包括服饰、家具和饮食的细腻描写，使西方读者感到新鲜而富有魅力。

戴乃迭对《红楼梦》尾声部分的瑕疵，批评相当凌厉：

黛玉去世之后，宝玉为了取悦父母，决心苦读经书以应科举，这同他的性格似乎有矛盾，破坏了艺术的一致性；我无法相信这是曹雪芹原来的设想。当然，小说的结尾出自高鹗之笔。另外，宝玉出家当和尚这一结局看了使我气愤，虽然对于某些为了逃避现代生活烦恼而求助于宗教的西方读者来说，也许会唤起共鸣。末尾的家道复兴显得不太自然，对皇恩的歌颂则令人作呕。不过，这些瑕疵都无伤大局。《红楼梦》的题材和结构如此丰富，它包罗万象，是直至作者的时代为止中国文化的光彩夺目的精华。这部奇特的著作将哀怨、幽默、诗词和社会批判结合在一起，把我们带进了另一个世界，扩大我们的理解力，从而丰富我们的心灵。西方读者反复阅读这部小说将比攻读很多卷历史书获得更多的艺术享受和对中国更深刻的了解。《红楼梦》不仅是中国，而且也是世界上最伟大的文学巨著之一。

这篇文章令人折服。一般人真无法想象，这样博大精深的关于《红楼梦》的文字，怎么可能出自一个英国女性笔下？而且她竟能和丈夫一起，翻译出《红楼梦》英文版煌煌巨帙！道是蹊跷却寻常，自从三十年代末戴乃迭被杨宪益身上浓厚的中国传统文化气味所吸引，一见钟情，就随即改学中文，成为牛津大学攻读中文学位的第一人，也为他们日后共同的翻译生涯铺就了坦途。1940 年，戴乃迭不顾曾随传教士丈夫在中国辗转多年的母亲坚决反对，在父亲的支持下随杨宪益来到中国。四十年矣！她虽然没有入籍，却一直在努力融入中国，把丈夫的祖国当成自己的国家，一直说："我觉得，我有两个祖国"。

戴乃迭与杨宪益血脉相融、心意相通，在第一语言和第二语言间轻松转换、游走自如——他们合作译出的屈原名篇《离骚》，便是于不可为处而为之。戴乃迭曾回忆道："实际上是杨宪益先将中文译成英文，我又把它改写成对偶叙事诗。"译文发表后，著名的英国汉学家大卫·霍克斯惊叹道："这部《离骚》的诗体译文在精神上与原作的相似程度，正如一只巧克力制成复活节鸡蛋和一只煎蛋卷的相似程度一般大。”

无怪乎有人赞叹：“天地间有这样一个巧合：中国文学翻译界的泰斗杨宪益、戴乃迭，是中西两极、阴阳合璧的伉俪。一个英国文学培养出来的汉学家，一个汉儒教训而成的英文学者。造物者也真是具有伟大而神秘的魔力，竟造就出了这么一对译界合欢花。”

《一个西方人对〈红楼梦〉的看法》，不光尽展戴乃迭深刻领悟《红楼梦》之精髓，而且还能引领西方人读懂宝黛。戴乃迭先生做了件功德无量的事，着实令人钦佩，而且也使《文汇月刊》的创刊号大为增色。

（四）舒芜，心平如水地说“梦”

在“创刊号”上重新亮相的舒芜，因其命运坎坷，又极具争议，令人瞩目。在“胡风事件”中，舒芜曾名噪一时，他交出与胡风之间的往来通信，并被迫加以整理，再被收入《关于胡风反革命集团的材料》。随着胡风和各地“胡风分子”的纷纷下狱，舒芜变成了“告密者”和“犹大”。

绿原后来曾说：“要研究胡风问题及其对中国文化界和知识分子的教训，不研究舒芜是不行的。”而另一位“胡风分子”何满子说得更直白：“如果不是舒芜的‘揭发’和上纲上线，并提供那些书信，就不会产生一个子虚乌有的‘胡风集团’，成为一个巨大的政治事件，牵涉到那么多的人。连我这个跟胡风毫无关系的人，竟然也受到了牵连。”

舒芜的这一行为，“永远是其历史的尴尬”，为众多人士所不屑和不可原谅；但也有不少人为之辩护，将问题归结于当时的时代原因和政治环境，以及其间权势人物步步进逼，对舒芜施加的强大压力，使得“在思想上相信马克思主义，在政治上拥护中国共产党领导的舒芜，赞成对知识分子进行思想改造。不但自己的思想需要改造，而且还有权利，也有义务帮助友人进行改造。”

多年之后，舒芜曾为自己做过解释：

所谓“交信”根本就不存在。我从来没有向任何人交过什么信。当时，《人民日报》编辑叶遥奉命给我出了一个“关于胡风的宗派主义”这个题目，向我组稿，我觉得宗派主义这个问题，在当时批判胡风已经达到的程度上，是个“不上纲”次要问题，而且也符合我对胡风早就已有的想法（觉得他太孤立自己），所以就接受了这个约稿。我所指的宗派主义，主要是指胡风对于文艺界许多人一概过于否定，过于蔑视。这在他的公开文字中表现得还比较含蓄，在私人通信中就说得很明显。我的文章要说清楚这一点，就不能不引用胡风给我的信。叶遥为了核实我文章中所引用的胡风给我的信原文，向我借信去校对，我就借给了她。……至于以后的事态发展，那完全非我所愿，非我所料……等到林默涵从袁水拍手里看到了这些信，那就等于公安部门看到了，我想捂也捂不住了。他找我谈话，我当然是不敢反抗的。既然林默涵发了话，我就不敢不按照他的“指示”编出了那个材料，谁知又惊动了……定了那么一个吓人的罪名，后来的一切更是万万非我所能料到的。

舒芜这解释，许多人认为推诿远多于反省，但他也做了一点忏悔：“虽非始料所及，但是它导致了那样一大冤狱，那么多人受到迫害，妻离子散，家破人亡，乃至失智发狂，各式惨死，其中包括了我青年时期几乎全部的好友，特别是一贯挈我掖我教我望我的胡风，我对他们的苦难，有我应付的一份沉重责任。”

往事已矣。六十八岁的舒芜，已经走出“胡风事件”，“心平如水”地在写作。他在这期刊物上发表了《说“梦”》中的“晴雯为什么枉担了虚名？”等两篇。之后又在《文汇月刊》上差不多整整说了两年“梦”，有四十余篇。他随笔式的文字优美耐读，见解又精到新鲜，吸引了一大批食髓知味的读者。

舒芜和中国许多落寞、失意中的文人名士一样，总在“非常岁月”时一头扎进《红楼梦》，自甘寂寞地去研究、解析这一永远开掘不尽、没有终极答案的“文学魔方”。1954 年，他调动到人民文学出版社古典部之后，适逢出版社因为《红楼梦》标点校勘问题挨批，出版社检讨后赶快组织补救，重校、重印《红楼梦》，任务交到舒芜头上。为了做好这个工作，他不得不认真仔细地边校边读。而之前，他只是在读高一时粗粗看了一遍《红楼梦》。1956 年，为了批判俞平伯，他又对《红楼梦》作了点研究，还曾到二十几家单位做过报告。而真正沉浸进去，是“文革”

后期，他还在干校。那时，大环境因为林彪事件松弛下来了，人一批一批往北京调，舒芜和一小撮没有人要的还留在农场。心情不愉快，生活却很悠闲，没事的时候，舒芜就捧读《红楼梦》，并随手在上面加了许多批语。

舒芜回忆说：他“右派”改正后，当梅朵、谢蔚明为《文汇月刊》“向我约稿，想给我开辟一个不定期的专栏。我写什么呢？想了想，就决定以《说梦》为总题，把我批在《红楼梦》上的那些意见，一条条写成短文。发表出来，反响还不错。后来，就集成了一本《说梦录》。”

当然，舒芜所以会这样写《说梦》，这还源于他在上中学前就非常喜欢周作人的作品，成为文化人后，又对周作人关于女性问题研究之博大精深崇钦有加有关。舒芜曾经解释过：他的《说梦》里，也有大量关于女性问题的探讨。《红楼梦》是了不起的。它在中国古典文学里面，带来了一个全新的空前未有的东西，就是把女人当人，对女性尊重。作者曹雪芹自己说得很清楚，他写作的目的就是要“使闺阁昭传”，就是要使天下后世知道“闺阁中历历有人”，“万不可使其泯灭也”。曹雪芹是最了解女性悲剧的，所谓“千红一哭，万艳同悲”。这个悲剧是从曹雪芹眼中看到的悲剧，也就是贾宝玉看到的悲剧，这比女性自己看到的悲剧更深刻。他为了这个目的来写，也的确写得很成功。在他的笔下，林黛玉、薛宝钗、史湘云、贾探春、晴雯、鸳鸯、紫鹃、平儿……几十个青年女性，不仅仅是美丽，不仅仅是聪明，而且首先是有思想有感情有意志的、“行止见识”不凡的、有独立人格的人。在她们之中，还有一个男孩子贾宝玉。贾宝玉不仅爱她们，尊重她们，还尊重世界上一切青年女性，《红楼梦》的悲剧之所以特别震撼人心，就因为它充分写出了被毁灭的女性不仅外形是美丽的，而且内心更是美的。

1982 年《说梦录》在上海古籍出版社出版；2006 年又由人民文学出版社出版新版，内容没有改动，只将书名改为更醒豁些的《红楼说梦》。舒芜自谦自己这本小书，“只是《红楼梦》的一个普通读者的读后杂谈，同那些专家著作不是一类。”还强调说：“我主要是想和有些所谓的‘红学家’划清界限。现在的‘红学家’有两种，一种确实是在踏踏实实地做‘红学’方面的研究，帮助读者多掌握一些资料。还有一种把《红楼梦》看成是莫名其妙的东西，里面有多么了不起的文化意义、政治意义，甚至越讲越玄。其实《红楼梦》就是一部小说，和别的小说没有什么不同。我对红学没有兴趣，我就是一个普通读者。”

于无声处听惊雷。读者们显然不止关心舒芜平静的“说梦”文字，更会联想他人生所经历的惊涛骇浪，并从中获取感悟和教训。

（五）销声久矣的曾卓，吹响了《听笛人手记》

创刊号上让人眼睛一亮的，是跟舒芜同时亮相、消逝已久的曾卓的“读书札记”。重返文坛，曾卓没有写诗，而是写出别具一格、独有境界的读书笔记。《笛声》与《火车》，是在他正式获得平反的前夕——1979 年 11 月，在梅朵和谢蔚明的催讨下寄来的，却写成于五年之前，那时根本不能发表作品。曾卓因胡风案所累，在谈到他与胡风的关系时，概括道：“简单的交往，几乎影响了我一生。这不仅是指我曾被定为所谓的‘集团骨干分子’，因而长达近二十五年在一种险恶的处境中，而且也是指在文学思想上和在对待人生的态度上。”

曾卓回忆说：

解放前在重庆我们就只见过三次面。就是这三次见面，时间也都很短暂，没有进行多的交谈。但每一次见面都还留下了一点印象。我没有在他编的《七月》、《希望》上发表过东西。1942 年，我听说他认为我的一篇受到有一些人赞扬的散文诗只不过是“小资产阶级的情调”，我相信这话是真的，因为他当时正在编《七月诗丛》，约了我的几个朋友编集，却撇下了我，这很使年少气盛的我感到难堪，而且颇为忿忿，就发誓不向他编的刊物投稿。

解放初期，我们通过两次信，一次是我请他对我发表的一个独幕剧提提意见，他回信倒是给予了鼓励的。另一次是，我认为他在一本文集的后记中，批评一位同志的态度和语气是过分了。他回了一封短信说：你不认为他写的那篇批评我的文章的态度和语气是更过分么？我把那篇文章找来看了，就再没有说什么。对于解放以后他的处境我颇为同情。1953 年，全国第二次文代会期间，我和几个朋友一道去看过他几次，这才有机会听到他较多的谈话，直接对他有一些了解。他对当时的文艺现状是不满的，对于那次文代会认为也难以解决问题，他也谈到了几年来自己的遭遇，我感到了他心情的苦闷、激动和焦躁。

曾卓没在《七月》上发过作品，却仍然被划为“七月派”诗人。他五十年代初任《长江日报》副社长，并当选武汉市文联、文协副主席。1955年受胡风案牵连被捕入狱，1957年因病保外就医，1959年下放农村，1961年调任武汉人民艺术剧院编剧。1979年底平反，调回武汉市文联工作。

让人很难想象的是，曾卓在《文汇月刊》创刊号上推出的《笛声》、《火车》这两篇读书札记，连同之后陆续推出的近二十篇《听笛人手记》，会在读者中、文化人中，产生那么大、那么持久的影响。许多读者在聆听了曾卓的“笛声”后，会迫不及待地去寻觅、阅读他所推荐的原著。曾卓是少有的能以这种“轻武器”征服读者的作家。

曾卓很喜欢巴斯乌托夫的创作谈《金蔷薇》，并多次评点其写的小说。曾卓的书评跟《金蔷薇》一样文笔优美，他像师长、像朋友般亲切动人，娓娓道来，引领着读者，告诉你这是一本怎样的书，什么地方感动了他，鼓舞了他，震撼了他，他述说阅读感受，也融会、贯穿了自己的人生故事、人生阅历，以及自己的思想、感想，以至迷惘和困惑。

如同我想象的一样，在我一年后去武汉组稿、向曾卓当面求教时，就是这个感觉：他满头白发，一脸沧桑，多半时间面带微笑，连跟你交融的眼光里都含有笑意和亲近，他在温暖而亲切地述说着，有时也会爽朗大笑。

曾卓的“札记”不光观感独到，对书的内容简要介绍之生动和精到也非常人所能及。他说：“考虑到我所介绍的作品未必都是读者读过的，而且也为了写得较为生动，我对作品都做了简短的复述。这是一项看来容易而在我是异常费神的事。我不仅要表达出那主要情节，而且想传达气氛和情调。在情节的复述中，也就夹杂着我的议论和感想。总之，我试图不要写得那么干燥和枯涩，不要败坏了读者对原作的印象。”

在《笛声》里，曾卓就生动地复述了柯罗连柯的中篇小说《盲音乐家》的情节：五岁的男孩彼得鲁斯为他家里的马夫的笛声迷住了，他未能理解，但受到感动，每天晚上都要在马棚里消磨一两个小时。弹得一手好钢琴的母亲，为此感到不解和嫉妒，特意去买了架钢琴，并当着儿子和马夫大秀琴技。对此琴声，儿子感到迷茫，马夫表示不屑。母亲痛苦而羞愧，当儿子晚上又到马棚去享受“幸福时光”时，母亲带着嫉恨，在窗前倾听，想从粗俗的笛声中挑出毛病，但不知不觉中，也沉浸到悲怆的曲调里。她不得不承认，在和外形粗鲁的马夫的竞技中，自己是失败者。原因在哪里呢？她自己解答了这个问题：因为那笛声里面有一种“特别真挚的感情”，一种“天然率直的、纯洁的、非矫揉造作的诗意”。

当时是1974年，曾卓非常渴望冲破“文革”“假大空”的窒息，他给这篇文章写下这样的结尾：“我多么希望，在我的窗口也能听到那样动人的笛声，有着特别真挚的情感、有着纯洁诗意的笛声。”

曾卓选择赏析的书，既挑剔又不拘常格。他说：“我只能评介使我激动并引起了我的深思的作品，它可能并不是长篇巨著。”他在同期发表的另一篇文章《火车》，开头就引了两句美国女诗人米莱题为《旅行》的诗：“没有我不肯坐的火车，也不管它往哪儿开。”而文章由此而生发、展开：“火车当然意味着旅行。米莱的这两句诗就是从题名《旅行》的组诗中摘出的。旅行可以跳出日常的生活，看到高山大海，新的城镇乡村；可以增加见闻，启发智慧，而且仅仅只要坐在奔驰的火车上，也就能使人有一种兴奋、愉悦的心情。”

随后，他说起了别人告诉他的一个小故事：一个十三四岁的少年和他病弱的母亲，住在一个小小的火车站附近。母子辛劳，家境困苦，邻近人家稀少，日子过得单调、枯燥。这个少年，他一天里仅有的欢乐时光是当火车在小站停留的几分钟时间。每当他听到汽笛的长鸣声，就会放下一切，奔向小站，车厢里的音乐、灯光和那么多乘客，生动、活跃、热闹，是他梦境般的世界，引起他许多想象和渴望。有一天，病弱的母亲去世了，少年在土坟旁坐了一整天，后来就背着一个小包跳上火车离开故乡——怀着对新生活的渴望，对新的命运的寻求。熟悉曾卓的人说，这个少年不是别人，正是他自己的化身。他四岁时，父亲遗弃了他的母亲，离家出走。母亲那年还不到二十五岁。

曾卓追忆道：二十多年前，在异常寂寞的心情中，曾经写过一首给少年们看的诗，题名《火车、火车，带着我去吧》，其中有这样几句：“黄昏时 / 我常坐在山坡上 / 当火车从远方来，又向远方去了 / 我的心也跟着它飞得很远很远 / 火车轰响着在我面前飞奔而过 / 它在我心中唱着奇妙的歌 / 它向我歌唱：辽阔的大地和宽广的生活。”这首诗虽然以一个少年口气写的，述说的却是“我”自己的心情，也是“我”喜欢米莱那两句诗的原因。

他对近年来由于种种原因不能像别人那样外出旅行，感到既无奈又心有不甘，病休的日子很平静，但关于心境就未必能这样说了。他喜欢龚自珍的诗句，喜欢“胸中海岳梦中飞”那意境，“但我更欢喜的是，有一天我将跳上火车，也不管它往哪儿开……”这发自 1974 年“文革”期间梦呓般的期盼和憧憬，在五年后本文发表前，终得实现，他在文末加上一行写于 1979 年 10 月的附记：“今年，我终于坐上了火车，那是向北京开的。”两个月之后，他获得了正式平反。

几年间，曾卓一共在《文汇月刊》上发表了二十来篇关于外国文艺作品的读后感。在之后出版的《听笛人手记》后记中，他写道：

写得最早的一篇是《阴影中的凯旋门》，在 1974 年。十年浩劫中期，我因有病，得以走出了“牛棚”，摆脱了劳役，在家里休养……那篇读后感，其中是寄托着自己的某些情怀，融合着自己的某些心情的。当时当然完全没有想到发表，只是和另外写下的几篇短文以及一些诗，悄悄地在几个接近的人中传看过而已。没有想到，五年以后，在 1979 年的 4 月，正在筹办的《外国文学研究》来约稿，我就带着试一试的心情将这一篇送了去，后来就在该刊的第一期上发表了。当时我的问题还没有处理。

后来，《文汇月刊》的主编梅朵、副主编谢蔚明同志约我辟一个专栏，我冒昧地答应了。专栏定名为“听笛人手记”。那是因为在写《阴影中的凯旋门》的前后，我还写过一篇短文，介绍了柯罗连科的中篇小说《盲音乐家》，用意在于表达我对当时虚伪的创作倾向的厌恶，那收尾是这样的：“我多么希望，在我的窗口也能听到那样动人的笛声，有着特别真挚的感情、有着纯洁诗意的笛声……”

我想在《听笛人手记》的总题下，写一点有关外国文艺作品的读后感。开始，我还能坚持一两个月写一篇，后来就时断时续，几乎停顿了。这是由于我还有一些别的杂务，当然也是由于我的懈怠。但也还有一个原因：写这样的东西，我感到很吃力，而且并不是随便选一篇作品，就可以提笔写的。我不是作一般的作品分析，而是想写出自己的感受，并寄托自己的情怀，通过对作品的解释，来表达自己对人生、对生活、对艺术的某些追求。甚至有时只是借题发挥，介绍作品倒是在其次的。

曾卓吹响的《听笛人手记》，独树一帜，那种情调和味道别人难以效仿，不可复制，难怪它会成为《文汇月刊》颇具声誉的名牌专栏。

三 办刊物
就是要“挥霍名家”

梅朵家住在上海美琪大剧院对面的江宁大楼。这是一幢聚集着文化界、文艺界众多名流的大楼，谢晋、白桦等人都是梅朵的邻居。

近水楼台先得月，谢晋拿到《文汇月刊》创刊号后先睹为快。激动型的谢晋兴奋不已，击节赞赏，但也担心梅朵“人来疯”，弄成虎头蛇尾的一锤子买卖。看完杂志，他就闯上门去，以特有的大嗓门警告道：“梅朵，你疯了！怎么能在一期刊物上用这么多大名家！？简直是挥霍！像你这样办杂志，稿子肯定接不上，最多办三期就得关门！”谢导一直为寻找名家的电影文学剧本而犯愁，有时简直弄得焦头烂额。现在，眼看梅朵这么大手大脚，他怎么能不早早给老朋友敲警钟呢？

虽说梅朵因多年饱受折磨，面容瘦削，身子有些佝偻，比不上人高马大的谢晋，但他们性格相近，做事追求极致，都是认定目标不回头的人。梅朵笑着让老朋友放心，“多花点力气，稿子总会有的！”不过，梅朵没有告诉谢晋，他办《文汇月刊》就是要“挥霍名家”，每一期都把手头的好东西倾囊而出，要让读者深感满足，深受触动。

“吾道一以贯之。”梅朵的目标简单而又坚定：第一，一定要走名家路线，每期要有几十个，而且其中要有几个大名家；第二，不光要拿到名家稿子，而且一定要抢到他们最好的稿子，每期要有几篇能产生轰动效应；第三，不满足创刊号的一鸣惊人，还要一鼓作气，一定要让《文汇月刊》成为全国最有档次、最具影响、最受欢迎的综合性刊物。

看看第二期刊物，依然是风头强劲、名家云集：丁玲、周扬、陈企霞、郑振铎、周而复、王朝闻、唐挚、叶君健、林放、柯岩、黄宗英、碧野、雁翼、张洁、秦似、陈原、罗洛、肖离、吴小如、张骏祥、白杨、韩尚义、王云缦、许姬传、陈钢……目录上，一长串名单中又是星光灿烂的四五十个名家。

因为跟梅朵夫妇的历史渊源，丁玲、周扬对《文汇月刊》有特殊感情

名家的作品确实一稿难求，有那么多家杂志的编辑为此磨破嘴皮、望眼欲穿。他们——包括占有天时地利、之前一家独大的《人民文学》都不能不望而兴叹，乃至羡慕、嫉妒。为什么抢稿子每每抢不过《文汇月刊》，抢不过梅朵？为什么有那么多名家——包括丁玲、周扬这样的人物都会对梅朵主办的刊物亟尽支持，几乎可以说是有求必应呢？

搁笔多年的文豪大家，之所以肯应允动笔，肯把重出江湖、呕心沥血的东西放心地交给你，无非冲着两条——而且这两条缺一不可：一是你这个刊物受众甚多、影响极大；二是跟组稿者关系很铁，交情非同寻常。《文汇月刊》横空出世，好评如潮，有足够的知名度，好文章一经刊发，就能产生爆炸性影响；而出于历史性原因，梅朵和这些大名家关系又着实“非同寻常”：或因他与夫人——当年同在《文汇报》驻京办事处主任浦熙修手下、活跃于京城文艺界的著名记者姚芳藻，跟这些泰斗式人物相处中结下的深厚情谊；或因在“胡风事件”、“反右运动”中，因跟他们交往受到牵连而被审查，打成“右派”，发配劳改。正因如此，这些大家心甘情愿地为《文汇月刊》写稿，或是心怀歉疚、真诚地愿意接受采访。当然，丁玲、周扬本身也有强烈愿望，感到有深重的历史责任，要把受到的摧残，及胸中的激愤和感悟，在这块有影响的阵地上倾吐出来。

第二期《文汇月刊》上，特别吸引读者目光、敲击人们心弦的，当数老作家丁玲的《我所认识的瞿秋白同志——回忆与随想》。另一篇则是《解放思想　实事求是——周扬同志答记者问》，而这个记者就是早已离开《文汇报》到出版社工作的姚芳藻。1957 年她曾在《文汇报》上刊发过一篇周扬的长篇访谈，结果新华社转发，《人民日报》和国内主要报刊都全文转载，可谓轰动全国，震撼文坛。

丁玲对梅朵夫妇真给面子、真给力，她把复出后最好的稿子给了《文汇月刊》，

八十年代的丁玲

八十年代的周扬（左）

其历史容量和精彩程度都超出预想；而且篇幅很长很有吸引力，有两万多字——此后的历史还证明，这是她复出之后直至生命终了，影响最大、传播度最广的一篇力作。

《文汇月刊》第2期又是洛阳纸贵、一刊难求，跟丁玲这篇大手笔密切相关！“我特别想到了丁玲。”梅朵在说及组织这篇重磅稿件时说道：

我是五十年代开始认识她的。当时，她因所谓的丁陈反党事件而处于极端复杂与痛苦之中，我们虽然对她充满了同情，她却把自己封闭于孤独之中，深恐与别人多接触而导致更大的灾难。“四人帮”粉碎以后，我们希望在精神上获得解脱的她，能把郁积在心中犹如千斤重石压着她灵魂的千言万语倾吐出来。我再次去看望她，要求她为我们写稿。于是搁笔了二十多年、除了写检查没有动笔的她，终于写出了《我所认识的瞿秋白同志——回忆与随想》万字长文。这虽然不是有关她自身遭遇的文章，但在字里行间可以感受到她的激愤之情，她作为一个文学大家的文采和风度。可惜，那过去的生活阴影还覆盖在她的心上，而未能使她获得真正的精神超越……从我和她的接触中，深深感到她性格的悲剧性，一个充满活力的文学生命被历史宰割了。

梅朵说得很简略，而他的夫人、当年《文汇报》北京办事处的文艺记者姚芳藻，曾经不止一次地撰文，详尽地回忆过她和梅朵五十年代，尤其是《文汇报》第三次复刊之后的"北办"，从《文汇报》副总编兼"北办"主任浦熙修到她手下的一众编辑、记者，在北京从激情奋斗到骤然蒙难的那段经历；他们跟北京文艺界之间千丝万缕的联系、密不可分的友谊；以及跟周扬、丁玲不打不相识的过程。

1956年，《文汇报》要将毛主席在内部讲话中提出的关于正确处理人民内部矛盾，和百花齐放、百家争鸣的"双百"方针传播出去。那时报上发表了很多专家、学者谈"双百"方针的文章，但姚芳藻觉得都不深不透不解渴，她想应该去访问一个权威人士，茅盾、郭沫若好像还都不够分量，必须找周扬，中宣部副部长，文艺界的最高领导人，一言九鼎！

于是，姚芳藻先给周扬写了封信，要求他接见；并让梅朵当参谋，拟出了当前文艺界矛盾最集中的五个问题请他回答。没过几天，中宣部就给她来了一个电话，说周扬同志决定接见。姚芳藻和梅朵在约定的时间来到中宣部，周扬穿一身蓝卡其中山装，一双圆口布鞋，很亲切地跟他们握手，像朋友似地唠家常。

随后，周扬手里拿着姚芳藻的信，一一回答她所提出的问题。"目前是什么东西阻碍了双百方针的贯彻执行呢？从思想倾向的角度来看，我们认为主要是两种思想上的片面性，'左'的教条主义和右倾机会主义的倾向。"周扬真能讲，一口气讲了两个多小时，没有讲稿，却出口成章。

这篇谈话经姚芳藻整理，寄给周扬审定后，在1957年4月9日的《文汇报》头版头条上登载出来。新华社随即转发，全国各大报刊都刊登了《中共中央宣传部副部长周扬同志就"双百"方针答〈文汇报〉记者问》，《人民日报》在转载时还配发一篇社论。新闻界为之轰动，《文汇报》在全国名声大噪。姚芳藻大功告成，有点飘飘然，她得意地对才一岁的女儿说："你长大以后，也一定要做记者啊。"

5月间，党的整风运动日渐深入，要群众一百二十个放心，"以知无不言，言无不尽，言者无罪，闻者足戒为原则。"《文汇报》编委会也一再号令派驻各地的记者，采写更多的鸣放稿件，揭露更大更严重的问题。姚芳藻建功心切，眼光甚高，对有人提供的关于北京一个歌舞团领导的严重问题，以及新华社记者要跟她合作揭开《人民文学》编辑部的盖子，她都毫无兴趣，觉得这些选题缺少轰动性。5月下旬，中国作家协会连续开了六次整风座谈会，听取作家们的意见。周扬每会必到，且和蔼可亲地和每一位到会者握手。姚芳藻也是每会必到，很希望从中找到线索，发现问题。但她在会上收获甚微，发言者大多只是虚应故事。会前她听说，萧乾已写好很长的发言稿，意见相当尖锐，谁知萧乾在会上只说了三言两语就结束了。而徐迟点了一句"作协的整风还没有真正展开"，似言犹未尽，且一散会就匆匆起座，姚芳藻赶紧追上，向他约稿，被断然拒绝，并说："再叫我讲，我也不会讲了。"

直至月底，姚芳藻一无所获，扫兴而归。她本以为，作协的鸣放就此鸣锣收兵了。却未料几天后，她的好朋友、老区来的女作家柳溪跑到北京办事处来向她通风报信，说："作协党组正在开扩大会议，由周扬坐镇，这个会事关重大，他们不会通知你，你要想办法闯进去。"姚芳藻急切地追问：会议什么内容？柳溪的回答是爆炸性的："他们准备为'丁、陈反党集团'平反。"出于职业本能，姚芳藻听了，摩拳擦掌，反应十分强烈。柳溪道："这两天会议开得很紧张，大家对党组提了不少意见，认为这是宗派主义。你应该支持他们，去写一篇《丁玲、冯雪峰为什么沉默了？》"

姚芳藻当即给中国作协秘书长郭小川打电话，问道："党组扩大会议为什么不通知我参加？"郭小川猝不及防，支吾其词，弄得相当窘迫。她还故意吓唬郭小川，说："我要写一篇文章，'丁玲、冯雪峰为什么沉默了？'"

柳溪在再三叮嘱"不能出卖她"后，走了。姚芳藻冷静下来，觉得"丁陈事件"是个马蜂窝，碰不得啊！果然，她把事情向浦熙修一汇报，久经政治风浪的浦二姐就毫不犹豫地说："算了，这个选题不能碰！"

晚上，姚芳藻正把这件事情告诉梅朵时，大诗人艾青来电话，请梅朵夫妇到他家去。两家关系不错，他们常应艾青夫妇之约去吃饭、聊天。梅朵夫妇一进门，艾青就说："作为朋友，跟你们说点文艺界的事，好让你们心里有底。"他还透露内情："丁陈事件还在搞，不过大家都同情丁玲。在丁玲向党中央提出申诉后，经过调查组调查，听说这几天的作协党组扩大会上，准备给予平反。送别时，艾青还叮嘱姚芳藻：“你去看看萧军和丁玲，他们过得很惨哪，帮帮他们吧！”

出得门来，梅朵就表态说：“不行，丁陈事件不能碰。萧军定的罪名是反革命，更不能碰。”

两三天后，在姚芳藻对这件事已经心死如灰时，浦二姐却突然对她说：“走吧，我们一起去看看丁玲。”姚芳藻虽感意外，但她很能理解浦二姐的矛盾心态：虽然不能知其不可为而为之，去捅开这个事件；但浦二姐以前采访过丁玲，又同是1949年后新中国的首届全国政协委员，有过交情，现在是丁玲最困难、最需要友谊的时候，她怎么能不去看望呢？

那是6月初的下午，丁玲家住的四合院正在装修，搭脚手架。她们俩赶到丁玲家，已是一身汗水，但丁玲殊感意外，连个招呼也不打，脸上毫无表情，目光冰冷，一副不欢迎的姿态。气氛太尴尬了，姚芳藻不知所措，她寄望于见过各种世面的浦二姐能够化解、应对。谁知尽管浦二姐笑容可掬、满怀诚意，一连问了两个问题，得到的回答都是一问三不知，简短而冷漠。

摄于五十年代，梅朵（右）与姚芳藻同在《文汇报》北京办事处工作期间

八十年代，梅朵（左）与姚芳藻在家中

在僵持、冷场中，浦二姐问了最后一个问题："作协党组今天开会吗？"又被丁玲射出的枪子般三个字"不知道！"堵了回来。浦二姐招数尽失，尴尬至极，只得自找台阶说："那我们去问党组。""你们去问吧！"丁玲无疑在下逐客令。这不像是那个热情待人的丁玲啊？怎么会用这种态度对待她们呢？倒是男主人陈明还算给点面子，给她们倒过两杯水，还热情地送客，但最后一句话中充满哀怨："你们这是来发动贫雇农了？"

虽然碰了一鼻子灰，姚芳藻还不死心，她隔天到作协，一见到郭小川，就追问："丁陈事件到底是怎么一回事？"郭小川的态度好得出乎意料，说："你坐会儿，我有点事，等会儿我请你吃晚饭，把一切都告诉你。"谁知，郭小川要了花招，他找了个地方请示汇报去了。

浦熙修、姚芳藻来得太不是时候了，她们的到访给丁玲增添了新罪名："勾结新闻界。"多年以后，蒋祖林在《我的母亲丁玲》中，披露了丁玲当时的处境和心境：妈妈告诉我，"中国作家协会党组扩大会，从6月6日起，接连开了三次，会上的发言是一致的，都认为1955年作协党组扩大会议斗争我是不应该的，给我作的那个以我为首的'反党集团'的结论是不能成立的。周扬也作了这样的表态。""党组扩大会议接连开了三次就休会了，何时复会还不知道。可能上面还要研究，也可能现在已经开始了全国性的'反右派'斗争，而把这件事放一放。暂搁一段时间也没有什么关系。迟早总会得到实事求是的解决的。""在这些日子里，妈妈对自己'反党集团'问题的解决是乐观的。但是毕竟问题在解决的过程当中，所以，她不愿意到处串门，也不主动邀请人来家作客，她不想因此而又生出什么枝节来……考虑到社会的复杂性，妈妈对于不熟识的人，尤其是新闻界人物的来访，抱着相当谨慎的态度。有一天，说起因为我回来家里修房子的事。妈妈说：'那天搭席棚，工人从门外往院子里拿竹竿、席子，大门洞开着，正好《文汇报》两位名记者浦熙修、姚芳藻来，见大门开着就闯了进来。我本不见记者，就怕生事，但她们已站在院子里了……"

姚芳藻的回忆文章中，还以生动的文字写到直至时隔二十三年"文革"后与周扬恍如隔世的会面和访谈；以及1980年与丁玲劫后重逢时，丁玲的激情难抑：

后来丁、陈事件打击一大片，凡是讲过一句话的，表示对丁玲同情的，没有一个不划为“右派”的，我当然榜上有名啰！

上世纪八十年代后，丁玲回到北京，住在木樨地部长楼，重新握起笔杆，我跑去拜访她，我的第一句话就问：“你还认识我吗？”她大为兴奋，热情洋溢地拉着我的手，使劲地摇撼着：“我怎么能不认识你呢，你即使烧成了灰，我也是认得出你来的，你们在我危难的时候来看我，我怎能不感激你们呢……”她拉我坐在她的身边，足足谈了两个小时。以后她每次来上海，必定请我和梅朵去见面，梅朵主编《文汇月刊》，向她约稿，有求必应，她写的瞿秋白一稿，就是这样诞生的。

听说周扬来上海，梅朵就要我访问周扬，再来一篇访问录。这当然好，我们以思想解放为中心，拟了几个题目。他肯不肯谈呢？我没想到他会答应的。二十多年不见了，周扬苍老多了，在“文革”中，他坐牢，挨打，被整得比我们还惨，他谈起这段非人的生活，真是感慨万千。他热情接待我们，对我们提出的要求，满口答应。他看了看我们拟的题目，说：“我得准备一下，只是过两天就回北京了，在上海没时间谈，你们上北京来吧，我等你们。”

可是在北京，见到他就不是那么容易。他是中国社会科学院的领导，工作非常忙，我给他打了几个电话，总是他的秘书挡驾。最后一次，我告诉那秘书说，“我后天就要回上海了，周扬同志能不能谈？”我相信他一定会实现他的承诺的，果然，秘书马上告诉我：“周扬同志请你们明天来。”

周扬足足同我们谈了一个下午，临走时，他一直送我们到门口，他握着梅朵的手说：“你们成为‘右派’，我是有责任的，我对不起你们，请你们原谅我。”

正因为与梅朵、姚芳藻有这样的历史渊源，周扬、丁玲才会痛快地答应稿约；而他们这对曾经的冤家对头，在吃尽政治运动的苦头后，才会同时在《文汇月刊》第2期上亮相。

丁玲复出后的巅峰之作：《回忆与随想：我所认识的秋白同志》

一拿到丁玲的文章《回忆与随想：我所认识的秋白同志》，梅朵、徐凤吾看了赞叹不已，她已经七十六岁了，受了那么多人生折磨，却依然才气横溢，实在太不容易了。这篇回忆瞿秋白的绝佳长文，绝对是难得一见的大家名篇。有了丁玲这篇回忆录，这第2期绝对又是轰动一时，洛阳纸贵！

把关编辑徐凤吾对版面相当吝啬，对丁玲这篇文章却慷慨得近乎奢侈：正文第一页上，以百分之八十以上的位置，选用了一张很大的瞿秋白的正面半身照；边上大片留白中，镶嵌着一帧瞿秋白的小而方正的篆体字印章“宿心”。照片下面则是标题和手写的作者署名“丁玲”。

西装、领带，戴着眼镜，梳理有致的发型，衬托着一张年轻俊逸的脸庞，这就是瞿秋白，给人以浓烈的文学家印象。而准确地说，他是一位深谙文学、才华横溢，却始终未能得遂所愿的革命家。难怪他在生命的最后时刻写下的《多余的话》，会带着那样浓重的消极与悲沉意绪，那样坦然地自责自己对斗争哲学的深刻厌倦。

丁玲这篇《回忆与随想：我所认识的秋白同志》，在徐徐道来的质朴文字里，在展开的每个细节里，全都浸润着感人的浓浓深情。她笔下又皆是自身亲历的第一手印象，珍贵而有史料价值，随意写来，俯拾皆是，那是读者所不知道而又很想知道的。没有人能像丁玲这样，写出一个如此真实、不加掩饰的瞿秋白。丁玲没有把他当作一个伟人，当作革命家和领袖来仰视——高山仰止，而是活生生地勾勒出、还原出一个亦师亦友、和蔼可亲的瞿秋白。丁玲敬重瞿秋白，倘使没有瞿秋白的引领人生，她便不会如此决绝地走上文学道路，更遑论成为一代文豪。

敞开胸襟追忆当年，丁玲坦诚地展现出五十多年前纯真的少女情怀，触及内心的隐秘和柔情：她笔下没有一个字直白地写到她对瞿秋白的爱恋，但在字里行间，却可以真切感受和捉摸到那种情窦初开的朦胧爱慕。而在发现另一个人——她的挚友王剑虹对秋白比自己爱得更深，不能自拔，甚至准备挥剑斩情，就此远走高飞，永远不见瞿秋白时，丁玲又毫不犹豫地成全这位同窗闺蜜；如果没有她出面做红娘，瞿秋白与王剑虹也便无缘结为夫妻。尤其难得的是，有许多文人“文革"后习惯性地作茧自缚、谨言慎行，丁玲则不然：在瞿秋白的遗作《多余的话》之真伪之评价，仍属敏感话题、充满争议时，对瞿秋白的思想和文风相知甚深的丁玲，毫无保留地直抒己见，确信文章出于秋白笔下；而她对秋白这篇无情解剖自身的遗作所做的解读、评点，堪称入木三分、令人信服，真是无人可替、无人可及。

丁玲初识瞿秋白，是在1923年的夏天。丁玲和她的挚友——后来成为瞿秋白第一个爱人的王剑虹，在对她们就读了近一年半时间的上海平民女校深感失望后，决定自己出去闯荡，一定要按照自己的理想去读书，去生活。她们俩刚到南京不久，花销极度简朴，省下的钱全都用来买书，生活得很充实，很有生气。

瞿秋白是跟着她们在平民女子学校时熟识的施复亮（那时叫施存统）来的。施存统是最早把她们的朋友王一知娶去作了爱人的，而且已经有了一个女儿。不过，丁玲似乎并不清楚，施复亮早在1920年就参加上海共产主义小组，还是中国共青团的早期领袖，一年前已当选为团中央书记。自然更不可能料想到，日后他的儿子施光南成了中国的著名作曲家。

五十七年过去了，丁玲对瞿秋白的最初印象却如在眼前：

他们带了一个新朋友来，这个朋友瘦长个儿，戴一副散光眼镜，说一口南方官话，见面时话不多，但很机警，当可以说一两句俏皮话时，就不动声色地渲染几句，惹人高兴，用不惊动人的眼光静静地飘过来，我和剑虹都认为他是一个出色的共产党员。这个人就是瞿秋白同志……不久，他们又来过一次。瞿秋白讲苏联故事给我们听，这非常对我们的胃口。当他知道我们读过一些托尔斯泰、普希金、高尔基的书的时候，他的话就更多了。我们就像小时候听大人讲故事似的都听迷了。他对我们这一年来的东游西荡的生活，对我们的不切实际的幻想，都抱着极大的兴趣听着、赞赏着……他鼓励我们随他们去上海，到上海大学文学系听课。他保证我们到那里可以自由听课、自由选择。施存统也帮助劝说，最后我们决定了。他们走后不几天，我们就到上海去了。

上海大学这时设在地界极为偏僻的青云路上。她们就读的文学系比较正规，教员有沈雁冰、俞平伯、田汉、陈望道、邵力子等人，一个个大有名气。可是，在丁玲看来，“最好的教员却是瞿秋白。他几乎每天下课后都来我们这里。于是，我们的小亭子间热闹了。他谈话的面很宽，他讲希腊、罗马，讲文艺复兴，也讲唐宋元明。他不但讲死人，而且也讲活人。他不是对小孩讲故事，对学生讲书，而是把我们当作同游者，一同游历上下古今，东南西北。我常怀疑他为什么不在文学系教书而在社会科学系教书，他在那里讲哲学。哲学是什么呢？是很深奥的吧？他一定精通哲学！但他不同我们讲哲学，只讲文学，讲社会生活，讲社会生活中的形形色色。”

当时的丁玲单纯得很。她没有想到，这样的日子会从一个冬天的傍晚起陡然生变。那天，丁玲、剑虹与住在隔壁的施存统夫妇和瞿秋白一道去附近的宋教仁公园散步赏月。丁玲没注意到瞿秋白的沉默和忧郁。出来时，瞿秋白甚至没有告别就离开她们。第二天秋白也反常地没有来丁玲她们这里。第三天丁玲到施存统家时，施存统问丁玲：“你不觉得秋白有些变化吗？我问过他，他说他确实堕入恋爱里边了。问他爱谁，他怎么也不说。”丁玲也猜不出秋白爱上谁了。她回去把她听到的全告诉剑虹，剑虹回答她的却是一片沉默。

过了两天，王剑虹突然对丁玲说，她的父亲正在上海，要回四川了，她打算随他一道回四川。丁玲急了，要她把话讲清楚，剑虹只苦苦一笑：“一个人的思想总会有变化的，请你原谅我。”她甩开丁玲就走了。丁玲躺在床上苦苦揣摩，这是为什么呢？两年来，她们之间彼此敞开思想，没有什么私密，现在她怎么能对自己这样呢？丁玲偶然间翻开垫被，真是大吃一惊——垫被底下放着一张布纹信纸，纸上密密地写了一行行一节节的爱情诗！原来，剑虹在热烈地爱着秋白，却又把爱情关在心里。丁玲赶到秋白家，无声地把剑虹的诗慎重地交给了他。秋白用颤抖的声音问道：“这是剑虹写的？”丁玲答道：“自然是剑虹。你要知道，剑虹是世界上最珍贵的人。你走吧，到我们宿舍去，她在那里。”

剑虹成了秋白的妻子，丁玲的心灵和生活都改变了、失衡了。虽说，寒假时，丁玲也跟着秋白夫妇，搬到学校新址（西摩路）附近的慕尔鸣路，临大街的一幢两楼两底的弄堂房子里。但面对他们的甜蜜的生活，丁玲感到难言的寂寞和失落，内心向往外面的世界。秋白夫妇俩，多次到丁玲那小小的过街楼上来坐谈——

秋白的谈锋很健，常常幽默地谈些当时文坛的轶事……我那时对这些人、事、文章以及文学研究会和创造社的争论，是没有发言权的。我只是一个小学生，非常有趣地听着。这是我对于文学上的什么浪漫主义、自然主义、写实主义以及为人生、为艺术等等所上的第一课。那时秋白同志的议论广泛，我还不能掌握住他的意见的要点，只觉得他的不凡，他的高超，他似乎是站在各种意见之上的。

瞿秋白还给丁玲指明了文学之路：

有一次，我问他我将来究竟学什么好，干什么好，现在应该怎么搞。秋白毫不思考地昂首答道：“你么，按你喜欢的去学，去干，飞吧，飞得越高越好，越远越好，你是一个需要展翅高飞的鸟儿，嘿，就是这样……”他的话当时给我无穷的信心，给我很大的力量。我相信了他的话，决定了自己的主张。他希望我，希望剑虹都走文学的路，都能在文学上有所成就。这是他自己所向往而又不容易实现的。

暑假将到的时候，丁玲提出要回湖南看望母亲；之后，就直接去北京的学府继续读书。“我要飞，我要飞向北京，离开这个狭小的圈子，离开两年多一天也没有离开过、以前不愿离开的挚友王剑虹。我们之间，原来总是一致的，现在，虽然没有什么分歧，但她完全只是秋白的爱人，而这不是我理想的。我提出这个意见后，他们没有理由反对，他们同意了，然而，却都沉默了，都像有无限的思绪。”

丁玲来到母亲身旁，母女俩留在放了暑假的幽静的空旷校舍里，尽情享受难得的幸福。一天，忽然收到剑虹的来信，说她病了。丁玲虽觉不安，但总以为无甚大碍。只是秋白却在剑虹的信后附言道：

你走了，我们都非常难受。我竟哭了，这是我多年没有过的事。我好像预感到什么不幸。我们祝愿你一切成功，一切幸福。

半个月后，不幸真的来了。剑虹堂妹从上海来电：“虹姐病危，盼速来沪！”丁玲难以置信。而且，怎么是她的堂妹来电呢？她不知所措，千思万虑，还是决定重返上海。时间虽只相隔一月多，慕尔鸣路已经完全变了样子。丁玲既看不到剑虹——她的棺木已经停放在四川会馆；也见不到秋白，他去广州参加什么会去了。丁玲心怀创伤，坐海船到北京去了。

我一个字也没有写给秋白，尽管他留了一个通信地址，还说希望我写信给他。我心想：不管你有多高明，多么了不起，我们的关系将因为剑虹的死而割断，虽然她是死于肺病，但她的肺病从哪儿来，不正是从你那里传染来的吗？

丁玲在北京开始了美好的新生活，有了一些相处颇为投机的新朋友。之后，她曾收到过十来封秋白的信。这些信，像谜一样，她不理解，或似懂非懂。而在冬天的一个傍晚，学校门房给她一封信，说有个人等了你两个多钟头，没等到你，说要你去看他。原来是秋白。她匆匆坐车找到前门一家旅馆，秋白不在，只有他弟弟云白在。不懂事的云白，正在翻阅哥哥的杂物，顺手找出秋白新婚妻子杨之华的一张照片就给她看。丁玲不等秋白，就告辞回校了。她很激动，对秋白有许多怨气……她再没有去前门旅舍，秋白也没有再来看她。她们同在北京城，却几乎没有联系，但丁玲一直保存着瞿秋白的那一束信——信的情调与基调，跟他后来的《多余的话》如出一辙。1933 年丁玲在上海被捕之前，这些信就转存在朋友处，后来却没有了。丁玲为此深为痛惜：

这一束用五色布纹纸写的工工整整秀秀气气的书信，是一束非常有价值的材料。里边也许没有宏言谠论，但可以看出一个伟大人物性格上的、心理上的矛盾状态。这束信没有了，多么可惜的一束信啊！

1929 年末，丁玲在《小说月报》上发表了中篇小说《韦护》，而韦护是秋白的一个别名。小说是以秋白、剑虹的爱情故事为原型，写革命工作与恋爱的矛盾。主题和表现力都不很深刻，但要写得更深刻一些，却是她当时的功力所达不到的。次年年初，胡也频参加党在上海召开的一个会议时，秋白托他带一封信给丁玲。信仍是写得那样工整秀气，对丁玲关切很深，且最后的署名用的竟是“韦护”。这使丁玲深受触动，不过她没有回信，也无法回他的信。但在阳历年前的一个夜晚，秋白和他的弟弟云白不知从哪打听到地址，突然赶到丁玲、胡也频寓居的上海吕班路万宜坊 60 号。丁玲就是在这里生下了与胡也频的爱情结晶；1931 年 1 月 17

日胡也频被国民党逮捕，她也是在这里苦苦地等待消息，可等来的却是丈夫2月8日在上海龙华被杀害的凶讯。

丁玲回忆道：

这突然的来访使我们非常兴奋，也使我们狼狈。那时我们穷得想泡一杯茶招待他们也不可能，家里没有茶叶，临时去买又来不及了。他总带点抑郁，笑着对我说：“士别三日，当刮目相看，你现在是一个有名的作家了。”……我心里正有点怀疑，他果真喜欢《韦护》吗？而秋白却感慨万分的朗诵道：“田园将芜胡不归！”我一听，我的心情也沉落下来了。我理解他的心境，他不是爱《韦护》，而是爱文学。他想到他最心爱的东西，他想到多年来对于文学的荒疏。那么，他是不是对他的政治生活有些厌倦了呢？那时我没有说什么，他则仍然带点忧郁的神情，悄然离开了我们这个虽穷却是充满了幸福的家。

1931年，丁玲独自住在环龙路的一家三楼上，成天伏案书写。她不能长此离群索居，并且要求到江西苏区去。但后来，还是服从组织决定留在上海，主编“左联”的机关刊物《北斗》。这时雪峰同志常常给她带来鲁迅和秋白的稿件，她对秋白的生活才又略有所知。年初，在上海召开的中央全会上，秋白被解除中央领导职务后，便留在上海养病。这时，他匿住在北四川路谢澹如家的小室里。这地址，只有冯雪峰一人知道，他常去看秋白，给他带去一些应用的东西。为了解除秋白的孤寂，雪峰偶尔带着他，趁着夜晚，悄悄去不远处的鲁迅家里。

秋白与鲁迅互相启发，互相砥砺。他们在文学上是知己，在政治斗争上也是知己。瞿秋白虽身居斗室，肺病缠身，且要应付当时党内外发生的许多严重复杂的问题，但仍是夜以继日地埋头于纸笔之中，他那时开始为《北斗》写“乱弹”，用司马今的笔名，从第1期起，在《北斗》上连载——“乱弹”内容涉及很广，对当时政治的腐败、社会的黑暗等，都加以讽刺，给予打击。后来，秋白又翻译了很多稿件。

丁玲为之感叹：

秋白这一时期的工作成绩是惊人的，他矢志文学的夙愿在这时实现了。我想，这大概是他一生中最称心的时代，是黄金时代……

可惜，这个“黄金时代”不长。1934年初，瞿秋白就奉命撤出上海，转移到瑞金苏区去，主管苏区的文化教育工作。红军决定长征后，瞿秋白虽然几次要求随军长征，仍未获准。他留在即将沦陷的苏区，终遭国民党俘获。1935年5月9日瞿秋白被押解到长汀。监禁期间，他写下了《多余的话》，表达其由文人从政曲折的心路历程。6月18日晨，瞿秋白写完绝笔诗，从容就义，年仅三十六岁。

丁玲第一次读到《多余的话》是在延安。洛甫同志告诉她，有些同志认为这篇文章可能是伪造的。丁玲便从中宣部的图书室借来一本杂志，上面除这篇文章外，还有一篇描述瞿秋白就义时的情景：

我读着文章仿佛看见了秋白本人，我完全相信这篇文章是他自己写的（自然不能完全排除敌人有篡改过的可能）。那些语言，那种心情，我是多么的熟悉啊！我一下就联想到他过去写给我的那一束谜似的信。在那些信里他也倾吐过他这种矛盾的心情，自然比这篇文章要轻微得多，也婉转得多……但还不像后来的《多余的话》那样无情地剖析自己，那样大胆地急切地向人民、向后代毫无保留地谴责自己。我读着这篇文章非常难过，非常同情他，非常理解他，尊重他那时的坦荡胸怀。我也自问过：何必写这些《多余的话》呢？我认为其中有些话是一般人不易理解的，而且会被某些思想简单的人、浅薄的人据为话柄，发生误解或曲解。但我决不会想到后来“四人帮”竟因此对他大肆诬蔑，斥他为叛徒，以至挖坟掘墓、暴骨扬灰。他生前死后的这种悲惨遭遇，实在令人愤慨、痛心！

在写这篇《我所认识的瞿秋白同志——回忆与随想》之前，丁玲又重读了《多余的话》，更为秋白坦白胸襟却被诬陷、歪曲所不平：

比如秋白在文学与政治上的矛盾，本来是容易理解的，但这种矛盾的心境，在实际上是不容易得到理解、同情或支持的。他毕生从事政治斗争，就是由于他对马克思主义的信仰。为了政治活动，他不顾他的病重垂危的爱人王剑虹。在“八七”会议时，他勇敢地挑起了领导整个革命的重担。他有自知之明，他是不愿当领袖的，连诸葛亮都不想做，但在革命最困难的严重关头，他毅然走上党的最高的领导岗位。这完全是见义勇为，是他自称的韦护的象征。这哪里是像他自己讲的对马克思主义一知半解，他这样把自己的弱点、缺点、教训，放在显微镜下，坦然地、尽兴地交给党，交给人民，交给后代，这也不是一个大勇者吗？！我们看见过去有的人在生前尽量为自己树碑立传，文过饰非，打击别人，歪曲历史，很少有像秋白这样坦然无私、光明磊落、求全责备自己的。

丁玲深情怀念秋白，更感念秋白的教诲和激励，她也始终没有愧对秋白：

秋白曾在什么地方写过，或是他对我说过“冰之是飞蛾扑火，非死不止”。诚然，他指的是我在二二年去上海平民女校寻求真理之火，然而飞开了；二三年我转入上海大学寻求文学真谛，二四年又飞开了；三〇年我参加左联，三一年我主编《北斗》，三二年入党，飞蛾又飞来扑火。是的，我就是这样离不开火。他还不知道，后来，三三年我已几濒于死，但仍然飞向延安；五十年代我被划为“右派”，六十年代又被打成反革命，但仍是振翅飞翔。直到七十年代末，在党的正确路线下，终于得到解放，使我仍然飞向了党的怀抱。我正是这样的，如秋白所说：“飞蛾扑火，非死不止。”我还要以我的余生振翅翱翔，继续在火中追求真理，为讴歌真理之火而死。秋白同志，我的整个生涯是否能安慰死去的你和曾是你的心、在你临就义前还郑重留了一笔的剑虹呢？

正因丁玲对秋白的相知之深，才铸就了她这篇还原秋白的传世之作。我的朋友、集散文家与编辑家于一身的谢大光，后来告诉我，当初看到丁玲这篇回忆录时，曾捧读再三，不忍释手，惊叹不已。许多年后，在他与袁鹰先生共同选编的散文集中，他们坚持破例收入这篇超长的“新时期散文的代表作”。

四　梅朵疯狂而又“霸道”：自己不喘气，也不让别人喘气

《文汇月刊》上马相当仓促，因而纸张供应缺口严重。1980年初创时，原本想一步到位，直接出月刊，却因没有计划供应的纸张，而不得不暂且改出《文汇增刊》，先过渡一年。编辑部的人手也奇缺，只有梅朵、谢蔚明、徐凤吾三老。虽然紧急地从报社其他部门抽调来肖关鸿，做小说编辑；从校对科抽调来胡国萍，做编务，协助徐凤吾做版面、跑排字房；还临时抱佛脚，从上海美影厂借来一个美工，做美术编辑。但要应对这样一本有九十六页，兼具文学性、综合性，且在往新闻性、纪实性上延伸的杂志，每期文字用稿量达二十万字，还有封面、封底、插页、图片的设计、制作……工作量太大了，仅仅靠这三五个人，实在是捉襟见肘，穷于奔命。好在《文汇报》美术部副主任张楚良开始深层介入，他连办公桌都搬上来了，工作也以《文汇月刊》为主。他还从外面调来年轻、能干的许政泓做助手，很快把美术这一摊搞定。

明知是“诱饵”，还是上了梅朵的“钩”

梅朵在疯狂组稿的同时，也抓紧在报社里“挖人”。他是老报人，深知报社办的杂志与外面的杂志运转方式迥然有别，所要组建的编辑团队必须熟悉报社情况，善于借用报纸的信息和资源。因此，梅朵着眼于在内部挖潜，且一反常规，把首选目标放在那些散落在报社各个部门的作家身上。一般而言，分配在报社新闻采访部门的作家，生存状态都不怎么样。《文汇报》的状况同样如此，部门领导大抵都不大赏识、不大器重这些人，觉得他们眼高手低，心不在焉，首先考虑的不是当好编辑或是记者，而是念念不忘自己的写作。但梅朵看中作家型编辑，因为这些人不仅懂得编辑语言，还懂得文学语言，他们出去组稿，跟作家说得上话，沟通起来会有更多共同语言。

梅朵早就盯上了我，只是觉得一时没把握搞定，他才没有马上出手。那时，我在编《笔会》副刊，生存状态完全没有问题。有问题的日子，已经随着“文革”结束翻篇了。

“文革”期间，《笔会》副刊不像现如今是独立部门，而是挂在以何倩为主任、周嘉俊为副手的文艺部。徐开垒也被靠边多年。但七十年代初，我进《笔会》时，像后来水渭亭所告诉我的那种批斗场面，已成往事：“一次，我看见《笔会》开批判会，一房间人坐着。徐开垒人站着，头低着，一只手搁在写字台上。”我在场亲见过的，是 1977 年的一天，素来谦和的徐开垒竟勃然大怒，拍着办公桌，对招惹他的文艺部一位作家领导吼道：“侬压迫了我介许多年，现在还想压迫我？！”不过，他能够把隐忍多年的话放胆吼出来，足以说明时代已变，文艺部的班子改组亦已如箭在弦。

斯时，马达正带领“清查组”在《文汇报》清查，帮助《文汇报》翻过黑色的一页。随后，又留下来担任党委书记、总编辑。作为清查重点之一的文艺部，因“文革”中的“紧跟”，问题很多，何倩在审查后被安排到资料部。史中兴被任命为文艺部主任，部门气氛也不再压抑了。史还兼任过一段时间总编助理，几年后又被提升为《文汇报》副总编，分管文艺部和《文汇月刊》。这是后话了。

徐开垒名气很大，资格很老，但他宽以待人，很好相处，同辈的称他开垒，我们这些小字辈都叫他老徐。徐开垒在“文革”中靠边，浩劫后又当了主编，但无论有没有这个名分，真正在操心和操持《笔会》副刊（“文革”中改名为《风雷激》）的就是他。我从七十年代初起，将近十年时间都在徐开垒手下看作者来稿，兼做诗歌编辑。那时，开垒还住在杨浦区，离报社比较远，但他每天早上 8 点就到办公室，雷打不动（报社上班时间为 9 点）。随后，头一件事，就是仔细翻看我桌上那厚厚一叠、已经由群工部开拆并登记过的来稿。大凡名家的，或是觉得有些苗头的，他就马上抽去自己看。

当时来稿甚多，每天至少有一百多件；《笔会》每搞一次征文，总能收到一万多篇稿件。而征文期间，必定要临时借来几位作者帮忙，否则一大堆稿子根本来不及看。徐开垒非常在意我们对来稿的态度，再三叮嘱：每篇稿子都要认真看，认真对待，这是作者的希望和心血。他的做派和榜样，日复一日，给我以最直接、最深刻、最严格的职业熏陶，让我获益匪浅，记取终身！

日子过得充实而不忙碌，紧凑而不紧张，我有时间、也有条件读书，充实自己。在有幸到《笔会》工作的这些年间，我已经把《文汇报》图书馆多得数不清的中外文学书籍——包括长篇小说、短篇小说、诗集、散文集、报告文学集、文艺评论集，全都浏览了一遍。这是在我当业余作者时，所梦寐以求，却又不敢想象有一天能够梦想成真。《文汇报》资料室的同事，曾不无夸张地对我说，“几乎每一本跟文学有关书籍的借书卡上，都有你名字。”其中，我最花工夫的，是用心拜读了中外名家的散文集和报告文学集，并做了许多摘录和笔记。这对我后来的写作，起了极大的借鉴和推进作用。

我的写作势头也很好。老师就在身边，徐开垒是名编辑，又是散文名家，写作上经常给我以指点；我身在《笔会》，可谓近水楼台，发表文章比较方便。当时，少有出省组稿或活动机会，1979 年，有朋友邀我 4 月 3 日至 13 日间，跟随以艾青为团长的诗人访问团去青岛采风十天，徐开垒满口答应。

让我意外的是，4 月 10 日，在我们下榻的青岛太平角 1 路 11 号第四招待所，收到了开垒的一封热情洋溢的信：

> 这次你随团访问，机会很好，能多交结一些外省市文艺界同志，对今后工作也有利，自己能采访一些东西，回来写些散文、通讯更好。

还说：

> 我把你的信交同志们看了，分管副总编唐海及文艺部主任史中兴也都看了，他们两位同意你在青岛结束活动后，仍跟着访问团再去山东活动几天，看看泰山。唐海同志说：既然去了，就跟着他们顺便到别的地方看看，不必急着回来。我想你就多跑几处吧，钱够了吗？如不够，可打电报来，我叫财务科给你汇寄。

读着这封信，我心里充溢着对这位老领导、老前辈的感激之情。联想起前一年（1978年）9月至11月，我因肺部阴影住在北京西路胸科医院，徐开垒9月间已经到医院看望过我。11月3日，他仓促去外地开会前，又写了一封温暖的辞行信，让在这家医院宣传科工作的一位小说作者转交给我：

很想再去医院看你一次，由于忙得团团转，兼以连日开大会小会，外面又有一些活动，就耽搁了去医院看你的时间。明天早上我去武汉参加文学研究所与武汉大学联合举办的全国性讨论外国文学的一个座谈会，会期大约半个月，因为决定得仓促，兼以史中兴同志叫我在离沪前先拼出三个版面，临行不及向你辞行，真是抱歉。

圆明园路149号哈密大楼，为《文汇报》旧址，建于1927年。就在这幢大楼里，《文汇月刊》度过八十年代的辉煌岁月

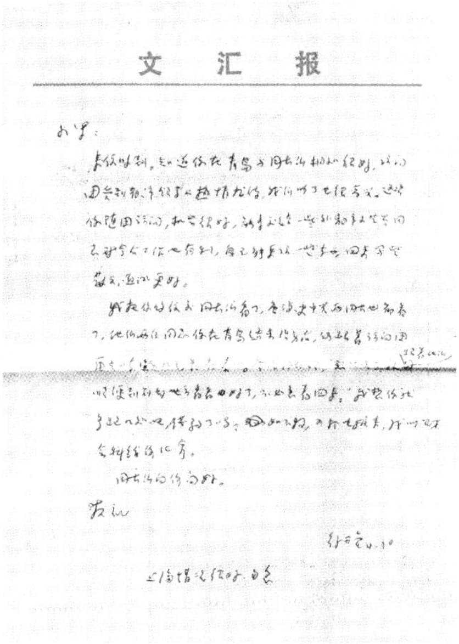
文 汇 报

1980年4月10日，作者在青岛参加全国诗歌访问团活动，收到徐开垒关怀备至的信

不光开垒对我们这些年轻助手关怀备至，有“马陆公社”之称的报社老总马达、陆灏，也爱才如命，对我们这些“小八腊子”青眼相看。随诗人访问团去青岛采风回来后，我在《笔会》上写了篇长长的散文《贝壳与诗》。刚到《文汇报》上任不久的总编辑马达看了，就在徐开垒和大记者郑重面前赞许说：“写得很有灵气！”老马后来见到我总叮嘱说：“不要光做编辑，要多写点东西！”

另一位老资格的副总编陆灏，是

七十年代，《文汇报》副总编刘火子（后排中间高个子长者）与徐春发、孙东海、褚钰泉、何倩、金晓东、周玉明、路远、徐开垒、徐伟敏、罗达成、臧礼淦、洪荒、黄英浩等文艺部同仁，在报社顶楼合影

战地记者出身，写文艺通讯的高手，个性十足，办事雷厉风行。他的资格很老，有时还会跟马达“干仗”。陆灏很看重并且栽培我们这些三十郎当的年轻写手，时不时地把我们从部门里抽调出来，去完成一些重头稿件，而且很当回事。一次，他组织我们去采写一组一千字左右的小特写。我写了篇关于青年小提琴家唐韵、潘寅林的，有一千三百字。按报社惯例，记者稿子一到夜班编辑手里，就没有发言权了，唯有任人宰割的份。一位编辑将我的稿子删了三四百字，被当班的陆灏发现，问道：“这么删，有没有征求本人意见？应该先给他本人看过。”这让我受宠若惊，刻骨铭心，也让我懂得应当如何尊重作者，尊重稿件。

这是《文汇报》氛围最好的时期之一，让人有盼头，跃跃欲试，只要你有能力，并且努力，就能“海阔凭鱼跃，天高任鸟飞”。我在 1979 年底，成为上海作家协会会员。而从这年 5 月，到次年 5 月，我在《文汇报》新闻版面上，在外面的几家文学杂志上，相继发表过好几篇大特写和报告文学。我曾经沉湎于棋艺多年，且小有成绩，高考前仍痴情不改，以至落榜，给我此后人生带来无穷遗憾和麻烦。而我父亲失望至极，怒骂不足以宣泄他心中愤恨。随后他又采取了更剧烈的非暴力手段，整整半年间不跟我说一句话。我愧对父亲。我们之间坚冰的融化，是在我到报社工作后。一直到1977年严冬，他因严重的肺气肿离世前，我被急电从奉贤的文教五七干校召回，父亲才彻底原谅了我。

坏事也会转化为好事——之前棋艺曾经耽搁我前程。但此时，却因对棋的领悟和游刃有余，给我以爆发力，我一口气接连写了三篇关于棋坛国手的长文：关于围棋、象棋和国际象棋的。我到北京，在围棋国手、国家体育总局棋类运动管理中心主任、中国棋院院长陈祖德的宽大办公桌上，睡了几天，采写了《为你的棋手骄傲吧！祖国——发自中国围棋集训队的报告》。说来有缘，我先认识了我的诗歌作者、当时在上海铁路分局工作的陈祖言；这时又认识了陈祖德；而到《文汇月刊》之后，我才结识陈祖芬，十年里逼稿逼得她走投无路。我还写了《奇迹是这样创造的——记著名棋手胡荣华》（与章成钧合作）。在1980年第2期《长江》文艺丛刊上，又发表了《中国的旋风——记著名国际象棋选手戚惊萱》。这可以算是我的一篇成名作，后来曾被多处转发；1983年2月，我在四川文艺出版社出的第一本报告文学集，书名就叫《中国的旋风》。

后来才知道，梅朵看中我，并不完全因为写作。他觉得更难能可贵的，是他也打听到，我是报社作家中的“异类”，对编辑工作很安心，很认真，很敬业。但就我而言，当时只是很喜欢《文汇月刊》，惊叹于它的高质量和名家云集，惊叹于梅朵他们的组稿能力。我并未动过离开《笔会》的念头，于愿已足，夫复何求？梅朵很聪明，他没有直接通过让领导下令的方式来调动我，而是用帮助我圆梦的说辞来引我上钩——他知道，我一直梦想有一天能在报告文学创作上有所突破，有所成就。他在走廊里、食堂里见到我，总是和蔼地、反反复复地说：

达成，无论是写报告文学，还是编报告文学，《笔会》都版面有限，你都不可能得到充分发挥。而到《文汇月刊》来，天地广阔，你大有用武之地，将来一定会前程无量！

明知老梅的话是“诱饵”，但听到后来，还是觉得很有吸引力。

无形中给梅朵的劝导加码、让我愿意去《文汇月刊》的，是朋友们的信。1980年2月，诗人黎焕彝来信：“你在《青春》的特写，已见目录预告，多写吧，人民需要好的特写！”而北京电影制片厂的编辑，随即找来，要我将《青春》上的报告文学改编成电影剧本。6月间，接到老朋友、天津百花文艺出版社谢大光信，写道：

上海惜别，其情依依。你的报告文学是丰收了，一年之内总有七八篇之多吧？我亦很为你高兴。这些东西还可写下去，但还是在上海时说过的，要往文学上靠，不要往报告上靠，否则易流于一时之作，无长远存在的生命力，这也是当前文学创作的一个危机，是一些理论权威片面强调写真实的恶果。此看法只是个人之见，不知妥否，朋友之间说说可以。

谢大光在上海时，当面向我诠释过：“所谓往文学上靠，就是往刊物的文学性上靠，不要往报纸的通讯腔上靠。”我用他的眼光，挑剔地回头看我写的这七八篇东西，大凡发在报纸上的，都有报纸腔，只能算是文艺通讯吧。而文学性较强的两篇，都发在刊物上。看来，要有“长远存在的生命力”，刊物更适合于我！

我犹豫再三，终于有点冒险地做出决定，告别与人为善、在报社有口皆碑的忠厚长者徐开垒，到性格风风火火、在报社很有争议的梅朵那里去。离开稳定、宽松的《笔会》，到充满活力却又相当动荡的《文汇月刊》去——这是我人生中一次重大的后果难料的“赌博”！

北京的名家们惊呼“梅朵梅朵没法躲”

我是在1980年9月，《文汇增刊》出完第六期后，加盟梅朵团队的。这时，作为临时过渡的《文汇增刊》，只剩下最后一期——11月间要出的第7期。梅朵在反复唠叨和操虑的，是明年起正式推出的《文汇月刊》一月号。《文汇月刊》的纸张配给供应，终获解决。一切为了第1期，整个编辑部都在忙着组稿、催稿、逼稿。

当时，《文汇报》还在闹中取静的圆明园路149号老楼。这幢立面风格为折中主义三段式立面的老楼，原名哈密大楼，建于1927年，由“新马海洋”设计——“新马海洋”，是旧上海著名设计事务所之一，上海跑马总会大厦（今上海美术馆）就是他们的作品。

圆明园路，这条将近四百米长的小马路，一头连着北京路，一头挨着苏州河。它幽雅、宁静，少有人迹，与一箭之遥的黄浦江岸边或是南京路之熙攘，形成强烈反差。而《文汇月刊》，在这幢老楼五楼尽头，有三间办公室：两间朝东，面对黄浦江；一间朝北，“暗无天日”，从早到晚都要开灯。这三间，加起来不过六十多个平方，待到《文汇月刊》人马满员时，显得又小又挤，转不过身来。但我刚去时，反倒有些空荡之感。当时《文汇月刊》总共才九个人：创刊三老、两位美编，及协助徐凤吾做编辑工作的胡国萍，组稿编辑只有肖关鸿和我。

我和梅朵、谢蔚明都在五楼到底朝东的那一间。但严格说，他们两位主编是挤在这间房间外面的一个七八个平方的阳台上。唯一的好处是，这里阳光充沛、视野开阔，几十米远处就是绿草如茵、花园似的英国领事馆。再过去，是上海标志性的建筑外白渡桥和上海大厦。更远的三四百米处，是船来船往的黄浦江，那频密的江轮汽笛声清晰可闻。我们和梅朵一样，累极了，会起身站到这里来远眺、张望，或是静静地发一会儿呆。

我在《笔会》这么多年，早已习惯了徐开垒那种不急不缓、和风细雨式的组稿方式。开垒永远是亲切的、和蔼的，约稿时不给人以压力。他教给我认真、负责、善待作者的编辑作风。但一到梅朵身边，就立刻感受和领略到他那种穷追不舍、颇为“霸道”的组稿风格。对我而言，他的身教远远多于言教。

梅朵如同旋风，性格张扬，北京的众多作家，无不害怕梅朵登门组稿：怕他的强势，怕他的纠缠，更怕他的执着和诚意。他要的稿子你要给他，而且要限时限刻。“下个月我给你稿子，这个月不行。”“为什么不行？我这个月就要！”他就是这样斩钉截铁，“说定了，我版面给你留下，开天窗你负责。”

梅朵的组稿风格，让人钦佩，更让人敬畏。他的妻子姚芳藻已经记不清，梅朵到北京组稿去过多少次，又有多少次春节是留在北京不回来的。梅朵单枪匹马月月上北京组稿。当时的北京，既没有出租车，也少有家用电话，交通又不便，而且有的作家已搬到偏远地区，有的则住上十多层的高楼。而当时北京经常断电，电梯老是歇工，梅朵去拜访这些“高层”作家时，不顾自己衰竭多病的心脏提出抗议，硬是一步一步艰难地爬上去。凭着两条腿，他在北京一批名家中横闯直撞，软硬兼施。回到上海，又是一天一个长途电话，三天一封电报，硬是把那些名家的稿件都催来了。

陈祖芬曾在给《花城》写的一篇篇幅很长的关于梅朵印象的《暴风雨》中，形象而又深刻地勾勒出梅朵的“暴风骤雨”：

“你那稿子怎么样了？”梅朵在北京的旅馆里，清早起来便向各处挂电话，“什么恐怕不行？一定要行！”出现在人们的视角和听觉里的梅朵，往往是一种暴风雨的形象。他一天可以跑五六个作者家里组稿。可是中午怎么办？作家一般要午睡呵。这有什么？上午的最后一家跑东郊，下午的第一家跑西郊。中午正好在路上度过。他中午在电车里，无力地斜靠在座椅上。他那叱咤风云的气势哪儿去了？他原来是这样的瘦削与虚弱！这是另一个梅朵——工作之余的、走出了人们视角范围之外的梅朵。他是不是没吃好？是啊，中午又是凑合着买了个面包……

现在梅朵坐在电车上，似睡非睡地垂着脑袋。但是只要他一工作起来，就像演员一上舞台就进入角色似的，进入了另一个自我，一个昂奋得自己不喘气也不让别人喘气的自我。梅朵心跳不规律，脉搏不正常，胸闷得难受，恨不得把胸膛打开来透透气，好在他的口袋里始终装着硝酸甘油。

“来不及了！今晚你别睡了。这篇评论今晚一定要赶出来！”梅朵在夜里10点多又走进一位作者家里。作者的妻子心疼丈夫呵：“梅朵再这么逼稿，我非得当寡妇了！”

当年，在《解放军文艺》工作的王中才，在梅朵有一天去拜访他和雷抒雁后，当天便急不可待地给我写信，说：“我们和他分别后刚到街上，抒雁就对我感慨系之地说，与梅朵一见面，就让人感到是个办事业的人。”梅朵给人的初始印象，总是这样深刻、强烈。

我的老朋友，原先在人民体育出版社当编辑，后来到作家出版社当《作家文摘》主编的刘进元，在《我和〈文汇月刊〉的那些事儿》中回忆道：

有些人和事让我难忘。第一是梅朵老头儿。记不清是哪一年了，盛夏时节，梅朵到北京组稿，我到前门附近的一家旅馆去看他。天气闷热难耐，老头儿上身只穿一件挎栏背心，斜靠在床头和我聊天。当时说了些什么，现在已经记不起来了；

只记得我说起自己的编辑老师殷之慧当年曾经在《文汇报》工作时，老头儿说：“她呀，殷之慧，一个小姑娘，快人快语！”其实，老殷那年已经五十多岁了。天太热，我怕影响老头儿休息，坐了一会儿就告辞走了。大概一两天之后，是个星期天，外面下着大雨，我在家里写东西。传来敲门声，起身开门，梅朵拎着雨伞站在门口，脚下是一摊水渍。我忙把他让进家里，请他坐下，刚要去沏茶，老头儿却说：“你不要忙，我马上就走。”我愣住了。他接着说：“我来只跟你说一件事，有了好的题材，要先跟我们打招呼，写了报告文学，要先给《文汇月刊》！”我点头答应了。老头儿拿起雨伞要走，我忙拦住他。他却说：“得走了，还要跑好几个地方呢。刘进元呀，你也是做编辑的，告诉你一个组稿的诀窍，天气越不好越是要往作者那里跑，最好是刮风下雨，你往作者那里一站，好稿子就来了！人心都是肉长的嘛。”说完，他狡黠地笑了起来。

那时的刘进元，名气不大，实力不凡，他的体育题材的小说和报告文学都很有特色，很有生活气息。梅朵在北京拜访那些大名家时，没忘了看望这位成长中的后起之秀，这让性格豁达的刘进元感怀终身，成为《文汇月刊》最铁的作者和朋友之一！

北京的那些大名家，那些走红的中青年作家，一碰到梅朵登门组稿，怎么能不战战兢兢，汗出如注？他软缠硬磨，让你心甘情愿地或是勉为其难地承诺哪天交稿。而你一旦答应了，想应付他、想毁约，那就等着他的精神轰炸吧！交稿期到来之前的五六天，梅朵的电话就来查岗了：“写好了没有？我等着发稿呢！”如果你支支吾吾，态度暧昧，他会一天来两三个电话，催促你、提醒你。当时，电话还不普及，许多人家里没安装电话，写信又太慢，梅朵就拿出更可怕的杀手锏——打电报。他依照稿件的急迫性和你交稿的自觉性，来选择电报方式。有的是发普通电报，白天能送到。有的则是加急电报，算准在深更半夜、凌晨时分送达：那时候大家的居住条件都比较差，当电报局的摩托车马达轰鸣，投递员咚咚敲门，大声吆喝几零几室、某某某电报时，整个一幢楼的人全被惊醒了！举家惊惶，邻里不安，真个是今夜谁能入眠？王蒙、张洁、汪曾祺、理由、陈祖芬……一个个都是加急电报的受害者。他们别无他法，唯有屈服，马上给梅朵打电话，千万别再来电报了，一定准时交稿。梅朵接着电话，喜不自胜，心中窃笑：敬酒不吃吃罚酒啊！

梅朵对拖延交稿的大名家，毫不手软地连续使用这致命武器，且战无不胜。天可怜见，这些大牌作家居然没有一个想过、试过，为这恶作剧般的要挟电报去跟梅朵争论，更谈不上跟他翻脸了。彼此间都是好朋友，了解太深了，交情太深了。

王蒙最早惊呼："梅朵梅朵没法躲！"他与梅朵相知甚深。早在 1956 年，王蒙才二十岁半时，梅朵就曾让他"没法躲"。那年，王蒙在《人民文学》的 9 月号上，发表了改变他一生命运的短篇小说《组织部新来的青年人》后，好评如潮。与之同时，王蒙的《青春万岁》修改稿已在中青社三审通过。其间，《文汇报》正在筹备复刊，浦熙修委派梅朵来找王蒙约稿，《文汇报》要求自 1957 年 1 月 1 日起全文连载《青春万岁》。谁料连载没有开始，《文汇报》竟突然发表李希凡的长文，对《组织部新来的青年人》进行了猛烈的批判，无限上纲，将小说往敌对方面揭批，意在一棍毙命。王蒙不解也不服，他给文艺界的最高领导周扬写了信，说明自己身份，求见面、求指示。想不到周扬竟然很快回信，约王蒙前往中宣部一谈。周扬告诉王蒙，毛主席看了小说，他不赞成把小说完全否定，不赞成李希凡的文章，尤其是李的文章谈到北京没有这样的官僚主义的论断。不过，王蒙当时不知道，毛主席在听说林默涵的评论中，指出来的几处写得不妥的文字与小说结尾，都不是王的原作，而是《人民文学》杂志编辑部修改的结果。他老人家震怒了，说这样改缺阴德。如此一来，王蒙化险为夷，遇难成祥，他的感觉是"如坐春风，如沐春雨"。

在后来的《王蒙自传》中，王蒙说到了"没法躲"的梅朵，"有趣的是我当时对《人民文学》编辑部的意见远比对《文汇报》小，我的发言中倒是有不点名地说《文汇报》的话。该报的承受力很强，我发完言恰好看到了梅朵与他的妻子姚芳藻。他们见我边点头边笑，苦笑加傻笑，令你没了脾气。很快，浦熙修与梅朵登门拜访，千说万说一定要选载《青春万岁》。也幸亏有这么一选载，否则，一切要等四分之一个世纪以后再说了。"因为此后不久，王蒙跟梅朵一样，也被打成"右派"，也被流放了。

二十多年过去，梅朵和王蒙终于苦尽甘来，东山再起。作为《文汇月刊》主编的梅朵，还是不肯放过北京市作协的专业作家王蒙。谁让王蒙是大名家，又是梅朵的老朋友呢？王蒙一见“克星”梅朵，还依旧是“没了脾气”！

1980年10月，我刚到《文汇月刊》不久，就亲眼见识过梅朵向丁玲逼稿的全过程，坚决得近乎残忍。那一期，刊物亟须丁玲写篇重头稿子——好像是后来发表在1981年1月号上的《胡也频》。但不巧，丁玲正好因病因劳累因访客太多，离开北京躲到外地静养去了。她受了那么多的罪，身心俱疲，确实也该好好养息一段时间了。“不行，这个稿子非她莫属！”梅朵不肯放过丁玲，说她要养息也得帮《文汇月刊》写完这个稿子再说。他打了一个又一个电话到丁玲家，但任凭他软泡硬磨，或是发怒、咆哮，丁玲的家人咬定青山，坚不吐实。他们深知梅朵死缠烂打的那一套，怎么能让这个“魔王”去折磨老太太呢？梅朵无奈，打了一长串电话到作协，到《文艺报》，到熟悉丁玲的北京朋友处……

从早到晚攻坚一整天，终有突破——名不虚传的“没法躲”，居然打探到了老太太在鼓浪屿一家宾馆的房号和电话。羊落虎口，老太太惨了，在顽强抵抗了一阵以后，梅朵以大嗓门发出最后通牒：“这一期，非要这个稿子不可！马上写，写完了给我，就不打扰你了。你不写，我马上乘飞机赶过来！”丁玲知道这位五十年代就相识的老友的行事风格，梅朵一来，这个休假全完蛋，她不得不屈服，老老实实地开始为《文汇月刊》赶这篇稿子。

虽然，老太太有点窝火，但她一定理解梅朵为什么说“这个稿子非她莫属”——因为这期刊物正逢胡也频遇难五十周年祭。在大事记上可以查看到：“1924年，胡也频与丁玲结婚，1931年被国民党逮捕，1931年2月8日在上海龙华被杀害。”

不按规则出牌：梅朵的“突然袭击”把我打懵了

外面的人没法躲开梅朵，我们这些在他眼皮底下的人就更没得说了。我们在原先部门里的生活很有规律，上班、下班，读书、写作，什么时候做什么，自己可以把握。但跟着梅朵，我们自己所做的安排全不算数，生物钟被完全打乱了。梅朵的调度和指派，每每像脑筋急转弯，让人措手不及，不知如何应对。

一到《文汇月刊》，你就知道什么叫工作紧张？那种快节奏，让你一时很难适应。梅朵是不顾家的，从来就是油瓶倒了也不扶，他用行动逼着我们学他的样，把家事放在一边，把孩子放在一边。人家说，“攘外必先安内”，梅朵才不！在编辑部，他也同样采用紧逼战术：他逼你组稿，要竭尽全力把最好的稿子抢到手。总是问你给作家的信写了吗？电话打了吗？电报发了吗？那时，报社对长途电话及电报费严格控制，但《文汇月刊》的通讯费用一直大大超支，每个月都被总编办通报批评。梅朵的态度是虚心接受，坚决不改，还鼓动说：“工作需要嘛，该打的电话一定打！”他还逼你写稿，不断敲打你，提醒你，记住你的另一身份——作家：“当了编辑就不写东西，算什么作家？拿不出好作品，怎么能跟别的作家平起平坐，在一个高度上对话？”

为了确保每期的重头稿，他还常常搞突然袭击：一旦当期的急稿有意外变化，原本应允稿件的作家爽约了，他事先连招呼也不打，就替你订好飞机票，让你当天出发救场，而且急如星火。我到《文汇月刊》后写的第一篇报告文学《你好，李谷一！》就是被他这么“穷凶极恶”地逼出来的。

五

被逼火线救场，赶出《你好，李谷一！》

梅朵的第一次“突然袭击”，是在1980年11月中旬，我调到《文汇月刊》才两个月。当时，我去福州、厦门出差半个月，参加关于舒婷的朦胧诗讨论会并组稿，刚回来不久，手头很忙乱——就算我把家事抛在一边，不去管家里上有老，下有小，办公桌上这些天来的一批信稿，也正等我处理。而最急迫的是，我在福州约舒婷写的组诗，以及约请刘登瀚写舒婷的那篇大稿子，还得不断去催促、落实！

谁知，那天上午，我一进办公室，就被急性子的梅朵叫住。他这一早上全在为我忙，就等着我的出现！那时没有什么手机、BP机，否则早给他打爆了。梅朵焦急地说：理由（当时是《光明日报》机动记者）原先答应给我们写李谷一，因为有特殊原因说不写了。而我们下一期刊有李谷一的封面已经在印，这篇配发文章12月5日前一定要发稿。“现在，再另外找人顶替已经来不及，你去写吧！”梅朵让我放下手头一切，下午就出发去北京，去顶作家理由的缺。还说：“机票已让人替你订好，五百元出差费也从财务处替你借好，你赶快回去拿点衣服，抓紧出发。”

简直是不由分说，逼上梁山。“想到哪就是哪，怎么能这样自说自话呢？我才回来几天，手头还有一大把事情！”我的脑袋霎时像炸开了，怒气冲冲地对梅朵说：“不行！时间这么仓促，事先毫无准备，我写不了！”“等不及跟你商量，没时间犹豫了，我也是无路可走，只好先给你订机票。”

见我光火了，声音又是高八度，梅朵放低声调，一脸苦笑。他从我的反应中，已经明白，我们的看法有分歧：他认为理所当然的事，我却认为有悖常情，不可接受。显然，梅朵高估了我的反应力和判断力，他以为我虽感意外，但一定会跃跃欲试、斗志昂扬呢!

“你冷静下来，冷静！”梅朵把我按到椅子上，自己也坐下来，像是促膝谈心。他很善解人意，也很有思辨力，笑着反问道:“你冷静地想想，能让版面开天窗吗?光有封面，里面没有配发文章，能行吗！你自己说，明年第1期，报告文学要打响，没有这个文章，就成哑炮了。你说是不是？”梅朵一边劝慰，一边解释，这件事为什么非我莫属：“你是管报告文学的，碰到问题要积极应对；你又是写报告文学的，你不去‘救火’，谁去？我想来想去，你最合适，因为你应该去，也有这个能力！”被梅朵连劝带哄，一再要我冷静，我的火气算是大半消散了，但心里依然一片茫然：一是刚回来又要走，马上就走，跟家里人怎么交代？更烦心的是，我从来没有接手过这样限时限刻，而且只能成功、不许失败的大稿子。

我叹息道：“梅老板，事情太突然了，压力太大了，我对李谷一的事两眼一抹黑，一无所知，我担心写砸了，没脸回来！我刚到《文汇月刊》，怎么会这么倒霉呢！”“不对，这怎么能叫倒霉，这是机会，最能考验人的机会！”人们常常见到梅朵因稿件不顺，或意见不合，而暴躁，而雷霆万钧，而抖开嗓门，似乎淡忘了他温暖、柔情的另一面。事实上，他的金刚怒目、暴跳如雷，只能算是1%概率的偶发事件；而常态的99%时间里，他总是一派长者风度，和颜悦色，体恤部下，一个大可亲近的好老头。可惜，好事不出门，“恶名”传万里。

此刻的梅朵，正化为和煦春风，在苦口婆心、和蔼而又耐心地给我做思想工作。梅朵不愧是评论家，他丝丝入扣、触及心灵地说，“你想想看，你一直期盼有一天能在报告文学上有名气，有成就，但这一天不是等来的，是拼来的。许多名家的成名，就是靠抓住突发事件，把握突发时机，让作品产生重大影响的。李谷一如今是争议人物，为读者所关注，这是个多好的题材。现在理由不写，你去写，如果能在短时间里抢出来，有质量，有分量，这既能证明你的潜力，又能造成较大影响，你说这个机会有多好！人生能有几回搏？你应该去，赶快去，放手一搏！”

见我有些心动，他又关切地问道：“家里如果有问题，我会帮助解决。要不要我给你爱人打个电话，解释一下，或者我给你写个字条，你带给她？”梅朵的字条很管用，他爱人姚芳藻家里是中医名门，父亲和哥哥、姐姐都是上海的顶级名医。不久前，我爱人眼睛有问题，就凭着梅朵的字条，到上海眼病防治所去找姚芳蔚求医。而我们编辑部的人，多半跟梅朵要过这直通名医的“通行证”。

我起先怒发冲冠，是想跟梅朵吵个明白的，觉得他太主观、太不近人情。但听到后来，还真有一种被他征服的醍醐灌顶之感：临危受命，紧急赶稿，这是工作需要，我是分管这一摊的，责无旁贷。而于我个人，则是成长的代价，成名的代价。到《文汇月刊》来，不就是想大有用武之地吗？现在天赐良机，我怎么可以怯战并且抗拒呢？

后来，每当我回想起这一幕，都觉得无地自容。说白了，当时初出茅庐，没见过世面，没经受过“战地”考验，太嫩了。之前习惯于那种按部就班、不紧不慢地采访和写作，很初级，很静态，那只能算是在报告文学的殿堂外徘徊，离一个报告文学作家的要求差得太远了！而此后，在《文汇月刊》工作的十年里，我和肖关鸿等主要编辑，每年至少有六七个月在北京等地奔走组稿，有时还得采访。至于家事，基本上不管不闻不问，什么孩子的学习、孩子的考试、孩子的升学乃至择校，我们根本没有时间、没有精力去过问。家里万一有什么重要的事情，就让他们打电话让梅朵转告，只有梅老板知道我们漂泊不定的行踪。自然，我们让梅朵满意了，家里人却很不满意。三十多年后，我儿子看到我对孙子呵护备至，宠爱有加，常常感慨不已：“这还是那个老爸吗？越看越不像啊！”

这是我第一次坐飞机。我压力山大，无心观赏舷窗外的蓝天白云，老是看着笔记本上记下的中央乐团地址、电话，这是新华社摄影记者杨飞提供的，那张李谷一的封面照片就是他拍摄的。还有一份我匆忙中，从报社资料室借来的关于李谷一的剪报材料，只有薄薄的两页。在很少的报道中，说及她演唱《乡恋》引起很大的争议。我像一个赴京赶考的考生，很急切地希望能马上赶到中央乐团，见到李谷一。

我从首都机场，来到崇文门东大街附近的《文汇报》北京办事处，已是下午两三点钟了。我扔下行李，就随办事处的小车出发，直奔中央乐团。北京办事处的头头刘群、陈可雄对《文汇月刊》怀有特殊感情，而且梅朵事先已来过电话，请他们务必帮忙派车。可是，当我风驰电掣地赶到那个破旧的中央乐团艺术处时，他们告诉我，“李谷一不在，她去西安演出了，还有三四天才能回来！”这不是无米之炊吗？千里迢迢，却扑了个空。瞬间，一盆凉水从头浇到脚，我内心简直要崩溃了，这是我之前的采访生涯中，从来没有碰到过的事情。是追到西安去采访，还是留在北京先扫外围？我觉得左右为难。

晚上，我给梅朵打电话，说了我的犹豫和懊丧，我有可能无功而返。他批评我，怎么这么脆弱，碰到一点困难就动摇？要相信，麻烦一定会过去，采访一定会成功。至于是否要追踪过去，他让我自己决定，时间要花在刀口上！梅朵还感叹着叮嘱说：你这一次，算得上是真正的"火线"采访了。报告文学的采访，怎么可能那么顺当？它不是小说、散文，不可能由你自己把握命运，什么样的事情都可能发生。你要学会习惯和适应，头脑始终保持清醒！

天哪，老头儿简直像是在跟一个新闻"菜鸟"对话，他似乎完全漠视、忘记我已经有十年的新闻工龄了！

金铁霖、李谷一相恋，从喜极而泣到乐极生悲

第二天上午，在跟乐团办公室的孟昭林交谈了半个小时后，他就对我的犹豫做出抉择："不用去西安，来来去去，太费时间了！李谷一回来前，你可以先去跟词作家凯传、作曲家王酩聊聊，他们跟李谷一有过很多合作。"继而，这位后来担任了中央乐团领导的老孟强调说："你应该、特别应该去采访她的前夫金铁霖。他们刚刚离婚。可以说，没有金铁霖的培养，李谷一就不可能有今天。"老孟没有展开说下去，但在将抄有金铁霖、凯传、王酩他们几个家里的地址给我时，还是感叹地做了一个评语："他永远是李谷一的老师！"

随后，作曲家凯传、王酩相继接受我采访时，都对李谷一的演唱艺术和探索精神赞不绝口。他们在跟李谷一一字一句的切磋过程中，都曾给以热情指点，付出许多心血。尤其让我拨动心弦的是，他们跟孟昭林一样，一再跟我说起金铁霖，而且用同样肯定的语气说：如果没有金铁霖，李谷一这个原本一口湖南腔的花鼓戏演员，后来绝不可能成为歌唱家！

真是"什么样的事情都可能发生"呵，山穷水尽，突然间转化成柳暗花明。

老孟答应先替我给金铁霖打个招呼，我对这次采访怀有极大的期待。但我不知道，在这个时候，他是否愿意跟一个陌生人一吐为快？当我那天一早赶到和平街金铁霖家里时，身材高大、为人憨厚的金铁霖，伸出厚实的双手握住我的手，使我瞬间感受到他的热忱和实在。我打量这小小的房间，除了玻璃橱上的那座维纳斯女神，和一架斑驳陈旧的钢琴，没有什么吸引人的东西。而且显得简陋、凌乱，还搁着两张床——说明他们虽然分手不久，但分开已久。

金铁霖急于倾吐，他说："一直想找个人说说心里话。"我们一连谈了两天，而且都是从早上直到晚上6点，连中午也是吃完金铁霖做的炸酱面就接着谈。这个人高马大的汉子，说着说着就泪水横流，一次又一次，难以自抑。他和李谷一相识得很偶然。1966年的一天，金铁霖到他的同学、八一电影制片厂演员剧团的柳城那儿串门。正好李谷一到北京来看她姐姐和她未来的姐夫。过了几天，她又跟着柳城和姐姐，到中央乐团的单人宿舍拜访金铁霖。二十二岁的李谷一性格开朗、爱笑，为一丁点儿小事就会发笑，说话的嗓门挺响。她吃了金铁霖包的北方水饺，兴致勃勃，抖开嗓子乘兴唱了一段花鼓戏，又唱了一支民歌。她唱得很高很高，声音也"崩"不了，碰到小拐弯的地方，她一拐就轻巧地拐过去了。金铁霖心里叫着好，"不错，不错，唱得又亮又甜。"但直感告诉他，李谷一的唱法还有明显瑕疵：声音尖细，缺乏控制，低音薄弱，音域不宽。更糟的是，她那一口湖南话，把"牛"字念成"刘"字，把"那里"唱成"拉里"，字音咬不准。金铁霖觉得应该帮助她，下功夫训练。

李谷一离京时，金铁霖匆匆赶往送行。次年10月，在她姐姐的婚礼上，他们再度相逢，真是"珠联璧合"：金铁霖弹着曼陀林，为李谷一的演唱伴奏。再串门的时候，李谷一见到他那个屋里"不修边幅"：被子乱，箱子乱，什么都乱，李谷一索性来了个兜底翻！给洗了，给晒了；还千针百线的，给缝上一个枕头套。敏感的柳城，看出了内中微妙，把他们中间隔着的那层纱，轻轻揭开了。金铁霖收下了这个身份特殊的学生。

他们两地分离，每年在北京相聚不过二三十天，而且又是在那场"触及人们灵魂的大革命"时期。两人每天关窗闭门，悄悄跟着唱片哼苏联的《夜莺》、舒伯特的《摇篮曲》。课程的安排，十分紧张。金铁霖每天两三次，每次个把小时，让李谷一学习西洋发声方法。练了声，还要练唱。唱民歌，唱“花鼓”，唱“钢伴”……金铁霖那粗大的手指，娴熟、轻巧地跳动在琴键上。时而，他跟着李谷一轻轻地唱；时而，他又看着李谷一，提醒道：“声音尖了！……哦，现在好了。”“这里吸气轻点儿，用鼻子轻轻闻一下。”“不对！字没有咬清楚，重来！”

短暂的相逢后，是漫长离别。他们每隔一天、两天，就通一封信。信太多了，他们还都编了号码。他们并非“卿卿我我”，而是在搞“函授教学”。李谷一不厌其烦，写了每天练声的体会和碰到的问题。金铁霖信写得更细腻：解答她的发问，布置她的作业。要求更具体，更高了：从声音上、从表演上、从感情上……他们俩感到“函授”的效果太慢了，李谷一要当那个歌唱演员，哪一天能当上？然而，李谷一的调动，陷入了僵局，湖南方面对李谷一不松手。两个当事人一筹莫展，但有一点他们是共同的：目前情况下，一个要教得更卖力，一个要学得更出色。不然，你就没本钱，调不到北京，进不了中央乐团！为了让李谷一开阔眼界，博采众家，金铁霖在她来北京时，领着她到中央音乐学院，求教自己的老师沈湘教授，以及本团好多位驰名音坛的声乐专家。当中央乐团物色一个能演“钢琴伴唱”，能唱民歌的演员时，金铁霖让她去试过两次。第一次不行。第二次，李德伦满意多了，还指导说：“你的条件应该是抒情花腔的路子，不是戏剧女高音，不能唱那么重。”

真没想到，两个单位到底还是说通了！当一纸调令，终于飞到长沙的时候，金铁霖也星夜前往赶去接她。两个人心潮跌宕，喜极而泣，等了六年啊！他们也清楚，调动的三条理由，主因说起来是前两条“钢琴伴唱”和民歌演唱。其实，关键还是最后那个“附带”的一条“照顾两地……”这是1974年，金铁霖对李谷一到中央乐团之后的前景，不敢乐观，“她还嫩，站得住脚吗？”当团里要提拔金铁霖去当独唱演员时，他和朋友们商量又商量，还是婉言拒绝了。要是去，对他自己的前途当然好。但那一来，就没有太多的时间辅导李谷一了。他把设想的两步法，告诉了李谷一：“现在一切的一切，是先把你推上去，等你出名了，我再开始追！”

几年后梦想成真，李谷一真的出名了，她演唱的歌曲和电影插曲打动了万千人心。然而，乐极生悲。他们的故事，原本是一部感人心扉的励志剧，一部正剧，突然间骤变为悲剧：1977年初金铁霖去干校后，李谷一已移情别恋，且有了孩子。对方是金的朋友，一个高干子弟。随后，李一再要求离婚，并借房子搬出去住。“即使在这种情况下，她录的《小花》、《黑三角》、《洁白的羽毛寄深情》，也还都是在家里练的。作为老师来讲，我尽到责任了。”金铁霖愿意抚养孩子，但要求就此了断，却未能挽回芳心。李的姐姐、姐夫的劝导，以及中央乐团领导的干预均无果。后来金同意离婚了。协议书是由李起草的，她承担了所有责任，说：由于她的问题，导致双方感情破裂，经过协商，同意协议离婚。1980年1月，他们正式分手了。金铁霖无可奈何地看着她离开自己，但沮丧中带有留恋，他还是愿意帮助李谷一：“离婚后，我还帮她听过歌，《乡恋》两稿都听过。”

第四天。新华社的摄影记者杨飞，终于和李谷一联系好，下午接受我们采访。而上午我又一次赶到金铁霖家，想现场感受一下他给几个学生上课的情景。他弹着钢琴，沉浸在音乐中，不时停下来指点学生。他那么投入，那么认真、严厉，完全不同于平素的亲切、随和、轻声细语。无怪乎，金铁霖之后又能培养出彭丽媛、宋祖英、阎维文、张也、李丹阳、刘斌、吴碧霞、刘辉、王丽达等一长串歌唱家来，而他自己则不可思议地当上中国音乐学院院长。曲终人散，他又捧出十来本李谷一的相册来，让我挑照片——那是我昨天拜托他帮忙找的。倾吐了十多个小时，抹拭去太多泪水之后，金铁霖已经平静下来。分别时，我建议他把所有的美好回忆封存心中，不要再烦恼自己。他再三叮嘱我，文章发表后，一定要给他寄刊物。

下午，我跟着杨飞，拜访了李谷一的新家。这是我第一次走进一个高干子弟的家，宽敞而舒适。匆匆一瞥，我看到了李谷一新生活的一角，这跟之前她跟金铁霖经营的那个窝，可谓天差地别。

绛黄的毛衣，天蓝的领圈，乌黑的浓发。我见到了李谷一，很快便感受到这位歌唱家的率直和随性。她的普通话语速快而流畅，之前的湖南口音似乎荡然无存，只是不时会冒出一句京骂，让我很有些错愕。

这个《乡恋》里的柔女子，对那场“轩然大波”不能忘怀：《乡恋》一度从广播节目里消失，而对《乡恋》的争论却愈演愈烈，并蔓延到探讨演唱者的艺术倾向。压力来自社会，也来自领导。她的处境大为不妙。文化部的一位领导，很早给中央乐团表示了意见：李谷一的演唱风格，应予注意和引导。中国音协的一位领导，也打电话给中央乐团，说李谷一这样下去会糟糕。团里一位领导则更进一步，托人捎来一份“最后通牒”：“如果再照这样下去，乐团的土壤就不适合她存在了，她应当去找适合她发展的土壤。”然而，观众们寄来了一二千封温暖的信。上海两个女孩子信上说：“李阿姨，他们说你的《乡恋》是黄色歌曲，你是黄色歌女，但发生在演出大厅的奇迹，那无数次的谢幕和经久不息的掌声，正是对这种污蔑的最有力的否定。你应该感到欣慰，人民对自己的艺术家爱得多么深呵！”“啊，还有你们的朱逢博！”李谷一说，朱逢博支持的办法既直接又简单，把《乡恋》加进了她的节目单。

我小心翼翼地提及金铁霖，希望李谷一说说过往，以及自己的成长。她坦然地归纳了和金铁霖的分手，感慨中带着感激地说：“问题不在他，我感谢他，他永远是我的老师。”她好像还有事，两个小时后我们告辞了。“你的封面早印好了，现在急等稿子。我等了你好几天，要不可以谈得更透。”我还告诉她，这篇文章准备怎么写：“主要想写你的成长之路和成名之路。当然，也会写到金铁霖。”李谷一说：下个月初，她要到上海演出，我们上海见。

随后，我在北办简陋的招待所的房间里开始赶稿。前两三天，只字未落，只解决了构思问题：用那一组照片，串起她的音乐之路。随后一个星期，我写了一万多字；而精华部分，最难写的尾声，则是我在回上海航班飞机的小餐桌上写下的。我煞费苦心，不能伤害李谷一，但又不能不隐晦地提及婚变，不能不写出金铁霖曾经的热恋和热望，满腔热情的付出和牺牲。否则，对金铁霖太不公平了。飞机邻近上海时，我突发灵感，写下这样一节文字：

也许命运注定，我们的主人公——歌唱家李谷一，应该成为一个太多争议的人物。这争议，不只是她的唱腔和《乡恋》，甚至涉及她的爱情生活……

作品的生命在于真实。在这篇记事里，我们不想回避她跟金铁霖的一段爱情往事，也不想掩饰他们如今两相分离的事实。这是公开的秘密！

两个当事人，分离得坦然而冷静。李谷一说：问题不在他。我感谢他，他永远是我的老师。

让她自由歌唱吧，我们出色的歌手！她是歌唱爱情、歌唱生活的百灵，她可以飞进爱情和生活的园林！让她自由采撷吧，无论是甜蜜，还是酸果！

年轻的歌唱家呵，又要出发了。她的爱人小肖，也在为她送行，轻轻地叮嘱她：天冷，嗓子小心。列车已经启动，带走了“王酩音乐会”的全班人马……

亲爱的李谷一同志，你好！祝你一路顺风。

梅朵乐不可支，他的“霸道”逼稿又获成功，一篇重头稿子在发稿最后时限交出。梅朵对稿子很满意，他特别赞赏结尾文字的分寸感。不过最后那句：“亲爱的李谷一同志，你好！祝你一路顺风。”是他动笔加上去的。这篇诠释封面人物李谷一的文章，在1981年1月号刊出后引起读者广泛关注，产生了梅朵所期盼的社会反响。有些失望的是，这篇文章被版面责编放在“音乐之声”栏目，而无缘安排进我自己分管的“报告文学专栏”——我到《文汇月刊》不久，很尊重眼界很高、资格很老的徐凤吾，不想也不便提出异议。

《你好，李谷一！》带来好评，也带来争议。金铁霖在第一时间收到刊物，1月27日来信表示感谢。希望我有空再去他那里采访、作客，如果能补充点材料给《北京晚报》写一篇关于他的文章，就更好了。金铁霖的信，有四页之多：

从我个人来看，能写到这样很不简单了，也不容易。因为有些记者和作家明知事实如此，而偏要背着良心去说谎，这样的文章是没有生命力的，迟早也会被人看穿的……当然，肯定有人会不高兴，这也是很自然的事……你的文章十分含蓄地讲了我们的艺术、爱情经历，有些聪明人或了解一些事实的人一看就明白了，即写了事实（部分的）又不要影响李谷一的形象……对这些我已十分满意。

另一位当事人却不尽满意。我从北京赶回上海不久，李谷一即来上海万体馆开音乐会，她让我去一次，送了我几张票，并提出要看稿子。我告诉她，刊物已在印刷厂开印了。“我在北京，不是把要写的要点都告诉你了吗？我写的，没有超出这个范围。”性格爽直的李谷一说了实话：“我爱人有意见。”我知道，这是指我文章结尾一笔带过的为她送行的小肖。及至1月号出版，看到刊物后，小肖又责怪那天带我去他们家采访李谷一的新华社摄影记者杨飞，还声言要告我们。梅朵才不在乎，安慰我说：“放心，稿子分寸掌握得非常好，他真要打官司也打

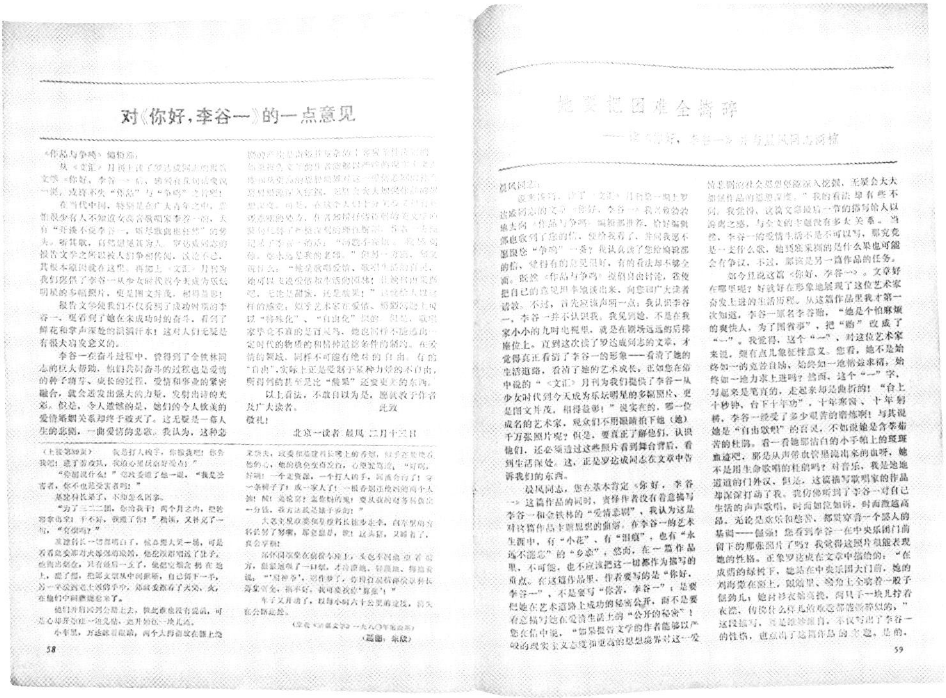

《作品与争鸣》上关于《你好，李谷一》的 争鸣文章

不赢！”2月初，杨飞来信给梅朵：“关于李谷一的稿子的事，弄得我下不来台，因为是我带罗达成同志去找的李谷一。李谷一再三讲了，她要看稿子，结果没给她看。现在她为此事大为生气。我的意见请你们主动与李谷一解释一下。”其实，李谷一当时并没有说过要看稿子；而且我知道，真正不高兴的并不是李谷一。

为了这期组合，梅朵和我怀着极大热情，付出极大努力，上封面，写文章，给李谷一这位年轻歌唱家以很高规格，但对方并不领情，甚至放话要告我们。“不要去理他！”梅朵为了保护我，生怕挫伤我的积极性，不让我出面解释。还生发开来，感叹说：“写报告文学就这样，影响大，麻烦也大。作者和编辑部付出很多心血，结果却常常始料未及。”

这篇报告文学的写作和发表，给我自己也上了生动而又深刻的一课，应当如何采访，如何选取材料，拿捏分寸？争论还在继续，在4月号的《作品与争鸣》杂志上发表了两种不同观点，一种意见认为作品分寸感拿捏得当，写出了李谷一的人生奋斗之路。“在这篇作品里，作者要写的是‘你好，李谷一’，而不是‘你苦，李谷一’；是要把她在艺术道路上成功的秘密公开，而不是着意描写她在爱情生活上的‘公开的秘密’……”另一种意见则批评，作者没有守住道德底线，批判李谷一的见异思迁，而是“让她自由采撷吧”。

持批评意见的北京晨风认为：

如果报告文学的作者能够以严峻的现实主义态度和从更高的思想境界对这一爱情悲剧的社会思想根源深入挖掘，无疑会大大加强作品的思想深度。可是，在这个人们十分关心又很有哲理意味的地方，作者却用抒情诗般的美文学的辞句代替了严格深刻的理性解剖……这就给人以这样的感觉：似乎艺术家在爱情、婚姻问题上可以“特殊化”、“自由化”似的。但是歌唱家毕竟不真的是百灵鸟，她也同样不能逃出一定时代的物质的和精神道德条件的制约。在爱情的领域，同样不可能有绝对的自由。

说白了，晨风先生怪我没有谴责李谷一。我没有这样做，也不能这样做，我不想委曲金铁霖，但也无意伤害李谷一——即令金铁霖本人，也不希望我这么做，他有哀怨，却绝无愤恨，爱情不在友情在！其间，我的朋友、湖北作家王维洲来信评点，说我心存友善，让我感到安慰：“你写李谷一文甚好，是别出心裁，很有新意的。笔法微妙而得体。我想，这不只是方法，它出于作家的道德良心而又存心友善之使然。很不容易。”诗人、北方文艺出版社副社长满锐也来信说：“关于李谷一那篇文章，我觉得写得好，因为那是较为难写的题目，深了不是，浅了不是。你是挖空心思了。我察觉出流露于字里行间对她的那种真挚感情。”确实“深了不是，浅了不是”，我以为自己把握了尺度，梅朵也认可、支持我的态度。

不管怎么说，有麻烦，也有喜悦，毕竟我不辱使命，被梅朵逼出了这篇“救场”作品，而且还弄出一些声响。

六

心血来潮的梅朵，大脚将“足球”向我踢来

1981年《文汇月刊》的第1期，梅朵为着李谷一的封面文章，逼着我到北京“救火”。没想到，年底最后一期，梅朵又豪情万丈地抓重大的突发事件，让我在北京限时限刻地赶出一个大稿子——而这个稿子，跟封面毫无关系。年头年尾，我的工作节奏和组稿计划，都被梅朵的突发奇想彻底打乱，紧张感、忙乱感、责任感交织在一起，沉甸甸压榨着我，让我食不知味、夜不成眠！

梅朵有严重的心脏病，但他一工作起来就不要命。这年夏天，他因病情突发，紧急送院救治。10月中旬，刚出医院的梅朵，不顾医生要他静养、不能工作，“不要用自己的生命开玩笑”的禁令，又赶到北京组稿——而回到上海后不久，病情又再度发作，不得不老老实实住院，再进疗养院，直至1983年秋天才重新回到工作岗位。

梅朵不听医嘱，坚持赴京组稿时，我正赴武汉抓老朋友、有“怪味作家”之称的祖慰的稿子——我答应老梅，随后去北京与他会师。

那天晚上，我扑了个空，祖慰不在家。他上中学的儿子很懂事，让我跟他一起看世界杯外围赛的一场足球实况转播，结果中国队以3∶0大胜科威特队。这是我第一次观察和领教到球迷——且是一个小球迷的疯狂，祖慰的儿子看得手舞足蹈，又蹦又叫，全程兴奋不已。而我心如止水，波澜不惊，我对足球一窍不通，实在没看出什么名堂来。

谁知这场球竟跟我因缘难分，是我之后曾一度成为痴情球迷的高浓酵母。三天后，我一到北京，就发觉整个城市像刚注射了兴奋剂，碰到的朋友都在说这场球。而身体不适先期回沪的梅朵，已来过几个紧急电话，要北京办事处的同事转告我：放下所有的事，立即去采访中国足球队！后来成为“北办”主任的陈可雄，绘声绘色地给我诉说梅朵的狂热：“他是绝对球盲，这回居然不知托了多少人，弄到张球票去看这场球。看完球回来，激动得不得了，沙哑着嗓子，大叫大喊地说：‘这是最大的热点，最大的买点，我要让罗达成马上去写，下一期刊物上就要用！’”

梅朵的问题心脏怎么能进球场，怎么能这样疯狂而又激情澎湃？看完球，他的心脏已不堪承受，他不得不时常捂着胸口。

我来北京，原本是为刊物抓明年初的报告文学稿子，谁知梅朵却要我放下一切去采访足球。明知道跟梅朵这老头没道理好讲，我还是给他打了个电话。梅朵像是超级球迷，话筒里声音高亢激昂、不容置疑：“赶快去采访！一场球让全国冒出数以千万计的球迷，万众关注啊！十二期刊物上做头条！给你留好一万五千字篇幅，标题就叫《中国足球队，我为你写诗！》。”这个梅老板，完全是自说自话、一意孤行。不过，北京的朋友也无一例外地劝我写，说这是一生难逢的绝好题材！

逼上梁山，在龙潭路营地采访了五天

真叫逼上梁山！我这绝对球盲，当时不知道什么叫“角球”、“界外球”，不知道球场有多大？球门有多高多宽？每方出场球员有多少？梅朵才不管你知道不知道，他只知道：最晚 11 月 5 号，一定要拿到这篇稿子。没奈何，我匆匆赶到王府井书店买了几本书，花了半天时间，狼吞虎咽地消化足球知识，关于红牌、黄牌，关于角球、点球，关于队形和战术——随后便直奔中国足球队驻地。

这是赛后第三天，中国足球队已层层设防，拒绝接受采访。“冷是冷得冰凌上卧，热是热得蒸笼里坐”。这支队伍沉默太久，一直不受关注，在突然爆发、横扫科威特队之后，他们适应不了球迷的疯狂追捧，更适应不了举国媒体的密集采访。足球，恢弘民气的国球呵！在那个着魔的夜晚——忧心的夜晚，变成了喜庆的夜晚——疯狂的夜晚，当赛场出来的观众，自发组成了自行车长龙，节奏分明地高呼“中国！——中国！……”“进军西班牙！——进军西班牙！”的时候，当天安门广场值勤的战士，被群情激荡，声音激动得打颤地向上级请示：要不要升上国旗的时候，……中国足球队没有班师回营，而是悄然隐去，从赛场直接转移到郊外一个寂静所在休息去了。他们似乎能够忍受失败和痛苦、埋怨和嘘声，却怯于面对狂热的欢呼、震耳的爆竹。他们说：现在还不是祝捷的时候。然而，感情充沛的球迷和民众，却一任情堤冲破，恣意宣泄！

当我来到龙潭路“国脚”营地，这儿已经被滚滚滔滔的洪流淹没了。领队杨秀武、教练胡之刚激奋地发着感叹：五六百个贺电、三四千封贺信，还有数也数不清的锦旗、书画和礼品……真叫我们担当不起！已经谢绝采访的杨秀武，破格接待了我——我事先通了关系。我的作者和朋友国家体委宣传司司长鲁光，以及《新体育》杂志主编何慧娴，双双给杨秀武打过招呼。但是，杨秀武把话说在前面，采访只能见缝插针：球队时间安排十分紧凑，那么多的信来不及传阅，只好安排集体读信。他们还得每天训练两次，还要观看比赛录像，讨论战术方案，后面还有恶战等着呢！头一天，他只给了我一个明天尽可能让我采访队员的许诺，以及一大包观众来信。晚上，我一鼓作气把几百封信都看完了，每一封都叩击人心。观众们写给首开纪录的18号容志行，以及奇迹般接住点球的中国1号、“国门”李富胜的信最多。

第二天早上，大本营里弥漫着火药味，正在播放中科之战的录像。那熟悉的呐喊声、吼叫声及宋世雄的解说声，不由使人血液如沸，呼吸喘急。杨秀武首先帮我找来容志行，还说采访好了，再给你找来下一个。好大的面子！

三十三岁的老将容志行，善于踢球，善于抽烟，却不善言辞。他内向而拘束，很不习惯面对记者。不管问他什么，他不是摇摇头，就是用带有浓重广东口音的普通话回答说：“没什么。”好在我采访过中国围棋队，转过话头，跟容志行聊起他的弟弟、围棋国手容坚行，他才松弛下来，两手比画着，眉飞色舞地进入角色。这位中国最出色的前卫，脚法精巧，在场上起着穿针引线的作用。他没想到，赛前主教练苏永舜突然找他，说：“今天让你打中锋，去拼了，怎样？”苏教练对他太了解了，相信他那控制中场组织进攻的非凡才能。容志行不辱使命，上半场二十五分钟时，他在队友的掩护下，在离球门六米处，跃起争顶，头一甩，球“刷”地一下从门角入网。顿时，几万名观众纷纷起身欢呼雀跃，有人甚至忘情地高呼“容志行万岁！”整个看台被欢呼声、掌声，以及感情的热流所淹没。

然而，乐极生悲！容志行心有余悸地叹惜说，仅仅三分钟后，厄运就在这一片欢呼声中降临，裁判认定中国队 12 号臧蔡灵在禁区内犯规，点球！裁判员频频晃动手势，示意中国队员退出禁区。这无情的一双手，如同一柄魔扇，把观众们的情绪一下子扇凉到冰点。人们张大的眼睛，死死地盯在那只球上！球，在科威特一个队员手中轻松地转了转，便落在十二码罚球点上。操刀主罚的 16 号费萨尔往前走来……

接住点球的李富胜，一照面就给我留下深刻的印象——身材高大，性格豪爽，他喜欢站着说话，明快、简洁，伴随着蒲扇般大手的手势，很有表现力。我跟他就是从这个致命的“点球”谈起的。我一问，他笑了。用手在嘴边做了个“吹哨子”，说：“观众来信讲，‘哨子一响，心脏病都犯了’。我当时也有点慌，脑子‘轰’地炸响了，难道才让观众高兴了几分钟，跟着就来个一场空？领队年维泗、杨秀武，比赛前叮嘱了又叮嘱，‘全国人民都在看电视，要让他们看得痛快！’”随着又一声哨音，对方主罚点球的费萨尔吸了一口气，以减轻紧张，随后起脚，先向中国门将李富胜右边一晃，李富胜的身子跟着向右倒去。而费萨尔却乘机向李富胜左侧射去了……眼看中国队这一分将无可挽回地失去了，场上一片惊呼！谁知李富胜早有准备，他是以假对假！毫厘之间，他向大门左下角倒地一扑，死死地将球压在身下，为中国队保住了一分，无比珍贵的一分！他扑下去了，八万观众却都站了起来；人们忘情地高举双手，跺动两脚，声震星空：“李富胜！”“呵！李富胜！”

李富胜接住点球，并非侥幸，他说：“看似偶然，又并非偶然，经过千百次训练，才能在比赛的一刹那间化险为夷。”李富胜和他的伙伴们，赛前反反复复观看了科威特与新西兰一战的录像技术片。李富胜对科威特队 9 号亚古布以及 16 号费萨尔先后主罚的两只点球的脚法、角度，看得可细了！连他们的表情、眼神也没漏过。况且，队里的资料本里，也积累着科威特队点射的记录……刚才，一见是 16 号费萨尔点射，李富胜就回想起他的脚法来。李富胜定下方案了！万一费萨尔上场主罚，主要防左；当然，还得临场察言观色！果然，16 号助跑上来，眼睛就先往球门右边一瞟，似乎决意向右起脚。李富胜识透了，装着上了当，身子往右倾斜；实际上，他全身重心没动，等 16 号球一出脚，他就反身扑去，正中下怀！李富胜追溯着长叹一声，将双手围在胸前，感慨地说：“我总算接住了！”

我在龙潭湖驻地共五天，但从早到晚真正能让我采访的时间太少了，只能在他们去训练场的路上，在他们午休前后的片刻。有好多问题，我也是在训练时和在球场上，像影子一样跟着领队杨秀武、教练胡之刚零打碎敲地请他们介绍的。我内心焦灼，他们马上就要到广州集训去了，而我最想采访的主教练苏永舜，却采访不到！领队说："苏指导不会跟你谈的，他对记者记者挂'免战牌'。哪一家的也不见。他说：'现在还不是祝捷的时候。'"虽然，苏永舜知道我经过特许在这里采访，而且我们曾几次擦肩而过，但他无意停步，连招呼也不打一个，给我以拒人以千里之外之感。苏永舜给人的初步印象是深刻的、强烈的，他属于那种让人见过一眼，就难以忘怀的人！他身穿蓝上衣，红球裤；古铜色的脸上，带着端秀的沉思；下巴刮得铁青，给人以冷峻、刚强之感。但他举止文静，很有风度。倘使他当年不去投笔从戎，步入足坛，而在中山大学生物系继续攻读，他很有可能成为一个渊博学者。

苏永舜越是这样，越引起我极大的兴趣，越难到手的"情报"越有价值。采访到最后一天，非得跟他"摊牌"不可了。然而，我请领队出面打了三次招呼，都被他断然拒绝。时近中午，被逼上梁山的我，因无奈而无理，当苏永舜在餐厅用餐时来了个突然袭击，闯到饭桌旁。他大感意外，但并不起身，只是自顾自地吃饭，记者会缠，他见惯了！邻桌的助理教练和队员，关注着我们间的战况发展和意志比拼，却不便插嘴，他们知道教练的性格——说一不二。

我尴尬极了，心里窝着火，觉得耐心快完了，真想扭头走人。但任务呢？主教练没有一句话，怎么行？"僵持就僵持，再熬一会儿吧！"我强压怒气，接着请求他，跟他蘑菇。在彼此都很难受的沉默中，苏永舜终于停下筷子，带着歉意劝慰我："一个月以后，等球都踢完了。不管是输是赢，是好是坏，我会找你们一吐为快，把我这一年来的工作作个交待。现在我有什么好说的呢？"

苏永舜摇摇头，又开始沉默。我虽然体谅他，却不能放过他。我恳请之情深切地反问道："我千里迢迢从上海赶来，你主教练不说点感想，我怎么写文章，怎么回去向上海人民交账？并告诉他，文章在杂志上刊出时，你们年底三战已经打完了。"

苏永舜思虑了一会儿，开始发感慨了："我觉得现在的国家队，并不是全国最好的。你想要的人，人家不给你，闹本位呢！”他放下手中筷子，做出一个“拉住不放”的动作。略一停顿，苏永舜又说：“我常说，他们很努力。但是——”随着又一个停顿，他对他的队员们，提出了新的期望：“我觉得，他们还有潜力，训练时还可以更努力！”他仿佛意犹未尽，又用筷子在桌上画了个圈，——画出了一个圆满而深刻的比方：“就像干四化，是不是全国每个人都尽了最大力量？”这位投笔从戎的主教练，话语不多，却很有分量。

我熬夜赶稿，如期完成了《中国足球队，我为你写诗！》。梅朵喜不自胜，他特别喜欢文章开头的一节：

秋夜。1981 年 10 月 18 日的夜。中国仿佛是着魔了。骤然间，在这块喧腾而富有生气的土地上，似乎一切都悄然隐去，一切都黯然失色，唯有当晚要进行的一场中国——科威特足球赛，才是一切的一切！

球，一只黑白相间、充满魔力的球，在北京工人体育场中场的绿茵草皮上，静静地躺着，枕着古都北京的芬芳秋色，在享受激战之前的片刻安宁。人们的心却难以平静，数以千万乃至万万计的“荧光屏”观众、“半导体”听众，跟有幸置身于赛场看台的八万名球迷们，似乎打破了空间概念，全都融为一体了：球，扑腾腾跳跃在胸膛里，骨碌碌转动在眼睛里……

如梅朵所设想的，做了这期《文汇月刊》头条的这篇稿子真的打响了。《体育报》也从 1982 年元旦那天起，分两天全文转载了这篇报告文学。这是国内最早的关于足球题材的报告文学之一吧。我也深感兴奋和安慰，因为艰苦的付出得到了足够回报——梅朵喜不自胜，毫不吝啬地用三个“有”夸赞这篇文章：“有激情，有气势，有文采！”

而在刊物出版不久，《新体育》杂志主编何慧娴即来信：“认真拜读了《中国足球队，我为你写诗！》，很有特色，表示钦佩。难怪《体育报》转载了。”我在“诗歌访问团”结识的朋友、著名诗人刘祖慈，也激情难抑地在信上写道：“达成：您的‘振奋国威，恢弘民气’的报告文学我读了。一直是在亢奋的、不能自制的感情潮水冲击下读完的。写得太好了，我以为比您以前写的那篇‘李谷一’还好，引文是那样畅达、俏皮、活泼、充满豪情。我真是感佩极了。您也是为青

《中国足球青年近卫军》书影

年作者振奋了‘威’，恢弘了‘气’。”

马达点将，意外地再访国脚

生活充满了意外，一场球使梅朵成为球迷，一次采访使我对足球情有独钟，而《文汇报》总编辑马达竟也由此迷恋上足球。我没想到，我的文章才刊出十来天——1982年1月2号，马达亲自点将，要我迅即赶往广州，再度采访中国足球队。而原本出线形势大好的中国足球队，在风云突变后，此时已成命悬一线、生死未卜的哀兵——他们又一次牵动了千百万球迷和民众的心！

去年11月底，我结束采访开始写稿。而中国足球队在科威特打完最后一场，回到北京后，居然给大家放假了——后来反思，这是一次铸成大错、饮恨终身的决定，由此中国的足球之后三十多年噩梦般地跌入谷底。比赛进行了一年了，累了，队员与家属都希望乘隙休息一阵以团聚，领导层也觉得没有理由不放假：成绩摆在那儿，六场比赛，三胜一平得7分，净胜球5个。尤其是12月14日科威特同新西兰队2比2踢平后，中国队出线前景一片光明，众多体育专栏上，都以十分乐观的语调表示：“出线没有问题！”甚至用数学语言来论证，中国队进军西班牙的可能性是17/18，即95%的把握了。苏永舜没有力排众议，但他并不过于乐观。放假时，他让每个队员留下了地址和电话，并叮嘱说：“我们打完了，亚太地区没有完，我们还要准备应付最坏的局面，再跟新西兰打一场。”

事情被苏永舜不幸言中，已肯定淘汰的沙特队居然放给新西兰队5个球，迫使中国队与新西兰回到同一起点，需要加赛一场，以最终决定谁能出线。当中国足球队的队员们被这个结果所震惊仓促归队时，军心已散，个个满腔怨气与怒气。

我在广州采访了四天，1月6号跟随荣高棠同志和广州体委的同志到广州火车站为这支队伍送行。我为他们忧心，总有一种不吉之兆——中国体育界的最高领导荣高棠赶到广州督阵训话时，下了死命令：就是折胳膊断腿，也一定要拿下这场球！一支紧急召集、惊魂未定的队伍，顶着这么大压力，能拿下踢法剽悍的新西兰队吗？

我回来写好有关中国足球队出征的续篇后，马达在小样上密密麻麻地做了改动。1月10号晚上，又叫我到他办公室一起看球，准备第二天推出一个整版。但最后比赛以1∶2告败，马达长叹一声，好一会才心有不甘地问：“怎么办？”我苦笑着说：“算了吧！”心里觉得很对不起一片热望的老马，太让他失望了。

此后，容志行退役。苏永舜出国探亲后请辞，要留在加拿大照顾病重的母亲。由此，中国足球队再也没有好的成绩，一直徘徊不前。甚至被刻薄地认为：没有技术、没有素养、没有追求，管理层空谈足球机制，空谈“从娃娃抓起”，假球、黑哨，队员与官员相继被捕，许多人掉在钱眼里。世界上人数最多的球迷，成为最可怜、可叹的球迷。我再也不想看中国足球，更无意采访。

直至1995年，《文汇月刊》已经停刊五年，梅朵已经退休，耳边再也没有他逼命般的吆喝，报社让我再牵头搞一个与文学很少沾边的《周末特刊》。斯时，我被从“足球王国”巴西留学归来的健力宝小将的事迹所感动，为朱广沪教练的人格魅力所折服，曾为作家出版社写了一本二十来万字的《中国足球青年近卫军》。让人心寒的是，在这些孩子出国时，相关省市连一万元费用都不愿意出，而在“健力宝”学成归来，却都争着抢着要他们“归队”。这让朱广沪痛心不已，原本他和队员们想完整保留一支巴西风格青年队的愿望，就此成灰。我对中国足球从关心到厌恶和不屑，虽然还算是球迷，但我此后的二三十年里再也不看国内球队比赛，不值一看。

但无论如何，我感恩梅朵。而正因为梅朵在1981年年头年尾，两度将我“逼上梁山”——他不无得意地“凭空”取好标题，布置下《你好，李谷一！》和《中国足球队，我为你写诗！》这两篇限时限刻完成的“命题作文”，挖掘和迸发了我的潜力，让我的报告文学写作升华到一个新的境界，新的高度。因为他的疯狂逼迫，让我在食不知味、夜不成眠中火速成为一个足球迷，并在之后两三年里成长为一个以体育报告文学而知名的报告文学作家。既是编辑，也是作家，我被体育报告文学卷得很深。

1983年12月中旬，我的朋友、时任国家体委宣传司司长的著名体育报告文学作家鲁光，就来信打招呼：

体育报告文学研究会，委领导首肯了。明年上半年开个会，正式成立。你虽在上海，你也应该是此会的“创业者”。望多出主意，我洗耳恭听。

1985年8月初，鲁光在行将离开国家体委宣传司，去《体育报》担任社长、总编辑前，又来信约我参加全国体育报告文学研究会的成立会议：

我司去信邀请你去四川开会，怎不见回信呢？你是地地道道的体育报告文学作家，又是为体育报告文学繁荣做出贡献的编辑。你如不去，会怎么开？

我尽管即日要离任他去，但仍写此信邀请你，请你无论如何挤时间去四川一游。自然，我会去陪伴的。

我的事，已定。不去也不行了。去了，先干吧。反正，上海有你们的支持。

一个多月后，会议在成都召开，这是中国体育报告文学最兴旺的时候。许多年后，在一些探讨报告文学发展历程的文章中，可以见到这样的文字：

在八十年代，当中国文学在经历了“文革”之后开始复苏的时候，就“领衔”

1985年9月，四川，全国体育报告文学研究会成立，鲁光（后排左2）当选会长。作者（后排左4）与何慧娴（后排右1）、李玲修（前排右1）等为副会长。后排右2至右4为肖复兴、王颖、张健。前排左2曹礼尧，是作者在四川人民出版社出版的第一本报告文学选集的责编

的文学样式来说，除了小说之外，就是“报告文学”。而报告文学中，体育报告文学占据了相当重要的领地。人们透过体育这个窗口，深切地感知到了体育的深层魅力，从此也开始从人性的角度窥探到体育背后的人生真谛。1985 年，中国体育报告文学研究会成立，一批在全国较有影响的作家、评论家加入其中。如理由、肖复兴、杨匡满、罗达成、李陀、王颖、叶文玲、陶家善、何慧娴、刘进元、李玲修、郭宝臣等等。之后，果然出现了一大批优秀的体育报告文学作品。全国体育报告文学的三次评选，就诞生了近百篇优秀的作品……

这些影响和效应都是后来的事了。让我庆幸、兴奋和感动的是，1981 年 12 月 20 日那天——几乎是《文汇月刊》推出《中国足球队，我为你写诗！》的同时，我意外地在办公桌上看到四川人民出版社曹礼尧给我的一封信，对我命运至关重

要的一封信！（她丈夫到上海开会，来访未遇，留下这封信。）信上直截了当说：“你的报告文学集我们决定列入计划，你可以找人设计封面了（大 32 开本）。封面一定要搞好，反正你满意了就可以寄来。”我没想到，四川文艺出版社和曹礼尧竟然让我梦想成真。

9 月间，我告诉在《笔会》时就熟识的该社诗歌编辑戴安常兄，我整理好一个集子叫《中国的旋风》，已经交给上海文艺出版社一年多了，冷藏着，杳无音信。我寄去目录和部分作品，拜托戴安常兄帮忙探问一下，是否有可能将我的书稿列入他们的“报告文学系列”？我只是姑妄一试，不抱多大希望，因为这个系列已经出版的几本集子的作者，是柯岩、理由、任斌武、高缨等，一个个全是如雷贯耳的名作家。没想到，三个月后就收到曹礼尧这封热情回应的信。后来，她告诉我，很早就在关注我的作品，特别是到《文汇月刊》后发表的作品。我很感叹，四川文艺出版社如此扶持新人，而当时尚未谋面的曹礼尧为人热忱、办事痛快——她是继梅朵之后，我人生中遇见的又一个贵人！

我对梅朵的两次“逼命”心存感激，我到《文汇月刊》太值了！

七　在“充满争吵”中，和舒婷结下友谊

我跟朦胧诗及其代表人物打上交道有些偶然，这跟我在《文汇报》内部的一次“跳槽”有关。我是在 1980 年 9 月，离开在七十年代工作了十年的《笔会》，离开待我不薄的徐开垒，加盟梅朵团队的。这时，作为临时过渡的《文汇增刊》，只剩下最后一期。梅朵和整个杂志社人马，都在为第二年一月正式推出的《文汇月刊》而全力以赴。

梅朵急于让我接手的，是《文汇月刊》上将要推出的报告文学专栏。他一直想开出这个专栏，却因缺少人手而迟迟难以如愿——在《文汇增刊》设置的专栏里，居然没有这个栏目，报告文学也发得少之又少，一年里只发过韦君宜的《两村行》等两篇。我对梅朵说，这两篇报告文学虽然版面处理得地位突出，但没安排到栏目里，感觉上有点悬空，怪怪的，不舒服。“把你调来，不就是想开拓、振兴这个栏目吗？”梅朵说。

不过，梅朵当时的胃口还不算大，要求我在经营的这“一亩三分地”上，每期发一至两篇报告文学；此外，明年第一期要推出新套路，即为每个“封面人物”配发一篇封面故事，形式不拘一格，有的用剪影式的人物印象形式，有的则用报告文学重点推出。如果是后者，当然是我的分内事。梅朵还说：你在《笔会》是诗歌编辑，这一摊人头比较熟，索性把《文汇月刊》的诗歌也接下来。后来才知道，这个“捎带”的诗歌编辑当得有点尴尬：诗稿太多太多，版面太少太少。

由此，我开始游走在报告文学和诗歌两个圈子里，如鱼得水。且在初始组稿阶段，我就自然而然地跟朦胧诗的两位代表人物北岛、舒婷打交道，而且很快走近。这让我自己也感到有点意外，怎么会这样呢？他们跟《文汇月刊》的缘分，都不只是诗歌，还有《文汇月刊》特别倚重的报告文学！

首次外出组稿，是为争议旋涡中的舒婷和朦胧诗

梅朵是评论家，对新生事物很敏感，对文艺界的一些有影响的争议事件非常关注。当我告诉梅朵，现在对朦胧诗看法不一，争议很大，前不久，我刚在《笔会》上编发过福建评论家刘登翰的一篇为朦胧诗叫好的千字短文。而10月中旬，《福建文艺》将要召开一个规模很大的讨论会，邀请了北京和上海的多家报刊，还有一批评论家和诗人。我说，“我改了个身份，现在是代表《文汇月刊》去参加会议了。我想去感受一下气氛，约请舒婷给我们明年1月号写一组诗，还想配发一篇三千字左右的‘舒婷印象’。”虽然，我和朦胧诗作者鲜有直接接触，但我看到过他们不少作品，许多热心人给我们寄来收有北岛、舒婷、顾城诗选的《兰花圃》等油印件。

“只发一组诗，一个人物印象？这不行，分量不够！”梅朵比我敏感，比我有魄力，没等我说完，就像火烫似地做出反应。他一挥手，决断地说：“关键时刻，《文汇月刊》要表明态度，支持他们！要写篇关于舒婷和朦胧诗的报告文学，万字以上。找不到合适的人，你就自己写！还要配一组照片，要是照片质量好，可以给舒婷做个封面！”

梅朵的眼光，梅朵的气魄，实在非我所及！他这几个“要”，态度明确，规格极高。按照《文汇月刊》的办刊方针，能上封面的，都是文学界、艺术界的大名家和有代表性的某一方面顶尖人物！而舒婷这时才二十八岁，还是厦门灯泡厂的一名女工，并处在争议的旋涡中。尽管当时文学界对朦胧诗有不少非议和反对，但梅朵不以为然，他很赏识北岛、舒婷这样的拓荒者和争议人物，赏识他们诗作的新颖、独特、别具风格，给在“四人帮”时期压抑已久的中国诗坛，带来了一股清新的风。在梅朵看来，舒婷这样的年轻诗人，是正在升起的名家，真正的名家。

舒婷当时可谓是“孤陋寡闻”，没见过“世面”，她居然分不清上海的一众刊物、出版社哪是哪。我去福州前，怕贸贸然，曾托编辑部的肖关鸿向北岛（赵振开）打听一下舒婷鼓浪屿家里的地址，先写封信跟她打个招呼。

10月初，舒婷回信说：

信收到。振开没有提起约稿的事，大约他忘了。宁宇同志约过稿的，至今尚

未写给他，不知你们是不是一家？此外，蔡其矫老师来信提到上海的姜金城和宫玺同志可能来厦门找我，是否和您说的是同一码事？您瞧，我确实糊涂了。

好个舒婷，把《萌芽》杂志、上海文艺出版社，和《文汇月刊》的编辑，“糊涂”在一起了。不过，关于她自己的行踪却说得很清楚：

《福建文艺》在10月中旬办一个诗歌讨论会，为期十天左右；还有一个小说作者读书会，时间要两个月。他们要我国庆过后即到福州去，协助筹备讨论会，选编有关资料（因为将邀请北京几位客人，隆重些）；然后接着参加读书会，为的是照顾我，让我借这个名义写点东西。当然，还得交一篇小说稿。因此，座谈会结束时是月底，在这之前我肯定在福州；假如我交得出小说稿，那么元旦之前可能在福州。

已经欠下一身稿债的舒婷，还不忘先给我们事先打了个“预防针”：

我不知道罗达成同志找我为了什么事？如果为了你们“设想”的一组诗，我手头是什么也没有了，而且稿债如山，可以指望在读书会之间给贵刊写一点东西，以示心意，质量不敢保证，尽力而为罢。

1980年10月中旬，我去福州参会，有幸拜识了前辈散文家郭风，他后来跟我通过几十封信，给《文汇月刊》以及《文汇月刊》停刊后我所主编的《文汇报·生活》副刊，热情赐稿，有数十篇散文和散文诗。我还结识了《福建文艺》操持这场讨论会的副主编魏世英（他还身兼《当代文艺探索》主编），和诗歌编辑朱谷忠。他们真不容易，有胆有识有见地，在刊物上花了一年的时间，拿出大量版面开展关于朦胧诗的讨论。

那十天的会，可以用“唇枪舌剑、惊涛骇浪”这八个字来概括。福建当地的坚定反对者、《厦门日报》文艺部主任王者诚很不客气地嘲讽《福建文艺》：“编辑部居然会为此拿出这样多的篇幅，我觉得有十二分的勇气。”随后，便开始历数舒婷和朦胧诗的危害性：“像《四月的黄昏》、《珠贝——大海的眼泪》、《致大海》等等，作者在说些什么，抒发什么感情，读者简直是莫名其妙。这些诗歌中所流露的好多感情都是陈旧的、过时的、似曾相识的旧思想、旧感情。”而支持朦胧诗的主将、福建评论家孙绍振，口若悬河，话语刻薄，锋芒毕露。当时应邀与会，在宾馆与我同住一个房间的诗歌评论家——后来担任湖南作协副主席、名誉主席的李元洛，一直记住孙绍振回敬王者诚时居高临下、鄙夷不屑的一句名言：“你说的那一套，我都知道。我说的这一套，你都不知道！”李元洛还说，有人给他传话说：“孙绍振认为丁力等人不是他的对手，李元洛来嘛，还可以对话。”客观地说，李元洛的发言有点中庸，基本肯定舒婷，但指出“有些作品不免晦涩、纤弱，希望她能成为我们时代的李清照。”而性格温和的忠厚长者郭风，话语和缓，态度诚恳、鲜明。他对那些反对者喊话说：“我对舒婷诗歌的看法一直在变。上午可以这么讲，下午可以那么讲。我是变的，你们不变也可以。”郭风很反对把朦胧诗跟世界观扯到一起，他展开说：“很怪。惠特曼的诗我不懂，但我从小喜欢。印象派的诗，我也从小喜欢。朦胧，有人说是雾里看花，那就让它存在，看到美就行了。诗歌问题，不要动不动往世界观上拉……”会议的主角舒婷，却囿于一角。就如后来刘登翰文章中所写到的：“现在，她就坐在会议室后排的一角。争论几度进入白热化的阶段。她默默地听着，深度眼镜后面的眸子，有时澄澈，有时渺茫。”

在会议的空隙时间和晚上，我跟舒婷长谈过好几次，详尽地了解她的家庭和身世，她的三年知青生活，她的诗歌创作、成长和坎坷。舒婷忙得不可开交，压力也很大，但她感受到我们刊物的一片真诚。我们两个同属见了生人寡言少语，甚或有些冷淡，遇见朋友则滔滔不绝的人，那些日子谈得很投机，奠定了我们之间的友谊基石，我的采访本满载而归。我已经想好找人写她，但留了一手，万不得已时，我自己动笔。

我要找的人是刘登翰，他的老家也在鼓浪屿，对舒婷的人生和诗歌了解很深。他也在会上发言力挺舒婷，观点鲜明，但语调并不激烈，没有恶言和怒气。其时，他频频发声，除给《文汇报》那篇短文外，还给刚创刊的《诗探索》写过一篇评价舒婷的文章，并完成了为《福建文学》的讨论撰写的另一篇长文。会议结束前，我跟登翰挑灯夜谈。我们俩都是最初对诗有兴趣，后来才为文的。爱好相近，年岁相仿，观念相同，因此有许多共同语言，乍一见面就像是旧识。他读过我在报刊上发表的那些不成熟的报告文学和散文，而且我们一起发现一个“规律”，即：几乎所有的报告文学作家，乃至散文家，都是从写诗甚或是蹩脚诗开始的。陈祖芬、理由、肖复兴，等等，莫不如此。

登翰的人生并不顺畅，1961年从北京大学中文系毕业，本想回厦门照顾抚育他们四个兄弟长大成人的母亲；但当时两岸关系紧张，而他父亲又在菲律宾，海外关系复杂，便不允许回到厦门，将他发落在闽西北大山之中的三明，一待二十年。直至1980年3月，他才有幸搭“文革”结束后的头班车，被调入福建社科院文学研究所从事研究。八十年代初倾心创作，是因为他初到研究岗位，却不知道怎样研究，空有大把时间，生怕它再白白流失——二十年的青春已经荒废，再不能把有幸重获开始的这段生命再次虚度，便抓住自以为比较熟悉的文学创作来填补这段日子。他很喜欢报告文学，还写诗和散文。因为大学期间，他曾参与过一本《新诗发展概况》的写作，便较多关注诗坛的情况。而彼时诗坛颇为热闹，一股新的诗潮刚刚涌起，引起激烈的争论。不仅把舒婷推向全国，且十分难得地把全国诗评界的目光引向偏于东南一隅的福建，登翰也自觉地卷入这场争议之中。

那天，我有点动情地对登翰说：“对于舒婷的诗及这场探讨的意义，我们观点完全一致。我想请你帮忙，给《文汇月刊》写篇关于舒婷的报告文学，不少于一万字。现在对她的争议太多，对她的了解却太少了。我们有责任把她的身世和成长、喜悦和烦恼，原原本本地告诉关心她的读者和文学界。这是我到《文汇月刊》后出来组织的第一篇报告文学，你也义不容辞。希望我们能一起完成它！”

登翰也很激动，他答应写，但说没有把握写好，并提出一个月之内交稿太局促了。我了解他的心境，渴望战斗，却又有些怯战，事关重大，他怕写不好。他上大学前，在《厦门日报》当过一年记者，写过人物特写，1962—1963年还参加过福建省委组织的报告文学写作小组，对撰写报告文学一直很感兴趣。但眼下这个任务，将是他写的真正意义上的第一篇报告文学！

福州会后，与会的北京《诗刊》的、上海的、各地的一众人马来到鼓浪屿。治学和为人都很严谨的李元洛，不很与时俱进，连我好不容易买到的几盘邓丽君磁带，他都不以为然；居然跟我一起放浪形骸，在日光岩上放声朗诵郭小川的《厦门风姿》。我们眺望着被朦胧云雾遮掩的海面，听着岛上依稀传来的钢琴声，似乎领悟了为什么这里会涌现出诗人舒婷？涌现出殷承宗等一批钢琴家？可惜舒婷不在家，我们过门不入，只是见到她的丈夫、诗评家陈仲义，彼此稍作寒暄。登翰对之后去鼓浪屿采访舒婷的情景记忆犹新：

鼓浪屿本是我出生的地方，童年在那里度过，舒婷就住在离我早先的家十几间房子的同一条街上。此次专程而来，住在鼓浪屿宾馆，每天到舒婷的家或她来宾馆聊天。彼此本来就是朋友，没有什么忌讳，可以无所不谈、无所不问，采访还比较顺利。一周以后，我回福州写稿。彼时舒婷还处在争论的浪尖之上，用她的话说是把她的名字像皮球一样踢来踢去。初涉文坛的舒婷或许尚未见过、更别说适应这种阵势，有一次在讨论会上，在一个反对者极尽刻薄的挖苦中，竟忍不住掩面哭泣奔出会场……

我们原本计划用舒婷照片做封面，同时推出登翰的报告文学。但计划赶不上变化，先是封面做不成了。彩色封面照精度要求相当高，一般照片根本做不了，且制作周期要四十天之多。之前做封面的文学家、艺术家，大抵在北京和上海。在上海的，报社摄影记者可以去拍；在北京的，则请新华社摄影部或《人民画报》的朋友帮忙拍。而且这是个十分费时费力的活，主人公往往被折腾得“死去活来”。眼下既找不到合适的专业人手来拍，舒婷也不可能有那么多时间配合应对这件事。

封面一时做不成，只好留待以后再说了。而登翰的万字长文，虽然我写信催、电话催、电报催，但从11月中旬拖到12月初，他还迟迟没有动笔，已经大大脱期了。看来，我初到《文汇月刊》，还没有得到梅朵真传，电报缺少“杀伤力”。其实，登翰早落过笔，但他不断否决自己，犹豫不决；因为认真，而丢失了时间和速度。于是，我的电报加大烈度，用了三个“梅式”感叹号，要求他“月底前务必将稿件及舒婷照片寄到！！！”稿子第1期没有到位，我在梅朵面前难以交代，有点狼狈；再不穷追猛打，恐怕连第2期也赶不上了。

1980年12月的最后一天，我正读着登翰《通往心灵的歌——记诗坛新人舒婷》文章小样时，收到他三天前发出的信：

十分抱歉，给你添了许多麻烦。接你的电报后，我给舒婷发了一个电报，让她把照片速寄给你，不知收到没有？原来说好的，她直接给你寄去。

稿子没写好，很对不起。写到一半的时候，听到一些造谣家编派的流言，使我极其愤怒，当时很犹豫要不要把它写完。后来感到，那些造谣家们无非是想用流言来堵住对手的嘴巴，搁了一个多星期，才勉强把它写完，但已经没有一点情绪了。此次在厦门，我感到以《厦门文艺》（在《厦门日报》上有一个专页）为核心的某些反对派，在感到无法从诗坛上把这股潮流逐出去之后，只好借助人身攻击的造谣了。但只要历史证明这股新的潮流健在，就说明他们站到了历史的对立面去了。于这点我是有信心的。现在比较冷静了。在潦草写完初稿后，我仅仅是出于曾经有过的一种允诺，连看都没看一遍就给你寄出。

我把这种心情告诉过舒婷，让她决定是否要用（除了文章本身写得不好的原因之外），并请她直接给你写信，我一直未接到她的信，不知是否曾经给你写信了。此稿用或不用，都不要紧，请按你们和舒婷的意思办。现在忆及，文章后两三节较仓促，第一节可删一点，其实只是个引子，本来有个事实应写进去，放在最后一节，在大家争论不休，感到不可理解的时候，读者——尤其是青年读者却理解了，几个月之内收到从全国各地的近千封来信。有的甚至在新婚之夜朗诵《致橡树》，要求舒婷专门再写一首诗。这一段草稿上有，抄时很烦就去掉了，你看能加一句吗？

虽说登翰的文章晚点了，前半部写得比较缓慢，后半部又太过仓促，但最终不失为一篇佳作。前辈散文家郭风、何为先生，以及许多诗歌界、评论界的朋友读后，都对登翰赞赏有加。确实，这是当时能够见到的最生动、详尽，而又有深度的介绍舒婷的文字。

更觉欣慰的是，我与登翰之后有四年紧密合作，我一直鼓动他、逼迫他，希望能在福建逼出一个稳产的有影响的报告文学作家。登翰回忆说：“此文发表后，《文汇月刊》通过达成兄频频向我约稿。我采写报告文学的兴趣也由此被点燃起来。有点什么想法，或发现什么题材，都会写信给达成兄征求他的意见，与他讨论，甚或求他开具采访介绍信。每每达成兄都热诚支持，有求必应。”我们彼此留下很好印象，他曾说及我“为人真诚，虽从上海来，对于地方的作者，从来都当作朋友，从不矫作，所以他的人脉很广。有一次我在北京开会，偶然遇到，约在一起吃饭，来的都是他的作者，不同省市都有。在他身边，围聚着一大群报告文学作家，不论当时已经出名或还不太出名，后来都成了文坛上的名角。身边有这样一群写作朋友，许多信息自然都涌向他，遇有紧要的题材，排兵布阵就很从容。”

登翰的选题成功率并不高，往往三四个才成一个，这要耗费比别人多得多的时间和精力。但他乐此不疲，有定力，有毅力，有活力，每年都给我两三篇报告文学。直至1984年，登翰才“改邪归正”，回归本行。在他与老同学、北大中文系教授洪子诚合作，应约为人民文学出版社的分类文学史计划撰写中国当代新诗史后，才决心暂时放下创作。是啊，他毕竟是在一个学术研究单位，长此不做研究怎么立足？不做研究，他后来又怎么能当上福建社科院文学研究所的所长呢？不过，当了所长后，登翰还是推出了一本制作精美、三十多万字的报告文学选集《关于人和历史的一些记述》。而打头的一篇，就是在《文汇月刊》1981年第2期上发表的写舒婷的《通往心灵的歌》。

我翘首以待的登翰的稿子，是由舒婷12月23日寄出的，并附了信：“刘老师昨天才把文章寄来，时间怕来不及了。今天下午我只好旷工半天，匆匆过目一下，就拿出去寄。他要我提意见，我是很茫然了。你是检察官，你来下结论吧。”因为当时无“快递”，又怕稿件丢失，最佳选择只能是挂号加航空。但一挂号邮程就慢了，我先收到的竟是她隔天寄出的另一封信，退回了我发排后让她火速定稿的《抒情诗七首》：“小样收到，不敢怠慢，赶紧奉还。”还写道：“刘先生的文章昨日已寄出，和我的相片，请查收。”比收到稿子更高兴的，是舒婷信中那特有的真诚、友好的调侃：

全国二十个期刊在鼓浪屿召开会议，我看见你们《上海文学》的同志，就想起你。不知为什么，我们熟悉得很快，并且充满了争吵，而跟他们，我就没什么关联，人是很奇怪的……我劝你肚量大些，不要那么耿耿于怀嘛。你在大都市嘀嘀咕咕，害我在这里耳热眼跳的。

另一封信中，她告诉我一个好消息：

现在省文联正在办我的工作调动，还没有成，估计没有太大的问题。也就是说，下回罗编辑来厦，我就有时间陪你视察小岛，恭听你的酸言妙语了。

确实很奇怪，我和舒婷在很短时间里成为很好的朋友，在之后的许多年里，我们的每次通信中彼此都不乏“酸言妙语”。

七首诗发了整整两页，这在《文汇月刊》绝无仅有

“投我以木桃，报之以琼瑶。”舒婷真够朋友，她稿债如山，却一下给了我们七首诗，且后来都传诵一时：有《遗产——张志新烈士给女儿》、《在潮湿的小站上》、《车过园坂村》、《无题》、《墙》、《相会》。最值得一提的，是她写给顾城的那首《童话诗人》。我们整整发了两页，这在寸土如金的《文汇月刊》创刊以来的历史上绝无仅有，连大诗人艾青、公刘及程光锐、牛汉、鲁藜等，最多也只发过一整页的诗。流沙河、沙鸥、雷抒雁等人的诗，出现频率较高，隔一两期就会亮相，但每次发一至两首，只占三分之一页到二分之一页，少有占三分之二页的。更多的诗，是在版面上有空白时，见缝插针地作补白。虽说，我们每期也发上十来位诗人的诗，但东零西散，不具规模和气势，这也引来许多怨言。

诗人李瑛，当时在《解放军文艺》主事。在 1981 年底、1982 年初，他曾一连给我两封信，对我们处理诗稿的方式委婉地提出批评和建议。一次说：“寄去小诗二首，请审处。《文汇月刊》很丰富，也活泼，但似乎排得太紧了，诗也排得太密。刊物不同于报纸，版面清爽些更好。”另一次，则用客气的措辞，不客气地点中了我们的要害：“《文汇月刊》办得实在不错；只是对诗稿的安排是过于拥挤了（有点像是补白）。”

口没遮拦、直筒子性格的叶文福，与李瑛迥然不同，话说得很冲。他是由我的老友、军旅诗人李松涛介绍给我的。后来，我几次到北京，李松涛、徐刚、韩作荣跟我小聚时，都把叶文福一起拽来。他在《将军，不能这样做》发表之后，大红大紫了一年多。因为梅朵赏识他的作品和勇气，《文汇月刊》上，曾两次破例发过他一整页的诗——叶文福希望这种“破例”能成为惯例。1981 年春天起，他的这篇作品也成为靶子受到批判。而对政治气候很敏感的《文汇报》总编马达，1 月上旬就来找我们把关的版面编辑徐凤吾，“要我注意帮他看稿。（气候变化很大啊）”（引自徐凤吾 1981 年 1 月 10 日日记）。月底，又叮嘱了一次：“马

达跟我说，要我把好关，不要像他们那样‘野豁豁’。”（徐凤吾1月31日日记）。其后，我为了坚持推出叶文福的诗，还挨了马达批评。1981年10月5日，我给李松涛的信中曾说及此事：“文福我很牵挂的。他的脾气倔，不听劝，我很为他担心。我前几个月约了他一组诗，写得很好，但尖刻，我因为坚持了一下，给领导说了几句，只好算了。”

而当时处于旋涡中的叶文福，并不屑于审时度势，知所进退；也不怎么理解朋友的难处，信中不止一次地带着怒气，抗议我们没有让他大块发诗。1981年6月22日叶文福的信，“狮子大开口”，直言不讳：

心情极不好，不想写诗。写好了的诗也不想整理。你的电报才催我为朋友完成已答应的许诺。

这组诗中，《我知道》一诗已收入人文的集子《将军，不能这样做》里了。务必要发的。求你！求求你！并请你代我求梅老。

我不喜欢你们搞羊拉屎地一次一首地发。给我发就发一大组。一期没版面压到下一期也行。最好都一次发了，读者们盼我的诗的心情是很切的。

李瑛说我们版面上的诗歌是“补白”；叶文福刻薄地说，是“羊拉屎地”般零碎，都没错。在获悉流沙河得到“改正”、《草木篇》被正名消息后，我在第一时间组来他三首诗，也用得不很痛快。那是1980年八九月间，我刚到《文汇月刊》不久。受过多年磨难，复出后正在为《星星》诗刊复刊的四川老诗人孙静轩，来信告诉我一个“独家”消息：“流沙河已改正，《草木篇》已正名。流沙河将回《星星》做编辑。不过，《文汇报》不能先透露，等四川省委统一口径后发消息。”我刚赶紧去信约请流沙河赐稿。10月初，即收到流沙河复函，端正儒雅的一手好字，谦逊真诚的用语遣词，让我对这位因《草木篇》而遭劫、名动一时的老诗人敬重不已。他写道：

谢谢你的信任。我刚从外地回来，在华北与东北逛了一圈，先后列席了两个诗会，得益不少。二十多年未出蜀门了，心里很激动，奈何手生了，写不出像样的东西来，惭愧。《增刊》看得起我，不胜荣幸。恭呈拙诗三首讨教。都是做编辑的，深知约来的稿子如果不好，拿着为难。所以请你万勿踌躇，径直退我好了，我会很愉快的，决不会背地里骂编辑的。年将半百了，学到了一点自我批评的精神，请放心。

虽说流沙河自谦“手生了”，不是鼎盛时期之作，但我还是没舍得放到1979年最后一期《文汇增刊》上用，而是发在1980年1月号的《文汇月刊》上，以壮行色。惜乎，1月号只发出了《白夜（外一首）》，三首不长的诗还是分成两次发，像叶文福所埋怨的有点儿“羊拉屎”。

我们给诗歌的版面确实太挤了！但铁将军把门，《文汇月刊》掌管版面调配的老资格责编——有“梅朵的影子”之称的徐凤吾，不太重视诗歌，不断有编辑跟他抗议，我也跟他争论过几次，他都说没有版面，而且坚定不移，不可通融！即便后来我当了刊物副主编，有职有权，也对徐凤吾没奈何。几乎每一期，他都把稿子大大超出当期容量的难题，放在梅朵，放在我和肖关鸿的面前：“本期多出十九页半”、“多出二十五又三分之一页……”他也有难处，积稿太多，发排好的诗歌一直有上百首压在手里，且大半出自重新复出的名家之手；而版面太少，无论抽哪个栏目的稿子，责编都要“誓死捍卫”，我们怎么能再逼他多给诗歌篇幅呢？

说来有点不可思议，作为报告文学责编，对作家们送来的一两万字，甚至更长的报告文学稿件，我可以在当天乃至个把小时里明确回复：“下期用，速将照片寄来！”但作为兼管的诗歌编辑，我职权有限，没了脾气。对诗稿特别是组诗，什么时候能用，用几首？天可怜见，我从来不敢打包票！

不过，这次在刊出介绍舒婷的报告文学、配发她照片的同时，刊登她七首诗（整整两页），打出一套“组合拳”，是梅朵、徐凤吾和我的一致意见。梅朵态度坚决，力主突出处理，不吝版面——对于这组诗，老徐很难得地高抬贵手，为《文汇月刊》开创了一个绝无仅有的先例。

七年后终上封面，却已“移情别恋”于散文

因为刘登翰交稿延误，也因为我们没有备稿，“囊中羞涩”，《文汇月刊》报告文学专栏的正式推出，是在1981年2月号，比预期晚了一个月。这一期刊登的两篇报告文学——刘登翰的《通往心灵的歌——记诗坛新人舒婷》，及肖复兴、张辛欣这两位新生代佼佼者的《带不和谐音的美妙旋律——记舞蹈家陈爱莲的舞

蹈晚会》，是这期刊物的重头稿。而关于舒婷的报告文学，及她让人耳目一新、捧读再三的《抒情诗七首》，一时成为读者所关注的兴奋点。

这是十分漂亮的一战，报告文学专栏出手不凡，相当耀眼，梅朵和我都很得意。不过，也留下了遗憾，我未能如梅朵布置任务时所愿，给舒婷做封面照片。我更没想到，最终完成这个愿望竟是七年之后。

这个未完成的封面照片，成了我和舒婷，乃至梅朵和美编的共同心病。其间，舒婷也曾提供过照片，但美编觉得不满意。自然，我也有些懈怠和宽容，尤其是1982—1985年间，没有去紧逼舒婷，一是觉着舒婷初为人母，孩子还小，没有心力和精力去做这件事情；二是舒婷已经名满天下，著名到她的家——鼓浪屿的一座老式洋房，一度被标注在厦门导游图上成“著名景点”，拜访者纷至沓来，使她失去了安宁。对朦胧诗的争论也日趋平息，到1985年则完全风平浪静，这个封面对她远不如当年那么重要。而盼着甚至催着想上《文汇月刊》封面的新生代作家，则有好多在排着队；他们很主动、很配合，寄来许多彩色照片供选用。舒婷本人则多次表示，愿意给稿子，不想做封面。后来她当面答应做封面，也是情非得已，冲着跟我、跟梅朵，及跟《文汇月刊》的交情，她不忍拂逆我们这些年来的一片热忱。

舒婷家的电话到1988年5月才装上，这之前我催讨稿子只有给她写信、发电报。而她自1982年后几次到上海，到我们编辑部来，跟梅朵也很熟了。梅朵倒是锲而不舍，一见到舒婷总要说起封面照片。我则要她交出最好的稿子，且每每威胁说：“不给好稿子，就让你站着回厦门！”当时我们的编辑，跟一批作家——特别是像舒婷、肖复兴、祖慰、谢大光等已成老朋友的新生代、中生代作家，关系可谓心心相印、水乳交融。每次去火车站或是轮船码头接他们之前，已经给他们订好报社或是出版社的招待所——既要干净、安静，又要价格便宜，一个房间一天五六块钱，否则回去报销不了；还要提前十天左右，预订好回程的车船票。那时作家不轻易坐飞机，价格高，还要讲级别。因此，火车的座票、硬卧票及三等舱船票非常紧俏。报社的后勤科经常说买不到，我再去托铁路局和海运局的朋友“开后门”，或是自己去金陵东路排队，一次至少要排上两个小时，苦不堪言。

一房不易，一票不易！记得有一次北京作家刘进元、幺树森及四川女诗人傅

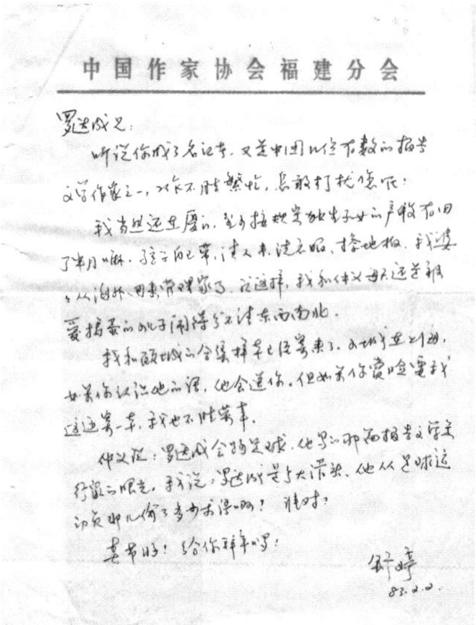
中国作家协会福建分会

罗达成兄：

听说你成了名记者，又是中国几位有数的报告文学作家之一，工作不胜繁忙，怎敢打扰您呢！

我当然还在厦门，至少按规定独生子女的产假有四个半月嘛。[illegible]

爱捣蛋的小儿子闹得分不清东南西北。

[illegible]

春节好！给你拜年啰！

舒婷

83.2.2.

1983年2月2日舒婷来信：她在休产假，“被爱捣蛋的小儿子闹得分不清东南西北”，还不忘在信中调侃作者

1987年秋，作者与舒婷摄于上海

天琳，同时让我订票，结果我只订到两张。他们双方都志在必得，互不相让，为一张票刘进元与傅天琳几乎翻脸。最终，我放下身段，四处求告，好容易又通融到一张票。刘进元、傅天琳这这才转怒为喜，化干戈为玉帛，他们此后也成了好朋友。

舒婷虽然“刁钻”，在上海时斗嘴总让我几分，可是，一回到美丽的鼓浪屿，她又故态复萌、嘴巴好“凶”了。1982年如此：

罗达成兄：说真的，信封写好快二十天了，稿件还改不下去。给尊兄的稿件自然要特别用心，否则，一个背脸不理，将来真的只好从上海站到厦门了。好歹把稿件寄去，用不用都是小事，只希望你百忙中抽点时间给我退回来。你现在一定很紧张，春风得意呀，也许轻轻的稿件你是不屑一顾的，我也认命了。

1983年也如此。舒婷生孩子后，我去信问她：怎么没个音讯，在忙什么呢？她反诘中多有调侃和“嘲讽”：

听说你成了名记者，又是中国几位有数的报告文学作家之一，工作不胜繁忙，怎敢打扰您呢？我当然还在厦门，至少按规定独生子女的产假有

四个半月嘛。我婆婆从海外回来管理家事，就这样，我和仲义还是被爱捣蛋的小儿子闹得分不清东南西北。

一打后面是一拉：“我和顾城的合集样本已经寄来了。小城在上海，如果你认识他的话，他会送你。但如果你赏脸要我这边寄一本，我也不胜荣幸。”一拉后面又是一打，调侃我之前所写的那篇《中国足球队，我为你写诗！》：

仲义说：罗达成会踢足球，他写的那篇报告文学是行家的眼光。我说：罗达成是个大滑头，他从足球运动员那儿偷了多少术语啊？谁对？

还有一次舒婷来沪，问我怎么不给她回信？我这个能背出上千个联系电话的脑袋,不知怎的记忆竟出了差错,说是回过信或是电报。舒婷一回厦门,即来信声讨:

你还是个大撒谎专家！你所编造的信和电报大概是发到阎罗殿吧？我还没到那儿报到嘛。欠了你在上海极尽东道主的大人情，只好赶快写信向你道谢。以免小公鹅又到各个编辑部去“呷呷”地毁谤我。向你们的梅主编问好。还问问他是怎么管教的，居然有这么不诚实的部下？

她还说没有稿子给我：

现在我非常安全了，不必老听见“我让你站着回去”的威胁，心情分外松快。只是没有诗，诗是产生于朦胧之中。现在在我看来，这个世界太具体了。

后来，舒婷至少有过一次出尔反尔，答应给我稿子却最终赖掉，信写得让人好气又好笑：

你好！能想象出你拆我的信时那一副愤恨的模样。离开上海后生活发生了好多事，使我不能完成自己的计划，而“大文汇月刊”腰肥气壮，稿源肥沃，是不会介意小舒婷的寒暖的，是吧？

随后，她花言巧语，夸我们第10期上几幅插页漂亮——尤其是《星树》。还表示自己对诗配画有些兴趣，而且给《诗刊》搞过；如果《文汇月刊》需要，她很想搞一组："画由你们选和我选都可以。"为了表明诚意，她特意附上一幅《奔月》并配上诗，作为"样品"。好不容易，还写了一句和解的话："快来信，别和我斗气！我服输了，还不行吗！"

舒婷在1982年做了妈妈，创造了人生最美好的作品——孩子后，有三四年时间几乎完全搁笔。作为特例，她也只是1982年夏天给了我《读给妈妈听的诗（外一首）》，且写于一年之前；1984年深秋，给过我一首《怀念——奠外婆》。我能拿到的这点凤毛麟角，已属不易。直到1986年1月，她重回文坛、参加中国作家代表团出访后，才头一次给了我一篇散文《在开往巴黎的夜车上》，那大概是她最早的散文作品之一。

1987年盛夏7月，舒婷来上海时，梅朵当面给她下了"最后通牒"，要她回去后尽快寄照片来，"封面一定要做！"还批评我："拖了七年了，不能再拖！"舒婷答应了，几乎没有怎么跟梅老板顶嘴，比起跟我斗嘴时的那般骁勇善战，战斗性差远了。而梅朵组稿、提要求时的那种亲切和恳切，像是有着一种莫名魔力，让人无法拒绝，否则好像很对不起他。梅朵的理由很充分："《文汇月刊》怎么能不做舒婷的封面？说不过去！"聪敏机灵的舒婷，自然领悟了梅朵的潜台词：你怎么能不积极配合呢？说不过去！

这回我们动了真格，舒婷也不能不当回事儿了，她一回去就忙着找照片。七年前，她苦于无米之炊，没有多少照片可挑；而现在她走遍各地，又走向世界，可挑的照片太多了。十天后，她来信感叹："为履行诺言，翻箱倒罐找底片，要从数以千计的底片中找一张小底片真是令人绝望的事。现寄上一张较大的照片，看有无用处。如无用再寄回，另行选择。"

不过，我们不光要她的封面照片，还要她配作品，是鱼我所欲也，熊掌亦我所欲也——除了一组诗以外，还要她一篇散文。

梅朵素来得陇望蜀，很贪婪，也很识货，知道舒婷这几年散文上的成就与影响，并不亚于她的诗作。当时舒婷很低调且低产，诗歌已基本不写，散文也是一稿难求。她信上说，手中无粮，"今天同时给《星星》去信，将扣在那里的三首诗追回，再补三首，可成一组。"

她更叫苦不迭的是那篇散文：

只是文章难写。是想花你们几百块钱，找个避暑胜地。但婆婆年逾八十，儿子又小，丈夫高血压，只得每日汗流浃背，边炒菜，边给诸君回信，蝉声逼人，可见南方之夏多么火爆油煎。

舒婷找来的照片不算少，但未如我们的主管美编张楚良所愿，因为精度问题、画面问题而被几次否决，来回折腾，弄得我心里也"火爆油煎"。我给气馁的舒婷鼓劲，她回复道："谢谢你的表扬。但是我已经无计可施了。你知道吗？我高度近视，在阳光下镜片反光，没有眼睛；如果没有阳光，用了闪光灯，眼睛绝对是闭的，这是人体的自然反应。这样可以吗：我九月份访意大利，好好拍一堆眼睛睁得大大的照片供你挑选。"我翘首以待了三个月，估摸她该带着"眼睛睁得大大的照片"出访回来几天了，开始连续发信发电报。10月底，我一天收到舒婷两封信。一封让我失望，说"在意大利拍的照片看来仍不适做封面。'革命尚未成功'，以后再努力。宽些时限吧！"另一封则让我燃起希望，她惯有的调侃和小嘲弄里，拌和着浓重友情和真挚，让人心暖：

罗副主编阁下：兹收到您的大函

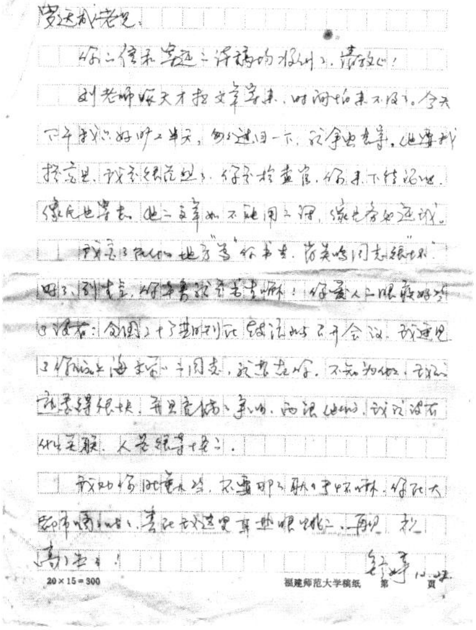

1980年12月22日，舒婷在信上劝作者"肚量大些，不要那么耿耿于怀嘛"，"你在大都市嘀嘀咕咕，害我在这里耳热眼跳的。"

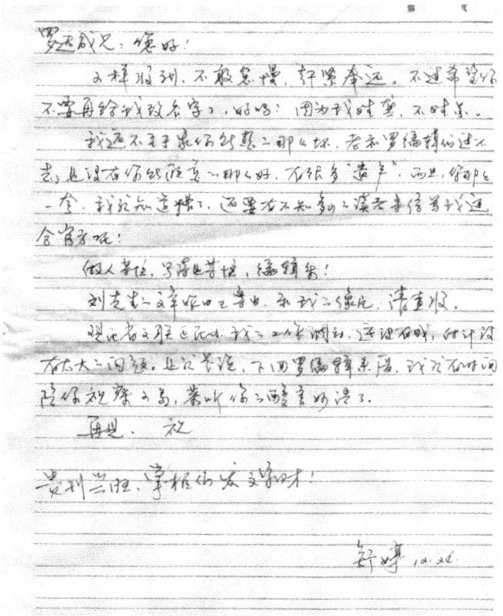

1980年12月24日，舒婷寄还刘登翰文章校样，说省文联正在替她办工作调动。"下回罗编辑来厦，我就有时间陪你视察，恭听你的酸言妙语了。"

和电报，原有给你的信，一直迟疑，一起寄给你。因为意大利的照片均是眼镜有光点或闭着眼睛的，所以回鼓浪屿，特意去拍了几张，效果仍不好，再寄一张给你。至于作品及自述文章过一星期后航空寄去。近年底，约稿信猛增，我仍是以不变应万变。只是欠“文汇”的债，欠你的友情，这件事总压在我的心头。我希望可以不当封面女郎，作品刊登即可。再见。

舒婷这信上，最后一句还是“希望可以”不上封面，只用作品，让我内心深感动摇和不安。她确实已经“无计可施”，耐心也大概快到尽头，我们已经勉为其难地折腾她、委屈她太久，我不想再滥用友谊了。尽管照片画面依然有点糊，眼睛在阳光下还是眯成了一道缝，但我决心不再去逼舒婷去拍照片、找照片了。我坚定得有点强势地对梅朵说：舒婷已经尽力了，不上封面就拉倒了；要上封面，就从手头这几张照片里挑。我甚至有点强辩，“她是作家，又不是艺术家，眼睛眯不眯，有那么重要吗？”

梅朵看着我，有点错愕，一个特别较真的人，怎么突然也学会了将就？没完成任务，还这么任性地宣泄情绪。但我们是心通的，他能理解我的心境，理解我对舒婷的歉意，而且答应去跟美编商量，算是我们俩——主编、副主编的共同意见。不过，我知道，又会引起一场不大不小的风暴。美编很严格，很挑剔，他在封面和插页的质量把控上几乎不可通融。果不其然，这原定是1988年第1期的封面，第1期没上，上了白先勇；第2期也没上，上了刘再复；第3期才算把“眼开眼闭”的问题搞定。这就是《文汇月刊》的大牌责编，他们各守一方，个个都很牛很挑剔，不牛不挑剔怎么能办好刊物？

舒婷对自己的作品也非常挑剔，挑剔得甚至有点失去自信。她的组诗和散文，前后花了三四个月，写完却还搁着，像是“丑媳妇怕见公婆”。离1987年年底还有半个月，我才接到舒婷的稿子和信：

罗达成兄：你好！现寄上散文（分上下）和《水仙》一组诗五首，不知道赶得及否？我自以为将最好的作品寄给你了，这个“自以为”是因为每个人都认为他最近的作品是最好的，但是等抄清搁在那里，便都厌恶得不敢再看它们，我希望你不要留情，如果认为不行就作罢。这些诗风格分两部分，有些人会不喜欢吧？

舒婷摄于1987年10月

我想。再见，收到请回一封短笺，我的副主编大人！

时隔七年，我们又一次高规格地推出舒婷。在1988年3月号上，发了她的封面照，配发了组诗五首，这是她的诗作跟读者久违后的一次集中推出；以及有浓重“自我写照”味道的上下篇散文《笔下囚投诉》——这成了诠释舒婷最好最贴切的“封面故事”。舒婷说过：“散文就是我的自传，可能琐碎些，但我保证绝对货真价实。”

舒婷很够朋友，她确实把最好的稿子给我们了。尽管这一期上，有四十多个名家，但舒婷“板块”无疑是最吸引读者眼球的。在这混搭的板块中，读者们看到全然两个不同的舒婷：在组诗里，看到的还是那个朦胧诗代表人物、年轻诗歌爱好者的偶像；而看散文，一转身，则是一个为人女、为人妻、为人母的舒婷，一个抒写家长里短的散文家。

《笔下囚投诉》上篇，“为人女”的舒婷，说她“自沦为诗人之后，俯首甘为笔下囚”。她用老姨妈送她的老式派克笔，写《致橡树》，写《思念》，写《也许》，“写了许多当时得意洋洋，过后惨不忍睹的文字”。不幸，她去南昌参加“庐山笔会”时，这支“倾国倾城”的笔连同大提包，在火车上被小偷拎走了。幸好，还有老父给她物色的一支“能通人性”的好笔，用来写了《神女峰》、《会唱歌的鸢尾花》。但红颜薄命，一次外访中，舒婷与外国同行交换礼品，翻遍小提包，一无所有，无奈只好拔出钢笔送人。回来后失魂落魄，幸得她的小妹将单位奖的金笔拿来“进贡”，让她柳暗花明。“不过，再不携它出门，怕被窃，怕失落，怕被我自己当礼品送掉。”

《笔下囚投诉》下篇，舒婷已为人妇，读书、写作没有独身生活时那么“安详馥郁”了：“成家之后不仅要闻厨房油烟，尚有幼儿不时以枪口顶住后腰突袭，自然不能像从前那么挑剔。一张书桌仍是要干干净净，容不得半点纸头。丈夫的书桌上却是纸山书海，偶尔还要繁衍到我的桌界，每次都毫不客气地打扫过境。”“结婚时买了一张当时式样挺流行、价钱也不便宜的书桌，不知怎的总看不顺眼，用不顺手，照例归丈夫收容。只好拉出婆婆三十年代结婚时用的一张老式桌子，四条腿用塑料胶纸包扎固定，锁子全坏了，抽屉也关不紧，一用至今六年多。”她除了梦想有张古老的大书桌外，还喜欢收集和笔有关的东西，例如稿纸。“每到一处，便贪婪地向编辑部索求稿纸，每式一本存档，渐贮存上花色品种二十余。”“今年有幸住进长影厂作家写作楼，房间里有张豪华的大书桌。夜间无应酬，极静，坐在桌前想写点什么，谁知连写日记都不能。是啊，谁能对一张太陌生、太严肃的面孔娓娓抒情呢？”

舒婷联想起出访西德时，傅天琳使劲睡，电话也吵不醒，回国却整整写了一本《红草莓》。而她自己大把吞食安眠药也睡不着，更想不出洒脱的诗句。“这么一比，自己不免觉得十分沮丧。已是不断向周围打揖，承认才气不足，笔头笨拙，人们仍然以怀疑的目光围困。其实有一个很世俗很难出口的原因就是：纵然我冒险将我的笔带上，不畏行李沉重，还带了各式稿纸，但谁又能把家中这张油漆斑驳的破书桌一起搬来呢？”

真不知道，舒婷这个有幸“沦为诗人”的“笔下囚”，被家人和亲情所宠爱，被朋友和友情所关爱，她究竟是在絮絮叨叨地“投诉”呢，还是在乐颠颠地倾吐幸福的烦恼？

对这回打出的关于舒婷的这套“组合拳”，梅朵很满意；5月间，接舒婷信，梅朵的满意又升级成得意。其时，陈仲义正在江淮一带开会，要我“劳驾跑一趟”，给他买一张回厦门的“三等舱”。适天气骤变，舒婷放心不下来信说：“听说南京、淮阴、扬州等地暴风雨，很是担心。仲义若去拿船票，确定归期，请你打个长途给我可以吗？”顺带又说起文章：“发了《笔下囚投诉》，有张洁怀念共同出国的日子。有诗友寄特级稿纸救济。可见《文汇》在作家群中的影响。”梅朵最在意刊物在作家群中的影响，而且又是张洁的感受。梅朵特别推崇文坛上的三位女作家：张洁、陈祖芬和舒婷。

这还是舒婷告别诗歌、移情散文前，在《文汇月刊》上的一次亮相。她此后再也没有拿出过组诗，写诗也基本告一段落——虽然她几年后，还曾写过一首《最后的挽歌》。面对关心和质疑，舒婷在之后许多年的许多文章里，曾一次次剖析自己为什么会放弃诗歌。时过境迁，生活状态大变，舒婷自感丢失激情和灵感，缺少精力与时间，不得不做自我解脱。她开玩笑地说：“由于诗，我被当成一种专门分泌糖浆的植物。在那棵老橡树的阴影下，好多年来我都觉得呼吸困难。”

舒婷比我们所有人都清醒。她还感叹道：“能在天国和尘世来回穿梭的是上帝的信使。我明白我是一个普通的女人，我还没有修炼到六根清净，一心向诗的境界，既然肉身的沉重超过了翅膀，我清醒地选择了尘世。于是我重新写起散文。‘重新’一说，是因为散文的写作发表几乎和诗歌同时，只是别人和我自己都不曾看重过。几篇短文热身之后，我最大的享受是语言得到了松绑。它们立刻自谋生路，大有离经叛道、另立门户的意思。有一阵子，语言的畅荡流转令我心旷神怡，能够撇开旧方程式，感觉简直好极了……我写散文，仍然出自我对优美汉语的无怨无悔的热爱，纯属呼应内心的感召，对岁月的服从，以及对生命状态的认可。因为，除了以上这些，我们没有其他理由，把自己困在文学这一迷魂阵里……诗歌像绸缎般高贵、优雅，充满理想主义的光辉，曾经把年轻的我，引向追求‘字字珠玑’、‘语不惊人死不休’的困境里。当我把重心倾向散文时，我深知不能在散文中如此‘承传’下去，我不愿意在新开垦的散文里移植一个诗歌的旧我。两种不同文体的转换中，我有意识把散文视为手工棉纺，亲切的，坦率的，调侃的和细节的。看上去仿佛信手拈来，实际上经过深思熟虑。如果不能把文化视角的尖端平民化，至少使日常生活情趣盎然，尽其可能挖掘更深层的寓意。”

舒婷移情别恋于散文，如她所说“开头仅是驻足稍作休息，后来竟流连忘返”。5个月后，舒婷就在上海文艺出版社推出第一本散文集《心烟》，书中收录了她从1970年至1987年创作的散文随笔。此后一发不可收，她的散文集的数量远远超出过往的诗集数。但粥少僧多，我也很少拿到舒婷的散文，在《笔下囚投诉》之后近两年的1990年1月，才拿到她一篇《民食天地》，这离《文汇月刊》悲壮地“停刊”只有五个月。不过，1991年1月，我回归《文汇报》主编《生活》副刊，极力倡导千字左右的生活散文。创刊第1期，就逼舒婷写了篇头条《多情还数中年》。那文章一开头，就叫人不能忘怀：“女人一近中年，最怕人问起年纪。男人一到中年，怕人问及事业。”

舒婷是写这类千字文的高手，难怪全国有那么多编辑要盯着她。后来，舒婷在上海一张发行百万份的晚报上，写了篇《千字功夫》，说有众多编辑在逼她的千字文，让她不得安宁，而我则不幸成为她声讨的代表人物：

不知何时，邮箱里诗歌刊物的约稿渐渐稀少，杂志、报纸的随笔约稿跟发大水似的。最近几年都改用电话追命，个个急如星火且软硬兼施。碰上个甜脆女声，先就心软了，还未开口搪塞，那边不是说刚借用到该报正需我这板斧去砍出一片“新天地”，就是奉了谁谁的点拨又代谁谁向尔亲切致意，偏偏这个谁谁的，又是我绝对不敢阳奉阴违的大师级。老朋友索稿若不是路途遥远，逼着只差“立等可取”了。比如《文汇报》罗达成，十多年的老朋友了，劈头盖脑就是一顿夹棒，我嗫嚅着试图给自己留条退路：“若来不及或写不好呢？”电话里震耳欲聋：“你舒婷写不好一篇千字文，不如跳下你房前的那个什么海吧。”放下电话，一眼看到桌旁录影带《钢琴课》，已借三天尚无观看，朋友限时今夜索还。叹口气，赶紧捉笔。更可怖的是人人明码标价订购千字文。这类豆腐块文章真是举轻若重了。绝对不能动情，一旦兴起，事儿刚有个开端，稿纸就到头了。

信如散文，散文如信，我已经习惯了舒婷这种鲜活、调侃、刁钻的文字。编辑们逼稿，也是无奈呀。当时千字文在全国的报刊上风起云涌，倘使没有本事逼到这个千字文，版面上没有名家压阵，那该轮到我辈编辑们跳海跳黄浦江了。

八 将来的日子还很长

——北岛与《文汇月刊》

初见北岛，是在《文汇月刊》发表了舒婷的组诗和刘登翰那篇报告文学两个月后。不过，我早就读过这位朦胧诗领军人物的不少代表作。我读过《回答》："卑鄙是卑鄙者的通行证 / 高尚是高尚者的墓志铭。/ 看吧，在那镀金的天空中，/ 飘满了死者弯曲的倒影……"也读过《一切》："一切都是命运 / 一切都是烟云 / 一切都是没有结局的开始 / 一切都是稍纵即逝的追寻 / 一切欢乐都没有微笑 / 一切苦难都没有泪痕 / 一切语言都是重复 / 一切交往都是初逢 / 一切爱情都在心里 / 一切往事都在梦中……"1978 年乍暖还寒，虽然有不少人喜欢他们的诗，但我没有想过向他组稿，因为体制内的《文汇报》，一时不可能发这样叛逆的、愤怒的反抗者的呐喊。

尽管许多年后，北岛、舒婷都悔其少作，为他们的早期作品感到惭愧，觉得没有什么价值，算不上真正的诗。北岛曾反思说："我们开始写诗，多少有一种'前无古人后无来者'的悲凉感。是青春和社会高压给予我们可贵的能量。""在当时高度政治化的压力下，我们这代人存在着虚无与颓废的倾向，那首诗针对的是这一倾向，带有明显的道德说教意味。记得当时就有个朋友指出了这一点，这一直是我早期写作中要克服的问题。其实在《回答》中也还是有道德说教的影子，只不过在反抗的姿态中似乎被掩盖了。《回答》最初写于 1973 年，1976 年做了修改，1978 年首先发表在《今天》创刊号上，第二年春天被《诗刊》转载。由于过于鲜明的政治反抗色彩，为安全起见，在发表时标明的是 1976 年。"

但在读者看来，北岛他们早期诗歌浸透坚定信念和毫不妥协精神，其冲击力与震撼力远胜过他们之后的作品。北岛说："直到现在出门参加活动，中国听众还总是坚持要我朗诵《回答》。我觉得他们都被冷冻在那个时代了。如果诗人往前走的话，就只能不管不顾，越走越孤独。"

生活中的北岛，不像写诗时的那个人

我跟舒婷相识不久就很谈得来，而且熟悉得很快，跟北岛亦然。北岛原先跟我们的小说责编、后来担任副主编的肖关鸿较熟，此后反倒是跟我这个既管诗歌，又管报告文学的对口编辑交往多了。之后，北岛曾将不善言辞的顾城引荐给我，又为他写崔美善及王立平报告文学的事来过几次，或是跟我通信。一来二去熟了，也很快成了朋友。

我和关鸿接待北岛，跟他聊天、小聚，不是去饭店，而是在条件简洁、味美价廉，有全国影响的《文汇报》“小餐厅”。所以有“全国影响”，一是因了“老文汇”硕果仅存的几位掌勺厨师厨艺高超，在国内新闻界历次评比中皆首屈一指；二是这小地方招待过的客人中，有太多的大名家，称得上是“谈笑有鸿儒，往来无白丁”。

北岛给我很深很好的初印象。就像他的友人及《今天》的同仁概括过的：“觉得他生活中挺实际的，特别不像诗人，甚至有一点古板……年轻的北岛却性格内向、稳重踏实，对人谦逊平和，做事往往深思熟虑，冷静而不事张扬，身上有着‘哈姆雷特精神’，爱沉思，怀有一种崇高的痛苦，富有强烈的怀疑精神，总是在追问意义与价值等问题。”确实，生活中的北岛不是写诗时的北岛，他的言谈不很先锋，不很叛逆，不很政治，也并不振聋发聩，敲击灵魂。虽然，北岛话语不多，也不像舒婷那样有时会调侃、开玩笑，但我们在饭桌上不乏话题，谈话的天地还很广阔。

北岛不光是我们的作者，还是新闻同行，当时在外文局的《中国报道》当编辑，那是对外宣传的世界语刊物。我们的话题有点意识流。从新闻界说到文艺界，从北京扯到上海，比较两地的政治氛围和文学氛围；还说起一些“归来派”老诗人，以及朦胧诗人的近况——不过，北岛从来就不接受、更不赞同“朦胧诗”这个提法，说这是官方强加给他们的。北岛是很好的对话者，我们年龄相差不大，北岛跟关鸿同年，才三十二岁，我比他们稍长几年，敞开说话，信马由缰，彼此毫不设防。有意思的是，我们跟中生代的作家和朋友小聚，老主编梅朵都很高兴地作陪；我和关鸿，也乐于叫上他。梅朵与北岛，以及之后与舒婷见面时都很投机，毫无代沟；而且梅朵人前背后，非常推崇他们的作品。

这年深秋的一天，北岛来看我，肖关鸿、赵丽宏也在。丽宏是我的老友、好友，我们的友谊始于1975年，他和徐刚等人在崇明写作组时。崇明是丽宏的故乡，1968年高中毕业后他到这里插队落户，种过田，学过木匠，当过乡村邮递员。在插队期间，丽宏开始创作诗歌和散文。他甚至没有想到过，1977年能有机会到华东师范大学中文系去读书。更没想到有一天会到《萌芽》杂志当编辑，会被聘为上海作家协会的首批专业作家。当时大家都手头经济拮据，我第一次去崇明组稿，他们招待我的就是就地采购的新鲜农产品和鱼虾，用很大的铝质面盆烧肉烧鲫鱼汤，煮酱油蛋，喝那种崇明特有的米酒。味道之鲜美，气氛之欢快，交谈之酣畅，让我此生难忘。这是后来在宾馆和大饭店的餐桌上，所无法重新感受和寻觅到的。

丽宏的家就在北京东路、河南中路口，离圆明园路《文汇报》老大楼不过五百米。我们相识后，他常到《笔会》送稿，继而又开始了和徐开垒长达三十多年的漫长而真挚的友谊，而我是他们最初建立友谊的桥梁。

七十年代末、八十年代初的几年里，我经常趁中午午休的近两小时去他家，他父亲、母亲、姐姐、姐夫、外甥，我都极熟。中午，他姐姐、姐夫都不在，我们常常到他们的大房间聊天，那里宽敞多了。丽宏写作的那个“暗无天日”、没窗户、不通风的小黑屋，我也绝对是光顾最多的客人。丽宏后来写的《小黑屋琐记》，我最是感同身受:“因为没有窗，这里分不出白天黑夜——所以叫它小黑屋。八个平方，四面板壁；书桌、床，以及快堆到天花板的书和杂志——这就是它的全貌。三面板壁隔着邻居，隔壁人家的声音丝毫不漏，全部传到这里——夫妻吵架、孩子哭笑、收音机里的相声、电视机里的球赛……一面板壁隔着走廊兼厨房，板壁缝隙里，常常钻进各种各样的气味——鱼腥、肉香、葱、蒜、油、醋……一盏八瓦的小日光灯，便足以把它照亮了。柔和的白光，整日抚摸着这里的一切……在这里，我几乎度过了整个青年时代！”

虽说我已经戒了烟，但我老忍不住去浏览丽宏赫然钉在小黑屋门楣上的一张字条：

禁止抽烟！对不起，来作客的朋友，你一支烟，可以使这里整整二十四个小时浊烟缭绕。对不起，朋友。然而这并不妨碍我们交谈，并不妨碍友谊的清泉在这里流淌……

丽宏很有人缘，肖复兴等许多作家想造访丽宏，都是我领去的。而有我们的共同朋友到《文汇月刊》时，我也经常打电话请丽宏过来作陪。北岛给我和关鸿、丽宏，每人送了一本A4纸大小的油印诗集《陌生的海滩》。淡蓝封面，大方而精心，印数只有一百本。这是北岛最初的诗集，收有三十二首诗。《陌生的海滩》目录下方写着，封面设计：夏朴；插图：陆石。封面上那幅手绘画以及里面的钢笔插图，风格如出一辙，在那个时代相当少见：线条简洁而有力，构图洒脱而大胆，充溢着青春的欢乐与自由。大概这正显现出搞《今天》杂志和《星星》画展那群年轻拓荒者精神上的向往和象征。我至今还珍藏着北岛的这本油印诗集，只是当时张冠李戴地拿错了，我这本上写着“丽宏指正，北岛，1981，11，18”。给我的那本，该在丽宏那儿吧。

《陌生的海滩》的封面，由北岛的好友艾未未设计，让人印象深刻。遗憾的是，艾未未的父亲、大名鼎鼎的艾青对朦胧诗和北岛的态度，却有些波动变化和不确定。艾青跟北岛曾有过一段友好交往，但后来开始争论，直至争吵而分道扬镳。北岛一生交往最多的老诗人有两个：蔡其矫和艾青。1975年，艾青刚刚颠沛流离回归，还住在王府仓4号一间家徒四壁的陋房里，北岛是这里常客。一个冬日，北岛在这里结识了一头鬈发、口音南腔北调的蔡其矫。这年，北岛二十六岁，蔡其矫五十七岁。蔡其矫一见面就夸北岛诗写得好，让北岛手足无措；而且第二天就去北岛家串门，家徒四壁，只好坐在床上神聊。在日后痛悼蔡其矫的《远行》中，北岛深情怀念这位老友——虽然他爱乱说话，但绝对是个中国当代“异数文人”。“我和蔡其矫成了忘年之交。相比之下，和艾青认识要早些，但关系很淡。他有点儿公子落难的意味，自视高，身份感强，让人敬而远之。这恐怕是他翻身当家做主人后我们决裂的原因之一。蔡其矫命途多舛，却毫不世故，嬉笑怒骂，如赤子般坦荡。”

北岛和舒婷，以至一批朦胧诗人，都对蔡其矫感情很深，他们之间的相识，后来的成功与成名，都跟这位热心而放浪不羁的老诗人息息相关。北岛追忆道：“他与舒婷1975年结识。《致橡树》这首诗就是他转抄给艾青的。艾青大为赞赏，又推荐给我。在蔡其矫引荐下，我和舒婷自1977年8月开始通信，她的《这也是一切》随意抄在信中，是对我的《一切》的答和。”我们当时听说，北岛与艾青一度过从甚密，后来已经彻底闹翻，但只知其然，不知其所以然。北岛在这篇痛悼文章中，对此亦有一段回忆：

我和艾青是他1976年从新疆到北京治眼病时认识的。那时他住在白塔寺的一个小院里，单间，上下铺，他们夫妇和两个儿子挤在一间小屋。我跟艾未未很要好，我第一本诗集《陌生的海滩》的封面是他手绘制作的，总共一百本。其中《太阳城札记》中的最后一节是“生活·网”，艾青到处公开引用批评。我给他写了一封信，强调这是一首组诗中的一小节，你要批评，也应说明原委。我接着说，你也是从年轻时代过来的，挨了那么多年整，对我们的写作应持有宽容公正的态度。收到此信，艾青给我打电话，我们几乎就在电话里吵起来。其实我和不少前辈都成了忘年之交。七十年代是两代人互动交错的特殊时期，有很多动人的故事。很遗憾，我和艾青的关系走到了另一个极端。

不知情的人不会知道，为什么《陌生的海滩》里，扉页上写着：“献给珊珊 献给你自由的灵魂”。而诗集里的第一首诗，又是写于1973年的《小木房的歌——献给珊珊二十岁生日》。珊珊是北岛的妹妹，她的不幸去世，是北岛一生中最痛苦的事：“我妹妹在1976年因游泳救人淹死了，那孩子得救了。我和妹妹感情非常深，她那时才二十三岁，我二十七岁。我痛不欲生。我甚至觉得，后来写诗办刊物都和这事有关。两年后我和朋友创办了《今天》。”收进北岛诗集的这首诗，五个月前已刊发在1981年6月号的《文汇月刊》上。北岛还加了个小注：“1976年7月27日，即完成这首诗的三年之后，我妹妹在湖北蛮河游泳时为抢救一名溺水的儿童而英勇牺牲，仅以此诗作为纪念。”那大概是5月间，北岛一下给了我8首诗，有《是的，昨天》、《和弦》、《你好，百花山》、《候鸟之歌》、《日子》、《回忆》、《住所》、《港口的梦》。因为发组诗要排长队，而且当时第6期发稿期已过，我特事特办，赶紧抢排了对北岛有特殊意义的这首《小木房的歌——给我的妹妹二十岁生日》，以及顾城的《赠别》和《小巷》两首诗。我跟版面编辑打招呼，这一期一定要把北岛和顾城的诗挤上去。

记不清楚，怯生生的顾城是哪一次跟着北岛一起来的，但我记得初见时顾城的那种腼腆和木讷，手足无措，话语少得不能再少。就像记得顾城的《小巷》——“小巷/又弯又长/我用一把钥匙/敲着厚厚的墙”，短得不能再短。他这次带来很多诗歌，后来又寄来过很多诗歌。顾城的内心炽热，感情丰富，灵感澎湃，但他不会交际，不善言辞，他在诗歌世界里如鱼得水，但在尘世中活得很累很累。这跟被他视为兄长、对他倍加爱护的北岛，以及他的“干姐姐”舒婷，差得实在太远。我跟顾城的爸爸顾工也比较熟悉，这位生于1928年，有些名气的资深军旅诗人，一直寄诗稿给我，信总写得很热情，我们在北京和上海都见面交谈过。但不知为什么，我们在信件和谈话中从未说及时在上海的顾城。可是，除了同是一张方方的脸庞，顾工的热情和健谈，一点没有遗传给顾城。连写诗的风格，父子俩也相去万里，迥然不同。

发过顾城这两首诗后，在1982年2月号《文汇月刊》刊登北岛的报告文学的同时，我又发了他的《生日》，恰好和丽宏的诗放在一起。顾城自1981到1983年，在上海生活了三年，我们联系不多，交流甚少，只知道他的大致情况，却始终没有走近。这有顾城自身性格原因，也有我们刊物的原因——主要是我，缺少主动和热情，不了解他在上海生存状态的窘迫；而且还犯了编辑的通病，不大习惯、不大喜欢他那种一稿多投的大容量投稿方式。更该反思的是，我对他的作品和成就缺少应有认识，没有将他跟北岛、舒婷置于同一高度而一视同仁。虽说往事已矣，但我不能不感到遗憾和后悔。

很多年之后，在新西兰激流岛的顾城和谢烨已经悲惨离世，我才看到北岛、顾城的共同好友——上海诗人张毅伟追忆那段日子的文字：1980年，顾城在火车上与同样喜欢诗歌创作的谢烨邂逅，便一见钟情，疯狂地爱上了这个上海姑娘。随后顾城为了谢烨追随到上海，选择了靠近谢烨家的武夷路，用四千块钱购置了一所很简易的民居居住下来——实际上是一座违章建筑。“如今想来，顾城的这个举动，当然是一个爱的举动，但又何尝不是一个沧桑的开始。”

在与谢烨恋爱和追求结婚的过程中，顾城没有固定工作始终受到质疑，这给了顾城很大的压力。顾城所受到的另一个质疑，是有人认为顾城有精神不正常的状态，因此需要去医院做检查。顾城很不高兴，他坚信自己没有病，他认为他与那些人生活在两个世界。但是，他又很冷静地说，为了与谢烨的结合，他愿意去医院检查。没有工作，他的收入来源只有稿费，一份诗稿往往要投五六家杂志。他的诀窍是把省级文学刊物和地市一级的文学刊物错开，以避免撞车，诗稿的各种组合全装在他的脑子里。顾城给张毅伟表演过流水作业的投稿程序：诗稿分开装在一个个写好地址的信封里，几十个信封在桌上一字排开，用一支排笔，一下子给几十个信封的封口涂上胶水，再把信封的封口一个个封好，叠在一起。在舒婷的记忆中，连福建最偏僻的县文化馆刊物都可以收到顾城的投稿。顾城是面向全国文学刊物一稿多投、广种薄收。稿费都不高，他拿过的最低稿费：一首诗，四元。张毅伟还回忆道：顾城在社交场合很少说话，有时让他陪着去报社。为了更多地发表诗歌，顾城少不了与编辑客套、寒暄。回到家里，顾城对张毅伟说："我刚才说的话，都是脚丫子里拿出来的，你不要在意。"但他那次到《文汇月刊》来，"脚丫子"并未出声，大概因为北岛在，他不敢作假，也无此必要。

北岛后来在香港接受采访时，也曾深情地说起顾城的写作和他的死：

顾城是个很有灵性的诗人。我还记得，他姐姐把他头一次带到《今天》编辑部的细节，他几乎还是个孩子。关于顾城之死，众说纷纭，我不愿意凑这个热闹。我只想说，作为诗人有两点遗憾，第一，他的生命结束得太早了，写作还没有真正展开就结束了；第二，他的生存压力太大了，只能靠写作为生。短暂的一生竟写了两万多首诗，难免有粗制滥造之嫌……有些人根本不应该出国，顾城就是一个。据说是来自他父亲的压力，希望他离开中国独自谋生。1987 年夏天他先去了欧洲，我们在不同的国家相遇，他和谢烨也到我们在英国的家小住。如果他能回国，不一定会有后来的悲剧。他在国内有他自己的读者，生活会容易些。对他来说，国外的环境实在太险恶了，首先外语这关就过不去。他神经本来就很脆弱，又躲到新西兰的孤岛上，没有生活来源，最后走向绝路。

北岛尝试了两次后，就"发誓再也不沾报告文学的边了"

就在北岛给我送《陌生的海滩》那次，他很有兴致地说，想给我们写一篇关于朝鲜族舞蹈家崔美善的报告文学，而且已经采访好了。"好啊，求之不得，我们手头这类题材的稿子一直告急呢！"我很高兴，也有点意外，因为北岛之前从来不沾报告文学的边，我也从来没想到过抓他写报告文学。我揣摩他大概诗写久了，想换换口味，尝试一下新文体。自然，眼界甚高的北岛，也很看好《文汇月刊》

上写这类题材的报告文学。从1981年1月起，我们相继约请了一批报告文学作家，以及小说家和散文家动笔，在“报告文学”和“音乐之声”这两个专栏上推出了一连串关于音乐家、歌唱家、舞蹈家的报告文学，几乎每一篇都在读者中产生了反响，很受欢迎。这不奇怪，在那个特殊年代，人们有着强烈的文化饥渴和艺术饥渴，为了一盘好听的音乐磁带，或是一本好书，可以“众里寻它千百度”，找遍整个城市。而《文汇月刊》找了一批名家来写艺术名家，写他们的人生坎坷、艺术追求以及家庭生活和爱情生活，自然大有可读性，并形成一个趋之若鹜的读者群。

不过，我后来知道，北岛所以想写长文章，手头经济拮据也是重要动因。他一个月才四十多元，入不敷出，他必须挣钱贴补家用，以招待五湖四海来的朋友。他承认，“有时，他和妻子招架不住，不得不避出去休整一天”。对北岛送上门的这个选题，我很期待，而且鞭打快牛，要他在半个月内交稿。这不光是因为这类稿子我手头甚缺，往往只此一篇，连个备稿都没有；还因为这种题材，不是高手写不了，不是行家写不好。让一般人写，很容易弄成个一般化、雷同化的东西。而这一年里叫好的篇目，有谢大光的《从苦难中崛起的歌唱家——记关牧村》、《天鹅之歌（白淑湘的故事）》，宗璞的《钢琴诗人——肖邦》，肖复兴与张辛欣的《带不和谐音的美妙旋律——记舞蹈家陈爱莲的舞蹈晚会》，陈祖芬的《生命（王昆的故事）》、《一个成功者的自述（朱明瑛的故事）》等。这些作者或是散文家，或是小说家，或是报告文学家，甚或既是散文家又是小说家，既是小说家又是报告文学家。他们对艺术也很在行，而肖复兴、张辛欣和陈祖芬则分别出自中央戏剧学院、上海戏剧学院。北岛是风头正劲、有思想火花的新派诗人，爱人又是画家，由他来写崔美善，我自然满是期待。

北岛做事很痛快，也很认真，不到半个月，他写崔美善的报告文学已经给我了。我认真地看了，觉得北岛初试身手，颇费苦心。他用的是小说架构，散文式叙述，人物关系简单，故事清楚，文字干净。通篇在有关崔美善成长的历史回忆，与她一天里的紧张排练生活及母女深情间，交错递进。对于崔美善经历的“文革”创伤和噩梦，十年练功空白，只是简单带过，她的爱情和婚姻则完全回避。而对东方歌舞团正式恢复后，崔美善为追回失去的时间和舞艺，所做的努力——尤其在去年11月，王昆团长问崔美善，有没有把握搞独舞晚会？她郑重地点头后，在团里、在家里抓紧苦练的情景，却是浓墨展开：崔美善在挥汗如雨中，等待着帷幕拉开的时刻。

这是一篇中规中矩的报告文学，在发表线以上。但不够跳，更算不上出类拔萃。我稍稍高抬贵手发出去，也不会有什么问题。但我不想这么宽容，我觉得稿子没有写出北岛水准，没有达到我“朦胧”中所设想的高度——而《文汇月刊》所追求的，不是中不溜秋，而是拍案叫好，我们苦心追逐的是名家名作。我提的意见很直率，没有客套，对朋友更应坦诚以告：“我觉得不够理想。叙述身世和练功的过程较多，但缺少有画面感的场面和故事，因此整个文章缺少激动人心的东西。另外，有些段落历史与现实交叉转换间，过渡不太自然。”

有不少朋友曾批评过我，太过认真，六亲不认。不知道这算是优点呢，还是缺点？我总在想，友谊不是迁就，标准不能通融。朋友是两个人的事，而稿子除了作者和编者外，还要面对《文汇月刊》的二十万订户，和几十万乃至上百万读者。北岛很有大家气度，也很信任我，他没有感到不快，而是爽快地接受了我的意见，认真改了一稿。但北岛的信心，显然因为我所提的致命的、苛刻的意见而受重创，他觉得无力改出我所要求的“激动人心的东西”来。我还留着北岛的信，留着他当时的创伤和心情——

达成：我已把段落衔接处作了一些改动，若还有什么毛病的话，由你帮我处理一下，我实在无能为力了。

我发誓，再也不沾报告文学的边了。

匆匆 祝好　　　　振开 81/12/7

稿子改了，我还是不太满意。北岛来上海时，我又提了意见，让他再改一稿，半个月后，振开将改稿寄来：

达成：回京后，我抓紧时间改了第二稿，增加了近两千字，还是不怎么理想。你看着办吧，用不了就算了，我实在无能为力了。崔美善自己的两张照片务必保存好，这是她再三嘱咐的。

你还得劳逸结合，这不是开玩笑的事。看你一天天消瘦，真为你担心。

我回来后总觉得北京的气氛不如上海。这里的人们都有点心灰意冷了。我反倒觉得自己比较有信心，也许这更可怕，因为生活中除了信心，似乎什么也没有了。

问候关鸿好。在沪承蒙你们的热情款待，在此谨致谢意。唉，这种废话只好放在信尾，请多原谅。

丽宏的信我另写，匆匆。

振开 12，22 夜

我知道北岛很实在，很敬业，在他说了“已经无能为力”后，我也就此打住。他已经尽力了，我不想再苛求他。何况，这个稿子原本就在水平线以上，改了两稿也有改观，我只是觉得未如所愿，不够出挑而已。这时，我才心感不安，觉得对不起朋友。这一个多月，我将北岛逼得好苦，甚至丢失了信心。好在对于报告文学的取舍和安排上，我有较大的拍板权，我把这篇《在帷幕后面（崔美善的故事）》安排在 1982 年 2 月号上，还给以适度补偿，算是我的歉意和心意。我们给了北岛这篇报告文学处女作以足够礼遇：一万两千字的文章，未再删改。还破例配发了五张崔美善的照片，有少女时代，也有近影，还有她与女儿海玉合影及在家中练功的照片。版式处理得很舒展，标题也是请大名鼎鼎的书法家周慧珺题写的。这个规格，超出同期发表报告文学的陈祖芬，以及写体育报告文学的张挺、吴晓民。不知北岛出于什么考虑，他用的是“李平”这个笔名。

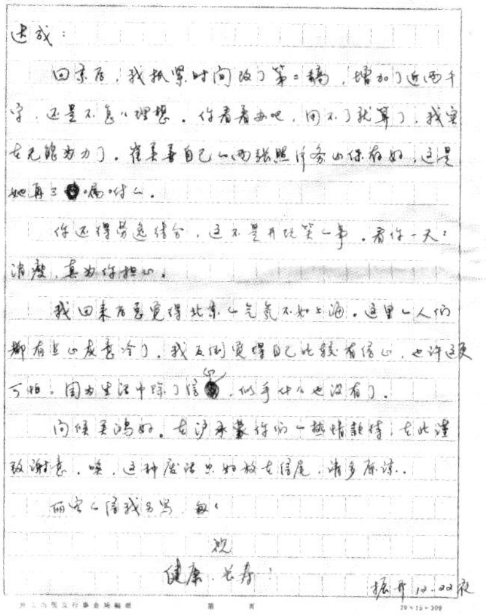
述戎：

回京后，我抓紧时间改了第二稿，增加了近两千字，还是不怎么理想，你看着办吧，用不了就算了，我实在无能为力了。崔美善自己的两张照片务必保存好，这是她再三嘱咐的。

你还得[illegible]，这不是开玩笑的事，看你一天天消瘦，真为你担心。

我回来后总觉得北京的气氛不如上海，这里的人们都有些心灰意冷了，我反倒觉得自己比较有信心，也许这更可怕，因为生活中除了信心，似乎什么也没有了。

问候关鸿好。在沪承蒙你们的热情款待，在此谨致谢意。唉，这种废话只好放在信尾，请多原谅。

丽宏的信我另写，匆匆。

祝

健康、长寿！

振开 12.22 夜

1981年12月22日，北岛来信谈改崔美善一稿事，“回京后，我抓紧时间改了第二稿，还是不怎么理想，你看着办吧，用不了就算了，我实在无能为力了。”

北岛最初的油印诗集《陌生的海滩》

此外，还有一笔比较可观的稿酬，可以给北岛经济上以聊补，按当时千字十至二十元的标准，北岛大概拿到了两百多元，这相当于他五个月的工资。

在我的印象中，我经手编发的这篇崔美善，大概是北岛写作生涯中唯一一篇发表在大牌刊物上的报告文学。不过，在我将刊登北岛文章的2月号《文汇月刊》寄给他，并告知“我3月上旬要赴京组稿”后。不知怎的，一个月前曾发誓“再也不沾报告文学的边了”的北岛，又凡心大动，在3月2日发出的信上说：

听吴晓民讲，你近日来京，我想托你帮我带一包东西（诗集），麻烦你了。

张毅伟是我的朋友，诗写得很不错，曾在《青春》等刊发表过一些作品，特介绍他和你认识。

我在写一篇关于王立平的报告文学，争取能在你到达前完稿。

你若东西多的话，拍个电报，我去车站接你。

匆匆　祝　一路平安！　　　　　　　　　　　　振开　3，2

到《文汇月刊》后，我到北京组稿已是家常便饭，记不清去过多少次了。

到北京出差，我总喜欢坐下午4点多那班特快列车，上午还可以做点事情，晚上在车上睡一觉，第二天上午10点左右到北京。北京的3月很冷，大冷天去一次，大包小包得带上好多。我喜欢到北京组稿，这里朋友多、作者多。但我很不习惯北京的天气，外面冷得要命，屋子里的暖气又热得要命；也很不习惯这里的公交车，又挤又慢，连带倒车的话，出门单程一个半到两个小时是常态；我更不习惯，下午五六点以后，几乎所有的饭店、小吃店统统关门大吉，没有地方吃东西——这在上海是根本不可想象的事。当时的北京，是一个“三粗”都市：粗犷的城市风貌，粗放的社会服务架构，粗糙乃至粗鲁的服务态度。

我到北京时，北岛已经如期完成了王立平那篇东西。我回上海后看了，将稿子退给他改，改后仍觉不大理想。是继续请他改，还是让他“另行处理”？我少有地犹豫了一个多月，左右为难，难下决断：退掉，我怕伤害朋友。而继续改，改了不能用，更难处理。北岛很体谅朋友，善解人意，见惯常做事痛快的我，竟如此优柔寡断，定然是感到为难了；且又从《体育报》吴晓民处听说我肺部照出阴影，他很不放心。4月25日北岛来信：

达成：信收到。不知你生什么病了，十分惦念。关于王立平的报告文学若通不过的话，不必为难，寄还我就是了。若是因为某个段落的缘故，可以删去。我写报告文学，还是不行，真打算洗手不干了。

岁月漫漫，每当我想到北岛因我而对报告文学“洗手不干”，内心总觉不安。世事多变，人生多难，北岛后来漂泊在外，颠沛流离，我们也失去联系，且很少能看到他的作品。直到北岛接受香港中文大学的邀请，定居于离故土最近的“境外”后，我才相继读到了他在内地出版的、写于早先漂泊年头的一大批散文：《青灯》、《蓝房子》、《午夜之门》，以及港版的《过冬》。当年的北岛因压抑而写诗，流亡的北岛因漂泊和动荡而写散文。北岛的诗歌由祖国而走向海外，而他的散文则由海外回到故土。有记者采访北岛时说：“我读了你的散文集《蓝房子》和《午夜之门》，很喜欢，风格和你的诗完全不同，你传递信息的方式非常幽默。是用随笔的方式讲故事。我更愿意叫它们随笔，散文听起来有点抒情，而你的文章不抒情，像一些针尖，干净利落地划过皮肤。”

北岛的散文朴实、冷峻、淡定，不抒情却有情，我从中读到一种难言的感人力量。北岛说他写散文，“最初是偶然的。当时和老板关系不好，把在大学教书的饭碗给丢了，只好靠写专栏养家糊口。慢慢体会到其中的好处，写散文对我是一种放松，写诗久了，和语言的关系紧张，像琴弦越拧越紧。另外，诗歌所能表达的毕竟有限，比如对日常生活以及对人与事的记录是无能为力的。”而所以形成如此风格，是因为生活漂泊。

北岛在散文集《失败之书》自序中写道：“散文与漂泊之间，按时髦说法，有一种互文关系：散文是在文字中的漂泊，而漂泊是地理与社会意义上的书写。自 1989 年到 1993 年四年内，我住过七个国家，搬了十五次家。这就是一种散文语境。这些日子你都去哪儿了？干了什么？这是诗歌交代不清的。”“我得感谢这些年的漂泊，使我远离中心，脱离浮躁，让生命真正沉潜下来。在北欧的漫漫长夜，我一次次陷入绝望，默默祈祷，为了此刻也为了来生，为了战胜内心的软弱。我在一次采访中说过：‘漂泊是穿越虚无的没有终点的旅行。’经历无边的虚无才知道存在有限的意义。”

我还注意到，北岛在一次访谈中被问及中篇小说《波动》，“初稿是 1974 年，改了三稿，1979 年定稿，1981 年在《长江文艺》上发的。”记者追问：“为什么没继续写小说？”北岛的回答很实在：“后来写过一些短篇。停止写小说有几个原因，一是那时没怎么看过小说，胆大，敢写。到了七十年代末开始，大量翻译作品出来，我一下子被震住了，觉得差距太大，干脆放弃。”“以后还会写小说吗？”北岛直截了当地回答说：“不会。诗人和小说家是两种动物，其思路体力节奏以及猎物都不一样。也许写散文是我在诗歌与小说之间的一种妥协。”这使我心中感到释然，北岛先前属于诗歌，后来属于散文，他用有着自己独特风格的作品征服了无数读者，让人折服。但他不属于小说，不属于报告文学。

我跟北岛许多年不见了，但一直牵记着他，关注并搜集他的每一本新著——这不是为了看，而是延续一种久远的怀念。我始终留着温暖的记忆，和北岛那句温暖的话：将来的日子还很长！

九

三十三年后，与北岛叙旧

——《将来的日子还很长》补记

八十年代后期，因为北岛去海外漂泊，开始漫长的动荡生活，天各一方，我偶尔听到他的音讯和踪迹，也是碎片式的。然而怎么也不可能想到，和北岛再聚首，竟是三十三年后，这至少是我三分之一的生命岁月。曾经年轻的我和更年轻的北岛都已年岁老去，一个七十二，一个六十六。

2015 年 4 月 15 日早上，我正在与小区毗连的番禺绿地散步。突然接到赵丽宏手机，开口第一句话就问："北岛找到你了吗？"丽宏兄仅仅七个字的问话，给我带来意想不到的惊喜和激动。原来，北岛今天一早就给王安忆打电话，说要找我；王安忆没有我的电话号码，转而向赵丽宏打听。

过了一会儿，便接读北岛发来的短信："达成：我在上海，后天去杭州。我想今晚请你吃晚饭，叙叙旧。我住在兴国宾馆。北岛。"我简短回复后，他又补发了一条信息："我已订好丁香花园，两位，7 点钟，用赵振开的名字。北岛。"

我和北岛的重逢来得突然，却并非偶然——只是比我预料中的时间要早很多。2014 年秋，我手头在赶写回忆八十年代在《文汇月刊》所亲历的那些不可忘怀的人与事的书稿，花了近三年时间才完成一多半。我四十多年的老友、《上海文学》社长赵丽宏兄，有些急不可待，拍板先选用两期——之后，因为文章有些反响，顺势而动，破例扩展为连载十期。

因一种难言的冲动，我首先给《上海文学》的两篇，是追记当年参加朦胧诗讨论会，跟朦胧诗代表人物结下深厚友谊的篇目：2015 年 1 月号刊出《八年之约——走近舒婷》，2 月号又刊出《将来的日子还很长——北岛与〈文汇月刊〉》。

我没想到，文章触碰了许多朋友和读者心弦——经历过那个年代的文化人，心头都有一座火山，即便沉寂多年，一经触发，也会岩浆喷薄。“老文汇”中最具名望的大记者、八十高龄的郑重，于我而言亦师亦友，他也是《文汇月刊》那段历史的见证人。郑重看完文章，很是兴奋——2月18日，他来电话鼓励说：“舒婷这篇看了，非常精彩。这样的文章我写不出来，这本回忆录你一定要放开写。”第二天，他又来电：“读了北岛这篇，非常激动，写得太好了，好像又回到八十年代。写这段历史非你莫属。”还信誓旦旦地强调说：“这个连载，以后我每看一篇，都会给你打一个电话。”

3月11日，郑重突然来电，说已经将我写北岛的这篇文章扫描件传给北岛夫人甘琦。“甘琦说，他们还没有看到这篇文章。”老郑和甘琦很熟悉，他先前告诉过我，北岛现在这位夫人年轻、漂亮、能干，是香港中文大学出版社社长。郑重是彻底的电脑盲，几十万字书稿都靠手写，再让年轻助手帮忙输入电脑。扫描《上海文学》上这篇文章，再传给甘琦，一定也靠别人帮忙。

郑重知道我跟北岛的友谊，也知道我们失去联系已久，曾热情地要我记下甘琦的手机号，“你找到她，就能找到北岛！”“不必了！”我告诉郑重，北岛留在我心头的印象很深，友谊也很深。他漂泊归来定居香港，不再遥不可及，我很想见到他，却又不想贸贸然找他——顺其自然吧！

感谢郑重，他的心意和努力得到了回报：北岛是个重感情的人，看了我那篇文章，往事历历在目，他也急切希望见到分别已久的老朋友。我和北岛的重逢，可谓水到渠成。

约定晚上7点，丁香花园申粤轩。我提前到了，但订位还没空出来。一会儿北岛也到了，我们三十多年之后的握手是在大堂门口开始的。“你早到了吧？”“早到了！”在一个问号一个感叹号后，我们一时什么也不想说，似乎被“公瑾遥想当年”的那种感慨，和分别太久终于重聚的喜悦所裹挟，彼此打量着——两个不喜欢说客套话的人，觉得语言很苍白，而感情在掌心里、目光里嗖嗖传递。

分别了三分之一个世纪，从中青年变成老年，我们两个瘦长条子，都没从对方身上发现“新大陆”。我说：“振开，你没变，还那么瘦。”北岛接口道：“你也是呵，没变。”

2015年4月，作者与阔别32年的北岛（左）在上海重逢

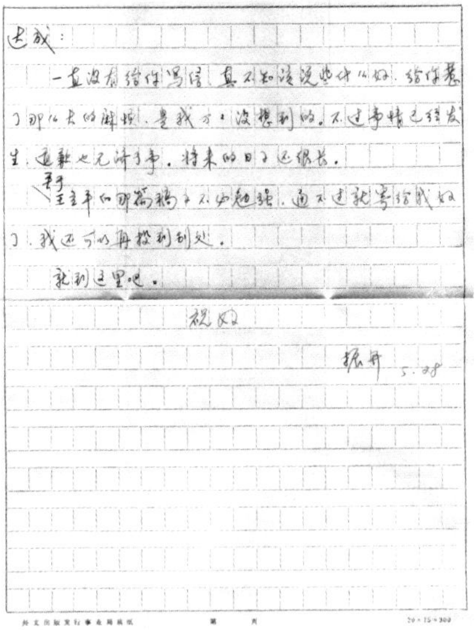

达成：

一直没有给你写信，真不知该说些什么好。给你惹了那么大的麻烦，是我万万没想到的。不过事情已经发生，道歉也无济于事。将来的日子还很长。

关于王立平的那篇稿子不必勉强，通不过就寄给我好了，我还可以再投到别处。

就到这里吧。

祝好

振开 5.28

1982年5月28日，北岛来信致歉，说“将来的日子还很长”。“关于王立平的那篇稿子不必勉强，通不过就寄给我好了，我还可以再给别处。”

落座点菜，北岛问要什么酒？我知道他喜欢喝红酒，却还是说以茶代酒吧。心想可以省下点时间说话——三十多年的往事呼拥而来，有多少事情想说，又有多少问题要问。“读到你这篇文章很感慨，像是回到了从前。”北岛说他有《上海文学》，之前没看——因为收到的杂志太多了。“收到文章的复印件才看了，里面许多细节，我都忘记了，你记忆力真好。”北岛的语速有些缓慢，但让人感到很实在。无论在说话，还是在倾听，他的目光从不游移，总是认认真真、实实在在地注视着你，跟你目光对接和碰撞。我们两个骨子里也脾性依旧：我直来直去，藏不住话，北岛则一如既往的沉稳、内敛。

“振开，你知道吗，我们原本可以再早些联系上，但我不想贸贸然。”我实话实说，坦诚地告诉北岛：“郑重跟你夫人很熟，很热心地要把甘琦的手机号给我，我说不必。如果北岛想到找我，我会非常高兴，但我不想用这种方式。所以，如果你不找我，我绝对不会找你，宁肯只保留对往事的美好回忆——因为有些曾经的好朋友名气大了，已经忘了自己是谁，你又是谁？”

“有些人是变了。”北岛理解我的心气和傲气，又一次感叹道：“你没变，还那样！”我说“你也没变呵。”——正因为我们两个都没变，才会有这次见面。

刚入座时，见在大堂不怎么安静，菜单价位又高得离谱，我口没遮拦地问北岛：“怎么会订在这里？”北岛说他不熟悉，让朋友代订的，叮嘱过“要选个好一点的地方”。但随着时间推移，我们谈兴愈浓，因了谈话的投入和深入，几近物我两忘，全然忘记周围客人的存在。恍惚中像是重回1981年至1982年，我和北岛——有时还有肖关鸿和梅朵，在《文汇报》那个简陋却又让许多名家留恋，由国宝级厨师掌厨的“文汇小餐厅”里，信马由缰无所不谈。

我对北岛感叹，幸亏你当年写给我的信，有一多半被我保存下来了，否则很难写下这篇回忆文字。读你那封“告别信”——“将来的日子还很长”，我就想起收信时内心的震惊、烦乱和遗憾。正如北岛在《城门开》序言中所说，“记忆往往具有模糊性、选择性及排他性。”即便这样一件印象深刻，不能忘怀的事，我留下的记忆也并不完整，许多细节还是被模糊被淡忘了——以至叙述快要结束时，我带着失忆的苦恼向北岛发问：“有的记忆，我已经枯竭了——只记得那天雷抒雁来北京火车站接站，问我踉踉跄跄地提着的那包东西是什么？知道你们关系不怎么的，我没告诉他。也没乘便让他们的车送一送。后来，倒了几路公交车才到你家。但你们那个家到底在北京哪个方位，哪条街上？房间怎么布置的？见到你和新婚夫人邵飞时，又说了些什么？我现在一点也想不起来，头脑里一片空白。”

北岛不由自主地被我带入回忆，很认真地回答道：“你那次来，我住在西打磨厂街64号，靠近前门，在一个深院里，第五进院。有一间半，一间十四平方，还有一个小间做书房。这在当时，算是很不错了。”

北岛顺延着这个时间段，沉思着，跟我简要说起后来的境遇：

1983年后，我不能在原来单位工作了。1985年“下海”，到一家乡镇企业去，工资有二百多元，这很多了，之前我在单位工资只有四五十元。但我不会做生意，一年多后公司倒闭了。1986年2月丁玲去世后，牛汉接手《中国》，他原本就是执行副主编，不到一年，这本刊物发表了许多重要作品。我是特约编辑，每月一百元，还有稿费。但失去丁玲这个名头的庇护，《中国》不久就被停刊了。

1987年3月到1988年末，我在英国做访问学者，在那儿教中文，当时还带着邵飞和女儿田田。2000年父亲生病，很想回来却又无法回来——那时，我在美国纽约州立石溪分校教书，正好和杨振宁先生同事。他说："我试试看。"到2001年夏，事情果真有了转机，有渠道开始沟通。这年年底，我终于回到离开了十三年的北京。父亲离世前我曾获准回来三次，每次一个月……

我问及邵飞和他女儿的情况。北岛说："1987年到1988年，我在英国做访问学者，她们也在那里。1988年末回到北京，1989年春天我出国却回不来了；女儿跟邵飞过，但邵飞的护照被收走，不能出国。1995年，我们曾尝试重新一起生活，但已经隔阂了，最后还是分手。女儿现在三十岁了，在北京工作。邵飞情况也不错。"

我对北岛感叹，之前他漂泊海外二十年，且归国无门，让我觉得老朋友远隔万里，遥不可及。而知道他"漂泊者归来"，定居于离故土咫尺间的香港后，连带我都感到"近乡情怯"，也许我们今生还相逢有期。北岛说他2007年底受聘于香港中文大学，每年开授诗歌创作课程，还创办香港国际诗歌节，在香港推动诗歌活动。他现在已经退休，只是香港中文大学荣誉教授。但一年一度的"香港国际诗歌节"工作还在做，他还是"香港国际诗歌之夜筹委会"总监，希望能因此影响香港更多的年轻人读诗，感受与诗歌有关的精神生活。

"我2012年突然中风，现在算是基本恢复了。"问起北岛的身体状况，他的回答让我殊出意外。我印象中的北岛坚韧不拔、坚不可摧，怎么会被猝然击倒呢——而且那年他才六十三岁，生活也很安定。北岛说他初时也无法接受这沉重打击，行动不便，言语困难……后来还是到北京等地积极治疗。他很感谢铁凝，"铁凝帮忙找最好医生。我最初参加内地活动，也是由她担保的。"

北岛没有展开说这件事，我后来还是在一篇关于北岛参加北京单向空间"文学之夜"的文章中，才尽知其详。文章开篇即说"自从2012年4月8日中风以后，北岛已很少在公众场合露面和开口。这一夜，北岛却仿佛打开了话匣子……"还说他是在写作一首长诗，写到五百行时被中风所打断。"2009年，北岛六十岁，决定写作长诗《歧路行》。北岛这样解释诗名：歧路行，我永远在迷路。我个人的命运和当代史，有一种类似对话的关系。我经历过这些年，见过的诗人们，朋友们，还包括一些小人物……我觉得对于这么一段历史，我一定要有个交代。”

北岛希望这首长诗能在七十岁之前写出来，算是给自己的一个生日礼物。“2012 年 4 月 8 日，北岛陪家人划船，他感觉船晃得厉害。上岸后，他的步子甚至不能成一条直线。在去往医院的途中，人就已经昏迷了……”

北岛说，在步入生命的老年时，骤然失去对文字和语言的控制能力。一段时期内他很少和人交谈，也无法写作。我说话磕磕绊绊，朗诵一首诗，需要反复很多遍。病情最严重的时候，北岛需要由女儿陪着看图识字，每天看一个小时的电视节目，进行语言认知训练。北岛下决心一定要把病治好，把长诗写完，为了尽快恢复，他跑了五个城市，找了六七个大夫，努力尝试西医、中医各种治疗方法：针灸、电击……2015 年开始，“北岛的语言能力起色明显，他开始重新写作。演讲的时候，北岛几度为自己语言的迟缓向读者道歉……”

终于重聚，尽管没有喝酒，我却因老友重逢的兴奋、感慨，因伴随谈话而来的情感跌宕，时有一种沉浸其中的难言醉意。而北岛，亦非一位朋友所勾勒过的那样的常态：“北岛不是那种狂放、喜形于色的诗人，即使喝酒以后，轻易也不会忘乎所以。”“很多时候，他的脸上总有似乎掩饰不住的那种持重或严肃，他用沉而慢的语速，表达似乎总慢于思索的速度，眉间似乎总留有永不释怀的印记，似乎只在自嘲的时候，才会有较开放的笑。”那是指通常情况下吧？在这久别重逢、敞怀叙旧的难得时刻，从北岛的脸上和目光里，可以看到、感受到感情色彩和喜怒哀乐——有时很明晰，有时则稍纵即逝。他的生活经历堪称曲折、坎坷、丰富，尤其八十年代后长达二十年颠沛、漂泊于欧洲、美国——在《蓝房子》的《搬家记》中，北岛就概括过：“1989 年至 1995 年的六年工夫，我搬了七国十五家。”

我既倾听又发问，甚或像是在做一次补充采访。多半时间，是北岛在叙述、细说这些年在异乡他国谋生的漂泊不定，饱经沧桑，生存艰难，内心孤寂。虽则他的表达有些滞后于思维，语速缓慢，却也算得上“滔滔不绝”了。这似乎也是我们交往中，北岛说话最多的一次。

话题转到《文汇月刊》。北岛对梅朵和《文汇月刊》很有感情，他问起我们“后来的情形”。我告诉北岛，我的心中刀刻般留着关于梅朵的沉重画面——

1990年6月，《文汇月刊》奉命停刊，我们这个团队回归报纸去办《文汇报扩大版》。而梅朵已经七十岁，早已超过离休年龄，不得不接受彻底离开工作、回家养老的现实。但他总觉得没工作够，实际工作时间太短暂了——1957年反右，他被送去劳教二十一年。在最后的散伙会上，梅朵流着眼泪说："这是我一生中最伤心的时刻，比我以前送去劳教二十年时还难受，因为那时我是麻木的。现在办了十年《文汇月刊》，就像一个孩子养了十年，突然夭折了，我把所有的感情都寄托在她身上……希望诸位到新的岗位上，能继续发挥作用。"我们不忍去看望梅朵，离开了挚爱的视之为生命的编辑岗位，他身子愈益显得佝偻，眼中完全失去之前的激情和光泽。

不久，梅朵因病被送往中山医院。躺在病床上，他心如死灰，激情丢失，思想停滞，语言功能也几近消失；得了抑郁症之后，连跟至亲好友都不对话、不交流。记得梅朵九十岁那年，有一天我和旅居海外很久终于归来的报告文学作家祖慰去看望他。梅朵认出我，还能简短对话。但从前跟他那么熟悉的祖慰，他竟摇头说不认识。当护理工要给我和祖慰每人送一本《梅朵评论集》时，他只同意给我，却失态而又暴躁地阻拦给祖慰。出了病房，我和祖慰沉默无语，痛心不已，梅朵此生大概已经不可能走出这个病房了。这跟当年那个风风火火、让京城名家惊呼"梅朵梅朵没法躲"的梅大主编，相去太遥远了。梅朵在这家医院住了八年，直至他生命的最后一刻……

2011年1月17日，文汇报社有人打电话告诉我梅朵去世。虽然我早有思想准备，还是感到很震惊很伤心。尽管丧事一切从简，闻讯后的第二天上午，我和肖关鸿还是坚持前往寓所悼唁、作最后告别，我们当年是跟梅朵摸爬滚打操办《文汇月刊》的左右手啊！当我在梅朵那和善而令人敬畏的遗像前鞠躬致哀时，抑制不住的泪水夺眶而出。尘封的记忆也从我胸中喷涌而出，我在《笔会》上写了一篇悼念文章《敬畏梅朵》。八十五岁高龄的梅朵夫人姚芳藻告诉我，北京有五六十位同辈名家读完文章后，相继给她写信或是打电话，痛悼和怀念梅朵，并要她节哀。（2014年4月20日，姚芳藻也离开了人世。）

一些杂志和出版社，以及一批朋友，觉得这篇四五千字的文章太过短促、言犹未尽，鼓励我放开手脚，为《文汇月刊》写一本书：写梅朵，写他手下那支能写会编、清一色由作家组成的编辑团队，写那些与刊物共命运、有好作品首先想到给《文汇月刊》的那些文学名家们——展现了这些，也就同时再现了八十年代那个伟大的文艺复兴时代。他们的劝说和剖析，让我没有退路：《文汇月刊》的创刊三老中，谢蔚明先于梅朵去世，仅存的版面把关编辑徐凤吾也已九十多岁（2017年9月，徐凤吾也告别人世，终年九十五岁）。"最了解情况且相对年轻的，只有当年的副主编你和肖关鸿，而肖眼下忙于跟人一起经营一家文化发展公司，无暇顾及；这件事非你莫属，千万不能放弃。"

最坚决最耐心劝说我写这本书的，是赵丽宏——北岛跟他也熟，八十年代他们因我介绍而相识。赵丽宏知道我在《文汇月刊》停刊后，早已失去写作欲望，渴望能重新唤起我的激情和使命感。他给我打过许多电话，还几次邀我去上海作协楼下那座咖啡厅长谈，说这本书一定要写，你一定能写成。到时《上海文学》也会提前选载，以扩大影响。但我忧心，这么大的题材自己还有没有能力驾驭，有没有精力完成？而且一旦上手，原先平静的退休生活，一定会陷入动荡不安。我犹豫了整整一年，觉得不写比写更痛苦，长思短叹，寝食难安，担心终有一天会为愧对梅朵、愧对刊物、愧对历史而悔恨。2012年春节前后，我电告丽宏：很后悔白白耽搁了一年，我已经决意写这本回忆录，这将是我一生中最后的文字、最后的拼搏，我准备孤注一掷。

北岛的目光和我对接，满是理解和感慨。"没有梅朵，就没有我！"我很动感情，语速极快，喷薄而出：我感恩梅朵，感恩《文汇月刊》，感恩八十年代——正是梅朵引领我献身编辑事业，走过那轰轰烈烈、激动人心的十年。这是我年已七十却甘愿放手一搏，耗费五六年乃至更长时间以完成人生最后一战的原动力。为了不让那段历史被遗忘，即使要以余生作为代价，我也无怨无悔。

我感叹写得艰难，每每有"苦海无边"之感："工程"很大，光是整理当年留下的近两千封信，制作一个必不可少的《文汇月刊》"要目"，并将刊物从头到尾细细看一遍，就花掉近两年时间。现在，三年过去了，书稿才写了一半；彻底完工，恐怕至少还要两三年……

北岛比我小六岁，之前在长诗写作期间中风，现在刚大病初愈，感同身受，他很清楚这本书的工作量对于我这个年龄的人，意味着什么？但也了解我的性格，一旦定下目标，就只许成功，不容失败——当年我逼稿时，常说的一句话就是“不拿稿子来，就拿脑袋来”！北岛实打实地热忱鼓励说：“《上海文学》转发的文章，不光我看了，我圈子里朋友都看了。‘三联’的董秀玉也看了，说文章写得真实、可信。你一定要放开写，出版问题不要去考虑。我夫人是做出版的，到时可以给你提供帮助。”

北岛还直截了当地问道：“有什么事情要我帮助做的，你只管说。”我还真有两件事要请他帮忙，一是早已失去联系的一位女作家，我很想找到她。“我现在就可以问到！我夫人跟她很熟。”北岛打断我的话，当即给甘琦发短信。几分钟以后，那位女作家的手机和电话号码就传来了。继而，又说了第二件请他帮忙的事：我很想找到一本赵越胜的《燃灯记》（2010 年牛津版）。这本回忆录，是我这三十年来见到过的最具笔力，有着不可企及高度与深度的人物传记，惜乎现在已经遍寻无着；还想请北岛送我一本他自己的牛津版散文集。北岛一口答应，痛快地说：他跟赵越胜是好朋友，跟“牛津”也很熟，他回去就帮我找书。

这很有难度的事，一个月后有了结果——5 月 13 日晚上，北岛发来短信：“我找到了两本书。有位朋友从广州快递给你，告诉我确切的地址和手机号。尽快。”5 月 16 日下午，收到快递来的牛津版《燃灯记》，及北岛自己的散文集《青灯》，我发了信息致谢。没想到，北岛随后又给我打来电话，说他正在欧洲，如果还要找什么书，他可以让夫人甘琦帮忙解决。这就是北岛，还是那个北岛——做人低调、做事可靠，对朋友实实在在的北岛。那一刻，我好感动，觉得有这样的朋友真温暖、真难得……

这个晚上很畅快很美好，北岛和我了却心愿，紧赶慢赶，用三个小时叙完三十三年的旧，而且说定后会有期。起身握别时，大堂里已一片空落，我抓紧找来一位服务员帮我们合影留念——两个瘦老头还挺神气。我想，该给这照片配上北岛说过的那行字：“将来的日子还很长。”

十 那十年，我们走得很近

——雷抒雁和《文汇月刊》

我们交往多载，非为利而为义也。

——引自1984年1月12日雷抒雁给我的信

七十年代，我在《文汇报·笔会》给徐开垒当助手，做诗歌编辑。除了1979年有机会跟随以艾青为团长的诗歌访问团，到青岛、济南参加过半个月活动外，几乎完全没有外出过。且诗歌名家大多由开垒直接联系，我能接触到有名气人物的概率少之又少。而随着七十年代末文艺复兴浪潮滚滚而来，《文汇月刊》应运而生。1980年八九月间，我被梅朵挖到《文汇月刊》，负责报告文学专栏并兼管诗歌后，情势发生颠覆性变化，我到北京和各地组稿成为家常便饭，一年总有十次左右。

1980年10月中旬，我第一次为刊物组稿，即借去福州参加由《福建文艺》主办的朦胧诗讨论会之机，组织朦胧诗代表人物之一的舒婷诗稿，并约请作家采写当时关于这位极具争议的年轻女诗人的报告文学。十一月初回到上海，十天后，梅朵不容商量地让我充当“救火队员”，顶替突然因故毁约的报告文学名家理由，去北京紧急采写李谷一——她是1981年1月号的封面人物。虽说时间紧迫，必须在半个月里倒计时完稿，我还是挤时间在京结识了那一年最有影响、作品产生轰动效应的两位诗人。先是由老朋友陪着，与写《将军，你不能这样做》的叶文福“小聚几次”——此前，我跟文福曾通信两年多，也在《笔会》上发表过他的诗作，却从未谋面。紧接着，我又结识了写《小草在歌唱》的雷抒雁……

和抒雁很快走近，却又留了一点余地

在《解放军文艺》初见雷抒雁，他的一顶鸭舌帽，一副秀郎架眼镜，一口有西北风味的普通话，就标志性地留在我的印象中。一个多小时里，我感受到雷抒雁的热情、健谈，思想敏锐且有锋芒。我告诉他，读了《小草在歌唱》，看了关于纪念张志新烈士的大型诗歌朗诵会报道：煤炭文工团的话剧演员瞿弦和登台朗诵这首诗，观众被深深打动，含着泪水，产生强烈共鸣，最终瞿弦和六次谢幕，创一生之最。那时就想请你给《笔会》写稿，却未能如愿。现在我刚到《文汇月刊》，就急着来找你了。

抒雁比我大一岁，我们同属外向型，一见如故，激情碰撞，惺惺相惜。我看中雷抒雁有思想有锋芒，壮怀激烈，是这个年代最有影响的诗人之一，希望他能经常给我们诗稿。而雷抒雁看重的，是我来自有一百七十多万发行量、在全国首屈一指的《文汇报》，来自名家云集、如日中天的《文汇月刊》。抒雁痛快地答应写稿，说他也很期待在《文汇月刊》上发表作品；并说《文汇报》关于“小草”的报道传播面广、影响极大，他一直铭记在心。

抒雁很记情。两年后，在高洪波为《文汇月刊》采写的“雷抒雁印象”中，抒雁再吐心声：

他出人意外地承认自己只完成了这首诗的四分之一的工作。还有四分之一是瞿弦和同志的朗诵艺术完成的。另外四分之一的完成者是观众，“人们的心向着烈士，思索着这个事件带给社会的影响。因而，这一首诗也就和人们的心发生了共鸣，人们把自己所想到的都注入了他所听到、看到的这些诗句里去了，这也是一种再创造。”最后四分之一的完成，他归功于《文汇报》记者忠实的报道。

抒雁对朋友真心相待，我大抵每过个把月都要去北京十天半月，他每每设法弄辆车前往火车站接站，随后安排时间小聚、长谈。我们很快走近，他的作品开始频频出现在《文汇月刊》上，成为我们最重要的诗歌作者之一。

梅朵也很器重和赏识抒雁，在我之后不久，他也几次到《解放军文艺》找雷抒雁聊天，彼此留下极深印象——即便抒雁转业到工人出版社后，依然如此。有意思的是，我和梅朵每次去见抒雁，都同时见到散文组的王中才，他们是“焦不离孟，孟不离焦”。后来，与中才既是老乡又是老友，又一起担任辽宁省作协副主席多年的李松涛告诉我：“当年，中才与抒雁、袁厚春、程步涛四人皆在解放军文艺社当编辑，关系甚铁，延至毕生。”

1982 年 2 月 15 日，王中才在给我的信中，就感叹地述说过他和抒雁对梅朵的印象：“关于我那篇小文，不必耿耿于怀。能发更好，不能发亦可，何况你还是千方百计要把它发出呢。你给抒雁来信，向他和我请罪云云，我俩都笑了。办事业者如你者，真也可谓到家了。当然还有梅朵同志，我们和他分别后刚到街上，抒雁就对我感慨地说，梅朵一见面，就让人感到是个办事业的人。可见这也是你们的社风吧。”

抒雁心直口快，有傲气但并不轻狂，在见面长谈时，遇到问题有不同看法，总想争个明白，从不藏着掖着。我们对文化圈里一些人一些事一些作品的看法，大都“英雄所见略同”；但也偶有分歧有保留——我们对朦胧诗，对北岛、舒婷的看法，就有相当落差。

有时，抒雁有些说法和做法稍显过分，一如他在为我们写的《公刘印象记》中所点评的：“毋庸讳言，公刘有许多弱点，容易急躁，难免偏激，而且有一种普通人难以习惯的严格。但是他诚实、正直，具有真正的诗人的品质。”好在在为人处世上一直“坚百忍以图成”的梅朵，早早提醒过我：雷抒雁很有战斗性，想到就说，言辞锐利，有时并不顾及对方感受；你也很直率，很冲，要学会宽容和妥协。你们有分歧可以讨论，点到为止，不要展开激烈争论，否则一定会伤感情。你和抒雁是朋友，和北岛、舒婷也是朋友，各交各的，不要在中间传话，卷入他们的矛盾。

走得很近，稍有保留——梅朵给我打的“预防针”及时而又有效，始终不让抒雁找到斗嘴、抬杠以致失控爆发的着力点。雷抒雁的急脾气，有时一点就着变成坏脾气——我后来知道，这在北京的一批“陕西帮”名家中是公开秘密：“抒雁爱争辩，爱抬杠，又得理不饶人，越是熟人，越不相让，而且越‘损’的话越爱说。”

梅朵和我给雷抒雁的作品很高礼遇。雷抒雁的诗作，多有强烈的历史责任感和激愤之情，发人深省，极具冲击力，连我们老资格版面编辑、惯于把诗歌作为“补白”的徐凤吾，也每每破例给以半页或是一页篇幅待遇，这在《文汇月刊》已属比较罕见的高规格。

1981年2月号《文汇月刊》上，抒雁第一次发表诗作《补上》。他追悼在十年动乱、十年灾难中用血“把真理写在刑场”的那些先驱们，开篇就大声疾呼：“是时候了，/是时候了！ /把思想解放者的先驱们/和战士的名字，/补在人民英雄纪念碑上！ /我们的民族，/不能把他们遗忘！”

徐凤吾的案头，永远有一两百首诗歌小样在排队，且多是名家，按他惯常版面处理方式，同一作者的诗稿不能接着发。然而，3月号上他又以半页篇幅，刊发雷抒雁的《让他们绝望》：

这几个字，/不应该写在纸上，/应该让石匠，/刻在石上，/或者让铁匠，/铸在铁上；/然后，/重重地/压在“四人帮”的脊梁！

……饱尝了专制，/人民，爱上了民主的生活；/辛勤地工作，/坦率地说话，/自由地歌唱……

不过，这期刊物上比这首诗更引人注目的是，还同时刊有雷抒雁一篇点评朦胧诗的重头文章《诗的变革与变革的诗》。洋洋洒洒四千字——这是对我们上一期以空前规格和气魄，发表一万字的报告文学《通往心灵的歌——记诗坛新人舒婷》，及两个页面舒婷《抒情诗七首》的一种跟进与回应。

这篇文章是匆匆赶出来的。之前，抒雁曾跟我交流过对朦胧诗，及对北岛、舒婷的看法，因为彼此观点有些不同，点到为止，我们并未展开讨论。而在这一期上市前，我事先跟他透风：2月号上，我们要推出一个有关朦胧诗的板块，既有介绍舒婷的一篇很长的印象记，也有她的一组诗——这是我采写李谷一前，去福州参加朦胧诗讨论会时组织的。

我们给舒婷和朦胧诗这么高规格，显然让雷抒雁感到意外。

抒雁是个急性子、直肠子，当即说：他对朦胧诗思考了很久，想写篇东西，四五千字，希望我们能在3月号上刊出。他自己也是办刊物的，明知按正常发稿周期根本不可能赶上下一期，却还是提出这个要求——我知道并且理解，抒雁心里一定有话憋着，不吐不快，才会这么做。我不假思索，一口答应在3月号上给他预留两页篇幅，让他放开写，稿子可以作为急件处理——而通常，只有极少时效性很强的报告文学稿件才能享受这个待遇。

梅朵完全支持我的决断，抒雁是我们的重要作者，应该让他阐发观点、宣泄情绪——《文汇月刊》所以办得生机勃勃、丰富多彩，就因为充分展示和包容不同观点、不同风格和流派。

在答应抒雁下一期一定发出他的诗评文章时，我本想半开玩笑半认真地叮嘱一句："不要写成大批判稿呵！"话到嘴边还是咽下了，因为比较敏感，我怕引起误解和不快，还是让他"坦率地说话，自由地歌唱"吧。大约十天后，收到抒雁大作，读开头一节时，我还有些惴惴然，不知他所持态度属于"温和的"还是"激烈的"？

一些陌生的蒙面人朦胧诗突然闯进了困惑的诗坛。于是，诗坛的重心失去了平衡。读者、作者以及历来不甘寂寞的评论者发出了各种各样的反响。正如一出奇特的新戏开场，有喝彩的，有鼓倒掌的，有愤愤不平拂袖而去的，亦有熙熙攘攘拥挤而来的。争吵，从福州闹到北京，又闹到南宁，之后又是昆明。而今，几乎一说到诗，没有不谈到这场争论的。

争论，有温和的，也有激烈的。

温和者说：蒙面人（朦胧诗）也是一枝花，可以存在；但不可多，亦不要忘了民族化。

激烈的一方说：这是诗坛的崛起；代表着未来；填补了三十年代现代派于今的诗歌空白。

激烈的另一方说：这是诗的倒退，是数典忘祖，是存心不让人懂。

八十年代最初两年，中国文坛最热闹的，是诗；被冷落了的，亦是诗。

抒雁没有就事论事地点评朦胧诗，而是放到更大格局和背景里进行探讨，那就是"诗，必须变革"，这是以"思想解放"为旗帜替代了以"迷信"为旗帜的时代决定了的。也是社会生活决定了的——一个以"闭关锁国"为特点的社会，已经为"开放"、"引进"所打破。"这些朦胧诗，是变革中的一环，还不能说是最坚强的一环。但它毕竟属于变革了，它不同于三十多年来我们的各种新诗。它的功过的评定，今天为时尚早，但其长处和短处是可以看到的”：

我以为其长处是较真实地反映了这一代人的心理和追求。他们是有着创伤的一代，所以，尽管让他们忘记苦难，那纸上落下的总是苦咸的泪多于香甜的蜜。他们不愿意闭着眼睛“乐观”。这样的乐观，没有能制止加于他们的苦难。他们也不愿意总是悲伤，但无法抑制深深的叹息……思考和探索，就是这一代青年的特点，也是变革的诗的特点。诗的成熟，将取决于这一代人的日趋成熟。

“朦胧美”已不再是一个不堪入耳的贬义词了。它以自己艺术上的鲜明个性引起了读者的注意，以及传统的不安。那些被一位极富有民族特色的老作家斥之为“堕落”的“顺口溜”新诗终于少了……

抒雁也剖析了不足的一面，认为：既然朦胧诗只是“变革中的一环”，且处于变革中，有问题也在所难免。所说及的这些问题，我在福州那场唇枪舌剑的朦胧诗讨论会上大抵都听到过。但抒雁的分析、把脉，似比先前那些评论家要精到、实在：“含蓄和晦涩，常常是一线之差。雾里看花，首先是有花可看。现在有一些诗，思想比较贫乏，内容也较空洞，是无花可看。如把一种线条，把一种感觉或色彩写成诗，从认识和审美作用看意义都不很大。还有些诗，作者思想就很不清晰，诗表面看朦胧，实际是混乱。有的则把诗封存在一个十分艰涩或光怪陆离的外壳里，常常使人厌倦。这种艰涩，常常是因为暗喻和象征的奇僻；形象或联想的跳跃跨度过大，以至于看不出思维的轨迹。”

“那么，未来呢？”抒雁自问自答道：“不知道！那是未来人的事。”“至于，一些人说自己的诗是写给孙子们一代的，这也未免偏激。我怀疑这一代人未弄懂的诗，孙子就能懂。还是为当代人想想。不要直白，但不要不懂。不要弄成佛家的‘偈语’。”

“关于历史呢？”抒雁在文章结尾时，又一次自问自答说：他不同意空白论。每个时代都有自己的诗人，当然，他们不可避免地要打上那个时代的烙印。但是，他们反映了那个时代，单这一点就不可抹煞，不能用这一代人的心理要求上一代人，正如不能用上一代人的心理要求这一代人一样。“勇气，是自信的表现；但狂妄却是无知的表现。要敢于超过历史上的一切巨人，但绝不要以为巨人有一二缺点就想推倒他。比萨斜塔倾斜了几百年，但是身体再正直的人也休想推倒它。我希望我们的变革者勇敢些，站在巨人的肩膀上，但绝不要前不见古人后不见来者标榜自己。用高超的艺术和谦虚的作风去赢得读者和舆论吧！”

抒雁一吐为快，阐述了他眼中朦胧诗的长处短处，标题却高屋建瓴地做在诗歌变革上。他的锋芒显然收敛着，没有完全抖漏——行文中虽对一些观点有批驳有追问有斥责和嘲弄，但不算过于尖利、刻薄，也未具体点到张三李四，总体是说理的、冷静的。抒雁确也有所宣泄，诸如他指摘“一些人说自己的诗是写给孙子们一代的”，这是指舒婷。之前，抒雁跟我讨论时说起过，而我也表明过：“她这是气话，也是玩笑话。或者，也算‘正当防卫’吧。”

抒雁所嘲讽的狂妄、无知的“变革者”指哪些人？我不清楚。然“巨人”这称谓，大抵非艾青莫属了。我从未听朦胧诗的那些代表人物说过，要打倒和超越这位“巨人”；但有人明确表示，要与之决裂、切割，北岛就曾这样说过——他告诉我，艾青在得到落实政策、恢复待遇，告别刚回北京时那种一家人“茅屋秋风”生活状态后，完全变了一个人。北岛和艾青儿子艾未未依然保持着很深厚的友谊，但与艾青已经断绝交往、彻底翻脸——北岛在电话中与之激烈争辩，对他专横、断章取义地公开批判、嘲讽自己诗作的做法，严词提出责问。在他心目中，曾经崇拜的这位偶像和巨人已然崩塌——北岛在悼念蔡其矫时，曾不客气地将蔡与艾青相对照，“相比之下，和艾青认识要早些，但关系很淡。他有点儿公子落难的意味，自视高，身份感强，让人敬而远之。这恐怕是他翻身当家做主人后我们决裂的原因之一。蔡其矫命途多舛，却毫不世故，嬉笑怒骂，如赤子般坦荡。”

诗中信中，充溢着激愤之情

抒雁的信丢失了一些，我手头仅存的十来封信，跨度长达十多年，其中有半数是用毛笔写就的。这些信，多少勾勒出在那个年代阴晴不定的气候下，当时文坛的写作生态，以及作者、编者骚动变化的内心动态和担当精神。

读着信，我的眼前便会浮现出和抒雁相处的最初那些时日和片断：在告别

《解放军文艺》转到地方工作时，他诉说了内心的犹豫和迷茫，是否离开北京去安徽合肥办“诗刊”？最终抒雁还是选择留京，去工人出版社工作，未及最后办完调动手续，就在第一时间收到我的信。

抒雁脱了军装，有更多时间和自由，信件、稿件的产量都提高了。他的信一般不长，却很有容量：除了说及工作近况和写作打算，有时还要探讨《文汇月刊》一些栏目的走向，直率地提醒我们当下应该抓什么选题。有着强烈责任感和使命感的他，总要议论国家大事和政治动态，希望中国向光明前进，不走回头路。

这些信，是我们一次次北京面谈的补充和继续。信中还有一个持续很久、反复议及的话题，就是他被我说动，答应尝试为我们写一篇报告文学，寻寻觅觅，反反复复，却一直遇阻、碰壁。直至后来，在我们新辟《我们的报告文学家》栏目时，他主动请缨写一位报告文学大家，我才放过他，不再穷追不舍。

1981 年 2 月 16 日，收到我寄去的 1 月号《文汇月刊》，看完我写的那篇《你好，李谷一！》，抒雁来信说：

《文汇》一期已收到，你的大作也

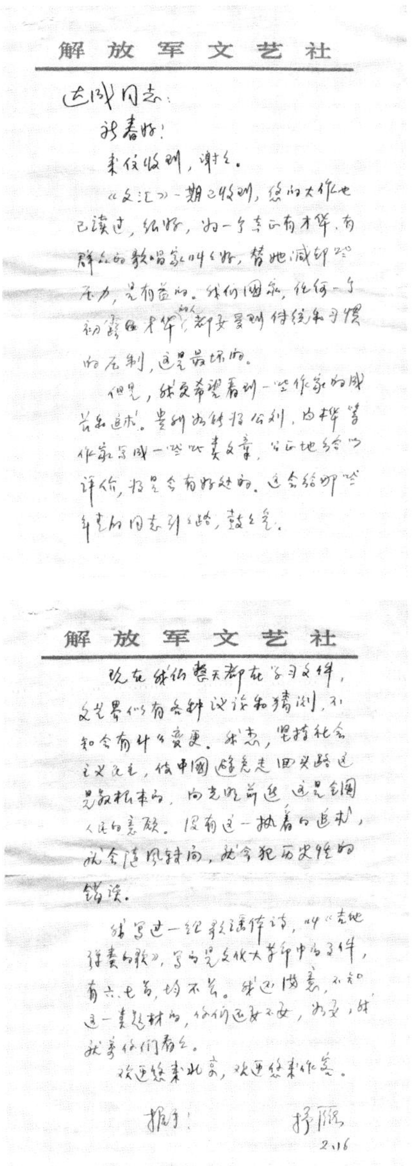
解放军文艺社

达殊同志：

新春好！

来信收到，谢谢。

《文汇》一期已收到，你的大作也已读过，很好，为一个真正有才华、有群众的歌唱家叫叫好，替她减却些压力，是有益的。我们国家，任何一个初露的才华，都要受到传统和习惯的压制，这是最坏的。

但是，我更希望看到一些作家的成长和追求。贵刊如能将公刘、白桦等作家写成一些此类文章，公正地给以评价，将是会有好处的。这会给那些年青的同志引路，鼓气。

解放军文艺社

现在我们整天都在学习文件，文艺界似有各种议论和猜测，不知会有什么变更。我想，坚持社会主义民主，使中国避免走回头路，这是最根本的，向光明前进，这是全国人民的意愿。没有这一执着的追求，就会随风转向，就会犯历史性的错误。

我写过一组散文诗，叫“[illegible]”，写的是文化大革命中的事件，有六七首，均不长。我也担心，不知这一类题材的，你们还要不要，如要，我就寄你们看看。

欢迎你来北京，欢迎你来作客。

握手！

抒雁

2.16

1981 年 2 月 16 日，雷抒雁来信说：收到《文汇月刊》第一期，也读到你的《你好，李谷一！》。“为一个真正有才华、有观众的歌唱家叫叫好，替她减却些压力，是有益的。”“但是，我更希望看到一些作家的成长和追求，贵刊如能将公刘、白桦等作家写成此类文章，公正地给以评价，将是会有好处的。”

已读过，很好。为一个真正有才华、有群众的歌唱家叫叫好，替她减却些压力，是有益的。我们国家，任何一个初露才华的人，都要受到传统和习惯的压制，这是最坏的。

但是，我更希望看到一些作家的成长和追求。贵刊如能将公刘、白桦等作家写成一些此类文章，公正地给以评价，将是会有好处的。这会给那些年轻的同志引引路，鼓鼓气。

现在我们整天都在学习文件，文艺界似有各种议论和猜测，不知会有什么变更。我想，坚持社会主义民主，使中国避免走回头路，这是最根本的，向光明前进，这是全国人民的意愿。没有这一执着的追求，就会随风转向，就会犯历史性的错误。

我写过一组歌谣体诗，叫《吉他弹奏的歌》，写的是“文化大革命”中的事件，有六七首，均不长。我还满意，不知这一类题材的，你们还要不要，如要，我就寄你们看看。

欢迎您来北京，欢迎您来作客。

抒雁这封信，体现了他执着的见解和追求。他所说的“我更希望看到”，让我这个既是文章作者，又是把握刊物报告文学选题走向的责编，感受到一种压力和责任。当时，《文汇月刊》正成规模地约请一批报告文学名家写歌唱家、艺术家和体育健儿——不仅刊发文章，还配发封面。这类文章，赢得读者口碑和追捧，刊物发行量也得以提升，我和梅朵为此感到“洋洋自得”——全国没有一家刊物，有这种气势和规模，能够这样放手组织“名家写名家”。而在这种情势下，抒雁最早给了我一个带有惊醒的“但是”，泼了一点凉水。这促使我们更深的反思和调整：作为一家全国最具影响和身价的刊物，不应为这类题材提供过多篇幅，以迎合一般读者口味；而应承担更多社会责任，引导读者提高阅读趣味。

因为惯性运转，也因内心潜在的不舍，我们这个由文学家写歌唱家、艺术家和体坛风云人物的“优势项目”虽加收缩，但其所占篇幅和规模在此后一两年依然有些喧宾夺主，淡化了报告文学的分量和战斗力。应该说，后来梅朵和我们特意开辟《我们的诗人》，为诗人唱赞歌，“公正地给以评价”，就是受抒雁这封信的启迪。1982 年 1 月号《文汇月刊》上，推出第一篇《艾青素描》，3 月号则是抒雁写的《仙人掌的意向——诗人公刘印象》。这个写诗歌名家大家的高规格栏目，引起诗歌界和文化界强烈关注。

1981年6月21日，抒雁来信，除了“应召”给我“藏于桌下，本不想发表”的两首“激愤之作”，还说起他转业在即，去向未明：

你说到头头对刊物诗不满，我想是有道理的。但责任也不全在编辑。不过以我看，《文汇月刊》还是令人敬佩的。我寄上两首诗以应召。这是激愤之作，藏于桌下，本不想发表，旋一想，何惧之有？柔弱，是我的弱点，但我向往刚强。因此，贵刊现有约，就抛出去。《伐木者》，您自然知道我在说谁，说什么。也许发出会引起议论。好！《岩石颂》，我是想激励同道者坚定些。风雨，四时不息，唯岩石坚定。而我写的又是涂上英雄血的那块醒石。诗的启迪，是有大学生送白桦一块大石，让他像石头一样坚定。

这两首诗歌，能同时用，排得显眼些，最好！我以为这是我最近的力作。

我的工作事，尚未有最后结局。安徽文联欢迎我去合肥办《诗刊》，我有些心动。那儿空气自由，到上海

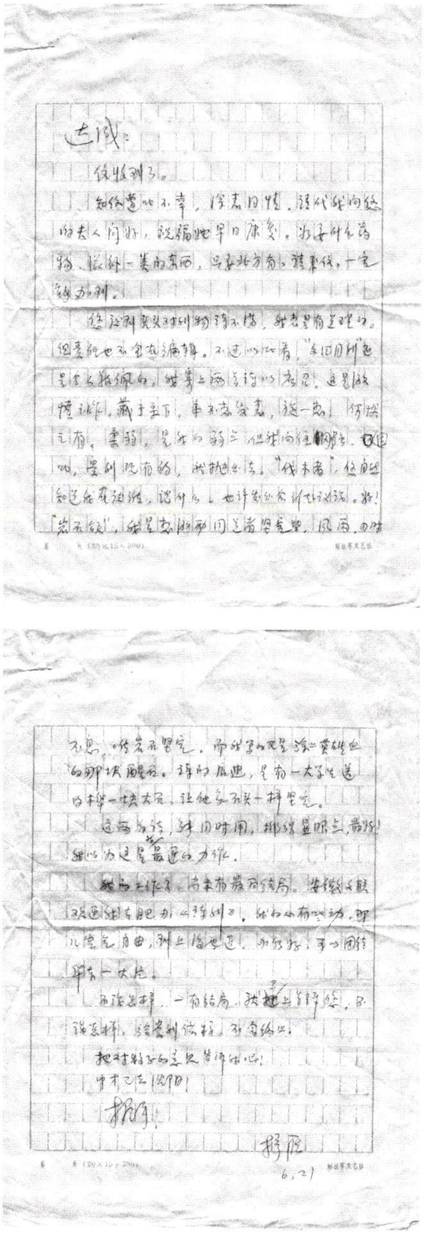

志成：

信收到了。

知您遭此不幸，深表同情。请代我向您的夫人问好，祝福她早日康复。如要什么药物、器械一类的东西，只要北方有，请来信，一定努力办到。

您说到头头对刊物诗不满，我想是有道理的。但责任也不全在编辑。不过以我看，《文汇月刊》还是令人敬佩的。我寄上两首诗以应召。这是激愤之作，藏于桌下，本不想发表，旋一想，何惧之有。柔弱，是我的弱点，但我向往刚强。因此，贵刊现有约，就抛出去。《伐木者》，您自然知道我在说谁，说什么。也许发出会引起议论。好！《岩石颂》，我是想激励同道者坚定些。风雨，四时不息，唯岩石坚定。而我写的又是涂上英雄血的那块醒石。诗的启迪，是有一大学生送白桦一块大石，让他象石头一样坚定。

这两首诗，能同时用，排得显眼些，最好！我以为这是我最近的力作。

我的工作事，尚未有最后结局。安徽文联欢迎我去合肥办《诗刊》，我有些心动。那儿空气自由，到上海也近。办好了，可以团结华东一大片。

不管怎样，一有结局，我就马上告诉您。不管怎样，给贵刊供稿，不会终止。

[illegible]

[illegible]

抒雁

抒雁

6.21

1981年6月21日，雷抒雁来信：“我的工作事，尚未有最后结局……不管这样，一有结局，就马上告诉您。不管怎样，给贵刊供稿，不会终止。”他还应召寄来两首激愤之作——《岩石颂》和《伐木者》

也近。办得好，可以团结华东一大片。

不论怎样，一有结局，就马上告诉您。不论怎样，给贵刊供稿，不会终止。

把对稿子的意见告诉我吧！

中才已去沈阳！

我关心抒雁的去向和后续稿件，他说的两个“不论怎样”，对我和我们刊物的拳拳之情，让我心生暖意，很是感动。他最终没有选择去合肥，而是留在京城发展，名家名刊云集、文化积淀深厚的北京，显然更具吸引力。而离开《解放军文艺》散文组副组长岗位的王中才，则未脱下军装，赴任沈阳军区政治部创作室主任、专业作家。之后，又担任辽宁省作协副主席多年。

抒雁去了工人出版社，但仓促间不及腾挪，未能进入他所心仪的文艺编辑室，而是被安排在《丑小鸭》杂志。少了军纪束缚的抒雁，由此和《文汇月刊》走得更近，赐稿频密，且诗文俱佳。除不断寄来有冲击力的组诗，抒雁还主动帮我们新开的栏目写重量级稿件，1982 年 3 月号“我们的诗人”发表了他的《仙人掌的意象（公刘印象）》。

抒雁给我的两首“最近的力作”《伐木者》和《岩石颂》，寓意深刻，分量很重，我没有一次抛出——1981 年 8 月号上，我们先用了抒雁的《伐木者》，一页篇幅，加上题图，十分醒目。同时，还将这首反映“许多地方无视《森林法》，滥伐树木，引起各界普遍不满”的诗歌，标题改成《放下你的斧子》。雷抒雁愤慨地发出斥问和警告：

伐木者，请醒醒！/难道还没有看到这断树残根/遗留下的惨情？/难道还没有看到这山坡/皮肉撕裂所留下的创痛？/狂砍滥伐，给过我们怎样的不幸！

所以，从每一颗心灵的深处/发出厌恶、愤怒和抗议，/所以，从每一片土地上，/卷起风暴一般激烈的回声，/那是历史和正义在制止：/放下你们高高举起的利斧，/放下你们龇着牙齿的锯子，/放下吧！放下吧！/伐木者，你们快醒醒，/该醒醒了！

1981 年 8 月 28 日。收到我寄去刊有《放下你的斧子》的刊物及信，抒雁随即作复：

信、刊物均收到。您是第一个知道我在这里，并第一个把信寄到这里来的人。工作事宜，还未最后办手续，但大体就这样定了。

情况（包括文艺界、我），梅朵同志大概均已给您讲了。现在正呼吁开展批评，大规模的批评可能即将开始。白桦的事发几篇文章也就会结束，叶文福则灾难会更大，他总是在赤裸裸地骂，总不听劝，别人也难帮上忙，只好听天由命了。下场不会太好。别的事，尚不了解。也许还会伤及别人。总之，人们的议论多是担忧和无可奈何。

《放下你的斧子》一诗，名字改得太刺激了。不过看了看，别人也难抓住什么，且亦好辩解。

你们也在检查刊物吗？上海有何情况，望告知。

问梅朵同志好！

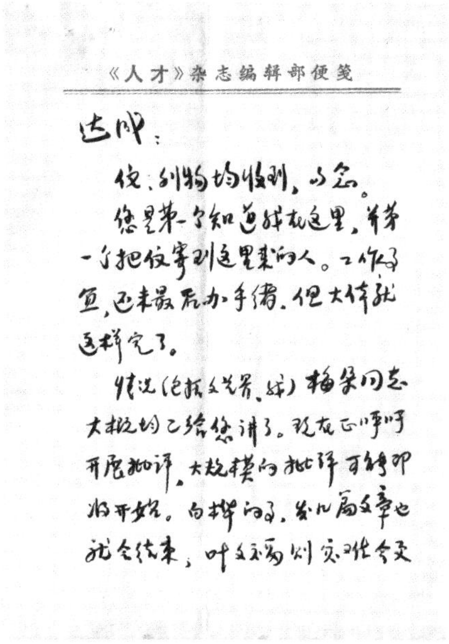

《人才》杂志编辑部便笺

达明：

信、刊物均收到，以念。

您是第一个知道我在这里，并第一个把信寄到这里来的人。工作事宜，还未最后办手续，但大体就这样定了。

情况（包括文艺界、我）梅朵同志大概均已给您讲了。现在正呼吁开展批评，大规模的批评可能即将开始。白桦的事，几篇文章也就会结束，叶文福则灾难会更

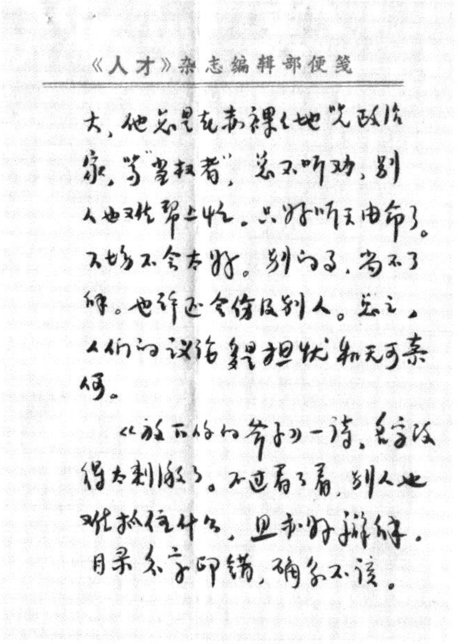

《人才》杂志编辑部便笺

大，他总是在赤裸裸地骂政治家、"当权者"，总不听劝，别人也难帮上忙。只好听天由命了。下场不会太好。别的事，尚不了解。也许还会伤及别人。总之，人们的议论多是担忧和无可奈何。

《放下你的斧子》一诗，名字改得太刺激了。不过看了看，别人也难抓住什么，且亦好辩解。

目录有个字印错，确系不该。

11月12日，我刚从北京回来不久，抒雁热情地转来一篇稿子，写道：

北京一晤，十分高兴。还想长谈几次，不料您竟已回去。十分遗憾，又未能亲自送行，想您不会见怪吧？

寄上几本刊物，已无法找齐了，

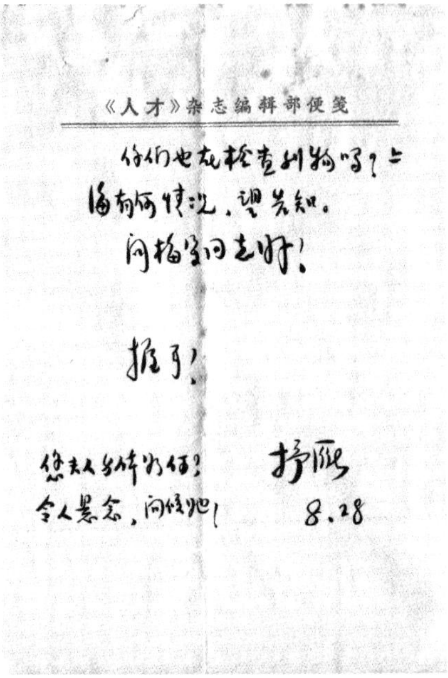

《人才》杂志编辑部便笺

你们也在检查刊物吗？上海有何情况，望告知。

向[illegible]同志好！

握手！

您夫人身体如何？令人悬念，问候她！

抒雁

8.28

1981年8月28日，雷抒雁自工人出版社《人材》杂志编辑部来信：“您是第一个知道我在这里，并第一个把信寄到这里来的人。工作事宜，还未最后办手续，但大体就这样定了。”

凑合着看吧！合适时，可写点稿来。

另，石湾同志写了一篇报告文学，托我转您。燕军是全国最年轻的工程师。写得朴实、亲切，您看看能用最好，不当处，也请删削一下，您是这方面的专家。石湾写了几篇，都不甚成功，能帮忙，他会感激的。

我仍在寻找材料，合适的，也试着来一篇，就正于您。

有什么新闻，或什么事情，请写信来。

有意思的是，抒雁信中所说有过“一晤”、“未能亲自送行”的这次，后来是由时在中国作协文学讲习所进修的李松涛送行的。且抒雁与我“一晤”时，松涛也在场。三十多年后，松涛兄热心提供了他当年日记，记下我们当时交往情景和真挚情谊：

1981年10月18日，收到罗达成将抵京电报。

10月19日，晚到徐刚家告达成电报之事。

10月22日，降温。上午孟伟哉讲课。午后，与窦志先、石玉增到北纬旅馆看望达成，逢满锐、雷抒雁、石湾亦在。

11月2日，晚与达成、作荣到徐刚家喝茶，杂谈形势种种。（前一天《解放军报》发两文批判叶文福。）

11 月 3 日，上午唐达成讲课，溜号出来送返沪的罗达成。（两位“达成”在此相遇了！）而后，与作荣、郭宝臣同吃午饭。

《岩石颂》终在 1982 年 2 月号上发出。抒雁以“希望你坚定如磐石”为“题记”，并以岩石精神激勉自己和读者：“有这样的石头在，/ 柔弱者就有了榜样，/ 历史就有了路标，/ 坚强者就有了墓碑，/ 一切最伟大的建筑，/ 也就有了什么力量 / 也摧不垮的地基！”惜乎，因形势所限，这首诗不得不与《放下你的斧子》拆散，未能如抒雁所愿——“这两首诗歌，能同时用，排得显眼些，最好！我以为这是我最近的力作。”

3 月号，又在《我们的诗人》中发出抒雁的《仙人掌的意象（公刘印象）》。但他答应“试着来一篇”的报告文学，迄无音讯，我一直盯住他。9 月 24 日，抒雁出访归来来信，说及想写个见闻式的报告文学“访南纪事”，问我“有无兴趣”：

北京一别，匆匆两月。

我忙了一阵子，刚从南斯拉夫回来，见闻颇多，你如在京，我们可以作一长夜谈。

我想把访南的见闻写点报告文学给你们，当然这更多的也许是实录，有社会生活的，异国风情的，诗人聚会的。这是一个国际活动，有四十多个国家的诗人，我接触了不少。不知你们有无兴趣。

我的两本诗集，随后寄您。一是《云雀》，一是《春神》。

问梅朵同志好！

我没有接受抒雁这个“见闻式”，而是建议他给别的刊物——我所期待的，是雷式“激愤之作”。而这南斯拉夫“纪事”，更应是散文选题，抖开写成两三万字的报告文学，读者可能会缺少认同感。

收到抒雁《云雀》、《春神》这两本诗集时，适逢 1982 年 10 月号《文汇月刊》出炉。在“我们的诗人”这个栏目里，推出了高洪波写的《追求春天的小草——雷抒雁印象》；作为“组合”，还同时配发了抒雁的一组诗：《珊瑚（外二首）》。

《珊瑚》写得别致而又锋利，对“没有灵魂”却“留下这骗人躯壳的珊瑚”予以彻底否定：

不要再说那是海之花 / 我不会爱那珊瑚虫的尸体 / 像树 / 却不能开花 / 像花 / 又不能结果 / 既然已没有了灵魂 / 何必留下这骗人的躯壳

我向往海 / 是向往那不老的生命 / 是向往那不息的波澜 / 向往无休止的撞击 / 既然一切生的欢乐已经消失 / 既然一切热的追求已经停止 / 消失得甚至没有一声轻轻的叹息 / 又何必留下这华丽的坟 / 留下这苍白的墓碑

抒雁很在意这组诗，也很在意这篇“印象记”。许是因为跟我更熟，知道我有更大发言权，抒雁在将稿件寄给组稿编辑后，又来信让我“多关照”。

不过，信上更重要内容，是对北岛给我“惹出一些乱子”以指摘，“实在是讨厌之极”；并给我以安慰和劝导：“以后当为教训”，“不要再在那个情绪中苦恼”——事情发生在三四月间，北岛得知我要赴京组稿，要我帮忙给他捎去一包书刊（事后才知道，是印刷好的刊物《今天》）。而雷抒雁去北京火车站接站时，见我不堪重负，有些步履踉跄，追问什么东西这么沉？我知道他和北岛关系不好，没肯告诉他实话。谁知我回到上海，报社党委领导找我谈话，说有关部门对我这包东西“全程关注”，已来报社查问我的“表现”。这位领导询问详情后，给我以严厉批评和警告……并告诉我，“这件事，报社党委给你担保了”。

虽然，身心受到创伤，心情相当压抑，但我内心并不认同这种莫名其妙的“关注”和追查，更无意怪罪北岛。我只想瞒过北岛，不要让他感到愧疚不安；也想瞒过雷抒雁，以免他说长道短。谁知都没瞒住，北岛写信致歉，并主动提出跟我暂时中断联系，安慰说：“好在将来的日子还很长……”而抒雁也来信对我送温暖，说北岛“这种朋友令人心寒”。我感受到抒雁的一片真情好意，却不能接受他对北岛的严词讨伐。

4月27日发来的这封信上，抒雁写道：

听小吴讲您因给人捎点东西，惹出一些乱子，实在是讨厌之极。这种事，以后当为教训，那日，我去接您，见您为行李所累，狼狈已极，却不知是危险品。

这种朋友令人心寒。

情绪如何，不必过于介意，已经过去了就算，不要再在那个情绪中苦恼。

高洪波的文章恐已寄老周了，我亦寄去几首诗供他选择。您多关照。

上海令人向往，尤其是兄之友情让人怀念。不知什么时候可以成行于沪？

阴差阳错，有关雷抒雁这篇印象记原本请王中才写；中才却来信“请辞”，另荐他人。1982年2月27日，中才在给我三页长的信中，有一节特意解释，为什么他“不是合适人选”：

周嘉俊同志约我写抒雁的信收到了，等抒雁回来我和他商量后再回复他。我和抒雁是挚友，他的许多作品，包括《小草在歌唱》，我都是第一个读者和赞赏者，他的爽快的为人和创作追求我都较为了解，按说约我写他不错，我也应为朋友的宣传尽一点微薄之力。但事情往往有奇怪的逻辑，越是老友，越有其难写之处。这种难写，并不在于他本人，他本人有什么说什么好了，我对他的褒贬，他都不会在意，而在于很难言喻的原因。我倾向于不约我写。有一人可约，就是《文艺报》的阎纲同志。他们是一个大学毕业的，又都是陕西同乡，交往甚密，阎对抒雁的创作有精深的见解，而又不像我与抒雁整日相处，比较超脱。

我的这些意见，你可向周嘉俊同志透个风，最后决定等抒雁回来再说。

因为是周嘉俊出面约的稿，我没有多过问，不知道怎么后来转而约请了高洪波。虽说稿子还算中规中矩，我总觉得采写的味道浓了，如果由更熟悉、更了解抒雁的中才或是阎钢出手，一定会写得更亲切感人，鲜活自如。不过，我在一段时间后才真正领悟，中才所说的“很难言喻的原因”，其实就是怕吃力不讨好：他太了解雷抒雁个性，有才气有锐气又有傲气，一些事情深不得、浅不得、说不得；如果他写这“印象记”，很可能会损害友谊和感情。

对于抒雁，中才比我走得更近，友情更深，但他同样也留有一丁点余地。

被逼出来的报告文学——我的不依不饶，迫使抒雁“不屈不挠”

雷抒雁跟报告文学有些缘分。七十年代初，雷抒雁还在宁夏部队某师担任宣传干事时，就曾在《解放军文艺》上发表过一篇报告文学《沙漠战歌》——因为这篇文章，1972年他得以参加《解放军文艺》所组织的一次笔会，并因此结识《解放军文艺》诗歌组组长纪鹏。机缘凑巧，那时在“文革”中被停刊的《解放军文艺》复刊伊始，正在“招兵买马”，雷抒雁被纪鹏借调到《解放军文艺》，一年后又正式调入，担任诗歌编辑。

尽管《沙漠战歌》改变了雷抒雁的人生，但他后来从不提及这篇“文革”年代的作品，因为究其成色，实在算不上真正意义上的报告文学。而他志在诗歌，七十年代末也因《小草在歌唱》而成名。如果不是我既管诗歌又管报告文学，而且不依不饶，抓住风头正劲的抒雁，他也绝不可能放下诗歌四处找选题，急着赶出一篇报告文学来。

从1981年11月起，雷抒雁就跃跃欲试，答应给《文汇月刊》写报告文学：“我仍在寻找材料，合适的，也试着来一篇，就正于您。”但他迟迟没有动静，直至1982年9月24日，他从南斯拉夫出访归来来信，才说想写个见闻式的报告文学“访南纪事”，问我“有无兴趣”，我直率告诉他：“我要的，是激愤之作，而不是这类游记式的访问实录。”

这个选题不算数，自然不算完成任务，催逼抒雁写报告文学的事，我毫不松懈。11月初，在苦苦等待了整整一年后，我给抒雁设定时限，发出轻易不对诗人动用的催促电报：“12月初务必交稿，发明年1月号！”

我不知道抒雁写诗的实力，能否转换到写报告文学上去。许多人，如理由、陈祖芬、肖复兴等，全是从写诗开始，转而写报告文学的。我很想看到，“炙手可热”的雷大诗人，写报告文学会是个什么范儿？我锲而不舍，抒雁也没闲着，一直在认真“寻找材料”。

1982年11月19日，抒雁来信说他想写北京一家大企业，一位处于争议旋涡中的改革家，但这选题还是没有成功，“将另找线索”：

电报收悉，谢谢。

……我近日作了一些小小的调查，看来不行，原因是，现在厂里分为两派，双方都有后台，一时不易闹清。理由写了黄宗汉的报告文学，正掀起一阵风波，我们发过一个写乌兰夫儿子乌可力的，也引起很多不好评论。我想此事就算了，至少，过一段再说吧，不必赶在明年一期。我将另找线索，写一些有兴致的东西给贵刊。

你在忙什么，足球写完了吧？欢迎您再来北京，重聚长叙。

惜乎，我们两人的积极性虽然高涨，也在北京几度“重聚长叙”，但一年过去了，依然是白纸一张，抒雁还是找不到方向。看来，诗人的灵感扫描仪，跟报告文学作家频道迥然不同呵！我看北岛写报告文学时，就有一点找不着北的感觉，抒雁似乎有过之而无不及。

……

抒雁办刊也多灾多难，他想重整《开拓》的宏愿很快落空，且一蹶不振，终未恢复元气。在沉寂许久，熬过这一轮清理整顿后，他又领衔办刊物，要将《开拓》更名为《中国工人文学》。

1991 年 3 月 29 日，收到抒雁久违而又热情的信——这时《文汇月刊》已停刊 9 个月，我带着深重创伤在主编《文汇报》的《生活》副刊：

久违。不知近年来在何处得意？报端不常看到大名，刊物也已告终，真不知时下在忙些什么。我已多年不曾赴沪。从电视报刊上不时看到上海突飞猛进。今年也许可以成行，如去，当一聚。

我又办刊物了。原《开拓》拟更名《中国工人文学》，我来负责。以我之年龄，实在不应再有此劳累，但“食禄”之族，身不由己。奈何？

我想杂志上你不该空缺。特向老兄约稿。开发浦东，世界瞩目，以您生花之妙笔，下言三五万字，当不在话下。希望老兄不必推辞。

得暇回一纸，略叙离情。

我回了“一纸”。大意是：希望他办刊成功。失意的我，仍在“疗伤”中，

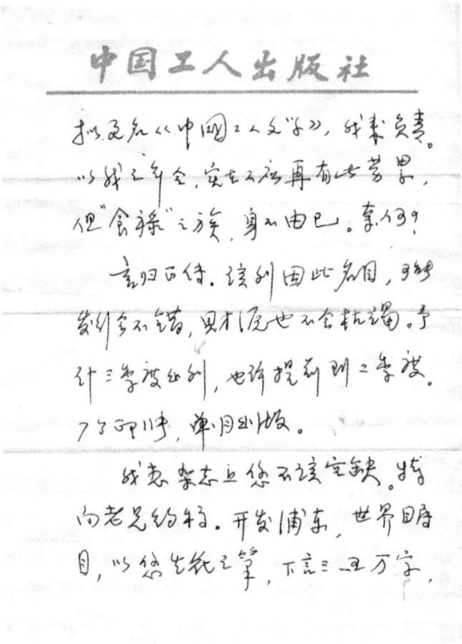

中国工人出版社

拟更名《中国工人文学》，我来负责。以我之年令，实在不该再有此劳累，但"食禄"之族，身不由己。奈何？

言归正传。该刊因此名目，[illegible]刊名不错，财源也不会枯竭。争取三季度出刊，也许提前到二季度。7月印刷，8月出版。

我想[illegible]您不该空缺。特向老兄约稿。开发浦东，世界瞩目，以您生花之笔，不言三五万字，

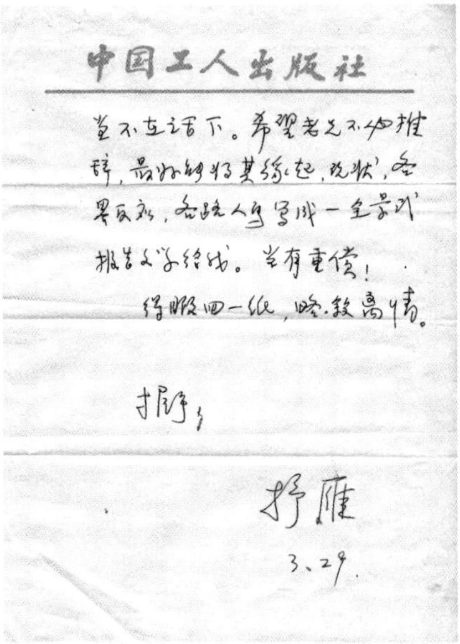

中国工人出版社

当不在话下。希望老兄不必推辞，最好能将其缘起、现状、今后发展，由您个人写成一篇大型报告文学给我。当有重谢！

得暇回一纸，略叙离情。

抒雁

抒雁

3.29

1991年3月29日，久违的雷抒雁来信："不知近年来在何处得意？报端不常看到大名，刊物也已告终，真不知时下在忙些什么。""我又办刊物了。原《开拓》拟更名《中国工人文学》，我来负责。"

短期内已无心境和激情应他邀约，去舞动"生花之妙笔"了。

抒雁写诗是天才，办刊物却收效甚微——不知怎的，《中国工人文学》的刊名最终又改为《五月》（双月刊），且质量平平，与《人民文学》及之前的《文汇月刊》等处于巅峰状态的刊物，完全不在一个层面。

相忘于江湖，却也默默关注

之后七八年，我们几无联系。北京的朋友告诉我，抒雁已经离开工人出版社，1993年调《诗刊》社副主编，1995年又调任鲁迅文学院任常务副院长。而我在《文汇报》主编《文汇特刊》——相当于周末版，版面栏目开设琳琅满目，有旅游、书摘、电影、养生，等等。看似内容丰富，却与文学相去甚远。1998年年底前的部门选题会上，旅游版责编提议明年开设一个高规格的《旅途心情》专栏，约请全国的名作家撰写游记，篇幅在一千五百字左右。从1999年初直至最后一天，《旅途心情》居然一口气发了四十五篇，作者队伍蔚为壮观——全都源于《文汇月刊》的作者名单：有王安忆、舒婷、肖复兴、雷抒雁、

沉思中的雷抒雁

高缨、傅天琳、叶文玲、钱北城、王宗仁、乔迈、刘庆云、秦文君、赵长天……

抒雁写的《神秘冰石林》，于1999年3月间刊出。一月中下旬，我给抒雁写信问好，约请他为我们旅游版的新栏目《旅途心情》写篇散文式游记。

2月10日，抒雁寄来稿子并附信：

本想电传给你，但电话过去，找你不到，只好寄上，但愿不丢。

盼您来京。

拜个早年，祝您顺心得意。

我按"《文汇月刊》式"惯例，将小样给抒雁寄去，又通了电话。我能听出抒雁的心境大好、春风得意；他却未必能感受到，十年过去了，《文汇月刊》停刊还是我心中永久的痛。"曾经沧海难为水，除却巫山不是云"，激情与辉煌已经离我远去。

这是我与抒雁最后的通信与通话，简单的互致问候，没有曾经的滔滔不绝。

之后，我们则是相忘于江湖。抒雁心满意足，在情理之中——他终于结束“半死不活”的办刊日子，到中国作协直属部门工作，如鱼得水。他是鲁迅文学院常务副院长，主持工作，后来又担任中国诗歌学会会长、中国作协诗歌专业委员会主任，领衔中国的诗歌界。但我这个曾经的《文汇月刊》报告文学责编兼诗歌责编，1990年后已经不再关心报告文学，更不关心诗，诗歌已丢失了灵魂和激愤，轻吟浅唱，不复有雷抒雁笔下的“小草”和叶文福笔下的“将军”……

2003年，我从《文汇报》退休。这年年底，传来抒雁在体检时查出直肠癌消息。朋友们告诉我，他一直乐观、坚强地在与病魔斗争。2013年2月中旬，看到报上消息：“我国当代杰出诗人、作家雷抒雁同志，于2013年2月14日凌晨1点31分，因病医治无效，在北京协和医院去世。”随后，看到李松涛、韩作荣等老友写的追悼文章和相关图片。读到雷抒雁夫人马利为雷抒雁写的挽联：“光光溜溜来潇潇洒洒活，坦坦荡荡写从从容容走！”以及鲁迅文学院题写的挽联：“大雁去矣声犹在，小草萎兮春又生”。

抒雁英年早逝，让我深感悲痛。我更深切怀念我们深度交往的八十年代——重读当年信笺，为抒雁那些真性情的话语而感喟、叹息：

我们交往多载，非为利而为义也。

我当然不能忘记《文汇月刊》的，那也是我的刊物。

十一 为《我们的诗人》，李瑛救场、袁鹰收官

1981年9月，梅朵在他病房中牛气冲天地跟我说他的畅想：要把《文汇月刊》报告文学做大做强，做到足以跟《人民文学》相抗衡。为了打好报告文学这一重大战役，提振报告文学作家士气，我们商定，《文汇月刊》要开设一个新栏目“我们的报告文学家”。

梅朵还说，诗歌也是你管的，应该再设一个“我们的诗人”专栏——半年多前，雷抒雁就在信中提出过，希望我们能介绍公刘、白桦等诗人的成长和追求，“公正地给以评价”，“这会给那些年轻的同志引引路，鼓鼓气”。显然，梅朵接受了这一建议。

真没想到，“我们的诗人”四个月后便闪亮登场。而“我们的报告文学家”很费周折，三年后才得以开张。

《文汇月刊》推出的“我们的诗人”，多为诗人写诗人，名家写名家。一年半时间里，这一专栏先后推出了徐刚的《艾青素描》、胡世宗的《满山满谷的红花——李瑛印象》、雷抒雁的《仙人掌的意向——公刘印象》、冰夫的《布帆无恙挂秋风——辛笛剪影》、周良沛的《严辰，一个严肃的诗人》、星宇的《徐刚的足印》、吴嘉的《邵燕祥印象》、牛汉的《荆棘和血液——谈绿原的诗》、高洪波的《追求春天的小草——雷抒雁印象》、吕剑的《邹荻帆速写》、胡世宗的《枫叶经霜格外红——张志民印象》、吕进的《光的追求——诗人方敬素描》、牛汉的《一个钟情的人——曾卓和他的诗》、矫健的《在耕耘的原野上——铁依甫江剪影》、周嘉俊的《臧克家印象》、袁鹰的《天留一老伴湖山——记“湖畔诗人”汪静之》。

细看篇目，我们所推介的，十之八九是一批卓有声望和成就的老诗人、大诗人。他们历经坎坷，二十多年不能工作，不能发表作品，现在终于枯木逢春，诗情喷发。而无论是这些大家、名家，还是采写他们的作家，都对“我们的诗人”这个栏目表现出一腔真情和热诚。

突发情况雷抒雁失约，恳请李瑛救场

我们原先排定，“我们的诗人”前三轮的“出场顺序”依次为艾青、公刘、李瑛。我去北京时，把这想法最先告诉上海老乡、老友徐刚，以及催生这个栏目的“始作俑者”雷抒雁。徐刚请缨写艾青，雷抒雁则准备写公刘。

谁料十二月初，雷抒雁突然电告，请求稿子挪后一期，说公刘重访西南边陲“神圣的岗位”，流连忘返，未按时回归——三十年前，他曾作为士兵在那里度过难忘岁月。抒雁恳切表示，尽管他对公刘很熟悉、很了解，还是不想贸然动笔，一定要跟公刘再长谈一次……“还是先用写李瑛的吧！”斯时雷抒雁刚脱下军装，离开《解放军文艺》诗歌组三个月，他歉意地建议我们，能否下期先发他的老领导李瑛那一篇。

我是一年前，在见到叶文福、雷抒雁的前后，在《解放军文艺》见到李瑛的，那时我刚到《文汇月刊》两三个月。虽说是第一次见面，却又“相识”已久——因为在《笔会》时我已早早开始组稿联系，在信中我真切感受到李瑛的儒雅和平易。

李瑛与《文汇报》渊源很深。1949 年 10 月 19 日的《文汇报》，就在头版上刊出新华社传发的李瑛文章《解放一日后的广州》。而在 1954 年 1 月 16 日《文汇报》“抗美援朝专刊”上，则刊有他的一首《献花》：“一个志愿军战士的坟墓/隆起在靠山的路旁/掩埋这战士的仿佛不是黄土/而是一层层鲜花的波浪……”

七十年代，我先后读到李瑛的诗集《枣林村集》、《红花满山》、《北疆红似火》和《难忘的一九七六》。1978 年初春，我征得徐开垒同意，去信约请李瑛为《笔会》赐稿。3 月 15 日，李瑛的回信很谦和：

信收到，谢谢你的鞭策。我因工作较紧，业余时间不多，所以写的东西很少；过去偶有所成，也都是抽了工余时间断断续续完稿的。感谢你们对我的信任，我愿记住这件事，如果写出当寄上求正。

1979 年 6 月，他才寄来一首六七十行的叙事诗《在前线：深夜发生的故事》。一年多后我调动到《文汇月刊》，到北京组稿的机会多了，曾先后几次到《解放军文艺》或李瑛家里登门拜访，约请他给我们诗稿。1981年秋，当我们决定开设“我们的诗人”时，我又当面约请这位大忙人：能否抓紧找一位大名家写篇“李瑛印象”，文章将发在1982年3月号《文汇月刊》上。其后，我曾催问过进展，李瑛回复说：找谁写合适，还未及考虑定当。

雷抒雁在2月号发稿期已临近时出现突发情况，让我措手不及。他建议我们先发李瑛，我觉得难以启齿——要求提前，势必也给李瑛带来忙乱。李瑛是个大忙人，《解放军文艺》的当家人。他虽然是极具声望的老资格军旅诗人，却只能靠偶得闲暇业余写作，因此，从不轻易应允稿约，更不喜欢仓促行事。我很难想象，突然间要求李瑛在不到半个月时间里完成一套“组合”——一篇关于他的“印象记”，以及需要配发的他的组诗，他能否答应？

梅朵劝我给李瑛打完电话，马上到北京去找他，实话实说，坦诚相告，相信一定能得到他的理解与支持。第二天，我就心急火燎地赶往《解放军文艺》，带着满脸歉意和诚意，局促不安地告诉李瑛：雷抒雁的失约让我们很被动，但《我们的诗人》刚发了一篇不能中断，而且按照文学地位和影响又不便随意更换“出场”顺序。我恳请李瑛伸出援手，提前“出场”。

李瑛是一个视诗歌为生命，写作态度极其严谨的大诗人。他后来概括自己生活状态时说过：“我从来不睡午觉，不吸烟，不喝酒，不下棋，不钓鱼。我的时间都用在读书和思考，思考了一辈子的诗，时刻警惕思维的惰性。”我们请求李瑛“救场”，随即进入临战状态，完全违背他的意愿，有些强人所难。幸好，这位忠厚长者宽容大度，直率而又善解人意地说：他很不愿意也很不习惯这样匆忙出手，这会大大影响稿件质量；但他自己也办刊物，很理解我们现在的尴尬和焦灼……李瑛答应尽快为我们赶出一组诗，并马上设法找人写他的“印象记”……

李瑛对《文汇月刊》爱之弥深，评价很高；但一直当面或在信中指出，《文汇月刊》没有给诗歌应有的篇幅和地位。在出手“救场”、交稿前后的一个星期里，李瑛接连给我写过四封信，除了说及他的诗稿《寄自北中国的春汛》（四首），和那篇关于他的“印象记”外，还两次对《文汇月刊》诗稿的编排和处理方式委婉地提出批评和建议。1981年12月12日，李瑛信中写道：

前寄去“诗选”谅已收到。感谢你多次催我写稿，我因工作过紧，难以为诗，欠债甚多，拖了下来，现寄去小诗二首，请审处。《文汇月刊》很丰富，也活泼，但似乎排得太紧了，诗也排得太密。刊物不同于报纸，版面清爽些更好。

《文汇月刊》的稿子太多，每期都溢出十多页甚至更多，版面责编对诗歌掌握比较严苛，每期发得很少，而且处理得很挤。以至三年后，我请李瑛帮忙找人写刘白羽印象时，他又一次对我们的诗歌编排提出批评。1984年12月14日，他复信时说：“谢谢你的督促。关于约人写刘白羽同志事，因现在刘在福建各地疗养（鼓浪屿、厦门、福州等处），须在本月下旬作协开大会时，或可返京；故约人写的文章，十二月底前交稿是不可能的。稍缓一下吧。将来约何人撰写，还有待找人。恐怕你着急，故先函告。《文汇月刊》办得实在不错，丰富、活泼；只是对诗稿的安排是过于拥挤了（有点像是补白）。我以后写了什么，一定寄你。”12月16日，李瑛又将为“救场”仓促找人写的《满山满谷的红花——李瑛印象》寄来，并为文章质量不尽如人意而致歉：

胡世宗的一篇文字，不很理想，主要是因为时间过紧，因为我知道他曾考虑要

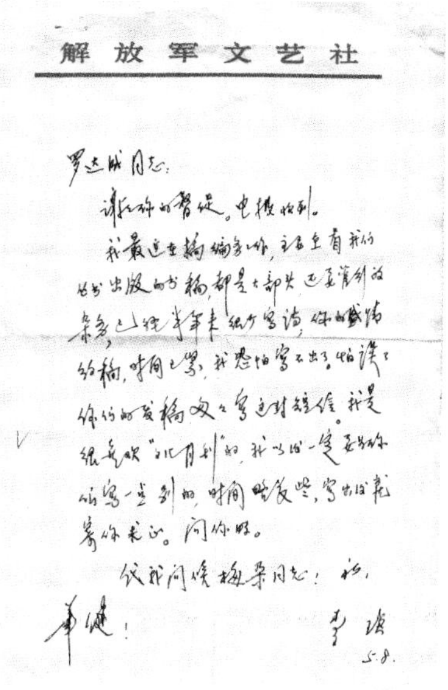
解放军文艺社

罗达成同志：
谢谢你的督促，也已收到。
我最近在搞编务工作，主要是看我们社出版的书稿，都是大部头，还要审刊物稿件，已经半年未能写诗，你们催的稿，时间已紧，我恐怕写不出了，怕误了你们的发稿，故写这封短信。我是很喜欢“文汇月刊”的，我以后一定要给你们写一点别的，时间晚些，写出后就寄你来。问你好。
代我问候梅朵同志！祝，
康健！
李瑛
5.8.

1981年5月8日，李瑛来信：很喜欢《文汇月刊》，但编务缠身，诗稿这次来不及写了，以后一定为你们写点别的

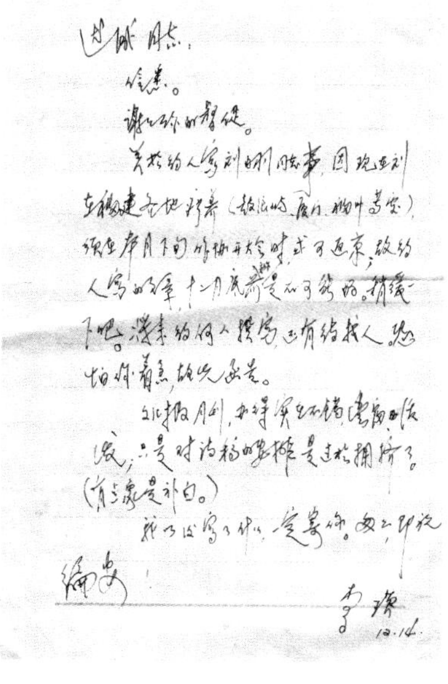
达成同志：
信悉。
谢谢你的督促。
关于约人写刘白羽同志事，因现在刘在福建各地疗养（鼓浪屿、厦门、福州等处），须在本月下旬作协开大会时或可返京；故约人写的文章，十二月底前交稿是不可能的。稍缓一下吧。将来约何人撰写，还有待找人。恐怕你着急，故先函告。
文汇月刊，办得实在不错，丰富、活泼；只是对诗稿的安排是过于拥挤了。（有点像是补白。）
我以后写了什么，一定寄你。匆匆，即祝
编安！
李瑛
12.14.

1984年12月14日，李瑛来信：约人写刘白羽印象记要暂缓，他在福建疗养。《文汇月刊》办得实在不错，丰富活泼，只是对诗的安排是过于拥挤了（有点像是补白）

写一下我，后来你来电话相约，我便通过电话请他写了。要求文采强一些，写成一篇抒情的散文的样子，既有色彩，又有情趣，这一点不大够，我接到你寄来的大样时，胡世宗同志的文章因争取时间已经寄往上海，未来得及参照进行撰写，十分抱歉。

李瑛还一并附上“印象记”作者胡世宗的信：“总算没有误时，质量却不敢担保。我一早读给王中才听，又跑到阿红处请他审。意外的是他们两位一致认为写得还‘很好’。使我兴奋得不得了。”李瑛知道我可能失望，他没有找大名家写，却找了籍籍无名在《解放军文艺》帮助工作过的胡世宗。李瑛已经竭尽所能，帮了我们大忙，但一如他事先估计的“匆匆忙忙，会影响文章质量”。李瑛为此有些不安，在12月19日信中又一次解释说，因为时间太紧，他“不便麻烦大人物”：

你要的文章，总算完成了。时间紧迫，不便麻烦大人物。这是胡世宗同志写的。他是部队的同志，在我们这里帮助过工作，对我较熟，可以不必采访。

其实，真正应该抱歉和深感不安的是我，以及突然失约带来后遗症的雷抒雁。李瑛一句“总算完成了”，道出了他勉为其难的无奈和遗憾——为了替我和“我们的诗人”解困，他匆忙出手，牺牲了自己的原则和坚持。我很敬重李瑛，之后我在信中、电话中一再向他致谢和致歉。

我觉得愧对李瑛。诗评家评论李瑛作品时说，他“善于从小处落笔，从具体的局部生活现象入手，努力揭示其中蕴含的时代色彩和时代内容。对生活现象的特征，尤其是对自然景色有锐敏细腻的感受力，他善于以鲜丽的形象寄托雄阔的情思，以柔婉的抒情突现刚健的思想力量”。然而，这种“鲜丽”、“雄阔”的味道和范儿，在“印象记”中却鲜有表达和体现，让我深感惋惜和遗憾。

好在在这期“我们的诗人”中，与“李瑛印象”同时刊出的李瑛组诗《寄自北中国的春汛》，每一首都细腻而又传神地显现和诠释了他特有的诗风——

看那《桃花》：

谁也没有注意到，/小河水漂来了一瓣桃花；/是哪棵树失落的桃花，/树边，也许有一片农家……

看那《柳哨》：

一个多么质朴的单纯的生命，/ 中国北方乡野的柳哨。/ 它不是布谷或斑鸠，/ 是一个顽皮的孩子在雨里，吹着吹着，/ 踏着沾满春泥的脚，走过小桥，/ 失落在那里的记忆和音乐。

是的，我诞生在北中国平原的茅屋中，/ 因此，你可从中听见风雨的喧嚣；/ 是的，我是喝黄河水长大成人的，/ 因此，你可以从中听见那滚滚的波涛。

一个深情的透明的声音，/ 深情得象凝视，透明得象微笑，/ 呵，它是我的喉咙我的肺，/ 我的至今不泯的童真与骄傲……

再看那《落呀，落呀，金色的黄昏》：

落呀，落呀，金色的黄昏，/ 大海的颜色越变越深；/ 年轻的哨兵巡逻来了，/ 沙滩上留下一串漫长的脚印。/

淡了淡了，哨兵的影子，/ 大海就要睡去，闭起嘴唇，/ 我们的哨兵警醒地走着，/ 在大地上刻下一道花纹……

另一首《贝壳》，虽然只有短短八行，却同样生动展现了李瑛“锐敏细腻的感受力”，和以“鲜丽形象”寄托“壮阔情思”的独特风格：

三月，四月，五月，
雨淋湿了海和它的贝壳；
一只贝壳，一片大海，
无数贝壳向我诉说。

贝壳说，告诉我吧，
告诉我今天欢乐的生活；
我虽然死了，却留下一只金色的耳朵，
为了倾听，倾听这时代的歌！

袁鹰为“我们的诗人”收官

“我们的诗人”这局棋，1982 年 1 月号首先由徐刚落子写艾青，1983 年 7 月号则由袁鹰收官写“湖畔诗人”汪静之。我能拿到袁鹰这篇力作，也跟徐刚有关。

时任中国作协书记处书记、《人民日报》文艺部主任的袁鹰，曾在上海生活了十五年，对上海怀有特殊感情。他一直说，上海早已融入他的血液，进入他的生命，影响了他的一生。袁鹰很看重老友梅朵主编的《文汇月刊》，称赞刊物的质量、品位和骨气，也时常惠赐佳作。

袁鹰是前辈作家，又是前辈编辑，他到《笔会》看望老友徐开垒、到《文汇月刊》看望梅朵时，我都曾见过他，感受到他的厚道、热诚，但只能算是认识而并不熟悉。袁鹰的稿子，也是直接寄给开垒或是老梅，还轮不上我这后生小辈来联系。

然而，因为梅朵生病，也因为我的老朋友、在《人民日报》编《大地》副刊的徐刚牵线，我和袁鹰才开始熟悉起来。

我和徐刚相识，比跟赵丽宏相识还稍早些。才思敏捷的徐刚，在崇明写作组期间，写了许多诗歌和散文。他在《笔会》上发的诗多由我编发，散文也由我作为“传送带”，交给开垒。

作为工农兵学员，徐刚在北大毕业后，分配到《人民日报》工作，跟我成为同行。听说我调到《文汇月刊》工作时，他来信说：“你的调动让我意外，但也无妨。增刊影响很大，你可以施展一番的。副刊的诗以后谁编？”

徐刚身处《人民日报・大地》副刊这一高地，也很关照我。1983 年，我的第一本报告文学集《中国的旋风》在四川人民出版社（后来改名四川文艺出版社）出版在即，出版社方面很希望能在《人民日报》副刊上做个新书介。我把这意向告诉徐刚，2 月 18 日，他来信说：

大作的介绍可写一千两百字，不放“新书架”放“书林漫步”，可以长一点，写成后请四川方面直接寄我，样书一出就写好寄我，时间在二月底三月初最适宜——如书一时还出不来，也要在那个时间寄我，先写不妨的。

初出茅庐出第一本书，能上规格甚高的“书林漫步”，超出我的期盼。我向徐刚致谢，还说起想恳请袁鹰为我们写点东西。但袁鹰是大家，我生怕冒昧打扰，希望徐刚能帮忙转致我的诚意。让我喜出望外的是，4 月底，突然接到袁鹰 26 日发出的信。信是用墨笔写的大大的字，有两页稿纸：

经常读到您的报告文学和其他作品，您的成绩和勤奋使人敬佩。徐刚同志去沪，曾请他代为致意。推荐您报告文学集的一段短评，日内即可见报，祝您在今年有更大丰收。

《文汇月刊》上，“我们的诗人”一栏，我同许多读者一样，比较有兴趣。这也是你刊的特色之一。你们过去登过的，较多是中青年诗人，我现在投寄一篇，是写中国现在最老的诗人之一汪静之同志，请予审处。如不合用，请退我。如认为尚可，请多加指正。如有可能，最好再请汪静之老人看一看。他的地址是：杭州望江新村五幢二号。

我于星期六（30 日）离京出访，约五月中旬回来。稿件先存您处也行。

小书一册，请指教。

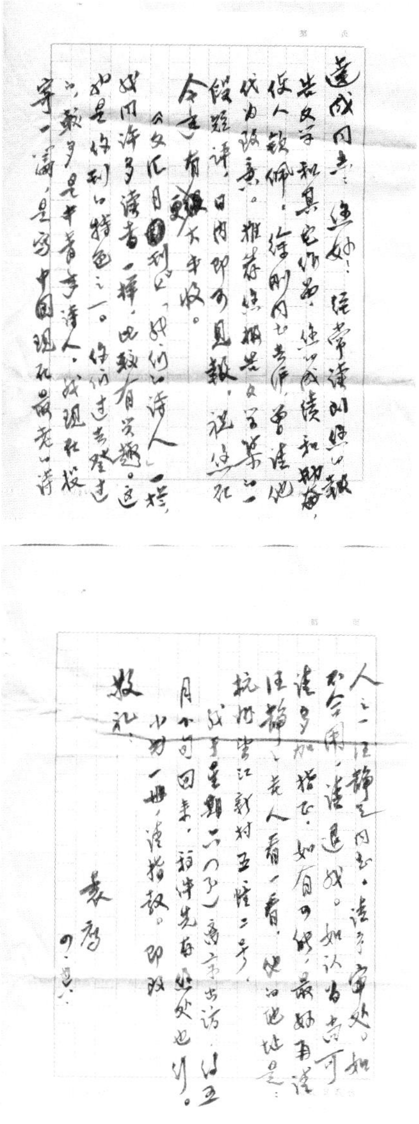
逸成同志：您好！经常读到您的报告文学和其他作品，您的成绩和勤奋，使人敬佩。徐刚同志去沪，曾请他代为致意。推荐您报告文学集的一段短评，日内即可见报。祝您在今年有更大丰收。

《文汇月刊》上"我们的诗人"一栏，我同许多读者一样，比较有兴趣。这也是你刊的特色之一。你们过去登过的，较多是中青年诗人，我现在投寄一篇，是写中国现在最老的诗人之一汪静之同志，请予审处。如不合用，请退我。如认为尚可，请多加指正。如有可能，最好再请汪静之老人看一看。他的地址是：杭州望江新村五幢二号。

我于星期六（30日）离京出访，约五月中旬回来。稿件先存您处也行。

小书一册，请指教。即颂

撰祉。

袁鹰

四.廿六.

1983年4月26日，袁鹰寄来《湖畔诗人汪静之》。信上说：《文汇月刊》“我们的诗人”，过去登过的，较多是中青年诗人，我现在投寄一篇，是写中国现在最老的诗人之一汪静之

袁鹰先生是前辈，是名作家、名编辑，给一个小辈编辑的信写得如此客气，如此热情，还赠给我一本他在上海文艺出版社出版的《天涯》，让

我倍感亲切。特别感到欣喜的是，袁鹰很关注“我们的诗人”这个专栏，而且将他赶写的《湖畔诗人汪静之》寄来了。文章写得认真而又感人，洋洋万言，有着沉甸甸的分量。袁鹰从去年6月，他在杭州望江山医院休养时，汪静之老人上山来看望他写起。而这次看望，则是他俩二十天前在西湖畔邂逅的继续。

那天，袁鹰从医院下山到饭店去，恰巧碰上“湖畔诗社”同人在西湖畔的大华饭店宴请艾青，并得以见到二十年代“湖畔诗社”至今硕果仅存的老诗人汪静之。袁鹰向八十高龄，却依旧鹤发童颜、精神矍铄的汪老致意。老人对前年《人民日报》发表他的一首诗作《告慰马克思》心存感激。他说：“虽然不过是一首短诗，但是使我增强了信心，增加了勇气。因为我一直以为，有资格写诗歌歌颂马克思、歌颂马列主义、歌颂共产党的，如果不是共产党员，就必须是工农兵，其他人是没有资格写的，写了也是不能发表的。”他这首诗写于二十年前，向报刊投寄，均遭退稿。直至1979年第四次全国文代会期间，他才又拿出来，寄给周扬同志转党报。

听了老人这段话，做了多年文艺编辑的袁鹰，不由得身上冒汗：多年来，由于“左”的思想和宗派主义情绪作怪，“我们不是也曾自觉或不自觉地将许多老知识分子、科学家、文学家看成‘外人’吗？我们的编辑工作中，是不是也曾有意或无意地轻率处理过一些党外作者的稿件，因而给这些同志的心灵造成某种伤害呢？”

汪老似乎察觉到袁鹰的惶惑愧赧，转换话题，感慨地说，“过去我写得多的是爱情诗，我一直认为那是我的一种罪过。直到粉碎‘四人帮’以后，《人民日报》发表了毛主席的《贺新郎》，我才放了心，爱情诗也是可以写、可以发表的。”

“年轻时候就读过您的《蕙的风》。”当袁鹰对汪老说这句话时，老人连连摇头，笑说：“不行不行，那是六十年前写的诗了，幼稚得很。”

袁鹰在文中感慨道：“不，汪静之同志，您言重了。六十年前，‘五四’运动后两三年，正当祖国大地上还被浓重的暗雾笼罩着的时候，就在这西湖之滨，几位青年诗人用向往自由的爱情诗向吃人的旧礼教射出一枝枝响箭，需要胆识，需要勇气，怎能说是‘幼稚’呢？”

读着袁鹰文章，翻阅着我从报社资料室借来的关于汪静之的资料和书籍，我才知道，这是一种多么伟大的“幼稚”！汪静之和湖畔诗社的几位诗人，是那个时代爱情诗的先驱者和代表性人物，他们得到了鲁迅、周作人、朱自清、胡适等文学大家的热情支持和肯定。

1922 年 3 月，汪静之与冯雪峰、潘谟华这三个浙江第一师范的学生，加上从上海来春游的青年诗友应修人，在西泠印社四照阁成立了“湖畔诗社”，6 月间就编选出版了诗集《湖畔》。

其时朱自清与俞平伯、刘延陵、叶圣陶同在杭州一师执教，四人中间的汪静之、潘谟华则是朱自清亲授的学生。而名满天下的朱自清，当时也只有二十四岁。他曾赞评说：“中国缺少情诗，真正专心致志做情诗的，是‘湖畔’的四个年轻人，他们那时候可以说生活在诗里。”

对于《湖畔》诗集的出版，前辈作家周作人、郭沫若、叶圣陶、郁达夫等人纷纷表示欢迎与称赞，给这四位初登诗坛的年轻诗人以极大鼓励与支持。最先介绍这本诗集的是周作人。他在《晨报·副刊》上发表了三百字的短评，称诗集“结成了新鲜的印象……过了三十岁的人所承受不到的新的感觉，在诗里流露出来”。

在《湖畔》出版的两个月后，汪静之又推出了他 1921 年、1922 年间的诗作《蕙的风》。扉页有周作人题签“放情地唱呵”，正文前有朱自清、胡适、刘延陵三人写的序言和作者自序。朱自清称汪静之是“二十岁的一个活泼的小孩子”，胡适称之为“我的少年朋友”。《蕙的风》给人耳目一新之感，反响强烈，但同时也招来非议，在短短时间内加印四次，一时之间洛阳纸贵，声名仅次于胡适《尝试集》和郭沫若《女神》。

《蕙的风》诗集中四十多首描写少男少女恋爱的情诗，对爱情的大胆追求和热情讴歌，打动了无数青年男女读者的心，亦如朱自清所说，“对于旧礼教好像投掷了一枚炸弹”。

汪静之在《蕙的风》中写道：

蕙花深锁在花园，
满怀着幽怨。
幽香潜出了园外。
园外的蝴蝶，

在蕙花风里陶醉。
它怎寻到被禁锢的蕙?
它迷在熏风里,
甜蜜而伤心,翩翩地飞。

在《定情花》中写道:
只是罪恶世界伤了我底心,
枯了我的爱泉,
冷了我的清火,
哑了我的歌赞。

在另一首《伊底眼》中写道:
伊底眼是解结的剪刀,
不然,何以伊一瞧着我,
我被镣铐的灵魂就自由了。

《蕙的风》这本诗集中,最有影响也最招责难的则是《过伊家门外》:
我冒犯了人们的指摘,
一步一回头地瞟我意中人;
我怎样欣慰而胆寒呵。

如此直白的抒情,在一些卫道者看来,大胆得近乎无耻,他们做出愤怒抨击。1922年10月24日,胡梦华在《时事新报·学灯》发表的《读了〈蕙的风〉以后》,批评其中部分爱情诗"有不道德的嫌疑",是"堕落轻薄"的。后来,又发表文章假惺惺地说,他"对于悲哀的青年底不可思议的泪已盈眶了"。

对于胡梦华这样无聊而又无耻的"含泪劝告",鲁迅先生拍案而起,对卫道者们的指责做出犀利的回击,他写下了著名的《反对"含泪"的批评家》一文,发表于11月17日的《晨报·副刊》,逐条反驳了胡梦华的观点。鲁迅批驳说:"我以为中国之所谓道德家的神经，自古以来，未免过敏而又过敏了，看见一句‘意中人’，便即想到《金瓶梅》，看到一个‘瞟’字，便即穿凿到别的事情上去。”鲁迅还斥责道：“批评文艺，万不能以眼泪的多少来定是非。文艺界可以收到作家的眼泪，而沾了批评家的眼泪却是污点。”

鲁迅先生对一个既不相识，也不知名的年轻作者的爱护，让汪静之感佩莫名，铭记终生。他写信向鲁迅表示感激与崇敬之情，鲁迅回信鼓励他，要他学习拜伦、雪莱和海涅的爱情诗。而经过这样一番论战，二十岁的汪静之已在文坛名声大噪。

世事难料。袁鹰笔锋转而抑郁而沉重，写到汪静之在大红大紫之后经历的纷乱生活：

然而诗人汪静之自从1925年出了《寂寞的国》后，就很少再写诗。后来几十年间，写小说，编书，教书，在尘海中沉浮，在战乱中奔波，不仅没有写多少诗，而且常常以过去写爱情诗自责。这中间自然还有多年来文艺批评界对爱情诗的某些偏颇的指责所形成的压力。他在一封信上说了自己的心情：“解放后我学习鲁迅写遵命文学，遵党和人民需要而写诗，希望对党和人民有益，以赎清少年时好为绮语之罪。反右之后，关卡森严，难得有赎罪的机会。1978年读了毛主席的《贺新郎》，已觉无罪一生轻了。”

这位八十老人历经六十年颠簸岁月，自1982年春天湖畔诗社重新恢复活动后，他又心怀舒畅地沉浸于诗情画意中。而在上山看望袁鹰之后两天，汪老又寄来短简，并附一首登六和塔顶的小诗：“前带江兮后枕山，爱绿波兮爱翠岚，水清清兮山屹屹，无愧于心兮天地间。”袁鹰则怀着对老人的敬意，在寄给他一本新出的散文随笔集的扉页上，写道：“天留一老伴湖山，白发朱颜映翠岚，历尽风霜登耄耋，笑迎春色满人间。”离开杭州半年多，又是桃红四月天，袁鹰写下这篇激情推崇文字，记下了与汪静之老人的见面，也为“我们的诗人”栏目留下有意义的尾声。两天后，我遵袁鹰先生所嘱，将文章小样寄给汪静之老人，并附信请汪老挑选自己两三张照片，及一组代表性诗作，到时与袁鹰文章一并刊用。

1983年5月23日，汪静之老人给我来信：

遵嘱抄了六首。我青年时代是专写爱情诗的，抄了四首。如嫌多，请删去一二首。

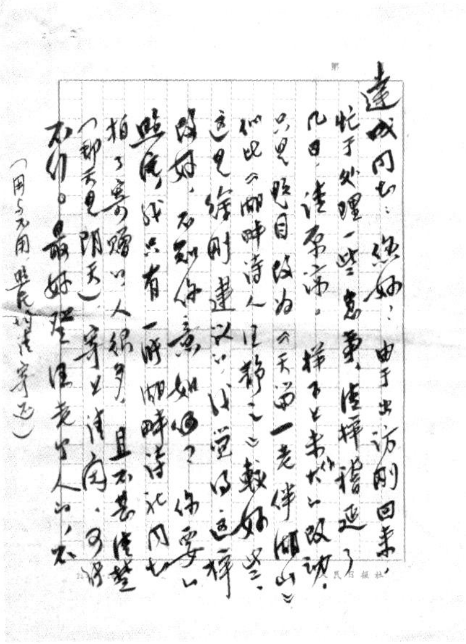

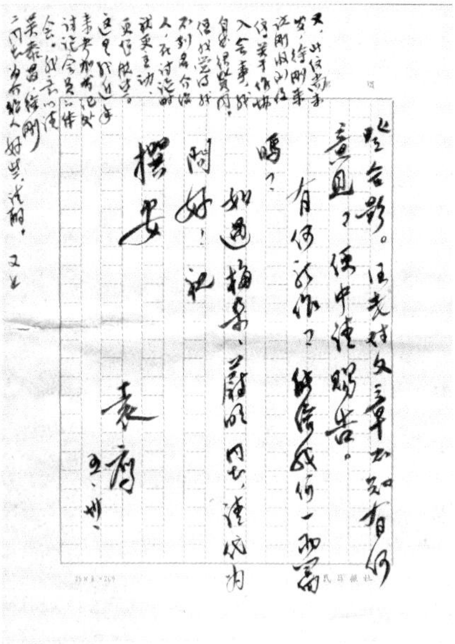

1983年5月30日，袁鹰出访回来，迅即寄回小样，并将标题改为《天留一老伴湖山》。还关切地建议作者，申请中国作协会员事，不要让他做介绍人，这样讨论时他发言可以更主动更超脱

《劳工歌》是我读了《共产党宣言》等三本书之后写的，这一首勿删。解放后我专写爱国、爱党、爱社会主义的诗，只抄《黄山松》一首，这一首勿删。《告慰马克思》太长，故不抄。

寄上照片四张。如四张嫌太多，就请只印1922年4月8日的一张，1947年一张，其余二张退回。如可印三张，就请把1982年一张退回。

6月初又接读袁鹰先生挂号信：

由于出访刚回来，忙于处理一些急事，清样延迟了几日，请原谅。样子上未作大的改动，只是题目改为“天留一老伴湖山”，似比“湖畔诗人汪静之”较好些，这是徐刚建议的，我觉得这样改好，不知你意如何？你要的照片，我只有一张湖畔诗社同志拍了寄赠的，人很多，且不甚清楚（那天是阴天），寄上请阅，可能不行。（用与不用，照片均请寄还）。最好登汪老个人的。不登合影。汪老对文章不知有何意见？便中请赐告。

有何新作？能给我们一两篇吗？

如遇梅朵、蔚明同志，请代为问好！祝撰安

在第二页信笺左上方，袁鹰先生

还临时补写了一段“又上”。此前，我在给徐刚信中说及申请加入中国作协事，可否请袁鹰和吴泰昌二位作为介绍人？我的想法简单、幼稚，以为让袁鹰为介绍人，讨论到我入会时会更顺当。袁鹰作为长者、作为作协领导，并不赞同我的想法，他善意提醒道：

此信尚未发，徐刚来说刚收到你信。关于作协入会事，我自然很赞同。但我觉得，我不列名介绍人，在讨论时就更主动，更超脱些。这是我近年来参加书记处讨论会员的体会。我意以请吴泰昌、徐刚二同志为介绍人好些。请酌。

袁鹰这封信，是回复我5月22日寄去的小样和信。而第二天便接读徐刚兄信，他不知我信已发出，叮嘱道：“袁鹰今日回京，你可给他写信，他真正是忠厚长者。自此以后，你们之间了解就深了，我的一件心事也算了结了。你的书将来要送姜德明，要写一封信，提一句请写稿之类的话。”虽然我和徐刚的信擦肩而过，我还是很感念他的友情和周到。文人间、朋友间互相帮衬、取暖，是八十年代最让人刻骨铭心的好风气。

袁鹰写汪老的文章发表后不久，住了两年医院、疗养院的梅朵归队。约请袁鹰约稿的事，也回归老梅了。但我到北京组稿时，还是常去看望袁鹰，面听教诲。我给他写信，他也有信必回。有新著出版时，袁鹰也不忘惠赐。1983年中秋那天，袁鹰就又惠寄来他在四川人民出版社新出的《袁鹰散文选》。1984年底，梅朵让我向袁鹰打听徐刚的情况，问他身上的麻烦了结了吗，可否发表作品？梅朵和开垒都希望能尽快推出徐刚的诗作——他被所谓的“清查”纠缠得太久了。袁鹰很快回信道：

您好！上次去沪，未能遇到，殊以为憾。也没能见到丽宏，大约他也去苏南了。

今天收到来信，问到徐刚事，他的问题尚未解决，我告开垒兄的话，是对问题的估计。但最好过些时日，再行“亮相”为妥。不知你们以为如何？请转告老梅，并代为向他致意。

匆复，即祝近好！

不过，没过多久，“审查”终告结束，徐刚得以重新亮相。而且，他很快选择离开《人民日报》副刊，到新创刊的《中国作家》杂志社工作。徐刚偕同张凤珠大姐，将《中国作家》的报告文学搞得风生水起，有声有色；而他自己，也开始激情投入报告文学写作……

补记：
袁鹰鼓励我：你一定要坚持写下去！

从2013年初春，直至9月初，我犹豫了整整半年后，才给袁鹰打电话求助，希望他能帮助写点回忆梅朵和《文汇月刊》的文字——这年，老袁已是九十高龄，我不好意思也不忍心打扰他。但梅朵夫人姚芳藻很坚决地催促说：“袁鹰对梅朵和《文汇月刊》感情很深，也了解很多事情，你应该找找他。”而这之前，姚芳藻曾几次告诉过我，老袁对老梅和《文汇月刊》评价极高：“袁鹰见到我时，总说：人家拿不到的东西，梅朵和《文汇月刊》能拿到；人家不敢登的东西，梅朵和《文汇月刊》敢登。”

太久没有联系，有些陌生了——电话打去，袁鹰家人说，他今天身体不舒服，不能接电话。无功而返，我怏怏地告诉姚芳藻；及至9月11日，她来电“保驾护航”，说刚与袁鹰通过话，说起你要找他，“你现在马上打过去！”果然，电话一打就通，是袁鹰自己接听的。

我对老袁感叹，从《文汇月刊》停刊至今，我们已有二十多年中断音讯，也没能去北京看望您。袁鹰问我，多大岁数了，退休了吗？“我今年七十了。”并告诉他，2003年我已从《文汇报》退休，一晃十年了。袁鹰有点意外地感慨地说：“在我印象中，你还是个小青年呢！在梅朵手下生龙活虎的……”谈及身体，老袁说自己以前从未觉得心脏不好，每年到协和医院检查，也没发现问题。但这次体检，医生说我心跳太慢，问“装过起搏器没有？”我回答没装过，医生说“要马上装”。

听到袁鹰说心脏有些问题，我已经没有勇气启齿求援，只是要他多多保重。但老袁一如当年，依然那样谦和热忱、善解人意——八十年代在我申请加入中国作协，以及在《人民日报》副刊推荐我的第一本报告文学著作时，袁鹰都曾对我关怀备至，让我终生难忘。见我有些讷讷，他直奔主题说：“之前读到过你在《文汇报》上的追悼文章《敬畏梅朵》，现在又听姚芳藻说，你准备写关于梅朵和《文汇月刊》的回忆录，需要我做什么呢？”我说：“您和老梅相交六十多年，想请您写点关于他和《文汇月刊》的回忆文字，哪怕几百个字也好。”袁鹰爽快地答应了，说一俟身体好转就给我写——但年代久远，许多事情都已记忆不清，希望我把他当年在《文汇月刊》发表文章的篇目帮助找出来。

第二天，我就在刊物上找出袁鹰的四篇作品（两篇散文，两篇印象记），并随即将篇目和发表时间交“快递”送往北京金台西路2号院袁鹰家——在一张A4打印纸上，用大号字体打着四行字：

1981年3月号《寻梦吴江路》

1983年7月号《天留一老伴湖山——记湖畔诗人汪静之》

1983年12月号《A·B·C——澳洲客话》

1987年2月号《桃李不言——枫林漫记于伶同志》

袁鹰这篇《桃李不言》，在时间节点上有着纪念意义：梅朵约稿时，他还在《人民日报》文艺部主持工作；文章发表时，他刚从这个岗位上退下来；而夏衍读了文章随即来信：“《桃李不言》已拜读，写得很好……”在《风云侧记：在人民日报副刊的岁月》一书“岗位和事业是两码事”一节中，袁鹰真情追溯道，夏衍所以给他写这封信，感慨“岗位和事业是两码事”，不光因了《桃李不言》，还因为他那篇“离职告白”：

1987年1月起，我离开工作了三十多年的《人民日报》编辑岗位，报社文艺部由蓝翎、缪俊杰、舒展三位负责。离职之际，我向多年来一直关注和支持我工作的师友同行寄了一封打印的信，奉告此事，表示谢忱，请他们像过去一样继续支持报纸继续赐稿。信发出之后不久，陆续就收到一些长辈和同辈来信表示慰勉之情。

2月底，收到夏公的一封信：

袁鹰同志：手札拜读，岗位和事业是两码事，离开岗位可能有失落感，但卸下担子，可以多一点时间读书写作，也似乎可以说是“焉知非福”，坦然处之，静观世态，亦乐事也。

桃李不言已拜读，写得很好，对于公是一件很好诞日礼物，他一定会很高兴的。患难中的友情，是可贵的……

袁鹰也清楚地交代了他写这篇让“夏于二公都很高兴，作为作者，我也觉得‘与有荣焉’”文章的动因，梅朵在于伶八十诞辰到来前四五个月，就早早向他约稿：

信上说的《桃李不言》，是前一年秋天我应《文汇月刊》主编梅朵兄之约，为了庆祝老一辈戏剧家于伶同志八十大寿而写的一篇文章，介绍了于公大半生为中国现代话剧事业辛勤奋斗的业绩，也介绍了他被囚秦城监狱所作诗篇。此文在《文汇月刊》1987年第1期发表，正值于公八十诞辰（1987年2月），夏于二公都很高兴，作为作者，我也觉得“与有荣焉”。

人生无常，生命无常——2013年跟袁鹰通话、寄快递后，我没有再跟进催促过，之后老袁邻居、《人民日报》一位老记者告诉我：“老田（袁鹰原名田钟洛）摔伤住院了，很麻烦。”而2014年4月20日，姚芳藻去世。这离之前她给袁鹰打电话，只相隔短短九个月。2015年7月中旬的一天，我受芳藻大姐后人嘱托给袁鹰打电话：要给他寄一本姚芳藻遗著。家人说袁鹰还未起来，让我中午打去。到时打去，老袁有些无奈地说：“去年摔跤后，髋骨骨折，住院好几个月，回来还是不太好，不能出去，不能写东西，只能借助健步器练习走路。”他深深叹息姚芳藻的离世：“1947年在上海《联合晚报》认识姚芳藻，将近七十年了。那时，我在编副刊，边上办公桌是乔石。她在记者部，和郁文一起，半年后，她到香港文汇报去了。”

对于之前答应给我写点关于梅朵的回忆文字，却终未兑现，袁鹰用“很遗憾、很无奈”这六个字表述自己心境。然而在说及看到刊物上刊载的《〈文汇月刊〉的“创刊三老”》时，老袁的语调中满是欣慰、感慨和激励：“我觉得很好，很有价值，很有意义，你一定要坚持写下去！”似乎意犹未尽，他还强调说：对于八十年代的中国文学史和报刊史来说，梅朵和《文汇月刊》这一页不可缺失，不能淡忘！

袁鹰的话激起我的壮志豪情——“在梅朵手下，生龙活虎的”那些日子，在我眼前心上呼拥而来；无论如何，我一定会完成手头这本关于梅朵和《文汇月刊》的回忆录！

十二 《文艺报》“文学新人”推出“力和美的礼赞”

作为梅朵团队的一员，我虽然有献身精神，却任劳不任怨——大多时间，我忙着累着快乐着，乐颠颠地超负荷运转。但有时，我也会对梅朵发泄："跟着你拼命，真没劲，东奔西走，起早摸黑，弄得自己的写作荒废了，没时间，没精力。"

只要你工作卖力，全力以赴，梅朵并不在乎当我们的"出气筒"。他当面回答问题时，不像写信那样，动不动跟我说马列主义大道理。尽管经历二十多年劳改生涯，梅朵依然是一个不折不扣的"马列主义老头"。在我发牢骚时，他总是笑着反诘道：

你也是作家呵，不也有那么多编辑，燃烧了自己，点亮了你？人家找谁算账呀？还有许多不写作的编辑，只奉献，不索取，又找谁算账呀？

他让我顿然语塞，无以言对。

其实，我不过是在跟老梅"胡搅蛮缠"。我很清楚，无论在我身边还是在文坛上，有多少献身型的榜样呵！梅朵主编杂志，自己极少写东西，以致他想出本评论集时，也因多是"陈年旧物"而搁浅，出版社让他补新作，他却无暇顾及。而《文汇月刊》把关编辑徐凤吾，终年辛辛苦苦为人作嫁衣，自己几乎从不写东西。

我心里也很清楚，作为一个编辑，我"点亮"了别人；而作为一个报告文学作家，我又被许多编辑"点亮"着。这些扶持、帮衬、指点、提掖过我，给我以教益的编辑，我能报出长长一串：如《人民日报》的袁鹰，《文艺报》的陈丹晨、吴泰昌、于建，《人民文学》的周明，《报告文学》的朱宝蓁大姐和傅溪鹏，先在《中国青年报》后来调往《人民日报》评论部的马立诚，《中国作家》的张凤珠大姐和徐刚（他离开《人民日报》后到这家杂志），原先是我们作者，之后担任作家出版社社长、总编辑的张胜友，先在人民体育出版社后来也调往作家出版社的刘进元，以及天津百花文艺出版社的谢大光、刘铁柯，广州《花城》的谢望新，上海文艺出版社的范正浩、陈先法，《上海文学》的肖岗，《萌芽》的赵丽宏，上海《书讯报》的贲炜，北方文艺出版社的两位副总编满锐、钱晔，四川文艺出版社的曹礼尧、戴安常、廉正祥，《星星》诗刊的孙静轩，江苏《青春》的吴野，武汉《长江》的王维洲，黑龙江《北方文学》的门瑞喻……

这些编辑，有前辈也有同辈，有的早已闻名天下，有的一直籍籍无名；有的熟识，是朋友，有的则原先素不相识。然而，我的成长和一点成绩，全都源于他们的关照和付出，点点滴滴，让我记取终生，常怀感激之心。

翻开由陈沂主编、九十年代初出版的《当代中国的上海》，在"作家队伍的壮大和文学创作的繁荣"这一节中写道："八十年代初，在报告文学领域中，黄宗英是取得突出成绩的一位。当追踪名人足迹成为一时风尚时，她却以细腻委婉的笔触描绘那些不知名的科学家的献身精神。她的大部分作品汇集在报告文学集《星》中。罗达成的报告文学也开始崭露头角。"

虽然，当时我已经离不惑之年不远了，但还属新人。作为一个初出茅庐、雄心勃勃的报告文学作家，我渴望成功、成名，渴望被承认和肯定。不过，那时的文坛风清气正，媒体和评论家比较干净、纯正，写评论、发表评论不靠关系和红包，而是掂量作品质量——看你的写作，而不是"操作"。

最早评论我报告文学作品的文章，是1982年早春在上海新华书店办的《书讯报》上看到的。这篇题为《新生活的新歌手——罗达成》的二三百字短文，嵌着我的圆圆头像，是由这张周报的主编贲炜写的。

1982年7月1日，我突然收到《中国青年报》马立诚、梁京生寄来的报纸和信件："六月二十九'星期刊'二版刊登了介绍您的报告文学的短文，寄上两份报纸，请阅后提出宝贵意见。我们在二版做编辑工作，有事可直接联系。"

这篇题为《诗一样的魅力——读罗达成的报告文学》的文章，放在他们主编的"文学与青年"版头条位置上，处理得很突出。

我与这两位同行素不相识，但我常听北京的朋友说起马立诚，多才多艺，他的本行是评论，但又写小说，又写散文。而在我们交往后，他又开始写报告文学。

我跟马立诚有些缘分。1982年9月初，我刚从北京组稿回来，即收到他的信：

你在北京时匆匆未能见面，遗憾。兄近年来报告文学创作甚丰，应祝贺。前几天，《文艺报》吴泰昌等同志约我写一篇评论你的报告文学的文章，拟放在十月号《文艺报》的“文学新人”栏内。事后我才知道周惟波先前曾写过一篇，大概他们不拟用了。我同惟波挺熟，今年四月在南京时，也听他说起过给《文艺报》写了一文，不过我不太清楚就是评兄的文章。所以稍有点不好意思。但文章已送去，且已发排。好在都是为兄呐喊，无妨的。我已另写信给惟波。

我那篇文章近五千字，《文艺报》“文学新人”栏一般是四千左右，看吧。

《文汇月刊》第七期，载有兄的《芭蕾，钟情于中国》及冯骥才的《说王蒙》，我很想弄一本，邮局已卖完，请兄设法为我弄一本寄来，拜托了。

又：我想，这事情也是有缘，第一次发表评兄文章的是我们“文学与青年”版，这次《文艺报》评兄又是我来写，有意思！

泰昌兄跟丹晨兄一样，当时是《文艺报》编辑部副主任，后来又一起当上副主编。泰昌对《文汇月刊》感情深厚，他跟梅朵、谢蔚明是多年朋友。爱屋及乌，泰昌兄对我很关心，也很关照，我每次去《文艺报》，他问长问短，问梅朵的情况，问我的写作情况。3月间，听我说及我的报告文学选集《中国的旋风》出版在即，让我把书的校样寄给他，说《文艺报》上可以做点文章。但他比较审慎，当时并没说做什么文章。我也不敢抱奢望，即便在文艺界最具影响的《文艺报》上发个简短“书讯”，我也很知足。

当时，泰昌兄跟徐刚走动较为频繁，他们也常说起我。8月初，徐刚来信说：“《文艺报》的事，我跟泰昌后来又细谈过一次，日前他打电话给我，已发稿，删到四千字，发兄的照片——我认为，这在他们那边眼下已属不易了，发表的时间不在九期就在十期。”马立诚和徐刚早已把稿子的规格和进展告诉我了，但泰昌很慎重很沉得住气，直到9月上旬尘埃落定时才来信说：

我们请马立诚写你的评论文章，在这个过程中，我和于建将你提供的大作都拜读了。文章写得还好，将主要优点捕捉到了，当然也谈了一些不足。如果没有什么特殊情况，第十期可以出来。

去医院看望梅朵时，请代致候。《文艺报》职称评定已宣布，唐达成、锡诚、丹晨、阎纲和我，都评为副编审。你们是否在进行？

老谢出院上班了吧！

泰昌跟马立诚是同道，显然知道他是年轻高手，出手不凡。1982年10月号上推出的马立诚这篇《力和美的礼赞——读罗达成的报告文学》，热切真诚，用词精准，褒贬分明。起笔便是热情鼓励：

读一读这些报告文学的题目：《为你的棋手骄傲吧，祖国》、《中国足球队，我为你写诗！》、《芭蕾，钟情于中国》……你会感到一股激情和诗意扑面而来。是的，三年多来，罗达成在繁忙的编辑工作之余写下了二十多篇报告文学（结集《中国的旋风》，将由四川人民出版社出版），受到文学界和读者的注目。

近几年的报告文学创作，大体上可以分为两类。一类是描绘各条战线上的先进人物，歌颂走在时代前面的社会主义新人。再有一类就是揭露社会生活中的弊病与祸害，批判阻碍四化建设的各种消极因素和腐朽势力。罗达成的作品属于前一类。他的报告文学描写了运动员、艺术家、厂长、水利专家、舞蹈教师、正在转变中的失足青年等众多的人物形象。但在读者中引起较大反响的，则是那些描写运动员和艺术家的篇章。在这些作品中，作者巧妙地发挥了题材本身所具有的特点，努力发掘现实生活中的力和美，从而使作品具有一定的激动人心的力量。

说及对于题材的选择和把握，马立诚在肯定成绩的同时，也一针见血地指出问题：

罗达成是敏锐的。这也许同他从事新闻工作有关。他在选择题材的时候，很注意那些为群众所关切并且感兴趣的人物和事件。这就使他的一些作品具有较强的新闻性和时代感。近年来，随着大量优秀报告文学作品的涌现，人们欣赏的口味高了。要想用报告文学这种形式迅速地反映生活，并且写得有文采，有感人的形象和独特的艺术构思，的确不是一件容易的事。但是罗达成有勇气，有干劲。

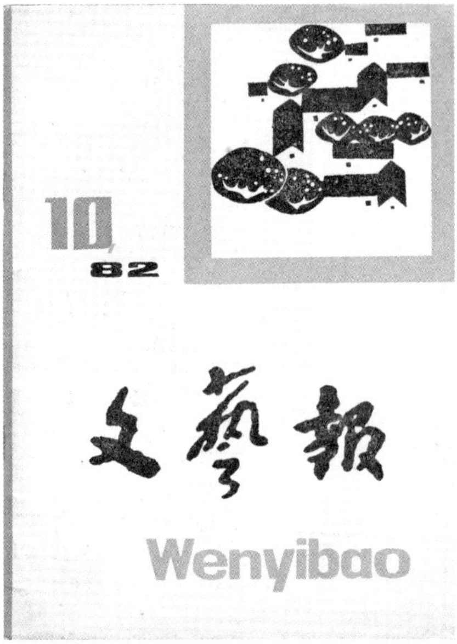

《文艺报 》1982年10月号

他知难而进，而且取得了成绩。他的体育报告文学的成功就是一个证明。当然，他的这一类作品在反映生活的准确性及分寸把握方面还存在一些不足。比如今年初，在中国足球队再次与新西兰队为争夺出线权进行比赛前夕，他发表的《希望在脚下》，对形势估计显然不尽符合实际，因而使作品的说服力受到影响。

而在剖析有关报告文学艺术特色时，马立诚写道：

罗达成的报告文学艺术特色鲜明，首先是抒情性和哲理性。罗达成过去是写诗的。他的一些报告文学也像抒情诗一样优美、清新。如《中国足球队，我为你写诗！》、《芭蕾，钟情于中国》等作品，通篇都洋溢着激情与文采……

罗达成善于从现代小说、电影的表现手法中吸取有益营养。《张定鸿在汉堡》这篇作品，把主人公经历的时间顺序完全打乱，把它按照人物意识的流动巧妙地编织起来。这些手法如果从内容着眼适当运用，有利于深入地揭示人物复杂丰富的内心世界，并且可以避免种种交代和“过场”，增加作品的容量。

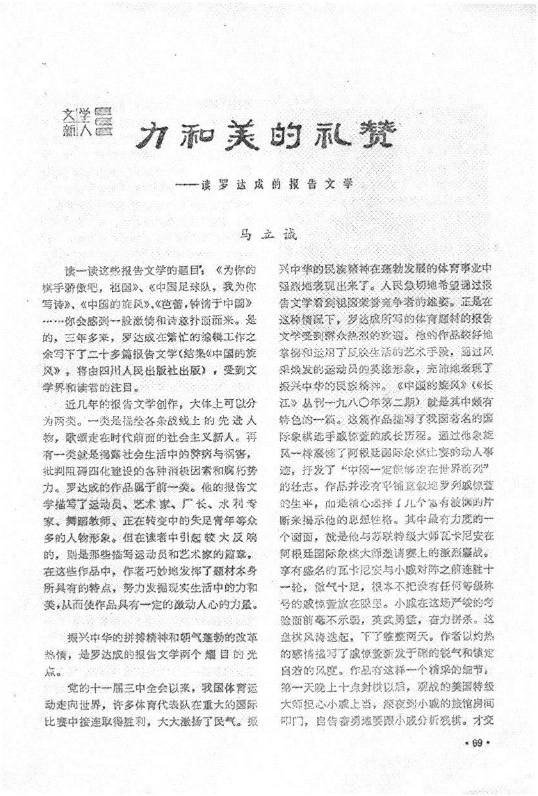

文学新人

力和美的礼赞

——读罗达成的报告文学

马立诚

读一读这些报告文学的题目：《为你的棋手骄傲吧，祖国》、《中国足球队，我为你写诗》、《中国的旋风》、《芭蕾，钟情于中国》……你会感到一股激情和诗意扑面而来。是的，三年多来，罗达成在繁忙的编辑工作之余写下了二十多篇报告文学（结集《中国的旋风》，将由四川人民出版社出版），受到文学界和读者的注目。

近几年的报告文学创作，大体上可以分为两类。一类是描绘各条战线上的先进人物，歌颂走在时代前面的社会主义新人。再有一类就是揭露社会生活中的弊病与祸害，批判阻碍四化建设的各种消极因素和腐朽势力。罗达成的作品属于前一类。他的报告文学描写了运动员、艺术家、厂长、水利专家、舞蹈教师、正在转变中的失足青年等众多的人物形象。但在读者中引起较大反响的，则是那些描写运动员和艺术家的篇章。在这些作品中，作者巧妙地发挥了题材本身所具有的特点，努力发掘现实生活中的力和美，从而使作品具有一定的激动人心的力量。

振兴中华的拼搏精神和朝气蓬勃的改革热情，是罗达成的报告文学两个耀目的光点。

党的十一届三中全会以来，我国体育运动走向世界，许多体育代表队在重大的国际比赛中接连取得胜利，大大激扬了民气。振兴中华的民族精神在蓬勃发展的体育事业中强烈地表现出来了。人民急切地希望通过报告文学看到祖国荣誉竞争者的雄姿。正是在这种情况下，罗达成所写的体育题材的报告文学受到群众热烈的欢迎。他的作品较好地掌握和运用了反映生活的艺术手段，通过风采焕发的运动员的英雄形象，充沛地表现了振兴中华的民族精神。《中国的旋风》（《长江》丛刊一九八〇年第二期）就是其中颇有特色的一篇。这篇作品描写了我国著名的国际象棋选手戚惊萱的成长历程。通过他象旋风一样震撼了阿根廷国际象棋比赛的动人事迹，抒发了“中国一定能够走在世界前列”的壮志。作品并没有平铺直叙地罗列戚惊萱的生平，而是精心选择了几个富有波澜的片断来揭示他的思想性格。其中最有力度的一个画面，就是他与苏联特级大师瓦卡尼安在阿根廷国际象棋大师邀请赛上的激烈鏖战。享有盛名的瓦卡尼安与小戚对阵之前连胜十一轮，傲气十足，根本不把没有任何等级称号的戚惊萱放在眼里。小戚在这场严峻的考验面前毫不示弱，英武勇猛，奋力拼杀。这盘棋风涛迭起，下了整整两天。作者以灼热的感情描写了戚惊萱新发于硎的锐气和镇定自若的风度。作品有这样一个精采的细节：第一天晚上十点封棋以后，观战的美国特级大师担心小戚上当，深夜到小戚的旅馆房间叩门，自告奋勇地要跟小戚分析残棋。才交

·69·

《文艺报》1982年10月号“文学新人”专栏，发表了马立诚写的《力和美的礼赞——读罗达成的报告文学》

马立诚也指出了问题和不足之处，批评比较尖锐但很有说服力，说理也很透彻。他认为，我在追求优美、清新，激情与文采时，有时会走过头，不慎或是不惜走向飘浮和花哨：

就像手心与手背是同一物体的正反两面一样，有些作家的长处和弱点往往也是互相联系在一起的。罗达成写报告文学很注意诗情与文采，但有时运用不当，也容易使人有飘浮和花哨之感。《芭蕾，钟情于中国》的第六部分，用三千多字描写了跳水队主教练梁伯熙。作为读者，我很想了解这位教练为我国跳水事业所付出的心血，了解他怎样战胜各种困难攀登世界水平的高峰……但是，在这一部分文字中，作者却用主要篇幅写了梁伯熙从事跳水之前对舞蹈和音乐的爱好，写了他与爱人在音乐之神的安排下结合的过程，写了《蓝色的多瑙河》这支名曲的意境和感染力。这就多少给人一种游离和飘浮的感觉。应当指出，

这种现象在罗达成的报告文学中并不是仅见的。究其原因，也许是由于作者对这方面的生活不够熟悉，在匆忙的采访和写作过程中又来不及深入了解，于是用音乐进行“发挥”，以为补救。而《中国的旋风》这篇作品就少有这方面的缺陷。这大概和作者对棋手的生活熟悉有关（作者少年时代在国际象棋比赛中曾获得较好成绩）。这就告诉我们：报告文学作家也有一个怎样深入生活的问题。无论是写人物还是写事件，仅靠一两次记者式的采访是远远不够的。还必须深入到所写对象的生活、心灵中去，真正在生活中熟悉对象、理解对象，并进一步通过所写对象窥视、理解社会和人生。只有做到了这一点，才有可能将作品写得生动而又扎实。

很少见到《文艺报》“文学新人”用这么大的篇幅，并配发照片，来推荐一个处于上升阶段、初露头角的报告文学新人。评论是马立诚写的，但他把握“主要优点”和“一些不足”时，字里行间透出的那种严谨分寸感，显然也体现了吴泰昌和于建的《文艺报》编辑观点。落笔前，他们显然一起沟通过，商议过。

我的猜想，在马立诚年底给我的信中印证了，他们确是“磋商良久”：

感谢兄邀我为贵刊写报告文学。我理当尽力，不在话下的。无奈我最近正有小说压手，很紧张。最近我一直在写小说。《北京文学》、《青春》、《萌芽》等发了几篇。《解放日报》12 月 9 日还发表了一篇评论我在《北京文学》十月号上发的小说《哪儿出了毛病》的文章，对我是很大鼓励。我日下正赶写一个中篇，但稍喘息，一定应兄之命。

我是喜欢读兄的报告文学的，诗情文采集于一身，的确难得。望兄成为大家。上次那篇评论，与《文艺报》诸君磋商良久。兄对我在文中提的那点意见能够海涵，使我很感动。今后愿继续拜读兄的新作。

我很看重《文艺报》这篇评论，有受宠若惊之感。虽说，之后几年陆续有过更长更全面的分析、评价我作品的文章，但在我心头，这些都远不如《文艺报》这篇文章所激起的惊涛大浪。比起锦上添花，雪中送炭要珍贵得多、重要得多。

朋友的心意、编辑的心意、评论家的心意，我一直藏之于心底。

我深受鼓舞，但更感受到压力。之后许多年，我在保持自己写作风格的同时，又警惕“过线”和“越界”。每写完一篇报告文学，都战战兢兢，不敢贸然寄走。我完稿后至少看两遍，有没有“飘浮和花哨之感”？有没有游离出去的情节？有没有使用过分的形容词？我希望作品能如评论中所要求的那样“生动而又扎实”。这种境界，大概正是编辑和评论家所乐见的吧。

泰昌兄对我的“照亮”不止于此。作为介绍人，他还操心着我申请中国作协入会的事。1983 年 7 月 4 日，他又发来一信：

入会事，表格我写好意见转到创联部。负责上海的同志很熟，我已不下三次介绍你的情况。此事我放在心上，勿念。

梅朵上班，请代问候。

8 月间，我便接到中国作协创联部通知：1983 年 7 月 4 日加入中国作协。我很感念泰昌兄的热情关照和扶持，他又帮我了却了一个心愿。

马立诚善于思考，且能说会道。后来，他事业有成、声名日盛，先由《中国青年报》评论部，调往《人民日报》评论部；之后曾与人合著发行量高达两百万册的《交锋——当代中国三次思想解放实录》；离开《人民日报》后，又成为知名学者，担任过凤凰卫视评论员等。

在立诚兄为《文艺报》写了那篇“礼赞”后，我们交往频密起来，去北京时他总来跟我小聚长谈——既沟通信息，评点国事，又探讨写作选题。他后来在《文汇月刊》发表了好些文章，其中最有影响的是《“蛇口风波”始末》那篇报告文学。

我不能忘怀的是 1990 年 2 月中旬，在《文汇月刊》风雨飘摇做最后挣扎时，《文汇报》党委在写所谓“检查”、“认识”时，提及的四五篇有“问题”作品中，就有马立诚发表在 1989 年 3 月号《文汇月刊》上的《“蛇口风波”始末》：“作者是《人民日报》记者。《人民日报》已发表过关于此事的长篇报道，《文汇月刊》的文章是在这篇报道的基础上加以具体描述和发挥的。当时，只看到《人民日报》文章强调思想工作要跟上改革开放新形势，而没有看出其中所包含的错误。这篇文章贬低了思想政治工作，影响是有害的。”

这“检查”不得已而为之。其实，马立诚的文章何罪之有？《文汇报》的“检查”，获得了某些主要领导的认可。

十三 终见阳光：我和丽宏的第一本书

说起自己七十年代后期、八十年代初的写作，就会想起赵丽宏，想起他那间与《文汇报》相距一箭之遥、不见天日的“小黑屋”。我是那儿的常客，去过的次数不下几百次。我和丽宏为写作为出书，在这里一起挣扎过、奋斗过，相互扶持和激励过。

当时最让我们感到煎熬的，是因为缺少名气，梦寐以求希望能面世的第一本书稿，被出版社无情地无限期冷藏着。我的报告文学选集书稿《中国的旋风》，被上海文艺出版社一压就是一年半；丽宏的散文集书稿，也被百花文艺出版社搁置了两年多。这是两家名头很大、身价极高的出版社，名家的书都来不及出，排着长队，不晾我们晾谁？

后来，我们终于熬过那段黯淡岁月，苦尽甘来，云开日出，陆续出版了自己的第一本书、第二本书、第三本书……但之前经历过的那些艰难、奋发的造梦日子，却永志不忘。

——关于“第一本书”的感怀

今天的人，无法想象八十年代的文化氛围，那种纯净和热诚让人感动，让人兴奋，甚至热泪盈眶。

《文艺报》“文学新人”上的那篇《力和美的礼赞——读罗达成的报告文学》，四千字的评论长文，确实让我受宠若惊。

不过，在十个月之前的1981年12月20日，我到《文汇月刊》一年零三个月时，已经感受过一次高浓度的受宠若惊。而给我带来莫大惊喜的，竟是之前素昧平生的四川人民出版社文艺编辑室（后来独立为四川文艺出版社）的曹礼尧。

她的丈夫，在四川大学任教且是文艺评论家的尹在勤，出差上海，来访未遇，在我办公室留条，并转交曹礼尧一封信，告诉我：你的报告文学集我们已经列入计划，你可以找人设计封面了。

责编的话说得这样明确，让我喜出望外，一时有点不敢置信。被上海文艺出版社冷藏了十八个月的书稿终于落实，悬在我心中的一块大石头也算落了地。但其间曲折过程，以及许多编辑朋友的关心、帮助和疏通，让我终身不能忘怀。

第一本书稿，被出版社冷藏着

大概是1980年6月间，我鼓起勇气打电话给上海文艺出版社的陈先法，说：我整理好一个散文、报告文学合集，不知有没有可能在你们那儿出？

那时，我还在《笔会》工作，将几年来写的《中国的旋风》等报告文学篇目，以及一些散文整理出来，大概有十四五万字，可以凑成个散文、报告文学合集。虽说我已有幸加入上海作家协会，但从未结集出版过著作，多么渴望能出本书，以证明自己。

我看过上海文艺出版社所出的《散文丛书》的书目，可谓名家荟萃：有雷加的《从冰斗到大川》、杨石的《岭南春》、师陀的《山川·历史·人物》、菡子的《素花集》、吴伯箫的《烟尘集》、张长的《紫色的山谷》、碧野的《蓝色的航程》、黄宗英的《星》……这些名家，是我不敢望其项背的。我心中没有底气，所以在问先法“有没有可能”时，问得并不坚定。

先法是很熟的同行和朋友，他在出版社编散文、报告文学书稿。我和肖关鸿、赵丽宏少则三五天，多则十天八天，总要跟先法碰头并小聚。而这小聚，多是因为我们共同的作家朋友或编辑朋友来沪，先请他帮忙安排到建国西路上的上海文艺出版社的小招待所。那儿干净、便宜，且供餐食，许多名家改稿均被安排于此。因为条件好，地方小，抢到一间房间很不容易。随后，我们又总是一起为外地来的好友接风或是送行，接待次数较多的是肖复兴，以及百花文艺出版社的谢大光。

有时，大光还和同事刘铁柯结伴而来，他们都在百花文艺出版社分管散文、报告文学稿件，既出书又编《散文》月刊。后来大光升官，出任百花文艺出版社副总编，并兼任他们社办的《小说家》刊物主编。

将近二十年后，丽宏在给《新民晚报》写的短文《昨夜春风》中，曾深情回忆道：

八十年代初，有一次肖复兴全家来上海，住在建国西路384弄11号甲，上海文艺出版社的小小招待所。这是上海西区很多新式里弄中很普通的一栋小楼，在那条弄堂里，这栋小楼没有什么特别的地方，门口没有什么显眼的招牌。熟悉的外地作家常常住进这幢小楼，成为我们相聚处。当时的《文汇月刊》副主编罗达成约我一起去那里看肖复兴。复兴的儿子小铁那时还小，在那间设备简陋的房间里，他站在屋子中间，用奶声奶气的音调大声地为我们背诵普希金的《渔夫和金鱼的故事》，我们的话语并不多，但当时那种质朴而美好的气氛，我至今难忘。

虽然跟先法，跟大光、铁柯极熟，但以我和丽宏当时的名气和作品影响，都属刚刚崭露头角、初露锋芒，高攀在全国最具影响的上海文艺或天津百花，火候似乎都还不够旺。我和丽宏都是跟他们相处很久后，才谈起想出书的意向。先法、大光和铁柯很愿意为朋友帮忙，但他们当时都不在掌权位置上，只能尽力而为，完全没有把握。

丽宏是我的作者，也是好朋友。我每天中午这一两个小时，除了去福州路逛书店，就是泡在丽宏的“小黑屋”里。毫不夸张地说，七十年代末、八十年代初那三四年里，我去过至少六七百次。报社到他家相距咫尺，走快些不消十分钟就能走到。我们之间没有秘密，话题无所不至，以至有些悄悄话还得背着他的未婚妻，丽宏当时还没结婚呢。丽宏1984年结婚时，搬到浦东去了。一年后，儿子小凡出世，他们又搬回来住了很久。

撇开朋友这层关系，我是送上门的编辑。丽宏经常将新鲜出炉的诗歌和散文给我看，其中有些是给我们写的，有些则是给其他报刊的。

我当编辑“入戏”太深，太过较真，完全不顾在“小黑屋”还是在《笔会》，及至之后的《文汇月刊》。大多时，我是为丽宏的作品赞赏、叫好的，而且不是泛泛喝彩。我会说出构思如何，语言如何，以及通篇读完是否打动和感染了我。但有时，我也会直言“文章不太流畅”，“构思缺少新意”，“整体印象比较一般”，建议他作较大改动，甚或给以“冷酷”否定。

1982年，在赵丽宏家，与丽宏（左）合影

丽宏或完全接受，或部分接受，有时也会跟我解释甚或争论，但从不冲动或是生气。他早已习惯我的编辑作风，无论对作者还是朋友，从来不肯通融高抬贵手。为这，丽宏的未婚妻张建英不止一次跟我发生争论，埋怨我求全责备，说："侬要求太高，太疙瘩，总归讲阿拉丽宏不好。"我不跟她正面冲撞，只是"捣糨糊"：说她是读者，可以有自己偏爱。我是职业编辑，在讲看稿感觉。结果，每次都是丽宏出来"劝和"、息事宁人。他理解我这个好朋友，还是好编辑，对他的作品这样，对大牌名家的作品也这样，从来不说违心的话。

我不光折磨作者，也在折磨自己，并且更苛刻。丽宏至今还笑话我，说我当时经常为写作不顺，一到"小黑屋"里就摇头叹气，对文章的开头或是结尾不满意，乃至对通篇结构不满意，翻来覆去地折腾。我常常把半成品的稿子带去让丽宏看，听取意见。丽宏在走上编辑岗位之前，早已是我的"责任编辑"。他有时帮助提修改意见，有时则对我带去的稿件大为赞许，说根本没有问题。即便如此，我还每每不肯就此罢休。

在"小黑屋"里，我常常听丽宏读

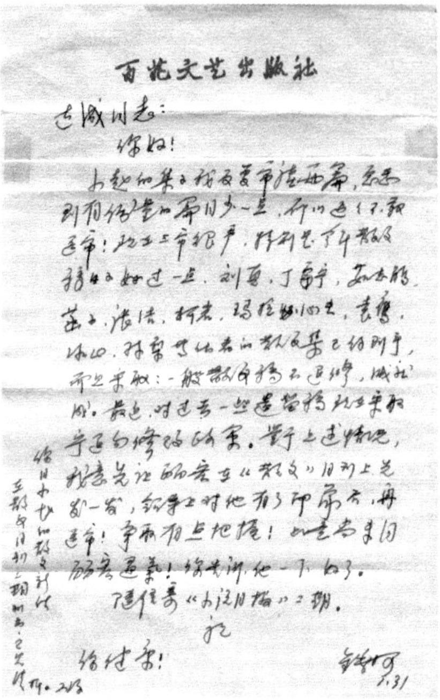
百花文艺出版社

1980年1月31日，天津百花文艺出版社刘铁柯来信，说赵丽宏的散文集子他看了两遍，迟迟不敢送审。因为毫无把握，他们社手头名家散文集扎堆，尺度很严。他让我先跟丽宏打个招呼

新鲜出炉的散文。丽宏生活积累厚实，勤奋、多产，写散文的瘾头越来越大，影响也渐次超过了诗歌。有时他念完稿子，我就带回去给徐开垒了。开垒很赏识丽宏，喜欢他的为人，说他是上海新生代散文作者中最有希望的。

我和丽宏也经常谈选题，彼此的写作计划也一清二楚。那时的共同心愿，就是能尽快出一本个人的集子。然而我们的出版社人脉有限，交往频繁的也就是百花文艺出版社和上海文艺出版社。当丽宏的书稿选定大光和铁柯的“百花”时，我已别无选择，唯有指望先法的“上海文艺”。

毫无把握的希望，是最强烈、最诱人的希望，我和丽宏简直是梦寐以求！还在华东师范大学中文系就读的丽宏，终于将一个散文集交给了刘铁柯。那是他的第一个集子，他希望能在百花文艺出版社梦想成真。

然而进展未如人意。1980 年 1 月 31 日，我接到刘铁柯寄到《笔会》的信，那时我还压根儿没想到过七八个月后会调动到《文汇月刊》去。铁柯知道我们俩“形影不离”，他对丽宏的书稿感到为难，又怕挫伤朋友，让我先给丽宏透点风：

小赵的稿子我反复审读两遍，总

感到有分量的篇目少一点，所以迟迟不敢送审！现在三审很严，特别是今年散文稿子好过一点，刘真、丁宁、茹志鹃、菡子、张洁、柯岩、玛拉沁夫、袁鹰、冰心、孙犁等作者的散文集已约到手，而且采取：一般散文稿不退修，成就成。最近，对一些遗留稿现在采取宁退勿修政策。鉴于上述情况，我意先让丽宏在《散文》月刊上先发一发，领导上对他有了印象后，再送审！争取有点把握！此意尚未同丽宏通气！你告诉他一下好了。

你同小赵的散文新作在《散文》月刊上刊出，已见清样——又及。

这是可以想见的结果，丽宏也有心理准备。这部书稿只能由刘铁柯暂时压着，两年过去了，直到丽宏 1982 年初毕业离校，依然迄无转机。

平心而论，当时的出版社对年轻人关怀不够，对老作家又热情过剩。1980 年 6 月大光和铁柯来沪，几乎没有说及丽宏的书稿——这是一个无解的方程，说了也唯有带来尴尬和烦恼。返津后，铁柯于 6 月底来信，尽管有着浓浓的友谊语句，却让我感到一种无语的苍凉：

回到天津，进入紧张的调资阶段，每日忙得筋疲力尽，今天利用上班时间，给朋友们写封信，以免骂我铁人铁心。

我已经给开垒写了信，催促尽快将稿寄来，现在不太忙，抓紧拜读，如有可能可望三季度发稿。过去读他的作品甚少，这是一次补课。

你北上日程一定，务请来封信，我已告柴德森、石英等人，他们盼大记者光临。

先给你写一信，丽宏处近日待寄《散文》月刊时再补寄。

上次他准备要冷藏丽宏书稿时，来信说名家书稿堆积，现在又来盯开垒的散文集。开垒是名家，皇帝的女儿不愁嫁，“百花”对他还是穷追不舍。比照丽宏，真是冷暖迥异。

过了三个月，我刚调到《文汇月刊》，给铁柯一信，他回复道：

得知老弟走马上任，表示祝贺！没有什么可讲的，望老弟给大哥寄贵刊为盼。

有件事要和你谈一下，前几天开垒来信，说到他的散文集让别的出版社拿走了，我真是大失所望，我把一切工作提前做完了，等待开垒同志大作到手。原想年底发出，万万没有想到让人家挖了墙脚，领导上几次问我怎么回事，批评我没有抓紧，我有口难言。开垒同志来信说下一个集子再给我们，当然欢迎，不因此而伤了感情。下次到上海，一定身备约稿合同，签字画押，立法明意，以防万一。你一定把我的心情告诉老徐一下……

抢稿、挖墙脚都是私下进行的，后来我才知道，抢走开垒书稿、让铁柯痛心不已的，正是上海文艺出版社。而这本《鲜花与美酒》的散文集责编，也正是我们的老朋友陈先法。不由感叹，世界何其大，又何其小呵！

我给上海文艺出版社的那本散文、报告文学书稿，也冷藏着。搁浅在陈先法的顶头上司、诗人宫玺那里。这冷藏的结果，有心帮忙的先法无权亦无奈。性格温和的宫玺有权也难以动用，他缺少一点魄力和热情。那年头，他们编辑室一年限定只有几本散文集的配额，粥少僧多。所以，尽管我跟宫玺很熟悉，他也是《笔会》的作者。但我从不去催问宫玺，怕彼此尴尬，只是每隔一段日子打电话向先法打探情况。

我和丽宏同病相怜，都有一个集子在出版社冷藏着，这成了我去“小黑屋”时经久的话题。虽然，我们有时也有点泄气，但更多时间是互相鼓劲：没有别的捷径好走，一定要把作品写出影响来，写出名气来。同时，要结交更多的出版社朋友。我们坚信，天无绝人之路。

书稿一时无望，人生轨迹却充满希望

老天给了我一条路。不，应该说说梅朵给了我一条路。书稿无望，我的人生轨迹却充满希望。1980 年 9 月我调到《文汇月刊》，梅朵放手让我责编报告文学与诗歌两个专栏。而且，还不断逼着我放手去写有关注度的热点报告文学。由此，我的写作空间大大拓展，视野大大拓展，人脉也大大拓展。

谢大光与我通信频密，他是最关心和关注我的编辑朋友之一，我们之间一个重要话题就是议论、切磋报告文学写作。他是散文编辑、散文作家，文学性很纯正。而我在《笔会》时所写的东西里，无意间会夹杂记者味，多了报告，少了文学。

1980年6月底，大光信上直言不讳写道：

你的报告文学是丰收了，一年之内总有七八篇之多吧？我亦很为你高兴。这些东西还可写下去，但还是在上海时说过的，要往文学上靠，不要往报告上靠，否则易流于一时之作，无长远存在的生命力……

那是报告文学风起云涌的日子，大光难禁诱惑，也开始初试牛刀。8月中旬，大光来信说：

肖关鸿来津五日，匆匆而去，我未能很好尽地主之谊。只是陪他跑了几位作家处。我的报告文学可能发在“增刊”六期，不知你看到没有？你是此中专家，切望能提些意见，看我是否适合写此类文字。

一个月后，大光知道我去了《文汇月刊》（当时还叫《文汇增刊》），已盼着我去京津组稿，并又问及我的散文、报告文学集的着落。他知道我没有高等学历，评职称时没有一本书会碰到更多麻烦：

知你已去“增刊”，我看有利有弊，这样，外出的机会可能会多一些。不知工作量比报纸如何？

你的散文、报告文学集，不知落实没有？我意还是要抓紧一点，先出一本。很快要评定职称了，有本书会好一些吧！

何时能来津，提前告我。北京许多作者也都欢迎你来。

知道我的集子一时无法落实，梅朵也很关心这件事。他安慰我、激励我：“有这么好的平台提供给你，还怕出不了作品？有了好作品，还怕出不了书？”他还深刻敲打说：“你要记住，只有写出一流作品，才能真正和一流作家对得上话，站得一般高！否则你老要仰视，怎么可能平等对话，心灵碰撞？”

这些话，我刻在心头。我没有辜负梅朵厚望，在一年多时间里，不光把《文汇月刊》的报告文学专栏办得风生水起，我的报告文学写作也有了升华，开始呈现早期的井喷状态，有的是激情，渴望写作品。惜乎编务太重，我没有多少时间写作。

在相继推出《你好，李谷一！》、《中国足球队，我为你写诗！》、《张定鸿在汉堡》等作品后，我周身有一种脱胎换骨之感，摆脱了谢大光之前所指出的残存的“记者腔”，也渐次形成自己的独特风格：诗的语言、散文情调、浓郁的文学性和可读性。我的作品开始拥有更多读者，获得更多好评。

如果说，我早先写过的《中国的旋风》，是有一定影响的成名作，那《中国足球队，我为你写诗！》则是我体育报告文学中有影响的代表作之一。反响所以强烈，是因为这是国内最早出现的关于足球题材的报告文学之一（另一篇是理由写的《倾斜的足球场》）。还因为，一场震撼人心的中科之战，撞击了亿万人心，一夜间在中国大地上涌现出上千万新球迷。《体育报》全文转载了我这篇报告文学，许多报纸也予以选载。

无论是梅朵这样的新球迷，还是无数老球迷，他们特别喜欢文章开头那一页撞击人心的文字：

傍晚之后，整个广州好像面临一场大战前夕一样，静悄悄的，大家都往电视机前跑。公共车辆里人也空前疏勒，急急地在赶路，一片压抑的情绪笼罩着，真叫人纳闷……

——引自羊城一位球迷给李富胜的信

秋夜。1981年10月18日的夜。中国仿佛是着魔了。骤然间，在这块喧腾而富有生气的土地上，似乎一切都悄然隐去，一切都黯然失色，唯有当晚要进行的一场中国——科威特足球赛，才是一切的一切！

球，一只黑白相间、充满魔力的球，在北京工人体育场中场的绿茵草皮上，静静地躺着，枕着古都北京的芬芳秋色，在享受激战之前的片刻安宁。人们的心却难以平静，数以千万乃至万万计的“荧光屏”观众、“半导体”听众，跟有幸置身于赛场看台的八万名球迷们，似乎打破了空间概念，全都融为一体了：球，扑腾腾跳跃在胸膛里，骨碌碌转动在眼睛里……

这期刊物出版没几天，我就收到在青岛参加艾青率领的诗歌访问团时结识的好友、《安徽文学》刘祖慈的信。祖慈是安徽最出色的青年诗人，不久就离开杂志社，去当专业作家了。他热切地写道：

达成：您的“振奋国威，恢弘民气”的报告文学我读了。一直是在亢奋的、不能自制的感情潮水冲击下读完的。写得太好了，我以为比您以前写的那篇李谷一还好，引文是那样畅达、俏皮、活泼、充满豪情。我真是感佩极了。您也是为青年作者振奋了“威”，恢弘了“气”。

在那段时间里，1982 年 10 月，梅朵的老友、《文艺报》编辑部副主任吴泰昌，在《文艺报》推出马立诚的评论文章《力和美的礼赞——读罗达成的报告文学》。而泰昌看中的马立诚，6 月 29 日在他主编的《中国青年报》刊登了介绍我的报告文学的短文《诗一样的魅力——读罗达成的报告文学》。

我没有飘飘然，但有了点底气，心有点野了。我已不甘于书稿被遥遥无期地冷藏下去，我把新作品的贴样陆续寄给上海文艺出版社，希望他们能对我青眼相加，重新审视书稿。同时，又在蠢蠢欲动：我在《文汇月刊》“独当两面”，既管报告文学，又管诗。我要动用人脉，希望能找到一个对新人更有热情、更具活力的出版社，以便尽快推出自己的书。

1981 年 9 月初，到《文汇月刊》一年了，我给四川人民出版社的诗歌编辑戴安常去信，说起我的书稿。安常是《萌芽》的诗歌组长宁宇介绍给我的，之前就是《笔会》的作者。老资格的宁宇，在诗歌界人脉广泛，他在“天府之国”的四川有一批挚友。

我所以想到找安常，是因为我在书店接连买到他们社出版的报告文学丛书：有柯岩的《奇异的书简》、理由的《痴情》、任斌武的《无声的浩歌》等，清一色的报告文学名家！我看这套丛书对口性很强，抱着姑妄试之的心态，请安常兄帮忙打听一下。

“他的势头很好，我们已经注意到他！”安常转告说，“编辑室态度比较积极，希望能看看你的书稿！”虽说八字还没一撇，但我看到了希望，立即去信告诉安常，想把在“上海文艺”冷藏的书稿要回来寄去。

做事稳妥的安常，阻止了我的躁动。1981 年 9 月 17 日，他来信说：

关于你报告文学一事，我与编辑室的负责同志再议了一次，仍是答应了的，但你信中言及，要从上海文艺出版社抽回，我又有些迟疑了。原因是，速度可能不会如愿，再则，非是我编，因而，我未与领导及编的同志讲死，留有些余地，稿何时交来未具体。这样的目的，第一你可以让上海看后再处，如果上海出，我从中说明，如果上海搁浅，你再告之，速寄上，不是两全其美吗？你意如何？

我把事情悄悄告诉了陈先法，让他佯作不知。大约是10月中旬，我另外准备了一套书稿寄往成都，开始脚踏两头船。但我对四川也不敢抱太大希望，他们同样是名家扎堆，说是“注意到我”，不等于认可我呵。我耐下性子，等待消息。我知道，办报如同百米短跑，讲究速度。而出版，犹如急不起来的马拉松。其间，我心血来潮，又给北方文艺出版社的满锐说及此事。

1981年12月20日，我永远不会忘记这个日子！那天，我外出有事回来，看到办公桌上有一封信，信封背面还有留言。原来，信是四川人民出版社曹礼尧写的——她是我那本书稿的责编。她丈夫尹在勤到上海出差，来访未遇，仓促在信封背面写道：罗达成同志：“我来你不在。今日我赴杭州开会，元旦左右返沪，还要在沪住二十余天，再来看望你。”

曹礼尧的信，写于12月16日。我的书稿，才寄去两个月，而曹礼尧外出组稿一个多月刚回来。书稿她还未及细看，就给我以十分明确的意见：

你的报告文学集我们决定列入计划，你可以找人设计封面了（大32开本）。封面一定要搞好，反正你满意了就可以寄来。我由于这次外出组稿用了一个多月的时间回来后工作堆起了，再加上今年的进修假还没用（不用也不补），因此，你的作品我还未仔细看。我们这里规定稿件要“齐、清、定”，符合这三个条件才能发，你不是还有两篇文章要加进去，还要请人精心设计封面，等这些工作完成后，我的时间也可能有了。那时再细细读你的作品。

连进修假不用白不用，都坦言以告。从未谋面，却已让我感受到曹礼尧的为人爽快、实在，做事既认真，又讲效率。这种工作风格，在后来和她交往中，感受得淋漓尽致。

曹礼尧很理解作者心情，知道我这两个月一定在翘首以待，等待出版社回音。

在对书稿粗粗浏览后，赶在去休进修假之前，把“决定列入计划”的结果告诉我，让我“找人设计封面”、补上要增加的文章，做到“齐、清、定”。倘使她不是之前对我有所关注，一些作品早已看过的话，大概不敢这样一锤定音吧。

心头悬着的一块大石头落地了，一身轻松。曹礼尧用这样明快的态度帮我圆出书梦，这让我感受到一种足以记取终身的知遇之恩。曹礼尧是我生命中遇到的一位贵人，我永远感激她。

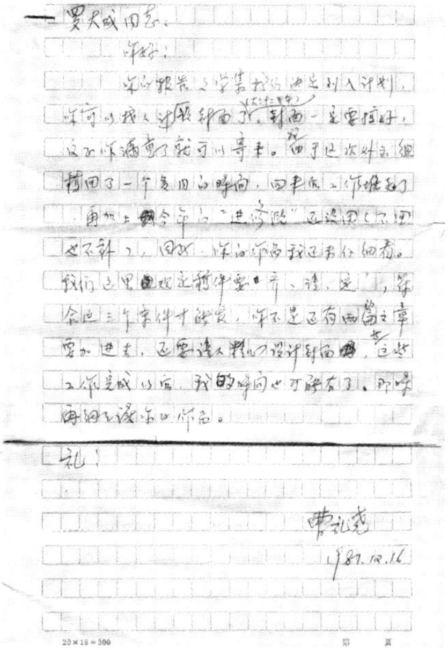
罗达成同志：

你好！

你的报告文学集我们决定列入计划，你可以找人设计封面了（大32开本）。封面一定要搞好，反正你满意了就可以寄来。

礼！

曹礼尧

1981.12.16

1981年12月20日，四川人民出版社文艺编辑室曹礼尧，让丈夫尹在勤捎来一封她12月16日写给作者的信。信写得让人喜出望外：“你的报告文学集我们决定列入计划，你可以找人设计封面了（大32开本）。封面一定要搞好，反正你满意了就可以寄来。”

四川人民出版社让我颠覆了过往对出版社的成见，即对新人比较冷漠，对新生事物反应比较迟钝。曹礼尧在信中还明确回应了《文汇月刊》的建议，那是还在医院病床上的老梅，和我共同的心愿：“请出版社考虑，能否每年出一本《文汇月刊》报告文学选编？”

回答是斩钉截铁的，他们对《文汇月刊》绝对信任，绝对放手：

另外，关于出“文汇丛刊”一事，我们首先要感谢的是你们对四川出版社的信任和支持！经请示领导，意见如下：“每年，请你们给四川出版社编一本在《文汇月刊》上所发的报告文学的集子。你们编，我们出，封面设计等都可以由你们一手包办，我们完全放心！”

似乎知道我为第一个集子的冷藏憋屈已久，老天开始眷顾我，让我好事成双。在读到曹礼尧的信十多天后，1982年1月7日，又接到北方文艺出版社满锐兄充满关切的信。满锐是诗人，长我八岁，我们相识将近十年，见面不多，但书信不断。他绝少寄诗稿来，只是跟我聊天，我们有太多的共同作者和朋友，如雷抒雁、韩作荣、李松涛、赵丽宏……

满锐对《笔会》和《文汇月刊》（一年过渡期内，为《文汇增刊》）每期必看，爱之甚切，每每感叹在冰天雪地的黑龙江报刊上，很难读到这样的文章。1980年初，《文汇月刊》创刊没几天，就接满锐信：“达成：能否惠我一册《文汇增刊》？看广告目录，内容相当之好。你与开垒参加编辑吗？”他还搞不清《文汇增刊》跟《笔会》之间的关系。其时，当时我和开垒也只是读者而已。

我到《文汇月刊》，满锐极为认可。每次在刊物上看到我的报告文学，他都给以评点，认为写作的质和量皆有提升，喜悦之情在字里行间流淌，让我常怀感激，心有戚戚。然而，奇怪的是，这么好的资源，我居然六根清净地从未想到过动用。老满在北方文艺出版社，可也是有很大话语权的大编辑；冰天雪地里的出版社印出的书，不也同样散发诱人的油墨香吗！

向往种子出土的那份急迫，让我在将《中国的旋风》的书稿复制给四川人民出版社的同时，把情况给老满细述，还附上一纸篇目。老满也如梦方醒，投以极大热诚，居然在没有具体书稿的情况下，以我信中那一纸篇目说通了文艺编辑室，答应接纳这本书，让我尽快把书稿寄去。可以想见，老满兄一定替我打了包票，美言多多。

接读老满的信，心里感到热烘烘的。他对上海、四川这两家出版社的风格了然于胸，帮我做出分析。还确凿地说，万一有什么意外，“我这里必保”。而对我的写作风格和追求，则鼓励有加：

你个人的第一本书，出版形势这样好，使我高兴。这又证实了，只要有受读者喜欢的作品，是根本不愁出版的。照理这本书应由上海文艺出版社接受，宫玺同志是熟人，问题是他拍板能否算数。四川那里，善于做工作，书一般也出得比较好。我的意见：力争上海，上海安排不上，四川若难落实，就由我这里必保。四川一旦要出，我势必在这里“坐蜡”，那也无非费些口舌，相信会获得谅解的。为朋友嘛！

你又决然不同于理由、黄宗英、陈祖芬等（他们的许多作品我都爱不忍释），你就是你。你有你所追求、为你所偏爱，因而又赢得自己众多读者的特殊风格，一种优美的、明快的、略显华丽的风格。而且我感到了你所具有的难以估衡的潜力，在未来的岁月里，这种潜力一定会实实在在地表现出来。

老满是满族人，为人耿直而认真，他对我的事念念在兹，放心不下。两个月后，又来催问书稿落实与否：“到今天为止，没有收到你发自北京的信，料定你已经返回上海了。四川那边，事情进展如何？至念。此书当然力争四川能出，如落实不下，则这里必保。我现仍在少儿室，不过少儿室领导已原则同意我回文艺室去，文艺那边以及主管局长，仍希望我去《北疆》。”

我感受到满锐兄长般的真情。他很快就如愿回到文艺室，任北方文艺出版社副总编，兼任大型刊物《北疆》副主编。

我的第一个集子，终于可以走出冷藏了。喜不自胜，我在第一时间把消息告诉丽宏，我们俩一直是同病相怜，为之愁闷，载不动，许多愁呵！

老天不仅眷顾我这“难兄”，也体贴到“难弟”丽宏了。虽然，丽宏在“百花”的集子依旧杳无音信，但他也有好事来临。

丽宏有了不期而至的机遇。就在他们这批已在文坛崭露头角的佼佼者毕业分配前夕，时在《萌芽》杂志当诗歌组组长的诗人宁宇，受主编哈华之命，去华东师范大学中文系找徐中玉、钱谷融两位主任，通融要人。哈华亟需新鲜血液，狮子大开口，在纸上一下开了四个人名单：赵丽宏、王小鹰、杨代藩、孙颙。结果要到了两个，而孙、杨两人被上海文艺出版社和电影系统要走。

宁宇是老资格编辑，在《萌芽》很受器重。宁宇主编的诗歌专栏，每期有十二个页码之多，而且全都集中在一起，有规模、有气势，这在全国绝无仅有，影响相当大。后来，他推荐曹阳来当编辑部主任，曹阳规划版面时，把诗歌打散开来发，宁宇为此“拂袖而去”。道不同，不相与谋，他离开了《萌芽》。

分到《萌芽》当编辑，只是丽宏好运的起始。丽宏不能忘怀，仅仅过了半年，宁宇又做了一件功德无量的事，让丽宏编选一本自己的诗集。宁宇跟天府之国的一批诗人和编辑们很有交情，在去重庆组稿时，与重庆出版社商定，由他担任责编，编选《萌芽丛书》的诗集，以文学新人为主，以处女作为主。丽宏的《珊瑚》，是这套丛书中的一本。

《珊瑚》在1982年7月出版。一个“大馅饼”轻松地送到丽宏手上。真个是踏破铁鞋无觅处，得来全不费工夫。虽则不是丽宏心辄向往之的散文集子，但毕竟是他的第一本书。

丽宏懂得感恩，一本书让他铭记了三十多年。尽管在市场化大潮后的新世纪，懂得滴水之恩，涌泉相报的人，少之又少——2015年，宁宇八十寿辰时，上海作协诗歌委员会为这位老诗人搞生日聚会。作为作协副主席的丽宏，在会上重提旧事，感慨而又感激地说起宁宇当年对他的提携。

更难得的是，袁鹰用书信体方式，为《珊瑚》写了一篇情真意笃的序。序言在《解放日报》发表的那天，一位同样来自崇明、后来成为上海宣传口高官的朋友，感叹道：“不得了，袁鹰帮丽宏做了一幅大广告！”尽管后来再无交往，但他当时说到“广告”的用词和味道，让我难以忘却。袁鹰怎么可能做广告呢？他所以写那篇序，是因为赏识丽宏的为人和为文，追忆他对丽宏由观察到关注到喜爱的心路：

那天傍晚在上海车站握别，火车很快便奔驰在绵绵的雨幕里。我倚着车窗，怅然地想着你刚才那深情的眼神，眼神中继续在流泻没有来得及说完，也不可能在匆忙中说完的话……

你欣喜地告诉我，萌芽丛书要收入你一本诗集。你为自己初生的宁馨儿取名为珊瑚。这书名取得好。它使我立即想起那些晶莹闪烁、玲珑剔透的海底奇珍，想起你那些诗篇——同样是来自生活大海深处的美的结晶。它也使我想起你的诗的脚印，想起我们六年前最初相识的日子。

那是“天安门事件”后三个月，“四人帮”到处追查天安门前的蘸着血泪写成的震撼千万人心弦的诗篇。在这种时刻，谁也不知道自己明天会遇到什么，谁

1983年夏，作者（左）与赵丽宏（中）、刘征泰（右1）在太湖畔

也不知道分手后什么时候能再见面。在与袁鹰的小聚中，丽宏说自己有志于诗歌写作，并坦率地表示不满于当时盛行的空洞、恶劣诗风。袁鹰因相识未几，不便深谈，但他由此开始关注丽宏的成长和创作：

后来，开始读到你的诗作，清除“四害”以后，尤其是近两三年来，你越写越多，精彩的佳品时有所见。你熟识的朋友（包括我在内）都感到由衷的高兴……

你找我这个不懂诗，没有写过什么像样的诗歌的人，为你的诗集涂上几笔，未免找错了对象。但我仍然不怕难为情地信口乱说了几句，不仅纪念我们在动乱和危难中的相识，更为了祝贺你在诗的长途上跨出结结实实的一大步，期待你从大海深处再捧出新的珍宝。

凝聚着责编激情和心血，第一本书终于“漂漂亮亮”推出

我很幸运，我的第一个集子能遇到曹礼尧这样一位编辑。这不止因为，她对我的作品和风格有所偏爱，给以很多肯定和鼓励；且接触的日子越长，越能感受到她对作者的满腔热忱和尽心尽力。

曹礼尧写的信，总是明快、干净利落，没有模棱两可的语句。

1982 年 2 月初，估摸她进修假休完，回来上班了，我将调整后的书稿寄去。2 月 8 日，她来信说：“刚收到寄来的稿子。‘中国的旋风’，书名太好了！”3 月 3 日，曹礼尧又来信。只过了二十多天，她已看完书稿，热情的肯定让我有点不安。她还提出，是否集中出个报告文学集子，以后另外再出一个散文集：

作品，我仔仔细细地读完了，刚完。我边看边惊叹：“这个家伙真会写！”“真不简单”，“这么年轻就写了这么多！”现在，我的事情也完成得差不多了，只等封面、插图来就发稿。后记是必要的，你补上一个吧。

有一件事需向你商量，我想这个集子就集中出报告文学，散文就暂时不发，等以后你的散文能集中单独的一册了，我们另外出一个散文集。而把这些篇散文抽下来，并不影响此书的篇幅，你的意下如何呢？请来信。

另外，一定将你的近照寄一张来，我放在前勒口上。

3 月 20 日，曹礼尧又转达了文艺室领导重视这本书稿的信息，让我马上抛弃“第三者”北方文艺出版社：

此书我们出定了，没有任何问题。我现在是稿件已看完，等待封面、插图、照片及你的后记，这些东西何日到手，我就何日发稿。对你这本书，我们编室的领导也很重视，我们会尽力将它搞得漂漂亮亮的！黑龙江那边，你就谢绝了吧！

6 月中旬，曹礼尧因在北京出差摔伤，回来后在家休息，来信说：

我们编室的副主任让我转达你。他说，报告文学和散文还是分别出好了，现在看起来，有点杂。而且，我们这一套丛书是“报告文学集”。他说请你把最近写的这篇《芭蕾，钟情于中国》，给我们这个集子。

曹礼尧很喜欢这篇新鲜出炉的近三万字的报告文学。她来信说：

关于中国跳水队这篇报告文学，写得非常生动，我看后立即交给杨字心同志去了。这次就出单一的报告文学吧，散文以后再说。写序的事，为了不因为此事再拖时间，影响发稿，我们的意见就算了。等书出来以后，请他们给写文章评评吧。

我这个人是爱激动的，看了你的这篇新作品，我也想写一篇什么东西，谈谈我的激动。我编的柯岩报告文学出来以后，在《中国书讯》发了一篇短文。你的报告文学有你的特点，我也很想写，写好请你提意见吧！

为了催促三审，摔伤的曹礼尧几次回出版社催促。那天去出版社的四川诗人胡笳告诉我：“见着曹礼尧，她不幸腿折已三月，现在还未痊愈，正当她在抱怨终审说已催促多次之时，担任终审的那位七月派诗人杜谷走了进来，他说今晨刚签发了！”

9月中旬接曹礼尧信：

稿子刘令蒙副主编刚才给我，他看了，已签了字，但抽下三篇文章……他说为了使这本书的质量能够和柯岩等的报告文学平起平坐，抽下这几篇是有必要的。

现在此书稿我已发往内文设计组，不久就可到达工厂，以后的事情我尽可能地抓紧，促使早日见书。

四川人民出版社（后来很快改名四川文艺出版社）是匹“黑马”，热情、充满活力和亲和力，不过其实力远远不如“上海文艺”、“天津百花”，美编力量和印刷力量都比较薄弱。尽管版权页上印着“1983年2月第一版”，但直至5月才让我的翘首期盼成为现实。曹礼尧喜不自胜，给我飞来一本样书，在那个没有快递的年代，“航空”已属非常手段。她在5月12日发出电报般的信笺上，有着两个感叹号：

书出来了！！先飞来一本。所赠二十一本由陆地上来，所购的第三批水运到。

书出得确实“漂漂亮亮”。由上海文艺出版社美编陆震伟设计的封面大方、豪放，现代派的色彩与传统的简约相融合，却有着撞击人心的力量。后来，一年

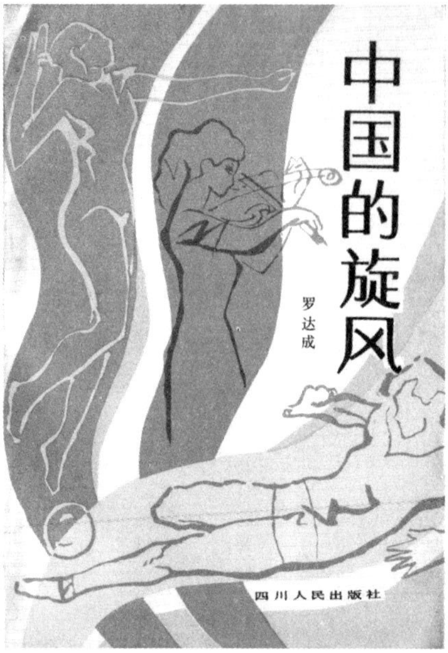

《中国的旋风》书影

一度在四川文艺出版社出版的《〈文汇月刊〉报告文学选》，封面、扉页全都由陆震伟设计。

这本书的勒口上，有曹礼尧写下的热情洋溢的介绍文字，她跟《文艺报》上马立诚《力和美的礼赞——读罗达成的报告文学》那篇评论异曲同工，却又有自己创见：

年轻的作家罗达成，文笔优美、流畅、风趣，擅长刻画人物。这个善写报告文学的"轻骑兵"，驰骋在大江南北，写出了一篇又一篇有影响的报告文学作品……

而在一个多月后，这本书有了较好反响后，曹礼尧的来信喜悦而自谦：

《中国的旋风》之所以受到欢迎，人们喜爱，那是因为你写得好，封面设计、插图的同志画得好，工厂的同志装订得好，我只是跑跑腿而已。但话又说回来，自己编了一本人家夸奖的书，我心里也很高兴。

我把这个集子寄给郭风、曾卓等前辈，他们都给我温暖的回应。

郭风来信说：

收到大著，十分高兴。这本书封面设计等均好，我为你的创作成就高兴。

《文汇月刊》办得很有特色，我很爱看。估计发行量是在不断上升吧？

曾卓信上说：

长江之行后，我又参加诗刊社组织的访问团到大兴安岭和呼伦贝尔草原跑了一圈，上月底返回武汉。

承寄大作，已拜读，其中有些篇是我原先读过的，这次也重温了一次。你的报告文学有自己的独特风格，也有感情。你正是风华正茂的时期，希望今后能读到你更多的作品。

见到丽宏时请代致意。

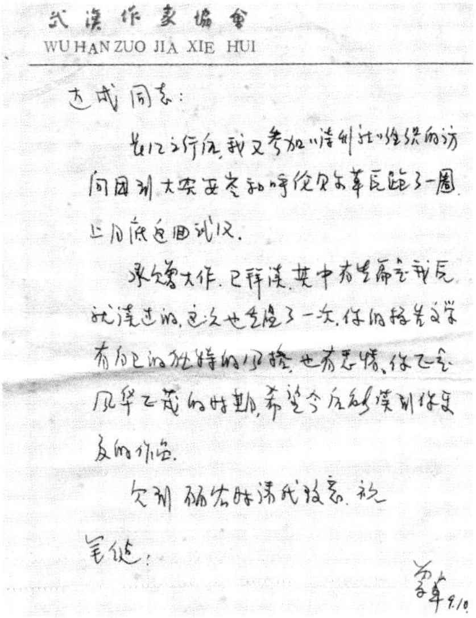
武汉作家协会
WU HAN ZUO JIA XIE HUI

达成同志：

长江之行后，我又参加诗刊社组织的访问团到大兴安岭和呼伦贝尔草原跑了一圈，上月底返回武汉。

承寄大作，已拜读，其中有些篇是我原先读过的，这次也重温了一次。你的报告文学有自己的独特的风格，也有感情，你正是风华正茂的时期，希望今后能读到你更多的作品。

见到丽宏时请代致意。祝

笔健！

曾卓 9.10

1983年9月10日，曾卓收到《中国的旋风》，来信给以鼓励

上海文艺出版社副总编范正浩回信时，关切地说：

你托先法送给我的新书《中国的旋风》已收到，谢谢。这是你的第一本书（是吗？）对于一个作者来说，第一次发表的作品是可贵的，第一次出版的书籍更有意义。应该向你祝贺。

听说此稿曾先送我社，未能在我社出版，我感到遗憾。我希望你的下一本报告文学集仍给我们，我当关心此事。

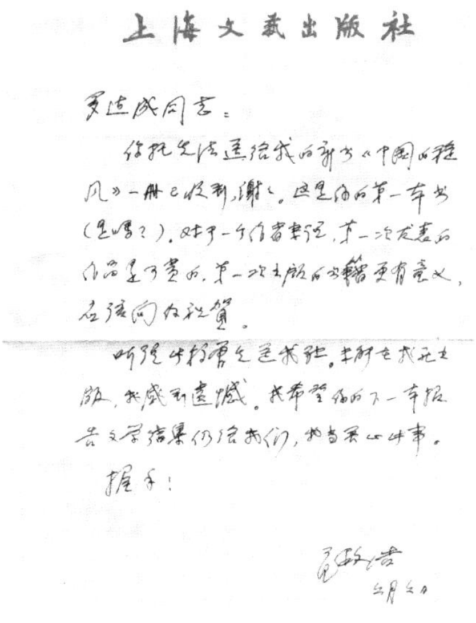
上海文艺出版社

罗达成同志：

你托先法送给我的新书《中国的旋风》一册已收到，谢谢。这是你的第一本书（是吗？），对于一个作者来说，第一次发表的作品是可贵的，第一次出版的书籍更有意义，应该向你祝贺。

听说此稿曾先送我社，未能在我社出版，我感到遗憾。我希望你的下一本报告文学结集仍给我们，我当关心此事。

握手！

范正浩
6月6日

1983年6月6日，范正浩收到《中国的旋风》来信："听说此稿曾先送我社，未能在我社出版，我感到遗憾。我希望你的下一本报告文学集仍给我们，我当关心此事。"

后来，我把第二个集子《跳水女皇》（与吴晓民合作）给了北方文艺出版社，

以弥补满锐兄为我第一个集子的“坐蜡”。出版社的另一位副总编钱畔亲自做责编，给我们以许多照应，该书于1984年2月出版。后来，1988年，老满还亲自当责编，出版了我的《少男少女的隐秘世界》。而我把第三个集子，散文、报告文学合集《杭州001号》给了上海文艺出版社。除先法兄和宫玺操劳外，范总也直接关心此事，于1986年9月顺利成书。

而让我深感温暖和增添自信的是，在百花文艺出版社一直处于上升趋势，后来升任副总编的谢大光，在收到《中国的旋风》后，就来信相约我的下一本书。1984年4月，他刚从上海回津，即来信说：

这次上海之行，还是很畅快的。朋友之间，经过了一些事，会更加了解的。你目前的处境很有利，一定不要退缩。不知老梅回来没有？

如果班子一落实，我劝老兄，半年之内不要多写东西，倾全力于刊物，把局面打开。然后的事情，就好办了。不知兄以为然否？

您的第二个集子，不论何时写出，我都等你，来了就是我的事了。当然，我希望能比第一本更好，相信也是可以的，因为你第一本集子的后半部，已经大大超过了前几年的水平。

理由的稿子我回来收到已经看完，四月底可发稿。处理老兄的稿子，我不会慢于这个速度的。

1985年12月，他从上海回去后又来信强调说：

在沪太匆忙，未好好谈，我想，你完全不要有太多负担，多写东西为是。工作上稍放手一些，各方面都会更好一些。

“百花”这里，我给你留着一本书的名额，什么时候交稿都可。

滴水之恩，当涌泉相报。第一个集子，让我跟曹礼尧及四川文艺出版社，结下深厚友谊。几年间，我跟曹礼尧通信有两三百封之多。还曾多次协助他们，向陈祖芬、祖慰等一批当红报告文学作家催要书稿。1984年他们创办《报告文学选刊》，我又成了最贴心、最卖力的编委，总是把我们下期要刊用的重头报告文学小样，在第一时间寄给责编曹礼尧和廉正祥。

我和丽宏都出了第一本书。但丽宏心中一直割舍不下他给“百花”的散文集书稿，那才是他所渴望出的“第一本”。这本散文书稿什么时候才能冰消雪融、云开日出呢？我劝他不必为此纠结，关键在于多出好文章，扩大知名度。

丽宏的散文，原先多在报纸副刊上发表，篇幅只能千把字，两千字就算破格了。1983 年 11 月号，我们破格发表了丽宏八千字的散文！《文汇月刊》的名家散文，通常也就是三四千字，唯有像巴金、丁玲这样的大名家，才不受此限。我和梅朵、肖关鸿力主让丽宏当一次“大菩萨”。不过，铁面无私的版面责编徐凤吾，还是对原稿一万两千字的文章大加砍伐，删掉三分之一，删得我好心疼呵！

丽宏许多年后，依然感念《文汇月刊》刊登这篇散文。

《氿畔》是自传体散文，写他十九岁那年，带着礼品，怯生生地找氿畔韦木匠拜师学艺。师傅生了肺癌，正值生命的最后旅程。师傅的儿子小孟教他手艺，又嘲讽他：“你们上海人，娇嫩。”见对方满脸沮丧，才收掉孩子气安慰道：“不要急，慢慢来，往后会习惯的。”小孟的嫂子金秀秀，模样细气，却凶悍泼辣。那天，赵丽宏饿疯了，居然喝掉三斤米的粥。金秀秀敲着空粥锅，恶声恶气地大声叫喊，“真碰上饿煞鬼啦！谁三斤米的粥，吃得一点不剩啦！真碰上饿煞鬼啦！”正在赵丽宏无地自容，热泪在眼眶里转时，有人在背后轻轻拍他肩胛，回头一看是师母。师母模样丑陋，心地特别善良，她温和地说，“由她乱叫去，不要睬她。饿了，放开肚皮吃。”

文章把一个个人物写得栩栩如生，这是丽宏散文作品中的精品，且带有转折性意义。从过往写一草一木，一人一物，感受大自然和社会生活的一角，到写有自传体报告文学味道、人物众多的散文，标志着他的散文已登上一个新台阶。

突破不止于此。在我的催逼和诱惑下，丽宏先后写了五六篇报告文学。尽管每写一篇，都深深体会到报告文学让人死去活来、精疲力竭的感觉。他交稿时总痛苦不堪说：“下趟再也不写了！”过后，却还是好了伤疤忘了痛，仍然乐此不疲。1981 年 10 月号，他写的第一篇报告文学《太阳在呼唤》，就被告状“失实”，所幸有惊无险，最终不了了之。1983 年 7 月号《文汇月刊》付印在即，突然爆出朱建华又破世界纪录的消息，我想临时换稿，问一年前曾写过《新的高度，属于中国！》的丽宏，愿不愿意写续篇——前提是隔天必须交稿。结果，他真的只花

1981年，徐开垒、肖岗、罗达成、季振邦、金谷、谢泉铭（后排左起），宁宇、徐刚、徐刚夫人、赵丽宏夫人、赵丽宏、刘征泰（前排左起），在静安宾馆合影

了一天时间，就赶写出一万五千字的《朱建华！朱建华！》。他自己也感到不可思议，这个写作速度成了他空前绝后的纪录。

等待了四年，丽宏终获成功。1984年6月上海文艺出版社出版了他的散文集《生命草》。年底，百花文艺出版社也出版了他的《诗魂》。这两本开本别致、封面精致的散文集，留给我的印象极其深刻，它们是对丽宏这四五年锲而不舍的付出的最好回报。

丽宏由衷感激上海文艺出版社，由衷感激几年来一直扶持他的恩师般的徐开垒。尤为难得的是，开垒一口答允为《生命草》写序。而那篇序，情由心生，当是开垒写得最深刻、最洒脱、最动情的一篇序，为丽宏的散文集大为增色。

我推荐青年作家赵丽宏的散文集《生命草》，是因为这里有像《雨中》那样的千字文，篇幅非常短小，内容也只是街景一个刹那的描写，却反映了精神文明的一朵火花。这犹如我国山水画中的一幅生动而富有概括意义的册页，从此可以由小见大，看见篇幅浩瀚的长卷。特别使人神往的是《小鸟，你飞向何方》、《合欢树》、《旷野上的微光》、《青鸟》等作品，它们反映了十年动乱中一个插队农村的知识青年，在茫茫大海中找寻光明，追求知识，狩猎友谊时的苦闷与彷徨；在写作上，有不少的地方继承了我国散文的优秀传统……

我说这些话，全出自肺腑，我相信也符合客观实际。溢美可以成灾，我不在这里说过头话了。因为如果我说这本书里的每一篇作品，都已达到艺术高峰，那么谦虚谨慎的丽宏同志自己也不会接受的。但当我想到《生命草》是丽宏的第一本散文集，他的年龄还只三十出头，我就仍抑制不住心头的喜悦，特别是联想到他目前还住在一间狭小的鸽笼似的房间里，每天下班回家，挥汗写到子夜，这种刻苦努力的精神，反映了我们文学界新的力量的萌发，这就不仅是对他个人的未来的庆贺，更要为我们文学界的前程高兴了。

1984年6月，赵丽宏的第一本散文集《生命草》，由上海文艺出版社出版

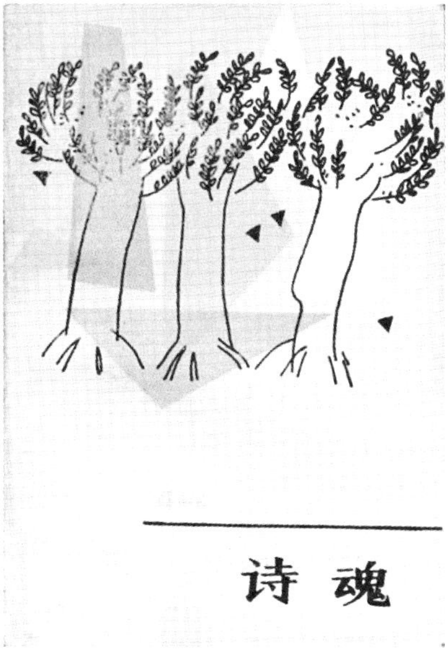

《诗魂》书影

对于为人谦和，话语时显拘谨的

开垒来说，可谓偶露峥嵘、敞开心怀，他对丽宏第一本散文集评价之高，也是破例了。

大概是为了犒赏自己，小事庆祝第一本散文集的出版，这年秋天，丽宏和我抽空结伴去杭州。朋友收费打折，让我们入住紧挨西湖的新新饭店。虽说，晚餐难得的丰盛，我们却深情怀念起七年前在崇明的最初见面和粗放会餐——

那大概是1976年底前后，我还在《笔会》当诗歌编辑；丽宏作为“知识青年”，还未结束在农村接受“再教育”的艰难生活——1977年恢复高考，他才有幸考入华东师范大学中文系。我在那个条件简陋、有些破败的崇明县写作组，见到了徐刚和丽宏等几位写诗的朋友。他们为我接风，去不起饭馆，现买现烧，烧菜、盛菜“一贯制”——全用铝质面盆：一面盆的“茶叶蛋”，一面盆的鲫鱼汤，一面盆的红烧肉……我们大口喝着崇明米酒和啤酒，有些醉意地大声说笑，谈诗论文，畅想未来。

那餐饭的鲜美醉人，气氛的粗犷豪放，让我记取一生，无论在新新饭店还是后来在五星级饭店饭局上，我曾一次次对丽宏感叹：怎么再也吃不到那种美味，找不到那种感觉？

丽宏在送我的那本《生命草》扉页上，喜悦、兴奋、感怀地题写着：

我们并肩伫立在西子湖畔，看月亮从湖里升起来……

达成兄正之　　　　丽宏　八四年秋

我和丽宏“并肩伫立”，相交已逾四十年，尽管在1990年《文汇月刊》停刊后，我淡出江湖，而丽宏声名日隆；尽管我们一年只见到一两次，通三五个电话，但友谊浓酒却越陈越香。我记不住他的许多头衔，也无意关心这些，我只知道，他是我终身的挚友。他的著作后来出了上百本，但占据我心头的，却依然是最初的诗集《珊瑚》、散文集《生命草》和《诗魂》。

十四

选题会上催生
刘晓庆的《我的路》

选题会上常有“争吵”，梅朵几次把办公桌玻璃板拍碎了

《文汇月刊》的选题会，一度曾是《文汇报》五楼楼层里的一道独特、罕见的风景线。有好长时间，每当我们闭门召开每周一次的选题会，因其热烈，因其争论和争吵，高分贝的声浪破门而出，都会吸引同一层楼面理论部、评论部乃至从六楼、七楼兄弟部门赶来的许多同事，围在门口看热闹甚至窥听。他们好奇、担心，不知《文汇月刊》发生了什么事。和我们关系好、平时走动多的大牌记者钟锡知、郑重，有时也忍不住冒昧地破门而入，一边关切地问“做啥？吵架啦？”一边感受这有声有色的场面：争论者不仅嗓门大，而且脸红脖子粗。日子一长，习以为常，尽管我们的选题会还是时有暴风骤雨，门口却再也没有围观者了。

散文家、天津百花文艺出版社的谢大光，对《文汇月刊》这个团队以及编辑部空气赞赏不已。大光是老朋友，也是编辑部的常客。有天我和肖关鸿请他吃饭，他来时，无意中撞上并旁听了我们的选题会，空气之活跃，争论之激烈，让他留下了不可磨灭的印象。大光曾生动回忆说：“那天，你们有好几个人不同意梅朵的观点，梅朵舌战群儒，吼得嗓门嘶哑，火气很大，还拍台子。可是一散会，就翻篇了，回到常态了，我当时感到好纳闷，怎么像戏里一样呢？”

谢大光怎么能不纳闷呢？一散会，我和关鸿就热情地陪着他到《文汇报》小餐厅；梅朵也还是有“朋自远方来，不亦乐乎”，在饭桌上和大光有说有笑。这就是《文汇月刊》选题会的风气，形象可能不太好，效果却异乎寻常的好：有话当面说，一切摆上桌面，不必私下发牢骚，无论是争吵，还是咆哮，一切为了工作。尽管会上为一些问题争论得不可开交，比如下一期的头条稿上什么？某某作家那篇稿子分量

够不够？还要准备哪几篇重头稿？下期的封面挑选谁？还有谁备选？照片找谁拍？尤其对一些需要做出取舍的名家争议稿，更是争辩得不可开交。但争完了，吵完了，一旦形成共识，相关编辑必须坚定不移地去落实、执行，要是到时完不成，梅朵绝对会唯你是问，那可是很丢面子的事！

选题会一直是在我和梅朵、谢蔚明这个房间开的。1980年秋我加入这个团队时，八九个人坐在这十六七个平方的房间里开会，已经不算宽敞了。及至1987年，刘绪源最后一个加盟时，《文汇月刊》已有十五六个人，开选题会时，椅子挨着椅子，显得“挤挤一堂”了。（严格来说，最后加盟这个团队的应是陆幸生。他由《萌芽》杂志调动来时，《文汇月刊》已经出停刊号。他后来在《文汇报》“扩大版”及“独家采访”担任报告文学编辑。）

我和刘绪源这是二度同事，六十年代我们同在复兴岛上的中华造船厂工作，并且都参加了厂里的业余写作组。在那个特定年代里，我们在厂部一个简陋的防空洞里，艰难而又兴奋地开始了文学之梦，不抱希望却又充满希望，而且后来居然都从最没有希望的地方走出了希望。七十年代初，我有幸被借调到《文汇报》工作，并得以转正。而刘绪源在八十年代初，考进上海人民广播电台当了文学编辑。刘绪源具有相当功底，且有很大潜力，斯时他正由儿童文学创作转向文艺评论写作，对《文汇月刊》则从走动到心动，“高山仰止，心向往之”。我和肖关鸿施以援手，我们“调动”了梅朵的力量调动他，中间并不顺当。他来后，当了分管杂文和评论的编辑；可以说，这为他后来成长为颇具影响的文艺评论家铺平了道路。

刘绪源曾在他写的《我与〈文汇月刊〉编辑部》一文中，以素描笔触概括地回望梅朵团队：

这支队伍成员的名气未必很大，但构成极有特色。到我加盟时，已有十五人的编制。其中组稿编辑约十人，全部是作家，但作品都不太多，也不十分“走红”。大概这样的作家最适合当编辑吧，太“红”了往往不会安心，而毫无创作经验，又难于敏感地把握作品。其中，两位主编创刊时已年届花甲，他们是四十年代走上文坛的，五十年代初都曾在《文汇报》北京办事处工作，与老作家及高层次文化人有相当广泛的联系。后来进入编辑部的周嘉俊和水渭亭，是五十年代开始写作的“工人作家”，他们与活跃于六十年代的作者们关系密切。周尊攘是老文艺记者，对文史颇有兴趣，在文学艺术界交往很广。两位继任的副主编肖关鸿与罗达成，一个写小说，一个写报告文学，在进入新时期前就已发表过若干作品，《文汇月刊》为他们提供了很大的天地，他们与活跃于新时期的作家们很快取得联系，成为极好的朋友。另外，周玉明和余之，一个是文艺记者出身的报告文学作家，一个主要兴趣在诗评、影评和有关影星们的采访写作（当时余之还兼《文汇电影时报》的副主编），他们与音乐、舞蹈、戏剧、电影各界保持了联系。美术界自有美编负责联络。另一小说编辑嵇伟，刚从大学毕业，自己也写小说，她与各地后起的年轻作者，包括那些有现代派倾向的作者们，有更多共同语言。我进编辑部时，兴趣正从小说创作转向散文随笔和理论批评，所以，除协助编一部分报告文学外，主要联系杂文、评论和随笔的作者。这样，各个年龄段、各个创作领域的作者，就都有了着重联系的编辑。这有点像报纸的分工——条块分明。主编梅朵则眼观六路，耳听八方，不论何种年龄、哪一方面，只要真是好作者，是受读者欢迎的，他都要求你紧紧抓住。一旦哪里冒出一个好作者而月刊竟未将其网罗进来，他就要责备编辑失责——这又有点像报纸的不能漏新闻了。

编辑部让大家心情舒畅，还因为不讲地位，平等待人。不了解内情的人，会觉得梅朵很有权威，大权独揽。他有时批评我们，责备我们，会毫不留情；他突然要我们出差，当突击队，赶重头稿，我们无不从命。但是，倘使梅朵想降低一下标准，发一个名家的平庸稿子，几乎毫无可能。他当然有发稿权，但他从不滥用，他不想也不敢坏了风气，弄得上行下效。

刘绪源曾十分感叹地追忆道：

编辑部里还有一个极大的好处，就是平等。对于刊物和稿子，人人有发言权。不管谁拿来的稿子，不管作者名气多大，你都可以提否定的意见。所以，为着某一篇稿子要不要上，常常争得不可开交，外人看来简直如天塌下一般，可是一散会，月刊编辑们便又像没事人一样嘻嘻哈哈了。嗓门最响的当然数梅朵，据我所知，他的玻璃板就不止拍坏过一次。另外，即使是主编，他要发某一篇稿子，也得同分管的编辑商量。有编辑坚决反对，他也会很无奈。我就多次碰到梅朵拿来杂文或评论稿，悄悄地、开后门似地说道："老作家的稿子，质量还可以，发了吧，发了吧。"时至今日，世风大变，一想到一个堂堂大刊物的名主编，那样一种孩子般的语态和神情，我常常会起一种莫名的感动。我不知道今后还会不会再遇到这样的人，这样的情景。

刘绪源没说全的是，即便梅朵能搞定栏目编辑，到当期稿件汇总时，我或肖关鸿作为轮流当班的副主编，会毫不犹豫地把"关系稿"抽下来，哪怕这个稿子是梅朵拿来的。不光对梅朵如此，我们对《文汇报》的总编辑、副总编辑马达、陆灏、张启承等人也如此。对他们转来的关系稿，决不降格以求，网开一面。

《文汇月刊》给领导以面子，使之好交代的是，他们拿来的稿子立马交给有关编辑优先看，并认真给以复信，说明稿子为什么不敷选用。而《文汇月刊》标准把握越严，越显身价，越具吸引力。稿子越是难上，越是有人想上。跟我们隔了好几层的一位领导，比较开明、有工作激情，尽管时不时批评我们某篇稿子、某个言论有倾向问题，不应该发。但他出身军旅、又是作家，很看重《文汇月刊》，希望我们能选载他的长篇小说。分管副总编跟我们商量，我们回绝了，没有商量余地——我们尊重领导，更尊重规则，发表过的东西怎么能再发表？《文汇月刊》不是小说选刊，不可能开此先例。对此，当他再来催问时，马达和分管副总编都感到尴尬和为难，但他并没有强刊物所难，这在今天的办刊人看来，绝对匪夷所思！

我印象中，《文汇月刊》办了十年，总共发表过他三篇作品：1980年的《渡海——山东八路军进军东北散记》、1987年的电影小说《廖耀湘兵团覆灭记》，以及1990年5月的《平津前线散记》。不过，发表他最后这篇文章时，《文汇月刊》气数已尽，离停刊只有一个月了。

"编辑部里有好风气、好心情，才会有好稿子！"这是梅朵的名言。他很喜欢，甚或说是很享受编辑部的工作状态：工作很忙，心情很舒畅，空气相当活跃。对于我们每周开选题会的热烈，为争论一个稿子的取舍简直像吵架，梅朵曾撰文大发感慨：

我们编辑部的同志，那是一个很难再次找到的生命集体，他们像一团火似的，把一切投入了工作，他们没有别的考虑，人们之间的关系，也就是如何把杂志办好，很少计较个人的得失，因此编辑部的会议虽有热烈的争执，却没有造成相互间的隔阂，尤其只有意见的对不对，没有地位的高与低。所以总能做到畅所欲言，发挥每个人的才智。当然，这种精神的形成，显然和那个时代的思想氛围有着密切关系。

徐凤吾提出：要为刘晓庆提供讲话机会，让她自己动笔

《文汇月刊》有许多产生重大影响的稿件，源头来自选题会，而且提出绝好选题的，并不一定是组稿编辑。在1983年6月号发表，之后又在《文汇报》上连载了十多天的刘晓庆的《我的路》，始作俑者即为组版责编徐凤吾。这个选题，是他在1982年深秋的一次会上提出来的。

徐凤吾说：现在社会上以及电影圈里，对刘晓庆有很多流言，讲她跟丈夫离婚了，私生活相当乱。讲《原野》里因为拍了她的裸体镜头，所以片子审查通不过。还讲她走穴、倒卖黄金，经济上也有严重问题。一个刚刚出道的青年演员，有艺术天赋，也有相当成就，现在身陷于四面楚歌之中，甚至试图自杀。《文汇月刊》应该为刘晓庆提供机会，澄清事实，而且要让她自己动笔。“以我感觉，刘晓庆一定有话要讲。随便她怎么讲，刊登出来，一定会产生强烈反响，读者也一定会十分关心。”

梅朵大为赞同，作为老资格的电影评论家，以前是《大众电影》的创始人，现在又是《文汇报》麾下《文汇电影时报》的创始人之一，像北京电影制片厂厂长汪洋这样的电影界头头脑脑，以及谢晋这样的一批大腕名导，都是他的至交或是熟人。

梅朵对刘晓庆知根知底，她是粉碎“四人帮”以后成长起来的一代青年演员，走上银幕仅仅几年，却尽显才华，迅速蹿红。不过，刘晓庆冒出来的过程一波三折，四五年间饱尝艰辛，一度看不到出头之日：1975年3月，当刘晓庆拿着部队的介绍信，怯生生地来到八一电影制片厂《海鹰》摄制组试戏时，既不懂表演，也不会说普通话，她在王晓棠、张勇手、王心刚、刘江这些大牌演员面前，手足失措，完全失去了信心，只好抱着“豁出去了”的想法孤注一掷。

刘晓庆不知自己怎么过关的，还在感到庆幸，《海鹰》却突然停拍了，摄制组通知她回家。在临去机场的一刻，《南海长城》摄制组让她去试戏。谁知《南海长

城》拍完之后，没有放映几场就停映了。刘晓庆只得无可奈何地回到四川，在部队话剧团的演出中跑龙套。后来，她又有机会参演了珠影厂拍的《同志，感谢你》和《春歌》，虽说由于种种原因，这两部片子均未成功，但她感到很值得，也很满足："锻炼了我的表演，丰满了我的羽毛，我懂得了一定的表演技巧，懂得了如何去分析人物、塑造人物。虽然还十分幼稚，可毕竟还是入了门。"

命运又给了刘晓庆一次机会，而机会是留给有准备的人的。刘晓庆结婚后仅四天就来到珠影厂拍戏，已经一年了。当《春歌》快要结束的时候，她接到北京电影制片厂打来的电话，黄健中导演邀请她拍《小花》，说请她在片子里扮演一个主要角色，剧本随后寄来。然而，刘晓庆白白等了好多天，剧本却迟迟未见，在去黄山拍外景前一天，她来北影厂报了到。当晚她在家看完剧本，又生气又失望，那是什么"主要角色"？让她演的何翠姑，除了抬担架外，完全是一个活道具。刘晓庆对出演这么个角色，没有一丁点儿信心。

她到了黄山，头一件事就是抱怨黄健中："为什么不把剧本寄给我？"黄导笑而不答。很久以后，黄健中才对刘晓庆说实话，摄制组的人都不让寄，"如果把剧本寄给你，你还愿意来吗？"

尽管戏份有限，刘晓庆还是很想演好这个"活道具"。为了拍《小花》抬担架一场戏，她每天在黄山的石梯上一遍遍练习跪走。原来以为，跪着走几步不是十分难的事，谁知这跪走疼得要命。练到后来膝盖红肿不堪，一跪下就疼得刺骨钻心。招待所的服务员见刘晓庆有事没事地跪着走，还以为她有神经病。刘晓庆感叹说："经过这一跪我突然明白了好多道理，我明白了翠姑的高大所在。她是血肉之躯，那么她在跪的时候，一定是艰难之极的，到后来只能爬行。要是我，一定会走不到山顶。我按这样的想法拍了这场戏。"

刘晓庆做梦也没想到，当样片送回北影厂让厂长汪洋审查。他看完这段戏，当场忘情地叫喊道："把这个演员留下来！"短短一句话，改变了刘晓庆的人生。

刘晓庆很快走红了。1980 年，她因电影《小花》摘取了第三届中国电影百花奖最佳配角奖。不过，赢得声誉的刘晓庆，在拍戏时很会表演，在生活中却不会掩饰自己，保护自己，她为人张扬，口没遮拦。在拍摄《原野》时，她居然敢不知轻重地跟大名鼎鼎的杨在葆打嘴仗；而且竟敢赌演技，演不好就跳楼。刘晓庆曾生动地对此作过自我描绘：

我第一次见到扮演仇虎的杨在葆的时候，就感到仇虎仿佛就是为他写的。第一次见面，他就说："你是个不成熟的演员，我可以做你的老师。"我当时风华正茂，并不以为然。我说："是呀。"停了一会，憋不住，我说："我也可以做你的老师！"在讨论剧本时大家都表决心，我觉得只有这样说才能表达我的心情，我说："要是演不好金子，我就从楼上跳下去！"在拍摄前进行排练的时候，我抑扬顿挫地念出我的台词，正在得意之时，杨在葆突然喊："停！"当着全组人的面说："你表演有毛病，你不要拿腔拿调的，你看着我，感受多少就表现多少。不要硬去演。你现在是在做戏。"我满脸通红，同时我又感觉到他说得对。

如果说，我在表演上真正的开了窍，那就是在《原野》。到影片摄制后期，我对金子的掌握已进入了自由王国。我已感觉到我的成功，焦急地盼望着影片在全国上映时刻的到来。曹禺看了影片，证明了我感觉的正确。他对我说："很好，很动人，你演得比我写的还要好！"他即席挥毫，为我题了八个字："诚重劳轻，求深愿达。"我十分得意地瞅着导演凌子，凑到她耳旁说了一句悄悄话："看来，我可以不用从楼上跳下去了！"

刘晓庆没有想到，事业上愈来愈得意，生活上却愈来愈失意。自《瞧这一家子》之后，各种片约呼拥而来，她扮演的全是女特务、女流氓、交际花、轻浮女人一类的角色，以至在好多人眼里，这就是刘晓庆在自身生活中的写照。而在接拍影片《神秘的大佛》后，批评文章一时排山倒海，社会上关于她的谣言四处流传：倒卖黄金、卖奖杯、自杀、他杀、被判刑、被毁容、生活作风不正派。最痛心的是，在刘晓庆蒙受误解和难堪的时刻，她的丈夫非但不为之排忧解难，却不分青红皂白打了她。刘晓庆感到感情完全崩溃了，两人再也不能在一起生活，她选择了离婚，离开了家，住在北影招待所。这件事，立即成为北影厂的头条新闻。刘晓庆孤苦无援，轻易不敢出门，不敢面对人们的指指戳戳和恶意评点，真是度日如年！

《文汇月刊》有人想到了刘晓庆，提出这个选题。梅朵也希望能对她雪中送炭，把组稿任务交给了余之，让他赶快到北京去找刘晓庆。余之自然义不容辞，他不光是刊物分管电影的编辑，同时还兼任《文汇电影时报》的副主编，跟电影圈混得相当熟。他打听到刘晓庆正在河北避暑山庄拍摄《火烧圆明园》和《垂帘听政》，随即给她去了封信，说梅朵和《文汇月刊》知道她正处在各种流言的困扰之中，无论是在生活上，还是在艺术上，均有许多的酸甜苦辣要倾吐，希望她能写篇文章直抒胸臆、一吐为快；同时，《文汇月刊》很愿意将她这样有成就、有影响、有潜力而且有争议的年轻演员，推到封面上"亮相"。

刘晓庆接到信后很快给余之一信，感激之情溢于言表，她深深感谢编辑部对她的同情与支持，自己也确有如蹈水火、四面楚歌之窘迫，有许多话淤积在心，她一定抽时间尽力将心中的话全部倾吐出来，题目就叫《我的路》。她答应写了，心里却还在犹豫、挣扎："梅朵和《文汇月刊》太仗义了，居然敢冒这么大的风险，让我自己写自己。""这个大胆的设想使我吃了一惊。在中国，似乎还没有一位演员在年轻的时候自己写过'传'，只有两鬓斑白的艺术家，在即将告别艺术或是即将告别人世之前写一些艺术上的总结，或是写一些回忆录，自古以来都是如此，我不敢去冒天下之大不韪。"

一个季度过去了，转眼已是1983年3月，刘晓庆的《我的路》了无印迹。余之又发信催稿，刘晓庆回信对写作的耽搁表示歉意，说她对《我的路》的写作时在念中，不敢忘怀，只是拍片太忙了。一个月后，余之赶往北京，直奔刘晓庆摄制组所在地——北京西苑饭店，具体商谈写作事宜。其时，她正在拍摄由李翰祥执导的《垂帘听政》。空手而归的余之，感受到编辑部内部急不可待的压力，一改之前的温文尔雅、耐心等待，开始狂轰滥炸，频频去电催促文稿。逼稿之紧，使刘晓庆戏称余之为逼命的"黄世仁"。半个月后，这个没有退路的"喜儿"，决意抛开杂念，不计后果，破釜沉舟地开始写作。

刘晓庆胸中翻江倒海，她写作时的心境哀怨而又激愤：想到从此自己便没有了清白名誉，这一切将跟随着她走进坟墓，悲愤之情难以言表。由于这些传言，北影在宣布她为1982年的先进生产者后竟又撤销了，中国电影家协会也迟迟不批准她入会。而在许多人心中，她的名字几乎等同于八十年代的"潘金莲"。

刘晓庆只有一个强烈的愿望，要还原自己的本来面目。她决心站出来为自己说话，说真话，将所有的事实真相公之于众，包括她自己最不愿意让人干涉，却一直最被人肆意践踏的个人生活。她准备解剖自己，分析自己，袒露自己，用一把尖利的刀将自己弄得血肉淋漓，然后将它们交到观众的面前。她相信人的善良的本性，相信人们会对她做出公正的评价。

那是刘晓庆刻骨铭心、终生难忘的日子：

我足不出户，关在屋里写了三天。从第一个字直到最后一个字，一直没有倒回去看一遍，也没有提纲，想到哪儿写到哪儿，思路源源滚来。每一句话都从我心里流出，我的眼眶里时不时含满了眼泪，它们流过我的面颊滴到纸上，我就在这眼泪浸湿的纸张上面，奋笔疾书。三天之后，我把稿子扔开，全力投入拍摄工作。一个星期之后，我用两天时间将全部稿子细细地改了一遍，慎重地将它交给了《文汇月刊》。

接读刘晓庆稿件，余之喜不自胜。而我因为和余之的办公桌对面对，自然而然成为第二读者——捧读《我的路》长长的小样，心中立即为震惊、喜悦和赞叹所充斥。在文章第一节“我想写出一个真实的我”里，她就概括出那句后来广为流传、入木三分的名言：“做人难。做女人难。做名女人更难。做单身的名女人，难乎其难。”很难想象，这篇文章竟出自一个非职业写手的青年演员笔下！它满纸真情，坦荡而又淋漓尽致的自我剖析和痛诉，在流畅、质朴的文笔中汩汩流淌，有成功的兴奋和笑声，有不拘世俗、真率中略带狂傲的谈吐，也有被冤屈、被围攻时孤独无助的哀怨和泪水……

一个真性情的刘晓庆，活生生的刘晓庆！

刘晓庆的《我的路》，惊动了胡乔木

我们知道，这篇文章肯定会产生影响，也一定会带来麻烦，稿子处理得小心翼翼。《文汇报》总编辑马达看了以后讲，有些地方有点粗俗，要改，徐凤吾删掉了。文章刊登在 1983 年第 6 期《文汇月刊》上。三万字的文稿，配发了六张照片，封面人物也是刘晓庆。反响大大超出了预期，像是爆破了一枚重磅炸弹！各地要求增订、加印《文汇月刊》的电函和汇款单每天飞至编辑部，铁道部南京铁路分局一次就买了五千本。刊物加印了两次，到三十万册，还是供不应求。党委开会讨论时，马达一锤定音：“一刀切，不准再加印了。”而在商议《文汇报》上是否要转载时，有六个人参加讨论。马达说：“你们五个人都同意，我不反对，但转载时要把里面一些不三不四的话删掉。”随后，《文汇报》便选择《我的路》的主要章节连载了十多天——这样的规格，之前从未有过。

刘晓庆的《我的路》，与观众平视着，平实、真诚地倾吐了一个走红的青年演员，却身陷困境的苦衷，无奈而又无助。而通过极具影响力的《文汇报》、《文汇月刊》这两个权威载体，它的影响力迅速扩大到海内外。来自全国各地数千封“读者来信”飞向《文汇月刊》，飞向北影厂和刘晓庆。其中支持者比例为99%，反对者为1%。一时间，在国内形成了一股刘晓庆的《我的路》热。有的报刊还就《我的路》中的一些观点，如关于“个人奋斗”，关于“做人难。做女人难。做名女人更难。做单身的名女人，难乎其难”等问题，展开讨论。有的报刊则发表评论员文章，对《我的路》进行批判。巧合的是，其间北京市正值“两会”期间，与会人大代表、政协委员中有人提出质问：为什么要宣传问题很多的刘晓庆？宣传她的个人奋斗？

我的路

·刘晓庆·

我想写出一个真实的我

我小时候实在是一只“丑小鸭”

1983年6月号，《文汇月刊》刊出刘晓庆写的自传体文章《我的路》

在短短一个多月时间里，刘晓庆过山车般地经历了大喜大悲。起初她喜不自胜：《我的路》在《文汇月刊》第6期全文发表了。所有的这一期杂志被一抢而空，人们排着长队购买这本杂志。《文汇月刊》寄给刘晓庆的二十本杂志，还没到她手便不翼而飞。一天之内她收到九十六封信，电报、电话源源不绝，夸她写得好，写得真实！刘晓庆欣慰不已，她终于可以抬起头来，做一个堂堂正正的人了！

可是好景不长。《我的路》发表后不久，《中国青年报》刊登了几封读者来信，标题是《我的路通向那里？》，并专门发表了"编者按"，第一句话就定下调子："《我的路》是一条个人奋斗的路。"紧接着，《北京日报》、《北京晚报》、《光明日报》等报刊，都发表批评文章；全国许多省市都全文转载了《中国青年报》的读者来信及"编者按"。一下子，刘晓庆又成了"反面典型"……

但谁也没想到，文章也惊动了大人物，胡乔木心里还一直记着刘晓庆这篇文章。两年多后，他召见马达时，头一个问题就是"为什么《文汇报》要连载刘晓庆的《我的路》呀？"

十八年后，在马达推出的回忆录《马达自述——办报生涯60年》（文汇出版社，2004年）的《胡乔木同我的三次谈话》中，曾对此作了详尽的回顾。

马达的回忆录中，还曾记下胡乔木对刘晓庆看法的戏剧性变化：

写到这里，我不得不讲一段插曲。大致在这次谈话的半个月以后，文艺部记者给我看一份复印件，是乔木写给北京电影制片厂厂长汪洋的一封信。因为给我的印象太深了，至今我还默记得出它的大意，信上说："汪洋同志，最近我看了刘晓庆写的《我的路》，我认为很好，她的个人奋斗经历是不容易的。听说最近她积极要求入党，希望你们热情帮助她，鼓励她进步。此致敬礼。乔木。"

刘晓庆念念不忘，心中永远记住夏衍跟她说的一段话："《我的路》发表后，我也知道有些人对这篇文章有意见，说你强调了个人奋斗。我看，个人奋斗没有什么不好，现在怕的是个人不奋斗，不肯奋斗。个人奋斗有什么不好？现在提倡自学成才，自学成才不就是个人奋斗吗！"随后，《我的路》先后被翻译成十四种文字在全世界发行，刘晓庆也得以成为中国作家协会会员。

十五　胡风的“致意”与梅志的《胡风传》

从我到《文汇月刊》后，我们的选题会上经常提起胡风，提起这位中国现代文化史上最具悲剧性和传奇性的人物。我们跟千千万万读者一样，很想知道文化巨子出狱后的近况，很想能早日看到胡风重获自由后写的文章。

胡风是在1979年1月14日被无条件释放，离开监狱，到成都的一家医院养病，他的工作暂时安排在四川省作家协会。这时的胡风，身体不大好，但精神状态不错。这年八九月间终于和胡风恢复联系并通过几次信的牛汉曾回忆道：

收到我的信后，胡风在回信中万分感慨地说："真有死人复活之慨，在这四分之一世纪里，别的都能过眼烟云，但一念及因我而受累以致受害致废的心灵劳动的有生力量，总不胜万憾。"

从信的流利而刚健的字迹以及用语特点来看，我断定胡风写信当时的体魄和情绪还是好的。可悲的是一年之后，胡风精神上遭到病痛的折磨，写字仿佛失去了主宰，大大改变了他原有的字迹，连签名都似出自陌生人之手。

出狱后，经医院治疗，胡风的身体状况本已趋向稳定，但因10月间在北京召开的十年浩劫后的文艺界首次大聚会——全国第四次文代会将他排斥在外，使期盼与会的胡风热望成空，心灵再次受到毁灭性重创，病情急转直下。胡风又出现幻听幻视，他的心源性精神病又复发了。

胡风的病情，受到了党中央的关注，1980年春他被护送到北京治疗。胡风的病情令人揪心，时好时坏，阴晴不定。直至次年1月，家人才把他从医院接回临时安置的家。但胡风病情还很严重，在全家福照片上，个个都是喜洋洋，唯独他神情呆滞，毫无表情。5月间，又由卫生部出面，安排胡风到上海精神病总院进一步治疗，由梅志和女儿晓风陪护。五个月后，胡风病情趋稳，虽然仍有幻听幻视，但在药物控制下，可以过较为正常的生活了。

所幸的是，萧军、聂绀弩、牛汉、曾卓、绿原、路翎、罗飞等人，先后在北京跟胡风重逢了，那种感情悲喜交集，老泪纵横，难以用言辞表达。

牛汉勾勒了他所见到的胡风：

梅志同志领我到他们的住处，胡风已立在门内。我们紧紧地握手，他的手还是有力的。我止不住涌出了热泪。坐定之后，我看清了睽别多年的胡风，他的容颜和体态较之我在那次法庭上望到的样子，又有了很大的变化，他真正衰老了：背部明显地驼了，手臂枯瘦了，赭色的面部出现了许多灰斑，但是凝重的眼神里却多了些慈祥和温厚的光泽。胡风穿的一条化纤的半旧裤子，皱皱巴巴的，它显然伴着它的主人经历了不少个艰难的岁月。

而胡风在上海治病时，他又见到了另一拨苦难的朋友：贾植芳、耿庸、何满子、王戎等人。贾植芳关于见面场景的回忆更让人动容：

我们进屋时，他还在床上躺着，听见我们和梅志说话的声音，他吃力地挣扎着下床，眼睛里已经涌出了泪水。我们也很激动，但强自克制着，强颜欢笑地扶他下床坐在沙发上。他显出一副呆痴状，很少发言，只是悄悄地流眼泪，梅志不断地替他拭泪水，它们又不断地涌出来……直到我们离去时，他呆呆地望着门口我们的身影，兀自流泪不止。我们不能自持了，我们夫妇泪流满面地离开了这个变相的监狱——精神病院。

1981 年 1 月号，是刊物由过渡性的《文汇增刊》，正式定名为《文汇月刊》的第 1 期。我们很希望胡风这位走出高墙不久，具有极大影响力和感召力的文坛标志性人物能在刊物上亮相。我们在选题会上说“希望”时，心里并不抱很大希望。因为胡风精神病发作，正在北京治疗，他的身体状况极不稳定，还可能给我们文章吗？但只要有一线希望，梅朵都会尽百分之百的努力。梅朵对亦师亦友的胡风，充满关切和敬仰。无论是在他去北京看望胡风时，还是在跟胡风、梅志打电话时，梅朵完全抛却了他惯常的咄咄逼人的霸气，换之以轻声细语，问长问短，几十年积淀的友情在话筒里流淌。

梅朵跟胡风很熟悉，也有交情。他虽然最终没有被划入“胡风集团”，但也为此付出沉重代价，不光丢官卸职，被免去《大众电影》主编，还要彻底交代跟胡风的关系。他从1954年交代，检查到1956年，还没有了结。

梅朵跟胡风的关系，其实很简单，就是编者跟作者的关系；胡风在梅朵心中，亦师亦友，敬重有加。1946年，梅朵在编《文汇报》副刊时，就常去胡风家里组稿。而《文汇报》停办后，梅朵又于1948年去香港办《文汇报》副刊。其间，胡风也来到香港，梅朵还前往机场接机。

1954年开始反胡风，在胡风的日记里发现，有九处地方提到“梅朵来看我”。梅朵被靠边了，上面要他交代，这九次见面时，他跟胡风说了些什么？胡风又跟他说了些什么？检查写来写去，除了谈稿子，唠家常，他交代不出更多。而反胡风和肃反审干运动，是连在一起的，梅朵一直靠边站，直到1956年还没有解放。之后，回到刚刚复刊的《文汇报》不久，便被打成“右派”，送去劳教。

劫后二十六年，胡风首次提笔《向朋友们、读者们致意》

梅朵在组稿上有其特殊手段和功能，他能“穷凶极恶”，也能“死乞白赖”；而更多时候，梅朵靠的是以情动人，让对方在感动和激动中慨然许诺。1980年10月间，我受命去福建采访朦胧诗会和舒婷；11月中旬，又去北京采写李谷一。我回到编辑部时，梅朵不无兴奋地将一份用回形针别着的原稿及小样，在我面前晃了晃，接过一看，竟是胡风的《向朋友们、读者们致意》！胡风的署名，字体有些颤抖，但很见功力，显得坚韧而又刚毅。

我不知道，梅朵是怎样将百分之一的可能，转化成百分之百的现实，他居然奇迹般地拿到了这篇稿子。

这是“又老又病”的胡风，在劫后二十六年首次公开亮相，抱病为报刊写就的第一篇文章！

1981年1月号的《文汇月刊》，胡风的文章赫然与丁玲的《胡也频》，放在前面最显要的位置上——

向朋友们、读者们致意

胡 风

二十多年来，我与世隔绝，恍如过世之人。如今拿起笔来，要与千千万万的读者见面，心情是复杂的，那感慨就更多了！

我想到了党，二十五年前，我曾写过这样的话：“如果不是革命和中国共产党，我个人三十多年来是找不到安身立命之地的，一些牺牲的先烈和一直忠贞战斗着的同志们引导我、教导过我……”这是我的肺腑之言，在这四分之一的世纪里，支撑我活下去的，就是对党的信念。我相信，党有这胸怀，也有这魄力，审慎而又全面地检视一切的历史事件，对任何人，即使像我这样一个渺小的普通劳动者，也定将给以公正的符合历史的评价。

我想到了鲁迅先生。三十年代，我曾经幸运的工作在先生身旁，亲聆过先生的教诲，感受过先生的坚深博大的胸怀。记得在四十年代，为纪念先生，我曾写过篇文章，《鲁迅还在活着》。今天，在我们的祖国医治创伤，进行新的长征时，我又想到，假如他还活着……先生是逝去了，永远逝去了，但后死者的我们，在今天的中国，不是还有学习先生的精神，振兴中华民族灵魂这样的任务吗？所以，先生虽然逝去了，但他还活在我们中间。

我想到中国的新文学。与文坛已生疏数十年的我，来谈现在文学的见解，也可能是话不中的。我总觉得，中国现在的文学是性质极其丰富的，但这种丰富性如不好好对待，也有转化为各种不良倾向的可能。文艺上“单打一”的局面是我们最大的绊脚石，今天中央提出的文艺方针展开了一个百花齐放百家争鸣的局面。只要摒弃“棍子”、“帽子”、“辫子”，真正的解放思想，发展下去一定会一天好似一天。

我想到中国的青年，今天的青年，二十五年前有的还未出世。我要对他们说，你们年纪虽轻，却已在历史的风浪中久经颠簸，学会了独立思考的能力。我们彼此是陌生的，但可以逐渐了解起来。我是一个普通的劳动者，在年轻时，在追求真理的过程中，有过迷茫，也有过彷徨，但终于走上了正确的道路，追随着光明。我的力量虽小，但也曾尽过这点微力，发现和扶持新人，讴歌过茁壮成长的幼苗。但在后来的岁月中，由于我的原因，不少的幼苗，中途夭折。今天，想到那些曾

四十年代的胡风、梅志夫妇

向朋友们、读者们致意

胡风

二十多年来，我与世隔绝，恍如过世之人，如今拿起笔来，要与千千万万的读者见面，心情是复杂的，那感触就更多了！

我想到了党，二十五年前，我曾写过这样的话："如果不是革命和中国共产党，我个人二十多年来是找不到安身立命之地的。一些牺牲的先烈们和一直忠贞战斗着的同志们引导过我，教导过我……"这是我的肺腑之言，在这近四分之一的世纪里，支撑我活下去的，就是对党的信念。我相信，党有这胸怀，也有这魄力，审慎而又全面地检查一切历史事件，对任何人即使是像我这样一个渺小的普通劳动者，也定将给以公正的，符合历史的评价。

我想到了鲁迅先生。三十年代，我曾经[illegible]运的工作在先生身旁，聆听过先生的教诲，感受过先生的坚深博大的胸怀。记得在四十年代，为纪念先生，我曾写过篇文章，《鲁迅还在活着》。今天，在我们的祖国There的创伤，进行新的长征时，我又想到，假如他还活着——先生是逝去了，永远逝去了，但后死者的我们，在今天的中国，不是还有学习先生的精神，锻炼中华民族灵魂这样的任务吗？所以，先生虽然逝去了，但他还活在我们中间。

我想到了中国的新文学。与文坛已生疏数十年的我，来谈现在文学的见解，也可能是话不中的。我总觉得，中国现在的文学是性质极其丰富的，但这种丰富性如不好好对待，也有转化为各种不良倾向的可能。文艺上"单打一"的局面是我们最大的绊脚石，今天中央提出的文艺方针展开了一个百花齐放百家争鸣的局面。只要解弃"棍子""帽子""辫子"，真正的解放思想，发展下去一定会一天好似一天。

我想到了中国的青年，今天的青年，二十五年前有的还未出世。我要对他们说：你们年纪虽轻，却已在历史的风浪中久经颠簸，学会了独立思考的能力。我们彼此是陌生的，但可以逐渐了解起来。我是一个普通的劳动者，在年轻时，在追求真理的过程中，有过迷误，也有过彷徨，但终于走上了正确的道路，追随着光明。我的力量很小，但也曾尽过这点微力，发现和扶持新人，浇灌过茁壮成长的幼苗。但在后来的岁月中，由于我的原因，不少的幼苗，中途夭折。今天，想到那些曾经见过及从未见过，但都因我而受株连的朋友们，自惭之情占据了我的整个灵魂。但我深知，这种谢罪是他们所不需要的，这些劫后余生与死者需要于我的，是鼓起余勇，继续前进！

上面这些话，仅以告慰关心我的朋友们。我虽又老又病，但我仍愿与大家共同努力，为繁荣社会主义新文艺，贡献出自己的余生！

1980年11月15日

上图：胡风同志近影
右图：胡风同志与他的爱人梅志
（周海婴摄）

· 15 ·

1981年1月号《文汇月刊》，推出了胡风20多年来的第一篇文章《向朋友们、读者们致意》

经见过及从未见过，但都因我而受株连的朋友们，自惭之情占据了我的整个心灵。但我深知，这种谢罪是他们所不需要的，这些劫后余生与死者需要与我的，是鼓起余勇，继续前进！

上面这些话，仅以告慰关心我的朋友们。我虽又老又病，但我仍愿与大家共同努力，为繁荣社会主义新文艺，贡献自己的余生！

1980 年 11 月 15 日

胡风这篇千字文，连同鲁迅先生儿子周海婴拍摄的两张照片，总共只占了一个页面。配发在左上角的照片，是胡风坐在椅子上的半身照，清瘦、沧桑、病态。右下角是胡风与他夫人梅志站立着的合影。

一篇千字短文，却蕴有无限容量，昭显无边胸怀。很难想象，经历九死一生的胡风，竟如此宽容，如此淡定，没有哀怨，没有愤懑，没有痛诉。字里行间写着枯树逢春，犹思奋发向上。

有材料记载："这场始于 1955 年 6 月，在全国展开的揭露、批判、清查'胡风反革命集团'运动，使两千二百余人受到牵连，其中九十二人被捕，六十二人被隔离审查，七十三人被停职反省。胡风本人于 1965 年被判处有期徒刑，1969 年又加判为无期徒刑，从而造成一起重大冤假错案。而胡风曾在狱中绝食，要求举行记者招待会、要求按照法律程序进行审判，但是在当时环境下是不可能的。”

最让人感到敬钦而又悲切、痛惜的一位读者，是当年毫无缘由地被打成胡风分子的“苏州一同志”，名叫许君鲸。他在《文汇月刊》上看到胡风的《向朋友们、读者们致意》后，百感交集，提笔给曾给他带来厄运的老友欧阳庄去信，信中称：

记得上次读到胡风告读者的话（题目记不真切了），里面说起对受到牵连的人们感到抱歉之类的话，其实是完全不必要的，能在一生中牵攀进一件公案里，如果不说是充实了的话，至少也是点缀了自己的生活吧！一笑。

许君鲸实在是太冤枉了，只是因为欧阳庄在致胡风的信中提了他一句，“苏州有一同志可谈”。此信又收入《关于胡风反革命集团的第三批材料》中。他便被送往苏北和青海的农场劳动改造，苦熬时日，一身疾病，始终没有结婚。平反后有人给他介绍对象，两人彼此间都觉得很好，可是最后他考虑还是不要拖累别人，终未同意婚事，此后于 1985 年提前病退。然而令人难以设想的是，如此洒脱之人，在苦尽而甘迟迟不来之时，于 1988 年 5 月 10 日，用一根绳子结束了自己的生命。在他悬挂于空中的脚下，几本杂志上放着一张纸条，上面写着这位老共产党员留给人间的最后一段文字：“今年逾花甲，日难自理，活着徒然是社会和亲属的累赘，平添麻烦，还是先走一步吧。”旁边还有一行留言：“下面四本期刊是资料室借的，请予归还。”

胡风虽然重获自由，恢复名誉，先后出任全国政协常务委员、中国文联第四届委员、中国作协顾问，并且得以重新编选他建国前的九本评论，出版了分上中下三册、一百万字的《胡风评论选》，但他生前并未获得彻底平反。

对“胡风反革命集团”予以平反的 1980 年中发 76 号文件，是周扬来看望那天带来的。这份迟到的文件，是胡风重获自由一年零八个月后才送达的。文件指出：“‘胡风反革命集团’一案，是当时的历史条件下，混淆了两类不同性质的矛盾，将有错误言论、宗派活动的一些同志定为反革命分子、反革命集团的错案。中央决定，予以平反”，“凡因胡风问题受到株连的，要彻底纠正”。

文件在承认是错案的同时，却又维持、延续了许多当年批判胡风的观点。

疾病和心病交瘁的胡风，已经没有时间等待了。1985 年 4 月 11 日，他住进了友谊医院，检查确定是贲门癌，且已到晚期。胡风自知余日无多，要求梅志抓紧替他向上申诉。梅志带着子女，一次次到中宣部、中组部、公安部申诉，强烈要求对 76 号文件进行复查。

6 月初，在弥留的日子里，幻听幻视的胡风，突然伸出颤抖的手拉住梅志，惊呼说：“不得了，他们又在冤枉我，说我干了什么……见不得人的事……我怎么说得清啊？”梅志虽然心如刀剜，但她安抚着胡风，深情而又坚定地对胡风说：“你放心，谁也不能再来诬蔑你，往你脸上抹黑。我会为你说清楚的。”6 月 8 日胡风去世了。第二天，新华社发了一个简短消息：我国著名文艺理论家、诗人、翻译家胡风同志因患癌症，不幸于 1985 年 6 月 8 日逝世，终年八十三岁。

胡风死不瞑目，他的遗体被冷冻着，追悼会却迟迟无法召开。官方准备好的、由某领导亲自改定的《悼词征求意见稿》，依旧沿用了 76 号文件中的不实之词，历数胡风的“政治历史问题”。“你们这是在‘鞭尸’！”梅志怒不可遏，坚决要求修改悼词。

曾为胡风案所累的老友聂绀弩，激愤而又沉痛地在《人民日报》发表了一首悼诗：

精神界人非骄子，沦落坎坷以忧死。
千万字文万首诗，得问世者能有几！
死无青蝇为吊客，尸藏太平冰箱里。
心胸肝胆齐坚冰，从此天风呼不起。
昨梦君立海边山，苍苍者天茫茫水。

然而，想要在短期里变更悼词，遥遥无期。8 月 3 日，等待无望的梅志和家人，在八宝山殡仪馆，为胡风搞了一个简单的告别会，不让单位出面，不致悼词，不搞遗体告别仪式。只有四十多位亲友及一些曾经的“胡风分子”，来为胡风的英灵送行。

直至11月30日，梅志的申诉才等来回音。公安部给家属所在单位，下达了关于撤销的所谓“胡风历史问题”的“85公二字第50号”文件。这是对胡风的第二次平反。

及至年底，中央对悼词也作了较大改动。除将政治历史中带有贬义的语句和那段“胡风同志是带着复杂的思想感情由旧中国进到新中国的，他真诚地拥护祖国的解放，但对党的文艺方针以及党的政治组织领导抱有一定的保留意见……”删去外，还在开头一段“著名文艺理论家、诗人、翻译家、全国政协常委、全国第四届文联委员、中国艺术研究院顾问胡风同志……”的前面，加上了“我国现代革命文艺战士”这一称号。中央还指示：胡风后事分两步走，第一步先开追悼会，然后再由中宣部复查解决胡风文艺思想和文学活动中的遗留问题。

1986年1月15日，胡风去世七个月后，由官方主持的隆重的追悼会，终于在八宝山革命公墓礼堂举行。会场正中胡风的遗像下，安放着骨灰盒。楠木制盒上镌刻着屈原《离骚》的名句：“亦余心之所善兮，虽九死其犹未悔。”这正是胡风一生精神之写照。全国政协副主席杨静仁主持大会，文化部部长朱穆之宣读悼词。在能容下几百人的礼堂里，最显眼的是经家属请求、领导特许，赶来参加的一批“胡风分子”或是他们的遗属。梅志认为，这是为他们公开平反的一个绝好机会。

这场高规格的追悼会，给梅志以极大的精神慰藉，她几年来的斗争和努力总算没有白费。然而，中央所允诺的第二步，即“再由中宣部复查解决胡风文艺思想和文学活动中的遗留问题”，依然如空中楼阁，不可捉摸。迟至1988年6月——胡风去世三周年时，才由中共中央办公厅下发了经中央政治局常委讨论通过的《关于为胡风同志进一步平反的补充通知》。这是第三次为胡风平反，在三十三年之后，党中央终于从政治上、历史上，以及文艺思想、文艺活动上，彻彻底底地全面为胡风作出平反，推翻了强加在他身上的一切不实之词。

梅志好容易才熬到了这一天，盼到了这一天！她带着子女来到八宝山，把中办发的这份“红头文件”，摆放在胡风灵前，以告慰胡风的在天之灵，他可以真正得到安息了。

《胡风传》连载四期即中断，梅志说全面写传“当待诸来日”

胡风生前一共在《文汇月刊》上发过两篇文章。除了之前那篇《向朋友们、读者们致意》，另一篇是《读〈红楼梦〉随想》，发表在1984年3月号上（而发表在1986年1月号上的《我读路翎的剧本》，已经是胡风的遗墨了）。梅志还为《读〈红楼梦〉随想》这篇文章，加了个说明：

这一组文章是胡风同志于1977年凭记忆写出的有关《红楼梦》的回忆随想。当时由于手头没有书，无法举出更多的具体人物和形象，后几年有了书，但又精神不济，无力修改重写。现在经我整理抄录，作为他对这部伟大著作的一点体会与心得。其中有一部分已题为《〈石头记交响曲〉序》，发表在1982年第4期《红楼梦学刊》上面。这次发表其余部分，算是对曹雪芹逝世二百二十周年的一点纪念吧！

梅志

1983年11月

打从1981年1月号《文汇月刊》，发表胡风重获自由后所写的第一篇文章《向朋友们、读者们致意》，许多读者和知识界人士来信来电，希望能看到胡风和梅志回忆他们蒙难日子的文章。而这，正是梅朵之夙愿。编辑部的同人，也在选题会上频频催促梅朵，赶快动作！

急性子的梅朵，显出少有的犹豫与迟缓，他自己也被流放二十多年，身心受到折磨，对这种苦难感同身受。如今胡风重病在身，根本不可能做这件事。而梅志不光要恢复心灵上的重创，还要全天候、全身心地照料胡风。她根本没有时间、没有精力，更没有心境去写作。固所愿也，不敢请耳。这不是时候，梅朵开不了这个口！

在胡风去世后，梅志为“悼词风波”而奔走、申诉的艰难日子里，梅朵爱莫能助，只能在赴京看望时、在多次通话中，给梅志以真情问候和深切安慰，要她自己多保重。审时度势，梅朵只是几次跟梅志提及，有可能时想请她写胡风回忆录。这个话题并未展开，梅朵暂时也不抱幻想，只不过是给梅志先吹吹风，让她有所准备而已。

而在 1986 年初，这场隆重的、足以告慰胡风英魂的追悼会后，梅朵觉得时机已到，急切地把设想化为行动。他恳请梅志给《文汇月刊》写回忆录，追忆胡风和她这二十多年是怎么走过来的。梅朵说：必须让千百万读者知道这个惊天冤案和苦难，也必须给后人留下完整历史，而做这件事，非你莫属！

其实，梅朵所提请的写回忆录事，也正是梅志时在念中的一桩大事，她太想完成这个心愿了！梅志在胡风弥留时曾应允过，一定要为他说清楚，一定会还他清白，要把一个真实的胡风告诉国人，告诉党中央。现在是自己兑现承诺的时候了！不过，她需要一点时间来完成心理准备和资料准备。

对梅志来说，这两个"准备"都是她难以迈过的坎：资料早已散失一空，时间跨度极大，搜集工作量之大之难之费时，是难于想象的；而心理准备也远远不足，她和胡风心灵上、肉体上所受到的漫长、深重、痛苦的折磨，是她一直在苦苦摆脱、不堪回首的噩梦！而现在，她却不得不听任自己的思绪和灵魂，在一两年甚至更长时间里，重新日夜浸染于过往的苦难与噩梦中。

在梅朵的催促下，梅志最终还是答应了梅朵的稿约。已经七十二岁的梅志，深知一动笔就不得安宁，而不动笔就更不安宁。为了胡风的亡灵得到安息，为了让世人了解历史真相，她不能不竭尽余生，去完成这个回忆录！

千呼万唤始出来。梅志的《胡风传》，终于在 1986 年 5 月号的《文汇月刊》上，以头条位置刊出。这是《文汇月刊》刊登的最具震撼性影响，敲击千万人心弦的传记文学！

梅志的《前言》感人肺腑：

胡风离我而去已快一年了。现在，我一个人来回忆那掺和着泪水的往事，心情是沉重而凄凉的。

但令人欣慰的是，在中央领导同志的关怀下，胡风的追悼会召开了，悼词中明确推倒了过去的一些不实之词。这可以告慰胡风于九泉。

近四分之一的时间里，我们过着几乎与世隔绝的生活。这段经历是朋友们和读者们较为关注的，在有生之年将它如实地写出来，是我无可推卸的责任，我当勉力为之。

在生命的最后几年中，胡风亲眼看到自己的名字后面又有了同志这两个字，亲眼看到自己的作品在三十年的禁锢后又重新出版，他亲身经历了三中全会后拨乱反正、恢复实事求是作风的伟大时代。但回望那二十多年的难忘岁月，又令人悲从中来，感慨万分，衷心希望这样的悲剧在中国历史上永不重演！

《胡风传》开头第一小节，梅志就写到她始终无法获知胡风音讯，陷入无奈而又无助的窘境：

1965年。胡风从家里被拘捕押走，已经整整十年。我恢复自由，也有四年多了。但是，这十年来，我和他一直未见过面、通过信，甚至也不知道他的下落。我刚出来时曾向公安部门询问他的情况，回答是他很好。提出想送些衣物给他，回答是没有必要。想请他们转封信，回答是别影响他的改造。

梅志毫无办法，唯有等待和忍耐。及至1965年四五月间，她突然收到一封信，信封上的字是用毛笔写的，字体端庄老练，而且一定是一位老熟人，因为写的是梅志的本名。下面没有地址，只有“寄自北京”四个字，梅志实在想不出来，老朋友还有谁会知道这个地址。而信的内容，有如解放前地下工作者用的暗语：“琪兄，××日下午三时，请你到和平餐厅吃咖啡。”去不去呢？唯一在身边的小儿子同意妈妈去，但叮嘱她一定要小心，尽量少说话。

梅志去了。冒着风险约她见面的，是他们的老朋友聂绀弩。老聂1955年也为胡风案所牵连，先被隔离审查，继而受到开除党籍留党察看和撤职处分，并被发配到北大荒劳动改造。1960年结束劳改回北京，被安排到全国政协文史资料委员会任专员，后来又被摘掉“右派分子”帽子。老聂向梅志转达了另一位老朋友、全国人大代表熊子民的意见，要她积极打听老胡的情况，要求见面。

梅志为两位友人的态度所鼓舞、激励，在给公安部门写信并上访，坚决地提出要求后，反反复复，层层上报，终于同意让她跟胡风见面。梅志第一次探监，无限喜悦中交织着无限辛酸：

一直被全家尊敬的一家之主，现在被人押着站在我面前，我真想抱着他痛哭一场！但有四只眼睛正盯住我，我强忍住了自己的感情。他很平静地走向我，伸出了手，我也只好伸出手，他用劲地握了我的手一下，之后用闪着光的眼睛望着我。是他，仍旧是过去的他，他的手仍然那么有力，他的眼光仍那么坚定。这时我们无言地对望着，十年后第一次见面地对望着，望不够地对望着……

管理员让我们进了接见室……两人都不知道第一句话该从何说起，又开始了对望。最后，还是我第一个开口：

“身体还好吧！带的东西都收到了吧！”

“身体很好，东西都收到了。”

“孩子们都向你问好。”

“噢！”他眼睛一下子睁大了，放出了光芒……

当梅志说，“他们都希望你能早日回家，你要好好地加强改造，争取早回家呀！”不改桀骜的胡风，反诘道：“噢，你说我应该怎样改造？关在独身牢房里能改造好吗？”这时，坐在一旁监视的干事“哼”了一声，以示警告，胡风才没继续说下去。

梅志感到痛苦而为难，她不想说，却又不得不说，因为公安部的人曾一再关照，要她帮助胡风。她大着胆说：“你可以检查一下唯心主义文艺思想，这大约是主要问题。”胡风显然不赞同，“关于这方面，你最好别过问，这个死结不是我能解开的！我已经尽了我最大的努力。就算是文艺思想有错，那也是认识问题，不是政治问题。”

胡风转移了话题，告诉梅志，“我在这里写了不少诗——呵，不是写，是在心里默吟了不少的诗。有写给你的，写给孩子们的。我念给你听，你会理解的……”正当胡风念得兴起，梅志听得泪眼模糊时，监视的干部忽然不近人情地发出了命令：“不要再念了，有话就快说。”胡风茫然地望着他，转而向梅志摇了摇头表示不可理喻，他感到受了污辱，站起来就要走。梅志怕弄僵了，赶紧按他坐下……

这是梅志第一次见到胡风，之后她又获准几次来探监。但从1965年岁末起，公安部的举措变化莫测，胡风的命运也随之一波三折，大起大落。12月间，梅志被叫到公安部，交给她一份判决书，后面明明白白地写着：“判处被告胡风有期徒刑十四年，剥夺政治权利六年。”

虽然写着“如果不服，可以在20天内提出上诉”，但上诉是徒劳，对这个判决，胡风说他是“心安理不得”。他决不会为了求得“宽大”而承认加在他头上的罪行，但他不会上诉，也不愿辩解。不过他感到“理不得”，因为他无法解释，也无法说服自己，这些莫须有罪名，恰恰是强加给他的。

而无可奈何的梅志唯一可做的，是抓紧为胡风去劳改农场做御寒准备：她找出早已做好了的布底厚棉鞋和棉马裤，还要给胡风做件厚实的棉袄。

梅志怎么也想不到，公安部忽然又打电话把她叫去。一位主任对她说：“经上级研究，我们不准备送他去劳改了。让他回家，怎么样？”还说：“我们党的政策，向来是从宽的。宽大与严惩相结合嘛！所以我们准备释放他，并且还为他创造改造的条件，这需要你和我们合作。”这个决定，让梅志觉得太突然了。

准备好坐牢，却在这一年的最后一天被放回来“监外执行”。胡风能与梅志和孩子们团聚，真算是喜出望外。随后一段时间，公安部又派人派车，让梅志陪着胡风在北京四处参观。胡风十年以来第一次置身在人群中，置身在丰富多彩的生活中。一连几天，他见到了王府井大街、北京饭店、东安市场，参观了人民大会堂、人民英雄纪念碑，还参观了石景山钢铁厂、第一机床厂、国棉三厂……胡风感到很新鲜，很兴奋，他心境大好，不光写了公安部让他写的感想，还写了许多诗。

谁知好景不长，晴天霹雳。春节后，公安部两位干部就来看胡风。说了几句过节好之类的寒暄话后，即直奔主题，通知他们离开北京去四川安家。胡风不愿意去，希望留在北京，哪怕是到劳改农场去。但对方不容商量。

胡风感到沮丧。这是对他的终身放逐呵！他深重的痛苦和沮丧难以尽言，无法表达。梅志建议胡风给周总理写信，他拒绝了；但同意请聂绀弩、颖大姐夫妇见见面，听听他们的意见。

十年未见面的老朋友见面了，真是又高兴又凄凉。听了胡风夫妇不想离开的苦恼，老聂和颖大姐的看法出乎意料：“你们还是去四川吧。北京并不是好地方。可能再搞运动。我们这种人留在这里都会倒霉的。能走还是走吧，走远点更好。”

颖大姐见梅志吃惊的样子，又解释道：“你不知道，‘海瑞罢官’的问题，可能会越闹越大，北京市委都会脱不了手的。就靠姚文元这小子一篇文章，能批吴晗吗？这事不简单，又出在‘编者按’上。让老胡走吧，早点走吧。”老聂也坚决地说：“离开北京好，这里没什么好留恋的。”

3月15日，公安部派来了一辆旅行车。胡风与梅志上了火车，告别亲人，又一次尝到了生离死别的滋味。火车向前奔驶，他们倒在铺上痛哭失声了。

梅志《胡风传》的第一阶段，在《文汇月刊》连载了四期，约七万字，时间跨度从1955年到1965年。梅志写了艰难时日，写了悲欢离合，却没有去正面展开胡风这十年牢狱生活所受的折磨：他被关在独身牢房，曾受过几百次审讯。而只是简要地引述了胡风在假释出狱后告诉她的一点情况：“老是要我交代交代，我没有什么可交代的，是你们应该明确地为我做结论的时候了。但没有人理我，于是我开始了绝食。当然，他们是不能让我死的，一些细节就不谈了……这门牙就是为了灌我食物而被敲掉的。”

曾卓在为《文汇月刊》写的“读后感”中大为动容：

单独被监禁十年，绝食而被敲掉牙齿……如果这些都只需一笔带过，那么，梅志所写的有关1965年夏到1966年春节这半年间的回忆，更说不上什么惊心动魄的事情：她终于获得了探监的权利，能够和胡风见面，送书，送东西，后来在判刑后胡风还假释回家，在北京参观……这些情况比起那十年已有了很大的改变。而为了让他们迁居成都，也在各方面作了比较妥善的安排。作者朴实地讲述着这一切，一直没有提高语调，没有放纵感情。但是，在平静的下面是激荡着心潮，在平淡的下面是掺和着血泪。我们读着，不能不感到心的沉重，不能不感叹。

这篇回忆录的结尾，也让曾饱经胡风案磨难的曾卓感怀不已：

当车轮在长鸣的汽笛中碾动时，他们哭了。他们哭，是因为对北京的感情，是因为认定这是被终身流放，是因为离开了孩子——其中一个还在中学念书，今后不得不到学校寄宿；他们哭，可能还有一些更复杂的情绪：多年淤积的痛苦、委屈、悲愤……而且前路茫茫。但是，他们即使从最坏的方面预测，大概也不会想到，今后的命运是那样险恶、悲惨，那是更值得一哭的。——这一部分回忆又是后一个更大的苦难的十年的引子。

在1986年8月号《文汇月刊》上，刊载的第一部分最后一篇《胡风传》文末，附有梅志简短的《作者的话》：

这篇小文，是在《文汇月刊》编者一再鼓励和督促之下，才得以完成，在此特表谢忱。

但它仅是我和胡风在1955—1966年的十年回忆，我原用的题目是“往事如烟”。“胡风传”的标题系编者所加。全面地为胡风写传。当待诸来日。

梅志

6月4日

读者期待续篇，巴金“请求梅志同志继续写下去”

梅志的《胡风传》，如带着血泪的重锤，敲击着巴金的心弦。没等连载的最后一篇文章正式刊出，巴金就急不可待地致电梅朵索要校样。巴金已经按捺不住，急于倾吐自己读了《胡风传》后沉重的反思和感怀。巴金这篇卓有影响的文章，刊登在1986年10月号《文汇月刊》上——

怀念胡风

胡风逝世已经半年，可是我的脑子里还保留着那个生龙活虎的文艺战士的形象。关于胡风，我一直想写点什么，已经有好几年了，好像有什么东西堵住我的胸口，不吐出来，总感觉到透不过气。

从我认识胡风到“三批材料”发表的时候，大概有二十年吧。

胡风的冤案得到了平反。我读了他的夫人梅志写的《胡风传》，很感动，也很难过。他受到多么不公平的待遇。

五十年代我常说做一个中国作家是我的骄傲。可是想到那些“斗争”，那些

"运动"，我对自己的表演（即使是不得已而为之吧），也感到恶心，感到羞耻。今天翻看三十年前写的那些话，我还是不能原谅自己，也不想要求后人原谅我。

我是个衰老的病人，思想迟钝，写这样的文章很困难，从开头写它到现在快一年了，有时每天只写三五十个字。我想讲真话，也想听别人讲真话，可是拿起笔，或者侧耳倾听，才知道说真话多么不容易。《文汇月刊》上《胡风传》的最后部分我也找来读过了。文章未完，他们在四川的生活完全不曾写到，我请求梅志同志继续写下去。梅志称她的文章"往事如烟"。我说：往事不会消散，那些回忆聚在一起，将成为一口铜铸的警钟，我们必须牢牢记住这个惨痛的教训。

我还要向路翎同志道歉。我当初评《洼地上的战役》并无伤害作者的心思，可是运动一升级，我的文章也升了级。关于他的不幸的遭遇，他的冤案，他的病，我怎样向后人交代？难道我们那时的文艺工作者就没有毛病？虽然不见有人出来承认什么错误"应当负责"，但我向着井口投掷石块就没有自己的一份责任？历史不能让人随意编造，沉默妨碍不了真话的流传，泼到他身上的不公平的污水也起不了什么作用，只是为了那些"违心之论"，我绝不能宽恕自己。

巴金的文章，使梅志的《胡风传》更具影响力和穿透力。巴金还写道："文章未完，他们在四川的生活完全不曾写到，我请求梅志同志继续写下去。"而《文汇报》对这篇回忆录破例给以摘编、转载，使更多读者得以含泪听取梅志关于胡风案真相的倾诉和控诉。

《文汇月刊》把关责编徐凤吾的日记，记下了那段时日：

1986年5月22日：张启承说，《胡风传》很好，《文汇报》拟转载，问了老马，也同意了，预备分两天登两个版面。

7月25日：《文汇报》转载《胡风传》，今天见第一个版面，很突出。（原稿有十个版面，删至二个版面，真是割爱啊。）

7月29日：梅朵从北京回来，说梅志将续写，她很感谢月刊。

对于《胡风传》，梅志开始时，显然并没有一气呵成的打算，仅仅连载了四期，就暂时告一段落了。也许，这是梅志考虑到自己精力有限，资料寻找困难，写作进展缓慢的缘故吧。而且已经刊载的这四篇“往事如烟”，也是在梅朵“一再鼓励和督促之下，才得以完成”。

梅朵少有地全程担任了《胡风传》的组稿责编。他没有要我们接手，也只有他有资格有交情去“鼓励和监督”梅志。我们没有勇气，也没有资格去插手，能忍心像平时组稿那样，去催逼这位可敬的命运坎坷的老人吗？

梅志原本想暂时鸣锣收兵，说“当待诸来日”，但巴金的公开请求，梅朵一次次上门恳请、无数个电话催促，终使梅志鼓起勇气往下写。五个月后，1987 年 1 月号的《文汇月刊》，又开始连载的续篇《胡风传·在高墙内》，这是写胡风、梅志 1966—1977 年在四川的生活。

因为仓促上马，边写边发，梅志压力很大。她不能全力以赴地赶稿，除因写作所需搜集、整理的纷繁资料，进展艰难而缓慢；而继续为胡风的彻底平反奔走、申诉，也时常将她的计划打乱。除之前已经刊登的第一部分《往事如烟》外，后续连载的《胡风传》第二、第三部分一共十三篇，约十五万字，原本十三个月可刊登完，却从 1987 年 1 月一直绵延到 1989 年 1 月，整整花了两年时间。

梅志尴尬的是，有三次刊物到了截稿期，她却无稿可交；而刊物更尴尬，因为中断突然，无法事先告知读者：第一次一中断就是五个月，第二次中断了两个月，第三次又相隔了五个月。连载最怕中途搁浅，而《文汇月刊》从创刊以来，几乎从未发生过连载中间断档，而且是断档很长时间的“事故”。

梅朵和无数读者一样心急火燎，翘首以待，但他依然没有对梅志采取“狂轰滥炸”，而是只催不逼，并一次次转告了圈内外读者的热切期待，给以特别的理解和宽容。编辑部给来电来信催问的读者，则耐心地作了解释，吁请他们能跟刊物一样，给心力交瘁的梅志更多时间。

续篇是从“茫茫前程”开始的。1966 年 3 月 15 日，当梅志和胡风带着和家人再次分别的哀伤，茫然地听任列车向成都驰去，“我们的心情就像这荒凉的大地一望无垠！面临我们的将是什么？何处是我们的归宿？”

梅志由成都开始的“伴囚记”，开始情况很好，超出她的意料。他们被安顿在闹市区一个闹中取静巷子的大院里，院子有五六间房，给了梅志、胡风西边的两间，前后厅可以用，还告诉梅志：“东边的后房娃娃来可以住。”等锅碗瓢盆到齐，梅志还可以自己烧饭做菜。几天后，公安厅的人领着他们游览武侯祠、杜甫草堂、望江楼等名胜古迹。

不出门的时候，胡风想把在监狱里默吟的诗记下来。梅志问他：在里面怎么有时间写诗呢？胡风说：“大约在 1958 年后，同我谈了几百次话，忽然不来谈了。这时又没别的事，开始写诗。”胡风一边回忆，一边自己吟唱，高兴时还大声念给梅志听。“他有时自己也感动得眼里闪出泪花，声音低了下来，越来越苍凉以至嘶哑。”

见梅志听得泪眼蒙眬，动了感情的胡风，忽然用双手握住她的手，激动地说：“我使你受苦了，让你为我受罪，这是不可饶恕的。但是，今后会怎样呢，我们不能想得太好了。不过，无论如何，你一定要坚强，对自己，对我，对党，千万不能失去信心！”

安定的日子很快过去了。5 月上旬，公安部来人，告诉他，“文革”已经轰轰烈烈展开，要胡风表态。胡风表态拥护这场革命运动，愿意在运动中接受教育。随后，接到在北京四中读高三的小儿子信件，说暑假不来成都了，还说以后将少通信。梅志深感不安，“要跟我们划清界限？”胡风却说，“好事，我们千万不能再拖累他们了。”

“文革”开始了，成都也是满街大字报。9月初，公安厅来人了，并下达命令：“立即做好准备，随时离开成都。”不久，他们被带到芦山县山区的苗溪茶场，这是公安厅下属劳改茶场。胡风在这里大病一场，还中了风，去医院医治回来后养病，被安排到山上小房子里，有炉子，可以自己烧；还允许他们在院子里一块地上，学着种番茄和其他蔬菜。

这种相濡以沫的日子也很短暂。11 月初，公安厅一位处长陪着三个陌生人来找胡风，其中一个开口就问：“你最近怎么样？”胡风回答：“没什么怎么样。”“没什么怎么样？你认为你就没事了吗？”他们接着说：这次来就是要带你走，你们准备一下吧。胡风问：“是去审问吗？还让不让我回来？”那些人回答说：“去了就知道了，什么时候回来我们无法说。”

他们把胡风带走了，还不让梅志送。梅志望去，他们带着胡风上了坡，到马路上停着的吉普车里。车开走了，但后面跟着一辆大卡车，上面坐着一车的解放军。梅志心里为胡风担心，前面吉凶未卜啊！

她哪会想到，胡风这一去就是五年，还被加判为无期徒刑，不准上诉，关押在数十人的大监里。胡风的心灵和肉体，受到难言的摧残。他因为绝望，用大石头撞击头部，自杀未遂，但精神完全崩溃，得了严重的精神病。

直到1973年，梅志才被公安部门押送到川东一所监狱与胡风重又相见，去照顾病中的胡风，再度共同生活在五米高的高墙之中。

梅志所写的关于到监狱，重新见到胡风，却不敢相信眼前的人是他，“真的是他吗？”这一章，是《胡风传》中最撕心裂肺的段落——

那黑棉衣转过了头，偷偷地瞄了我一眼。是他！真是他！但一点过去的神采都没有，简直认不出他了，我呆呆地立在门口。这时，那位负责同志对他说，“你就和她一起去吧。”他站了起来，佝偻着背，看去比我都矮了。他的行李在地下放着，他只茫然地望着。干部们都尴尬地望着。我一鼓劲就把它背起向小院走去。好一阵他才随干部们进来。干部们又是一番嘱咐，他只是双手垂直地听着。他们走了，他仍在阶沿上垂手而立。

一向挺直腰杆，轩昂豁达，压不倒、摧不垮的我的亲人，怎么会变成这个样儿？我真不相信面前这人就是他。

“你怎么啦？坐下来吧！”我这一句话，他听后好像大梦初醒似地，望着我，“你真的来了。唉！这怎么得了？你不该来呀，我没有叫你来呀！怎么得了？”

我没法理解他的话，只有睁大眼睛望着他。

忽然，他抓住我的双手，用哭声说着，“我该死，我该死！我已经判了无期徒刑！”说着就向我跪了下来。

“我快要死了！我对不起你呀！你知道他们定了我什么罪？滔天大罪呀！什么重罪都加在我身上了，我承担不起了啊！你这一来，可更不得了啦……我害了你啦……”

他断断续续、含糊不清的话，不但吓坏了我，也引起了我莫大的悲痛：好生生的一个人，几年不见就被弄成这样了！我忍不住俯在桌上失声痛哭了起来。

窗外站着一位干部，他将胡风叫了出去。这时，我淤积在心头的悲伤和恐惧就像开了闸的河水都涌了出来。眼泪痛痛快快地直往外流。

他们什么时候回来的，我都不知道了。只听得干部说，“还没有领到粮食。先给你们一把挂面吧。张光人，你可不能吓着 ××× 了。”

他“唔，唔”地答应着，垂手站在一边，直到干部走了。

看着他那样儿，我很不忍心，就赶快擦干眼泪，拉他坐下。一边就忙着生火做饭，因为已快十二点了。我想起带得有鲜鸡蛋，就往挂面里打了鸡蛋，作为久别后我给他做的第一顿饭。我想，他会高兴的。谁知他端着碗只是望着，不敢动筷子。我推他，叫他快吃。他却胆怯地说，“我不敢吃，这不是我吃的东西。将来会斗我的。”我忍不住生气了，“你大胆吃吧，要斗你我担着！”“真的？你承担？”我点点头。于是，他就迅速地，像过去一样地将一碗面吃得精光。

我忙着收拾东西，布置住房。他坐在一旁，连看都不看，像一段木头。我叫他帮忙，他只向我摆摆手，好像是在专注地听着什么。最后，我将床铺好了叫他睡午觉。脱衣服时，我才发现他全身的衣服都已破烂：棉衣袖子烧得乱七八糟，呢制服的袖子被扯烂了，毛衣的袖子完全没有了。可能是由于寒冷，双手塞在衣袖里，缩着头，过去两颗闪闪放光的眼睛现在只是耷拉着，连瞳仁都不见！这副形象可真像是从哪个破庙里走出来的可怜的老乞丐！我的心抽搐着。等他睡好，我就开始翻检我从苗溪为他争取来的衣物。我要使他活得像个人样儿，我不能让他……这时我忍不住又落下了眼泪。

下午，我烧了水正帮他洗头，监狱长来了。胡风连擦都不让我擦干，就一下子站了起来，恭敬地垂着双手。倒是监狱长很和气地说，“坐下嘛，把头擦干。”然后我又将找出的帽子给他戴上，他却像被火烧着似地立即把帽子取下。监狱长又说，“戴着吧，不要着凉。”然后问我，“安排好了？有什么需要，可以向Y干事提。”

他一走，胡风又把帽子取了下来。我问他为什么不戴帽子。他说，犯人不能戴这种干部帽，要将帽檐剪去。还有，不能穿四个口袋的干部服，也要将口袋剪去。我说，“你呢子制服上的口袋不是还在吗？”他说，“哼，你不知我为他吃了多少苦头？同牢的犯人就常常因此而骂我，甚至……”他不往下说了。

我感到他经历过很不寻常的生活，但还是宽慰他，“现在是我们两个在一起，我不把你当犯人，你不必怕。”

可是，到晚上，我就几乎拿他没办法了。先是坐在床上不肯睡，不久就惊慌地说一会儿就有人来叫他，“你看，门都没关。”我说，“昨夜就没关，你安心睡吧！”“真的？昨夜就没关？”这样，他才睡下。开始还不敢脱衣服，硬说半夜里会来叫走他的。

半夜里，他一下就坐了起来。我被惊醒了，按住他没让他跳下床。他两眼发直，嘴歪扭着，全身哆嗦。我怕他倒下，就抱住他，用手抚摸着他的大额头。他仍然在哆嗦。我将他的头放在自己怀里，像哄孩子似地安慰着他。慢慢地他才安定下来。不久，他似乎清醒过来了，第一句话是，“真是你吗？不是在梦中？……太可怕了！”我说，“今后我一直陪伴着你，你别害怕。”“能这样，就好了。”

八十年代，胡风、梅志夫妇

他的这种表现使我既难过又困惑，使我想起陀思妥耶夫斯基。过去，在秦城十年后见面，他都还是那样地镇定坚强，怎么这次刚五年多就将他从肉体到精神都击垮了？不，不！我不能让他这样下去，我要让他从肉体到精神都恢复过来！

在梅志无微不至的照料、陪伴下，半年多后，胡风的身体上和精神上都有了明显恢复。梅志感到庆幸和安慰，胡风已从年初她来时的那种惊恐万状、坐立不安，到头脑又渐渐清醒了过来，有了对生的欲望，能够安静地和她一起读书读报了。

他们的生活条件也明显改善了，从先前那个巴掌大的小院里转移到了占地四五分、有四间房的“大”院了。自己能有一间房子，这是多么奢侈的享受！她和胡风都有了一处窗明几净看书写字的地方。而且还有二三分荒地做劳动基地，让他们除草、种菜、种苞谷。

胡风读着梅志放在他桌上的《毛选》和几大本马列著作，有时会突然合上：“不要读了，我的问题不是弄通马列主义理论问题。谁来同我谈理论？别花这功夫了。人家要你交代的是事实。老是问我反革命事实，我哪来的事实？”

他们的心情也比过去好多了。在报上时不时可以看到一些老同志的名字，有的还恢复了工作，邓小平也出来主持国务院工作了。梅志和胡风猜测，“文革”是不是即将结束了？

然而，胡风的交代永远通不过。1978 年 9 月的一天，政委找他谈了一个多小时，不欢而散。政委对他恼火，干事对他冷漠。胡风回来丧气地对梅志说：“不认罪就是世界观没有改造好。如果这样简单，我何必坐二十多年的牢！”他还对干事说：“我有信心，相信党会实事求是地解决我的问题。”

11 月中旬，梅志和胡风看了电视台转播的话剧《于无声处》，非常感动；还读了报上的评论员文章，里面着重指出，要“实事求是，有错必纠”。几天后，管教干事将一张《中国青年报》交给胡风，那上面有报道他儿子晓山考上大学的一条新闻。这条几百字的新闻报道，破天荒地没有对胡风加上帽子，而是用了跟普通人一样的称呼，真是个喜讯。而 1979 年 1 月 3 日，胡耀邦总书记在文联茶话会上的讲话，表示党中央一定要坚决执行十一届三中全会的决议。梅志与胡风急

《胡风传》书影

切盼望着拨乱反正的那一天！

1月11日下午，公安厅一位处长当面通知胡风说，省公安厅已接到北京公安部电话通知，释放他出狱，其他情况到成都后再谈。这一喜讯在意料之外，却又在意料之中，只是没想到来得这么快！

《胡风与疯狂时代的终结》是梅志《胡风传·在高墙内》续篇的最后一篇，让读者揪心地苦苦等待了五个月。人们终于期盼到，梅志写出关于他们结束黑暗的监狱苦难，重新获得自由和光明的那个伟大时刻：

> 1979年1月14日，上午8时，我们到办公室去告别。政委、狱长、股长、医生和干事们都在，胡风感谢了他们对他的耐心帮助。政委提到了屈原、文王和孔子等。又说，过去的问题不一定都是别人的过错，将来这些功过是非都会有结论的。胡风表示了对原则负责的态度。
>
> 9时出发，医生和管教干事同行。走出监狱大门时，心里有一种说不出的滋味。我在这里六年，而胡风就整整九年了。别了！我们总算都活着出了高墙，获得了自由！

真难得，即便是在书写这样的时

刻，梅志的文字依然平实而不煽情，更没有泪水纵横。但人们读着这个尾声，无不感谢这个伟大的女人，没有她的陪伴，胡风的狱中生活不可想象。女儿晓风在《我的父亲胡风》中，曾如是评价母亲：

正是由于对父亲深深的理解、信任和爱，这么些年来，母亲顶住了种种压力和与子女别离的痛苦，与父亲相濡以沫，照顾备至。如果没有母亲的呵护和支撑，父亲不可能活着见到我们，更不要说后面的活着看到平反和恢复名誉了。难怪前些年有人在文章中把她与旧俄时随丈夫流放的十二月党人的妻子相比，称她是一位伟大的女性。

梅志的回忆录分《往事如烟》、《伴囚记》、《在高墙内》三部分，在《文汇月刊》前后连载了三年，反响强烈而绵长，读者纷纷来信，对胡风和梅志表示同情和敬意。梅志将这三部分合成为《往事如烟——胡风沉冤录》，在海峡两岸和香港相继出版。

不过，梅志“为胡风说清楚”的承诺，并未因此而结束。她从1988年开始到1996年，用八年时间为胡风写了一本全面的传记《胡风传》。已经八十二岁高龄的梅志在“后记”中写道：

这个承诺一直在我心中激荡，我深感到我有责任将一些强加于他的莫须有的罪名为他洗刷干净，同时也应将他真正的为人，他真心实意为革命文艺所做的工作，全盘如实地写出来，以留给后人去评判。我觉得，只有后人才能更不带个人恩怨，不计个人得失，定会对他做出公正的评判。于是，我选择了写本全面的传记这一方式。

梅志在“后记”的最后一句话，是“我已到了精疲力竭的地步，就此结束吧”！

十六 梅朵突然病倒与报告文学强势崛起

从1980年秋天到第二年夏天，我到《文汇月刊》十个月，已经基本习惯了被梅朵催逼得透不过气来的工作节奏，和顾不上家里老老小小的生活节奏，连生物钟也调节成梅式了。

虽说我在独当一面，却也有些勉为其难。我到编辑部时间不长，当时认识的报告文学作家，特别是影响很大的名家还不多。有些稿子是梅朵拿到后再给我处理，或者是联系好了由我跟进。好在梅朵像拐杖一样就在身边，天塌下来，有他撑着。

怎么也想不到，有一天“拐杖”竟然会折断了。1981年夏天，刚从北京组稿回来的梅朵，疲惫不堪，心脏病突发，被紧急送往上海市第一人民医院，医生甚至说“可能有生命危险”。“穷凶极恶”的梅朵，竟然敌不过更加穷凶极恶的病魔，我当时被击懵了。

冷静想来，梅朵的病情发作倒也很正常：被打成“右派”后，在清河农场和阳泉煤矿的二十一年劳教生活，严重摧毁了他的健康。而获得释放、彻底平反回到上海后，工作无着，焦急万分。《电影新作》的主编王世桢非常欢迎梅朵去，他们正缺少人手。但掌控人事权的两位电影局局长，今天讲要，明天又讲不要，梅朵在他们的拖拉、推诿中，被折腾出了心脏病。直到刚上任不久的《文汇报》党委书记、总编辑马达表态：“所有‘右派’全部回来！”梅朵才得以重回《文汇报》怀抱。

而从《文汇月刊》创刊一年多来，梅朵日夜操劳，四处奔波，身体严重超支，终致旧病复发。

玩命地推出第一个“报告文学特辑”

我低估了心脏病的危害性，原本以为有个十天半月，梅朵总可以重新回到岗位了。谁知，病来如山倒，病去如抽丝，转眼他已在医院住院治疗了近两个月。梅朵一住院，我的时间表上又多了件重要事项，每天去探望他。我每去一次，来回要花两个多小时。尽管梅朵光火，不让我去得这么勤，但我才不听他的。

我为梅朵的身体担心，也为《文汇月刊》忧心，没有了主心骨的刊物，还能正常运转吗？还能保持每期大牌名家云集，刊物质量始终一流吗？

梅朵比我更着急，无论在病榻上、在疗养院，他从来没有中断过组稿工作。在医院，他病情稍稍稳定后，每天至少写二三封信，甚至草拟好催稿电报，让探望的同事带回报社寄发。

烈士暮年，壮志不已。急性子的梅朵在病床上躺了两三个月，被憋坏了。9月下旬，医生也终于同意他出院，不过叮嘱他，至少先到疗养院休养一年，不能工作。但梅朵根本没打算遵从医嘱，他背着医生说，不想去疗养，上班才是最好的疗养：“我劳教了二十多年，没班好上。现在刚上了两年班，怎么能去安心休养呢？”我没劝他，他不会听劝，我也特别理解他的心情：希望把失去的时间补回来，把自己创办的刊物推上去。

梅朵蓄谋已久的，是要在《文汇月刊》打一场报告文学战役。9月下旬出院前几天，梅朵就靠在床架上，跟我商谈怎么大展宏图。他雄心勃勃地说：我们绝对不能满足于“报告文学专栏”的现状，一期发两篇，这不够刺激！要回应圈内外读者的强烈要求，把它做大做强，强到在全国最具影响力！1981年内，刊物一定要推出一期“报告文学特辑”，还一定要打响。以后要让这个“特辑”成为常态，每年至少出两期。

梅朵用手指敲击着病床边沿，细细地跟我量化这个“全国最具影响”：不光是每期发表报告文学的篇目最多，还要成为被报刊转载篇目最多、全国报告文学评奖得奖篇目最多的刊物之一。“我希望你能把这个‘之一’也去掉。这个‘报告文学专栏’，就应该是全国最牛的，影响最大，首屈一指！”说最后这句话时，他的拳头重重地砸在床单上。这不是玻璃台板，砸得并不响亮，但已砸得我心头激荡回响。

这哪像是个还没出院、亟待静养的病人？梅朵不仅眉飞色舞、豪气万丈，而且“贪得无厌”，他还设想：要花一年到一年半时间，在《文汇月刊》上发起一场大规模的报告文学讨论，约请几十位全国最有名望的报告文学家、评论家，以及编辑家，各抒己见，开展讨论、争鸣，要推动、引领中国的报告文学，达到新的高度，进入新的高潮！

当掌柜的梅朵，怕我这个操盘手畏难、退缩，还挤兑说：“你是报告文学编辑，也是报告文学作家，又是《文汇月刊》的党支部书记，为发展中国的报告文学事业做贡献，应该比我更有豪情壮志吧！”哪儿跟哪儿，报告文学怎么跟支部书记扯在一起？但这是典型的梅朵语式，一个马列主义老头！他唯恐不能说服我，想用一个无形紧箍咒套在我脑袋上。

梅朵的话，口气大，气魄也大，每句话后面都带有大大的惊叹号。我为他的情绪所掀动，所裹胁，也提出：现在我们只有一个“作家剪影”，所有介绍作家的文章都混在里面，不够突出，不够鲜明，不够刺激。应当专门开设一个“我们的报告文学家”，和封面搭配、呼应，这样规格要高得多，吸引力大得多，也能充分调动报告文学作家的积极性。梅朵喝道：“好主意！”还补充说，“诗歌也是你管的，应该同时再开一个‘我们的诗人’。”我也为之叫好，梅朵显然记着，雷抒雁半年前就在信中提出过类似建议。

见我们两个，如此痴迷，如此执着，又商量，又说笑，又争吵，梅朵夫人姚芳藻大姐笑着点评：“啥名堂？生病的不像生病，探病的不像探病。一老一小，像两个神经病。”

把《文汇月刊》的报告文学栏目做大，符合刊物的最大利益，这构想也是编辑部的主流意见。许多年后，六十年代就在《萌芽》当编辑，后来到《文汇月刊》协助肖关鸿编小说专栏的水渭亭，曾回忆他当初提议出“报告文学专辑”的经过和缘由：

《文汇月刊》有个重大转折，就是1981年出报告文学专辑，强化报告文学。

八十年代，梅朵与铁凝（右）、孟晓云（左）合影

办刊初期悼念文章多，小说难组。人家搞笔会，我们不搞，《文汇月刊》小说牌子还没做出，肖关鸿又经常胃出血，在家写东西。到发稿时，小说一摊拿不出带头稿，梅朵有意见。而报告文学相当红火，当时写运动员、演员、音乐家多，很受欢迎。我听老梅说，报告文学一摊稿子多，就建议出个专辑。结果成了开创性、转折性的举措，《文汇月刊》的报告文学就此起蓬头，蓬勃兴起。这期“报告文学专辑”，在读者中、在作家圈子和编辑同行中，影响非常大。后来我对梅朵说，歪打正着。他说，这叫正当其时，我们谋划已久，早想这么做。

小说后来也起来了，其后两年我们就发表了不少有全国影响的作品，如茹志鹃的《路标王》、张辛欣的《疯狂的君子兰》、王润滋的《鲁班的子孙》、张贤亮的《肖尔布拉克》、李杭育的《红嘴相思鸟》……有些作品，还获得了全国优秀短篇小说奖和中篇小说奖。

梅朵和我，要在短期里抢出一期大容量的“报告文学特辑”，完全是在自找麻烦。说起来可以雄心万丈，但具体做起来，工作量不堪设想。这时候的《文汇月刊》人手奇缺，除了梅朵、谢蔚明两个头头，以及徐凤吾等两三个组版编辑，张楚良、许政宏两位美编外，组稿编辑只有肖关鸿、水渭亭和我。肖、水负责小说专栏，而报告文学专栏，只有我一个人单打独斗。我和梅朵敢于碰这个没有一家综合性杂志敢碰的硬，全凭着我们对报告文学怀有的特殊感情和献身精神！

本该去疗养院的梅朵，视医嘱如无物，一上班就往北京打了一长串电话，随后又赶往北京。他简直不要命了，破纪录在那里一待二十多天！他不光风风火火地组稿，甚至四处讨球票，去看了中国——科威特那场震撼人心的足球，又十万火急地电召我从武汉赶往北京，去写那篇《中国足球队，我为你写诗！》。

我每天为他担心，北京的高层老断电，电梯停开是常事。他还能爬十几层高层的楼梯吗？还能每天十来个小时地来回奔波，带着面包和药片挤公共汽车吗？有好多次，我晚上 10 点多打电话到北方旅社，房间里总是没人接，梅朵组稿还没回来。

梅朵在玩命，以健康为代价，以生命为代价，这让我身上感受到巨大激励和强力推动，当编辑就应该像梅朵这样。

梅旋风确实名不虚传，他去了一个星期左右，10 月 2 日给我发来一封战果累累的信，一些需要强调的字句下面还划了一道线：

达成：陈祖芬同志写的朱明瑛的报告文学《一个成功者的自述》，我已看过，写得很好，在表现形式上，有创新，有突破。她采取了第一人称的写法，这是她的又一次探索。

朱明瑛在这篇报告文学中，作为一个勇敢、刻苦的献身于艺术事业的人物出现，陈祖芬写得极其令人感动。她的这种忘我精神，对任何一条战线上为“四化”努力的劳动者都有教育意义。一个成功者之所以获得成功，总得牺牲自己的在一般人看来的所谓的人生欢乐，但是她的艺术上的成功却给她带来了真正的欢乐。

由于这篇报告文学是采取第一人称的写法，形式上不同于通常的表现，为了不让人们有一种误会，以为这是陈祖芬的自述，所以在题目及附注“报告文学”下面，写了“作者陈祖芬”以示区别。同时，在题目前面，她又加了一段序言。请按照作者格式付排，不要加以改动。排版，可以参照我所画的如下版式示意图，题头空白要高。

陈祖芬这篇报告文学，不要与编辑部外的同志谈起，以免造成一些不必要的枝节。在我们的具体环节中，却常常会造成这种枝节。

李玲修写的张暖昕的报告文学。第一，请即删节，缩短至七千字。第二，有关个人生活的地方，不要突出，然后立即打成校样寄我，我再与张暖昕商量。首先，你判断一下，文章质量怎样，这是最重要的。

谢大光的报告文学什么时候寄来，要催促，宜早不宜迟。文章到了手中，我们就有了主动权。

报告文学的组稿工作，必须撒网，但又必须注意质量，注意作者的水平，不然要处于被动。

有一篇写画家周世聪的报告文学，北京同志已邮寄给我，你可查一查我的信，信封署名是《中国妇女》的李欲晓。如可成立，或经修改可以成立，则可用在12期。你决定后，则可告诉张楚良同志，准备第12期的封面用周思聪（我记得老张跟我谈过，已拍了周的照片）。如不行，立即告我，我让人去再拍（周如在北京住的话）。

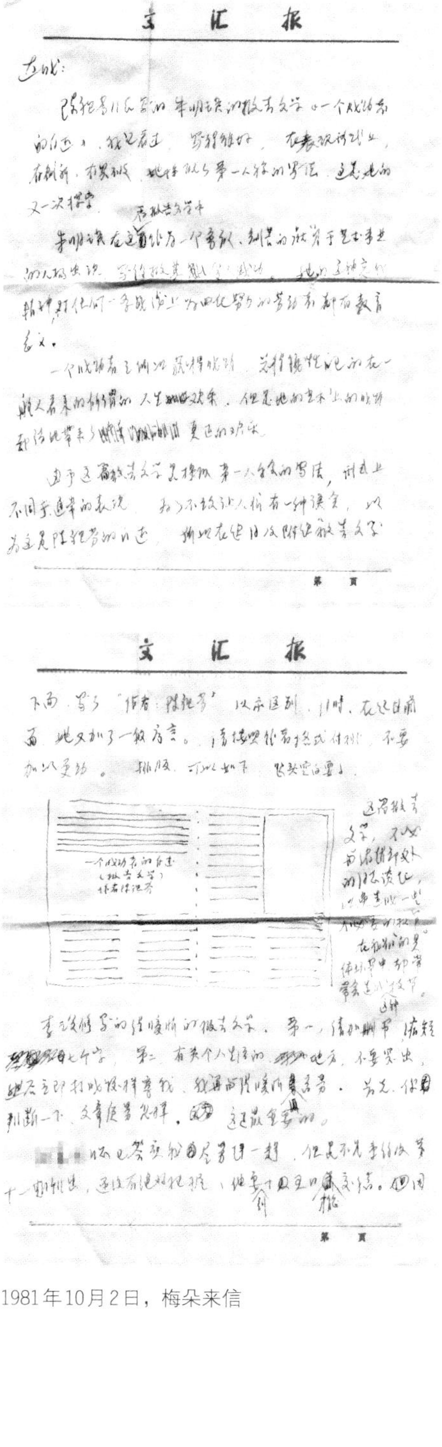
文 汇 报

第 页

文 汇 报

第 页

1981年10月2日，梅朵来信

我赶到北京时，梅朵已经回上海了。他是捂着心口，吃着药片，疲弱

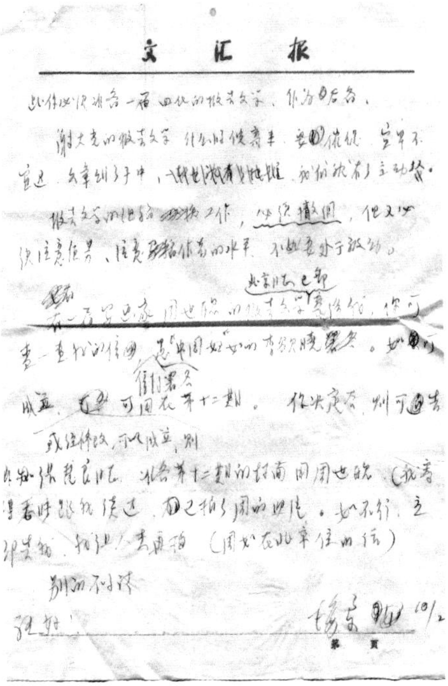

1981年10月2日，梅朵来信

不堪回来的。二十多天的奔走、折腾，重创了他的心脏，他不得不再度住院，随后去无锡的疗养院养息，情况有异时又回泸住院，前后又花了将近两年！这回梅朵老实多了，最不安分的违规，也只是每过一两个月，请假回编辑部看看，过过瘾而已。

榜样的力量是无穷的，人的潜能也是无限的。“蜀中无大将，廖化作先锋”，那些日子真是热血沸腾、激情澎湃。我不知道，我怎么能有那么大能量和感召力，一下和北京许多名家交情骤升，能在10月份半个多月里，一下抓到五篇报告文学，而且都是滚烫的拿得出手的急就章？在北京来回奔走，我抓来肖复兴写的《姜昆“走麦城”》，刘进元写中国大级别举重最佳运动员、亚洲纪录保持者马文广的《他是黄河故道的子孙》，郭宝臣写青年小提琴家胡坤的《小提琴和祖国》。而李玲修写电影《沙鸥》主演常珊珊的《她也是一只沙鸥》，我详细提了意见，促请她兼程改写后，也收入囊中。还有一篇，是《解放日报》吴芝麟采写著名整复外科专家、上海第九人民医院张涤生教授的《青春啊，请留步》。

我已超负荷运转，忙得无法抽身、

无法分心，却又被梅朵逼着，万般无奈地赶到中国足球队去采写，12月号刊物上要做头条。稿子写了一半，又急忙赶回上海为“报告文学特辑”发稿、编稿，白天一点空闲也没有，只有晚间大大压缩睡眠时间，深夜继续赶稿。在一个多星期里，我每天写到凌晨三点，靠服安眠药睡四个多小时。第二天一早，又精神抖擞地赶往报社。就此，我的安眠药史一直绵延了三十多年。

1981年11月号上的“报告文学特辑”，发了六篇报告文学，近七万字，题材基本上是写文体名家，反响超出预期，一片叫好声。而最让人啧啧称赞、刮目相看的，当数梅朵所推崇的陈祖芬写朱明瑛的那篇《一个成功者的自述》，手法新，角度好，感情深，口语化的文字质朴、鲜活，感人的细节在意识流中游走、跃动。我没想到，这位以写知识分子爱国情怀著称的上海老乡，能把文艺题材升华到这个份上。

梅朵兴奋不已，欣慰不已，这个“特辑”是治疗他病情的最好良药。

这一年的报告文学，是以12月号上我写的《中国足球队，我为你写诗！》，和谢大光写歌唱家苏小明的《真诚》收官的。我在福建参加朦胧诗讨论会时结识的朋友、评论家李元洛，写了篇《动人心弦的交响曲——读〈文汇月刊〉1981年的报告文学》，对这一年发表的三十多篇作品作了点评。他高度评价了陈祖芬的《中国牌知识分子》及《一个成功者的自述》、黄宗英的《他们三个》、理由的《弹丸之地》、肖复兴与张辛欣的《带不和谐音的美妙旋律》、谢大光的《真诚》、刘登翰的《通往心灵的歌》、刘进元的《他是黄河的子孙》、李玲修的《厄运》等。还对李巨川、张惠明、周鸿度三位籍籍无名作者所写的《芸芸和她的三男》，赞誉有加，惊叹作品之情文兼胜、感人至深：苏州青年女工杜芸芸虽然生活清贫，却主动上交十万元遗产给国家，虽然她和男友变得一无所有，但“他们觉得自己是幸福的，也是富有的”。确实，这篇出自苏州几位业余作者之手，慕《文汇月刊》之名主动送来的报告文学，写得很扎实，很感人，质量并不输于名家。

我最在意的，不是李元洛的溢美之词，而是他在文章结尾中点出的不足：“如果从总的方面作进一步的要求，题材的广阔性、人物的多样性和主题的独创性与深刻性似乎都还嫌不足，在艺术表现上有待作更新更丰富的开拓。”

梅朵病着，人在疗养院，但他的办刊思想明确而又坚定，他对报告文学专栏的激情，在新一年的《文汇月刊》上喷薄而出。他让我们放开手脚，打破原先栏目篇幅分配格局，不再拘泥以往报告文学、小说轮流打头，每期各占两万字篇幅的老规矩。从 1982 年起，大大强化和突出报告文学、传记文学的地位，每期报告文学发三到四篇，篇幅增加了一倍，扩展到四万字左右，有时甚至更多。

变化不止于篇幅。梅朵和我先后收到雷抒雁、陈丹晨等关心现实生活的作家、评论家信件，他们对《文汇月刊》爱之弥深，坦率而诚恳地指出，《文汇月刊》写文体明星，有读者，有市场，但这不应该是报告文学的主要任务，更不是它的全部。作为一个有全国影响的刊物，不能仅满足读者一般需求，还应当引导读者的阅读趣味，开拓题材，直面各条战线各个层面生活，写改革家，写小人物，并敢于揭示社会矛盾……梅朵反反复复叮嘱我，提醒我，对这些建议“务必记取，尽快改进”！

有口皆碑，“报告文学专栏”成为我们最有影响的品牌

1982 年 1 月号上，先声夺人，我一下推出了四篇报告文学。有我写造船厂厂长的《张定鸿在汉堡》，肖岗写大学教授与癌症搏斗，生命不息、著述不止的《癌扩散之后》，以及刘登翰写福建一位儿科医生的《祖国！祖国》，何惠娴、李仁臣写女排国手陈招娣的《你招来了一个世界冠军》。

我写《张定鸿在汉堡》，属于情非得已。我刚写完中国足球队，忙完一个“报告文学特辑”，正在全力组织新一年的报告文学稿件，哪有时间去写稿呵？但诸多元素和情面，逼得我不得不出手。其一，张定鸿是中华造船厂厂长，是改革家。他开中国造船业之先河，居然有魄力、有能力征服了检测标准最苛刻的德国人，为他们造四艘高品质的四千四百吨船舶。而中华造船厂是我的母厂。其二，不知道我的《笔会》老领导、著名散文家徐开垒怎么想到去尝试写这个酸果题材。是新颖的造船题材和声名鹊起、具有改革精神的张定鸿厂长吸引了他？还是出于他儿子徐雯的建议和鼓动？徐雯当时正在这里进修、实习，后来才去美国发展。

开垒采访了一个月，又写作了一个月，终告失败。这是一个极其难写的题材，谈判过程多，专业技术多，而缺少故事和细节，不具造船厂生活和经历的人，晕

眩其间，无从落笔。进退不是、处境尴尬的开垒，找到了我，希望我一定帮忙接手。而厂里的朋友也劝我，这么多年我对厂里寸功未立，这次是个机会。开垒是我的老师，工厂是我的故地，我不救场谁救场？我只能明知山有虎，偏向虎山行。

尽管我有七八年船厂生活，采访时张厂长时他也很合作、很开放，谈得很畅，但我仍觉得没法下手，我从来没有写过工业题材和改革题材。我横下心来，熬了半个月的夜来写作，前面三四天，颗粒无收，无法架构。但我没有退路，不成功，则成仁，无颜面对开垒先生和中华船厂同仁了。困顿中灵光突现，我运用电影蒙太奇手法，以跟德国人谈判为主线，通过飞往汉堡飞机的舷窗、货轮舷窗，及厂长办公室的窗户，意识流地将故事和细节串联起来，来回跳度，总算完成了。

张厂长很满意，各方皆大欢喜，我和开垒都如释重负。一年多之后，张定鸿当选为中共上海市委常委和纪委书记。虽然我们再未见过面，但他一直非常感念这篇报告文学。

坏事变成好事。这次只许成功、不许失败的写作，逼迫我就此开拓题材，不再停留在艺术界和体育界。而且，提高了我的报告文学境界和写作手法，之前运用“意识流”，只是小打小闹，这回算是大打出手了。

这次探索，也获得了朋友们的认可。跟我同期发表作品的刘登翰，一直是我电报狂轰滥炸、无情逼稿的对象——因为福建的报告文学作家太少了。收到1月号杂志，他随即来信，跟我探讨报告文学写作：

今天收到了《文汇》，大概翻了一下后，一口气先把你的《汉堡》读了。我觉得报告文学出现了一种新的趋向，不仅是从外在来描写人物的行动——像徐迟那样，包括四十年代、五十年代、六十年代的报告文学，都在写这种类型的，是就事来写事。而现在许多人追求的是写人的内心，从内在的心理上来写人和事，在手法上也借用了某些所谓意识流的方法。陈祖芬是这样（我喜欢她的作品有些更甚于理由），你似乎也是这样追求的。我很喜欢这种风格，而且希望从太具体的事件描写摆脱开来，写人的感情和命运，以此为经，以事为纬，但我徒有想法而已，却无法做到。你的几篇文章，从李谷一到足球，到这篇，我觉得有自己的风格了。当然就读者的趣味看，《足球》估计会更多人看，这《汉堡》却更难写一些。经济题材难写，但写得像这篇那样有人情味就更不易了。

我被另一件事打扰了一下，《标本世家》尚未动笔，大约还得等一两天才能写，但我争取月底前一定寄去。

1982年2月号上，报告文学头条是陈祖芬的《得人心者》。陈祖芬写改革题材游刃有余，不断出新。这次，她写的是攀枝花钢铁公司副经理赵忠玉改革深得人心。这期还有张挺、吴晓民的《爱，在冰球队翩翩降临》，李平（北岛用了个笔名）写舞蹈家崔美善的《在帷幕后面》，和孟晓云写女画家周思聪的《峰高无坦途》。

3月号，还是用陈祖芬做头条，还是改革题材，还是写攀枝花钢铁公司。她的《精神之光》，采写的是这家公司的技工学校校长黄传美。老作家韦君宜的《柳暗花明又一村》，则是写她走访江苏一富一贫两个生产队所见所闻的真切感受。而散文家韩少华的《就是要"咬"住不放》，是写北京丰泽园厨师陈爱武揭露商业部长的不正之风：吃"客饭"点高档菜。刘进元、幺树森的《执着的爱》，是写八一篮球队原主教练从事篮球运动六十六年的传奇生涯。

我坚定地贯彻、落实了梅朵的头条观念，就是彻底打破照顾方方面面的旧框框束缚，同一个作家，特别是理由、陈祖芬、肖复兴这样的作家，以及我们要强势推出的作家，只要有好稿子，可以连续发表，也可以连续上头条，十次、八次都不是问题！

梅朵给我打电话、写信，对新一年的头三期非常满意，他不吝言词地表扬说，感受到我付出的巨大努力和心血："撒网"大有收获，中青年作家渐成主轴；题材面日见开阔，折射了更多社会层面和底层人物……

表扬的后面是任务加码，梅朵不能折腾自己，只能加倍折磨我。他敦促我，趁热打铁，4月号无论如何再抢出一个"报告文学特辑"，展示一下《文汇月刊》的报告文学，在全国"最具影响力"。我反诘道：你只管提要求，狮子大开口，我早就要求为"报告文学专栏"增加人手，却没有回音，三个人的活，一个人做，你还让不让我活？"一定帮你解决，我再给马达、陆灏和报社党委打报告！"梅朵安抚我。但我知道，这个"一定"，一定要打问号。无论是报社领导，还是梅朵他老人家，都惯于鞭打快牛，而解决问题则是遥遥无期。

没有“拐杖”可以依靠，只能靠自己了。牢骚归牢骚，还得像当时一个尽人皆知的口号所说的，小车不倒拼命推。否则，稿源一断，“报告文学专栏”立马光芒黯淡，前功尽弃。我不得不抖擞精神，一次次旋风般地到北京组稿、抢稿。

这绝对是霸王式组稿。我组的稿我要，作者为别的杂志写的稿，我撞见了也抢也要。“给我们吧！我在困难时期，梅朵住院，严重缺稿。为难吗？我给你签名留收条：稿子被《文汇月刊》拿走了！”北京许多大牌杂志，对我们这一招深恶痛绝，有这么穷凶极恶的吗？

对不起，我们缺稿，万般无奈！而且我这一招是跟梅朵学的，你们到医院或是疗养院跟他算账吧。我甚至还恳请跟我们最有交情、最有能耐的写手陈祖芬和肖复兴，把所有的好稿全给我，不要给别的杂志了！当面请求，加上电报轰炸，居然实现了这个既合理又无理的要求。他们理解我的甘苦，容忍了我的“蛮横”、“霸道”，在梅朵生病的一年多里，陈祖芬一共写了十一篇报告文学，把其中最好的八篇给了我。而肖复兴则几乎把所有的好东西全部留给了我！他们两位也成为我终身的朋友。

我飞来飞去，每个月我至少一半时间在北京，要是飞机有月票，我早买月票了。我打长途电话，每星期轮番打给各地所有的报告文学作家，把握动向，绝不让好稿“跑冒滴漏”！我成了报社统计长途电话费的反面典型。梅朵教导说，管它去，虚心接受，坚决不改。

好在非常时期，梅朵为我们争得了一些非常手段：一是经几位版面编辑与排字房一再商量、通融，同意我们将当期的一些重头稿，尤其是报告文学急稿，作为特例，发稿周期由通常规定的二十五天左右，缩短到七天左右，甚至更短。那时是手工排版，校样是排字工人一个个字排出来的，很辛苦，效率也低。几乎全国所有的刊物，发稿周期都在两个月左右，最少也得四十天。而我争取到七天左右的报告文学发稿周期，之后得寸进尺，部分特急件缩短到三到四天，简直是天文速度，在当时不可思议！这让兄弟刊物羡慕不已，他们实在是望尘莫及。《文汇月刊》是《文汇报》办的刊物，得天独厚，有自己的排字房，也就有了通融余地。

还有一个手段，就更“非常”了：那就是梅朵很有胆魄地放权，让我有报告

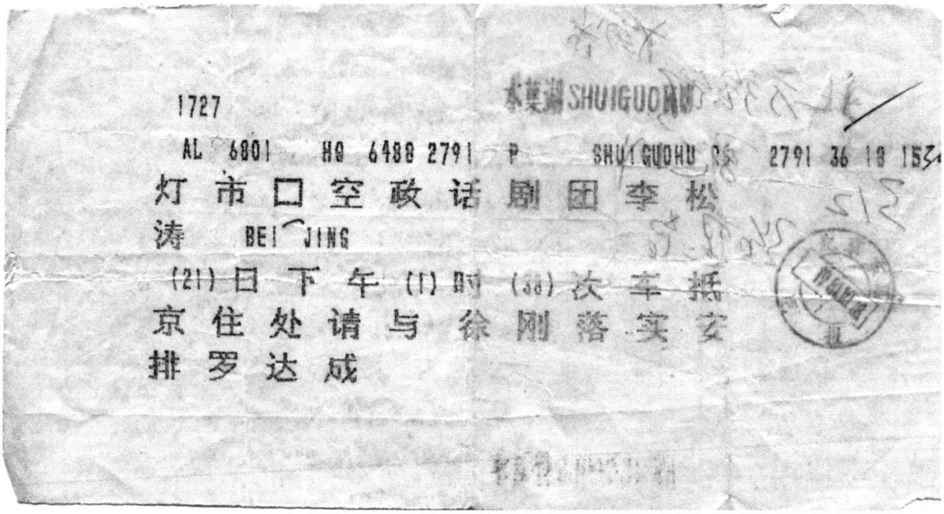

1727

AL 6801 HQ 6488 2791 P SHUIGUOHU 2791 36 18 153

灯市口空政话剧团李松

涛 BEIJING

(21)日下午(1)时(38)次车抵

京住处请与徐刚落实安

排罗达成

1981年10月18日，作者给李松涛的电报

文学稿件的拍板权，这是出于工作需要，也是对我的信任。即便请副主编谢蔚明签发，也只是为规定的“三审制”走个形式而已——老谢很信得过我，也乐于高抬贵手。

梅朵还做我思想工作，说他生病的非常时期，我作为支部书记，应当参与班子工作，并说他已征得马达同意。但我总觉得，这多少有点私相授受：在报社，部门的支部书记什么也不是，没人愿意做。何况，我们开始只有两个党员，我和肖关鸿。1981年2月，余之调来后，才凑成三个人的支部。1983年3月，报社决定在《文汇月刊》帮助工作的老同志陈钦源、陈必智、赵戈今退休，谢蔚明亦由马达通知退休，并调报刊研究室后，党委才于1984年7月宣布调整《文汇月刊》班子，梅朵主持工作，我和肖关鸿担任刊物编委。及至1985年1月，又出一批红榜增加周嘉俊为编委。1985年9月，我和肖关鸿才担任《文汇月刊》副主编，有了一官半职。

就此，我开始与副主编谢蔚明、版面责编徐凤吾一起，参与每期刊物稿件的最终安排，因为徐凤吾有“梅朵的影子”之称，与谢蔚明意见经常不同，我这一票，往往至关重要。这并不是好差使，很容易得罪人。徐凤吾在他的日记中就曾“哀叹”：“现在月刊让我做‘刽子手’，既吃力又不讨好，约稿的同志都对我有意见。”

我看中的，是对报告文学稿件有较大决定权。报告文学特别讲究时效性，而且要给作者留送审时间，一拖一犹豫，黄花菜就凉了，甚或稿子就飞了，被别的刊物抢走了。有了这个权，我在北京拿到稿子，一两万字的报告文学，十有其九，我当场或当天就能看定，并给作者明确回音：能不能用？什么时候用？稿件是否要改动？而寄来的稿子，我当天或隔天就能用电话或电报回复，校样用“航空”邮寄，三天内也能送达作者手上。我很感谢梅朵、老谢和相关领导，我“一言九鼎”拍下的报告文学，他们都接纳了，几乎从未被否决过。

当报告文学作家看到，他们的稿件，竟能在一星期后乃至三四天后出现在《文汇月刊》上时，那种兴奋和快感难以言喻，这是报纸速度，文汇速度！作家无不喜欢跟有担当、有魄力的编辑打交道。

我言出如山，“立等可取”，这是我们争夺稿件时的极大有利因素，很有诱惑力和吸引力。而且每期《文汇月刊》出版时，徐凤吾都会写一个两三百字的“本期推荐”，连同封面照和要目，刊登在《文汇报》头版上。这个“广告”太醒目太突出了，它使当期的好作品迅即家喻户晓。《文汇月刊》的报告文学，在很短时间里做出了影响，做出了气魄，做出了品牌，许多报告文学作家心甘情愿地把最好的稿子给我们！

我用尽吃奶力气，终如梅朵所愿，在 1982 年 4 月号奇迹般地推出第二个“报告文学特辑”！这期发了七篇报告文学，一共九万字，占掉四十多页，这是当期刊物的一半篇幅。

这期“特辑”由著名报告文学名家黄宗英，及势头正旺的知青作家肖复兴领衔。黄宗英这篇力作，是病房中的梅朵组来的。从题材面可以看出刊物的转型和开拓，我们没有丢掉传统强项文艺、体育题材，但视野大大开阔，放射到医院、农村、地质勘探及回国投资的海外侨商。

七篇报告文学中，最具感染力的是黄宗英的《越过太平间》，写了北京第二医学院附属宣武医院默默无闻的宋慕玲医生，在太平间后面有着农村牲口棚似的粪便气味的动物室里，日夜盯着白鼠不回家，试验成功用以攻克脑癌的抗癌药。而黄宗英在采访期间，晚上就睡在这动物室里的“加床”上。

肖复兴《留给柴达木的歌》也感人至深，他采写了一位在柴达木从事了二十七年地质勘探、第二天就要退休的藏族老人马万海的人生故事。

此外，郭宝臣的《在充满希望的土地上》，写的是三十岁刚出头的庄稼人黄直峰，因为成功发明沼气蒸煮控制仪，而当上助理工程师，走上北京全国青年自学经验交流会；军旅作家常青、王宗仁的《科学家和他的妻子》，则描写八十五岁高龄的解放军军事医学院副院长、科学家蔡翘，与他妻子携手走过六十六年的感人故事。

还有两篇是写文艺题材的：古华、张守义采写少数民族舞蹈家刀美兰的作品是《她来自孔雀的故乡》；冼济华的《一个幸运的姑娘》，采写了他所在的中国青年话剧院年轻演员宋洁，在磨炼中成长，在主演影片《小城夜话》后得以一夜成名的人生经历。

而《解放军报》王颖写的《海外赤子》，则是一个全新题材，爱国侨商李引桐怀着赤子之心，为改变故乡的面貌，回来投资办工厂，为医院、学校捐赠设备，为贫穷孩子们颁发奖学金……

让我感到欣慰的是，王颖这篇报告文学，得来全不费功夫，是《解放军文艺》王中才的友情推荐，也是我们结交朋友的收获和连锁反应。当时，王中才和雷抒雁都在《解放军文艺》当编辑，他们俩都是我的朋友。

中才给我送来《海外赤子》这个“馅饼”时，还附有三页纸的长信：

达成兄：我今天到军报，与那里的编辑王颖同志谈话中，了解到他写了一个报告文学。此文是写爱国华侨李引桐的，他是陈嘉庚一脉南洋巨子，电影《海外赤子》里关于橡胶引入，首先是这位李先生引入的，总理生前接见了他。他对家乡的资助巨大，1970 年回国时竟受到极左思潮的触及，但爱国之心不泯。粉碎“四人帮”后，又多次回国，颇有主人翁之态，对不良现象敢于指责。这个题材我很感兴趣，想起你多次约我写报告文学未成，为你拉篇稿子也算表愧疚之意，因此把这篇报告文学要来了。我看了一下，认为写得还不错，有些事迹颇动人。文笔不像你那样潇洒，显得老实了点，但也不失为一种风格。个别地方太琐细，因此文字拉长了。有的地方有渲染华侨巨子富有之嫌，可稍稍抹一抹（不是指他慷慨捐款处，而是指他生活末枝）。我党干部对他过于卑躬之处，也可酌改。总之，这可能是一篇吸引人的报告文学，对敦促党的干部的作风好转，与激发建设四化的热情是有意义的。原题是《赤子心》，太俗了，我让他改成了《龙的传人》，可否？

请你尽快过目，能用否，请及时回封信。

一期“报告文学特辑”有八篇，九万字，许多朋友认为梅朵和我都走火入魔，疯了。报告文学是最难组稿的，这么狂轰滥炸能坚持多久？但我们的“轰炸”一直势头不减：1984 年 8 月号上，新开了“我们的报告文学家”栏目，一下子推出李巨川的《给徐迟画像》、王颖的《魏巍从战争中走来》等篇目。这组稿件四万多字，加上当期的“报告文学专栏”，又是将近九万字，占掉这期刊物的半壁江山。为了能强势推出这些重磅稿件，我们不惜一次又一次挤掉许多栏目的稿件，虽然不忍下手，但又不得不忍痛割爱。这种“断臂求生”般的决绝，在编辑部内有些栏目编辑也难以忍受，甚至有些怨言。但梅朵的态度坚如磐石，决不退缩——不疯魔，不成活！

狂猛掀起的报告文学旋风，又一次震撼了文坛，引起了轰动。《文汇月刊》创刊后，“心中的花圈”那个栏目曾激起巨响，一批大名家和老作家先后发表了数十篇极具影响的悼念文章，激起第一拨高潮。而现在，以近两年来冒出来的一批中青年报告文学作家为主体的“报告文学特辑”强势推出，又掀起第二个高潮。读者来信来电，对“特辑”赞叹不已，感到过瘾，希望我们再接再厉。而文学界也普遍感到惊喜，觉得《文汇月刊》生机勃勃，具有活力和创造力。同时，这个专栏也呼唤着、吸引着更多报告文学家加入它的行列。

此后两年，这个栏目日趋红火，蒸蒸日上，成为名家首选的报告文学阵地。梅朵所殷殷期望的，打造在全国最具影响的品牌，做全国报告文学排头兵的美梦，算是成真了吧？

时任《花城》杂志编辑部主任的谢望新，既是评论家，也是报告文学作家，他曾满怀激情、洋洋洒洒地写了篇《评〈文汇月刊〉1984 年报告文学》：

《文汇月刊》是一家有着自己鲜明特色的文艺刊物。人们谈及这家刊物，往往首先想到的是它的报告文学。

对现实生活作多棱镜的反映，是《文汇月刊》报告文学的一个主要特点。更为关注普通人的命运，将触角伸到社会生活的各个领域和角落，从多侧面、多层次、多角度，反映人和社会的整体形象，从而，给读者提供认识和审美的多样性、完整性。《文汇月刊》在题材的丰富性和广泛性上，是作了努力的。最近它又将反映改革的题材放在一个重要位置，这也表明它并不凝滞固守，而是孜孜以求。

着重于写普通人的命运，但从思想的深度和艺术表现的成熟来衡量，最突出的又是反映普通知识分子的遭际的。它们的主人公，多有坎坷的人生经历，但精神不灭，奋起崛进。这应看作是《文汇月刊》这类题材作品在格调上的一种崇高追求。它占刊发的报告文学作品比重的三分之一。可以说，写知识分子，已衍延为这家刊物的一个优秀传统，也许，它和文汇报以知识分子为主要对象这个方针不无关系。

《文汇月刊》今年发的这类题材的报告文学，除陈祖芬的《人生的抉择》，值得注意的是孟晓云的《胡杨泪》。陈祖芬的人物报告，在《人生的抉择》中，又有了新的进展，塑造了一个具有高度献身精神，懂得把个人价值转化为社会财富的归国华侨知识分子郑华明的形象……《胡杨泪》具有悲剧作品的壮美格律。“胡杨树三千年，长着不死一千年，死后不倒一千年，倒地不烂一千年！”——写得何等传神，又何等气派！它象征着主人公钱宗仁坚强不屈的灵魂。钱宗仁是苦难酿造的人才，社会给予他的，和他贡献于社会的，是一个负数与正数的比，读着其中的某些段落，我的心在泣血，禁不住要拍案而起……

读《文汇月刊》的报告文学，会极大地开阔我们的生活视野，产生一种深邃感。少有人问津，不易驾驭的某些生活课题，它也掘开一片新土……肖复兴的《德瓦尔被解雇之后》也开辟了一个新的题材领域。我们报刊经常出现“外国人眼中的中国”这样富于刺激性的字眼，为什么我们不可以写“中国人眼中的外国”呢？肖复兴的创作态度是严谨的，他的报告文学不仅在题材选择、题旨开拓上表现自己的个性，在艺术表现上也有执着追求。他和肖复华合作的这篇报告文学，写一位外国工程技术人员在中外合资的一个科研单位的经历，提供的生活场景是新鲜的，在艺术驾驭上，只取“被解雇以后”这一场面。将人物的全部感情的、性格

1985年冬，摄于文汇报社顶层。作者（右2）与梅朵（中）、张辛欣（左2）、周玉明（左1）、周嘉俊（右1）

的、心理的、意志的、力量的冲突，集中在一个有限的空间和时间，给人一种爆发的力度感和急促的节奏感。作家的另一篇《到南极去》，选材上也很独特。写主人公下林根奔赴及到达目的地时，与恶劣自然环境抗争，风景描写，是动人的。开篇将去留问题上的矛盾心理直接揭示，更增添了生活真实的力量感……

《文汇月刊》在转向鼎力促进报告文学创作时，外界有一种误解，认为它只是或主要是文艺、体育界的“名人谱”。后来才逐渐看出，它不仅有开阔的题材领域，多样的人物，在对邪恶势力、丑恶现象及种种陋习弊病的揭露上，也是锋芒毕露、犀利泼辣的。但又不是停留在一般的揭露或纯粹的展览上，而是在批判中升腾起一股正义之气，一股昂奋之情……

愿《文汇月刊》的报告文学这一栏目，在未来的日子里办得更出色，更生机勃勃。

十七　梅朵病中给我的四五十封信

梅朵是个工作狂，无论在医院，还是疗养院里，还是给作者写信、打电话，组稿、催稿，几乎从未中断过。生病两年，他给作者写过的信，大约有五六百封之多。而信末“梅朵于病中”这行字令人动容，友情加悲情，使作家们无不从命。当他把黄宗英等大牌名家的报告文学，连续转寄到我手上时，我心中充满感动，这是梅朵在帮我“输血”呵！

其间，梅朵除每隔一两个月，请假回编辑部看望半天，还先后给我打过三四十个电话，写过四五十封信件和便条，我是他的重点谈话对象和帮助对象。可惜，我手头保存下来的信件只有六七封了。

我对梅朵的认识，从这些信中得到了升华，由敬重而敬畏，他是我编辑生涯中的楷模和精神支柱。至今重读我所保存下来的这几封信，依然感慨不已。梅朵在信中谈稿子，谈构想，谈人事，对我有热情赞赏和鼓励，也有严厉批评和责备。他的信中充溢着对我的信任与厚望，以及让我难以承受的重托。梅朵不光一直指引我的编辑道路和创作道路，还在调教我的为人处世，指引人生道路。

梅朵的信都是对症下药的。当时，我很想写东西，稿约也多，常常为挤不出时间写作而痛苦、烦躁。1981年下半年最忙时，北京电影制片厂编辑要给我请三个月假，将在《青春》杂志上发表的一篇报告文学改成电影剧本。没吃过改编苦头的我，不知成功率低如流星落入手中，心向往之，跃跃欲试，却又不能从工作中抽身，时不时有点闹情绪。

梅朵在电话里已经劝慰过我，1982年元旦那天又来信敲打说：

达成兄，新年好：

一定要把编务工作做好！写剧本事，我自会关心的。

我觉得你与小肖应该把杂志看成你们的事业，因为我等都已经老了。切切不可把它当作跳板，而要全力以赴地把杂志办好！

做编辑的，与搞创作的还有不同，趣味要宽广，要能兼容并蓄，要真正贯彻百花齐放。而搞创作的则总首先欢喜自己这朵花的，不然，他也不会去栽培她。你说是吗？

小肖忙时，要互相帮助。你们两个是杂志的未来，要全心全意地放在杂志的工作上。

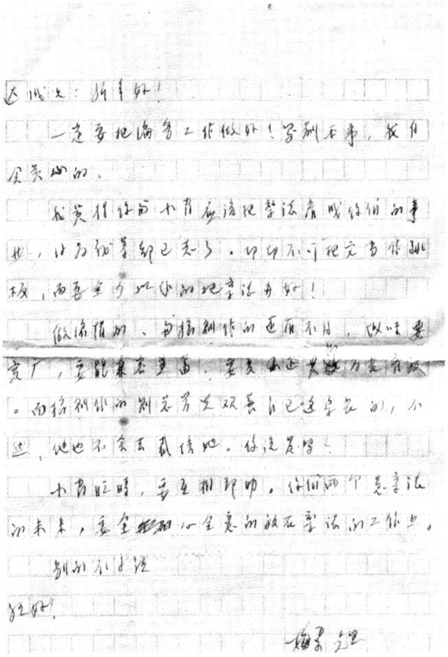

1982年元旦梅朵的信

《文汇月刊》在报告文学篇目大幅增加后，因“失实”而带来的麻烦也越来越多。洋洋万言的文章，一个细节一句话，都有人给刊物写信来要求“更正”，有的合情合理，确属作者失误，有的则吹毛求疵，无理取闹，不达目的不罢休，到《文汇报》党委告状，甚或上门吵闹。

1982年12月5日，肖复兴自中央戏剧学院来信：

今天收到你的来信，看后心里很不是滋味。报告文学弄得到了岌岌可危的地步了。前些日子《文艺报》、《人民文学》召开座谈会，我因事没去……听《北京文学》的同志讲北京市委立了个文件：要送审。不知你处如何？如果这样的话，报告文学无法写。光是围绕报告文学的真实性就会有扯不完的皮。你身兼作者和编者，两者之苦均都尝到。看了你的信后，很是感动。我无力相助，只是以后凡需要我做的，尽请吩咐，我定当鼎力。

他还说及正在采写的《宋世雄，该给他一枚金牌》："宋世雄稿写成后，我请电视台的那位陪同我采访的同志看一遍，他没有提出什么。宋世雄太谨小慎微了。本来还有些材料可用，无奈和宋世雄达成协议，只好割爱，剩下这一些宋本人大致同意的了。不必给他看。"

1983年12月末，我催促肖复兴将下期要发的《草原》改样赶快退我，他回复道：

为了使信早点寄到你那儿，小样我不寄了。

内蒙古刘钟龄本人及单位，我看不必寄小样了。你们现在怎么了？胆小了？怎么又要恢复送审制度呢？这可太不利于报告文学创作了。前些天，《人民文学》召开报告文学座谈会，有人就又提出送审问题，大家都反对，《人民文学》亦不这样做，你们怕什么？

在内蒙古时，我曾和刘本人讲过一些具体想法，他也表示同意，你尽可放心就是了。否则寄去，年底他保证寄不回来，不知一耽误要何年月了。

希望你们不要来这一制度。否则，这报告文学可就难写了。我上封信提及的两个题材，有何意见，盼告。

肖复兴多年后，才先后出任《小说选刊》副主编、《人民文学》副主编，这时还是纯粹的作家身份，站着说话不腰疼。梅朵这堵挡风的墙不在，稿件出了问题，《文汇报》党委唯我是问，罪责难逃呵。我最大的能耐，也只能阳奉阴违，来得及就送审，来不及就拉倒。

我常常网开一面，特别是对有影响的名家，我相信他们的认真负责，能够坚守道德底线。如果要求一律送审，有些报告文学就不可能问世了，1984年4月号上发表的孟晓云的《胡杨泪》即如此。这篇文章影响极大，冲击了人们的心灵。李锐同志还热情地加了按语，由中组部批转全国，掀起一场学习运动。刊物供不应求，我们只能加印了十万册简装本《胡杨泪》。

《胡杨泪》在1983年底寄我，作者自身不很自信，写道："时间仓促，写得粗糙，如不满意请不要转其他刊物，直接用挂号寄还给我。"我看完稿件，感到极好，极具震撼力，要求孟晓云马上送审。1984年1月20日，孟晓云回信说无法审稿：

来信和清样收到。钱宗仁的采访除了与他本人谈了，还找了阿克苏地委宣传部长谈过。此线索是新疆新华分社的记者提供的。《光明日报》曾在去年发过他事迹的简短消息，后来湖南省引起重视，派人调查写材料证明当时整他是受极左路线的影响，在老家整他的人不是"文革"中死了就是犯错误开除党籍。新疆维吾尔自治区一位姓汤的常委对他写的自传确有批件，这些都有复制件，可以多方证明，他的经历是真实的，而不是编造的。送审往哪儿送呢，没有一处是全部了解他的经历的，因为他走的地方太多，经历太坎坷，塔里木农大对他以前的经历也不会调查。如果一定送审，是否寄到阿克苏地委宣传部部长宣惠良处呢，他肯定不会有异议，因为他一直是帮助和支持钱的，给他送审不过是走过场，还不知道他是否在阿克苏，他是新疆文联的，常去乌鲁木齐等地开会，能否在短期内寄回来，我不敢保证。我看送审的意义不大，你意如何，请来电告知。

收到你信的同时，收到钱宗仁的一封信，寄去供你参考。

所幸这个没有送审的稿子平安落地，身为《人民日报》记者又是报告文学作家的孟晓云，也因这篇成名作在报告文学界一炮打响，《胡杨泪》毫无悬念地获得了1983—1984年全国优秀报告文学奖。不过，她后来在1986年5月号《文汇月刊》上发表的《"百万富翁"和"牛"》，还是踩到了地雷。这篇写广州"周生记"太爷鸡的报告文学，说及主人公周德良的人生坎坷，曾一次次被"权力"扼杀。尽管孟晓云并未点名，但有人来信抗议了。

1987年2月，我们把抗议信转交孟晓云，她多次写信解释。9月间，孟晓云告诉我最新发展：

今晚和周德良通了电话，他不同意发更正，他表示至今认为他讲的都属实，如果这个人告到他所在党组织，他可以向组织写书面说明，告到哪儿也不怕，他们相距三公里，为什么她不告他呢？周意别理她，没必要和她纠缠，你越写回信，她越觉得你有负于她，越没完。

我看别理她算了，又没有点她的名，谁让她对号入座呢。由她告去，告不出什么名堂（周德良说，如需要他出庭，他也无所畏惧）。

贵刊也没有必要再写信给她，也不要向她许愿什么，反正我是不准备写信给她了。

虽然事情不了了之，我和孟晓云都被纠缠了七个月。这还不过是许多纠缠中的一件，而比这惨烈的纠缠一年至少有两三件。一个“失实”，少则纠缠个把月，多则半年、一年，让人不堪其扰。我组稿已经来不及，哪有精力反复给告状者耐心答复，并给党委写问题的处理情况汇报。

我还留存着一份1982年11月28日给马达写的“经过与教训”：

作为经手稿件的报告文学编辑，我应负较大责任，本人要引以为戒，吸取教训，加强责任感和审稿，涉及批评一方或可能毁及他人声誉的情节，尤需慎重。万一发生失实，应敦促作者及有关人员抓紧更正，不能拖拖拉拉。

除我主观的原因外，我也觉得忙得团团转，也是出差错的原因之一：每期要发三四篇报告文学，都是“热炒”，小样来不及寄还作者过目、审读，核实工作较粗。同时，我还要看一般来稿和外出组稿，我已多次提出，一个人不行，而月刊目前忙闲不均现象较为严重，恳请调整力量，加强报告文学一栏。

任劳容易任怨难，我觉得吃力不讨好，忙得四脚朝天，还要写这种违心的检讨，心里弥漫着消极情绪。“检查”交了三天后，收到梅朵的安慰信：

现在你是重担在身，切切不可表示任何消极情绪，因为影响不好。“报告文学”出现一些小问题，应在意料之中，根本不必为此而忧心忡忡，只要以后特别注意，事后对作者再三交代，坚持事实的真实就可以了。如果因为出现小错而就灰心，那么报告文学这一形式又当如何呢？

虽然现在我不在岗位上，真有什么责任问题，完全由我承当可以。如有什么情况，请告诉我，我可以写信跟马达同志等领导同志说明，不能因为一点小错，而对同志责难过分。

我总觉得你正在事业发展的时机，因此对人处事，应该谨慎、周到，不可完全凭个人感情用事。对朋友（对同志也是一样）宁可别人负我，不可我负别人。在这方面要作为自己的座右铭。人一定要做到忠厚待人，这样自己也就可以心安理得。切切不能责人太过，原谅自己太宽。什么事都应想前、想后，想想自己。这样什么事就都会有一个好结果了！

我总以为“真诚”两字是做人的准绳。就我自己来说，我宁可失掉一切，但决不做伪善之人。

这些我都说远了！主要你一定要振奋精神，而又要能够团结同志，现在不管你愿意不愿意承担一份领导工作，但担子既已加在身上，则必须全力以赴。

别的不多谈，请保重身体。

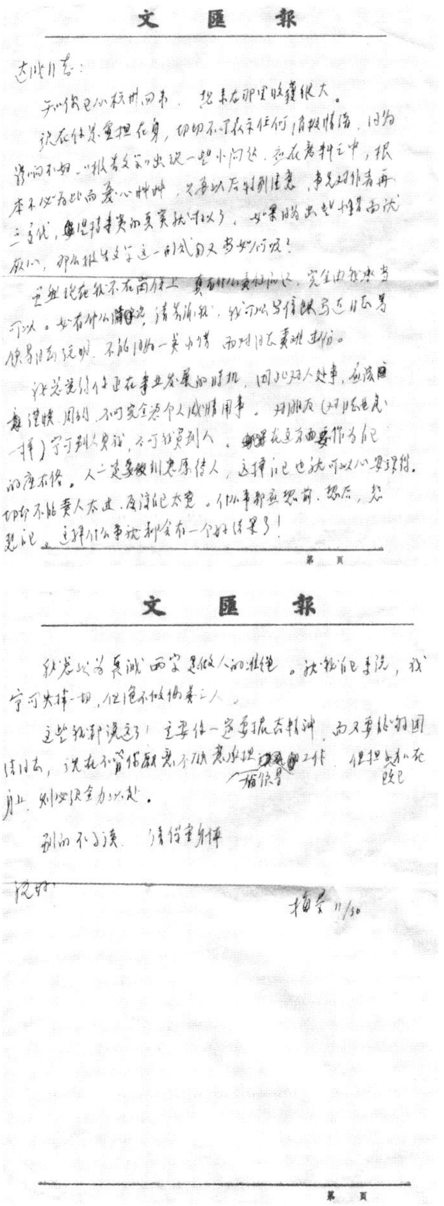

文匯報

第 页

文匯報

第 页

1982年11月30日梅朵来信

随后，他回来探视时给我打气，但我听不进去。于是，他之后的几封信，不断提醒我记住自己党支部书记的身份，甚至引用了许多大道理，激昂，高调。这些话，如果从别人嘴里说出来，我会很逆反，当作耳边风。但出自梅朵口中，虽然缺少吸引力和说服力，我还是能感受到他的拳拳之心，他的真诚。为了能说服生性执拗的我，激励工作情绪起落不定的我，他才不惜动用“重武器”，像给孙猴子套上

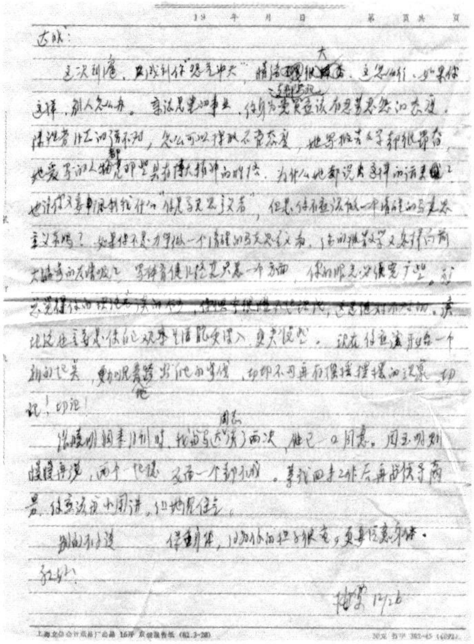

1882年12月26日，梅朵无锡来信

紧箍咒。

1982年12月26日，梅朵来信，特意在信中“忍劳忍怨”四个字下面划线，以示强调：

这次到沪，感到时你怨气冲天，情绪很大，这怎么行？如果你这样，别人怎么办。杂志是党的事业，你作为党员、支部书记，应该有忍劳忍怨的态度。……也许你又要讽刺我什么“你是马克思主义者”，但是你不应该做一个清醒的马克思主义者吗？如果你不是力争做一个清醒的马克思主义者，你的报告文学又怎样向前大踏步地发展呢？写体育健儿终究只是一个方面，你的眼光必须宽广些。我觉得你的理论书读得太少，你似乎瞧不起理论，这是绝对不对的。读理论也主要是使自己观察生活能更深入、更尖锐些。现在你应该开始一个新的起点，更加沉着地跨出自己的步伐，切切不可再有摇摇摆摆的现象，切记！切记！

张晓明调来月刊事，我与马达同志谈了两次，他已一口同意。周玉明则慢慢再说，两个一起提，反而一个都不成。等我回来工作后再与领导商量，你应该与小周讲，让她沉住气。

别的不多谈，保重身体，因为你

的担子很重，更要注意身体。

梅朵一连两封信，结尾都是要我保重身体，因为身体是革命的本钱，但这纯属纸上谈兵。事实上，工作操劳太过加纠缠不休，晚上熬夜写作，超负荷地运转，我已无法保重了。1982 年 7 月间在体检中发现，我五年前查出的一个肺部阴影，大了三分之一。医生说需要休息，也可能需要手术。梅朵知道我查出问题，但不愿放过我，因为另一位副主编谢蔚明也在住院做手术，我留着还能帮助刊物运转。他也知道，非常时期，我尽管有病有牢骚，但为了他，为了刊物，绝对不会贸然抽身养病。

北京的前辈和朋友也知道《文汇月刊》三员大将都病了，给以深切问候。人民体育出版社的殷之慧，曾是《文汇报》老人，也是梅朵、谢蔚明的老友，又是我们的作者刘进元的顶头上司。其时，我和《体育报》记者吴晓民合写的关于中国跳水队的一本书稿，已经由刘进元编发后送她审稿。

殷之慧来信说：

八月二十五来信收悉，得知您真的患了良性肿瘤，十分挂念。这次您来北京，日夜兼程地赶跳水一稿，这种苦差事，特别伤神。您的病不一定种因于此，但加快了病程是毫无问题的，为此，我确实从内心感到歉疚与不安。

改稿看了，印象还是好的，比初稿充实多了。问题是这次比赛成绩不好。作为编辑的我，处理问题更应“谨慎而稳健”。我对年轻作者感情很深，十分关切、爱护，对他们作品，严格而柔情。在这一点上，我与年轻的进元，时常有分歧。他年轻、热情，好朋友，讲义气。

老梅的病，主要是心情不好。您要好好地劝劝他，已经六十二岁了，现实一点算了，何苦与自己过不去呢。老谢的病，叫人担忧，盼望手术后是个良性瘤就好了。如见到他俩，千万替我问好！问唐海等同志好！

与之同时，收到了陈祖芬的信，她问候了我和梅朵的病情。这位堪称中国稿债最多的大忙人，信写得很长很动情，让我很感动：

从吴晓民那儿知道你病了，你是太拼了！在上海时我就觉得你“形容枯槁”了，我就觉得你要榨干了！你伴随着足球队和跳水队在突飞猛进！你的报告文学有着令人目眩的进步！梅朵更是经常夸耀你！我预感到你的报告文学将要震动文坛，可惜，我的另一个预感捷足先登了——你病了！

真是不幸！对于又要上班，又要写作的人，只能把健康化作时间来用！但是，风物长宜放眼量，你毁掉身体的同时也是在毁掉你的报告文学！无论如何你要停笔休息一个时期了！我今年亏得听从别人劝告，休养了三个月。所以我“五一”后才得以写了几篇东西。你也必须忍痛停笔了！退一步，进两步呵！

我今天与此同时发一信给梅朵。吴晓民说你天天去看梅朵，我很感动。我知道你和梅朵之间的真挚的、难能的友谊，所以我希望你收到我这封信后，好好劝劝他。我给他的信，他明天傍晚能收到，我怕他看了这封信受不了。我一直赞赏梅朵的魄力和拼命精神，他极率真，我也不会绕着弯说话。我给他写了封直言相劝的信，但我心里又很担心他的身体。你是他的好友，我希望他看这封信的时候，或者之后——反正，是明天傍晚——你能在他身旁。我是真诚地希望他一切都好的，他又一向对我那么好！千万请你劝慰他！只要他能把身体搞好、家庭搞好，那么你，作为他的挚友，便是真正地救了他了！我若在沪，我可以当面和他说，现在写信总写不清，只能求助于你！望你让他冷静地、客观地看待事物！

我给梅朵写的，我想你若在他身旁，他或许会告诉你的，你便可以劝他。人只有在事业中才能找到自己的生命，才能体会到生活的实际意义，才能过得充实而免去一切烦恼——世人的误会、非议等等。只有闲人才有时间去为了琐事喋喋不休，一个忙于事业的人是可以置一切于不顾的。除了事业其余一切都是虚幻的。梅朵的工作是众所周知的，无人不感佩的！他必须自拔，振奋起来，以勃勃的精神去获取博大之生命！请你在这个时刻，他为难的时刻，多多帮助他！他是个难得的人才，又有着难得的精神，你好好照顾他吧。你自己也是病人，千万珍重！

祖芬　匆匆不尽

1983年元旦，梅朵来信告诉我，为解决报告文学人手问题，他已使出浑身解数，在找报社总编马达后，又在找常务副总编陆灏。他还提醒我，要正视劲敌《时代的报告》的改组，为报告文学专栏竭尽心力：

我已经给陆灏同志写了信，谈到了你的困难，特别是《时代的报告》改组后，有了一个劲敌，必须有人帮你一同搞“报告文学”，希望他能同意把张晓明调给月刊。我谈到你既要负责报告文学的栏目，又担任党支部书记，让你更要去处理一些复杂问题，确有困难，希望领导能体谅这一情况。同时，我又给马达同志写了一封信，也谈到了这个问题。我是尽我之力所能及了。说实在的，我对月刊这种情况，也很想离开。我的年纪也该做些研究工作了，如要继续搞刊物，也不是无处可去。只是自己对月刊有着一种难舍得的感情。

我希望1983年成为你创作上的新的起步，一定要写出有些分量的作品！对题材要努力开掘，展现思想上的光芒！

现在“报告文学”一栏，必须竭尽一切力量，在《时代的报告》还没有打开局面之前，要巩固我们的阵地！你应该有坚决使月刊立于不败之地的信心，而且把自己的心血扑在上面，使之实现！

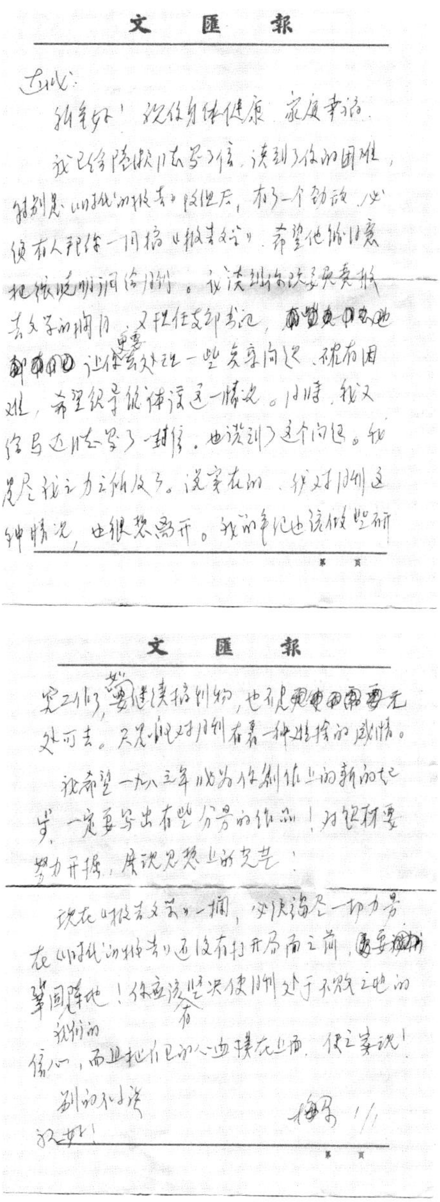
文匯報

达比：

新年好！祝你身体健康，家庭幸福。

我已给陈默同志写了信，谈到了你的困难，特别是《时代的报告》创刊后，有了一个劲敌，必须有人帮你一同搞《报告文学》，希望他能同意把张晓明调给月刊。我谈到你既要负责报告文学的栏目，又担任党支部书记，让你更要去处理一些复杂问题，确有困难，希望领导能体谅这一情况。同时，我又给马达同志写了一封信，也谈到了这个问题。我是尽我之力所能及了。说实在的，我对月刊这种情况，也很想离开。我的年纪也该做些研究工作了，如要继续搞刊物，也不是无处可去。只是自己对月刊有着一种难舍得的感情。

我希望一九八三年成为你创作上的新的起步，一定要写出有些分量的作品！对题材要努力开掘，展现思想上的光芒！

现在《报告文学》一栏，必须竭尽一切力量，在《时代的报告》还没有打开局面之前，要巩固我们的阵地！你应该有坚决使月刊立于不败之地的信心，而且把自己的心血扑在上面，使之实现！

别的不说了

祝好！

梅朵 1/1

1983年元旦，梅朵来信

《时代的报告》来势凶猛，报告文学的编辑抓稿全是这么虎视眈眈。我敬重的朱宝蓁大姐，是从《人民日报》文艺部调来担任《时代的报告》编辑部主任的。在梅朵来信后二十天，宝蓁大姐来访未遇，在我办公桌上留条：

刚才来看你，等了你一个小时，你还没来。你的办公室也没人。

梅朵同志回来后，请无论如何为《时代的报告》写篇报告文学。

你手边是不是有一些你们不准备用而有一定质量的报告文学，可转给我们考虑。

《时代的报告》由著名报告文学家黄钢创办、主编，几乎与《文汇月刊》同时面世，但命运迥异。1981年，文艺界出现极左倾向，《时代的报告》开始大张旗鼓地批判，引起了极大争议，报告文学作家对他们敬而远之。之后，由中共中央宣传部与《人民日报》、安全部三家联合下达文件，正式通知改组《时代的报告》，聘请《人民日报》原记者部主任、著名战地记者兼作家田流出任主编，《人民日报》另一位名记、著名诗人程光锐任副主编，并重组编委会。1983年1月，《人民日报》正式接管《时代的报告》。

宝蓁大姐就是在刊物改组的背景下，到上海来组稿的。我们是对手又是朋友，冲着宝蓁大姐的人格魅力，和我对她的敬重，我给她一些备用稿，并替她请来一批上海作家开组稿会。11月间，宝蓁大姐又来信问：

不知你是住院还是回家了。胸膜肿块观察、治疗的情况怎么样？念念。

等你身体好了，一定给刊物写篇报告文学，我们盼望好久了。

1984年后，《时代的报告》改名为《报告文学》，大概是要跟过去的名声彻底告别吧。而且，他们大手笔地改组编委会，阵容堪称豪华，有他们编辑部的领导，有操持国内最具影响的《新观察》、《人民文学》、《文汇月刊》杂志的实权人物，也有一批第一流的报告文学名家。

他们的编委名单（以姓氏笔画为序）是：田流、乔迈、朱宝蓁、李延国、陈祖芬、谷桦、周明、张锲、林里、罗达成、祖慰、袁鹰、钱钢、理由、黄宗英、程光锐、傅溪鹏等。我每次参加编委会，都有胆战心惊之感，如果这么多名家都给他们稿子，我们就岌岌可危了。他们对编委逼稿甚凶，我一拖再拖，直至朱宝蓁大姐退休后，升任副主编的傅溪鹏一催再催，才给他们一篇近三万字的报告文学《闯荡在太阳旗的国度》。傅溪鹏很满意，稿子做了当期头条。小气的梅朵不乐意了，批评我肥水外流，竟给人家送头条。

其实，在这个报告文学风起云涌，受到民众强烈欢迎和关注的时代，我们要警惕和竞争的对手何止《时代的报告》一家啊！当时，所有的大牌刊物都在下大力气抓报告文学。我们最大的竞争对手，当数中国作协的嫡系刊物《人民文学》。北京的朋友、报告文学家们不断给我送来消息。

1982年10月31日，还在国家体委宣传司岗位上的鲁光，在寄来为我们新辟的“报告文学讨论”栏目赶写的创作谈时，写道：

让你焦急了！实在抱歉！

这段时间，忙于去印度的准备工作。“谈”一直在写。但我不会写这类文字，苦煞人了！现寄上，不知合要求否？

26、27、28日，作协开了个报告文学座谈会，在和平宾馆八楼开的。你的朋友们几乎都出席了。又是差了你这员干将！人们说，你晚走几日，也就赶上了。会议内容，一言难尽，得花千把字才能说清。下午还有别的会等着我，时间已到，只好先不写了。估计，别的同行会函告你的。

果然，有“别的同行函告”了。12月20日，陈祖芬在退回《人生的抉择》小样时，附信说：

是第1期发还是12期发？我可能元旦后才走了——一过元旦就走。因近期政治学习、编辑约稿太多，我根本无法写作。所以，原计划月中写出的报告文学要拖到月底了。

现在各报刊都重视报告文学，《人民文学》14日在新侨开一天报告文学座谈会，王蒙主持，冯牧、袁鹰、刘剑青等都参加了。王蒙说现在是一个报告文学的时代，说报告文学题材的领域可更为宽广。冯牧谈到报告文学的政论性（我没去，会后高远来对我说的），他们希望每期至少发一篇报告文学。参加会的有蒋子龙、张洁、韩少华、韩静霆、王宗仁、杨匡满、郭宝臣……

虽然，我把报告文学当作事业来做，全力以赴，把“心血扑在上面”，但我的状态是累并埋怨着，感到吃亏。我理想中的报告文学事业，应当包含编辑和写

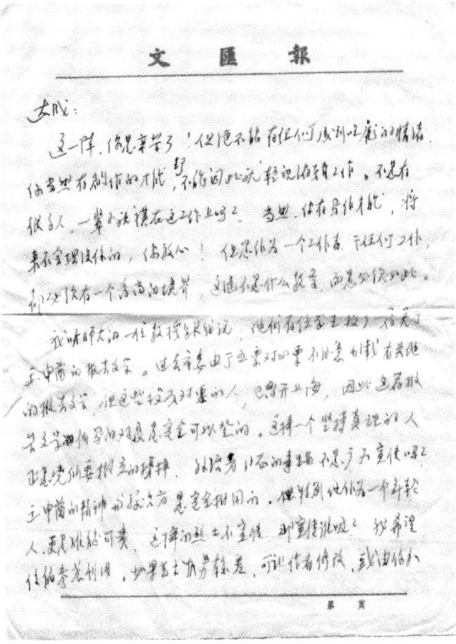

文 匯 報

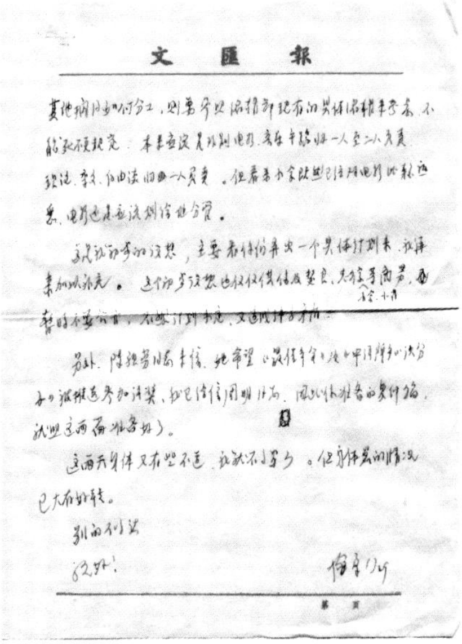

文 匯 報

1983年1月29日梅朵来信

作两部分。而现状是写作愿望、写作才能全被编辑工作吞没了，我怎么去有“新的起步”？

放不下心的梅朵，1983年1月29日又来信给我“洗脑”了，而且在更多关键语句下划线强调：

这一阵，你是辛苦了！但绝不能有任何感到吃亏的情绪。你当然有创作的才能，却不能因此就轻视编辑工作。不是有很多人，一辈子就扑在这工作上吗？当然，你有写作才能，将来不会埋没你的，你放心！但是作为一个工作者，干任何工作，都必须有一个高尚的境界，这绝不是什么教条，而是必须如此。

我听师大的一位教授跟我说，他们有位学生投了一篇关于王申酉的报告文学。……这篇报告文学所写的对象是完全可以登的。这样一个坚持真理的人正是党所要树立的榜样。孙治方同志的事迹不是广为宣传吗？王申酉的精神与孙治方是完全相同的。特别他作为一个年轻人，更是难能可贵。这样的烈士不宣传，那宣传谁呢？我希望你们考虑刊用。如果艺术质量较差，可让作者修改，或由你加以润饰。此事切切给我一个决定的回音。

我的小信封已用完（我虽在养病，

却一直在继续组稿）。希望让小胡再寄一点给我。

有很多事，我已在电话里讲了，这儿就不多讲了。小肖如果来上班，让他给我来信。

梅朵让我去抓关于王申酉的报告文学，但北京的杂志消息灵通，下手比我们快。他们让理由这位高手来采写，而且稿件马上就要刊出了。我们只能放弃，《文汇月刊》也有打败仗的时候。

不过，这篇“马上就要刊出”的“王申酉”，终未刊出。直至二十二年后，才在理由修订出版的《扬眉剑出鞘》（人民文学出版社，2005年）中，看到题为《倒在玫瑰色的晨光中》的“王申酉”。理由感慨地加上一则“题记”，说起这篇文章的坎坷与波折：“此文经历一番坎坷。一个震撼性的采访线索吸引我直奔上海，遇到许多新闻界同行，也遇到明星记者金凤大姐，从她口中得知，这一题材遭到封杀。然而，我已箭在弦上，心有不甘。遂将此文寄给湖北的编辑朋友，隐去主人公姓名以及虚化事件发生的地理背景，得以发表在武汉的报刊。如今恢复原貌，但收集时犹感历史之残酷！”

1983年2月初，梅朵又来信要我们明确分工，制定、落实新一年的工作计划：

达成：据说老陆（灏）找你们少数人开了一次会，要做出一个改革的计划来，我认为极好，是到时候了。

我以为，把工作落实到每一个负责人的身上，订出努力目标非常重要。但还要在栏目上有新的设想，要有一点新气象。

关于订人订工作的问题，例如说报告文学：参加这一栏目的人，可以是三个人，他们每期应组织高质量的报告文学四篇，每年至少应有六篇被人选载，最好能达到十二篇这个理想的数目。负责这个栏目的人，除了组织报告文学外，应负责有关报告文学的作家介绍及评论。

例如说，小说，参加这一栏目的人，可以二至三人。他们应每期组织高质量的小说三至四篇（总数二十页）。每年至少应有八到十二篇被转载，因为小说转载的杂志比报告文学多，因此相应地转载的数目应该增多。此外负责这一栏目的人，除了组织小说外，应组织作家介绍及作品评论。

这是刊物的两个重点，应该全力以赴地搞出个特色。

其他栏目如何分工，则要参照编辑部现有的具体编辑来考虑，不能死硬规定，本来应该是戏剧、电影、音乐、舞蹈归一人至二人负责。理论、杂文、自由谈归一人负责。但看来小余既然已经对电影比较熟悉，电影还是应该划给他分管。

这是我初步的设想，主要看你们弄出一个具体计划来，我再来加以补充。这个初步设想也仅仅供你及楚良、老徐、小余、小肖等商量，暂时不要公开，不然计划未定，又造成许多矛盾。

另外，陈祖芬同志来信，她希望《最佳年龄》及《中国牌知识分子》被推选参加评奖，我已给信周明同志，因此你准备的复印稿，就照这两篇准备好了。

这两天身体又有些不适，我就不多写了。但身体总的情况已大有好转。

梅朵这计划，虽则详尽、周到，但人手不到位，设想终成无米之炊。我苦苦支撑着，熬到1983年7月梅朵归队，才去彻底检查病情。7月底，我曾给我的老友、部队诗人李松涛回过一封信，说过病情和心情：

你信来得正好，我刚刚病倒了。五年前，我右肺查出的一个肿瘤，我一直没在意，这次拍片一对照，大了三分之一以上，医生一定要我开刀。我还幻想能否做做气功稳定住，我就不开了。但恐怕可能不大，我现在是走投无路了。

前天接《北方文学》信，要我去哈尔滨参加一个笔会，我还在犹豫，虽然去并不影响病情，缓缓长大的瘤，还是良性，但太吃力了不行。

我已不上班，每周去两次拿拿信而已。工作已交掉了。我要爱惜一点自己了。

但我只对自己“爱惜”了一个星期，就待不住了。我牵挂工作，更牵挂梅朵，他刚养病回来，有一大摊子的事，怎么能把“报告文学专栏”完全扔给他呢？我又恢复了边养病、边工作状态。9月间，我借去北京组稿之机，还特意赶到通县，那里的鹤翔庄疗养院，正在办一个全国辅导员学习班。我不想手术，傻乎乎地想请这些被吹得神乎其神、能肉眼看到肿瘤的“鹤翔功”大师，判断一下病情。谁料我一问三不知，发现他们完全是在做糊弄人的把戏。我对气功的信念，就此成灰了。

奇怪的是，梅朵回来，如定海神针，有他的支撑和借力，我压力骤减，心境放松了许多。而我肺部的阴影，似乎也怕梅朵，居然停滞下来。医生也同意我保守治疗，但让我休息数月，定期复查。我阳奉阴违，一个多月后，就完全恢复工作。不过，我尽力遵守医嘱：不能太累，不能写东西，而且绝对不能熬夜。我忍痛调整了生活节奏，之后有八九个月只当编辑，不写东西。

十八　因为追求完美过头，梅大主编也曾犯过“低级错误”

病中的梅朵，让我将对他的敬重上升为敬畏——他在医院或是疗养院的每一天，始终在操心刊物的生存和发展，想着要开什么栏目，想着多帮我抓几篇头条，想着给我鼓劲，工作要任劳任怨、全力以赴，决计不能牢骚满腹。一个多么好的长者，一个多么优秀的主编！

我感恩梅朵，是他把我引进这样一个高端平台，在《文汇月刊》的每一天，都是新鲜的、兴奋的——让我有机会随时可以飞往北京，可以打电话、发电报给那么多我所敬仰的名家和前辈，跟他们对话，向他们约稿。幸运若此，这是我之前做梦也不敢想象的。而梅朵在病中，给我的电话和信，以及他约来的重头稿件，都给我以温暖和感动。

我和梅朵的心是相通的。倘使没有梅朵病中的鞭策、鼓励与鼎力扶持，我的编辑生活和写作生活不可能如此风生水起，《文汇月刊》也不可能强势做大"报告文学专栏"，并接连推出"报告文学讨论"，及"我们的诗人"、"我们的报告文学家"。

然而，这不是梅朵的全部，他不是永远这么和善、热忱、通情达理。偶尔，他也会暴躁狂怒，在业务会上固执己见，与反对他观点和构想的人激辩，也曾失态地几次拍碎办公桌玻璃台板。而为了完成他既定的组合、配套稿件规划，梅朵追求完美，有时会走向极端：一意孤行，"蛮不讲理"，对老朋友强人所难。如果用百分比来概括梅朵的为人处事和编辑态度，也许可以说：他 99% 的时候是"天使"，1% 的时候是"魔鬼"。

让我心生暖意而深怀歉疚的是，虽然梅朵最好的朋友、《文汇月刊》的重要作者陈丹晨、陈祖芬，不幸先后撞上了老梅的"魔怔"时分，但他们的心和我们是相通的，对《文汇月刊》怀有特殊感情。他们不光能够接受春光明媚状态时的梅朵，而且容忍他“霜剑雪刀”般的失态和犯错——丹晨和祖芬尽管对梅朵的蛮横做派怨气十足、怒火中烧，但都没有选择跟“重病中”的梅朵直接碰撞，而是迂回地给我写信宣泄和声讨，希望我能帮助纠偏、求得公道。

丹晨和祖芬信任我，因为他们也是我的好朋友；而且知道，我对梅朵有很深的感情，又敢于在他老人家犯浑的时候，断然出声和出手。

时为《文艺报》编辑部副主任、后来担任副主编的陈丹晨，是很有影响的文艺评论家，他跟梅朵及《文汇月刊》副主编谢蔚明交情很深，走动频密。梅朵曾约请他写一篇评点谌容作品的万言评论稿，以和谌容的小说及封面照同时推出。然而，评论稿小样出来已被我们的刀斧手——版面责编徐风吾删掉一半，随后又因谌容的小说迟迟不能交稿而被创纪录地压稿二十二个月。追求完美、一意孤行的梅朵，犯了很不完美的低级错误。

名家大多视稿件为生命，不容随意删改和压稿，处理不好，很可能发生口角，甚至撕破脸皮，这样的事例比比皆是。但丹晨对梅朵处置稿件的失误，虽然有恼怒，有怨恨，但还是强压怨怒，采取了宽容、忍让的态度。

1982 年 12 月 3 日，接到丹晨写给谢蔚明和我的信。其时老谢肿瘤手术后出院不久，虽说是良性，也还需要养息，还没正常上班。而这之前的 9 至 11 月，我曾两次赴京，也去《文艺报》见过丹晨，只是来去匆匆未及深谈。

信上说的事，让我和老谢很意外：

你们好！达成上次来京，没有好好接待，匆匆忙忙，简慢之处，请原谅。

现有一事，请你们能酌情给予帮助解决，即是拙稿处理问题。从前年下半年开始，梅朵同志就约我为贵刊写张抗抗或谌容的作家论。我因故辞谢未成，终于于去年三月，在梅朵同志催促下，赶写了关于谌容的文章，我自知文章写得不好，水平甚低，也嫌太长（当时梅朵同志约稿时叫我放开手写，长点，万把字都不妨），用与不用都属正常，无奈老梅的一套编辑计划，因为谌容迟迟不给贵刊小说而未能实现，将拙稿也就耽搁下来。迄今已有一年零九个月。其间，曾接到贵刊寄来校样，将一篇一万字的稿子削成五六千字。我也不想多说什么，以为只能如此，但望早点发出算了，哪知退回校样迄今也有半年多。九、十月间，我到上海曾去医院探视老梅，因见他病得这样，不好意思提此事。达成来京时，我本想问问此事，后又想相信贵刊会认真处理，不会太耽误的。不想一天一天拖到现在，迄无消息。不久前我给老梅去信询问此事，后又有点后悔。想前思后，还是写这信来麻烦你们了。我如今没有别的意思。我和老梅都是熟悉的老朋友，与贵刊也是极友好的。写稿本是情理中事，理所应当，写得不好，退稿也是正常的。但是无论如何不要再积压，更不要再与谌容的小说“绑”在一起，她的小说不到，我的稿子就无出头之日。所以，简单地说，如果贵刊能于最近期间发出此稿，当然最好，我仍是十分感谢；如不能，请火速将原稿掷还，我也一样十分感谢。我只求一条：不要再积压、耽搁。

区区小事，麻烦你们，啰啰嗦嗦，诸多叨扰，还祈鉴谅。

我赶忙给丹晨写信致歉，随后又找梅朵“算账”，让他赶紧落实：谌容的小说到底来不来？不来，就赶紧把丹晨的稿子发掉。我还说他滥用友谊，太对不起朋友了。

1983年元旦，丹晨又来信，我才知道梅朵有多过分——这个评论稿子还在“关禁闭”，他又要丹晨把正在给《上海文学》写的关于现代派稿子，让给《文汇月刊》。也只有梅朵，才好意思这样开口：

你信中述及拙稿的处理及好意慰问，十分感激。对这篇稿的处理，很坦率地说，我是很有意见的，但我又深深知道，它不是出于某个同志的工作或其他方面的原因造成的，它完全是由于老梅一心要编成一套宣传谌容的计划耽搁下来的。老梅的想法无可非议，谌容迟迟没有寄稿来有她的各种原因。因此，我那篇稿也就自然而然遇到这么一个结果。现在，如果谌容确能在这一二个月内寄稿来使我这个可怜巴巴的文章“沾光”发出也就罢了。如果不能的话，或有变卦的话，还望你及时告知我，并把我的原稿还给我。我现在已不是说气话，而是想把这篇旧稿处理了。因为我对谁都无气可生。上次在医院里，梅朵又约我写稿，听说我为《上海文学》写了现代派问题的文章，就让我把这稿给《文汇月刊》。我说，我现在对你不信任，等消了旧账，再说别的，尽管我们是好朋友。因为一篇稿压了一年零十个月，实在是打破纪录了。

你看，一开口又是说这件旧事，实在没有什么意思。就到此为止，再也不谈了。反正，我现在托付给你了，请你和老谢全权办理就是。谢谢。谢谢。

我今年上半年仍不值班，也许还有机会来上海，届时来看望你。不知你有无机会看到病中的梅朵，请代问候，并向老谢致意。

半个月后，丹晨又来信：

上次来信收悉，不知近日情况如何？拙稿刊用是否有日，念念。另外，我想麻烦你一件事，此稿原有一万多字，经贵刊删后剩五六千字，这也就罢了。但最近我正为自己编集子，所以需要此稿的原稿全文，可否烦你帮我复印一份。

梅朵健康如何？老谢一定很忙，你是年富力强的骨干一定更是实干的，不知报告文学写得多否？念念。

一再麻烦你，请不要见怪。

梅朵还想等谌容小说，我在电话里发火了，怒气冲冲地通牒说：“坚决不等！太不像话，太对不起朋友了。如果把你的稿子压这么久，早就吵翻天了。下一期必须发，请你马上通知徐凤吾！”我知道，这个评论稿不是我分管范围，梅朵又是原经手，没有梅朵的态度，组版责编徐凤吾肯定不愿意马上用。老梅知道理亏，不再阻拦，这篇评论终在 1983 年 2 月号上刊出，但已味同嚼蜡。

2 月 21 日，丹晨兄来信说：

收到第二期，看到拙稿已经发出，知道是你鼎力帮助的结果。

拙稿毕竟是旧稿，两年前的旧稿现在读起来有陈旧之感，谌容已经写了许多新作，我在这里一字未提。原来在看校样时我写过一个附言，但现在没有刊出，人们不知是旧稿就不知是怎么回事了。

我知道丹晨对稿件一定痛心疾首，但他怨而不怒，最终还是原谅了梅朵。而滥用友情的梅朵，尽管这次处理稿子失手，在出院后照样到《文艺报》找丹晨，照样一个个电话盯着要稿，而且每次都如愿以偿。梅朵不仅“没法躲”，而且“脸皮厚”。说实话，梅朵的忍辱负重我怎么也学不了，即使面对拒绝，他仍能坚持，脸上还带着“涎笑”。

我不知道，丹晨为什么不跟他彻底清算，为什么还肯一次次把炙手可热的评论稿交给梅朵?

因为“追求完美”而走极端，梅朵失手酿成的“低级错误”还不止这一件。此前，为《文汇月刊》“报告文学讨论”组稿事，他也曾不管不顾地逼过陈祖芬，两人几乎闹翻。

在这场大规模的“报告文学讨论”开始后，梅朵要求所有的一线名家都写文章。并叮嘱我，前三期必须出现陈祖芬的“创作谈”。“这不可能！”我给梅朵泼了冷水——我当面约过陈祖芬，她说坚决不写这类文章，之前所有的刊物这类约稿，都被她一概拒绝。

我知道祖芬的三不政策：不上封面，不让别人写自己，不写体会文章。但我每次去北京，都为这封面照给祖芬做思想工作，水滴石穿，她已终于松口上封面。要不是因为陈祖芬脸肿着，《人民画报》的朋友已经把封面照片拍成了。

陈祖芬有性格，有脾气，勉强不得。我已经突破了一个难度最大的“封面照”，不想得寸进尺，再逼她写体会文章了。但梅朵才不管这些，“‘报告文学讨论’，怎么能没有陈祖芬？”他写信催逼陈祖芬，要她无论如何要为我们写这“创作谈”。一封信不行，接着又是第二封第三封，摆出一副不达目的绝不罢休的架势。原本态度坚不可摧的祖芬，最终还是被梅朵“在重病中”这几个字击垮了。

“你在医院里还连连来信要我写‘报告文学谈’，我的决心几乎要被你动摇了……”祖芬为了降低副作用，事后可以跟其他刊物“狡辩”，变通地采用给梅朵写回信的方式来写这篇“讨论稿”——《一封没有写完的信》。倔性子的祖芬，已经很迁就梅朵了。但梅朵不近人情，似乎不满意这种犹抱琵琶半遮面的“变通”，把祖芬的“体会稿”寄给我，却迟迟不给她回信。我不在意祖芬用书信体表述，而在意她是否写出自己的创作甘苦和对报告文学的态度。我觉得稿子写得不错，很快给祖芬寄回小样，附信要她改定。

祖芬迟迟等不到梅朵的信，感到很反常很生气——两个人开始斗气。1982 年 9 月 6 日，委屈而又愤怒的祖芬来信向我告状和发泄了，话说得很重很冲，几乎要和梅朵及《文汇月刊》说拜拜了：

来信31日上午收到。想等梅朵来信后再回信。但一直没见他回信。他如果不是心脏病，我倒也不急的，但他这病，使我什么都想到了——

我急了，昨天找×××，知他身体在好起来，是生我气了，生气到说什么也不回信了！我在哪儿看到过：友谊＝理解＋宽恕。是的，友谊要是离开了尊重、理解和宽恕，那就是小儿科……

我为月刊写这稿，我在别的编辑部面前不好交代！所以我下决心一概不写的！但是“梅朵在重病中”几个字，又使我觉得不该考虑其他了。我对月刊是尽我所能的，梅朵如果从此不理我的稿子，请你即把此稿寄回，我不发了！我本来就不想写的！你速寄回吧！我非常伤心！梅朵是个宽厚的人，但有时会蛮不讲理，现在他蛮不讲理，我也只好回敬一个“蛮不讲理”了。

祖芬最喜欢《文汇月刊》，也是对我们最具感情和忠诚度的报告文学作家。没有一家刊物能像《文汇月刊》这样，从她手中拿到那么多的报告文学。祖芬说过，北京的刊物因为她对《文汇月刊》这么好，妒忌了，生气了。而现在，因为怒火中烧，祖芬也有些“蛮不讲理”了，不光对原先答应年内给我一篇报告文学的事撂挑子，不给了；连带明年的稿件都“非常对不起”，“更要少写了”。写完这些气话，祖芬余怒未消，在信末尾还加上一个“又”——“此信可给梅朵看”：

你提及的今年还要给你们稿，今年9、10月我彻底养病，我在沙发茶几下压了一张纸条——拒绝一切来访者的约稿。我的肝、肾都不好了，所以，非常对不起！明年我更要少写了！我本是最喜欢给月刊写稿的——你们办事讲效率，给你们写稿，我从思想到艺术技巧，都觉得解放！但以后，再说吧！你们的主编不尊重我，不理解我，我也无法为你们写稿的，我实在不愿意这样！月刊是我最喜欢的杂志！

我很理解祖芬的委屈和怒气，谁让梅朵强人所难不算，还不回信，给她脸色看呢。但我相信，祖芬只是一时间急火攻心、反应过度，他和梅朵友谊很深很铁，绝对不可能搞持久“冷战”。我要做的是立刻劝和促谈，化解矛盾，但给祖芬打电话，从上午打到下午她总不在家，我只能拜托北京的朋友上门传话。

没想到，“警报”解除比我想象的还来得快。第二天刚上班，就收到祖芬仓促写就的一封短信，告诉我京城朋友已经帮忙把话传到，梅朵的信也到了：“昨天一信，想已收到，今天接到梅朵信，我便觉得错怪了他。昨天傍晚，吴晓民告诉我稿已发。有两件事请你帮忙——”祖芬寄来改样，还揽过责任，说自己“错怪了”梅朵；唯一要求是替她保密，不能告诉任何人，这是“以信的形式写的稿”。

其实，谈不上什么“错怪”，只是梅朵的信促使祖芬冷静下来，后悔之前怒气冲冲采取的以牙还牙，应该给有着“暴风雨”性格的老朋友以更多宽容和理解：在病中，这位老主编依然坚持组稿，依然让人感到“梅朵梅朵没法躲”。对他说来，《文汇月刊》比自己的健康和生命更重要……

十九 关于全国报告文学评奖的那些事儿

1981年秋，我们的“报告文学专栏”刚刚开张半年左右，只能算是初露锋芒。梅朵病倒在医院，却是雄心万丈，在病床上豪迈发出“把我们的报告文学做大做强，强到在全国最具影响力”的誓言。并直白指出：“我们一定要赶超《人民文学》，他们是榜样，也是最大竞争对手！”他还具体提出“赶超”的量化标准：“不光是每期发表报告文学的篇目最多，还要成为被报刊转载篇目最多，全国报告文学评奖得奖篇目最多的刊物之一。”

那一刻，我被梅朵的“野心勃勃”震住了，他要带着我追赶、超越的，是七十年代末、八十年代初中国文坛上光彩夺目的一面旗帜——当时，《人民文学》的报告文学一家独大，“一览群山小”。可以毫不夸张地说，不光是千千万万读者，中国的新生代报告文学作家也无一不是读着《人民文学》，读着徐迟的《哥德巴赫猜想》、《地质之光》等经典作品成长起来的。

但我敬重《人民文学》，更敬畏梅朵——创刊第一年，梅朵就心想事成，让《文汇增刊》风靡全国，赢得圈内外一致好评，刊物的总体影响足以比肩《人民文学》。我相信梅朵关于报告文学专栏的“畅想曲”，最终一定能够实现。梅朵也不断激励、鞭策和强力推动我，不惜为报告文学事业献出一切，踏实而又疯狂地向那高不可攀的目标发起冲击！

梅朵和我的献身精神和疯狂组稿，收到足够回报。他之前抒发的豪言壮语和凌云壮志，也终于化为伸手可触的硕果。《文汇月刊》的报告文学赢得口碑，也赢得“奖杯”——我们在全国优秀报告文学评选中，得奖篇目由少而多，两三年后开始稳定地与《人民文学》并驾齐驱。我们创造了不可思议的奇迹，这让全国许多报刊和编辑为之感叹和惊羡——《人民文学》报告文学的影响力，以及在全国报告文学评奖中获奖篇目之多，一直是任何一家刊物所无法与之比拟的。

第一次参评全国报告文学奖，结果不算好也不算坏

在 1977—1980 年全国优秀报告文学获奖名单上，有两大看点：一是《人民文学》报告文学的辉煌、强大：总共评出三十篇获奖作品，《人民文学》一家拿走七个。二是评奖之不拘一格、随性而为：徐迟、黄宗英、柯岩、理由等名家，每人同时有两篇作品得奖——五个人十篇，占去三分之一的获奖篇目。这结果不尽公平，却有其合理性，因为《人民文学》和这些报告文学名家太过强大，而其他刊物和一些新人还在艰难成长中，他们的报告文学作品还不足以走上领奖台。

不过，这届评选与我们无关，《文汇月刊》1980 年创刊，1981 年方始推出“报告文学”专栏。1981—1982 年全国评奖时，虽然我们推出报告文学的力度愈来愈大，1981 年刊发了三十篇，1982 年刊发了四十三篇。一场大规模、有全国影响的“报告文学讨论”，也正在《文汇月刊》上热火朝天地展开。但对评奖，主持这项工作的《人民文学》似乎还未做好心理准备，没有让我们派代表参与初选。

1983 年，这是《文汇月刊》第一次参加报告文学评奖，梅朵很看重这件事。1 月 29 日，他从疗养院给我写信谈新一年工作设想时，还特意叮嘱说：“陈祖芬同志来信，她希望《最佳年龄》及《中国牌知识分子》被推选参加评奖，我已给信周明同志，因此你准备的复印稿，就照这两篇准备好了。”我跟梅朵商量后，总共给周明寄去六篇参选作品的复印件——除了陈祖芬两篇，还有肖复兴的《海河边的一间小屋》等，以及我的《中国足球队，我为你写诗！》（还有一篇参选作品，我现在已经完全没有印象了）。

因为担心《文汇月刊》被边缘化，尽管我跟具体主持评奖的周明（时为《人民文学》编辑部主任，后来提升为副主编）较熟，却很少跟他联系，打探评奖情况，我很不习惯做这种有求于人、套近乎的事情。我宁肯向有资格参加评选工作的北京报刊和朋友“曲线”打听。梅朵则比较直截了当，他会给周明写信、打电话询问进展情况，偶尔也会宣泄一下情绪。

我心里藏不住话，又有点小心眼，自己站在“小山头”上，却又担忧其它人

八十年代中期，北京，作者（左）与我们的老朋友、“老对手”《人民文学》副主编周明在一起

会搞“山头主义”。梅朵当时还在养病，他从疗养院回来“探亲”时（每月一次，两天左右），我曾忍不住质疑说：周明为人不错，跟我们关系也不错。《文汇月刊》的人去北京组稿，几乎每次都是周明帮忙安排住处，或北方饭店、崇文门饭店，或总政招待所，而且会热情探望和通话。但一到评奖，怎么关系就变得有点微妙。评奖不就是评个公正吗？《人民文学》既是组织者，又是参评者，这本身就不公平。而拍板决定命运的评委十有七八是北京的报刊代表，更不公平——上一届《人民文学》“主持”，自己有七篇获奖，还制造了五个“双黄蛋”。

梅朵是一个奇特的矛盾体，他组稿、逼稿时每每如暴风骤雨，“穷凶极恶”，但跟人沟通、打交道时却总是和风细雨、春风满面。他知道我性格中有着桀骜不驯，生怕我往外说偏激的话，劝慰说：不要弄得不愉快，公平总是相对的，还是要相信他们。

那段时间，跟朋友见面交谈或是通信通话常常说到评奖，说到有关评委对《文汇月刊》参选作品，以至对我们所发表的报告文学整体看法。有意思的是，在我保存下来谈及评奖的信件中，以谈论这届的居多，而且集中于具体篇目揭晓前后的1983年三四月间——这大概因为此后几届初评，我们已经有“全权代表”参与，渠道比之前畅通了许多。

最早跟我探讨报告文学评奖问题的，居然是写小说的冯骥才（朋友们都叫他大冯）。那时，我们正想在刊物上做一套关于大冯的“组合”：准备1983年4月号（后来改为6月号）做他的封面，发他的小说和插图，并请百花文艺出版社的谢大光帮忙写一篇印象记或报告文学。1982年12月中旬，冯骥才来上海时因行色匆匆，未及谈成。回津没几天，骥才来信说：

沪上一别，时在念中。可惜我们那次在沪待的时间太短，泰昌又忙于他那种扫荡式访问，未得暇长谈。原与巴老约好，春日去杭州，巴老又摔伤，明年，或许还有机会去吧！

百花（出版社）的小蔡所拍照片甚好。他拿去拷贝，随即就寄去，你肯定会满意的。这几天，大光天天来加深对我的“印象”。估计一月底可以交稿吧！我在这期间，遵嘱画几幅钢笔插图，尽可能有趣些。

1983年1月中下旬我在北京组稿时，肖关鸿来信转告梅朵意见：嘱我专程去天津上门找冯骥才敲定“组合”——我不感到意外，出差时我时常会帮关鸿捎带一点小说活儿。1981年11月间，梅朵就让我这样“专程”过：让我去天津找大光，还要找大冯及蒋子龙。弄清“蒋出访南斯拉夫，不知是回北京还是天津”。

2月6日，骥才又来信跟我具体落实这件事，“4月间，当交小说一篇，钢笔画两幅，不过我希望能插两幅国画（我有拍好的反转片。一共两份。一份印在哈佛大学出版社出我的专集内）。”他还主动说及报告文学评奖：

耳闻你的报告文学在今年获奖者之列，我当然高兴。但愿最后也是这么评定。

你虽忙，不要荒疏了笔。否则笔尖枯滞，下笔就不随意。

又及：泰昌正在忙。可能在报告文学那摊。原先我们约好在京一聚，后因我忙未去。

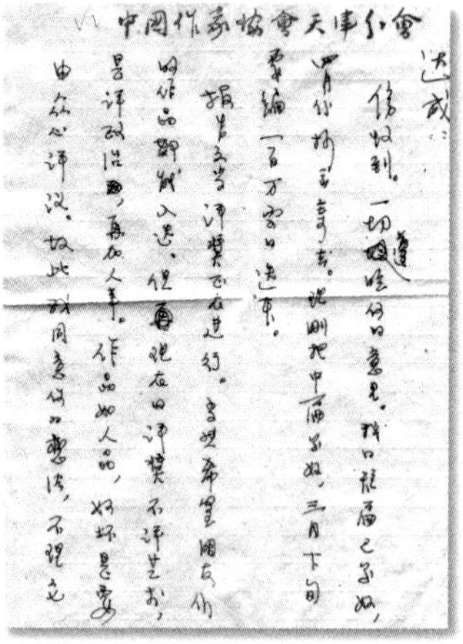
中国作家协会天津分会

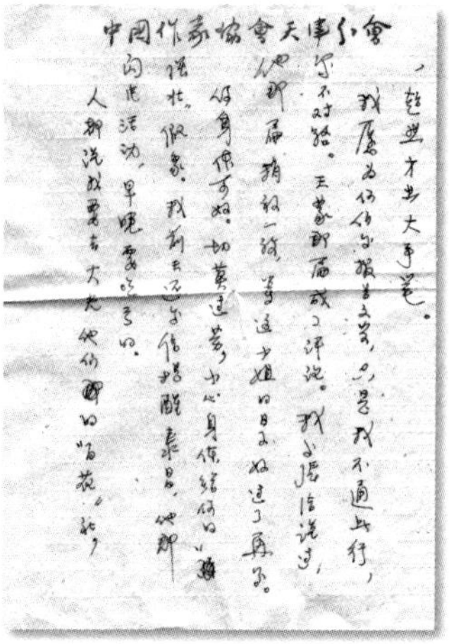
中国作家协会天津分会

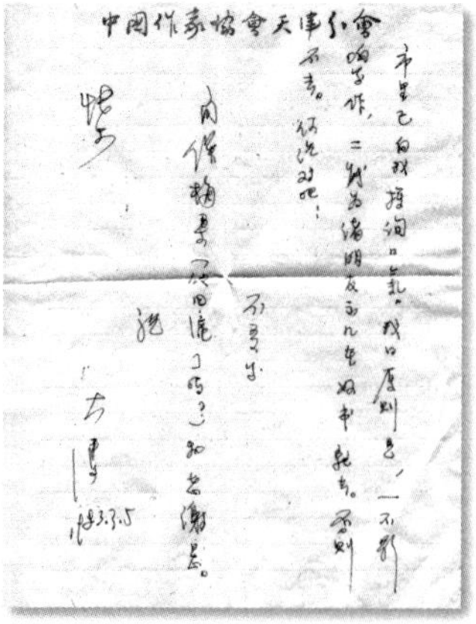
中国作家协会天津分会

1983年3月5日，冯骥才在给作者信中，点评中国文坛评奖制度

一个月之后，冯骥才又来一信，“达成：信收到。一切遵照你的意见。我的短篇已写好，四月份抄出寄去。现刚把中篇写好，三月下旬要编一百万字的选本。”我之前曾建议他尝试写一篇报告文学，他不想尝这个“青苹果”，“我愿意为你们写报告文学，只是我不通此行，写不对路。”话锋一转，骥才又对中国式评奖作了点评——他对北京的评奖活动，了解和见解要比我深刻得多：

报告文学评奖正在进行。当然希望朋友们的作品都能入选，但现在的评奖不评艺术，是评政治，再加人事。作品如人品，好坏是要由众心评议。故此，我同意你的想法，不理它，超然才出大手笔……

你身体可好。切莫过劳，小心身体给你的“强壮”假象。我前天还写信提醒泰昌，他那闪电式活动，早晚要吃亏的。

说实话，无论对一个刊物或是个人，面对全国评奖超然物外、心如止水也难。因为获奖是很大诱惑，意味着这些作品被承认、被肯定、被赞誉。我确信，《文汇月刊》一定会有篇目入奖，有几篇，不知道。至于我个人参选能否得奖，不抱很大希望——我还远远没有理由、陈祖芬等那样的名声和驾驭作品的能力。我不抱奢望和幻想，只期望评奖是大体透明、干净、公平的。

听冯骥才说，吴泰昌可能在报告文学那摊，我写信向《人民日报》的上海老乡徐刚问评奖情况。还问及四川人民出版社热心而尽职的责编曹礼尧写的书评，我的第一本报告文学集子《中国的旋风》刚在那里出版。1983 年 3 月 11 日，徐刚回信说，“四川书评已寄到，我会安排的。这个稿件安排出去后，我再考虑出差的事情。”而在这之前信中，还具体叮嘱说：“大作的介绍可写一千两百字，不放‘新书架’放‘书林漫步’，可以长一点，写成后请四川方面直接寄我，样书一出就写好寄我，时间在二月底三月初最适宜——如书一时还出不来，也要在那个时间寄我，先写不妨的。”

这一届评选，《人民日报》、《人民文学》、《当代》是得奖大户，分别斩获四篇。《解放军文艺》、《文汇月刊》次之，各有两篇入选。这结果低于我们预期，但还能接受。“我们报了六篇，陈祖芬的两篇因为她发表在《人民日报》的那篇《共产党人》入选，给对冲掉了，等于在四篇里面选了《文汇月刊》两篇，这结果不算好也不算坏。”我惊愕于梅朵他老人家“大事化小”的天真，六篇选两篇竟轻描淡写地“演变”成四篇选两篇，有这么“算账”的？我怀疑，是不是因为我情绪容易偏激，梅朵为“降温”而在装傻？

梅朵安慰说：有两篇入选，已经证明《文汇月刊》的影响和地位了，我们还是头一次参加评选嘛。他还点穴似地说了两条：一是会跟周明商量，下次评奖，一定要让我们参加初评，有话语权。二是婉转地对我进行批评和点拨——《文汇月刊》是唯一有实力和北京方面相抗衡的刊物，你分管报告文学，是“一方诸侯”，不要说话太直、锋芒太露，一定要跟周明友好相处，跟《人民文学》以及北京一些主要刊物多沟通，既要互相竞争，又要互相支持……

印象深刻的是，在获悉肖复兴的《海河边的一间小屋》等获奖后，梅朵那天焦灼地在我身边打转，催促、等待我在第一时间把获奖消息通知作者。为了找到肖复兴，整整花了半天时间，我打了十多个“长途”，才在江苏的一个“笔会”上找到他——这笔电话费有好几百元，在当时算是“天文数字”。但梅朵说：“这是感情投资，值！”这是肖复兴第一次获奖。三十年后，他对我追忆这次得奖时还是充满感激和感慨：“忘记当时听谁告诉我，第一届报告文学评奖的时候，初选篇目有我在《雨花》发的《剑之歌》，是写当时击剑运动员栾菊杰的教练文国刚的命运。有评委说写得不错，但文字有的地方有毛病，便未被评上。第二届，终于被评上，我想因素一定很多。当时，我在文坛之外，并不了解，也并不关心。但我想这篇东西发表在你们《文汇月刊》很重要，如果是发在其他刊物上，可能是另一种命运了。我想，这就是你们《文汇月刊》的地位和影响了。”肖复兴所说的“《文汇月刊》的地位和影响”，居然和梅朵之前说的如出一辙。

这一届评奖已成过去时，我也已给它画上句号了——虽然有些失望，但并不沮丧，因为我参选时就有清醒的自我评估：有参评实力，无得奖把握，一切取决于评委和机缘。而且，这当口我确实处于上升阶段，好事连连——4 月 27 日谢大光来信说：“今天《人民日报》上，见到你的书评，不知样书可已至？”5 月 12 日，我第一本报告文学集责编、四川人民出版社的曹礼尧来信报喜：“书出来了！！”而中国作协创联部则通知我，7 月 4 日起被接纳为中国作协会员。命运待我不薄，我很知足。

让我感到意外而又温暖的是，我已经放下这件事，全身心投入组稿中去了，许多老朋友却对我放心不下。发奖大会前后，他们还是相继来信安慰我、劝导我、勉励我，并对评奖本身继续进行探讨。

3 月 20 日，陈祖芬对我的急迫催稿回复说，她被“房子问题”弄得焦头烂额、心急如焚，“我现在什么稿也不能接，一切要等有了房子后再安排。”心情不好的她，却担心我因评奖落选心情出问题：

报告文学的事，我问过胡蓉，她说有你一篇，没想到见报后，我没找到你的名字！再找一遍，还是没有！我知道，你不需要我安慰。我只是想说，你是很有潜力的，你一定会发奋写出更好的作品来的！对于一个作家，最根本的是用他的作品来证明他的价值！努力吧！一个作家，最悲哀的莫过于失去自信、失去才思，至于其他，都不足挂齿了。你的人生道路，多有磨难。不过磨难对于作家来说，也未尝不是好事（我每遇不如意事，都这么“泰然处之”了）。

身体可好？留得身体在，就有好文章！

4月4日肖复兴来信，这位五六年后被命运安排到《人民文学》当副主编的老朋友，当时还置身“圈子”以外，信中说：

从南京回来多日，信拖到今日才回。不过，给你的稿子的事，我是一直挂在心头的。这次我评上奖，与你及编辑部对我的支持是分不开的。

这次发奖大会上，不仅是我，还有些人都为你未评上奖鸣不平。全国有几个正经把报告文学当个事业去干的呢？……

4月21日，《人民日报》孟晓云在信中表示遗憾。她和后来成为她生活伴侣的《人民日报》著名记者丛林中合作的《还是那双眼睛》，是本届入选作品。孟晓云谦虚而又真诚，她写道：

在获奖会上没有遇到你感到出乎意料和遗憾，生活有时并不公正。我是由于一种机遇撞上了，并说明不了什么问题，我不过刚刚开始爬坡，而且爬得非常吃力。

4月25日，时任国家体委宣传司司长，后来到《体育报》担任社长兼总编的鲁光也来信“送温暖”：

达成兄：发奖会上，我们都说，你是应该来领奖的。这几年，你写了这么多好作品，而且，对报告文学作了那么多的贡献。世上不公平的事，太多了！

我二月中旬离京时，听说还有你的。但等我回京时（3月20日），却没有了。当时，我就想写信。不过，自己得了奖，写这些话又有什么意思呢？

甚至到6月初，原《长江》丛刊编辑，曾在1980年帮助推出我的体育报告文学成名作《中国的旋风》，即将转向去湖北省作协搞专业创作的王维洲，也在信中说及报告文学评奖：

本来我可以接受编辑部工作的，但得知同时有专业创作机会，我便争取“创作”了。

周明前些时来，谈到报告文学得奖事，我问达成那篇？其曰：有人认为达成写法上水分过多。

维洲兄可能跟周明有交情，否则不会这么直率发问的。周明所说，是我第一次听到有人转述评委对我作品提出“水分过多”的批评。这让我引以为戒——我并不讳疾忌医，但要突破自己，突破题材，以至写作风格上做出脱胎换骨改变，实在太过痛苦和艰难。1982 年 1 月，王维洲就特意来信提醒，要我留意：“连见你的报告文学。我看你要注意抓点重大题材（有关国计民生的），定可一举成为大家。此其时也，愿兄留意。”

第三届评奖，我们终于和《人民文学》并驾齐驱

我手头保存着一封关于举办第三届全国优秀报告文学评奖活动的通知，这是 1984 年 11 月《人民文学》寄给我们的：

中国作家协会发来通知，举办第三届（1983—1984）全国优秀报告文学评奖活动的“评奖启事”已公布（随信附寄）。

委托《人民文学》编辑部负责评选的具体工作，并邀请有关人员组成评选工作小组，开始工作。恳请你们给以大力支持。

请将推荐篇目三至五篇，寄《人民文学》编辑部报告文学评选工作小组。

所附“启事”内容是：

1. 各地推荐篇目。

2. 具体工作由《人民文学》编辑部主持，并邀请文学评论工作者和文学编辑组成评选工作小组，在认真阅读和讨论推荐篇目的基础上，提出初选篇目。

3. 由作家、评论家和编辑家组成评委会，对初选篇目进行民主评议，最后以无记名投票的方式选定当选篇目。

4. 评选结果，于 1985 年春公布。

八十年代的嵇伟

这届评选，周明安排我们派人参加评选小组。梅朵和我商量后，决定派加盟我们团队不久的年轻女编辑嵇伟去。她确是合适人选，手头组稿任务不重，交际能力较强，看稿也有很好判断力。嵇伟身上有一种知性美，也有上海女人味道十足的嗲和作：她的谈吐和穿着打扮时尚新潮，喝咖啡也很讲究，有时还优雅地吸那种细长的进口香烟，那态势跟她笔下的散文一样美丽。这种情调，在《文汇报》其他部门很难被接受，但梅朵却让她得其所哉，“为所欲为”。我在非公开场合，常叫嵇伟“小女人”。这个上海味道十足的“小女人”，以她的个人魅力很快与人打成一片，他们有着很好的沟通，也建立了友谊。

嵇伟受命深感意外，如果论资排辈，怎么会轮到她这个“小八腊子”呢？嵇伟后来曾回忆她当时内心的惶恐：

1982年夏天大学毕业后我被分配到《文汇报》新闻部，成为华东师范大学有史以来第二个分配到新闻单位工作的毕业生，半年后被报社领导调到《文汇月刊》，除了“受宠若惊”之外，心里很忐忑不安。

《文汇月刊》是当时文科大学生认为的中国最好的杂志之一，虽然我是《文汇报》向高教局指名要来的大学生作家，但《文汇月刊》是著名的“名人杂志”，不仅作者都是当时中国的一流作家，月刊部的编辑中也有好几位大名鼎鼎，比如主编梅朵、负责报告文学栏的罗达成和负责小说栏的肖关鸿，这些名字听上去很高不可攀。

我胆战心惊的成为罗达成和肖关鸿共同的部下，专门负责看报告文学和小说来稿，看了一年多来稿，后来成为中国报告文学“佼佼者”的一位作者，就是我从来稿中认识并成为好友的。

1984 年底，主编梅朵和报告文学专栏负责人罗达成派我这个月刊最年轻的编辑去北京，代表《文汇月刊》参加每两年一次的全国报告文学评奖初选小组。我一连参加了两次：1985 年初和 1987 年初……

梅朵和我没有给嵇伟太多压力，我们有点底气，《文汇月刊》创办五年，已经当之无愧地成为全国最具影响的刊物之一，没有一家刊物能像我们这样，每期版面上确保有三五十个名家亮相。《文汇月刊》的报告文学也风生水起，每期发四篇，每年有近五十篇之多，受到读者追捧和许多报告文学名家的热情支持。我们并不在意北京报刊圈中某些人自祟自贵，唯有皇城才正统的心态。这些人一直认为只有写他们认可和追逐的题材，用他们认可的风格写作的报告文学，才是正宗报告文学。而对《文汇月刊》报告文学的题材兼收并蓄，相当广阔，有些作品行文有散文化倾向和所谓小资情调，则一不接受二不认可——往深处探究，这大概是多少年来所谓京派和海派风格争论的继续。不客气地说，梅朵和我对这种偏激、狭隘的观点不屑一顾，不以为然。“我的地盘我做主”，《文汇月刊》的报告文学依然我行我素。

我们也知道，上海去了嵇伟，四川去了廉正祥，其他地方去了谁谁谁，根本不足以改变评选小组中北京“圈中人”占绝对多数的局面。我们要求嵇伟有团结，有斗争，守住底线，争取相对公平，求得《文汇月刊》得奖篇目的利益最大化。

嵇伟出使北京，不辱使命。看似没心没肺，谈吐优雅随意的嵇伟，却刚柔并济，进退有据，既有灵活性，也有战斗性，充分捍卫《文汇月刊》的权益。最终二十七篇入选作品中，《人民文学》、《解放军文艺》、《文汇月刊》三足鼎立，各有四篇获评。相对而言，这是此前和之后《文汇月刊》参评中争议最少、较为顺当的一次。嵇伟展现了能耐，除让评委方做到真诚、公平地对待我们，跟初评小组的大多成员也有较好沟通，相当程度上降低了京派对《文汇月刊》报告文学的偏见乃至“敌意”。更重要的，是我们这次报送的多为上佳之作，少有争议性：黄宗英的《小木屋》等是名家名作。孟晓云的《胡杨泪》，是写钱宗仁这个知识分子颠沛流离的人生经历，时任中组部副部长李锐为之感动，1984 年 9 月 4 日在《人民日报》发表《请读〈胡杨泪〉》；随后，中组部又发文号召全国党员向钱宗仁学习。一时间，各地纷纷索要这期刊物，《文汇月刊》措手不及，只能匆匆赶印了十万本小册子，孟晓云也因之一夜成名——对此，她念念在兹，不敢相忘。三十年后，《上海纪实》要发“追忆经典”文章，让我找孟晓云。她无限感慨地回复道：

达成：问好！找到三十年前写的《胡杨不相信眼泪》，发去供参考。《胡杨泪》曾获全国第三届优秀报告文学奖；首届徐迟报告文学奖；建国六十周年优秀报告文学奖。被各种报告文学集及报刊转发过无数次。

记得我当年在《文汇月刊》还发了不少报告文学，都不如这篇影响大。你当时约稿的方式是发电报，有时邮递员会半夜敲我家的门，我们是“召之即来，来之能战”。像你这样有号召力的责编太神奇了！想想那个年代是多么纯真。令人怀念！多多保重！

梅朵一直以比照《人民文学》的报告文学影响和得奖篇数为标尺——在开设“报告文学专栏”之初，他就野心勃勃地在病床上向我下达远大目标，要在报告文学的数量、质量上、获奖篇目上赶超《人民文学》。这回，也算大抵如愿以偿了，但这似乎不足以填满我们的欲望——《文汇月刊》一年发五十篇报告文学，《人民文学》一年才发十来篇，但得奖篇目一样，成功概率大相径庭。“这就是‘相对公平’”，我调侃地用梅朵两年前“教导”我的话回敬他，剖析说：能与主办单位、占尽主场优势的《人民文学》并驾齐驱，已经是终极目标——也是评委方以及北京“那个圈子”所能“接受和容忍”的最大公约数了。

平心而论，能让报告文学评奖从第一届的“随兴而为”，到这一届的“相对公平”，主要是因为《文汇月刊》的影响力和发言权与日俱增。我们这家皇城以外的刊物，在梅朵的指引和催逼下，“报告文学专栏”终于做大做强，有了极好口碑和全国性影响，也终结了《人民文学》的一家独大。对《文汇月刊》有着深厚感情的肖复兴，尽管后来成为《人民文学》副主编，还是说了公道话：

说实话，你们当时做了全国任何一家刊物都不可能做不敢做的事，那就是把你们刊物的报告文学做到有全国影响，能够与《人民文学》一争高下，分庭抗礼。梅朵和你及《文汇月刊》，功不可没。

就整个刊物而言，我们是胜利者，报送六篇，四篇得奖，入选篇目比上届增加了一倍，成绩斐然。但我个人则依然是失败者，报送的那篇《“十连霸”的悔恨》又一次落选。文章写十届全国象棋冠军胡荣华，在四川乐山进行的全国比赛中，局面大好情势下，去倒了一杯茶回来，随手落子，以致翻盘丢了冠军。我知道初评中占主体的“北京圈子”口味单调，不喜欢这类题材、这种写作风格，乃至不喜欢我个人直率、明快、锋芒毕露的做事方式和表达方式。这届二十六篇得奖作品篇目，里面“干干净净”，居然一篇体育题材也没有。

虽然被淘汰了，但我敝帚自珍，觉得这篇文章有特色，也有突破——而我，正因青年时代痴迷棋业，几乎成为专业棋手，所以才能比较生动形象、游刃有余地将棋类语言转化为文学语言，否则根本不可能写出这样的作品。我不掩饰自己观点，曾在一些场合表示过我对某些评选人员的不敬。这些决定和取舍作品入选与否的人，真懂报告文学吗？他们有的只是编辑匠，眼高手低，从来不写报告文学也从不研究报告文学，认知固化、狭窄、单调，怎么可能去理解报告文学的个中三昧？梅朵就一直对我敲打、敦促：一定要坚持写作，否则你怎么能和作家站得一般高，跟他们有共同语言？

我忙得团团转，根本没工夫为落选遗憾。我这个报告文学责编当得有职有权，有头有脸，而这个专栏办得有声有色，成为全国最具影响和吸引力的报告文学根据地之一，我充满了成就感。不过，朋友们还是很在意，为我的落选叹息。1985年3月，先是被我逼稿，要求宽限的乔迈来信："北京一聚之后，我即去了深圳。2月底始归。稿子事我自然会时刻记着的，不劳分神，以及电报频催。刘茵来信说是我那篇评上了，但没有我弟，我感到遗憾莫名。"随后接到《花城》编辑部主任、文艺评论家谢望新的短短信笺。谢望新为人为文，很有锋芒，很有坚持，不肯轻易妥协。他为我们赶写的《评1984年〈文汇月刊〉报告文学》长文中，里面有一二百字对《"十连霸"的悔恨》作了肯定："在题旨的深化方面，就有所突破。它起笔于著名象棋选手胡荣华从棋坛顶峰跌落这一触发性事件，打破了构思格局上的平庸。角度的奇妙服务于用笔的纵横捭阖，目的在于浮雕般地突显人物的精神气质和个性特征。作者的文学语言的形象性和色彩感强，更给他的作品增色不少。"

鉴于《文汇报》沿袭的不成文规定，老资格的版面责编徐凤吾将这节一笔删去。小样寄回谢望新定稿时，他怒不可遏，坚持要原文恢复，还责问为什么要这样做？谢望新信上写道："你是急如星火般地赶排出小样，我也是急如星火般地校毕小样。可见，我们的心是相通的。甚至工作作风上的某些气质也是相近的。该怎么谢谢你的诚意呢？不过，校毕小样，我又颇觉怅然，有些问题，百思不得其解！"他提出三个为什么："一是为什么不提'十连霸'？二是怎么将文章的锋芒和洒脱弄掉了，开头一段删掉，变得光秃秃。三是你们这里有能力的中青年编辑，对稿件的决断权有多大，他们公正、正确的意见不应采纳吗？"信的结尾宣泄情绪的话，让我和梅朵感到有些震惊："我明天飞赴西北，说句不吉利的话，我这些'怒气冲冲的话'，不知是不是'最后遗言'？这样心情下写下的这些文字，你能理解吗？"

而在1985年1月号《文汇月刊》刊出这篇评论的同时，我接读刚从广州采访归来不久的陈祖芬的信："谢望新前几天来时说及他可能是报告文学评委，那么，你卷土重来时正是他卷土重来之时。"评委比初评小组成员更有权，但我压根儿没想过找他打探或疏通，只是心有疑惑：以谢望新这样较真、不作假、不妥协性格，适合当评委吗？

3月21日，谢望新给我的信上什么也没说，只是以粗重的笔迹，在一张信笺上写了十来个大字：“这次评奖，您的大作未入选，甚憾。”有意思的是，同样以“北京方面”为主体的体育报告文学圈子热情接纳了我。国家体委宣传司司长、报告文学作家鲁光，在他调任《体育报》社长兼总编之前，促成建立全国体育报告文学研究会，并获国家体委领导认可。鲁光还热情邀约我参加成立大会——1985年8月初，鲁光离开宣传司前来信问道：

我司去信邀请你去四川开会，怎不见回信呢？你是地地道道的体育报告文学作家，又是为体育报告文学繁荣做出贡献的编辑。你如不去，会怎么开？

我尽管即日要离任他去，但仍写此信邀请你，请你无论如何挤时间去四川一游。自然，我会去陪伴的。

我的事，已定。不去也不行了。去了，先干吧。反正，上海有你们的支持。

我这个大忙人冲着鲁光的面子不能不从命，而且在会上稀里糊涂地跟理由、李玲修等人一起被推选为副会长——鲁光是会长。及至1987年9、10月间，国家体委主办的全国首届体育报告文学评奖揭晓，《“十连霸”的悔恨》获得一等奖。而这之前，参与初评的《当代》编辑、报告文学作家杨匡满来信说：

最近生物钟不大行，有三个月几乎没写东西。若有了情绪和题材，当想着你们。

8月上旬我去参加体育报告文学评奖的初评工作，《“十连霸”的悔恨》无争议。我很佩服你对棋道如此精通。

对于“十连霸”劫后重生般地获奖，我并无惊喜感，反倒有些疑惑：是因为作品优秀，还是因为我已经跻身于体育报告文学圈子的中心？而我的作者和朋友，正催促我完成《中国棋王胡荣华》一书的人民体育出版社编辑刘进元，在这个奖项初评时就来信感慨：

评奖事不想过多参与，这件事的发言权没必要去争。体育界未必就比文学界干净，凡是有人群的地方，都有左中右。大千世界，茫茫人海，一个道理。

胡荣华的事你抓紧就是，我想明年初发稿为宜。一般来说，年初发的稿，出版处能认真对待。选题已报，请放心。

1987年9月15日，刘进元又来信说："昨天评奖已揭晓，结果是这样：1.《中国的男子汉》（鲁光） 2.《我所认识的郎平》（何慧娴）……由名次可以看出，所选作品并非完全以文学为标准，就那么回事吧。据说年底发奖，你那时到北京最好。"说不清楚，刘进元这两封信，让我对"中国式评奖"的认识变得更清晰，还是更模糊？

来信中措辞有些直率、激烈的，是代表《报告文学选刊》参加第三届初评的廉正祥的信。这个选刊由四川文艺出版社主办，我和周明、谢望新、傅溪鹏等一批掌管刊物报告文学的实权编辑，都是他们选刊的特邀编委。而我因为第一本报告文学集由四川文艺出版社出版，跟他们相处得更有感情。不过，廉正祥后来回忆我们最初交往时，曾毫不客气地拿我跟周明做对比，直述当时心中的不快：

1984年夏末秋初，社里派我到北京出差，走访出版社、报刊社，拜访著名作家和我们特邀的编委。这是自"文革"后，我第一次到北京，自然很兴奋。我们的编委之一、《人民文学》副主编、著名散文家、编辑家周明安排我住在离《人民文学》杂志社很近的东四十二条海运仓解放军总参招待所。条件不是很好，但据说"文革"期间，周总理安排许多受冲击的省市委书记和军队老干部在此避难，所以，这个招待所名声很好，加之地处市中心，离《人民文学》杂志社、人民文学出版社、中国青年出版社等刊社很近，出门办事很方便。我很感激周明的精心周到的安排。

一天下午，周明告诉我说《文汇月刊》罗达成也来北京了，住在前门大街的《文汇报》驻京办事处。很快，罗达成就来总参招待所看望我。初次见面，我们谈得不多，而且我觉得他和周明不一样，周明是陕西人，待人相当热情；而罗达成外表有点冷峻，给人的印象就是上海人那种把上海以外的人都当成土包子的傲气。我也是个傲气的人，所以，我们只是礼貌性地交谈，我们的相识很平淡。

这年冬天，中国作协组织全国文学评奖，我在报告文学初评组，住在中纪委招待所，《文汇月刊》编辑嵇伟也是初评组成员，她给我讲了罗达成的一些事情，讲他是自学成才，并没有正规大学学历，但是个相当有水平的编辑，很受领导器重，对同事，对作者都很热情。原来，罗达成是个温水瓶性格的人，外表冷峻内心火热……

及至廉正祥参加第三届初评时，他心中的不快早已烟消云散，这位上海人的女婿跟我及我们刊物走得很近——经过一些事和一段时间相处，他开始感叹：“达成真是个记情的人，无论处于顺境逆境，都记得老朋友。”而对我作品的落选，廉正祥似乎比我更在意：

见 3 月 17 日公布的报告文学获奖篇目后，我感到吃惊……而你又落选了！世界上没有绝对公平的事，我以朋友身份劝你，看透些，想开点，走你自己的路吧，读者是上帝，只要读者喜爱，比什么都好，何必怄这闲气？

第四届上：嵇伟两度发飙，我的一篇“成功者”浴火重生

第四届评选，最终结果是新的三足鼎立：《人民文学》、《中国作家》、《文汇月刊》，各有四篇获奖。不过，较之上一届评选过程的风平浪静，这一届有些风急浪高。

有人将上海女人的风采和特质概括为“嗲和作”。如果说，第三届初评中，嵇伟留给初评组成员的感觉是上海女人的嗲和知性美；第四届上，则让人充分领教了上海女人的“作”和战斗力：该翻脸时就翻脸，面对某位女编辑的“小动作”，她毫不犹豫地做出反击。

那是 1987 年 2 月，在中纪委招待所进行的关于 1985—1986 年度报告文学的初评，已近尾声。《文汇月刊》小说编辑水渭亭，春节期间还在北京组稿，返程前的一个周六，赶去看望嵇伟和周明——他和周明也很熟悉。谁知，嵇伟情绪不好，还匆匆赶写了一封信，让老水带给我：

小罗：你好！

昨天下午投票出来，令人气愤之极，现匆匆写上一些，回来详谈。

……

我已两度声明要放弃投票，反正后来还是经人劝说参加了，但影响已很大，至少有许多人对此已引起了注意和对搞小动作人的反感。并且到最后我也稍稍出了口气。

不多写。此信可给小肖和老周看看。心情不太好，不多写。

此次评奖，虽是无记名投票，但比历届评奖闹得更糟。投完票，理应热闹一晚上，但刚宣布散会，一些相干与不相干的人都觉得气愤，只有三四个人高兴。刘虔、李炳银等人未出会场就大发议论，气氛非常压抑。

多注意身体，听说上海生肝炎的人太多了。

小肖处不另，要心情好，过几天再写。

托老水带上。

小嵇　　2，7

几天后，廉正祥的信印证了某些人破坏游戏规则，搞小圈子、小动作。遇事容易情绪化的我，感到轻蔑不屑和深恶痛绝——而且不无偏激地想起孔子的那句话："德薄而位尊，智小而谋大，力小而任重，鲜不及矣。"

接着，廉正祥在信中劝慰道：

这次评奖……兄的大作及《宝钢风云录》、《人生环行道》落选，我是监票人，结果出来后大失所望。我和小嵇的确无法挽救败局，只好向你致歉啦！连周明也为你落选而难过。

不过，你在报告文学界的地位是有目共睹的，评不评奖也无所谓，别泄气，多拿出好作品，给那帮人看看。

嵇伟、廉正祥说及我那篇以一票之差未能通过初选的《一个成功者和他的影子》，其实跟《文汇月刊》毫无关联。这篇文章发表于1986年4月号《北方文学》，他们编辑部推荐这篇作品参选，我事先也并不知情。

我写这篇报告文学的动因，并非为评奖，至少我当时没动过这个念头。我觉得，1986年被《北方文学》逼出的这篇"成功者"，以至1987年被《人民文学》逼出《少男少女的隐秘世界》，1988年被《报告文学》逼出《闯荡在太阳旗的国度》——接连三篇，都属"周瑜打黄盖，一个愿打，一个愿挨"。我想通过这些苦差事的痛苦打磨、煎熬，刻意改变自己之前"轻车熟路"、"同义词反复"的那种"轻量级"写作方式，在题材上、作品分量上有所突破和升华，没能耐写"重量级"作品，至少能写出"中量级"来——对我说来，这种改变和追求比什么都更重要，更有价值。正因如此，虽然感到气愤和遗憾，但我已做好落选准备——我已经落选过两次了，还怕有第三次吗?

不知为什么，这届评奖时间跨度拖得特别长——初评早在1987年2月结束，而最终揭晓已是1988年5月。有讽刺意味的是，之前几届我一直存疑、感到不满的那种后期“协调”、“平衡”，这次竟然落到初选中被“串联”掉的《文汇月刊》的有关篇目以及我那篇“成功者”身上。

4月中下旬，跟中国作协及北京一些大牌报刊关系极好的报告文学名家乔迈就在信中告知：“《一个成功者和他的影子》已获提名奖，为你高兴，更盼它荣登宝座！”5月中旬他又来信：“你终于得到了早应得到的荣誉，我虽此次落选，也为你高兴，就像我自己得了一样。”

5月10日，周明来信，“达成：祝贺你！”并细心周到地随寄“得奖篇目”和报道消息的《文艺报》。梅朵和我感到欣慰的是，《文汇月刊》和《人民文学》、《中国作家》同属获奖大户，各有三篇入选。但于我个人而言，之前经受过磨难和折腾，此番属“死而复生”，对这“获奖”已经少有喜悦和兴奋。

对于这次评奖，1988年5月7日，《文艺报》发表的“参与评奖工作的评论家说1985—1986年的文学发展平实、稳健而色彩缤纷”一文中写道：通过评奖，也看出了1985—1986年文学创作的缺憾和不足。报告文学奖评委徐迟说，两年中的报告文学创作在“报告什么”上解决得较好，但是“如何报告”上有所不足，这次入选较多的是一些“全景式”的作品，而人们更喜欢客观细致地写透一个人，而把广阔的背景、丰富的内涵包揽进去的报告文学。一些报告文学家对外在的花花絮絮下功夫很多，而对真正的内在本质下功夫少。他们在一些技巧上没过关，说理多了点，抒情和各种真实感人的细节少了点。

徐迟的批评看似委婉，其实很尖锐，他点穿了报告文学评奖主要在评“报告什么”，而不是“如何报告”；而入选的“全景式”太多了，这并不是“人们更喜欢客观细致地写透一个人，而把广阔的背景、丰富的内涵包揽进去的报告文学。”

然而，半年之后的“中国潮”评奖，情况依然如故。

“中国潮”的潮水冲击了我的评奖观

后来一些写报告文学史的人，说“中国潮”有什么了不得的划时代意义。其实，它的身价、档次和题材开阔性，都比不上之前几届全国报告文学评奖。我们一开始就不看好这个“邀请赛”似的活动，参加得比较勉强——我自己也分辨不清，是出于维护《文汇月刊》自身的身价和尊严，不愿做“陪衬”，还是因为缺少气度，头脑里有“山头主义”作怪？

在第四届报告文学全国奖揭晓后不久，周明就给我寄来申请表并附信，鼓动《文汇月刊》参加由《人民文学》和《解放军文艺》倡议、发起的“中国潮”评奖活动。我的瞬间反应是：《人民文学》、《解放军文艺》两家，以“双擂主”名义发起这个活动，下“英雄帖”，是他们的权利。但我们无意参与，更不可能热情参与，也不认同他们两家领衔和代表了中国的报告文学。

也是情面难却——大概又拖了一个多月后，梅朵让我把申报篇目寄给周明，劝道：“还是参加吧。不管怎么说，周明是我们的老朋友，对《文汇月刊》一直很关照。”不乐意参加不等于拒绝参加，我也不想让周明太过为难；况且，《解放军文艺》的编辑部副主任佘开国还是我交情不错的朋友。10 月 20 日，周明来信致谢，并又一次解释他们为什么要推动“中国潮”：“已有九十多家报名。这是好现象、我们也主要是想振兴一下刊物，为繁荣创作做点事。谢谢你们的支持。”

我没想到，一年多后的 1988 年 11 月，我会作为“中国潮”的评委之一，出现在北京北太平庄一家部队招待所。由中国作协委托《人民文学》操办的历届全国报告文学评奖，因为囊中羞涩，一直很节俭、很低调，但这次比较“潮”、比较高调。“中国潮”作品授奖大会之后，还将在首都体育馆举行“潮声澎湃”的“中国潮之夜”大型文化演出活动。11 月 26 日的《文艺报》，以突出地位刊发了由《解放军文艺》编辑部主任写的消息《近千篇作品反映伟大变革时代“中国潮”报告文学征文评选在即》：

本报讯　由《人民文学》杂志社、《解放军文艺》社联名倡议，全国一百零八家文学期刊共同发起的“中国潮”报告文学征文活动，自去年11月10日举办以来，历时一年，收获在即。

在这次规模空前的征文活动中，经百家期刊之手，奉献给了读者近千篇报告文学。本月中旬，“中国潮”报告文学征文评奖委员会在京组成。评委会主任委员为中国作家协会书记处常务书记唐达成和总政治部文化部部长徐怀中，副主任委员为张锲、周明、凌行正、吴泰昌，委员为田珍颖、刘茵、佘开国、杜渐坤、李炳银、罗达成、张凤珠、张力、韩作荣、傅溪鹏、缪俊杰。此次评奖的基本原则有三条：一是精选，二是选准，三是适当注意作品分布面。据此原则出发，评委会计划从百家期刊推荐的二百余篇作品中，评选出一等奖十篇，二等奖三十篇、三等奖六十篇。

“中国潮”报告文学征文优秀作品授奖大会，计划于12月中旬在京召开，届时将举办“中国潮之夜”大型文艺演出活动。据悉“中国潮之夜”大型晚会将由一组反映中国改革、开放时代主旋律的创作歌曲构成。目前，这台晚会的三家承办单位：解放军文艺社、总政政治部歌舞团、中国录音录像出版总社，正为“中国潮之夜”的出台紧张筹备，以求将“中国潮”报告文学征文带给广大读者的澎湃潮声，也带进“中国潮之夜”。

虽说原本不想参加“中国潮”征文活动，到头来却身不由己地当了评委。后来想想，这个经历还是很值得，它让我亲身参与和真切领略了一回中国的评奖文化。

这次“中国潮”评选，快刀斩乱麻，半个月左右就出结果。不像之前历届全国报告文学评奖，初评是一拨人，终评则是另一拨人，时间跨度前后绵延一年左右。“中国潮”的评委，中间不换人，从头到尾“从一而终”。这使评委有较大权限，也让评委会的主任委员、副主任委员少有过问和插手空间。整个评选期间，气氛总体平和，以讨论、协商为主，有过争论，有时甚至较为激烈，但谈不上“剑拔弩张”。这大概跟评委的人员构成有关，其中我大多很熟悉，交往较多：《解放军文艺》佘开国、《花城》杜渐坤、《人民文学》韩作荣、《十月》田珍颖、《报告文学》傅溪鹏等，有的是我朋友，有的是我们的作者。而《中国作家》的编辑部主任张凤珠大姐、《人民日报》文艺部副主任缪俊杰，则是亦师亦友，为我所敬重——让我高兴的是，评选结束我回到上海没几天，就接读缪俊杰12月5

日惠稿时所附短信："在京几日相处，甚慰。"

我这个直性子，有话憋不住，有时很有"战斗情怀"，但这回该让朋友们刮目相看了。除了在评奖开始前开筹备会议，唐达成、徐怀中等一众领导在场时，我表态有些锋芒，说："我们不是为获奖而来，而是为公平而来。希望之前在全国评奖期间出现过的一些让人不愉快的'小动作'，在这次评选中不要再出现。"而在后来评选中，我确实是不争不抢，只表述自己观点，而不强求别人接受，以避免挑起争端和战斗。譬如刚开始讨论，我就提出入选篇目中"全景式"要有所控制，不能太多。但我很快发觉，这提议纯属多余、无效，因为面对现实，已无从控制。所能做的，是在比比皆是的"全景式"中，挑选这几篇或是那几篇。

我觉得写这类大题材的作品，有些是成功的。如理由在《钟山》发表的《元旦的震荡》，陈冠柏在我们刊物上刊发的关于海南问题的《蔚蓝色的呼吸》，皆以自身笔力，将社会问题内化到人物命运中去，既写了社会问题、社会事件，又很自然很巧妙地写到了人。而推荐上来的不少这类所谓"全景式"、"大题材"，则是"空山不见人"，枯燥、干瘪，读来乏味。最终评选结果，一如意料，"全景式"作品占了绝大多数——一些有知名度较高刊物端出的主打参选作品，几乎全是这一路的。而且，这次以得票多少为序，一等奖中我以为写事件与写人融会贯通的理由的《元旦的震荡》，只名列第十；陈冠柏的《蔚蓝色的呼吸》，排名第六。还是徐迟在评点1985—1986年全国报告文学作品评选时，已经指出过的老问题：一些得奖作品只解决了"报告什么"，而没有解决"如何报告"。

这些没有解决"如何报告"的"集纳式"、"全景式"作品，是否应该获奖，而且成批获奖？虽然当时势不可当，但白纸黑字留着，后人自有公论。丁晓原先生后来就曾在《论近年报告文学几个主要问题》中，剖析过这类得奖作品的问题和弊病——"一哄而起、泛滥成灾"：

我以为"问题报告文学"的问题恰恰在于它的"一哄而起"和发表密度的过高。问题报告文学得势于1986年。在中国作协第四届（1985—1986年）全国优秀报告文学评奖中就有六篇作品获奖，占获奖总数（二十二篇）的27%强。至1987年，问题报告文学得到了迅速的发展，成为当年报告文学创作中的主类之一。1988年，与其说是报告文学年，倒不如说是问题报告文学年。这一年这一类作品的数量和产生的反响都是空前的，涉及的题材遍及教育、卫生、体育、经济、人口、就业、物价、婚姻、政治、法律、军事等各个领域，作品的总量数以百计。仅以由《人民文学》、《解放军文艺》联名倡议，全国一百零八家文学期刊共同发起的“中国潮”报告文学征文为例，在获奖的一百篇作品中，有半数是属于问题报告文学。其中获一等奖的十篇作品大多数是这一类作品。

我心态较为平和，还因为不很看重这把“邀请赛”造势成“顶级赛”的“中国潮”，及它所设定的“普洒甘霖”奖项：十个一等、三十个二等、六十个三等——这对我们这样的“第一世界”刊物没有什么吸引力；对少有机会获奖的“第二世界”、“第三世界”刊物，或许才会感到诱惑和刺激。我只想拿到我们应该拿到的那一份，求得“大体公平”。我要做的，是守住底线，不投违心票和没有底线的感情票。不过，后来在对二等奖、三等奖投票时，对一部分来自中小城市——尤其是偏僻地区刊物的作品，还是有些网开一面，否则很难兑现评奖三原则中的“适当注意作品分布面”。

这次评奖，结果超出意外：最大得益者是这场大规模评选活动的倡议者、主办者之一的《解放军文艺》。他们是“全景式”最坚决的推手，是唯一一家在《中国潮》评选中以高票拿走两个一等奖的刊物。加上他们同胞兄弟《昆仑》拿走的另一篇一等奖，部队方面一共斩获三个一等奖——人力、财力投入丰厚，收获也很丰厚。

形成鲜明对比的是，排名在前的另一家倡议者、发起者《人民文学》，竟成了最大的陪衬——他们声望很高，历来是获奖大户，这次居然一等奖颗粒无收，只拿到两个二等奖。私下，有评委点破原委说：“《人民文学》这些年拿了那么多奖，已经不在乎这个声势盖过实质的‘潮奖’，这回就让给财大气粗的《解放军文艺》了。”

《文汇月刊》与《十月》、《钟山》一样，拿到一个一等奖，一个二等奖，《收获》稍逊于比我们多拿了一个二等奖的《当代》、《报告文学》、《花城》。这个结果算是保本而已，确也在意料之中，因为《文汇月刊》特立独行，坚持“海派”风格，报告文学选题兼收并蓄，不愿也不屑随波逐流。君子和而不同，虽然评委中大多是朋友和熟人，关系不错，互相尊重，但评选中发生争论时未必呼应你，最终的票也未必投给你——或许因为跟我跟《文汇月刊》报告文学观念不同，对具体作品的理解也不同。

亲历其境，我对之前深恶痛绝的作者“跑奖”，评委间屡见不鲜的“抱团取暖”和“互相串联”，也多少有了新的理解和相对宽容——在这次评选作品时，不乏评委不止一次地三五成群，在关键时刻互相声援，有时会对某篇作品众口一词地加以肯定或提出质疑，几近立判生死。因为知道这些评委朋友和熟人品性，我并不往坏处想，而是觉得可能缘于认识上和观念上问题——他们在报告文学理念上有共通感，对作品理解有共鸣点；自然也有可能，是他们之间的情面盖过了跟我们的交情，才这样“高度一致”。

我并不认同他们的观念和做法，却不得不接受和忍受——如同他们在预备会上，不得不接受和忍受一个非京城刊物发出的“为公平而来”的呼吁和警告：“不要再搞之前全国评奖出现过的小动作！”大概除了底气十足的《文汇月刊》，全国没有任何一家刊物敢当着领导层和各路诸侯，在这种场合这样放话。

二十多年过去了，八十年代的全国报告文学评奖已成依稀往事。当年评奖中曾经遇到过的一些问题和猜忌，产生过的一些不满与愤怒，经过岁月沉淀早已淡忘，留下的是一些美好回忆——比起后来这些年越来越变味，渗透金钱甚或腐败的种种全国文学奖项评选，当年有这样那样问题的评奖几乎可以称得上圣洁无瑕。嵇伟和廉正祥应我之约，写来回忆当年担任评委两度参加全国报告文学初评的文字，真切、平和，充满眷念地再现了那些难忘日子。

在《文汇月刊》1990 年奉命停刊后，嵇伟去了伦敦——她妹妹定居在英国。起先三四年，嵇伟日子过得比较艰难，后来到英国广播电视公司 BBC 工作，当了十五年的节目主持人和记者。我终于找到嵇伟时，她正在 BBC 办退休手续。嵇伟在“关于评奖”中写道：

今年，2013 年，达成说，他托人找了我一年，总算找到了，要我为他的“回忆《文汇月刊》”谈谈当年的评奖。我当然支持他写《文汇月刊》，那是我们当年共同的骄傲，但是每个人对往事的回忆总是因为经历、性格、处境及各种其他

2015年，作者（右1）与嵇伟（右2）、刘绪源（左2）、陆幸生（左1）合影。嵇伟、刘绪源分别于1983年、1987年到《文汇月刊》。而陆幸生 1990 年来报到时，《文汇月刊》已经停刊

因素而各不相同。

我猜我的记忆可能是有选择的，常常倾向于亮色泽的回忆，因此当达成给我看当年在评奖时我从北京写给《文汇月刊》领导的充满愤怒的信时，除了承认这的确是我的字，我实在想不起为什么当时会那么愤怒，甚至差一点想退出评奖。

我 1994 年出国，在中餐馆打过工，也办过华人文学杂志，1998 年到英国广播电视公司 BBC 工作，已经当了十五年的节目主持人和记者。二十多年前北京张自忠路上中纪委招待所的那些往事，留给我的也许大多是一些美丽到心醉（或者心碎）的回忆、欢乐、笑声和音乐。

但达成的敦促，使我不得不重新搜寻被记忆遗忘的角落，一些不太愉快的陈年旧事渐渐从记忆中浮现。

尽管就我所知，从没有任何作者到中纪委招待所来为自己的作品能获奖说情，但是代表杂志、报纸参加初选评奖的编辑们的个人喜好和感情，的确会影响候选

作品的挑选。但是这种影响是如此微妙，以致最终的评选结果基本上总是各方的利益平衡，不会在误选、漏选方面有太大的失误。

初选小组成员理直气壮地为各自代表的刊物争取获奖篇目情有可原，但在挑选其他刊物的候选篇目时，从理论上说，在与挑选标准距离不是太大的情况下，总会掺杂一些个人的喜好或者感情因素，比如与作者的关系如何，比如与该刊物参加初选小组的代表关系如何，等等。

具体到我，在保证《文汇月刊》有足够的获选篇目之后，我会开始支持我喜欢的创作风格的作品；在文章水平旗鼓相当的情况下，我会支持我认识的作者；在各种条件都差不多的情况下，我会支持跟我关系好一点的初选小组成员代表的刊物。

别人也如此，那些欣赏我“没心没肺”性格的人，一定不会竭力阻止《文汇月刊》的文章获奖；而讨厌我“上海小姐”样儿的人，也肯定不支持我所支持的候选文章——当然，那些有目共睹的好文章除外。

但是从客观上说，初选小组成员代表的绝大多数是北方尤其是在北京的刊物，南方刊物几乎只有《文汇月刊》一家；而《文汇月刊》报告文学的风格，相对北方的刚劲大气，则显得柔美和更小资气，两者加在一起，也许导致了《文汇月刊》在获全国报告文学奖方面不像希望的那么有力。

所以尽管有过会上面红耳赤的争执，有过会后的钩心斗角，也有外界的闲话与不理解，但作为参加过两届最精彩的八十年代中国报告文学评奖的初选小组成员，我认为当年那些参加全国报告文学初选评奖小组的人，都还是有基本的职业道德，不会也不敢仅仅为了个人感情而背叛事业。

两年之后，2015年初春，我又收到廉正祥从四川青城山麓写来的《评奖二三事》，他的回忆中没有一丝当年的怒气，平实中有一种质朴的温暖：

我参加了中国作协组织的1985、1988年两次全国报告文学评奖的初审。评奖由《人民文学》副主编周明主持，王南宁等人就顺理成章负责生活后勤、分发稿件、召集讨论等会议保障工作。两次评奖初审工作人员都住在北京张自忠路中纪委招待所，听说原来是清朝恭王府，隔壁就是段祺瑞执政时的政府大院，现在是中国人民大学图书馆的资料库。1985年参加初审的有人民文学出版社《当代》刘茵、《人民日报》文艺部的缪俊杰、刘虔，中国作协创作研究室李炳银、《新观察》朱迅、《解放军文艺》佘开国、《文汇月刊》嵇伟、《报告文学选刊》（四川）廉正祥、《报告文学选刊》（湖北）刘青等人；1988年除了以上人员外，又增加了《十月》田珍颖、《中国青年报》刘爽、《鸭绿江》刁斗，湖北《报告文学选刊》停刊，刘青就没有参加了。

大家看稿还是认真的，由报刊社推荐来的稿件相当多，大家白天看晚上看，周日也不休息，半个月左右，大体看完推荐稿，集体讨论，由报刊社代表提出评审意见，大家议论，大部分篇目意见比较一致，也有争议和争吵，很少。当然，在北京的报刊近水楼台先得月，选上的篇目比较多，上海的嵇伟虽然长得娇小，但是为自己《文汇月刊》争篇目是毫不含糊的。我和刘青则比较超脱，因为我们不是原创，是选刊，但我们选出来的则是比较好的作品，所以我们推荐发言还是有影响力的。记得，广州花城出版社总编李士非写招商局深圳蛇口特区创办者袁庚的《热血男儿》最初没有人推荐，是我提交大家讨论的，后来获奖。

我们初审后把推荐篇目提交中国作协领导最后定夺，周明还把副主席冯牧、张光年等请到中纪委招待所和我们见面，搞得还是挺隆重的。那时候大家都很廉洁，没有评审费，只是吃住免费，王南宁联系去电影资料馆看了一次内部电影，田珍颖联系去北京音乐厅听了一场音乐会。王南宁邀请大家逛商场，可以买点个人自己喜欢的东西，我买了一件花呢短大衣。至于评奖有无幕后交易，我就不清楚了。

廿 转型之作：被《北方文学》逼出来的《一个成功者和他的影子》

我从1977年开始学习写报告文学，最初出炉的那些刊登在《文汇报》上的“报告文学”，其实都是带引号的，只能算是有记者腔的文艺通讯，它的展开方式和语言表达都不具备文学性。那时，我虽然在《笔会》给散文名家、写过《雕塑家传奇》等报告文学名篇的徐开垒当助手，却不开窍，没有得到真传。

后来我开始往文学上靠，1980年初发表在《长江》丛刊上写国际象棋世界冠军戚惊萱的《中国的旋风》，还比较成功，后来有人把它归结为我体育报告文学的成名作。我的朋友谢大光，是天津百花文艺出版社散文编辑，也是散文作家，他每次见面总给我以提醒和点拨。1980年6月间，他到上海组稿回去不久，又来信敲打说：“你的报告文学是丰收了，一年之内总有七八篇之多吧？我亦很为你高兴。这些东西还可写下去，但还是在上海时说过的，要往文学上靠，不要往报告上靠，否则易流于一时之作，无长远存在的生命力……”

这封信，对我面对梅朵的“撺掇”、“诱惑”，一直犹豫不定是否要“跳槽”到《文汇月刊》也有推动。两个月后的夏末初秋，我终于依依不舍地告别开垒和《笔会》，加入梅朵团队，出任《文汇月刊》报告文学专栏责编。我很快被梅朵逼成跟他一样的“疯子”，疯狂地组稿，疯狂地写作。1981年第1期，被梅朵逼出《你好，李谷一！》，年底最后一期，又被逼出《中国足球队，我为你写诗！》，不久，我又推出写中国跳水队的《“芭蕾”，钟情于中国》等篇目。这些作品，在读者和体育界中产生了一些影响。三四年间，我成了以写文艺名家和体育名家见长的报告文学作家。连《文艺报》“文学新人”发表评论我作品的长文，标题也叫《力和美的礼赞——读罗达成的报告文学》。

我曾一度“小富即安”，廉价地感到满足，觉得游走于这类题材中，驾轻就熟，得心应手，读者反映也还不错。直到1983年后，我才醒悟过来，意识到不能再延续这种“同义词反复”的写作方式，翻来覆去地写舞台写比赛，何其狭窄和单调？必须在题材上、作品分量上有所突破，写出既有新鲜感又有冲击力的作品。

我渴望自我超越，提升自己，证明自己。也常有一些前辈名家以及同辈朋友，曾给我以提醒、引导和敦促。正在无锡疗养院养病的梅朵，在1983年元旦写给我的信中提出要求：“我希望1983年成为你创作上的新的起点，一定要写出有些分量的作品！对题材要努力开掘，展现思想上的光芒！”他还向我转告一些名家给他信中的意见，说《文汇月刊》写文体明星，有读者，有市场，但这不应该是报告文学的主要任务，更不是它的全部。作为一个有全国影响的刊物，不能仅满足读者的一般需求，还应当引导读者的阅读趣味，开拓题材，直面各条战线各个层面生活，写改革家，写小人物，并敢于揭示社会矛盾……梅朵让我对这些建议，“务必记取，尽快改进”。

也是在1983年1月，时任《文艺报》编辑部副主任、亦师亦友的陈丹晨，在给我一封信的结尾关切地问道：

你近来有什么新作，你既然在这方面做出了成绩，就应再接再厉写下去，多写些，尤其应该有新的突破，写出一两篇令人注目的重点作品来。当然，这样的作品也是可遇不可求的，有时愈是自己一心这样做，愈是得不到这样结果。我想，关键还是在于对于写作的材料的选择，和对生活的认识、把握上吧！不知对否？

人有惯性，也有惰性，当你习惯了一种生活状态和写作方式后，要脱胎换骨改变自己，一如涅槃重生，很痛苦，很艰难。虽然，我确实渴望能写出“一两篇令人注目的重点作品来”，但缺少强大压力和咬紧牙关放手一搏的决心，两年多过去了，迄无进展。1985年4月中旬，《北方文学》的门瑞瑜“主动出击”，专程到上海约稿——他所要组的重头稿，正是我所想写的，我答应考虑，但手头并无合适选题。门瑞瑜后来曾追忆，“那时编辑部对报告文学的发稿，有计划，有设想，总是主动地组织题材重大、人们关注的、时代精神强烈的报告文学题材的稿子，口号叫‘主动出击’。当年我就是专程出差去上海为刊物组稿的……”我和老门相识于六年前，那时《北方文学》刚复刊，他来上海组稿，而我还在《笔会》，由此开始我们长达近四十年的友谊。

《北方文学》不光强势主动出击，还善于动之以情。1983年秋天，时任《北方文学》编委的门瑞瑜曾诚邀我参加他们举办的笔会。我因为体检发现肺部阴影扩大，迟疑未去。8月初，肖复兴也来信要我同行，“我前些日子到大连参加《人民文学》的一个笔会，昨日才回到北京，见到你的来信，真是不安。怎么会是肿瘤呢？……北方文学的笔会我去，你也去吧！但愿在牡丹江见到你。”我没去牡丹江，结果错失肖复兴一篇佳作——当时，肖跟《文汇月刊》关系最铁，他所有有分量的作品从不外流，首先让我们挑选。9月26日，接读肖复兴交织遗憾与歉意的信：“我这个月初从牡丹江、哈尔滨归来。在哈采访一位女工程师，她的故事比‘柴达木传说’还要动人，她的刚强、事业和成就比‘柴达木传说’更要醒目。稿子写完，刚刚。题目叫《生当做人杰》，三万多字。我真不愿意给《北方文学》，不仅仅为我，更为文中的女主人公。我真希望能有更多的读者知道她。她确实是我们民族的精华。无奈此行是花了人家的钱，这几天，他们又一直在催，频频来信。我不能寄你，只好寄他们了。但我希望你们能够转载，我自信读者一定爱看的。只是不知有无这种先例和可能。”

我理解肖复兴的复杂心情，很希望这篇《生当做人杰》能发表在有全国影响的《文汇月刊》上，却又不得不把稿子给了《北方文学》。这篇错失的作品后来获得1983—1984年全国优秀报告文学奖，“贪婪的”梅朵为此曾多次抱怨我。我有遗珠之憾，却并不后悔，因为我们几乎垄断了肖复兴的作品，而《北方文学》这样的刊物组稿艰难，他们要拿到一篇肖复兴力作，太不容易了。

门瑞瑜从上海回去后，三天一封信、两天一个电报或是电话——我感叹，我这个习惯对别人搞“精神轰炸”，穷追猛打，动辄霸气喊出“不交稿子来，就交脑袋”，这回也被人家如法炮制“轰炸”上了，门瑞瑜做事诚心诚意，脚踏实地，但逼稿坚决。5月6日，门瑞瑜来信：

已发两份电报给您，料已收到。霍英东报告文学，恳切希望您能给本刊撰写，字数不限，写五万字也可以，头条发表，已决定先邮给您五百元，作为您去京、穗采访旅费，实报实销吧，望您抓紧才好。这不影响您给《文汇月刊》写短一点的一篇。

上海一别，我到北京住了几天，月底回哈市。

我可全靠您了，谢谢。

当时我正在北京组稿，没看到电报。门瑞瑜往《文汇报》北京办事处打长途电话，也没找到我。一个星期后，我回到上海，收到《北方文学》汇款单和门的信，我被他们的诚意和热情打动了，他们所提供的也是让我动心的重大选题。门瑞瑜后来简单概括这个过程说：

当初计划是请罗达成写霍英东，后来得悉吴晓民写了霍英东，我们才改变计划，让罗达成写哈工大校长杨士勤这个题材。

这个报告文学题材的确定，是编辑部经过研究选定的重点稿子，我们认为由罗达成“出山”，一定能写好，于是编辑部就诚恳地邀请他来哈尔滨采访哈尔滨工业大学。

门瑞瑜也是知名散文家，他怕我犹豫、动摇，在来电话催问时，有些煽情地说：

这是重大题材。哈尔滨工业大学是科学家摇篮，培养的人才有省长、部长，是世界有影响的学府，先请您来采访一下，一采访您会被它吸引的，您会爱上这座被称为“东方小巴黎”的哈尔滨，您会爱上哈尔滨工业大学。而且，刚上任的杨校长才四十六岁，是全国最年轻的大学校长，还是你们上海老乡，毕业于上海南洋模范中学。他当年报考的第一志愿，就是哈工大电焊专业……

这个大学、这位校长很有吸引力，这个题材新鲜而又厚重。我决心接下这个任务，但不敢对梅朵明说，只是说应约去参加《北方文学》组织的一个笔会，十来天时间——老梅最怕肥水落入外人田，况且是一个大题材，一篇重头稿。

我算是对作者尽心尽职的编辑，曾为许多到上海的作家和朋友接站和安排住处、预定车船票——一些票太过紧俏，我有时不得不亲自去售票处排队购买。但是门瑞瑜比我做得更贴心、更到位，几乎全程陪同。6 月 14 日下午，他到哈尔滨火车站接站，将我安排在哈工大东苑招待所，放下行李，就让我到哈工大去感受气氛，看电视录像——我要采访的杨士勤校长，正在学校的体育场上主持哈工大的校庆典礼：“深藏青的西服。绛红色的领带。瘦长的身材。瘦长的脸。质朴得

1985年6月，作者（左1）与门瑞瑜（中）在镜泊湖

没有一点拖泥带水的手势。掺和着些许上海风味、却又相当北方化的普通话，将这位登上校长宝座不久的少壮派身上所兼有的南方人的机灵、洒脱，北方人的凝重、豪迈，给恰到好处地体现出来了。”

被破格提拔为哈工大校长的杨士勤，不光破了“年轻”的格，还破了“职称”的格——因为职称评定被冻结了四年，他至今还只是一位讲师。杨校长出自声名如雷贯耳的“九系”。有人笑称，九系是哈工大的“第一世界”、“超级大国”。不光出博士，还出校长、出党委书记。系里实力最雄厚的，又数焊接教研室。杨校长和他爱人，都是出自这个专业，又留在这个专业的。校党委书记姜以宏副教授，是1955年从这个专业毕业，到苏联留学后又到这个专业任教的。有意思的是，党委书记还是校长的老师。他说：“我从莫斯科回来，还真给杨士勤他们上过课。”

有两个统计数字，可以充分显示哈工大焊接专业的特殊地位。在全国仅有的五个焊接博士研究生导师中，哈工大焊接专业就占了三个。在全国八十多名焊接教授中，竟有百分之七十五的人是哈工大的本科生、研究生或进修教师。一位来访的美国代表团的团长，曾以幽默而热烈的言辞表达他的赞叹：“到中国来，不到哈工大看‘焊接’，就像穆斯林朝拜没到麦加一样。”

许多接受我们采访的人，都兴致勃勃地用“不落俗套”这几个字，来形容新校长在大礼堂的第一次亮相。“历史责任把这根接力棒传到我手上了——”他的就职演说，第一句话就很有力度，很有分量。没有套话，没有废话，没有以前那种数不清的“哼、啊、哈、呀”的“延长符号”。他总共只讲了八分钟，中间还不断地被掌声所打断……

杨士勤第三天晚上才开始跟我长谈。“抱歉，抱歉！”这个大忙人一边握手，一边用上海话跟我打招呼，“跑勿开，拖到今朝才来。”我说，我们早在校庆典礼的录像中见到过你，在采访中也总有人说起你的就职演说很成功。“那天，你说了些什么呢？”我问杨校长。

我那个“演说”是即兴式的，没有讲稿——

我说：当前哈工大教师关心什么？有人讲是职称问题，有人讲是工资问题，有人讲是房子问题。众说纷纭。这些确实都是为大家所关心的，但并不是最关心的。最关心的，应该说是新班子上来做什么？怎么去做？能不能把咱们哈工大搞上去？目前机构臃肿，办事效率不高，严重阻碍哈工大的发展。有些棘手问题长期存在，没有解决。现在新班子下决心要解决，看准了就动手。这样做可能要得罪一些人，但我们不怕得罪人……

“有人算过，只讲了八分钟？我倒不知道。但我知道，掌声哗哗地拍得这么响，是我触到了哈工大的‘兴奋点’上，也是希望我别停留在嘴巴上。”杨士勤还生发开来，说他为什么敢在首次亮相时有底气这样说，因为他在九系当家时已经亲历过一些事，“得罪”过一些人——甚至包括他最敬重的前辈师长。

说实话，有时候决心真不好下，我怕得罪人。得罪我爱人，得罪家里人，心里有些不安，但不怕。我爱人那个脾气我摸熟了。她嘀咕，她发火，只要我不吭声，不应战，一阵子过去了，就雨过天晴了。但在学校里，对人家，就不那么好得罪。有些事得罪人的程度不太高，我能下决心，不含糊。还有些事得罪人的程度太高了，我就情面难却，挺犹豫。我给你们说说，我在九系当主任所发生的两件事。

不知你们听说了吧，博士生导师都是各个学科的顶儿尖儿人物，要报请国务院学位评议委员会批准的。像我们这样的一个系四个专业，教研室全都是博士点，有权授予博士学位的，全国只有为数不多的几家。不过，我们差一点儿，锻压这个博士点就吹了，吹在他们教研室自己报来的名单上。

他们只报了一个人，是全教研室资格最老的教授，还是全国压力加工协会常务理事。但是这位很有名望的老教授，年事已高，而近年来在学术文章和科研成果上，显然不如他的学生——我们这个系的副主任李硕本。教研室知道我们肯定要问“为什么不报李硕本？”四个室主任，再加上党支部书记一共五个人联名给系里打报告，说明为什么只报了一个，理由是他声望高，资格老，报两个不慎重……

那时我刚出差回来，看完这个报告，我就说“不行！”很清楚，不是什么“不慎重”，而是人事关系在起作用。教研室主任跟李硕本平起平坐，都是1955年毕业的。推老的上去，对他面子上没什么。而让同辈上去，他的面子不好看。我很坚决地把报告否决了，“你们必须推荐李硕本！”他们有些迟疑，说“教研室主任出差了”，“马上打电话告诉他，一定要加上李硕本！”

不出所料，批下来只批了一个李硕本。国务院学术评议委员会当然是六亲不认。教研室这才觉得系里坚持得对了，要是不报上李硕本，锻压就设不成“博士点”，成为全系独一无二的空白点，那才是真正的难堪！

“但我可不是总这么‘无私无畏’，在解决我那个老家——焊接教研室班子换代问题上，我刚开始实在没有勇气，没有决心敢‘得罪’两位老前辈，他们是给我传授知识的老师，看我成长起来的……”杨士勤自我解剖，说起他当时的犹豫不决和优柔寡断——

焊接教研室的名气很响。墙上尽是奖状，学校的、黑龙江省的、国防工办的、全国科技大会的，全有！局外人没法想象，前几年竟有人把那块年年都到手的“先进集体”奖匾，掉过头来挂。人家惊讶，教研室内部却不然，谁的心里都明白这层意思：咱们不够这个资格，看了惭愧！我也知道，“焊接”确实有点消沉、有点闷气。兵强马壮的一个教研室，又像有领导又像没领导。主持工作的两位焊接界元老，一个不擅长抓工作，领导不了；另一个身体不好，不能领导。乍一看，要扭转局面并不难，只要请这两位精力已经不济的老教授退到二线，换上富有开拓精神和牺牲精神的王其隆教授，他才五十岁出头。

我是九系的头，我早想这么换。教研室的人态度也很明朗，连奖状都倒挂了，当然也希望这么办。但是我心里犹豫来犹豫去，他们都是我的老师，看着他们斑白的头，我怎么也开不了口。他们对我一直那么好，那么厚道。我出任系领导时，心里有顾虑：系里教授、副教授有几十个，我才是讲师，而且我是他们学生，上去合适不合适？老师都鼓励我，没问题。他们主动帮助我、支持我，看见我还是叫小杨，师生之间很亲切。而我这个学生，怎么反倒要劝老师引退？我老是问自己：杨士勤，你是不是太不近人情呢？

我这么犹豫又犹豫，1980 年到 1982 年我也到美国进修了。转眼又是两年，我已经从美国回来了，“焊接”班子还是像“冬眠”一样原封不动。但我出了一次“洋”，倒是有些变了样，心里总有一种焦灼感、急迫感。我并不是对人家的现代化着迷了，倾倒了。那个现代化再怎么的，也是人家的，没法带回来。我欣赏的是人家的生活节奏那么快，不像我们这么拖拖拉拉。人家的工作效率那么高，不像我们这样疲疲沓沓。我们说起来有那么多目标，那么多追求。但真正干起来，碰到一点磕磕碰碰，就在原地踏步走。像是指望有一天，能有一条像北京机场上那样的传送带，会把所有的目标和追求送过来，把所有的问题和困难装着走……

我终于下了出国前下不了的决心。去劝老师“引退”。一“摊牌”，他们倒还理解我，虽说不太愿意离开一线岗位，但也知道自己精力不行了，工作搞不好。我说：我们都对这个教研室感情很深。老这么拖下去，会把集体拖垮了。要到那个地步反而被动了。下来以后，倒可以集中精力带带博士研究生。他们默认了。但有些担心：他上来会不会不尊重我？会不会……我对老师也充分理解，有什么顾虑和要求请尽管说，尽管提。我又去找王其隆。我给他指出：你能力强，业务也强，在教研室里相当有威信。但是，好几位老师有顾虑，怕你上来，不能处理好关系。王其隆回答得很诚恳：“你放心，我一定会处理好关系的，我对他们会比以前更尊重。”这下我心里有底了，我了解他这个人，说一不二，脾气痛快，他的保证是算数的。王其隆的确是好样的。上去一年不到，就把“焊接”的面貌彻底改变了。

我当校长之后，还记着“焊接”这个教训。不能搞照顾，照顾一个人，影响一大片。窝窝囊囊的，事业受损失。我在抓整个学校的机构改选、干部配备时，指导思想也一样。我一接手，就让组织部、人事处拿出精简机构方案来，我看国外一个系就设一个秘书，我们一个系工作人员有十几个，要这么多人干什么？他们已经搞出两套方案了，打算合并、撤销七八个处一级部门。干部配备不能拖泥带水，该上的坚决上，该下的坚决下。你有情绪，暂时想不通，甚至骂我也可以。有这个准备，我才敢在大会上那样说：我们不怕得罪人。

我想起用一些有事业心、有开创性，能在其位谋其政的人，尤其是那些到过国外思想和眼界都很开阔的人。我试了一下，大有成效。比如那个师资提高处，以前只是个办事机构，先搞表格，送人到哪些国家，有哪些题目，完了请你校长去拍板。这次我们提了个处长，业务能力很强，也是从美国进修回来的。他给你一竿子包到底，谁谁到日本，谁谁到联邦德国，谁谁到美国，都安排得恰到好处。他不用你校长操心了。我们新提的总务长，是从联邦德国进修回来的，也是能干得不得了。咱们一个摊子那么大，事情那么杂，他却指挥得有棱有角。像这样的干部，我们提了有一批……

这次采访工作量很大，整整一个星期，每天上午、下午、晚上各安排一场，所有活动由门瑞瑜与校刊主编老常具体协调商定，老门还全程陪同采访。我与杨校长接连谈了三四个晚上，他只有这段时间能安排出来，我们从晚上七点多不知不觉就谈到十一点、十二点，有一次竟谈到凌晨一点半左右。十一点一过，谈话总被打断，值班门卫敲开门说：“杨校长，你爱人来过，已经回去了。”十二点后，值班门卫又敲门对杨校长说：“你爱人又来过一次，见你们还在谈，回去拿了麦乳精和饼干送来。”于是，我们不得不结束这热烈而又近乎残酷的采访，对杨校长下“逐客令”——他是一校之长，明天还得上班；而且他不回去，他夫人一定还等着。门瑞瑜的生活节奏也被彻底打乱了，他有家难回，只有在

1985年6月，作者（左1）在镜泊湖采访哈尔滨工业大学校长杨士勤（右2），左2为《北方文学》责编门瑞瑜。

招待所留宿。

尽管还没正面接触，但我对杨校长夫人蔡七雄已经留下很深印象。杨士勤跟夫人感情基础很深，当年他和江南一带去哈工大报到的上千名新生从上海集中出发时，心中充满豪情和憧憬。我后来在文章中感慨道：“谁也没有想到，在这个乱哄哄的车厢里，一个不显眼的十六岁的男同学，会是哈尔滨工大未来的校长。谁也没有想到，在他们中间有一个上海口音的杭州女同学，有一天会和他结下不解之缘……”

那天晚上，我和杨士勤又开始长谈，直奔主题问他：作为一个成功者，一个事业型丈夫，怎样处理事业和家庭关系？在不和谐中求得和谐？杨校长低调地评价自己，真情地倾吐对妻子、对家庭的深深歉疚：

我的经历平淡如水，实在没有什么曲折、动人的东西。要说我是成功者，谈不上。说我是幸运者，那倒像。在哈工大，我从前是最年轻的系主任，现在又是最年轻的校长。恐怕就像你们笔下描写的那样，“一片树叶飘下来，正好落在头上”。不光是到哈工大，我自小儿就这么平平常常，顺顺当当：小学里，校长在全校面前当众宣布，“杨士勤同学品学兼优，全免学费。”初中时，我是少先队大队长，学生会主席。上高中，又是少先队辅导员，团支部书记。

每个人都最了解他自己。我热爱工作，我不怕默默无闻，就怕碌碌无为。我没有什么可以陶醉的，更没有什么可以炫耀的。焊接教研室副主任吴林跟我是老乡，是同事，又是朋友。听说他曾对我作过一个评价：小杨没有超群的智力，没有惊人的魄力，没有特别的能力，但是有很强的事业心，没有私心。他说得比较公道。我爱人对我的评价就低多了，说我跟吴林两个“都很糟糕”，不知道有家有小，就知道忙个没完没了。甚至说，像是“住旅馆的单身汉”！

不知道你们同意不？干事业，让自己做出牺牲很容易，很自然，心安理得，连累爱人做出牺牲，哪怕是有些“嘀咕”、有些“牢骚”的牺牲，我却总觉得很歉疚，很难受，于心不忍。说良心话，我爱人为了我，为了操持这个家，失去了以前的健康和青春，皱纹甚至比我还多……扪心自问，有些话，她也没有完全说错，我不能算是好丈夫，也不能算是好爸爸。她生孩子，我没有给她做过一顿好吃的，没有给孩子洗过一块尿布；还是一些女同学瞒着我，天天来帮忙……可以说，我为她什么也没做，她为我却做了许多。没有她做出牺牲，这些年我不能全心全意去工作。我能做出一点成绩来，里面也有她的心血。

噢，我爱人说话爽直，也跟你们发我牢骚了？说我什么事也不考虑她，能办到的事也不办？这些我知道，我知道她指的是什么。有些事我不能满足她。譬如她想让我一起回杭州，说那儿比起哈尔滨来怎么怎么个好。哈尔滨咱们这个家又小又糟，杭州她搞的个“窝”比这儿好多了。哈尔滨的物价贵得不得了，一斤辣椒、黄瓜、西红柿，要卖块儿八毛，杭州的蔬菜品种多，还比这儿便宜多了。那儿离上海近得多，那儿气候条件好……杭州确实是有一百个好，要不怎么叫“上有天堂，下有苏杭”？要不怎么会“雁南飞”？“文化大革命”后期人心涣散，军心动摇，全校竟有百分之四十二的南方人打请调报告！我们计算过，哈工大教师中的南方人，全盛时期要占三分之二，现在还占一半。以前，那么困难都熬过来了，现在还不能熬！尽管我知道，我只要妥协这一次，她会满意一辈子。但我不能走，我的事业在这里！

我们在哈工大的采访很深入，不光重点采访了焊接教研室副主任吴林，他既是杨校长的老乡，又是同事和朋友——见证了杨士勤与蔡七雄这对哈工大九系同班同学，由恋爱到组建家庭的全过程。还采访了哈工大党委书记姜以宏、党委副书记卢振环，及上届的党委书记李东光和正副校长黄文虎、李家宝。并多次跟哈工大学报主编常玉礼及学校党委宣传部的同志作补充性采访。从四十几岁到六十几岁不等的两代人跟我们倾心交谈。谈他们的经历和命运，谈第八任校长的成长和命运……

我让老门、老常抓紧安排对蔡七雄采访，跟杨士勤这样的成功者一起生活，她一定会做出很多很痛苦的牺牲，有许多话要说——采访下来，果然如此，“苦大仇深”的蔡七雄性子很急，健谈且语速极快，对我一吐为快。

几乎所有接受采访的人，从不同视角出发，都对这位年轻校长给以中肯评价。对杨士勤不满意，竹筒倒豆子般提出强烈批评的，只有他的妻子蔡七雄。平心而论，听这位有些倦容、有些憔悴的老乡，两三个小时“控诉”般的倾诉——从上海方言始，随后又转换到惯用的北方口音，并不觉得她在胡搅蛮缠。她对杨士勤的批评虽有偏激，但多半是准确、实在而又无奈、无解的：

我这个人一坐火车，就想到老了：坐火车来的辰光，还是个小姑娘，现在变成老太婆了。真格，眼睛一霎，儿子已经读大学，女小囡今年也要考大学。

我比杨士勤大一岁——四十七。阿拉是1964年结婚格。人家祝愿阿拉像居里夫妇一样。啥个居里夫妇？我现在是家庭主妇！你们勿要笑，介多年我对伊有个评价，绝对准确！我讲杨士勤，侬是个好同志，不是好丈夫。侬这一辈子最大错误就是结婚，油盐酱醋不管，小人生病也不管，侬要是当单身汉多好！

背煤气罐，别人家屋里都是男人的事体，阿拉恰恰相反。我每一趟都背得跌跌撞撞、火冒三丈。拎不动，只好拖牢跑，越拖越重，越走越慌，我咬牢牙关心里跟自己数数，“一二三四五”，走上几步；再咬着牙，数数“一二三四五”再走上几步。格辰光，我心里恨得像有一座炸药库把伊格只“碉堡”炸脱……我光火，伊倒有“领导修养”，不跟我对撞。“不是我一个人这样，大家都这样。侬到吴林屋里看看，人家比我还晚呢。”吴林也是我们系里的，跟杨士勤一样，没治的一对。

因为激愤，蔡七雄的上海方言开始消失了——北方话，更适合她宣泄对杨士勤的不满和怒火：

杨士勤老是叫忙不过来。别说现在了，当学生指导员就这样，当系主任也这样。我生第一个孩子，就出了危险，那时他是年级指导员。我们住在五宿舍，我要他拿点煤饼回来，他今天忘了，明天忘了。山穷水尽了，没办法，我只好自己去，大肚子上摞着五块煤饼，那段路不算太远，我却觉得远隔万水千山。回到家门口，我就“破水”了，有危险。这么着，杨士勤才算“百忙之中”抽空陪我到医大一院。一院不肯收，又坐有轨电车到二院。他心神不定，愁闷着脸，那可不是为我着急，而是惦记着高铁校长找他有急事。我知道我这么“吊”着，他有多难受。进了医院人家一答应接收，我就高姿态地放他走，入院手续由我自己办。

他像得了大赦令，急匆匆走了。一走就是两天，去尽他自己指导员的光荣职责。好像他不在，天就要坍下来，全年级四个专业一百八十六个学生就会出乱子。第三天，他才两手空空地想到来看我，正好护士送小孩来吃奶。他吃惊得不得了，“怎么，你已经生啦？”他再赶回去拿鸡蛋，谁知道他傻子似地拿了没几个，还不够我还病房里借的债……我又好气又好笑，哈工大就有这么一批书呆子！没治！

他不是个好丈夫，也不是好爸爸。他当九系副主任时，更忙。孩子半大不小了，天天要做功课。家里十五平方一个屋，就一张小桌子，我们吃了晚饭，还要等他，收不了摊，只好把菜碗拢一拢。那么点儿桌子，孩子还只占半壁河山。我就更可怜了，只能占个缝纫机台板。他有时还领着一帮子人来我们家开会。一开开到十一点，家里一个大床上坐着人。我和孩子陪着“开会”。小孩像是鸡啄米，打瞌睡。人不走，他那个活动小床也搭不了。不要说我们受连累，看门的老头也有意见，大门口夜里要上锁，他也“陪”着等！

日长天久这么着，我受不了，我也不能让儿子和女儿给耽误了！我去找校长，这么大一个系，为什么你们只光秃秃地放一个副主任？这个找，那个找，忙得杨士勤晕头转向。我知道，说也是白说，我也不能给谁发委任状。

我转而要房子，一次一次又一次。再有间屋，我和孩子有个窝，你们哪怕天天跟杨士勤开会，我们也不用全家受折腾。好容易答应给了，几时几时谁搬走，就分给你。其实是糊弄我，一连几个“谁”搬了，还是没给我。我起先是求，后来是吵。对付“打哈哈”的人，不能不这么着。我是全力以赴，杨士勤不但不出力，反而阻拦我，“要注意影响！”

你做好人？那好，我走，带着两个孩子回杭州！我妈妈八十多岁，身边没人照顾，不知跟我说过多少回。我这个理由挺充足。1978 年，杭州的调令就来了，给压着。我不要房子了，吵着闹着一定要走。我说不让走，不就是为了杨士勤？既然你们看中了他，我答应两地分居，要不要立个“军令状”？

我嘴巴死硬，其实心里头也软。有些老师把我看穿了，他们是看着我们长大的，说：别看你坚决，真让你走，看你不哭？你会留恋这个学校，这个集体，咱们对它感情太深了。她说得我心里颤，嘴里也颤。不过，她还没说全，我还放心不下他杨士勤。这么个书呆子，一个人日子根本没法过！我心里那个矛盾劲儿没法说，实在没法说。

直到 1980 年，领导上派杨士勤到美国进修去，我也没有后顾之忧了。有这么个机会，他很高兴，我也很高兴。他上美国，我去给他送别后，自己也带着儿子、女儿依依不舍地回杭州了。离开的那天，我哭了，哭得还挺伤心。我把半辈子都交给了哈工大，难舍难分的哈工大……

“唉，没办法，只好为他做出牺牲啦。”第二天，蔡七雄跟我们继续谈，刚落座就是一声叹息。她很无奈很不甘心地说：“上回说到回杭州吧。一走五年，这不还是回来了。最近‘借调’回来的。”

蔡七雄燕子衔泥，好不容易在杭州折腾出一个“窝”，指望有一天，一家人高高兴兴团聚在一块儿过——

杨士勤 1982 年秋天一回国，我就盯着叫他回杭州。那儿有所大学也欢迎他去工作。不不不！他一口拒绝，头摇得像个“拨浪鼓”。说那不合适，怎么能“背叛”哈工大？太不像话了！他回来就做系主任，过一年又成了副校长，今年春节前竟然当上了校长。我知道这下完了，彻底完了，他绝对的绝对，不可能回杭州这个“天堂”。咱们这个家没法团圆了。

他难得回杭州这个家。偶尔回家都显得有些“突然”了，像是从天而降。一天，我和儿子在吃晚饭，他“笃笃笃”地来敲门了。儿子很惊讶，头一句话就说得挺生分：“咦，你怎么上这儿来啦？”乍一听，像是在跟一个陌生人说话！一个假期里，他到温州开会，要从杭州换汽车。当天到，当天就走了，汽车票都是让我事先买好的。回来时也只住了一夜，连跟两个孩子说话也没工夫。就像不知道有个天伦之乐。

我每回到哈尔滨看他，他从早到晚也没时间跟我说话。有时，我刚开口，他就一摆手，像个交通警似的让我刹车，说：这会儿你别跟我讲话，我在想问题呢。我恨得没办法，只好说气话：你忙吧，不管你当什么官，一天只有二十四小时，不会变成“四十八”！

会工作的人，怎么都不会生活？哈工大到杭州去的人都跟我讲他忙，忙得怎么窝窝囊囊，没工夫烧饭洗衣裳。每天中午端个锅子吃面条，等找的人走了，他也上班了。晚上回来还是这锅面。吃上一餐大米饭，炒点咸菜，算是“享受”了，只有他嫂嫂有时抽空跑来帮他洗衣服，带上一饭盒小菜。等到饭盒里菜都长白毛了，他还稀里糊涂在吃……他们一个个都劝我，还是快回哈工大。他要你照顾，他要有个家！

按我的性格，当初下了那么大决心走，“好马不吃回头草”，我不能回哈工大！但我是个女人，不是铁石心肠。我在杭州的“家庭会议”上，跟孩子们说，这个家还有八十岁的外婆托付给你们了，我要回哈工大！你爸爸再怎么不顾我们这个家，这个家却不能不顾他，眼看他身体这么瘦下去，垮下去！这次虽然我只答应是“借调”，但我心里有准备，恐怕是要一借到底，变成“无期徒刑”了。

说真格，大家都还没少夸奖杨士勤：心地无私，待人真诚，工作踏实，治学勤奋，目光远大……算啦，这些个表扬又太空洞了吧？“工大这些书呆子是宝贝，你就为小杨作点牺牲吧！”有位老大姐又劝我，又逗我，给我扣了个“大帽子”，说：小杨现在是一校之长，你要是对小杨不好，那是对哈工大大好形势的“破坏”和“干扰”。他们是想开导我正确对待杨士勤，看到他的价值吧？其实，我也不傻，说句良心话，替他设身处地想一想，我应该恨他，却又不应该恨他。他也是没办法，就像射箭手箭在弦上，不得不发。一个“事业型”的人，顾不了那么多。

咳，我没能改造他，反倒让他改造了我。我答应那位大姐说，我认啦，既然我“倒霉”找上这么个人，只好为他作牺牲啦。不过，我还得抽时间搞自己的，我不能把事业全丢掉！

吴林在跟我们交谈时，还是习惯地称杨士勤为小杨、蔡七雄为小雄。在介绍完关于他们的爱情故事后，吴林无限感慨地评述说：小雄不愧以前练过射箭的，射了个九环、十环——咱们小杨，在男子汉里算是有质量的。这些年，他们有些摩擦，全是“合理冲撞”，并不奇怪。小雄希望丈夫有一部分精力关心孩子关心她，关心他们这个家，她也只要求得到这“一部分”，这“一点儿”。但小杨连这“一点儿”也没给她。小雄有时发火了，就嚷嚷：跟你倒霉了，遭殃了。过后还是像影子似地照顾他。她心疼他，他们的感情太深了。要不，她这次也不会再回来。我敢肯定，跟我们家一样，今后还会有摩擦，而这摩擦又会冰消雪化。暂时失去的平衡，会在新的层次上求得新的平衡。

虽说采访本上记下了大把素材，但我意犹未尽，又跟随杨士勤到牡丹江镜泊湖作了两三天补充采访。随后，才带着校刊主编老常给我的几本校庆时编印的校史资料和画册，依依惜别杨校长和哈工大。

这篇文章的大方向很明确，写杨士勤在哈工大三十年的成长和成功，从一个上海贫苦人家的穷孩子，成长为全国最年轻的大学校长，他是一个标志性人物。但面对厚实而又庞杂的采访材料，我迟疑了好几个月，不知如何剪裁入局。背负着《北方文学》和哈工大的一片热望，我不敢轻易动手，生怕辜负了他们。直至12月中旬，一位女作家无意间跟我说的一节话，让我找到了切入点和灵感，抓紧完成了这篇“转轨之作”。这位女作家的话，后来被我写入“题记”——

真的，我分析过你们这些个男性公民，每一个成功者身后都有一个影子——一个女人。你看那个“人”字多简单，实际上它的组合妙不可言，寓意深远：左边的那一撇，是男人在跨出成功的一步；而右边那一捺，是他形影不离的心上人——在给他爱情、温暖和鼓舞，成为他献身事业的精神支柱。

生活中，如果光有男人或者光有女人，生命是残缺不全的。唯有这一半寻找到了另一半，才组成一个完整的世界，一座坚不可摧的人形金字塔。

1985年12月28日，我终于完稿，寄给《北方文学》，还给责编门瑞瑜附上一封信：

给你们写这个稿子，实在写得太苦了，我从未陷入如此束手无策之中。好在后来找到一个较好构思，写校长和他的妻子矛盾、摩擦、爱情和不和谐的和谐，题目就叫《一个成功者和他的影子》。

承兄和编辑部看得起，邀我去哈工大采访，一拖至今，惭愧，但我编务沉重，也没办法，请代向几位领导打招呼。

我熬了七八个小通宵，每天写到凌晨一二点，最后一天，一分钟也没睡，第二天早上就这么上班了。当然，态度好是一回事，稿子质量又是一回事，还是你先看稿子吧。

十天后，收到门瑞瑜托人捎来的信，让我悬着的心终于落地，总算不辱使命了。

达成：大作写得很好，有分量，构思巧，有情趣，“武林高手”，妙笔生花了！我读过，毕方读过，老肖正看。已决定发在4月号刊物。

个别小的改动、调整会有，有些人要故隐其名，以免引起麻烦。总之会尊重您的意见，您放心好了！我会站在您的立场上坚持您的意见，我会这样做的。

没想到，随后的进展竟是风波迭起。

我算领教了，偶然写了一篇大题材、重头稿，竟遭遇这么多折腾和麻烦。自然，我不可能想到，在评选1985—1986年全国优秀报告文学时，《北方文学》推荐这篇曾经引起麻烦的报告文学参选，初选投票又遇上了麻烦。但评奖最终揭晓，它却又赫然在列——这篇获奖作品命运多舛，于我而言，创伤感、磨难感远远大于兴奋感。

廿一　挟着一篇“跳荡着良知的焦灼”的作品，到《人民文学》亮相

1985年前后，大概是我写作上的新一轮涌动期和拐点，总是期盼着冲动着，渴望“有新的突破，写出一两篇令人注目的重点作品来”。《北方文学》帮我找的哈工大这个题材，让我做了第一次实践。在这篇文章发表后，仅仅隔了三个月，我又撞上一个关于中学生“早恋”和青春期躁动的题材——这算得上是一个可遇不可求的重大题材。

有意思的是，在最终完成这篇“可遇不可求”之后，我把它交给当年曾经“可望不可即”的《人民文学》——1978年，我刚开始写作报告文学时，对《人民文学》充满敬畏感，仰之弥高。我不敢想象，我有一天也会给这家殿堂级刊物写稿。谁料，十年后却得以如愿，我挟着一篇关乎万千家庭和几千万青少年的大题材、“跳荡着良知的焦灼”的作品，到《人民文学》亮相。1987年1—2期“合刊号”上，刊出了我长达三万五千多字的报告文学《少男少女的隐秘世界——记“早恋”和“青春期骚乱”中的中学生们》。

我所以突然开始强烈关注“早恋”问题，缘起于在上海某重点中学发生的一件震惊社会的突发事件，该校一名十五岁的女中学生施郦，因为早恋被学校发觉，校方和相关老师处理问题简单粗暴，擅自扣留并私拆信件，强行责令斩断情丝。心灵受到重创的施郦，先是割腕自杀，未遂；随后来到一幢没人居住的七层楼房，她从晚上开始痛苦徘徊至第二天凌晨，脚印歪歪扭扭、重重叠叠地留在满是灰尘的地上。虽然，施郦已铁下心来死，但还是对人生依依难舍：“我不留恋这个世界，但我留恋这个世界里所产生的感情，特别是对艺术和他的爱。”1985年12月3日凌晨3点多，施郦没能战胜自己，终于纵身跳了下去——她在白墙上留下了一行惨痛文字：“一时的痛苦，换来永恒的安乐。”

我在《青年报》上，读到年轻记者钟雪燕写的关于这个事件三千字的一篇通讯，觉得痛惜不已。我有一种抑制不住的冲动和责任感，想去采写一篇大文章，由此剖析一个值得深思和警醒的重大社会问题，并告慰这个以决绝方式死去的年轻生命。另一个触动我的催化剂，是史蜀君导演的《失踪的女中学生》刚刚公演，在学校、家长和千千万万中学生中产生巨大反响。梅朵帮我找到史蜀君——她也是《文汇月刊》的热情作者和读者。史蜀君说，作为一个导演一个母亲，她热切希望我介入，反映这样一个重大社会问题，一部电影远远不够，很需要触及时弊的报告文学和其他文学样式。她愿意跟我长谈，把她拍摄影片前所采访到的材料，和在一个又一个学校碰壁而归的过程，原原本本地告诉我。

知道直奔学校采访要碰壁——听说许多中学，视“早恋”如洪水猛兽，谈虎色变。我学了个乖，初次接触是请《青年报》帮助，有来自好几所市重点、区重点学校的十来个同学正在那儿参加暑期劳动，我找他们开了个座谈会。真是不打不相识，一见面就发觉自己落伍了，对于这些情窦初开，进入“危险的年龄”的少男少女了解太少了。我们这些做父母的人，总是惯于把十五六岁的中学生看作孩子，单纯、幼稚，生活轨迹就是简单的两点一线。我的简短开场白就被纠偏——我说：“很高兴有机会跟你们对话，我家里也有两个中学生，是跟你们年龄差不多的孩子。”上海某师大附中的一个女高中生，随即更正道：“不，我们已经不是孩子了，我们有属于自己的感情世界。”她瘦瘦的，很机敏，是校刊主编、学生会的宣传部长。她以洗练的笔触，勾画着校园生活里“感情世界”的简况——

我们是住读的，一个班级五十个人，一个年级四个班二百个人。大概有一半以上人进入出双入对的阶段，或是朋友，或是相互间认了哥哥妹妹、姐姐弟弟关系。剩下的那些“单干户”，不受赏识，没有对话者，反倒有压力。

我们的活动日程每天老花样：上半天课，到 11 点 45 分吃饭，吃好饭马上做作业。下午 1 点 30 分再上课，上到 3 点 05 分结束，才算是松了口气。男同学上球场打球，女同学喜欢逛附近的小商品一条街。这条街只有一百米长，卖零食的摊头却比比皆是，可以一路走一路吃。

不过，总有一对对的或者几对对的，到某师大咖啡馆去。一人一杯咖啡喝喝，一袋多味瓜子剥剥，男同学还喝啤酒。说说笑笑，吵吵闹闹，总有说不完的闲话，譬如骂骂教导主任，看到我们聚在一道神经就搭牢了，“十八世纪头脑”。有时还讨论三毛、琼瑶。上咖啡馆一次要花几块钱，一般总是男生或者阿姐“挺分”（付钞票）。某师大地方大，湖旁景色好，就是不喝咖啡，也到那里散散步，散散心。

附中食堂晚餐是五点半，有些人嫌伙食不好，食堂又挤，就去外面吃。回来还像没逛够，又在校园里兜圈子。第一节夜自修 6 点到 7 点，规定要在教室里，值班老师要点名的。第二节自修课 7 点 20 到 8 点 20，可以到图书馆，也可以悄悄溜出去。一对一对的，约好到阅览室看书。那儿虽然不大好说话，但两个人坐在一起够开心了。

闻所未闻，是这样一张日程表！“怎么，老师不干预你们吗？”我像闯进大观园的刘姥姥，愕然问道。见我少见多怪，这位学生会的“女部长”，以及和她同来的一男一女两位同窗，轮番帮我答疑了——

面对这些，有的老师管得起劲，有的老师开明，只要你们不影响学习就不管，眼开眼闭。不管的老师得人心。我们班级一个功课很好的男同学，跟一个成绩差的女同学相好——这个女生很漂亮，是全年级有名的“一枝花”。他们同出同进，看到同学就笑着点点头，毫不忌讳，每天晚上还要到校外的苏州河边去碰头。老师起先很着急，要管他们：因为这个男的很有前途，而女的相当一般。老师劝他们不要影响学习，趁早分开，拖到将来分手会更难忍受。他们不听，只是行动上有所收敛。他们俩有一阵子成绩下来了，但很快又抓了上来。考试之前，这个男同学一直帮她复习功课，放寒假了，还是在一起快快活活，切切磋磋。从上学期到现在，这个女同学的成绩竟然跨进班级前十名，还成了三好。大家都很吃惊，也很羡慕，说这个男同学是“催化剂”。于是，语文老师私下说，像这样的话倒也算了。班主任老师神经也不紧张了。

班主任老师是个大学毕业不久的小姑娘，才二十四岁，自己也在谈朋友。她现身说法：“你们现在这么急干什么，还早呢。我晓得你们感情是真的，我讲你们也没用，到头来你们对我很反感，转入‘地下’，我是劳而无功。你们这么小就流出这么多感情，将来就流不出来了。我自己以前藏得牢，现在感情大爆发。我劝各位到大学再谈也不晚，到时候，我帮你们做参谋。”

说起老师的管，虹口某中学一个脸蛋圆圆胖胖的女同学说，我们学校的老师年老的、年轻的看法也不同。有位三十岁的老师认为这种事儿没什么大不了，用不着多管。谁要是捕风捉影到他那儿反映，会自讨没趣。我们班主任年近五十，风格就不一样了。他自己没孩子，待我们像亲骨肉。他处理这类“感情事件”绝对保密，从不在班级里声张，同学们都非常信任他。班里有的男同学想不开了，晚上就住到他家里跟他谈，听他讲道理——

他是教物理的。他说，你们这些小家伙都是做无用功，W=0。我带了那么多高中生，但从七八届至今没有一对称得上“海枯石烂心不变”的。虽然高中时都很要好，现在我想促成一对都不能成功，更不要说你们这些小毛孩。我看根本就不要谈了，影响学业。这个老是“棒打鸳鸯”的班主任，可以算是个“拆弹专家”，拆散过好几对啦。但他在大家眼里形象并不坏，我们女同学称他为“第三家长”；男同学还嫌不够高，干脆叫他“第一家长”。

这个座谈会像是“扫盲班”，让我大长见识。随后，我又以《文汇报》记者身份作“掩护”，带上介绍信到师大某附中等几所市重点去了解“有关住读生的生活和学习情况”。我找了一些同学谈心，还感受了他们的晚自习和自由活动。不过，这只是接上头，后续“情况”是，我见过的这些同学，有的到编辑部来找我，真实、坦率地“一吐衷肠”；有的则给我写信，细诉“隐秘”，还附上他们所写的及收到的情书……

第二个给我“扫盲”，大谈中学生感情问题的是史蜀君导演。她看上去比实际年龄要年轻得多，以至我难以相信她是一个高三年级女学生的母亲。

在上海文艺会堂的茶室里，我听她谈了影片《失踪的女中学生》的形成过程，甚至觉得比看这部电影本身更有收获。大概是因为谈话无拘无束，又无须接受审查的缘故吧。不像影片那样加上一个光明却不协调的尾巴，史蜀君本来无意让影片女主人公王佳自觉回家，但最终还是修改了——因为领导说：中国人喜欢大团圆，还是让她回家吧。

王佳的悲剧避免了，影片还是受到某些人可悲的“抵制”。在一家报纸上，登载了杨浦电影院宣传组的一封信：“最近全市各影院都上映了《失踪的女中学生》。根据影片的特点我们把组织对象放在学校里，但得到的结果几乎是0。据了解，学校不敢组织学生来看，认为会给学生产生不良的影响。唯一一个订了七百张票的中学，也临时改映了《男性公民》。造成了今天这个中学生题材的影片，中学生不可以看的难堪局面。”而在《大众电影》编辑部举行的一次讨论会上，一位跟史蜀君不乏私交的女同行，也“反戈一击”，作了痛心疾首的发言。

踏进“青春片雷区”的史蜀君，有着一串不愉快的回忆。还没开拍，声讨信就来了：“知道你准备拍摄《失踪的女中学生》，心中很气愤。希望你作为一个母亲，不要让我们的后代受毒害了。”而更早之前，还在采访素材时，她已经是“不受欢迎的人”了。她到一家中学去了解一个十四五岁的已经被开除的失身少女的情况，被教导主任断然拒绝了，“我们要保护她的名声！”史蜀君只好扫兴告辞，校团委书记看不过去，想送到校门口，又被喝住。史蜀君跑到另一所中学去，又被拒之门外，校领导回答得很干脆，我们是好学校不可能有这种事情，你到蹩脚学校去看看吧。事后，史蜀君才知道就在半年前，报纸上刊登过一则关于这所学校的消息，一个十四岁的女同学，抱着自己生的孩子跳楼自杀……

然而，来采访的人可以被拒之门外，但门里头的少男少女身上，青春期的骚动却没法堵住。不管你老师或校长欢迎与否，它都不请自到，要流露，要倾吐。而史蜀君毕竟是神通广大的导演，又有无孔不入的钻劲儿，也是堵不住的。她跑中学，跑工读学校，跑少教所，跑青少年心理研究所，还是挖掘到了许多原始材料：关于他们心灵上的孤独和苦闷；关于他们势不可挡的早熟和早恋；关于他们难以遏止的正常的或不正常的感情宣泄。两位平时表现循规蹈矩，在学校、里弄让人有口皆碑的十五岁中学生的犯罪、犯错，让史蜀君一下子了解了“十五岁是危险的年龄”的全部含义。一个妈妈是教师、上初二的好男孩，从区图书馆的借书卡上看到一个中学的五个女同学很好看，便把名字地址抄下来，随后想入非非，以“上海市强奸大队”的名义落款，给这五个人同时发信，要求她们在某时某刻到某公园某角落，说“要跟你发生性关系”。结果因犯扰乱治安罪，被判两年刑，监外执行。而上海青年宫附近一个市重点学校的三好学生，则莫名其妙地专偷女孩子的衣衫和用品，偷了半箱子。

“‘要在少年的性本能刚刚觉醒之前，就使他们的理智做好充分的准备。’这是苏联教育家苏霍马宁斯基说的。”史蜀君说她感到一种沉重，一种烦乱：“关于性教育问题，三十多年来基本上是不去触动，也是不许触动的领域。停滞、凝固，死水一潭，超常稳定。所以我在导演笔记里写道，‘超常稳定的局面，现在是要撞一撞了’。可能会撞得头破血流，但能撞出点波澜也甘心了。”虽说经受了冲击，但也激起汹涌波澜，这让史蜀君弥足安慰。美国电影代表团一行，在座谈这个影片得失及现实意义时，兴致十足，议论风生——这些金发碧眼的过来人对影片理解得好深!

我完全理解，对中国观众来说，目前能出现、触及这样的题材，是多么重要的事。

这是个人和她的欲念的发现。这种迷恋在英文中就有种说法，叫“小狗的爱情”。小时候会突然对某个异性发生感情，把那个人设想得什么都好，完美无缺，这恐怕是每个人都经历过的事。

第一部分是个人，第二部分转移到家庭问题。而家庭问题是一个社会问题，这样影片就不是简单地谈个人问题，而是反映了整个社会所面临的状况。

与其说，这是一部关于一个女孩子的影片，不如说是对整个社会进入现代化所面临的一切问题的影片。它向社会提出的问题，是目前中国社会迫切需要重视的问题。

我们俩的谈话有点“意识流”。我的问题，又“流”到了早恋的成功率上。“我的影片写的就是朦胧的爱，‘小狗的爱’，虽然一晃而过，但真挚、痴迷，然后是荒唐的结果。”史蜀君概括着，肯定地说：

我敢断定，十四五岁孩子的早恋百分之九十九点九，甚至百分之百是破灭的。因为对对方的判断，对自己的判断，绝对是错误的。起先把对方描绘得神乎其神。慢慢就失望了，随着时间推移，必然要另行选择。不过对高中学生，特别是重点中学的高中生，恐怕又另当别论——不能一概而论。

前些日子，我在一个学校做报告。有人递条子，问了个“尖端”问题：“高二、高三的学生谈恋爱，算不算早恋？”我能怎么说，“人家有明文规定，中学生不准谈恋爱”。其实，十七八岁不能算早恋了吧。罗丹说过：“十六七岁的女孩子最美妙，过了这个年龄就老了。”我们的父母一代，包括革命老前辈不都是这个时候开始“谈”了？伟人的妻子燕妮、杨开慧谈恋爱时，也不过这个岁数。我们这一代人里头，也有的是。

但是，过去习以为常，并不感到大惊小怪。而现在，生活节奏大大加快了，进入了竞争时代。你如果不拼搏，就要被淘汰。而家长望子成龙，学校又狠抓升学率。他们都千方百计地要求或者是强求早熟的孩子们排除感情色彩。于是，矛盾公开了，激化了……

总而言之，我的观点很鲜明：作为一个自然的人，在他们这个年龄恋爱了，完全可以理解。早恋是健康的、纯真的，也可以说是一种人性的美好表现。我理解早恋，但还是不赞成早恋，因为人又是属于社会的。你小小年纪肩负不了社会重任。现代社会必须花很大精力，关闭你很多感情，开放你知识的闸门。让你进入高等学府，让你担负一定职务。所以，作为社会是要求你合理地压抑、疏导这种感情，而作为你本身是需要自我克制。

谈话已近尾声，却又形成一个高潮。史蜀君再一次对我强调传统观念的可怕：“观念这个东西，可以窒息你，给你带来罪名，使你无脸见人，甚至沉沦下去。老师对有这种事的学生，绝对是出于爱护，出于关心，绝对是想进行教育，进行帮助。可是，效果往往适得其反。你早恋了，给你调班级，给你公开‘情书’，给你广播里点名，给你操场上‘示众’——整个儿来说，是观念把这些孩子毁了！”“蹭”地，她站将起来，以“机关枪”般的语调宣泄着战斗豪情：“要动观念，光靠一部或者几部影片不行，这远远不够。还得靠你们搞小说、报告文学的，各路人马一起攻打。”

临别时，这位导演兼母亲很有力度地握着我的手，传递着热切鼓励与期望——她知道报告文学作家的勇气和责任，希望我能深入了解她想触碰、却终未触碰的那起触目惊心的女中学生自杀事件，否则它会“像一阵风过去了”：

我这个片子算通过了，但有些很尖锐的东西没去碰，不敢碰！照理说，上海那个女学生的自杀事件，应该引起社会极大震动。但很遗憾，它却像一阵风过去了。我看了《青年报》那篇文章，感到很悲哀，是因为早恋，又不仅仅如此！你想了解这个悲剧，可以去找《青年报》那个女记者……

我见到了《青年报》的钟雪燕，这位富于同情心和责任感的年轻同行，采访了不下三十人次，文章却写得相当克制，才三千来字，连施郦最后留下的那份发人深省的遗书也没有引用。她说能发出这点文字已经竭尽心力，报社也承担了很大风险和压力，因为遭到上海相关中学以至教育系统方面的抵制和反对。

小钟原本就言犹未尽，心有不甘，见我拉开架势，要搞“全方位”的深度报道，便“慷慨解囊”，让我看了她那本内容翔实的采访笔记；尽管婚事在即，忙得不亦乐乎，她还是跟我长谈了三次，并应约陪我作了几次补充性采访——包括去区公安分局看施郦案卷，一起乘着警局三轮摩托，风驰电掣地赶往“现场”——施郦最后离开这个世界的地方……

翻看着采访笔记，以及施郦的遗书、日记复印件，我的眼前清晰而又痛楚地浮现出她短暂、充满磨难的人生之路——这个在花样年华结束自己生命的姑娘，她的死因并不单一，并非偶然。

施郦是个私生女，她的不幸似乎与生俱来。她从小就蒙受了痛苦和耻辱，变得忧郁、敏感而又孤傲。因为没有户口，母亲带着她寄人篱下，住在舅舅家。母亲做临时工，收入微薄，但很爱女儿。舅舅和外婆也很疼爱施郦，虽然日子过得清贫，但气氛还算和谐。然而，随着外婆去世，舅舅成家，原先的平衡被彻底打破。小学毕业时，她决心报考一所“市重点”，可以住读，离开这个不安宁的家。

施郦庆幸考取了这所中学，庆幸遇上了给了她无限温暖的班主任章老师。她在日记中，多次写到章老师。章老师似乎决意要使她淡化和忘却家庭不幸的阴影，见她拖欠伙食费，不声不响地先给她垫上。周末中午，拉她到自己家里吃上一顿热菜热汤。知道施郦小学里当过少先队中队长，还培养她当了中队委员。施郦的生活风帆又给鼓满了，枯燥的业余生活又变得丰富多彩。她神游于古今中外文学大师的名著里，向往将来当一个作家。她也爱画画，她画的素描、水彩，分别获得全校绘画比赛的第一、第二名。她还会弹吉他。

对于施郦，美好、快乐的日子总是短暂的。章老师因为产假回乡休息去了，临时顶上一位老师。到初三，又换了个男老师当班主任。不愉快的事接连发生了，家里的不安宁闹到了老师那里。在学校里，她也倒了霉，中队委员给“改选”掉了。新班主任对她印象不佳，找她谈话都是“敲警钟”性质的。施郦对班主任的教导并不服气，他们之间的关系日益恶化。

虽说施郦难得回家，在爱她却并不了解她内心世界的妈妈面前，她总是强颜欢笑。她渴望父爱，妈妈却永远不想告诉她父亲在哪儿。但感情这个东西怎么也掩饰不住，妈妈终究还是看到了女儿心中的忧郁不快。1985 年 7 月，在黄山工作的表姐来信邀请她们母女俩去玩玩。妈妈借了一百块钱，让施郦独自去游览，这笔钱对打零工的妈妈来说，简直是天文数字。

黄山的秀丽和壮美，使施郦痴迷和陶醉了，她从来没有这么快活过。她和表姐一路观赏一路拍照，到苦竹溪时，照相机却突然出故障。幸好，碰上一位年轻的摄影个体户，热情地帮忙修好了相机。短短的时间里，施郦对这个中学刚毕业不久的小伙子印象不错：他为人很好，长得也秀气。他们很随便地交谈起来，分别时还彼此交换了通讯地址。黄山回来后，他们通了好几封信。施郦发觉小伙子不仅跟她意气相投，而且给了她从未得到过的温暖，这使她产生了一种依恋之情。“我从小就失却了父爱，母爱也是那么微薄，我的心渴求着爱，来弥补我心头的痛苦。”不知为什么，施郦称他为“小哥哥”，而他称她为“丹丹”。

11 月间，小伙子到上海来修照相机，他几次约施郦出来看电影、逛公园、下馆子……一对少男少女，沉浸在难以表达的欢快之中。那天喝完“饯别酒”，“小哥哥”送施郦回校的路上，见她突然打了个寒噤，不觉爱怜地一把抱住，亲吻了她。

施郦生气了，猛地推开他走了。她不能接受他越过雷池，冒犯自己，不肯去为他送行；内心却又渴望再见到“小哥哥”，渴望收到他的信。

施郦没能等到信，“小哥哥”给她的两封信，被学校扣压了。11月29日（星期五）下午3时，施郦被叫到一间办公室，她在这里才读到被扣压的“小哥哥”的两封信。一封信是道歉信，说那天晚上酒喝多了，做了一件对不起你的事，让你生气，我很后悔，希望你原谅我。另一封写道，“过早恋爱，也可能会耽误你的学习，会引起家里和老师的猜疑，这样对你不利。反正，现在我们都不应该考虑这个问题，如果将来家里许可的话，我这个普通人会爱上你这个特别的人。我希望你能静下心来，争取实现你上大学的愿望。”

谈话的老师在让施郦表明态度“不想与对方再来往，并断绝关系”后，还“好心”地给了她一次选择的权利：这两封信是你自己交给妈妈？还是由爱护你像爱护自己孩子的老师，代你把这两封信退给他？中午扣信，下午谈话，算得上快刀斩乱麻。老师放心了，以为问题基本解决了。却不知道，因为他们对施郦施压，要么跟小伙子断绝来往，要么就告诉她妈妈，她已精神崩溃，心死如灰。她没有参加晚自修，流着泪，迷迷糊糊地睡着了。星期天晚上，她割脉自杀，未遂。隔了一天，病假在家的施郦，对妈妈谎称去图书馆看书，却漫无目的地来到一幢没人住的新村工房七楼，从晚上直至凌晨，在生死之间踯躅、徘徊了几个小时，终于跳楼自杀。母亲悲痛欲绝，大惑不解地哭诉道：“十五年来家里那么苦，施郦也没想到过死，如今怎么不明不白地死了？”

施郦把遗书和“谁也不要给看，就连母亲也不要给看”的日记留给了舅舅。而她最后一篇日记，是一篇没有发出的给“小哥哥”的信：

小哥哥，我们要永别了，那个算命的人说得一点都不错，我不可能活到十七岁的。看来，连十六岁也活不到了。

小哥哥，知道我有多爱你吗？我一直责怪你不写信给我，我不知道你写来的两封信已给学校扣了。他们这些正人君子，私拆别人的信件，还把我叫去，审讯了一顿，并要我从此和你断绝关系。他们把你说成流氓，坏蛋，说你只是在欺骗我。他们要把你的信原封不动地退还给你，还要告诉我妈妈，他们到处都给我施加压力，我给他们逼得没法了，小哥哥。他们这些大人，为什么都不能容我们，难道这茫茫人海竟容不得我们俩吗？我们并没做什么坏事啊！为什么人们到处把我们当作十恶不赦的流氓！我不明白。

我无法再活下去了，学校、家庭、社会舆论，将会像大山一样，把我压在下面，使我永远不得翻身。我不想让他们压着我，我不要他们管！但我没力量挣脱他们！那么最妙的办法就是毁灭自己。

小哥哥，永别了，今生今世我们不可能在一起了，倘若有来世，我真希望能和你在一起。不要难过小哥哥，你不是常看到黄山的云雾吗？那么缥缈，瞬息即逝。就把我当黄山的云雾吧，人生中像这样的一场匆匆离别是很多的。不管它给你带来什么，都不要把它放在心上。找个美丽、善良的朋友，成家立业，望你能生活幸福。

那天晚上，你亲了我，现在，我真想再让你亲我一次，上一次你吻我，是为了分别，这一次是为了永别。可是，不行了，小哥哥，我再也见不到你了，我难过极了。

也许你收到我的信时，我已睡着了，你再唤也唤不醒我了，不要为我难过小哥哥。那儿一定很美，那儿一定不会再有人管着我……

感谢史蜀君导演和《青年报》记者钟雪燕，没有她们的鼎力相助，我不可能掌握如此厚实而又深刻的素材：面上材料事例完整，而施郦这个以死抗争的血淋淋惨痛典型，包括她的遗书和日记，足以警醒家长、学校以至整个社会，唤起人们的良知和焦灼。从盛夏到初冬，我花了四个月时间，完成了采访和写作，这是我写作以来最投入最认真的一次——带着沉甸甸的道义感和责任感写作，这种压力让人寝食不安。11月初的一个凌晨，我以沉重、悲愤的感叹，写下最后一节文字：

一个太过年轻的生命远去了。

一个意想不到的惨案酿成了。

大理石骨灰盒上，挂着施郦遗像，只有那把吉他，那座石膏像，陪伴着她孤独的灵魂。

我和陪我一起来的《青年报》记者小钟神情一样沉重，一样压抑。我想起她那篇关于施郦文章的结尾，她写下了一段令人振聋发聩的文字：

——是啊，人们想不到的事实在太多了。但是，现在该好好想一想了：我们现在怎样做父亲，做母亲？我们现在怎样做教师，做校长？假如缺乏尊重、理解，教育意味着什么？假如只是为了防范，不出事情，爱的雨露又怎能滴入孩子的心田？

——天底下最宽阔的是海洋，比大海更宽阔的是人的心灵，当一个少女被纯真、热烈、复杂的感情所缠绕，剪不断，理还乱时，单靠出示“红牌”警告，就能解决问题吗？

——施郦不是完美的学生。她的性格、心理有明显的缺陷，但她毕竟只有十五岁，这样一个处于豆蔻年华的女孩子如此匆匆地结束了自己的生命，我们不应该深思再深思吗？

此时此境，我深深地、严峻地陷入了思索。

说来令人震惊，在血淋淋的施郦悲剧之后，不到一个月，上海又发生了一起十五岁的女中学生自杀事件。而且，很难想象，悲剧是否就此绝迹。

这血淋淋的事实，都意味着什么？！

7月初，我刚开始采访中学生早恋和青春期骚动这一社会问题时，《文艺报》在《文艺简讯》中透露了这个信息。而周明在第一时间向我索稿，“希望这篇东西一定能给《人民文学》，不要给别处。”“一定”而又“不要”，让我感受到他的热切和真诚。我一直记着，欠周明的人情债和稿债有五六年了，这次我也真心准备“还债”。考虑到梅朵因素，我留有余地地说，“你是第一个跟我要这篇稿子的，我记住了。只是现在还在紧张采访中，能不能最终写成，还不知道。而且我要跟老梅先打个招呼，免得他觉得我吃里爬外。”

如果说，梅朵是《文汇月刊》的符号，周明则是《人民文学》的符号。我认识周明，始于1980年末1981年初。去北京组稿时，先是梅朵帮忙打电话请周明给我安排住处；后来，我便开始直接找他——《文汇报》北京办事处到八十年代中期才让住宿，而这之前《文汇月刊》的人去北京组稿，多半由周明帮忙解决到交通便捷、价位适中的饭店或招待所。周明曾先后给我安排过北方饭店、崇文门饭店及总政招待所。难得的是，几乎每次入住后他都来看我，中间还来电话问长问短，有什么要他帮助解决的。周明给我的初印象，是热忱、和蔼，人脉广，朋友遍天下。难怪作为老朋友、老对手的梅朵，总夸周明能量大："没有他抢不到的稿子和搞不掂的名家。"我后来看到周明写的关于《歌德巴哈猜想》组稿过程的手记，很是感慨：如果不是由周明出面组稿，七十年代末的《人民文学》上，可能不会有这篇震撼亿万人心的经典报告文学。

那时，我去北京组稿，每年不下十次之多。跟周明熟悉后，几乎每次见面，他总向我约稿。开始我以为他是说客气话，并不很在意。后来，他写信打电话时也每每提及，让我感受到诚意，也有了压力。在我保留下来的周明的十来封信里，他也多次催促，要我一定给他们写一篇报告文学——

1983年10月20日，周明来信：

惠书收到，很高兴，为你在创作上不断取得的成就。

文艺报发了你的消息，这篇东西可千万写出来，给我们。

体委的会你一定要来，到达后打电话给我。家里电话：551927

1985年6月17日，周明来信；

编辑部正式赠送的刊物收到否？希望近期内为我们撰写报告文学。

老水、小嵇已见到。大热天组稿真辛苦。他们正在满城奔波组稿呢。

1985年8月21日，周明来信：

你过京怎么不打个电话来呢？大概只顾抓稿子了。你一来，也跟梅旋风差不多，好稿子就抓到手了。

我还是希望你物色个合适题目，给我们写个精彩的东西。选题，我们当然也可留意。

现在办刊物日子很艰难。让我们相互支持和帮助吧。

1986年2月20日，周明来信：

今年你一定要为我们写篇报告文学，或者先写篇散文来，如何？

不过，因为一直没有敲定具体选题，而我又忙于《文汇月刊》的报告文学运作，始终沉不下心来想这件事，所以为《人民文学》写稿，只能停留于“纸上谈兵”。及至七月初，在看到《文艺报》那则关于我的采访动向短讯后，周明反应敏锐，迅即要求我能把这个稿子给他。大约十天后，周明来上海，到《文汇月刊》时，又当着梅朵的面对我说：“写中学生题材的那篇报告文学给我们吧，说定了，一定给我们！”久经沙场的周明很老到，既要敲实这篇稿子，又在为我减压——他知道梅朵很“吝啬”，《文汇月刊》的编辑清一色是作家，老梅鼓励大家写稿，却又反对稿件外流。

对于梅朵搞“垄断”，“肥水不流外人田”，我们可以理解，却不愿绝对遵从，总在自己刊物上发表东西，瓜田李下，那种感觉并不好。一次，我为一家杂志写的一篇近三万字的《“芭蕾”，钟情于中国》，写好信封准备付邮，被梅朵发现了，说先让他看看。他看完，竟自说自话地告诉我：“稿子已经发排了，还是留在我们自己刊物上用吧。”我给《北方文学》那篇“转轨之作”时，有些“偷偷摸摸”，事先都不敢让梅朵知道。那篇稿子，产生了一点影响，后来又获得全国报告文学奖，梅朵嘟嘟囔囔，对我很不满意。

而这次，在采写分量更重，题材可遇不可求的《少男少女的隐秘世界》时，我没有瞒梅朵。我知道，这种稿子如果悄悄外流，他一定会大发雷霆，甚至翻脸。采访结束，刚开始写作，我就试探着跟梅朵沟通，说准备把这篇东西交给《人民文学》。我说了三条理由：一是周明已经约了我好几年稿，一直没有兑现。这回，他也已两次追要这篇东西，其中一次还当你的面。所以，这次想给他一个回报和交代。我不光单纯是作者，还是《文汇月刊》的副主编和报告文学责编，一定要把拿得出手的稿子给《人民文学》，否则我们都会脸上无光。第二，如果不是经过在《文汇月刊》这几年的打磨、锤炼，我也根本不可能到《人民文学》露面。现在，我希望能完成这个夙愿。第三，这个稿子，写上海教育界存在的问题和弊端，写触目惊心的中学生自杀事件，有多大影响和震撼，就会带来多大麻烦。单位反弹、个人告状，可能惊动市委宣传部和更高阶层领导，因为我的身份，麻烦首先会带给文汇报和《文汇月刊》。而在《人民文学》发表，天高皇帝远，我只是一个作者，可以文责自负。梅朵并不很在意这第三条，他经历多了，已经不怕告状、打官司和写检查。但前两条，还是打动了他。“你啊你，要把这种大题材给人家？”梅朵摇着头，又感慨又惋惜。但他为情所动，松口说了句模棱两可的话：“你自己把握吧——完稿了还是先让我看一看……”后来，我真的“自己把握”了，把稿子给周明前没有给梅朵看，一是时间紧迫，二是怕他反悔、生变。

梅朵和时任《人民文学》编辑部主任，后来担任常务副主编的周明是惺惺相惜的老朋友，却又是相互形成“威胁”的老对手——他们俩以及我们两家的编辑团队，时有为同一重大题材彼此争夺作家、抢占先机。这属于正常拼抢，“合理冲撞”，充满战斗激情，而又从不伤及感情。周明后来在一篇回忆文字中曾叹曰，“我们在北京的几家刊物，都深感在组稿方面受到很大‘威胁’”：

《文汇月刊》的创办，为当时文坛增添了一个重要的园地。它发现、培养和联系、团结了一大批新人和老中青作家，不断推出好作品、好文章。主编梅朵带领了一批出色的编辑、记者，活跃在文坛。那时，我们在北京的几家刊物，都深感在组稿方面受到很大“威胁”，因为梅朵是个组稿能手、高手。他思想敏锐，出手快，只要他认准了的选题，便抓住不放。为了催作家的稿子，他有时一天可以打几个电话，因此大家给他起了个好玩的外号叫“没法躲”，又是他名字的谐音。梅朵很善于抓选题，社会生活中热点、焦点问题，也是他的关注点。有了好选题他才物色合适的作家，然后就不断地催促。作家们虽然一边开玩笑说他是没法躲，同时也很感激他对某些作品的催生。所以《文汇月刊》那时很受欢迎，发行量节节上升。因为它几乎每期都有读者喜欢的文章，喜欢的作家。刊物的可读性很强，内容丰富多彩。

梅朵有一支很棒的团队，如罗达成、肖关鸿、周嘉俊、周尊攘、嵇伟等，他们既是编辑，也是作家，所以写文章、组稿都是强手，经他们的手发出不少好文章，不少有影响的好作品。

后来，《文汇月刊》停刊，大家都觉得十分遗憾。这是一本当年很有影响的刊物。

在争夺报告文学稿件上，《人民文学》和我们互为“最大威胁”。而争夺稿件，一是看刊物影响的大小，二是看组稿编辑跟作家的交情深浅。即便彼此实力相当，也得小心翼翼，穷追不舍，否则保不准会出现“第三者”，让“煮熟的鸭子飞了”。这不，当时《中国作家》风头正劲，他们发表的《中国的小皇帝》、《阴阳大裂变》、《中国男子汉》轰动一时，后来都获得1985—1986年度的全国优秀报告文学奖。《中国作家》的编辑部主任，是我所敬重的张凤珠大姐，报告文学责编则是上海老乡和老友徐刚。其间，我正催促徐刚赶写报告文学作家理由的印象记，以便和理由的报告文学及他的封面照同期组合推出。1986年8月2日，徐刚在回信中，问了一个让我尴尬的问题：

信早收到，迟复为歉。我急着想把理由的稿子写出来，和他长谈了半天，然后又去承德山庄，昨天刚回京，稿子已写出，今寄上，请兄斧正。

兄的中学生早恋报告文学听说是给《人民文学》的，为什么不给我呢？

周明和徐刚也很熟悉，不知他是否听说徐刚也想要我手头的“中学生”？他催逼甚紧。9月15日，周明让我们在京组稿的嵇伟带回一封信：

达成：你好。

小嵇已返沪，这次她在京工作很尽力，找了不少人，组了些稿子，有收获。

我们在沪时谈妥的你那篇报告文学，采访情况如何？望在十月或至迟十一月写出寄我。千万。

在看到带回的信两天后，又意外收到周明一封9月15日发出的信。其情切切，言之凿凿，再次叮嘱我这个稿子一定给《人民文学》，千万不能给“别处”：

达成：近好。

关于女学生题材的报告文学，由衷希望你早日完成，这会是一篇有社会意义和产生影响的作品。就给《人民文学》写，别处，可另作文章。千万。

十月份完稿如何？

企盼、关心这个稿子的，不光是周明，还有出版社。10月20日，收到中国少年儿童出版社文学室王亚宁信：

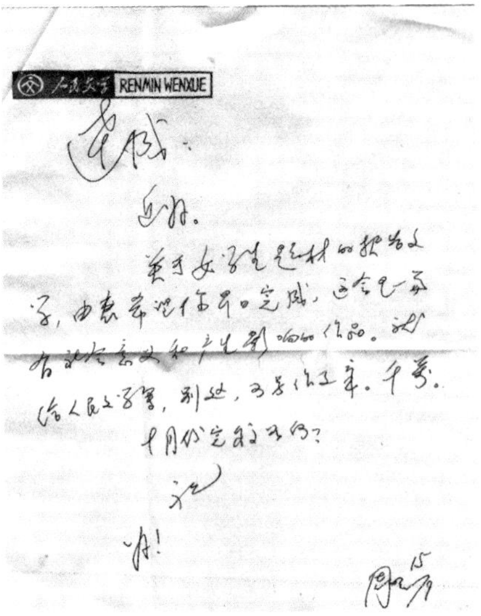
人民文学 RENMIN WENXUE

达成：

1986年9月15日，《人民文学》副主编周明来信叮嘱作者：《少男少女的隐秘世界》一定要给他们，千万！

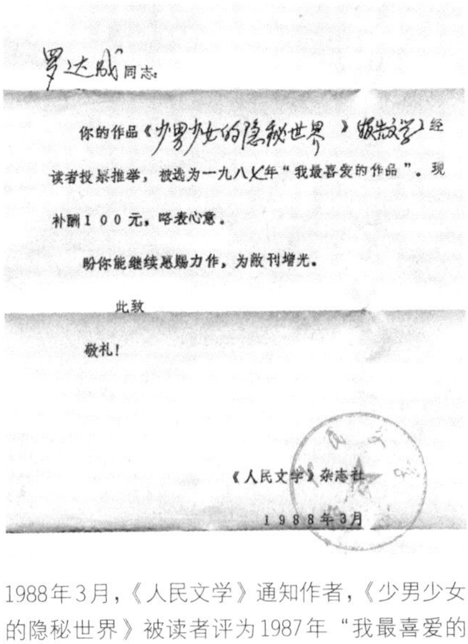
罗达成同志

你的作品《少男少女的隐秘世界》（报告文学）经读者投票推举，被选为一九八七年“我最喜爱的作品”。现补酬100元，略表心意。

盼你能继续思勉力作，为敝刊增光。

此致

敬礼！

《人民文学》杂志社

1988年3月

1988年3月，《人民文学》通知作者，《少男少女的隐秘世界》被读者评为1987年“我最喜爱的作品”

在《文艺报》“作家近况”一栏看到您的一则消息，知您目前“正在就中学生早恋这一为人们关注的社会问题，进行深入采访，准备写一个中篇报告文学”。

看了这则消息，我非常高兴，首先想到的就是终于有作家来为中学生说说心里话了。

十分冒昧地打扰您，想知道您拟写的报告文学是否已“敲定”了出版单位？倘使您只定下在某杂志或报刊连载，我社愿为您出书。

记不清楚，是10月底我去北京参加中国体育报告文学研究会第二次年会时，将稿子带给同在会上的周明，还是11月初寄给他的。

我花了四个月完成的这篇有三四万字的报告文学，刊发在《人民文学》1987年1—2期“合刊号”上。“合刊号”有二百五十一页之多，厚重而有气势，让人掂出沉甸甸的分量。打头的，是两篇报告文学：李延国、临青的《虎年通缉令》和我的《少男少女的隐秘世界》。而小说中最引人关注的是莫言的《欢乐（中学生浪漫曲第一部）》及马建的《亮出你的舌苔或空空荡荡》。

“新年伊始，我们推出这样一册一、二月合刊号……”打开刊物，首先见到弹眼落睛、署以“本刊编辑部”的《编者的话》——事实上，这是一篇有两页长的大手笔文章，标题为《更自由地扇动文学的翅膀》：

本刊早已显示出锐意改革的意向，体现于兼容并蓄、百花纷呈的版面。但通过这个合刊号，我们也想再次坦率而鲜明地告诉大家，本刊最乐于为那些把民族的生存与发展同自我的生存与发展交融在一起感受与思考、既勇于剖析社会与他人更敢于审视命运与自我、既孽孽于美妙新奇的文学形式又谆谆于增强对读者的魅力的那样一些严肃而成熟的力作，提供充分的版面……

《编者的话》在说及这一期“精心安排”的“节目”时，首先提到着意组合在同一期上，“给人以不同的审美感受”的莫言小说和我的报告文学：

本期为实践上述宗旨，精心安排了各项节目。莫言的中篇小说和罗达成的报告文学都触及到当前全社会最关心也颇敏感的少年——青年过渡期的大苦闷问题，但莫言运用了独特的文学视角和文学语言，偏于沉静的心理剖析，罗达成则从现实中提炼出精粹的材料，文字间跳荡着良知的焦灼，给人以不同的审美感受。

周明和《人民文学》对《少男少女的隐秘世界》的突出编排和热情赞许，让我有些受宠若惊。1987 年 1 月 26 日，周明在将这期“合刊号”寄我时，在附信中欣慰感叹道：“刊物总算出来了。‘少’文报刊报已连载。祝春节快乐！”周明他们付出的心血得到了充分回报，这期刊物有好几篇作品反响强烈，书报摊上已是一刊难求！我采访过的那些中学生急不可待，想买刊物却遍寻无着，我也只能给他们提供复印件。

怎么也想不到，风云竟然突变——1 月 20 日刚推出这期重磅“合刊号”，周明他们只感受了十多天的喜悦、兴奋，就被责令收回。据说是马建那篇写西藏生活“极富个性的力作”《亮出你的舌苔或空空荡荡》的原因。

真是时运不济，我第一次在《人民文学》上发表文章，竟会遇上这样扫兴的突发事件。好在这段时间里，朋友们给我以很大安慰——报告文学作家、刚由《当代》编辑室副主任调任《华声报》副总编的杨匡满来信说：“读到《人民文学》上你的报告文学，《少男少女》是篇好文章，像这样用广角镜头来展示一个大的社会问题的纪实作品是难能可贵的。前两期的《中国的乞丐群落》也很不错。这才是真正的报告文学的广阔天地。”

另一位报告文学作家、吉林省作协副主席乔迈，在一封回信中说：“这一期《人民文学》成了大抢手货，我那本《人民文学》已传了几十人。你的《少男少女》在这儿反响相当不错，看过的人都说写得高雅、很干净，其中也包括我的一些搞行政的朋友，你用了功夫，看得出来，你可以称得上少年性问题专家了。”

《报告文学》杂志副主编傅溪鹏，跟我和周明极熟，他直白地来信索稿：“您为《人民文学》写的作品很好。请您今年年底前也为我们写一篇，明年初发。望一定支持。”

而最让我为之感喟和欣慰的，是我前后收到的几十封信中，有一封“求救信”，请求我和史蜀君导演挽救他们在湄潭读高一的妹妹晓静——这个原本天真、活泼的女孩子，初一起沉湎于早恋，爱上一个年轻老师，爱得神魂颠倒。做教师的父母苦苦劝解和伤心泪水，丝毫不能打动她、改变她，甚至被视为仇敌。两年后，那个年轻老师移情别恋，晓静在“爱情”破灭后心情崩溃，极度悲伤，只求一死了之。父母防不胜防，惶惶不可终日。

就在这当口，她在教育学院就读的大哥晓华，看到了这篇报告文学和《失踪的女中学生》电影，萌生希望，随即给我和史蜀君导演写信，请求我们伸出援手，开导、挽救他的妹妹。我和史蜀君在三四个月时间里，分别给“徘徊在生死线上”的晓静写过四五封信，终于艰难地融化“坚冰”，解开疙瘩，唤起她开始新生活的勇气。后来晓华在信中感慨地说：“出乎意料，您们及时地热情地惠书晓静，并给她寄来了您的照片，史蜀君也给她寄来了珍贵的、慈祥的照片。她激动得流出了眼泪，她把你们的信读了一遍又一遍，自己读了又拿回来给我们看……”“罗叔叔的第二封信起了决定性的作用，通过这个暑假，可以说晓静的病已基本痊愈。谢谢罗叔叔，谢谢史阿姨！”“让我代表我们全家向您和史蜀君阿姨表示感谢，一万个感谢！”

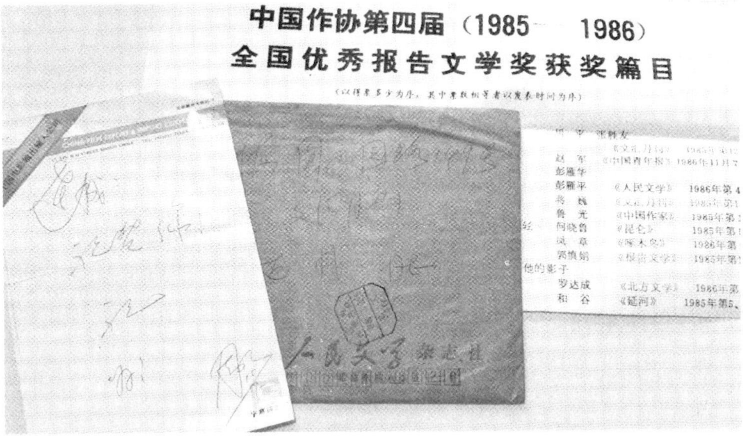

1988年5月10日，《人民文学》副主编周明来信祝贺作者获第四届全国优秀报告文学奖，并随附得奖篇目

为联手挽救这个女孩子，我和史蜀君曾通过多次电话。当事情终了了结时，我们又酣畅、欣慰地通了一次话，我又感慨地说起在文艺会堂第一次长谈时，她所说的关于“联手”的那段话：“要动观念，光靠一部或者几部影片不行，这远远不够。还得靠你们搞小说、报告文学的，各路人马一起攻打。”

4月初，我写信向周明问好，询问《人民文学》的麻烦是否画上句号？并摘转去一些关于我那篇报告文学的读者来信。月中，接到周明简短、明确回音：

信及稿子已收到。我看了一下觉得是好的，到时将提供出来。

麻烦大体已过去。我们拟在总结教训基础上，重整旗鼓，办好刊物，这是大局。

让我深感安慰的是，生活中有麻烦也有欢乐。在那场麻烦已经成为过去时，周明和《人民文学》还记着我发在“合刊号”上的那篇报告文学。1988年3月22日，接到《人民文学》杂志社通知：“你的作品《少男少女的隐秘世界》经读者投票推举，被选为1987年‘我最喜爱的作品’。现补酬一百元，略表心意。”4月初，又接读周明团队高远的信：“天津市社科院出‘社会热点报告’丛书，选中您的《少男少女的隐秘世界》，现将给作者的信转您阅处。”而类似这样的信，他们之前已经给我转过六七封。

梅朵对我说过，你也是作者，那些编辑也是你的拐杖。扶着周明这根“拐杖”，让我在《人民文学》的阶石上艰难而又坚实地往上跨了一步。8月间，我一本收有这篇文章的新报告文学集在北方文艺出版社出版，书名就是《少男少女的隐秘世界》。

好事成双。3月下旬“少男少女”刚获评《人民文学》“我最喜爱的作品”，5月10日，周明又通知我：发表在1986年第4期《北方文学》上的《一个成功者和他的影子》，获得1985—1986年全国优秀报告文学奖，并随寄“获奖篇目”和报道评选消息的《文艺报》。而他寄来的空旷信笺上，只有热情奔放的一行大字：“达成：祝贺你！”

廿二 柴达木让我们成为一生的朋友

——肖复兴和《文汇月刊》

想想，真如梦一样，一晃你都退休了，而我也快到退休的年龄了。许多往事还恍如昨日，还总能想到第一次上海见到你，我们一起去丽宏那间小黑屋子去看他的情景，我们一起去庐山的情景……那时，我们都年轻。那种对文学对社会的一片天真与真诚，如今已恍若隔世。

写下这样一点读后感，留一份我们共同的纪念吧。

——2004 年接读我的《与大海签约》一书后，肖复兴来信如是感叹。

总有人喟叹，上海人和北京人难以深交，南北差异难成知己。可是，我和在皇城脚下长大的北京作家肖复兴，相识于八十年代初，因报告文学而结为终生的朋友。三十多年过去了，我们依然情同手足，友谊历久弥香，彼此常在念中。

当我在整整犹豫一年后，2012 年元旦决意开始做《八十年代　激情文坛——我在〈文汇月刊〉十年》这本回忆录的准备工作：我花了一年多时间，把珍藏的八十年代的近两千封名家来信，在电脑上摘要整理出来；还添置了一台扫描仪，将信择其要者，扫描下来。随后，我又用七八个月时间，把十年的刊物重新读了一遍，对可能要写到的作品做了阅读笔记。还将一百二十一期刊物的主要篇目做成目录，以便查考。工作量太大、太麻烦、太累、太折腾人，一种孤舟无援、苦海无边的绝望，常使我情绪几近崩溃。

好在每隔一些时日，我都会收到肖复兴等老朋友的电话、邮件或短信，他们会帮我排忧解难。2013 年 1 月底，我刚在医院打完点滴回家，就接到复兴兄电话，极尽安慰。知道我又开始动摇，他随后又发来短信：

达成：你好，身体好了，就放心了，没有什么比身体更重要的了。要相信自己，做自己想做的事，总会有意义的，不要动摇，我相信你所做的这一切，在以后会更能够看到它的历史意义和价值。其亲历性，就更为难能可贵。

祝春节过得愉快，然后就是春天了，一切会好。（复兴）

不知道是肖复兴跟赵丽宏通过话，还是有心灵感应？丽宏当晚也来问进展。他对我知之甚深，像哄老小孩似的说：“我替你鼓劲。你现在需要表扬。你一写东西就太过投入，对自己太苛刻！”当我灵光闪现，着手调动集体智慧追忆往事，写信、打电话吁请当年的报告文学名家、名编及朋友们，每人帮助写一篇关于当年跟我们交往、跟《文汇月刊》交往的“二三事”和“印象记”时，北京的肖复兴、鲁光、周明、刘进元、傅溪鹏，天津的谢大光，武汉的祖慰，吉林的乔迈、李松涛，辽宁的张正隆，福建的刘登翰，浙江的陈冠柏，成都的廉正祥，江西的洪亮，湖南的李元洛，哈尔滨的门瑞瑜，远在英国伦敦BBC的嵇伟，以及上海作家、八十年代被我接连“抢走”稿件的叶永烈，一个个慨然应命，追忆文字如期而至。

惜乎，陈祖芬和孟晓云不能伸出援手。2013年除夕夜，祖芬歉意地回复了，“很感慨！但无力再写文字。”她说自己尚未走出母亲和弟弟陈祖德相继离世的阴影。孟晓云也因正在照顾重病中的丈夫丛林中，没有时间和情绪动笔。但她寄来一篇以前发表的长文，文章详尽地介绍了她采写《胡杨泪》的过程。她因在《文汇月刊》发表《胡杨泪》而一举成名。不过，也有当年追着我，用电报催促，希望稿子能做头条，希望自己能上封面，希望在全国评奖时力推他作品的名家淡然推托。这也在意料之中，我毫不犹豫地把他从记忆的筛孔里清除了。他可以忘却过去，我也可以忘记他。

3月14日，肖复兴最早寄来五千字的“二三事”。我知道，写这种追忆“遥想公瑾当年……雄姿英发”的印象断片，比写篇报告文学工作量还大。

一开篇，就看到他的认真和诚意：

将过去的事情回忆一下，陆续写了几天，发给你看看，不知能不能对你有些帮助。收到告我。还需要什么，尽管吩咐。希望早日看到你的作品。

而在结尾处他又写道：

只是，这些断片，可能有记忆有误的地方，而且都很琐碎，没有什么值得论说的，不知道会对你有多大的帮助，如果还有什么需要，请吩咐就是。

希望你的笔记录那段难忘的历史，帮助那些对历史飞快遗忘的人，也帮助那些对变化现实中的权势和资本过于钟情的人。

去年底新编了一本书，大概今年上半年能出来。是将写柴达木的报告文学集中一起，书名取为《柴达木作证》，其中绝大部分文字都是发在你们《文汇月刊》上。编这本书的时候，自然想起了你。没有你的鼓励、支持和督促，就没有这些文字。这些文字中，有我们共同的感情和记忆。把这本书的后记也发你看看。

期待着你早日动笔。

几个月后，肖复兴寄来新著《柴达木作证》。在写于2012年11月的"后记"中，他动情地说到我："是柴达木让我们成为了一生的朋友。"他回想起那时候的友情，那时候的文学，那时候的氛围："和柴达木一样深远而美好，也如柴达木一样遥远得如一个旷日久远的童话。"

1981年，我第一次进柴达木，今年清明前夕第四次进柴达木。一个地方，尤其是一个遥远并不那么方便去的地方，能够让你去多次，说明这个地方总有奇特的魅力或格外的吸引力。

在三十一年的时光里，我写下的关于柴达木的东西并不是很多，却大多是在我最初写作关键的时刻，浸透着今日难再的激情与泪水。它们大多发表在当时的《文汇月刊》上。虽然，我并不是以此步入文坛的，但是，抒写柴达木的这些篇章，让更多的读者知道了我，特别是最初所写的《柴达木传说》和《柴达木作证》等篇章，引起更多读者的关注，以及一些报刊的转载。

为了支持我进入柴达木盆地采访，《文汇报》还特意颁发给我特约记者证，并出资报销我的往返路费和宿费。为此，我要特别感谢当时《文汇月刊》的罗达成长兄，可以说，是柴达木让我们成了一生的朋友。记得那时通讯远不如现在发达便捷，为鼓励、督促我，并催稿，他千里迢迢频繁地写信、发电报或打电话给我。有时候，会想起那时候的友情，那时候的文学，那时候的氛围，和柴达木一样深远而美好，也如柴达木一样遥远得如一个旷日久远的童话。

二进宫——十二年后，重新考上中央戏剧学院

我清楚记得，应梅朵之命，在1981年2月号《文汇月刊》上，我首次推出“报告文学专栏”，发了两篇报告文学。一篇是我去福州参加朦胧诗讨论会时，组来的刘登翰的《通往心灵的歌——记诗坛新人舒婷》，另一篇则是肖复兴、张辛欣的《带不和谐音的美妙旋律——记舞蹈家陈爱莲的舞蹈晚会》。肖复兴、张辛欣这篇稿子，不知是梅朵还是肖关鸿约来的。当时，我还不认识肖复兴和张辛欣，他们也还没从中央戏剧学院毕业。

命运跟肖复兴开了个极大玩笑，让他以三十一岁的“高龄”入读中央戏剧学院，而这是他的“二进宫”。肖复兴跟中戏原本沾不上边，1966年他高中毕业前夕，中戏得“艺术院校”风气之先，提前到他就读的北京汇文中学招生。希望能择其优者，招到一些既有创作潜质又有表演才华的好苗子。教导主任随即找到肖复兴，说：“我不勉强你，但我劝你去试试！”他在学校里当过学生会主席，组织过文艺活动，也表演过节目。

虽说肖复兴志不在此，他企望能考取北大中文系，但还是听从了老师的劝导，到中戏的考场里“去试试”。他没想到面试、复试都顺利通过了，而且很快收到中戏寄来的录取通知书。可是，随着突如其来的“文革”，他那张录取通知也成了一张废纸。作为知青，肖复兴在北大荒战天斗地生活了六年。

1974年，二十七岁的肖复兴才得以从北大荒回到北京，但他一直找不到工作，只能在一家小学里当代课老师。两年后，才到北京东铁营二中教语文，还兼任班主任。肖复兴对当语文老师、当班主任，有一种天然的亲切感和责任感，他总会想起引领他爱好作文和阅读，对写作产生强烈欲望的张老师。

小学三年级，原本已有一些文学基础的肖复兴开始上作文课。他之前的文学熏陶，是由当税务局职员、喜欢看书的父亲完成的。父亲常常把书上的故事，如《三国演义》、《水浒传》、《包公案》等讲给他听，还给零花钱，让肖复兴买他爱读的上海出版的《少年文艺》。

教作文课的是新来的班主任张老师。肖复兴和班级同学，都对这位要求严格、外地口音浓重的老师挺害怕。肖复兴回忆张老师在讲台上的模样时，曾精准而又传神地刻画道："挺直的腰板，头发乌亮蓬松，一根根直戳戳地立着，总使人想起'怒发冲冠'这个成语。"张老师上作文课，不搞填鸭式，不搞老套套，也不说教，而是别出心裁。在上第一次作文课、做第一篇作文前，他先带领同学们去长安街上的儿童电影院看电影《上甘岭》。当时的那份新鲜和喜悦，肖复兴难以忘怀。他后来还兴奋地追忆过看这场电影的片断：

那时，儿童电影院刚刚建好，内外一新。我的票的位子在楼上，一层层椅子由低而高，像布在梯田上的小苗苗。电影一开演，身后放映室的小方洞射出一道白光，从我的肩头射过，像一道银色无声的瀑布。我真想伸手抓一把，也想调皮地站起来，在银幕上能露出个怪样的影子来。尤其让我感到新鲜的是，在每一排座椅下面都安着一个小灯，散发着柔和而有些幽暗的光，可以使迟到的小观众不必担心找不到位子。

张老师引领肖复兴他们这些孩子，在影院里得到精神享受之后，这才布置他们做作文写观感："你在这电影里看到什么，想到什么？把它写出来就行了。"肖复兴初吐啼声，生动形象地写出自己的感受。让肖复兴受宠若惊的是，在下一周的作文点评中，张老师给全班同学朗读了他写的作文，在热情肯定这篇作文写得鲜活、感人的同时，也指出它的不足。这是肖复兴最初的创作尝试，张老师激发了他对作文的浓厚兴趣。

上初二的时候，肖复兴担任了班级里的墙报主编，每期贴出四百字的稿子。初三时，他有了自己的"成名作"，他的作文《一幅画像》被推荐参加北京市少年儿童征文比赛，得了一等奖，拿到的奖品是一本《新华字典》。

这年暑假，老师把一份油印的《一幅画像》拿给肖复兴。并告诉他，大作家叶圣陶先生非常重视这次征文比赛，逐字逐句地批改了《一幅画像》及全部获奖作品，还在每篇文章后边写上一段评语。这些获奖作品连同叶圣陶的评语，随后被编成了一本文集《我和姐姐争冠军》。最让肖复兴兴奋不已的是，时任教育部副部长的叶圣陶还特意邀请获奖学生去他那儿做客。这是肖复兴第一次见到大作

1985年，作者（左）与肖复兴在成都

家，他后来回忆说："那时，叶圣陶先生六十岁上下，平易近人，他给了我们不少鼓励。那时我还是个孩子，得到大作家的指点，真是高兴得不得了。"

不光是叶圣老扶持过肖复兴。叶圣陶的长子叶至善，对素昧平生、在知青生活中尝试文学创作的肖复兴，也曾出手相助。1971 年冬，已插队到北大荒七星农场的肖复兴，被分配到离场部十八里远的猪号喂猪。三四个人，养二百来头猪，荒无人烟，孤苦困顿。肖复兴有感而发，开始写散文，写艰辛、凄凉的插队生活。他不敢去打扰还在"打倒"之列的叶圣陶，而是把信寄给叶先生的长子叶至善。身为中国少儿出版社社长的叶至善，刚从河南"五七"干校回来，"赋闲"在家。他对散文详加修改和评点后，很快就给肖复兴回复，说写得挺好，可以发表。有时，文章改动处密密麻麻，他生怕肖复兴看不清，索性重抄一遍，再寄回来。对于叶圣陶父子的鼓励与关怀，肖复兴终身不敢相忘，他们是他走上文学道路的引路人。

如果说，命运多年前曾无情地摧毁了肖复兴的中戏梦，让他希望成灰，而在 1976 年春，它又让在北京东铁营二中教语文、当班主任的肖复兴，重新萌发了这个梦想。那天，肖复兴到传达室打电话，无意间一瞥，看到桌上一张报纸，刊有中央戏剧学院招生简章，考生年龄限定在十八至三十一岁。这“限定”几乎是为肖复兴量身定制，那年他正好三十一岁。

肖复兴兴奋得一把抓过报纸，转身就去找同事们商量。那些老师为肖复兴高兴，鼓励他去应考：“你基础这么好，读书、写作从不中断，而且在《诗刊》、《人民文学》上发表过作品。你就再考一次吧，一定能考上。”

他真的考取了。从1966年到1978年，十二年过去了，肖复兴才得以再次走进中央戏剧学院。在中戏，他学到了很多，但他并不希望将来从事跟戏剧相关的工作。“我写过电影剧本，但兴趣不在那。电影是个集体创作的工作，不太适合我。”从中戏毕业后，肖复兴留校任教，每个星期都有课，让他应接不暇。肖复兴渴望写作，希望能从事跟写作相关的职业。尽管系主任挽留他，也给了他很大自由，但他最终还是离开了中戏。

苦苦等待一年半，才拿到他的《柴达木传说》

说来连我自己也有些难以置信，我和肖复兴从1981年夏天开始交往，真正见面竟迟至1984年春天，而且是在上海。三年间我去北京组稿不下二三十次，但来去匆匆；而肖复兴总是往外地跑，我们俩阴差阳错，每每擦肩而过。因此，长达千日间，我们只是信件来回和电话交往，以及我用电报对他催稿和“精神轰炸”。

我和肖复兴的交往，起始于《文汇月刊》的一个非常时期。1981年9月，永远不知安分为何物的梅朵，因心脏病突发已在医院病床上躺了两个多月，还催命似的要我在1981年11月号上推出一个“报告文学特辑”。梅朵夫人姚芳藻，见我和病榻上的老梅为出“报告文学特辑”相谈甚欢，两人争争吵吵、说说闹闹，感慨道：“一老一小，两个‘神经病’！”

老梅唯恐我羽翼未丰，孤掌难鸣，竟要求出院，随后又不顾医嘱去北京组稿。十多天后，梅朵来信告诉我：他拿到了陈祖芬有突破性的作品，写朱明瑛的《一个成功者的自述》，以及李玲修写常珊珊的《她也是一只海鸥》。然而，太大的工作量让梅朵心脏病再度复发，从北京回来就进了医院，之后他不得不在医院和疗养院老老实实地待了两年。

梅朵躺倒了。他的献身精神让我深受感动，我的责任感和使命感一夜间放大了无数倍：完成第一个“报告文学特辑”，非我莫属。我在上海约好吴芝麟写整复外科专家、上海第九人民医院张涤生教授的《青春啊，请留步》，便旋风般地赶到北京，除了让李玲修改稿件，又约到刘进元写举重亚洲纪录保持者马文广的《他是黄河故道的子孙》、郭宝臣写青年小提琴家胡坤的《小提琴和祖国》，他们都是第一次在《文汇月刊》亮相。

哀兵出征，我和北京作家的交情也骤然升温，十来天时间里我一下拿到四五篇稿子。我还用长途电话和加急电报，逼到肖复兴的《姜昆走麦城》。他很够朋友，知道梅朵躺倒，我们的第一个“报告文学专辑”缺稿，放下一切，现炒现卖地赶出了这篇“姜昆”，随后便匆匆赶往青海去了。

之前，我很少使用那种算定在半夜三更送到、大呼惊叫的加急电报。我没有梅朵的那种资本：他跟作者交情很深，不怕得罪人。也没有他那么心“毒”手“狠”，总觉得这样做有些过分，于心不忍。而现在，我被逼上梁山，已然百无禁忌，使用“电报”的频率，比梅朵有过之而无不及。最大的受害者，便是此后成为我们两大台柱的陈祖芬和肖复兴。偌大的“报告文学专栏”，里里外外只有我一个人，不头发甩散，穷凶极恶，拳打脚踢，根本不可能支撑和发展这个势头大好的专栏。

八十年代开头那几年，我至少给肖复兴打过一两百个传呼电话，而成功率仅三成左右。每一个传呼电话，都是对我信心和耐心的严峻考验。那个传呼没有半个小时很难拨通，打通了等传呼到肖复兴又要十来分钟。而等他人来了，电话又给挂掉了，排队打电话的人吵着闹着，怎么能他一个人占用掉这么长时间。没奈何，他只能在边上等着，等我再碰运气打进去。肖复兴曾真切回忆道：“那时候，我家里没有电话，公共电话离我家有一段距离，你要等好长时间，每一次我跑到那里接电话的时候，总听见你第一句话是：‘肖复兴呀，我打电话找你可是好多次了，你的稿子写得怎么样了？……’亲切，又有催促的压力。”

他对我们最初的信件来往，对我的最初好印象乃至感动，也记忆犹新：

印象中我们之间的第一次信件来往，是我写的一篇关于姜昆的稿子（发表在

1981年11月号《文汇月刊》上），你打电话说给我要寄校样，我告诉你我正要跑到青海我弟弟那里。那是1981年的夏天，我在中央戏剧学院还没有毕业，最后一年实习，我到了青海。我人还没有到青海，你已经将校样寄到我弟弟那里。我弟弟到柳园火车站接我的时候，带来了你寄来的校样。我没有想到你那么快，那么负责。因为在此之前，并没有哪家报刊非要寄校样给作者看的。

从青海回来，你打电话问我青海有什么可写的东西，我写了那篇《柴达木传说》。这篇写"右派"命运的报告文学给我带来很大的影响。为了写这篇报告文学，你曾经多次打电话给我。你对我给予了很多的鼓励，希望我赶紧写出来，但是，这篇东西一直拖到一年多后的1983年5月份才写出来。我自己想沉淀一下，希望写得好一些。你既希望我尽快写出，又耐心地等我，给予我极大的信任。那时，我还没有见过这样的一位编辑会这样对待一个作者，心里很感动。

作为梅朵团队的人，我已经习惯于本能地、周到地、真心实意地对待作家，对待他们的作品。只要时间允许，应当尽可能让他们看到校样，看看有无需要改动的地方？对编辑部的修改处，有无异议？这已成为我们的职业习惯，无论是对肖复兴，对黄宗英、理由、陈祖芬等，莫不如是。我没想到，肖复兴会因我们所做的本分工作，而孕育和积累强烈的好感和友情。

正如肖复兴所说，"柴达木使我们成为一生的朋友"。他写柴达木最有影响的篇章，几乎全都发在《文汇月刊》。1982年5月号，肖复兴给了我第一篇写柴达木的报告文学《留给柴达木的歌》。1983年7月号发表了两万五千字、引起强烈反响的《柴达木传说》，1986年5月号发表了《诗人和他的土伯特女人》。1986年8月号推出了关于柴达木的另一名篇《柴达木作证》。随后，又发表了《啊，老三届》。

1982年初，肖复兴从柴达木满载而归。在我的催促下，3月间，他先给了我一篇将近八千字的《留给柴达木的歌》。看看文章的开头和结尾，就知道主人公的大致身世经历：

他——二十七年来工作在柴达木的一位藏族老人，一位兢兢业业而又默默无闻的老工人，退休了。明天，就要离开柴达木，回酒泉。那里，是他的故乡，是盛产葡萄美酒的古城。

柴达木留下了他的青春，留下了他的儿子，也留下了他的歌声。刚进柴达木时，他是个年轻的小伙子。如今，他老了。柴达木送给他这一脸刀刻般皱纹，也送给他一生中艰苦却也美好的回忆。

他是谁？他叫马万海。明天清晨，当戈壁捧出一轮红日，让我们怀着依依的深情送他，让我们把他留下的这支歌继续唱响……

但肖复兴自己最看中的，孕育着他创作上的一次爆发和突破的《柴达木传说》，却迟迟不肯动笔，不敢动笔，他生怕糟蹋了宝贵的素材。如他后来在“题记”中所说：“生活使一切虚构黯然失色……这是真事，不是故事。可是，人们都认为它是故事，不是真事。它究竟是什么呢？”肖复兴要我给他时间，让他思虑清楚，梳理清楚。这个真实故事，可歌可泣，两位主人公的命运坎坷，感人至深，肖复兴曾跟四五个朋友讲述过，在信中、在电话中也跟我复述过许多次。以致他稿子还没写，我已经能把这个故事详尽地转述给梅朵听：

男主人公叫黄治中，刚满二十岁，重庆大学地质系毕业，听说要开发柴达木，主动报名要求来的。他嗓子好，喜欢唱歌，还能拉一手好小提琴。女主人公叫龚德尊，还不到十九岁，刚从北京石油学院毕业。他们俩都被分配在青海石油管理局地质研究所，龚德尊在古生物研究室，黄治中在分析化验室，两人都被选为团支部委员。接触多了，龚德尊对黄治中很有好感，还让黄治中教她拉小提琴，三年过去了，他们的爱情也成熟了。

1957年，黄治中要到北京石油学院进修一年。临行前，他把已经置办齐全的满满一大箱子嫁妆，交给了龚德尊。他们相约，等黄治中进修归来就结婚。接下来，是一个非常年月。在北京，许多人被打成“右派”。黄治中感到庆幸，他是一个局外人：在石油学院进修，不参与他们的运动；而青海石油局的运动也找不到他头上。回到戈壁滩，已经是1958年2月，反右运动也已结束，黄治中和龚德尊分离一年，相爱更深，他们开始布置新房。

一天，黄治中被地质所的领导叫去宣布说：“你被划为‘右派’了！”做梦也没想到，抛给他的竟是这样一句冰冷的话，和一张已经写好结论的纸。虽然反右运动结束了，但因石油局“右派”名额不够，因此分派给地质研究所一名。恰巧，这时候黄治中从北京回来了。黄治中没写过大字报，也没言论，但结论上莫须有地写着：典型不说话的“右派”。黄治中被发配青海劳改农场劳改。繁重的劳动，严重的缺粮，许多犯人先后死去，但他顽强地活着。对龚德尊的思念，像刀子剜心。当被允许跟外面通信时，他首先想到了龚德尊。也知道了龚已经被发落回四川老家，那里有她一个亲姐姐。他写了一封又一封信，让她姐姐转交，但一直没有回音。

龚德尊也被打成“右派”，她回到家乡四川荣县，投奔唯一的亲人姐姐。在县公安局工作的姐姐，跟她划清界限，让她到农村去接受改造。繁重的劳动和饥饿，让她不堪承受。更折磨人的是，她始终没有盼到黄治中的信，很快她一病不起，浑身浮肿，高烧不退。一个好心的寡妇，偷偷上门劝导她：“把你们老黄给你的那些嫁妆卖掉吧，救命要紧。”见她执意不肯，寡妇正色问道：“你想等你们老黄，不活下去，怎么等？”她不得不忍痛把嫁妆和两把小提琴统统折价卖了将近三百块钱，买药看病，才算活下来了。

她去看姐姐了，姐姐破例请她吃饭，说要给她介绍对象，她不愿意。“你还想着那个老黄？”姐姐说：“实话告诉你，老黄给你来过几封信，都被我扣下了。”还翻出黄治中一封信，递给她。上面写着：“我在劳改队已经有了一个女朋友……”姐姐见她不肯答应赶快找一个对象，怒气冲冲把她赶出家门。一年后的1962年，孤苦无依的龚德尊，还是草草地跟一个外乡人结婚了。她给丈夫生了四个孩子。龚德尊三十七岁那年，已经变得苍老不堪，而厄运又一次重创了她。和她生活十年的丈夫竟是一个重婚犯，外乡人已经追查到这里。法院把小女儿和小儿子判给龚德尊，她又回到空荡荡的茅草屋。

1979年初，龚德尊正在田里干活，队里的大喇叭突然叫喊：“龚德尊，马上到县委组织部去一趟！”柴达木终于来信了，要给她平反，落实政策！龚德尊对县委组织部表示，坚决要求回柴达木。回到柴达木，她和孩子被暂时安排在招待所。要吃饭的时候，她突然看到一个熟悉的身影，由模糊而清晰，竟是自己魂牵梦绕的黄治中！原来，被送去劳改的黄治中因为表现好，已被提前释放遣送回原籍——贵州偏远山区镇远县。黄治中接到平反通知后，也坚决要求回到柴达木。此刻，他也看到了龚德尊，笑着向她走来，说道：“你也回来了！”四十五岁的老黄老了，脸上满是皱纹。他们两个一时无法倾吐，都失眠了。

两个人重新回到地质研究所。龚德尊觉得对不起老黄，他还没结婚，而自己已经拖着两个孩子了。老黄时常陪着两个孩子玩，但他们从来不提过去。龚德尊渴望回到从前，但她觉得自己已经不配了。石油局和地质研究所的领导看出了两人的心思，出面当了红娘，话一出口，黄治中欣然允诺，龚德尊更是激动不已。第二年4月，迟到了二十二年的婚礼，在一间新落成的砖瓦房里举行，这是研究所优先分给他们的新盖的房子……

虽说两位主人公命运惨痛，历尽坎坷，但总算有个花好月圆、皆大欢喜的结果。这在八十年代初，绝对是最能震撼人心的报告文学题材。但肖复兴在1981年11月采访他们后，迟迟不肯下笔，并一再要我宽限。我把决定权给了他，前提是这个稿子一定要给《文汇月刊》！编辑部之间抢稿太激烈了，经常有“煮熟的鸭子飞了”的情况出现。

但生活有时太残酷，命运也太捉弄人了。就在肖复兴沉淀素材还未下笔时，突然接到一封青海来信，让他如被雷电击中，怔住了——1981年12月30日，黄治中接到母亲病重电报，匆忙带着小雁雁准备回贵州老家。人刚到柳园，还没上火车，噩耗传来了，夜半时分，龚德尊煤气中毒，不幸身亡。黄治中又赶回冷湖，为刚刚结婚一年半的妻子送葬……

肖复兴原本构思写作的兴奋，变成痛苦和犹豫，他不知所措，这篇报告文学还要不要写，该怎么写？他对我说：“如果抹掉这最后的结尾，而腰斩收笔在大团圆上，我自己就不同意。而完整如实地写上这一段，你们编辑部能通过吗？会不会以为是多余的呢？”

旁观者清，我一次又一次地跟他阐明我和《文汇月刊》的态度：很不希望有这个结尾，但既然发生了，作家和编辑部都没有权利抹杀和回避。正是这种意外和痛苦，才使这篇报告文学更感人，让人思索，这不该发生的一切为什么发生了？以后还会发生吗？而且，他们历经种种平常人难以想象的磨难，最终对柴达木还保持着一颗赤子之心，一种献身精神，这正是我们民族最可宝贵、最应珍惜的品格，值得赞颂。

整整一年半，我对肖复兴是既耐心等待，又频频催促！直至1983年5月底，肖复兴感到不吐不快，才呕心沥血地花了两天时间，完成了他当时最具影响力和震撼力的作品。他用情太深，写完就病倒了。

1983年7月号《文汇月刊》刊出了这篇《柴达木传说》，好评与轰动如期而至，许多读者给我们来电来信说：他们是含着眼泪读完这篇报告文学的。

人生转折：《海河边的一间小屋》发表仅两个月就获全国奖

在用一个个电话、一封封电报催促《柴达木传说》期间，我还速战速决，拿到了肖复兴写普通人的另一名篇《海河边的一间小屋》。

1982年早春三月，我和肖复兴通电话时，他说起在家里洗衣服的时候听广播，听到天津一家副食店的女会计一家紧张住房的故事，一家三辈十几口人，挤在十三平方米的小屋中生活，被深深打动了。他问我，“这个题材你们有兴趣吗？值得写吗？”

肖复兴给我两个问号，我给他两个感叹号：“题材非常好！当然值得写！”我和肖复兴本身就是住房困难户，我们对普通老百姓的住房之局促、拥挤、窘迫，感同身受：无论在北京、天津还是上海，一家三代五六口人挤在十来平米的小屋中，打地铺或搭两层铺、三层铺，烧饭没有煤卫，自来水要用水桶到给水站去拎，比比皆是。

我催促肖复兴立刻去天津，去采写这位叫孙淑云的女会计。好难找呵，那天他在掌灯时分才找到这间小屋。据说，这个地方原来是天津“八大家”之一的长源盐商杨家公馆的后花园。原先假山上有座八角小亭，便是这间小屋的前身。院子很深，小屋就在院子的最里面。这跟肖复兴小时候住的那个家、那个小屋多像呵。那时，他们家住在北京前门外打磨厂粤东会馆，一个很深的大杂院，也是最靠里面的小屋。那是老北京“南贫北贱”中的“南贫”地区，困难户呵。

孙淑云所以会嫁到这里来，是因为出身于资本家家庭，被人看不起，谈对象也难。后来，有人把老实巴交的大个子老张介绍给她。老张人好，出身好，是工人世家，但一贫如洗。他们家老两口加十个孩子，十二口人挤在这小屋里，现在又加上她一个。孙淑云太难接受这样的生存环境了，跟她自己家里反差太大了。刚来时，粗糙饭菜也难以下咽，她经常饿肚子。但她终于战胜自己，适应了这种生活状态。

肖复兴坐在孙淑云家窄小而拥挤的床边，听她讲述十几口人怎样在这间小屋中生活，挤得晚上搭三层铺；挤得屋里做饭时，在地上放着盆、碗、油瓶子，走道都要踮着脚尖；挤得丈夫愁出一身红疙瘩，婆媳斗气，妯娌相泣，孩子有时老被无端打骂……

老爷子去世后，母亲在小屋边上又有了一间小屋，给孙淑云两口子及两个孩子住。十二年过去了，老三、老四都到了娶媳妇的时候。"先是四伯结婚，我们和孩子搬了出去，和奶奶、老姑一块挤去。不久三伯又要结婚，新婚不久的老四两口又让了出来。剩下的八口，挤进母亲的小屋和厨房。"邻居街坊夸赞说："老张家真行，没房子，没房子，不出几个月，娶了两个媳妇。这么两间房子一下子变成了四家人。"

当孙淑云终于盼到丈夫单位分房，十八平方米的楼房，外带厕所和厨房，她和丈夫、孩子终于熬出头了。谁想到，奶奶想去新楼住，四婶、四伯也想去住。丈夫愁得生闷气，觉得没法跟妻子开口，太愧对她和孩子了。孙淑云生怕丈夫再愁出一身红疙瘩，把他拉出屋，悄悄说："把新分的房子让给四伯和妈他们住吧！"老张愣了，不知是没听懂她的话，还是不敢置信。"让给他们住吧，好事做到底！"她还开导老张，"以后，总还得分房的，一定会的！"老张被感动得不知所措，他粗笨地宣泄自己的感情，两只钳子一般的大手捏住妻子的肩头。

事情很平凡，很琐碎，但很感人，很伟大。肖复兴被一种创作冲动所裹挟，急于倾吐，但他在天津无处可以写作。他永远不能忘记，那天他早早地来到河北区文化馆那窄小的小楼图书馆门口等着，一开门他第一个爬上颤颤巍巍的楼梯，占据了一个最靠边的安静角落。等到黄昏时分，图书馆关门时，肖复兴已经把文章的草稿写出来了，这就是那篇《海河边的一间小屋》。大概是为了保持"原汁原味"，他用了第一人称的写法，通篇让女主人公孙淑云自述。

回到北京，肖复兴又把稿子打磨了一稿，5月初我才收到。他让我"看完文章，即告意见”。我当天就打电话给他，评价是“非常好，非常感人，可以上头条”！给他吃了定心丸后，我让他再去找孙淑云，要几张照片。而且和他商定，准备先发他关于柴达木系列的第一篇《留给柴达木的歌》。

《海河边的一间小屋》在 1982 年 9 月号《文汇月刊》刊出，引起无数读者的共鸣。如果说，民以食为天，那么住房则是地，是他们的生息、落脚处呵！

10 月号上，肖复兴在我们新辟的“报告文学讨论”栏目上，又发表了《为普通人立传》的笔谈文章：“今年年初以来，我接触了汽车司机，煤矿工人，石油工人，保育员，邮递员，商店营业员，待业青年，家庭妇女……许多战斗在祖国各地，各种平凡岗位上的普通人。了解了他们的辛酸苦恼，了解了他们在平凡之中创造出来的事迹，在琐碎繁杂之中洋溢着的美。他们是社会的脊梁，整个共和国大厦是依赖他们而生存、成长的。因此，我们有责任去反映他们的生活，为他们立传。”肖复兴乐此不疲，此后又在《文汇月刊》和其他刊物上发表过几十篇写普通人的报告文学。他坚信罗曼·罗兰所说的：“对普通人就得表现普通的生活，它比海洋还要深，还要广。我们之中最渺小的人，也包含着无穷的世界。”

肖复兴没有想到，《海河边的一间小屋》发表两个多月后，就获得了 1981—1982 年全国第二届优秀报告文学奖。1980 年第一届评奖时，《文汇月刊》创刊未几，评奖沾不上边。而随着 1982 年《文汇月刊》报告文学的强势崛起，声名渐隆，我们发的作品，也理所当然地进入评委会的视野。1982 年 12 月初，我们在第一时间得知，肖复兴的《海河边的一间小屋》已经入选优秀篇目。

梅朵心急火燎地催促说：赶快把消息告诉得奖的作家！我心里比梅朵还着急，急切间找到肖复兴的概率太低了。梅朵一直倡导，对作家特别是骨干作家，一定要感情到位、服务到位，而这早已融化在编辑部同人的血液里，成为我们编辑工作的常态。《文汇月刊》从来不找风景名胜地搞笔会，没这笔钱，也没这个精力，但我们对作家的服务真情、周到、热心，可以毫无愧色地说，堪称首屈一指。

肖复兴当时还是中央戏剧学院的人，但不常去，他不让我往学校打电话，连号码也不留。打传呼到他家里，他爱人说他到江苏开笔会去了。肖复兴对《雨花》、对顾尔镡主编有很深的感情，在他毫无名气，还弄不清报告文学怎么写的时候，顾主编鼓励他、帮助他，发表了他的第一篇报告文学。

我打了两个多小时电话，先后找了江苏作协和《雨花》、《钟山》等几家杂志社的七八个朋友，才知道他在参加《青春》月刊的笔会，住在南京郊区一个部队招待所里改稿。当我最终在一个意想不到的地方找到肖复兴时，他惊呼道："天哪，你怎么能找到这里？"梅朵一直在办公室来回踱步，焦急地等待结果，见找到人他也乐了，抢过电话，热情地祝贺肖复兴。当时往外地打长途是天价，一分钟四块钱，我这个电话打掉一百多块钱，而当时住一天招待所的房钱才六块钱。但我们觉得这点投资值，情感无价啊！对于这次电话寻人，肖复兴终生难忘。

《文汇月刊》和肖复兴、陈祖芬这样的报告文学作家共生共荣，他们把最好的作品给我们，使刊物拥有众多读者，栏目产生很大影响和极好口碑。而他们也因为这个名家云集、炙手可热的平台，使作品更有传播度，他们自身也增加了知名度，以至大下无人不识君。而且发表在《文汇月刊》上的报告文学，在评全国奖时获奖概率也比较高。

这是肖复兴的报告文学第一次获得全国奖，这个奖项改变了他的人生轨迹，而之前一次他落选了。他后来曾在信中回忆说：

忘记当时听谁告诉我，第一届报告文学评奖的时候，初选篇目有我在《雨花》发的《剑之歌》，是写当时击剑运动员栾菊杰的教练文国刚的命运。有评委说写得不错，但文字有的地方有毛病，便未被评上。第二届终于被评上，我想因素一定很多。当时，我在文坛之外，并不了解，也并不关心。但我想这篇东西发表在你们《文汇月刊》很重要，如果是发在其他刊物上，可能是另一种命运了。我想，这就是你们《文汇月刊》的地位和影响了。

为《柴达木作证》病倒，为《诗人和土伯特女人》对我声讨

三十多年过去了，跟肖复兴第一次见面的时间和情景，我已经记不清楚了。但在肖复兴回忆中却清晰如昨，他几乎能还原跟我、跟梅朵、跟丽宏最初交往的所有细节：

大概是 1984 年的春天，我要去浙江大陈岛采访一批自 1950 年就在那里开发

建设的老知青，顺便带着老婆、孩子到上海、杭州玩。我毫不客气地请你帮我订好在上海住的房间和他们娘俩返回北京的火车票，和我去大陈岛的轮船票。你一一帮我办好，记得是住在上海文艺出版社的招待所。你到火车站接的我们。那是我们第一次见面，在此之前，我们只是通了三年的信或电话而已。但一点都不生疏，觉得很亲切，很亲近，仿佛早就相识。那一次，是你带着我到丽宏那间没有窗户的小屋。我们三人的长达三十年的友谊就是这样开始的。那时，我们真的还年轻。

那一次，也是我第一次见到梅朵，他和你一起请我们一家在锦江饭店吃的西餐。后来，你还带我们一起到红房子吃过一次西餐。在你们报社那老式的电梯间里，你带我到你们的编辑部，也见到了关鸿。记得那时候小铁见到这老式的电梯觉得好玩，总想多坐几次，都是你怕他单独一人不安全，拉着他的手来回坐了好几次。你对孩子的爱心和耐心，给我留下很深的印象。小铁的童年对你和丽宏的印象最深，在他七岁多的那一年，他说他做梦梦见你在叫他的名字。那是一种多么温馨的感觉。

在去大陈岛的前夕，由于当时工作调动问题，我接到北京的电报要立即回北京，大陈岛去不成了，你没有埋怨我，帮我退了船票，又买了飞机票，返回北京。那一次的上海之行，留给我难忘的印象。

1985 年，我在上海文艺出版社出我的第二本报告文学集《生当做人杰》，请梅朵写的序。你看过之后，对我开玩笑说：老梅还是对祖芬的感情更深，他给你的序，比他给祖芬写的，差多了。记得当时，梅朵也在场，他只是笑，没说什么。我当时对他说：您不能这样厚此薄彼呀。他说：下次你再出书的时候，我再写，一定写得好一些。他也真是一个可爱的老头。

肖复兴写作，也屡屡出现周期性的低潮和彷徨，甚至想“搁笔一段时间”。而每当这艰难时日，我作为他的朋友，且既是报告文学作家，又是报告文学编辑，是他倾诉与宣泄的最好对象。他给四川文艺出版社编完《仅仅因为漂亮》那个报告文学集，在“后记”中写道：“一个作者最可怕的是重复自己，而没有给读者提供新鲜的东西。因此编完这个集子之后，我准备修整一个阶段，先不忙于写，而要认真学习、总结一下。”

1983年6月22日，我从杭州采访回来，接到肖复兴信：

从杭州回来了吗？收获如何？

你们开展的报告文学讨论，为期有一年了吧？有一个问题我一直在琢磨。什么是报告文学的文学性呢？它的文学性和真实性究竟是什么关系？很想参加讨论。

最近，我倒是有些材料可写。可是，我很苦恼，迟迟不愿下笔。该怎样写呢？那种老一套的写法，自己也厌烦了。我希望我们能坐下来聊一聊。你们《文汇月刊》不能也搞个报告文学笔会吗？

我深深理解、感受他的困惑，因为我自己也常常陷入这种痛苦中。一个作家在达到一定高度后再往前走，如同百米短跑再要提速零点零一秒一样，艰苦卓绝。这除了自己要有一颗强大的心脏，还要有人从旁开导，甚或猛烈撞击。我很幸运，梅朵作为评论家，作为领导和朋友，一直在身边鼓励我，开导我，撞击我。“拿不出手，没有突破！”有时，他会毫不留情地阻击我的新作，要我修改：“你没能打动我，没有写出你的水平。”

我给肖复兴回了信，还放心不下，又打电话给他，有安慰，也有敦促。我说：写作的人谁没有苦恼？你有，我也有。你想思考、休整个十天半月，甚至一两个月，我都赞成。你想探索新的写法，我也支持，我们愿意提供“试验田”。不过，我和梅朵坚决反对你“搁笔一阵子”。老梅说这个态度太消极，是想打退堂鼓，他会另外给你写信。我还在电话里“威胁”道：“你要不写，我会每隔两天给你拍一个电报，打一个长途电话催你，对你进行精神轰炸！”肖复兴的决心被我的坚决动摇了，感叹道：“对于我的创作，他作为一个作者，一直给予我关心和帮助。同时他又作为一个编辑，一直又督促和鞭策我。但这一次，我不知道如何是好。我早尝过他的‘精神轰炸’。我不知道明年的创作会将如何？明年，我准备二进柴达木。但愿还能写出《柴达木传说》那样的文字，不辜负生活。”

肖复兴准备再进柴达木，去寻找灵感，寻求突破。然而，为了他自己的工作调动，和解决妻子孙广珍由天津调到北京的事，一拖两年多，迟迟未能成行。他和孙广珍相识相爱于北大荒，回城结婚后一直两地分居，而要解决这天大难题，遥遥无期。但随着肖复兴的声名鹊起，作品影响日增，事情终有转机：《时代的报告》要调他，而且答应解决他妻子的户口问题。1983 年 7 月中旬他来信说：

我最近大概去不成青海了。因家事缠身，我近日想调到《时代的报告》去。他们答应可调我爱人进京。不过，我还是很想出去一趟。定下心来写点东西。忙完此事后，争取月底或八月初即动身。

此外，我在《光明日报》看到一则几百字的短讯，我很感兴趣，是内蒙古大学生物系副教授刘仲龄，二十余年由内地到内蒙古踏遍所有草原，从事植物学研究。如觉可行，能否请你那里解决车马费，我可在 9、10 月份去一趟。

一次报告文学的远途采访，车马费、住宿费，至少要花销两三千元，甚至四五千元，这在八十年代可不是一笔小数字。报销时，依费用大小，不光要梅朵签字，还要报社分管副总编甚或常务副总编签字才行。而黄宗英、肖复兴、韩少华等不少报告文学名家，不止一次地向《文汇月刊》提出采访费用要求，我和梅朵只能根据作家的知名度，他们之前对刊物的忠诚度，及打算写的作品题材、故事梗概，加以综合判断，或同意或婉言谢绝。一旦失误，采访失败或稿子被否定，报销费用时会极其麻烦。这初始判断责任重大呵！

我找来《光明日报》，看了这篇短讯，说刘仲龄北大毕业后，当植物学家李老的研究生，并追随他去内蒙古草原，老师去世，埋在青山脚下。至 1957 年，刘仲龄父亲去世，他已在草原上坚持了十年，妻子对他不顾家不满，但依然支持他。1983 年，刘仲龄担任自治区科协副主席，提出在内蒙古大学任教、到草原从事科研、到科协工作，各三分之一时间……我觉得这个选题值得写，人物有戏。经梅朵认可，我打电话告诉肖复兴，我们同意出这笔费用。

那时，各个刊物都在争夺报告文学名家的稿件，砸钱开笔会。一般二十人左右的规模，到风景胜地开上一个星期笔会，至少要花七八万元，甚至十多万元。在我体检发现胸部阴影，可能是肿瘤时，写信告诉肖复兴，我无意动手术，打算到北京去做气功治疗。因为在病中，有些懈怠，我不知道，他游山玩水开笔会去了。

而在平时，这样的事情不可能发生，我每过十天半月，就用电话将二三十位一线报告文学作家“扫”一遍，问清他们的动向和写作计划。即便他们在为别的刊物写稿，我也会半路打劫。1983年8月初肖复兴回复说：

我前些日子到大连参加《人民文学》的一个笔会，昨日才回到北京，见到你的来信，真是不安。怎么会是肿瘤呢？

《北方文学》的笔会我去，你也去吧！但愿在牡丹江见到你。

《时代的报告》调令已到，我从牡丹江回来就得到那里上班了，不知迎接我的是什么命运。

肖复兴后来真去《时代的报告》上班了，但他妻子的调动并未办成。直到1987年5月间，我催促他的力作《啊，老三届》时，他用《新体育》杂志的信封给我回信说，工作又调动了，老婆、孩子的北京户口也终于办成了。

近况可好？5月份来京可还有希望？盼能见面。

我最近穷于奔忙，不过，终于将老婆、孩子的户口办到了北京，真是费了九牛二虎之力。整整耗费了十年功夫。工作单位暂时先落在我这里。

《老三届》一稿，我想这月底前后给你，不知你尚有什么要求？

肖复兴真能折腾呵！他是个好作家，好丈夫，但似乎算不上全身心投入的好编辑。

我很想去牡丹江，《北方文学》的门瑞瑜也是老朋友，他很希望我去。但我走不开，而且还得治病呢。我去北京扫兴而归，赶到通县去找能够肉眼透视治病的“鹤翔桩功”大师，发觉完全是骗人的把戏。来去匆匆，没见到肖复兴，也没见到正在改写“肖复兴印象记”的刘进元。进元的第一稿，被我和肖复兴否定了。不过那标题倒很别致——《未来属于复兴者》，这是黄宗英题赠给肖复兴的一句话。

想不到，没去参加笔会，就错过了肖复兴的一篇好稿。这是我十年办刊中，让肖复兴好稿唯一一次外流。除了这篇给他带来第二个全国优秀报告文学奖的《生当做人杰》外，他所有的有影响作品都发表在《文汇月刊》上。9月底，肖复兴回到北京后来信：

进元去上海了，不知你见到他没有？前些日子听说你到北京来学气功，便一直等你，终也未见到你的踪影。

我这个月初从牡丹江、哈尔滨归来。在哈采访一位女工程师，她的故事比《柴达木传说》还要动人，她的刚强、事业和成就比《柴达木传说》更要醒目。稿子写完，刚刚。题目叫《生当做人杰》，三万多字。我真不愿意给《北方文学》，不仅仅为我，更为文中的女主人公。我真希望能有更多的读者知道她。她确实是我们民族的精华。无奈此行是花了人家的钱，这几天，她们又一直在催，频频来信。我不能寄你，只好寄他们了。但我希望你们能够转载，我自信读者一定爱看的。只是不知有无这种先例和可能。

我这学期要在学院教十六周的课，暂时先不去《时代的报告》。

这个稿子，我已经来不及拦截了。我数落肖复兴“太不够意思了，怎么不先打个招呼呢”？梅朵则数落了我。肖复兴答应将功补过，去内蒙古草原采写刘仲龄。他采访了八天，回来就急如星火地赶稿。12月初，肖复兴将《草原》寄来，附信道：

电报收到，进元也来找我，传达了你的意思。于是，我只好快马加鞭，连夜抄好寄上，请指正。

前两天刚给你发了一信收到了吧？

我是11月8日离开北京到呼和浩特的，16日回到北京。报销后寄我就是了。

此外，上封信讲的你们《文汇报》帮我开一个“特约记者证”，如何？要不，外出太不方便了，你不知有多艰难！

我深知采访甘苦，有张记者证比介绍信管用，买机票，火车上补票，也按规定给记者以照顾和方便。不过，报社领导最终只同意给黄宗英、肖复兴等三四个人办特约记者证。而乔迈、刘登翰等都没办成，他们给《文汇月刊》写得太少了。

1985年9月初，我去兴凯湖参加一个体育报告文学笔会回来，收到肖复兴的青海来信。他揣着《文汇报》的特约记者证，以及我们答应报销车费、住宿费的允诺，终于再度去青海了：

我从北京到西安，到西宁，然后进入柴达木盆地，已经半月了。总想给你写封信，总没有时间，我在马不停蹄采访。这里交通不便，为此又伤透脑筋，弄得我筋疲力尽。哪里赶得上你们去游兴凯湖。

不过，采访的材料还是让我心动，收获不少。也算听从了老梅的意见，重新燃起生活的热情。请你代我向老梅致意。虽然我没有把握写出超出《柴达木传说》的文字，但我想会把一些新的人物告诉给读者，会引起他们的兴趣的。

我计划写一组柴达木人物，包括领导以至工人，各色人等。计有"家破人亡告状记"、"诗人和他的土伯特女人"、"高原的风"、"爱的归宿"、"最后一座矿山"等。（当然，这只是我初步拟定的名字。）你看是全部批发给你？还是零售给你几篇？是一起发出？还是每期一篇？请能权衡，并早告之，免得回京后被人家劫走。因我临走前，正巧碰上《当代》刘茵，在大街上谈了半天。

我接到鲁光的电报，17 日在成都开会，不知你是否去？我想从这里直接赶到成都。若你去，我们一并再做商谈。你若不去成都，信回至北京。

这次青海行，对肖复兴的写作生涯至关重要，以至他三十年后还记忆犹新：

记得那一次，我到兰州时候已经是半夜，先被安排住进兰州宾馆，一看那么高级，房费那么贵，就没有住，走了出来，在旁边找了一个招待所住下。回来后，你埋怨我：能有多贵呀，你就住一夜，怕什么的！

那一次回来，我写了《柴达木作证》和《啊，老三届》。这两篇东西，对于我很重要，我希望写得好些。你开始了一贯轮番轰炸般的电话加电报的催促和督战，让我不敢怠慢。记得接到你收到《柴达木作证》后的第二天，就给我发来的一封电报，告我下期发，竟然如此的迅速。十天左右以后，你寄来了《柴达木作证》的校样，你催我改后立即寄回，我连夜改了一宿，第二天就病倒了。记得写完《柴达木传说》后，我也病了一场。那时候的报告文学，我们真的都是倾注了感情的。

肖复兴很在意青海行的这组稿件，特别是《柴达木作证》和《诗人和他的土伯特女人》。1986 年 3 月底，他飞往重庆前来信说：

本想在走前将那篇《柴达木作证》弄完，现在实在来不及了，我想弄得好一些。争取到上海！

如果到上海，我把它彻底完成。现先寄上《诗人和他的土伯特女人》。这是在青海和北京写完的。本想放放，不做青海行的前面而在后几则的。现在先拿它应急吧！你若觉得可以，需要照片给青海打个电报：青海省作家协会王昌耀收即可。

收到稿后，如果在下周二（4 月 1 日前），望能给我一电报，或周二上午给我挂个长途，我上午去编辑部。

直至 6 月 10 日，肖复兴才将《柴达木作证》寄出：

稿子写毕，抄好寄上，不知能否赶上《柴达木传说》？不知会收到什么效果，我是花气力了。抄的时候，我自己仍被主人公所感动。我希望是自己今年的主要东西。

肖复兴确实下功夫了，《柴达木作证》是《柴达木传说》的姐妹篇，前者写了柴达木人反右年代的一幕悲剧，后者则是“文革”年代的另一则悲剧，两篇文章有着同样冲击人心的故事和力量。肖复兴后来曾回忆道：“可以说，这两篇是当时我被转载最多的篇章，尽管它们没有获奖。”毋庸讳言，我们的读者往往比报告文学评奖的评委更有鉴赏力和辨别力，也要公正得多。

《柴达木作证》写的是，“文革”期间一对高中毕业的北京青年在柴达木的惨痛遭遇，以及之后的悲欢离合：

男主人公叫刘延德，女主人公叫曹淑英，1968 年初，当青海石油管理局到北京招收工人，他们报名了。刘延德被分配到钻井队当钻工，曹淑英被分配到医院当化验员。他们在北京不是一个学校，但彼此熟识。到柴达木后，他们早早定下恋爱关系，而且准备 1970 年 5 月结婚。谁料，3 月间刘延德被捕，开万人批斗大会，随后被判刑。罪名有多种，如议论过忠字舞，在毛主席著作选读本上加批语、问号，攻击过林彪的所谓“顶峰论”。

刘延德被捕一年后，写信叫曹淑英不要等他，另外找个合适的人。斯时，曹淑英也受到处分，去干苦活，肉体、精神折磨，瘦弱到八十多斤。她冷静回信说：

“党籍没有了，离开医院了，个人问题不考虑了，只要能活下去，顶天立地做人，其他一切不考虑。”她还掏出仅有的四十元，并将刘留下的破工作服缝补好，信件与包裹通过刘延德在陕西妹妹转交到德令哈监狱。又过了一年，刘延德极度苦闷无人倾吐，想起曹淑英，还是刻骨铭心的思念。曹给他回信：“我等着你，我愿意过一种问心无愧不出卖良心的生活。”

1974年7月，由于刘狱中表现不错，提前一年释放，监外执行。去冷湖看曹淑英。头发蓬松，面容粗黑，让曹淑英几乎认不出来了。“怎么回来了？”“我提前释放了”。曹淑英深情说：“既然这样，还等什么呢？我们结婚吧！”“我没带结婚证明。”“没带，回去取！”他们结婚了。十天后，他回德令哈农场去收割麦子了。1976年，粉碎“四人帮”，“文革”结束，但刘延德写的申诉材料始终石沉大海，于是开始漫长的上访告状，直至1978年底，终于接到正式平反决定。他们夫妻也苦尽甘来，双双被分配到冷湖油矿当老师……

过了十来天，肖复兴接读《柴达木作证》主人公刘延德的信后，要我赶快给他寄两份“作证”小样：

昨天收到刘延德的信。我向他提了十三个问题请他回答，希望写得更好些。后来等不及了，便先写了文章。昨天看完了他的长信，我感动得流下了眼泪，折腾得半宿没睡好！你一定要把《作证》的小样速寄我，我一定要改改，有几处失误，有几处要重新写，有几处增加细节。他的信会帮助我改得更好些。因此，我清早爬起来又给你写信。我7月3日去苏，22日回来。你看要来得及，我改好寄你！如来不及，索性推迟一个月发吧！给我个电报。

我一心一意地等着肖复兴的《柴达木作证》。他让我先发写诗人昌耀悲惨命运的《诗人和土伯特女人》，我却压着。可能是觉得这类题材，我们这几年发得比较多，而我手头有着肖复兴两三篇稿子，《作证》又指日可待的缘故吧。

我跟肖复兴算得上是心心相印了，但这回却没能和肖复兴感同身受。而且，随后我犯了大错，没征得他同意，就把这篇稿子给了反复上门请求援助的小说家矫健，他当时在主持《天山文艺》。矫健出生在上海，正回来探亲，一直到编辑

1988年，作者与肖复兴（右）在庐山参加笔会

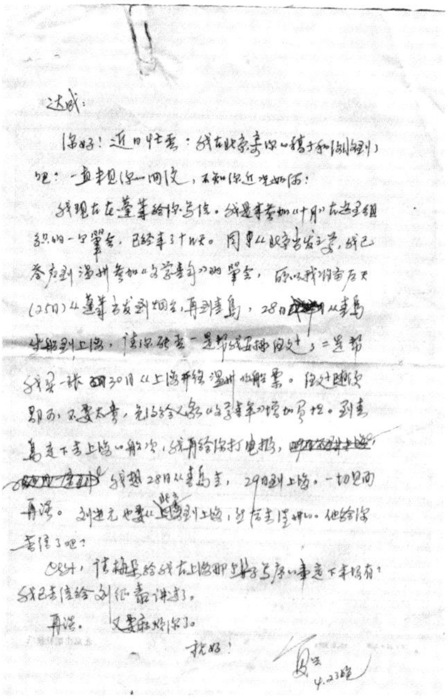

达成：

你好！近日忙否？我在北京寄你的稿子和你的刊物收到了吧？一直未见你一回信，不知你近况如何？

我现在在蓬莱给你写信。我是来参加《十月》在这里组织的一个笔会，已经来了十几天。同时从北京出发之前，我已答应到温州参加《文学青年》的笔会，所以我准备后天（25日）从蓬莱出发到烟台，再到青岛，28日从青岛坐船到上海。请你办两件事：一是帮我安排住处；二是帮我买一张30日从上海开往温州的船票。住处随便些，不要太贵，免得给文学青年增加负担。到青岛定下去上海的船次，我再给你打电报，我想28日从青岛走，29日到上海。一切见面再谈。刘进元也要从北京到上海，然后去温州。他给你去信了吧？

另外，请梅朵给我在上海那本小书写序的事定下来没有？我已去信给刘征请他转。

再谈。又要麻烦你了。

祝好！

复兴

4.23晚

1984年4月23日，肖复兴来信嘱订温州船票、找住处及请梅朵写序

部走动，他跟我们刊物的另一位副主编肖关鸿极熟。矫健对《文汇月刊》很有感情，他在这里发表的短篇小说《老霜的苦闷》获1982年全国优秀短篇小说奖，《老人仓》获1984年全国优秀中篇小说奖。

矫健对这篇稿件志在必得，肖关鸿也帮着劝说，我心一软答应了。肖复兴知道后，对我大为失望，大为光火。他在信里怒气冲冲，几乎要跟我翻脸：

达成：《诗人和土伯特女人》请你一定尽快打电报催《天山》退回。我决不同意在《天山》上发，否则后果我概不负责。这稿子本是要给《中国作家》的，当时因《作证》尚未写出，我怕你着急，我才将稿子给了你。此外，昌耀不平遭遇，也使我想在有影响的刊物上发一发。没想到你老兄一压再压，最后竟卖给他人。这一点，我决不能宽容，请你一定将稿子追回。

“我决不能宽容”，“后果我概不负责”。这话有多重！这是我跟肖复兴之间发生过的唯一一次不愉快，也是我编辑生涯中的一大败笔。看来再好的编辑也会犯错，甚至是大错。此前，梅朵在处理老朋友丹晨、陈祖芬稿件时，也曾滥用友谊，违背他们

本人意愿，铸成大错和不快。我这个梅朵传人，是在步他后尘。这篇追回的《诗人和土伯特女人》，后来发表在《文汇月刊》1986年12月号上。

这个低级错误让我后悔不已、终生难忘。肖复兴追忆往事，也刻骨铭心，不能忘怀。他说这一切清晰如昨：

无论是关于海河的小屋、两次的柴达木、终于打通了电话在南京惊讶万分的我、还是对于我和小铁都难忘的红房子。甚至关于写昌耀那篇文章我近乎疯狂的争执和你温暖的理解与宽容。真的都让我难忘，让我感动，让我仿佛觉得逝去的一切又回到眼前一样。

1987年8月号《文汇月刊》上，我们给立下汗马功劳、进入不惑之年的肖复兴以极高礼遇，刊登了他的封面照，发表了他的创作感言《不惑之年的困惑》，同时推出了他的力作《啊，老三届》。

封面照上的肖复兴，身穿白色T恤，背后是大片绿树红花，显得年轻、潇洒。许多年之后，我才从肖复兴的一篇散文中知道，这张照片当时是由他八岁的儿子小铁拍摄的："有意思的是，那一年，上海《文汇月刊》杂志封面要刊登我的照片，打电报要我立刻找人拍照寄去。我下楼找同事借来一台专业照相机，带着儿子来到地坛公园，让儿子帮我照了照片，勉强寄去用了。那时，儿子八岁，小手还拿不稳相机，照得晃晃悠悠的。"

《啊，老三届》这篇文章，不仅让无数知青产生共鸣与震撼，也在文学界引起一点轰动。肖复兴回忆道：

王小鹰就是看到了这一期杂志的封面，再看这篇报告文学，然后给我写了一封信，发表在《文学报》上，对这篇报告文学给予了鼓励。同时，当时从《人民日报》文艺部调到人民日报出版社当社长的姜德明，也是看到了这一期的杂志，找到我要出《啊，老三届》的单行本。这一年的年底，安徽文艺出版社也找到我，要出《啊，老三届》的书。《啊，老三届》这篇报告文学有了这样的影响，是你的鼓励和支持的结果，自然，也是我们友谊的结晶。

及至1990年初，《文汇月刊》已陷于风雨飘摇之中，到6月份正式宣布停刊。

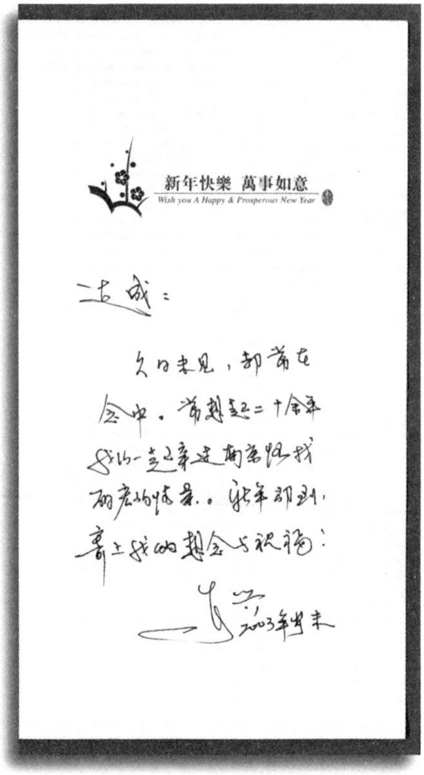
新年快樂 萬事如意
Wish you A Happy & Prosperous New Year

二成：

久日未见，却常在念中。常想起二十余年我们一起穿过南京路找丽宏的情景。新年即到，寄上我的想念与祝福！

复兴 2003年岁末

2003年末，肖复兴在贺卡中追忆：当年与作者一起穿过南京路，第一次去赵丽宏家的情景。

等待消息的那些日子很难熬，虽说已听天由命，我还是催来肖复兴写母亲的一篇文章，而他也就此不写报告文学了：

我在你的手下发的最后的文字，大概是1990年第1期的《母亲》了。那时候，我母亲刚刚去世不久，我对你说想写写关于母亲的一篇东西，你鼓励我写，然后就是以往一贯的做法，开始打电话催我。我把稿子写好寄给你，没过几天，你就着急打电话问怎么还没有收到稿子？收到稿子后，你立刻发稿，打电报告我下期刊发。

《母亲》发表后，我也再没有写过报告文学了。至此，我所有重要的报告文学主要都发表在你们《文汇月刊》上。很多人是从《文汇月刊》上认识我的，而且因为都是在你们的《文汇月刊》上发表的，便以为我是一名上海的作者。我真的非常感谢《文汇月刊》，感谢你。

肖复兴不光自己由衷感谢《文汇月刊》，也为了他在青海的弟弟：

这中间，还有你对我弟弟肖复华的帮助和支持，他当时在青海石油局的生产调度室当调度，学着我也写了几篇报告文学，先后都经你的手在《文汇月刊》上发表了，特别是 1985 年 7 月号上的《当金山的母亲》，让他获得首届青海省政府文学奖，他调到报社和文联，树立了写作的信心，接着写了一些关于柴达木的报告文学，都是和你的鼓励和扶植分不开的，同时也说明当时《文汇月刊》的影响力之大，几篇作品，可以改变一个作者命运的走向。

惜乎，肖复华仅仅六十一岁就因喉癌而去世。之前，他曾在柴达木当过十二年检修工，当过调度员。大概跟他因条件艰苦，气候寒冷，民风豪放而习惯于喝烈酒有关吧。

《文汇月刊》停刊后，我到《文汇报》“扩大版”主编《生活》副刊，倡导千把字的生活散文，一时竟蔚然成风。那种散文既短小，又要见真情，很不好写，但肖复兴是个中高手，给我们写过不少。

我已经再也不用打电报催稿了，也难得去北京，跟肖复兴见面的机会极少。

1998 年的夏天，肖复兴儿子小铁高中毕业，考上大学之前，和他妈妈一起到上海玩，我还特意请他们娘俩吃饭。斯时，肖复兴已调《小说选刊》担任副主编，后来又到《人民文学》任副主编，他没能一起来上海。我打电话问肖复兴，他们母子想到什么地方去吃饭。他说，孩子想去红房子。

于是，我便约上丽宏和关鸿，事先定好到红房子，由于红房子早搬了家，我还找了一通呢。他们娘俩吃得很尽兴，小铁回去后还写了一篇文章《红房子》，记录留给他少年时代难忘的纪念。十四年前，小铁四岁时，我也是在红房子请他们一家吃饭。饭后，我给肖复兴打电话说：“你交给我的任务完成了。不过，红房子的菜可真不怎么样，远不如以前了，现在上海好吃的地方多得很，干吗非要找这么个地方？”

就在这一年，这个一直记住红房子，记住我，每年元旦都给我寄来他亲手作画和制作贺卡的肖铁，竟成为中国作协最年轻的会员。后来，他又于美国芝加哥大学博士毕业，执教于印第安纳大学布鲁明顿分校。孩子成长起来了，我们老了。

回首往事，肖复兴感慨不已地归结道：

关于我和你和《文汇月刊》的记忆，在新世纪到来之前，算告一段落。这是最重要的一个段落，从八十年代初到九十年代末，是《文汇月刊》也是文坛最重要的段落，同时也是我们人生最重要的段落。那时，我们还算是年龄合适，精力充沛，又都对报告文学充满真诚与激情、理想和向往。无论我们的行为，还是我们的作品，真的，我们都问心无愧。

我也心有戚戚矣。正如肖复兴所说：“这些文字中，有我们共同的感情和记忆。”我记住了他真情而又郑重的叮嘱：

希望你的笔记录那段难忘的历史，帮助那些对历史飞快遗忘的人，也帮助那些对变化现实中的权势和资本过于钟情的人。

接着写下面的篇章！坚持到底，将是你晚年最大的收获！有往事重温的人，是幸福的。你要相信这一点。

要相信自己，做自己想做的事，总会有意义的，不要动摇，我相信你所做的这一切，在以后会更能够看到它史的意义和价值。其亲历性，就更为难能可贵。

廿三 理由的发飙和歉意

我是1980年8、9月间，离开《笔会》到《文汇月刊》的。随后，我这个新上岗的报告文学编辑兼诗歌编辑，揣着《福建文艺》发给“老东家”《笔会》的会议通知，却代表“新东家”《文汇月刊》去福州参加“朦胧诗讨论会”，并组织了第一篇报告文学，请人写饱受争议的朦胧诗代表人物舒婷。

如果说，结识舒婷是我主动找上门去的。那么，我最初“认识”理由，并留下深刻印象，则是完全被动的——因为他因故临时“毁约”，让我们1981年1月号上等用的一篇重头稿落空了，梅朵要我赶快“救场”！让我愤怒的是，梅朵在事先没有任何征兆、也没跟我商量的情况下，给我订好当天去北京的机票，连五百元出差费用都让人替我到财务科借来了。我对梅朵一厢情愿的仓促决定很不满，连带对理由也心生不满，事情皆因他而起——时为《光明日报》机动记者的理由，刚刚在报上发表了他与邓加荣写的《李谷一与乡恋》，他原本是最合适不过的人选。

那天，当我一进办公室，就看到梅朵从我的座椅上噌地起身，显然，他有急事在等我。他急切地说：理由原先答应给我们写李谷一，因为有特殊原因说不写了。而我们下一期刊有李谷一的封面已经在印，这篇配发文章12月5日前一定要发稿。“现在，再另外找人顶替已经来不及，你去写吧！”梅朵让我放下手头一切，下午就飞往北京，去顶作家理由的缺。他还说：“机票、出差费都替你弄好了，你回去拿点衣服，赶紧去机场。”真应了北京一批名家所惊呼的，“梅朵梅朵没法躲”！

……

采访李谷一扑空了，让我忧心。但我采访到她的前夫、一手将她从花鼓戏演员培养成歌唱家的金铁霖，让我动心。两天采访中，金铁霖一次次泪水如注，每每泣不成声。我的文章歌唱了他们曾经的爱情、曾经的拼搏。我斟酌再三，煞费苦心地写下了一个不伤害他们任何一方、却又蕴含很多微妙潜台词的尾声：

也许命运注定，我们的主人公——歌唱家李谷一，应该成为一个太多争议的人物。这争议，不只是她的唱腔和《乡恋》，甚至涉及她的爱情生活……

作品的生命在于真实。在这篇记事里，我们不想回避她跟金铁霖的一段爱情往事，也不想掩饰他们如今已经两相分离的事实。这是公开的秘密！

两个当事人，分离得坦然而冷静。李谷一说：问题不在他。我感谢他，他永远是我的老师。

让她自由歌唱吧，我们出色的歌手！她是歌唱爱情、歌唱生活的百灵，她可以飞进爱情和生活的园林！让她自由采撷吧，无论是甜蜜，还是酸果！

如梅朵所愿，这篇文章在读者中、文化圈中弄出了声响，引起关注也引起争议。《作品与争鸣》杂志上发表了两种不同观点，一种意见认为作品分寸感拿捏得当，写出了李谷一的人生奋斗之路。另一种意见则批评，作者没有守住道德底线，批判李谷一的见异思迁，而是“让她自由采撷吧”。当事人之一的金铁霖，写来长信致谢。而另一位当事人李谷一，此前来上海万体馆演出，让我去取赠票时，说要看稿件。我告诉她，刊物已经付印了，“我在北京，不是把要写的要点都告诉你了吗？”性格爽直的李谷一说了实话，“我爱人小肖有意见”。此后，小肖又声讨那天带我去他们家，采访李谷一的新华社摄影记者，还声言要告我们。梅朵却不在乎，安慰我说：“放心，稿子分寸掌握得非常好，他真要打官司也打不赢！”

1981年1月号，梅朵逼出了这篇《你好！李谷一》；年底12月号，又故技重演，让从武汉组稿，刚到北京的我，放下一切，限时限刻地去采写3 ：0大胜科威特队的中国足球队。他不仅留好版面，还得意地取好标题《中国足球队，我为你写诗！》……

对被老梅“逼上梁山”，“倒计时”式地写作，之前我曾很恼火，甚至当面向他发泄过不满。但在仓促中、磨难中，带着深重的责任感和使命感，日夜兼程赶出稿件，且产生反响后，我对梅朵“压迫式”、没有退路的逼稿满怀感激。“踏破铁鞋无觅处，得来全不费功夫”，恰恰是这两篇刻不容缓的“命题作文”，逼着我真正学会了“火线”采访，学会了把握题材和拿捏分寸，让我的报告文学写作升华到一个新的境界，达到新的高度。我也感谢理由，他无意中给我创造了一次绝好的实战机会，在成功和成名的天平上，增添了一枚很有分量的砝码。

事情有得也有失。因为理由的爽约，我得以有机遇去磨炼自己，却又错失了一次跟他对话的机会，一次顺理成章地从梅朵手里接过这位骨干作者的机会，我深为惋惜。“堂堂责编，着急什么，像个追星的？”梅朵是影评家，连笑话我也用影视圈语言。“你是负责《文汇月刊》报告文学专栏的，认识理由，不就是迟早的事。”不知为什么，老梅一面安慰我：一面又补充了一句：“理由可是帅气又牛气呵！”他大概是在提醒我，理由不太好打交道。我没在意，因为理由有资格，也有本钱牛气。

靠才气也靠运气，“扬眉剑出鞘”一战成名

傲气的我，对理由却心怀钦慕，他是那个时间段里，除了几位前辈报告文学大家外，最具影响的年轻报告文学家。当后来成为《文汇月刊》报告文学专栏支柱性作者——跟我同龄、1943 年出生的陈祖芬，以及 1947 年出生的肖复兴，刚刚开始发表作品，比我年长五岁的理由，已经在人民文学出版社推出他的第一个报告文学集《她有多少孩子》。这个集子，收有他在首届（1977—1980 年）报告文学全国奖中双双获奖的名篇《扬眉剑出鞘》及《中年颂》。

我读过理由 1978 年以来发表过的二十多篇报告文学，有些还当作范文来读。而我最早读到的，是他的成名作《扬眉剑出鞘》。那时，我还在《笔会》，听说理由是抓住机遇，一战成名——靠才气，也靠运气。

而尽知其详，则是我到《文汇月刊》后，听同是报告文学作家、时任《报告文学》杂志编辑部主任，之后又担任副主编的傅溪鹏亲口告诉我的：他做了一次伯乐，改变了理由的人生，成了理由命运里的贵人。傅溪鹏还曾不止一次地撰文，或是接受采访，追述这段难忘时日：

1978年春天，正是百废待兴之际，中国花剑运动员栾菊杰荣获世界亚军。当时，中国甚至亚洲击剑水平都十分落后，虽获亚军，却已震撼了世界与亚洲，需要写一篇人物报道。我当时在《新体育》杂志竞赛组当记者、编辑，任组长，负责竞赛项目报道，写作任务重。其间，正在羽毛球国际邀请赛写报道，没空，便专程前往《北京文学》，想特邀一位作家前来接受这项突击任务。正好巧遇年轻作家理由，他对体育比较熟悉，与我同庚，便拟请他，并得到总编首肯。

编辑部随即配备评论员，与理由先后飞快赶往南京，采访刚刚载誉归来荣获世界花剑大赛（女子组）亚军的栾菊杰。理由写成了万字左右的报告文学《扬眉剑出鞘》，在《新体育》杂志1978年第6期刊登。随后，6月11日的《人民日报》转发了。第二天，新华社又全文转发《扬眉剑出鞘》。一时，全国性及各省市的大小报纸都刊载此文，轰动全国，影响巨大。一夜之间，理由成为全国名人……

然而——无论是在我后来和理由交往中，还是看他关于采写《扬眉剑出鞘》的随笔中，均从未提及过傅溪鹏这位“贵人”。而2015年5月，在我写这本《八十年代　激情文坛——我在〈文汇月刊〉十年》时，曾打电话到北京昌平王府家庭农场书香园，想跟在田园生活中优哉游哉的傅溪鹏，查对关于理由的几个细节。孰料说及《扬眉剑出鞘》时，年已八十、无所顾忌的傅溪鹏，有些愤愤不平地脱口而出：

理由这个人没“记性”。当时他一点名气也没有，我给了他机会，让他写栾菊杰，机票都是我们准备好的。理由一点不念情，后来到处说，这是他自己碰上的，与我无关。做人不能太傲气，不知道记恩。连徐迟这样的前辈，生前都一直说，没有周明，没有《人民文学》，就不可能有《哥德巴赫猜想》这个稿子，他很感恩……

我不知道，是傅溪鹏“贪天之功”，还是理由“没记性”，不过，即便是前者给后者以机会，倘使《扬眉剑出鞘》仅由《新体育》杂志发表，影响却也有限。更重要的是，是谁促成了《人民日报》转发？那才是厥功至伟。我曾听北京圈中朋友说，文章在《新体育》发表后，是理由的前妻胡蓉亲自替他送到《人民日报》的。当时理由刚出道，识人不多，而胡蓉已是北京出版社的老编辑，人脉广泛。

确实，那时是时势造英雄。在那个强调体育运动要振奋国威、恢弘民气的非常年代，宣传报道也动用了非常手段。当时中央领导指示要大力宣传为国争光的栾菊杰。所以，才会出现全国所有的宣传机器不遗余力、倾巢出动的空前盛况，让大江南北、千家万户的人们在记住英雄般的栾菊杰的同时，也记住了理由的名字。所以，连傅溪鹏这位“伯乐”，也明白自己的作用有限，理由躬逢其盛，才气有了“用武之地”。傅溪鹏曾感叹说：“现在回头看来，这样令人兴奋的好事，以前没有过，今后可能也再难以遇到了！”

“不怕没机会，就怕没本事。”“机会是为有本领的人准备的。”从 1977 年开始转向写报告文学的理由，之前是写小说的。如他自己在《她有多少孩子》“后记”中所说：“我在前些年写的小说，现在拿来不忍卒看，当时也不忍卒看。”而理由从前的“麾下”、在他之后也成为报告文学名家的肖复兴，曾对我追溯往事，为这“不忍卒看”做了简略而又准确的注脚：

“文革”前，理由在少年宫当航模教练，“文革”后期丰台文化馆的业余创作组，他是组长，主办了一个《丰收》内刊，组织我们写稿。有时，理由还骑摩托车到我们学校，帮我请创作假，参加创作活动。他初始时写小说，全是“三突出”，大家都不认可。后来，他开始写报告文学，重视结构，运用小说手法，取得成功。《扬眉剑出鞘》是水到渠成的结果……

虽说《扬眉剑出鞘》是理由最初的成名作，但似乎不是他最好的经得起时间检验的经典作品。2005 年，在人民文学出版社推出他的集子《扬眉剑出鞘》时，经过 17 年的沉淀，理由特意为这篇文章加上一段“题记”：

此文已被转载过数百次且屡屡获奖，再提它我已觉不好意思。偶有聚会，主持者在向众人介绍我时总要提及此文，而我的心中似有灼痛之感，它真能代表我吗?

评论界曾从审美角度论及此文。而今回头看看，倘若“形式大于内容”却也好。

相比之下，我更喜欢理由朴实如土的代表作《中年颂》，让我于无声处听惊雷，感动而又引发深思。理由说他得之偶然：

在北京作家协会组织的一次下厂访问时，我遇到文中的主人公。这类参观活动往往是随大流匆匆往返而流于形式。然而，几句交谈，我被主人公的境遇所触动。文中所叙不过是家长里短，上班下班，却受到一时青睐，曾获全国优秀报告文学奖。

1986年，理由在北戴河

理由写了这位平凡、普通的挡车女工，将她工厂工作和家庭生活的若干细节和碎片，连缀、组合在一起，让人看到她们的生活状态和朴素情怀。“这，不也正是当今一代中年人的形象么！饱经忧患，含辛茹苦，伫立于浑厚的大地，支撑着金碧辉煌的屋顶。”

我也喜欢理由的《痴情》，动情处不由得泪水盈眶。那感觉，如同之前我看徐迟写敦煌常书鸿的《祁连山下》，像是在读情节起伏、感情跌宕的小说——然而，恰恰又是真实的生活。《痴情》引起读者和评论家一阵“痴情”的冲击波，许多人盛赞乃至痴迷于《痴情》的痴情，也有人痛批作者自身的感情生活太不“痴情”……

理由也曾感慨不已地归纳说：

此文是尝试以小说手法描写真实故事的一次探索。我相信，生活中有些真人真事的生动性更胜于一篇平庸的小说。发表后各地纷纷转载，有评论说到三种痴情：画家对艺术的痴情、妻子对画家的痴情以及读者对作品的痴情……毁誉随之而至，有文攻击我的个人生活未能始终如一；而主人公的命运也有跌宕。画家妻子经治疗而痊愈，画家却漂洋过海去美国，人事沧桑未可尽述……

最先喊出“梅朵梅朵没法躲”的，是理由

理由与梅朵和《文汇月刊》，有着很深的友谊。从 1980 年至 1986 年间，他先是给梅朵，后来是给我——写过散文式随笔《钓鱼台小记》，写过洋洋万言的《报告文学的遐想》；还给我们写过四篇报告文学：《弹丸之地》、《湖滨梦》、《真正的球迷》、《九七年》。作品成色虽有高低，但理由每一篇都倾尽心力，他很珍惜自己的名声和品牌。

刚过不惑之年的理由，自 1978 年名扬天下后，成为八十年代中青年报告文学作家中最具影响的人物。理由的作品也成为各家报刊竞相追逐的“香饽饽”。光北京就有那么多大牌报纸、刊物——《人民日报》、《人民文学》、《十月》、《当代》、《报告文学》盯住他，而成名后经过两三年写作喷发期的理由，作品开始进入升华期，似乎放慢了写作节奏，粥少僧多，一稿难求。

京城索稿之“僧”，原本就多，而《文汇月刊》自 1980 年创刊后就让人刮目相看，极具声望，在名家们心中的分量与日俱增，也成为到北京争夺稿件最具影响力的“外来和尚”。

对于《文汇月刊》的“当家和尚”——主编梅朵，无论是北京老一辈作家丁玲、王蒙、艾青，还是中青年的张洁、理由、陈祖芬、肖复兴，没有一个不害怕他找上门。梅朵或软硬兼施，或“强征豪夺”，无所不用其极。倘使你想敷衍他、应付他，那你等着他的电话，以至电报的频繁轰炸吧。最可怕的是，梅朵那种“精确制导”、算定凌晨时分送达的加急电报、摩托车的轰鸣声和送报员“××× 室 ×××”的吆喝声，势必让你举家惊醒，甚至整幢楼被吵惊。

北京的这批名家痛苦不堪，他们都跟梅朵交情匪浅，不能为这“精神轰炸”而翻脸，只能答应交稿，绝不拖延。北京的名家们称梅朵为“梅旋风”，还无奈地概括出一句话：“梅朵梅朵没法躲”！而最早喊出这句名言的“版权所有者”，

便是理由。

在理由1982年出版的《文学这个灰姑娘》这本创作谈中，有篇《风帆》写到他在写作生涯中结识的许多编辑，“有的待我平和，有的待我严厉——其中最厉害的是一位外地刊物的负责人。”即使我后来和理由成为朋友，也从未问过，他所说的这位“最厉害的”“外地刊物的负责人”是谁？但不言自明，在理由流淌真情和敬意的行文中，“没法躲”的梅朵似已活脱脱地跃然纸间：

这位编辑已年近花甲了。见到他，你会为他那如风的步履而惊叹！每年他都要来北京多次，每次都要到我家来坐一坐。而来我家之前，他的足迹所至，又不知在全北京几度大调角儿，也不知踏遍了几家的门槛儿。你躲到哪儿，他能追到哪儿，随时会如旋风一般把你卷入他的旋涡……

“我刚刚收到他的一封信，催稿催得真急呀！我的同行们见面时常常这样说。”

“我也收到了，大概是同一天寄出的……”

有一天晚上，我接到他拍来的催稿电报；过了不到半小时，又有人咚咚敲门；连踢带踹，重如擂鼓，差点儿没把人吓出心脏病来。开门一看，又是他拍来的加急电报！

电报到了不久，他人也到了。每次见到他我总有几分害怕，心怀负疚之感。一个人纵有超级写作速度的特异功能，也难追得上他的索稿频率。可是，当他坐在你的面前时，神态又是那样从容，气质又是那般风雅……

其实他是个极为温和的人，带有浓厚的感情色彩。就拿他那些催稿信来说，每一封都写得委婉曲致，语言细腻……他的确握有一支出色的文笔，我曾拜读他写的散文和文艺评论，洋洋洒脱，不落俗套，在水一般的柔情中时时溢出火一般的熔岩……我常想，他这样的老大一把年纪，一年到头地四处奔波，顽强地、韧性地、有时近乎央告地去组稿，到底为了什么呢？还不是为了追求他那崇高的职业信念么！他们的刊物办得有声有色，发行数量在逐渐上升，给文学的沃野开辟出一块风光旖旎的新苑。他把自身的文学才华也倾注于编辑职业的事务性工作，甚至倾注给才华还不及他的芸芸作者，令人惋惜，又令人敬佩！

难怪理由每次见到梅朵，“总有几分害怕，心怀负疚之感”。他为《文汇月刊》赐稿不多，这跟八十年代前几年，每年给我们五六篇甚至更多的陈祖芬、肖复兴相去甚远。“忠诚度”最高的陈祖芬，后来曾回忆道：“1981 年我写了十一篇报告文学，除很少几篇给了《人民文学》和《北京文学》等，其余都给了《文汇月刊》。”

在梅朵的催逼下，1980 年，《文汇月刊》创刊后第 3 期，理由给了梅朵一篇四千字的散文随笔《钓鱼台小记》，为读者轻轻揭开钓鱼台的神秘面纱。当《文汇月刊》开辟“报告文学专栏”，并决意把它做大做强时，梅朵又“狂轰滥炸”，催来理由的《弹丸之地》。

这篇发表在 1981 年 8 月号上《文汇月刊》上的报告文学，写他经不住文学界朋友的郑重推荐，说苏州附近一个叫角直的千年古镇不能不去，还有一座不能不看的古刹保圣寺。文章感叹，都说百闻不如一见，但他专程赶往，却是一见不如百闻。小镇拥挤、嘈杂，而保圣寺经历历史风雨，特别是“文革”摧残，“寺院荒圮”，“大殿半壁坠塌”，“十八罗汉”只剩其半，且金身破败、斑驳。所幸，在这里做解说员的一位小学教师、文物爱好者，为他讲解、口述，在想象中还原当年盛况。理由由失望转而为期望和向往：

我们的祖先自有非凡的创造力，在眼前的这块弹丸之地创造了奇迹一般的繁荣，并在经济的繁荣之上创造了光芒四射的艺术瑰宝，当时那一派太平盛况至今还令人神往……

我不是厚今薄古的伤感主义者，我坚信中华民族将得到振兴。面对祖先留下的小镇，由此使我想到我们这一代人的责任。

就在发表理由《弹丸之地》的同时，梅朵的心脏病第一次爆发，住进了医院。而在两个月后，梅朵吵着出院，并且违背医嘱和我们的劝阻，强行要去北京，为《文汇月刊》的第一个“报告文学特辑”组稿，他念兹在兹的就是把“报告文学”做大做强。十多天后，疲惫不堪的梅朵回到上海就再度病倒，不得不老老实实在医院和无锡疗养院里养息了两年。

1982 年夏天，梅朵在疗养院里运筹帷幄，要我在刊物上拉开声势很大的“报告文学讨论”。梅朵气魄大，心眼“小”，他就是想跟北京的刊物，特别是《人民文学》争夺报告文学的“话语权”。他也料定北京那些刊物，没有任何一家可能像我们这样，把报告文学作为“重中之重”，肯投入这么多版面，花这么大力量。不安分的梅朵，在疗养院往北京写信、打电话组稿。他很看重理由的影响力，第一期“讨论”就请他开头。

梅朵是资格很老、名头很大的电影评论家，但我并不怎么喜欢他的影评，我总觉得有些“官话”和“套话”，少有耳目一新的东西。倒是他写的报告文学评论，他为陈祖芬、肖复兴的报告文学集子写的序言，燃烧着火一般的激情，让人振聋发聩。他为“报告文学讨论”的开张，不光写来一个“编者按”，还写了一篇意气风发的“报告文学随想”。

梅朵的“编者按”写道：

三中全会以来，我们的报告文学得到了空前的发展，出现了现代和当代文学史上从未见过的繁荣景象。为了在现有的基础上有更大的提高，我们开辟了这个讨论，希望作家们、评论家们和广大读者积极参加，发表宝贵意见。以期通过讨论，使这一文学形式，可以更加有力地、及时地反映在我们祖国大地上正在进行的伟大变革，从而鼓舞人们为实现四化建设的宏伟目标贡献更大力量。

而在《成功者的力量和勇敢者的道路——关于报告文学的随想》中，梅朵写道：

报告文学的队伍，正在不断扩大。但是要成为一个站得住的报告文学作家，那绝不是文学功底能解决问题的。这里很要紧的一点是：要有足够的胆量和勇气。一个报告文学作家的道路，是一条勇敢者的道路。当你每迈出一步——不是人云亦云的一步，而是别人没有迈过或是不敢迈出的一步的时候，你都会面临着一个敢不敢的问题。

有志于攀登文学高峰的人，是决不能跟在前人们身后走的，唯一的办法是创出自己的风格，自己的道路，让别人来跟着自己走！而自己继续探索，继续开拓道路，让跟着他走的人再一次耳目一新——眼前又是报告文学的新天地。

理由不辱使命，给了我们一篇一万多字的长文《报告文学的遐想》。谈报告文学的特征与特色，谈什么是报告文学的一流题材，谈报告文学的真实性、文学性、典型性和批判性：

如果我喜欢读报告文学，翻开一本文艺杂志，看看它的栏目，我希望看到什么？对什么题材最感兴趣？什么更加吸引我……在报告文学里有故事，讲究文笔，也包含哲理；但这些都不是它的招牌——“只此一家，别无分号的东西。”如果我是个读者，我就要说，希望从报告文学里看到新鲜的、解渴的、有分量的东西。比小说来得迅速、真实，比新闻形象、充实。

报告文学不光有严肃的真实性和生动的文学性；同时也具有强烈的新闻性和广泛的社会性……它把关注的目光投向历史的这一瞬间，把敏感的触角伸向现实生活的脉搏，如旋风一般去追踪当代人生的步伐，以绚丽多彩的文笔向人们报告正在发生的事件和崭露的人物——好的或不好的。

我不认为我写的报告文学都是一流题材，甚至大都不是。近年来，我在浩瀚的生活原野中东奔西跑，见到的，有许多值得去写的东西都被理性的筛子过滤了，搁置一旁。我在报告文学中写人生，写命运，写纯情，但这些并不是报告文学的所长……自然，三流四流也可入格，不妨一为，敲不上大鼓，敲边鼓。但别忘还有一流二流。那是报告文学的着眼点。只要天赐良缘，就应锲而不舍。

虽然迟迟未与理由见面，却早已被我作为一道“标杆”

说来也怪，在梅朵生病、疗养期间，我在北京的人脉迅速扩张，抓稿也日趋“疯狂”。我跟陈祖芬这位上海老乡最初认识，就是打传呼电话，发电报，到北京就直奔丰台刘家窑北里她家里找她。跟肖复兴也是很快成为好朋友，随后就抓住他不放。但因种种原因，我跟很忙、很难找，且较长时间陷入感情旋涡的理由，交往却是慢热，不温不火。我 1980 年初秋到《文汇月刊》，梅朵养病期间，我单打独斗，给理由寄过小样，写过信，通过电话，但直至梅朵 1983 年夏秋归队，我跟理由还从未谋面。

记不清楚，我和理由的最初见面，是在他 1984 年“取道上海”时？还是在这前后，我先去北京拜访他，抑或是在其他会议场合？印象中，从 1984 年直至 1987 年后理由淡出报告文学圈、弃文从商去香港发展前，总共见面次数也只有个位数。而且，我好像是先认识理由的第二个妻子、北京出版社的胡蓉大姐，之后才见到理由的。胡蓉大姐待人真诚、热情，对《文汇月刊》也另眼相看。1985年间，她还曾邀请我和我们编辑部的周玉明，参加他们出版社组织的一个笔会。但最后一刻，领导变卦，改为“只请北京作家”，弄得胡蓉大姐好生尴尬，慌忙打招呼。

我和理由同属报告文学圈，我们有许多共同的作家朋友和编辑朋友，即使在不见面的情况下，也会意想不到地在朋友们那儿交集、“见面”。八十年代初，大手笔、大气魄的四川人民出版社（后来，出版社文艺编辑室很快改为四川文艺出版社），准备连续推出一批报告文学集。1981 年 12 月，他们率先出版了理由的《痴情》。其中，除收有《痴情》，还有原先刊登在《文汇月刊》上的《钓鱼台小记》和《弹丸之地》。

意想不到的是，也就在这个时候，我给上海文艺出版社已经一年、杳无音信的报告文学集《中国的旋风》，被这个“系列”看中了。责编曹礼尧让我终身感念，她之前在杂志上读过我的大部分作品，在只看到目录的情况下，便让出差上海的丈夫带信给我：“你的报告文学集我们决定列入计划。”九个月后，曹礼尧又来信告诉我，终审通过：“稿子刘令蒙副主编刚才给我，他看了，已签了字，但抽下三篇文章……他说为了使这本书的质量能够与理由、柯岩的报告文学平起平坐，抽下这几篇是有必要的。”我不敢、也无意跟他们“平起平坐”，我的第一本书能够与这几位名家进入同一个“系列”，已经深感幸运和兴奋。

1984 年 4 月初，我和理由的共同朋友、天津百花文艺出版社的谢大光，给我一封充满友情的信，还说及理由的书稿，又让我和理由在无意中“交集”：

这次上海之行，还是很畅快的。朋友之间，经过了一些事，会更加了解的。你目前的处境很有利，一定不要退缩。不知老梅回来没有？

如果班子一落实，我劝老兄，半年之内不要多写东西，倾全力于刊物，把局面打开。然后的事情，就好办了。不知兄以为然否？

你的第二个集子，不论何时写出，我都等你，来了就是我的事了。当然，我希望能比第一本更好，相信也是可以的，因为你第一本集子的后半部，已经大大超过了前几年的水平。

理由的稿子我回来收到已经看完，四月底可发稿。处理老兄的稿子，我不会慢于这个速度的。

理由这本《纯情》出版后，大光赶紧给我寄了一本，理由又送了我一本，我两本都一直留着。我留着《痴情》和《纯情》，是为自己竖起一道标杆：《痴情》的印数为三万五千四百册，而《纯情》为四万五千六百册；而我的《中国的旋风》印数才一万三千册，差距不是一点点。

1984年起，我和理由见面的机会多了些，而创造这机会的，先是时任国家体委宣传司司长，很快又调任《体育报》社长、总编辑的鲁光，随后是《报告文学》杂志的两位编辑部主任——朱宝蓁大姐及傅溪鹏。

1983年底，鲁光就在信中打招呼："体育报告文学研究会，委领导首肯了。明年上半年开个会，正式成立。你虽在上海，你也应该是此会的'创业者'。望多出主意，我洗耳恭听。"一年多后，体育报告文学研究会成立，鲁光任会长，理由、李玲修和我等任副会长。而且每年都要开会、碰头、搞活动。有时还要拉到四川等地"研讨"，实际上等于开笔会。

1984年后，《时代的报告》改名为《报告文学》，同时大手笔地改组编委会，阵容堪称豪华，除有他们编辑部的主编田流、副主编程光锐等人外，也有操持国内最具影响的《新观察》、《人民文学》、《文汇月刊》杂志的实权人物，还有一批第一流的报告文学名家。社外编委有乔迈、李延国、陈祖芬、周明、张锲、林里、罗达成、祖慰、袁鹰、钱钢、理由、黄宗英等。

这两个会，尤其是《报告文学》编委会，成了我和理由及一批报告文学名家聚会的好机会。虽然《报告文学》节俭办事，开会就在杂志社，编委住宿条件不太好，安排在《人民日报》招待所——那是《人民日报》东大门，金台路上南北走向的一溜平房。但到场编委的规格，以及两天会议的热烈、认真气氛，是让人终身难忘的。

理由也给我留下深刻印象：他很有才气，也很帅气，但并未感受到他有多少傲气和锋芒——可能是跟梅朵一样，只是"偶尔露峥嵘"吧。理由一表人才，有着运动员般的个头，思想相当活跃。我只是诧异，在表达他敏捷的思维时，语速却有些缓慢、滞后。

梅朵构想的“理由组合”，因“印象记”而搁浅了两三年

梅朵从疗养院回归未几日，1984年初春起，就盯着要我做一套关于理由的“组合”：做理由的封面，找人写他的印象记；同时，配发理由的报告文学。做一套“组合”是难事、烦事，少则三五个月，多则两三年，甚或像舒婷那样，阴差阳错前后竟花了七八年。但因了这个“催化剂”，我给理由的信比之前频密多了。

给理由打电话，十有八九找不着，不得不动用电报——不过，我从没给理由发过那种夜半惊魂的加急电报。我知道理由很“挑剔”，要他自己提供满意的照片，找他看得上的人写“印象记”，再给我一篇能有些声响的报告文学。事情进展甚慢，但我处理宽松，对理由催而不逼，不让他有太大压力。

经过将近四年的酝酿，又见过几次面，我和理由的友谊，也开始水到渠成地升温。之后，又全程处理过他的三篇报告文学《湖滨梦》、《真正的球迷》和《九七年》，我们之间往来信件以及通话次数多了起来，质量也大为提高，开始称兄道弟，彼此间客气话少了，直白、友好而坦率。

“理由组合”因“印象记”而搁浅。自从我把写“剪影”的“球”踢给理由，他老兄迟迟找不到合适的人，反倒像欠了我一笔“债”。6月间，理由给了我一篇一万五千字的《湖滨梦》，以作慰劳。收读《湖滨梦》，至感快慰、兴奋，作品写得相当感人，理由的小说功力和魅力，在这篇报告文学中又一次恣意展露。我让梅朵一起先睹为快，他也大为称道。

《湖滨梦》是用第一人称写的，如后来理由在将此文收入集子时，所加的“题记”中所说：

此文应冯基平的几位千金之邀而作。冯基平在“文革”前曾任北京市公安局局长。这个强力部门的要职与女儿们柔情似水的述说形成鲜明反差。我觉得，女儿们对父亲深情的追述本身就蕴含着诗的意境，遂模仿她们的口吻，以第一人称写就。

理由构思谋篇，将这“强力”与“柔情”的“鲜明反差”作了淋漓尽致的展示；冯基平原本有“几位千金”，也被理由“浓缩”为一个女儿在深情追述、倾诉。这诉说中，既没有交代年份，也没有说明所涉及政治运动的名称和背景，但经历过“大跃进”、“三年自然灾害”、“文革”浩劫和审判“四人帮”的读者，对这一场场民族灾难了然于胸。而“爸爸”这位神秘人物的忧国忧民之心，他的脾性和身影也在这叙述中栩栩如生。

且将这篇文章，“浓缩”地作一次转述吧——

在别人眼里，我爸爸身居要职，是一个神秘人物。我常常见不到他，他像一阵风，一片云，一个来去匆匆的影子。后来我们长大了，才知道他操心两件大事，一是全市几百万人民安居乐业，二是党的最高领导人的安全。孩子们打心里对他敬畏。

放学了，大人不在家，这个院落就成为我们几个孩子主宰的天地。我们太寂寞了，就由着性子在墙上画画，把墙壁搞得一塌糊涂。爸爸回来了，我们吓得不敢吭声。爸爸在房间里踱来踱去，目光专注、轻柔，像在欣赏敦煌壁画或巴黎画廊似的，随后说：画得挺好嘛！那些画在墙壁上保留了好久，爸爸还向客人介绍我们的杰作。这个爸爸像管治安的么？

爸爸难得有空，能带我们出去玩。而他领我们玩的唯一去处就是劳改农场。我们仿佛出笼的小鸟，在田野上飞来飞去。爸爸最喜欢钓鱼，我最爱看爸爸钓鱼的样子。如果这时走近他的身旁，会发现他和平时判若两人，脸色变得晴朗、柔和、安详。

爸爸的老家在东北农村，祖辈都是当农民的。记不清是哪一年，我们家的院子里开辟出一方小小的田畦。开春了，院子里那一小块麦田吐出盎然绿意。爸爸每次回到家里，第一件事就是蹲在畦边。见我好奇，爸爸说：“这是我的备忘录！看到它返青、拔节、分蘖……就给我开了一张日程表，叫我知道什么时候该到农村去走一走。民以食为天哪！”我这才发觉，管治安的爸爸把兴趣转到农业上去了，这项兼职的任命对他来说最合适。

命运有时难以捉摸，而人世间最荒诞的事恰恰发生在爸爸身上。爸爸被逮捕了，戴上手铐，押上囚车，沦为由他治理过的这座城市的公敌。那些日子，我不愿回忆。我从少女长成大闺女，但爸爸杳无音信。后来听到传闻，说他已经离开了人世，而且死得很惨。噩耗传来，震惊、悲恸，我哭了一场又一场，眼泪都哭干了。

七年多之后，爸爸重又从我们的记忆中出现了。春节前夕接到一个通知，叫我们前往某一个地方探监，爸爸还活着！如同听到死而复生的奇迹，重新找回失去的一切。车子向远方驶去，看看窗外景色，眼前这条路是爸爸亲自指挥铺修的，而那座不为人知的监狱也是他邀请某个学院建筑系一起设计营造的。

当监狱看守领着一个摇摇晃晃的身影停在我们面前时，我惊愕得说不出话来：七年前留在我心里的爸爸，是魁伟、健硕的，一副虎背熊腰的样子。如今出现在我眼前的是一个干瘪的小老头，全身佝偻着，白发稀疏，形同枯木……一年后，又一次接到通知去看望爸爸，专案组的人事先向我们交代，以释放出狱为条件，但对问题不作平反，想靠我们子女之情去打动他。但这次没见到爸爸，我们只听到从走廊里传来爸爸发脾气的声音："我不想见！我不是为自己的孩子坐牢的，而是为了千千万万的孩子……"

爸爸蹲了八年监狱之后被放出来了，被安排进医院治疗，还劝他去全国各地走一走。他对谁的话都一概摇头。他仅选中一个地方，那是离这座城市不远的山区，群山环抱中的一汪蓝色的湖泊。我常做的事情就是陪爸爸一起去钓鱼。可惜过了不久，爸爸就被一个紧急电话召回城里。返回闹市，情形大变。落在肩上的事分外繁重，超出他体力所能承担的。他的病还没好呵。他的脏腑仍被病菌浸润、吞噬、化脓、扩散。爸爸参加了审判工作，处理那桩给我们民族带来大祸害的案子。具有讽刺意味的是，那几个臭名昭著的败类恰恰押在爸爸曾经蹲过八年的监狱。

那几个败类落得应有的下场，爸爸的病体也支撑不下去了，被送进医院。爸爸从医院里出来了，动过大手术，带着刀痕，身上还插了一根橡胶管，系着一个人工的器官。他用年老多病的身体承受着比年轻时更繁重的工作，有一天我回家，没等见爸爸，听说他又被送进医院了。病房随时有人进出，向他请示工作，而他人半坐床头，谈笑风生，精神亢奋。但每当客人一走，他就衰弱地瘫倒在床上，剧烈的疼痛使他发出一阵阵呻吟。

病房离天国一步之遥，那天爸爸在一阵猛烈的抽搐后，离开了这个世界。那一刻，我不在他身边。当我得知他的死讯，发疯似地奔向医院，病房里发出一片抽泣的声音。遗体去火化的那一天，一长串车队尾随他的灵车。他的车子还是开的那么快。当通过一个十字路口时，看见民警提前开放绿灯，随后扭过头去，脱下警帽，在掩面痛哭……

我知道理由不喜欢磨蹭，将“文汇速度”发挥到极致：收到《湖滨梦》，两个小时后即发到排字房，隔天就将小样用“航空”寄给理由。谁知，好事多磨，十多天过去了，迄无回音，理由迟迟未将小样退回，电话也找不到他。我赶紧发信催问。1984年7月5日，理由回信着急地说：

达成：你好！收来信，得知校样已发出，到处去找。北京作协那里没有，万寿路这里也没有，问过收发，都说没有见到。看来不能再等了。我想请你校对后直接发排吧。这篇报告文学，不会出现事实上的出入，行文上的改动，请你做主。

我的地址，是北京万寿路甲15号东院×楼×××室，今后联系请以此为准。惠寄的刊物也烦请改为此处。电话81—5050，离我不远，亦可转告。如有机会来京，欢迎做客。

“百花”出版了我的一本报告文学集《纯情》，不知寄给你没有？我当奉寄留念。

《湖滨梦》原本我想在7月号推出，这一来只能放到8月号上了。想不到梅朵又出来“作梗”，觉得《湖滨梦》这样单用可惜，希望能赶紧催促到“印象记”，并配理由封面，以完成他所期望的“组合”。理由的态度很友好、很配合，他很熟悉梅朵那种得陇望蜀的“贪婪”。

10月上旬，我去信要求他，对《湖滨梦》的主人公——“爸爸”隐秘的身份加个注解，仅仅交代他“身居要职、工作性质特殊”似还不够释疑。10月12日，理由回信对此表示同意。在信的末尾，还正面回应“印象记”的事：

关于恢复文中冯基平的名字，我没有什么意见。原来的考虑，他是我哥哥的朋友，他的孩子也熟悉我，但那些孩子不是一个母亲生的。他死后，孩子们之间的矛盾已到戏剧化的程度，以致用任何一个（或一拨儿）孩子的角度来回忆他们父亲的追念文章都会使矛盾加剧。因此，在指出冯的名字时，请仍按原来的叙述语气，即不具体写明说话的第一人称是哪一个女儿。主人公的名字是实的，叙述者的名字是虚的，这样较好，以免引起那些孩子间无谓的纠缠，不使我哥哥为难。

关于采写我的“剪影”，我手头正忙，有一建议，我将于本月25日取道上海，再向南行。请你可否从上海物色适合的作者，我在上海可腾出两天时间见面详谈，提供资料。我希望把我写得真实些，褒也好，贬也好，文笔真实而生动，以悦读者。如可，我行前电告你。当否请复。（此行路费我自有出处。）

显然，理由觉得自己耽搁了我们，才出此下策。我清醒、迅速而又直截了当地否定了这个友好方案。非不为，乃不能为：以我对理由的了解和理解，他对自己的文章极其较真和苛求，经常写得“痛不欲生”。而能入他法眼，让他看得上的作者少之又少。倘使贸然找一个不熟悉理由的上海作者采写他，结果不难想象，最终可能会弄得

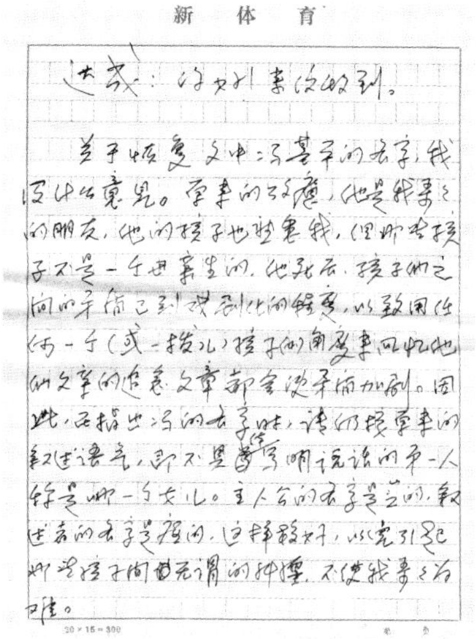
新 体 育

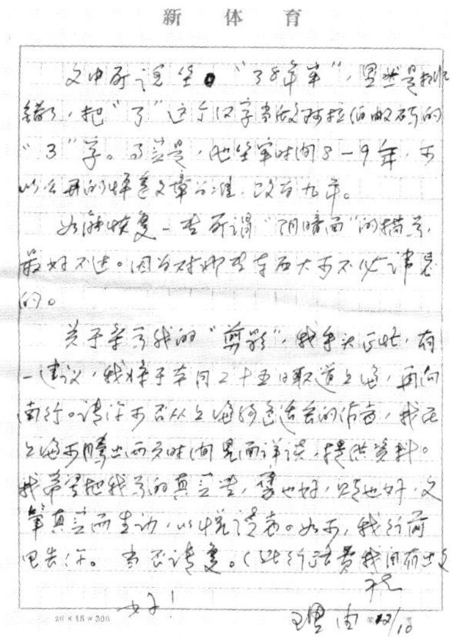
新 体 育

1984年10月12日，理由来信说两件事：一是同意恢复《湖滨梦》文中冯基平的名字。但仍按原来的叙述语气，即不具体写明说话的第一人称是哪一个女儿。二是就写他“剪影”事，提出建议，“我将于本月十五日取道上海，请你可否从上海物色适合的作者，我在上海可腾出两天时间见面详谈，提供资料。”

三方都很不愉快。我不想冒这个险，坚持让理由自己找合适的人，哪怕因此要多花很多时间。

梅朵急不可待，而我的态度坚不可摧，决不为赶时间仓促出牌。而他老人家最终同意我的意见，放弃在上海找人方案，并在12月号上先行推出《湖滨梦》，不再与“组合”捆绑在一起——一是他也知道理由心高气傲、极为挑剔；二是我翻梅朵老账，为了做成一套“谌容组合”，他于1981年3月约来《文艺报》老友陈丹晨的万字评论，却因谌容小说迟迟不交而“冷藏”到1983年1月。在梅朵住院期间，丹晨兄向我“求救”：“无论如何不要再积压，更不要再与谌容的小说‘绑’在一起，她的小说不到，我的稿子就无出头之日……无奈老梅的一套编辑计划，因为谌容迟迟不给贵刊小说而未能实现，将拙稿也就耽搁下来。迄今已有一年零九个月。”虽然我随即跟老梅发出“最后通牒”，并坚持将丹晨的评论发出，但文章耽搁太久已味同嚼蜡。

不过，因为解除“捆绑”，梅朵所期盼的“理由组合”，其后又整整等了两年，才算大功告成。

徐刚没让理由失望，漂亮地完成“印象记”《他在寻找灰姑娘》

之前几年，尽管梅朵强势组稿，也只指望每年从理由手里拿到一篇报告文学，因为知道他产量不高，且索稿者众。倒是我的“怀柔”手段比老梅奏效，随着我和理由友谊加深，见面、通电话，或是写信，都相谈甚欢，颇为相契。《湖滨梦》发表近半年，北京发生震惊全国的“5·19”球场暴力事件后，我又催来了理由一篇反映这场事件的《真正的球迷》。文章很见功力，大事件，小切入，理由在众多球迷中选取了三个人，让他们用白描式的口述，把中国队在跟香港队争夺世界杯分组赛小组出线权，意外失利后，引发球迷骚乱的过程与心态展露无遗。

文章开头相当平实：

他们是无数球迷中的几个人。说起“5·19”的那场足球赛，一个个慷慨陈词。尽管那场比赛触发了一系列暴力事件而受到追究，他们对于披露自己的姓名却都无所顾忌。他们说：“球都踢输了，我还怕什么呀！”

不过，他们都谦虚地承认，自己算不上真正的球迷。据说，真正的球迷是“一种特殊的人”。

第一个王姓球迷，二十四岁，不爱看球的女朋友很体贴他，托关系弄到球票，陪他看球。谁知，偏偏球输了，闹事了，王姓球迷心里别提多么憋气、窝火：

我浑身产生一种冲动，这双脚就像着了魔似的，见着什么想踢什么，真想胡踹一气。那天，幸亏有我的女朋友在身边，使我多了一份牵挂。我俩离开体育场，走到东大桥，背后传来乱哄哄的声音，人们开始闹事了。如果不是陪着女朋友，我一定会转身返回去……

二十三岁的魏姓球迷，则从厂里两个同事谈话说起，其中一个是学理工的，他说以后再也不去看球了，因为他知道“共振”将产生什么样的后果：

我也懂得了“共振”是怎么一回事。那是当我坐在八万名狂热的观众当中，才弄明白的。人们在使劲儿跺脚，起初，那声音是凌乱的、嘈杂的，后来那响声越来越大，越来越整齐，合成一片有节奏的震动。中国队进球时观众们在跺脚，中国队输球时跺得更厉害。头顶上的看台激烈地晃动，好像天上打雷一样；脚下的看台也在颤抖，就像要发生地震似的……人们不顾一切地跺着，用跺脚去发泄热情或者怨气，谁也不曾想到后果……

而二十五岁的包姓观众，将闹事的根源挖掘到更深层次，那就是我们的体育宣传太突出政治啦：

一场比赛赢了就是振兴中华，就关系到国威民威……万一输了可怎么交代？难道就不振兴了么？就辱国辱民了么？我同情教练员和运动员，不论是胜利者和失败者，他们的日子都不好过。他们都生活在一种巨大的舆论压力下，胜者英雄败者贼。可是，既然搞体育就得准备输，有输有赢才叫体育。我们的观点不变，只能对观众的情绪火上浇油，还会闹事……

理由做过报人，在《光明日报》当过几年机动记者，他对我们以办报的作风和效率办刊物，大为赞赏。但我对理由这个关于“5·19”的稿子并不满足，因为他“一鸡两吃”，分别给了《人民文学》和《文汇月刊》；而《人民文学》又先于我们发表，一时占尽风头。

我以最快速度处理《真正的球迷》，也只能赶上1985年8月号；而在这过程中，《人民文学》7月号已经强势推出理由《倾斜的足球场》。当我读着文章的第一段，就觉得他们这半个“鸡”，要比给我们的那半个分量重得多，它更正面的直击和碰撞了“5·19”事件，一开始就让赛后成为悲剧人物的中国足球队主教练曾雪麟粉墨登场：

5月19日晚，曾雪麟率领气宇轩昂的中国足球队踏进北京工人体育场时，他万万没有想到这场比赛就是三十多年足球教练生涯的悲惨终结。他刚从一个接一个的战前预备会议中腾出身来，那些迎战香港队的战术配合图表此刻仍然摊在训练基地的办公桌上，挂满办公室的墙壁，像运筹帷幄的将军一样，他早已胸有成竹。在他以往的经历中，没有任何一场比赛像这次更富有刺激性、挑战性和胜利在望的把握性。命运赋予他一次伟大的机遇，大半辈子的时光在绿茵场上的奔波和中国足球运动的沉浮中消逝，他终于看到绚丽的希望之光在眼前闪烁……

同一个作者，同一个事件，《人民文学》比我们早出来一个月！不过，平心而论，我们是没有资格埋怨理由和《人民文学》的。《人民文学》占有天时地利，时任主编的王蒙和编辑部主任、我们的老对手和老朋友周明，抢先一步，最早找到理由；而理由劈了半个“鸡”给我们这个晚了大半个身位的“第三者”，已经很够朋友、很给面子了。理由在打电话和通信中，感受到我的醋意和不爽。他在1985年7月23日寄回清样的信中很友好地打招呼，并淡化两篇稿子间的差距：

达成：清样看过，有两三处错字，如“辩（舆）论”，“窝大（火）”、“片儿警”，其余没有改动。请付印前再校一遍。

《人民文学》发在前头，真抱歉。不过，两篇都有词不达意的东西，当初两篇合为一篇写就好了。

这篇东西老兄处理得很利索，多谢。

1986年伊始，我开始认真催促理由："梅朵亟待早日实现关于你的那个'组合'梦，三天两头'敲木鱼'，已经逼得我心烦意乱……"

直至6月26日，接到理由的信和照片，我心中一块石头才算基本落地：

达成：你好！遵嘱寄上几张照片，不知可否，如需用请来信告之，可把底片取来寄上。

已与徐刚老弟接头，稿子的事看来八月份才可完成。

水到渠成，梅朵催问了两年多的"理由组合"，终于收获在望。出乎意料，理由寻寻觅觅，找到了跟他同样心高气傲、却又惺惺相惜的徐刚，来写自己的"印象记"——其时，徐刚这位老友、上海老乡，已离开《人民日报》副刊，调往《中国作家》杂志，掌管报告文学专栏。

理由还寄来了自己所满意的几张照片；并在苦苦酝酿，准备为我们写一篇关于香港回归的《九七年》。我知道理由的性格和风格，他很在意自己名望，也很看重这个"组合"，这篇让人期待的报告文学一定能够打响。

为了封面照片的制作精度，我们的美编挑出几张理由照片后，又让我要底片。1986年7月27日理由来信：

达成：你好！底片刚取到，寄上，请保存好。明天我将去北戴河数日，稿子正在赶写，一脱手即寄上。

一个星期后又接到徐刚信，那篇《他在寻找灰姑娘——理由写生》也随信附上：

信早收到，迟复为歉。我急着想把理由的稿子写出来，和他长谈了半天，然后又去承德山庄，昨天刚回京，稿子已写出，今寄上，请兄斧正。

徐刚是写"印象记"文字的好手，行文洒脱，文采飞扬，他先后给我们写过艾青、写过祖慰、写过陈冠柏，而"理由写生"无疑是其中最出彩的一篇。挑剔的理由，显然也很认可这篇"写生"。十八年后的2004年，当人民文学出版社"中国当代精品报告文学书系"推出理由的集子《扬眉剑出鞘》时，理由破例地将徐刚的这篇文章作为“代后记”。徐刚还为这“写生”补写了一个下篇，开头一节便让人动容：

我和理由相识二十多年，其间，相聚的次数不超过十次。天涯远隔，我想他时总觉得他也在想我，一种难能可贵的友情就这样在感动和思念中走到了今天，居然也成了跨世纪的纪念……

徐刚在为《文汇月刊》写的《他在寻找灰姑娘——理由写生》中，材料信手拈来，下笔无所禁忌，文中几度提及理由的“三次婚姻”：

理由是离了两次婚、结了三次婚的一个男人，仅此一点，便足以使他成为新闻人物。在中国，离婚本来就难，更何况名人？离一次婚就得脱一层皮，更何况一而再？

过不下去了，便不过；既不想欺骗自己，更不想欺骗别人，这难道不是一种责任感吗？

他在寻找灰姑娘——无论是对文学，还是对生活……

随后，徐刚说到早先在《人民日报》时，所见到的刚开始在文学上寻找“灰姑娘”的理由；而且还直言不讳地说到《扬眉剑出鞘》这篇成名作有其局限性，“从长远来看，形式大于内容”：

我最早读到理由的作品是《扬眉剑出鞘》。那时候，还不是眼下的作家等着编辑索稿、抢稿的光景，他是把稿件送到报社来的。我正在这家报纸编副刊，便先睹为快。其时，报告文学还刚刚在兴起，作家与诗人面对着变化太大的政治与生活，几乎都在手足失措、寻找最适合于自己的表达形式的时候，理由的这篇报告文学所起的作用，从长远来看，是形式大于内容的。

就内容而言，像这一类题材，也许会很快过时。我们从这篇报告文学里看到的如下一些特征，却是珍贵的：理由文风朴实、严谨，不尚虚饰，作家含蓄的热情。

就报告文学这种形式而言，理由运用得及时而自如，有一部分读者和作者从小说的编造及诗歌的扑朔迷离之间，选择了报告文学，乃至以后一系列的佳作与平庸之作都不算少的体育题材的报告文学的涌现，应该说理由是走在前面的。广大的读者也是从此开始了解理由，并因为他后来的不少越写越好的佳作的问世，而奠定了他在报告文学界的举足轻重的地位。

一个多月前，当徐刚和理由分别告诉我，他们开始约谈，准备这篇“印象记”时，我曾感到诧异，这两个人性格一个内向，一个外向，却又同样心气高傲、性格鲜明的人，怎么走到一起了？徐刚后来在文中释疑，他们走近不易，中间耗费了许多时日：1981 年盛夏，中国作协约请了一部分作家去北戴河疗养，他与理由的房间只有一墙之隔，他们是在这里相识的。理由堪称“江上弄潮儿，出没风波里”，而徐刚泳技平平，很少下海，只有在海边喝啤酒的份：

他很清高，我也傲气，因为不熟，平时也不过是点个头、打个招呼而已。但我常常琢磨着他的人和他的文，想要从他身上找到什么报告文学似的，并且暗暗地羡慕他身上的肌肉。我们很浅地交谈过，大约也就是他读过我的诗，我读过他的报告文学之类。

徐刚觉得，他算是跟理由认识了，实际上与不认识差不多，两人从无私人交往，偶尔在一些集会的场合碰见，照例是点个头，问个好而已。但表面淡然，内心却有些涌动，彼此间有了一种不知何来、惺惺相惜的信任感。

八十年代中期，当理由在文坛和情场上春风得意，徐刚在《人民日报》副刊的境况却有些落魄。徐刚不光在部门被“靠边”，连在外面发表作品也不容许。朋友们希望他安然过关，为他忧心，而且盼能早日发表他的作品，为之正名。1984 年 8 月初，雷抒雁就在信中写道：“徐刚的事，料您已知。老兄得罪人太多，落此大难，难料后果。”1984 年底，梅朵听徐开垒说，徐刚的事情已日趋淡化，让我向袁鹰打听一下，现在能否发表徐刚作品？袁鹰很快回信道：

您好！上次去沪，未能遇到，殊以为憾。也没能见到丽宏，大约他也去苏南了。

今天收到来信，问到徐刚事，他的问题尚未解决，我告开垒兄的话，是对问题的估计。但最好过些时日，再行“亮相”为妥。不知你们以为如何？请转告老梅，并代为向他致意。

匆复，即祝近好！

不光我们牵挂徐刚，《人民文学》也牵挂着他，约请徐刚参加一个规格颇高的会议，他也因此与理由再度相逢：

1985年初夏，我还没有离开报社，无所事事，一副落魄的样子……却不料接到《人民文学》的一个请柬——以主编王蒙名义约请在京的部分作家，借座北京饭店讨论文学与社会问题。次日，又接到编辑部冼宁大姐的电话，嘱我一定到会……他们在关心一个也许并不太值得他们关心的人。除了内心的感激，我还能说什么呢?

就在这个会上，我又见到了理由。已经阔别多年了，他因为第二次婚变而被各种流言包围着。然而他的发言，他滔滔不绝地讲述的他对“5·19”足球场事件的分析……也是在这个会上，王蒙提出了文学反映社会问题这样一个重大而严肃的议题，并披露：“人民文学”将同时发表心武的《5·19长镜头》和理由《倾斜的足球场》。

这次会议给几乎与文学界隔绝，在“面壁斋”里面壁了一年的徐刚，带来了讯息和思考，他很推崇理由的这篇新作，认为是一次重大突破和跨越：

毫无疑问，理由走完了他的报告文学的第一阶段的艰难而成绩卓著的历程。《倾斜的足球场》既是他的，也是报告文学的一个新的里程碑。从此以后，报告文学所担负的将不是一个人或几个人的单线条的记述与描绘，而是在时代的基座上的群像的雕塑，是直面生活，在更高的层次上，以积极的态度去干预、去雕刻。如果说报告文学在前几年因为单调，乃至人为的拔高和趋时而出现过危机的话，那么从“倾斜的足球场”开始，柳暗花明又一村，新的气象出现了。

“他总是写得那么认真”，徐刚也很赞赏理由的写作态度，呕心沥血，全力以赴，从不马虎和应付：

倘论理由的报告文学作品，当然也有高低之分，然而没有一篇他不是下功夫去写的。这一点看文字就知道了。镜花水月、云山雾罩的那些东西，是可以骗自己、无法骗别人的，理由不为。理由认为，与写作的技巧相比，“写作的前提却更重要，那就是作者的真诚态度。激情，才是作品的原动力……”理由是本着上述的宗旨去观察人生、探求文学的。因而，你总无法将被框上了“花边新闻”的理由，同作品中看到、想到、体验到的一个认真、严肃的理由相统一。

徐刚与理由真正开始交往，是在他身上的“麻烦”终于了结后。他告别当了十年诗歌编辑的《人民日报》副刊，来到《中国作家》杂志编报告文学，跟张凤珠大姐合作得很舒畅、很愉快。

旧饭碗好捧，毕竟是驾轻就熟；新饭碗难抬，不知道高低深浅。好在想起了王蒙的“文学与社会问题”，也还算认识几个写报告文学的朋友，便一一求助。理由是这样回答我的：“徐兄到新地方，我一定尽力支持，只是手头的东西是应王蒙之约写的，只能给《人民文学》。一俟脱稿，有了新的材料，便给你们写。”

他不会客套，只是直说，而且说了算数，前些天，我们相约见面，我去他家取《澳门蒙太奇》的手稿，并长谈一次。

大热天，他住在万寿路，我先骑车，再坐地铁，找到那一处高楼深院，叩门……他聊起了几度香港之行。他以自己的笔记录了有着划时代意义的“中英香港谈判”，以及真实的香港文化界的面面观，这一些，读者并不陌生。

然后，他又谈起了私生活……他似乎已真的找到了爱情的“灰姑娘”，他说，“我唯一感到幸福的是亮亮理解我，支持我！”

破碎也是一种美，或者说是开始重新组合的另一种美。然而，两次婚变的裂痕，在他心上一样是抹不掉的……

“病怏怏的，一个字也写不出来”的理由，最终呕心沥血交出《九七年》

当我翘首以盼，等着理由兑现上一封信中所说的：“明天我将去北戴河数日，稿子正在赶写，一脱手即寄上。”却不意收到陶斯亮的信，她便是理由所寻找到的“灰姑娘”亮亮。

那是陶斯亮 1986 年 9 月 1 日发出的信：

罗达成同志：您好。虽不相熟，但经常看到您与理由的往来信件，因此，自

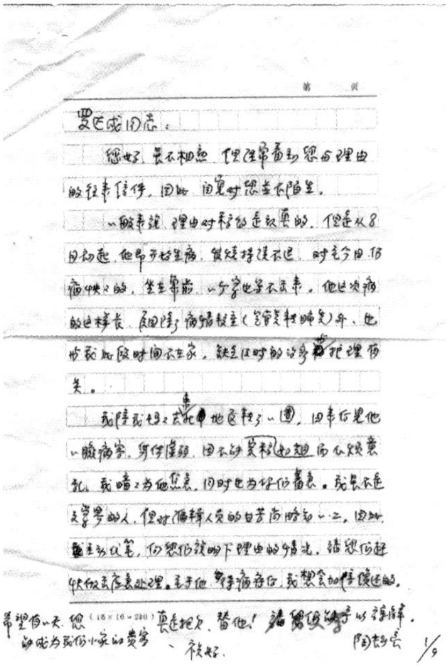

罗达成同志：

您好，虽不相识，但经常看到您与理由的往来信件，因此，自觉对您并不陌生。

一般来说，理由对稿约是认真的。但是从8月初起，他即开始生病，发烧持续不退，时至今日，仍病怏怏的，坐在桌前，一个字也写不出来。他这次病的这样长，原因除了病情较重（气管炎转肺炎）外，也与我此段时间不在家，缺乏及时的治疗与护理有关。

我陪我妈妈去东北地区转了一圈，回来后见他满脸病容，身体虚弱，因不能如期完稿而心烦意乱。我暗暗为他焦急，同时也为你们着急。我虽不是文学界的人，但对编辑人员的甘苦尚略知一二，因此，主动代笔，向你们说明下理由的情况。请你们赶快做出应急处理。至于他，待病愈后，我想会加倍偿还的。

希望有一天，您 真是抱歉，替他！请你们能予以谅解。能成为我们小家的贵客。

祝好。

陶斯亮 1/9

1986年9月1日，陶斯亮瞒着病中理由，来信代理由辞稿

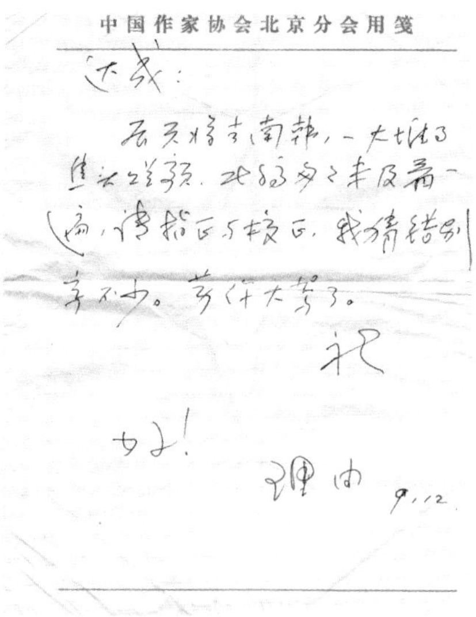

中国作家协会北京分会用笺

达成：

后天将去南韩，一大堆事焦头烂额。校样来不及看一遍，请指正和校正，我错别字不少。劳你大驾了。

祝

好！

理由 9.12

理由1986年9月12日来信：后天将去南韩，焦头烂额，校样来不及看，要“劳你大驾了”

觉对您并不陌生。

一般来说，理由对稿约是认真的。但是从8月初起，他即开始生病，发烧持续不退，时至今日，仍病怏怏的，坐在桌前，一个字也写不出来。他这次病的这样长，原因除了病情较重（气管炎转肺炎）外，也与我此段时间不在家，缺乏及时的治疗与护理有关。

我陪我妈妈去东北地区转了一圈，回来后见他满脸病容，身体虚弱，因不能如期完稿而心烦意乱。我暗暗为他焦急，同时也为你们着急。我虽不是文学界的人，但对编辑人员的甘苦尚略知一二，因此，主动代笔，向你们说明下理由的情况。请你们赶快做出应急处理。至于他，待病愈后，我想会加倍偿还的。

真是抱歉，替他！请你们能予以谅解。希望有一天，您能成为我们小家的贵客。

陶斯亮的信写得很得体，很友好，没有那种让人不快的高干子女腔。我跟她不熟，之前知道她，是1978年12月，陶斯亮在父亲陶铸冤案即将平反之际，曾经写过《一封终于发出的信》，这封信流露出了非常浓厚的感情，在当时产生了巨大的影响。陶斯亮还曾

很实在地透露过："当时写好以后，柯岩流着眼泪、坐在床上，花了一整天带病帮我改稿子。所以说，这篇文章里面有文采的地方都是属于柯岩的，当然感情是我的。"她和理由结合后，也只是偶尔接听过我的电话，我不知道她看过我和理由的往来信件。

我理解陶斯亮护夫心切，但我的回复除对她致谢和问候理由，表示下次赴京一定去拜访他们的"小家"，但并未松口答允对稿件做"应急处理"。我并不打算放过理由：我们10月号的杂志封面已经开印，徐刚写的"印象记"也已到位，怎么能缺少作为主打部分的理由的报告文学？而且，陶斯亮信中"主动代笔"四个字，让我估摸到，十有八九她是未经理由同意就私下写了这封信。我相信，素来将作品视为生命，写作极其认真、严肃的理由，不太可能轻言放弃，他对朋友的许诺向来一言九鼎。在这一点上，我大概比亮亮更了解理由！

果不其然，理由在9月12日——作为随团记者出发去汉城采访亚运会前两天、《文汇月刊》发稿截稿期前，给我寄来信和他写的《九七年》。信写得极其匆促、极其简短，根本没有提及自己生病，也没有提及亮亮的信：

达成：后天将去南韩，一大堆事焦头烂额，此稿匆匆未及看一遍，请指正与校正，我猜错别字不少。劳你大驾了。

作为报告文学同行，既是编辑又是作者，我感同身受，深知理由所说的"焦头烂额"：报告文学作家写作，大抵都是起初几天甚至十天半月，思路杂乱，灵感枯竭，坐卧不宁，无从下笔；而不经意在某个瞬间，或是梦醒时分，一切又豁然开朗，文思如涌。但交稿期限已迫在眉睫，只能将作品匆匆寄出。许多朋友曾告诉我，每写完一篇报告文学，都疲惫不堪，乃至病倒几天——报告文学这个苦差事，太让人呕心沥血了！

理由是痛苦写作，我是痛苦期待，但我们的付出是值得的。《九七年》是理由写关于香港回归题材的又一篇代表作，与他四个月前在《人民文学》发表的《香港心态录》相映生辉。虽则《九七年》只有一万多字，篇幅不到前者的三分之一，但理由仗着笔力，写得更概括、更凝练、更深刻。理由选取的这个题材既新鲜，又敏感，香港和内地的人都会有共同兴趣。我一连看了两遍，觉得他材料非常扎实，如果不是他“三顾茅庐”，“举步维艰”地采访了香港各个阶层一百多人，不可能写出如此厚重、有分量的作品。在《香港心态录》中，他曾说到第三次赴港：

一个内地的文人去香港采访将举步艰涩。语言是一层隔膜，盖着橡皮公章的介绍信没人买账……香港人渴望沟通却又害怕招惹是非。除非你们是朋友，双方肯于在一天劳碌之余，拣一个清净地方，备一壶浊酒或一杯可乐，向你聊表心事。朋友把你介绍给朋友，还有朋友的朋友……

此行是笔者第三次赴香港。前两次应邀讲课或参加学术研讨，住在香港中文大学僻静的山头上凭窗眺望吐露港口的空濛烟雨，与香港的人间世态恍若隔绝。一来二去，交了一些朋友。这次在香港停留五个星期，采访一百多人次，回首顾盼，所遇多是些不穷不阔的老板、不高不低的学者、不大不小的经理、不中不西的专家……他们被称为香港社会的中层。

在《九七年》中，理由将香港人面临“回归”的种种困惑、各式心态，以及他们眼下的生存状态，未来的应对计划披露无遗：

第三次去香港，我就面临着朋友所说的困惑。

“你是否觉得有明确迹象显示北京将收回香港？”

现在如果有谁向港人提出这个问题，不但幼稚，而且荒诞。中国将于1997年收回香港的主权，北京和伦敦都表示了同样明确的态度。可是仅在几年以前，许多香港人并没预见到那一天必定会来，而来得又如此迅疾。1981年底，在我初访香港时，曾经看到中文大学学生会社会部所做的一次盖洛普式的调查，其中认为北京于1997年收回香港可能性“相当大”的人只有5.8%，认为这种可能“稍大”的人约6.9%，而认为可能性“稍微”、“相当微”和“现时无法估计”的人却高达84.8%……

这类调查在我这个大陆人的眼中未免刺激神经，但它反映了徘徊在某些香港人心头的浓重阴影。指责香港人不爱国吗？有的香港人（例如有的年轻的知识分子）会用诧异而执拗的目光打量着你，反问道：“为什么要我爱国？爱国主义是一种狭隘的政治观念，凭什么一定要我来接受？”……他们并不把爱国主义看做是客观外加的责任，而看做是一种主观内省的承担，值得爱的就爱，不值得爱的就不爱。

同是炎黄子孙，香港人的国家与民族观念是多义的、多线性、多层面的，他们和大陆的传统观念有交叉、有共鸣，也有时大相径庭。要怪就去怪历史吧！上个世纪，当中华民族处在最涣散的时刻，他们是被衰败的清朝政府抛弃到海外港岛上的一小盘散沙，岁月的沧桑又拉开彼此政治上和经济上的差异而使香港人更逐渐疏离。当我乘坐从广州直达九龙的列车通过罗湖桥边境的一刹那，脑子里倏然闪过一个念头——收拢香港的人心远比收复香港的主权要难得多。

在理由行将结束第三次访港，完成对一百多人漫长而又艰难的采访前后，传出加拿大当局拟订了一个极其宽松的一揽子计划，吸引香港的有钱人去投资和定居。墨西哥政府热情更高，特别开辟一块地区，以优惠条件提供香港人工作和居住。据他们预测，有五分之一的香港人（约一百万人）将会离开香港。虽则这预测过于离谱，但香港目前的“移民热”的确是一次不大不小的浪潮，先生把太太送到国外，太太放先生一马当先，或者用护照在两地间飞来飞去，尤其把美国作为选择的目标……

理由是清醒的，他不无忧虑地注视着香港朋友的未来去向，但也认为事情并不至于那样令人沮丧。他的信心来源于香港人对祖国厚重的情感和责任感：

在香港立志安土不迁的大有人在。那些对大陆具有冥冥乡情的劳工大众自不待言，更有不少饱学之士和年轻才俊但求报国有门。记得我在离开香港前最后的一次采访时，一位年华正茂的学者送我走过一程林中小径，他诚挚地说：“我是不会走开的。香港的未来是我的未来，那时就看我们的了！”他们才是香港希望的所在。

五年间三访香港的理由，所见所闻，所思所虑，在胸中汹涌澎湃，他在《九七年》的结尾时直抒胸臆，感慨万端：

中国领导人提出的一国两制得到广泛的赞扬与赞同，香港人管理香港的原则也被普遍地接受。在此之前，东方制度绝对排斥西方制度，西方制度也从来没有宽待过东方制度。香港正向着一场人类历史上前所未有的实验过渡。尽管某些香港人在夹缝中困惑的心态并没完全消失，如同面对一个巨大的魔方，规则业已确定，奥秘不尽而知，害怕伤脑筋的人提前走掉或将要走掉，更多的人将留下来，围着它争论着、推敲着、筹划着。香港人是值得敬重的。他们还没来得及脱掉强披在身上的殖民地公民的外衣，就在迎接文明史上一场艰难的考验。

我确信，理由的这篇《九七年》一定能打响，因为它如此生动而又深刻地告诉读者："收拢香港的人心远比收复香港的主权要难得多。""理由就是理由，牛啊！"梅朵读完，也极为赞赏。彩色封面打样效果也很好：置身海边、双手叉腰的理由，一身清闲，花格衬衣外是宽松粗纺线衫，英俊的脸上满是笑意和春风得意。

梅朵脸上也满是笑意和得意，我们每完成一套有影响的"组合"，他都如此。但梅朵提醒说，香港问题很敏感，文章里有些提法是否有点过，要我发排后让把关的老编辑徐凤吾仔细看看。

没奈何，在报社的大树下办刊物，好处多，效率高，但麻烦也多，不得不认真对付：我能做的，就是在宣传口径的"一二三"，跟保护作者作品完整性、不致伤筋动骨间，寻找最大公约数。我经常跟"刀斧手"徐凤吾为改稿、删稿发生争论乃至冲突，但我从来没有大获全胜，他有报社总编辑马达授权这个"尚方宝剑"。

知道理由惜稿如命，我们对改动极其较真。梅朵还提醒说："有改动，一定要跟理由打个招呼。"这还用得着提醒吗？我赶在理由出国前，跟他通了电话："可能会有所改动，没法跟你商量了。"理由很痛快地撂下一句话："亮亮看了算！"

1986年10月号《文汇月刊》很抢眼，理由的封面和文章，以及徐刚的"理由写生"，给读者留下深刻印象和思索；而这"读者"中，还包括北京的中央有关领导部门。连理由自己也没想到，他的《九七年》，以及《香港心态录》等许多关于香港回归文章，会为中央统战部所关注和赏识，并因此改变了他的命运，他很快就从文坛上消失，去香港弃文从商。

二十四年后，《南风窗》上一篇《理由：一个文人的逃遁》，将其间经过与缘由尽道其详——

1988年冬，理由接到一纸限期出境、前往香港的通知。此时，他还是被北京作协包养的一位专业作家，写作了《扬眉剑出鞘》等一批报告文学名篇，正当大红大紫阶段，忽然就要来一个激流勇退。在当年这是一个秘密。

时逢香港回归祖国谈判前后，理由多次应邀参访。每次回来，都会就自己对香港社会的见闻与观感写上一点文字。这些文章恰巧被中央统战部方面注意到。

“我们统战部的部长非常欣赏，说看看人家写得那么深刻，咱们统战部就弄不出一篇这样的报告来。”陶斯亮对本刊记者说，“我们总觉得香港回归祖国好像大家都欣喜若狂，实际上他就把香港各方面种种人的心态写得很深刻，等于是给我们统战部一个很好的报告，有助于了解香港人对回归的态度。”

与此同时，新华社驻香港分社负责人亦给中国文联打了报告，建议官方派遣一批大陆作家“单程”到香港，长期扎根，以便更好地认知和了解香港。老跑香港的理由被认为颇有底子，是不二人选。

“我也是支持他去的，在那边长期待着，也没觉得有什么了不起，”陶斯亮说，“男人应该去干事业。在内地写来写去也都是‘奉命文学’，香港是个比较自由的地方。”

孰料此去，竟是一番乖蹇，命运的阴差阳错早已埋伏在那里等他。一年“移民监”还没有坐满，时局发生了一些变故，物换星移，与内地的官方联系由此全部被打断。理由像只断了线的风筝，孤身一人羁滞在外。

理由此时已届知天命的年纪。动弹不了，又不耽于整日无所事事。要寻找自食其力的出路……环境变化中的桩桩件件，促使理由横下心来，来一个一百八十度转弯儿。

“香港的一个朋友说，你要做生意，就要忘掉你是理由。我必须放下身段，必须没有文人的很多良知上的东西。商人和文人，每个角色都有自己的剧本，价值观都是不一样的。当你要进入这个社会找一碗饭吃，或者你去求人，或者你自己去卖力气。有这么个剧本，硬着头皮我也得演。”

在朋友提携下，理由逐渐上道。几经转折，最后做起了房地产开发。境况好转后，理由来到广州。他已经很商人化了，广东作为开放前沿，也很商业化，对港商很欢迎。他在内地赶上了一个连傻瓜都能赚钱的时代。事业做得风生水起，连陶斯亮都不无意外。

“我觉得一不留心他怎么就变成一个房地产商了？不经意间他怎么就开了个楼盘？我就是琢磨不透。”陶斯亮说，“我说你怎么会做生意啊？我都不知道他会不会低三下四求人，不知道他怎么样跟人谈判的。他下海，没被淹死，这点儿真不容易。”

按党内规定，高干家庭直系亲属经商须到纪委登记谈话。在理由进入广州之始，鉴于国务院前副总理陶铸和中组部常务副部长曾志这两重家庭背景，陶斯亮决意与理由的生意划清界限，当时向广东省纪委提交了一份备忘录。

“等于先给他们提个醒儿，要是有什么人告的话，你们得知道，我实际上跟他没什么关系！”陶斯亮说，“我们家在广东关系是比较多，很多人认为是我帮了他……我没工夫顾他，他也不求我。他的合作伙伴就是广东的，跟省里关系特别好，也用不着我。”

陶斯亮彼时已离开中央统战部，在中国市长协会担任专职副会长职务。十五年以来，二人多半时间分处两地，各被俗务纠缠。陶斯亮从未察觉理由具备什么营商天分。在她眼里，这一直是“挺臭清高”的一个人，不很圆润、不很通人情世故。况且在那个市场经济大潮吞噬一切的开端节点上，同时代一批知名文人也纷纷摩拳擦掌投身商海，结果赔个盘干碗净，灰溜溜地又回来了。据此反观，当理由忽然在商界有一番作为后，让人多少有点儿发现新大陆的错觉……

有意思的是，当《南风窗》记者采访理由时，这位在十五年间完成了财富积累的房地产商，2004 年又重新回到了作家圈。理由想跟文学重续旧情，但面对眼前这个文坛，大有“觉昨是而今非”的凄凉，“与他同一时代的老作家，在各路‘超女快男’式文学现象的夹击下，城池尽失，风光不再。怀着八十年代美好记忆回来的理由，再见这些朋友，恍如隔世。”

这位记者在勾勒理由寓所幽静、舒适时，不经意间，展现了主人公的富有和悠闲，并流露出惋惜和感叹：

打开窗帘，对面就是一个十八洞高尔夫球场。距寓所一箭之地，中间只隔一条双车道马路。这里是邻近西山的一处别墅群，庭院深深，绿意掩映。当北京被季候唤醒，理由回来了。每年春夏，他会在这临时寓所小住半年，待到北方冷下来，又会像候鸟一样南飞。

一晃二十年，他完成了自己的积累，显得富有而恣意，与中国传统语境里的穷文人形象已相去甚远。打打高球、玩玩美玉、收藏手表，看样子就要这样怡然自得地终老了。今年他已经七十二岁。

玩物不一定丧志，丰腴的物质世界对于精神皈依起到催化。他已着手对自己的财富进行了再分配，其中一部分捐赠给基金会，用以支持那些仍在纪实文学创作道路上跋涉的穷文人们……

为在名家汇聚的“编委会”上发飙，理由和陶斯亮双双致歉

这些都是后话了。还是回头说说《九七年》刊出后，理由对《文汇月刊》所做删改做出愤怒反应，几近跟我们彻底翻脸的事。

理由去汉城来也匆匆，去也匆匆。他在后来发表的《汉城信步》中写道：“我是 10 月 1 日随第二批归国运动员提前飞回北京的……随后就铺开稿纸，面对着在汉城时手边常用的地图，搜索着在那里度过的十六天的印记。”

及至 10 月中旬，“理由组合”在《文汇月刊》出炉，本该是皆大欢喜——刊物给作家以最高礼遇和规格，“图文并茂”，让作家充分展现自己，刊物也同时提升、扩大了自身影响。谁料，事与愿违，结果竟弄得彼此很不愉快。

我将新鲜出炉的10月号《文汇月刊》样本以最快速度寄给理由，让他先睹为快。我很高兴，十来天后，又要去北京跟理由见面了：《报告文学》杂志社发来通知，说是 11 月初，要开两天编委会，我和理由都是他们的社外编委。

几天后，估摸理由收到杂志了，我兴冲冲打去电话，他几乎没有寒暄，就气呼呼地责问道：“你们怎么这样删稿子？”我的解释，也平息不了他的怒气。理由在《光明日报》当过记者，怎么一点不明白——关于香港回归的宣传，有一定之规：要坚持正面宣传，负面的、让人丧失信心的东西不容多说。别无他法，我们不得不做必要的删改！

理由不依不饶，我出发去北京的前几天，收读他一纸“声明”，要求来函照登：

《文汇月刊》编辑同志：

我与贵刊编辑已是老友，此次承蒙辟出版面发表我的有关香港的报告文学《九七年》，由于发稿时我正在香港，也由于可想象的技术或非技术原因经贵社做了数处删节，返京后得知此事我既遗憾又理解。

此外，在排版与倒版时发生的较明显的误差想贵刊也已发现，盼做必要更正。

理由

1986 年 10 月 29 日

理由的这篇《九七年》有一万一千字，被我们的版面责编、“刀斧手”徐凤吾删去约五百字。我又一次对照原稿，仔细看了被删的三处文字。

理由这些文字所刻画的某些香港人的焦灼、失望、迷茫，已经力透纸背、展露无遗。我们删去少部分“悲情”文字，乃不得已而为之，但并未伤及文章筋骨。报社最高领导马达多次说过，不能用办《文汇报》要求套用到《文汇月刊》，办刊物要宽松，有更大自由度。否则，《九七年》一定会删掉更多文字。

我感到很遗憾，理由一点都不理解我们。

11 月初，我如期赴京组稿，并参加《报告文学》编委会。陈祖芬在编委会召开前给我写信说：你一定要来，来了组稿可以“一网打尽”。确实，这会上圈内最具影响的报告文学名家、名编济济一堂，十五个社外编委个个了得。

记不清楚，是 11 月 3 号还是 4 号开编委会？也记不清楚，那时《报告文学》是否已经交棒给傅溪鹏了？只记得，是在《人民日报》大院里，《报告文学》杂志那简陋的会议室，除了外来编委，老主编田流、副主编程光锐，还有编辑部正副主任朱宝蓁、傅溪鹏，以及杂志社的编辑全都来了。

原本，会议发言踊跃，氛围热烈。谁知，轮到理由时，他突然打横炮，怒气冲冲地“声讨”《文汇月刊》，把气氛弄僵了。大意是：他把那篇《九七年》稿子交给《文汇月刊》后，去汉城采访了；“月刊”的朋友竟然随意删改稿子，不尊重作者……

从未遇到的突然袭击！刹那间，血往头部涌，我感到愤怒和惊愕，准备立即做出反击！一个报告文学名家，怎么能出尔反尔、违背事实呢？怎么能在大庭广众场合，翻脸不认人，对朋友对《文汇月刊》无端发难呢？理由虽然很牛，但还没有牛到可以拿我们刊物开涮。

尽管我也属冲动型，牛气冲天，但仅仅过了几分钟，我就冷静下来了：我身为编委和客人，又面对在座的一众名家和前辈，以及《报告文学》杂志社的朋友，怎么能跟理由一样“失态”、“撒野”？砸了人家场子，太不给主人面子了。

我强压怒气，只是在理由说完后，简单澄清道：《文汇月刊》改稿删稿，向来都征得作者同意，小样也尽量让作者过目。理由来不及看，出国前明确对我说“亮亮看了算”。我们所做的几处改动，事先都征得陶斯亮同意……

是非曲直很清楚，一散会，朋友们都安慰我。晚间，一位跟我跟理由极熟的北京名家，在电话中对我剖析说：“理由现在春风得意，不光是名作家，跟陶斯亮终成眷属后，又进入另一个原本不属于他的圈子，他的自我感觉有些膨胀，说话行事有时失去分寸……”我也坦率地告诉这位老朋友：“很失望。理由的形象，这次在我心中崩塌了。”

回到上海，我还是怏怏不快。早已知情的梅朵，并不跟我“同仇敌忾”，而是赞许地调侃道：“没想到，你这臭脾气这回居然没爆炸。”继而既像点评，又像为理由开脱地说：“没有必要撕破脸，弄得彼此难受。理由很牛，很傲，有时不讲理，但人不错，对《文汇月刊》也很有感情。让他发泄一下，过后一定会想明白！”老梅这老头，还挺向着理由！

曹礼尧是听《人民文学》周明说的，周明人脉广泛，跟我们刊物、跟理由都是好朋友。理由“发飙”那天，周明就在场，他也是《报告文学》杂志社外编委。周明还把事情告诉了理由夫人陶斯亮。

我回到上海没几天，就接到陶斯亮 11 月 10 日发出的信：

达成同志：听周明说，那天开会时，理由表现得太激动，使您深受委屈，为此我十分不安，特此写信慰问。

《文汇》确实是一片好心，这点理由心里比谁都明白。我看了他写给友人的信，不无愧疚地写道：我得罪了“文汇”的朋友们，他们是一番好心……理由是个极

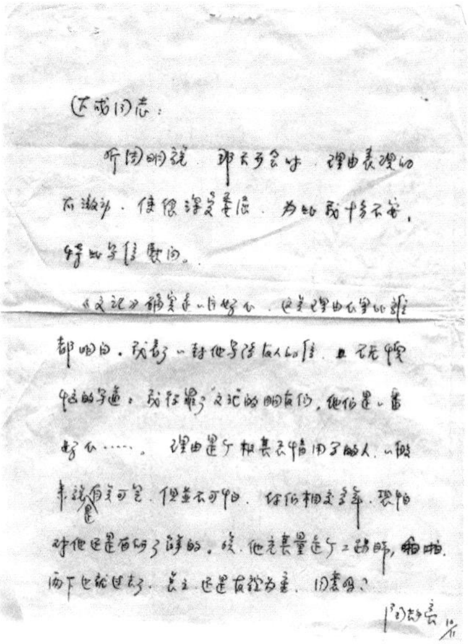

1986年11月10日，陶斯亮来信："那天开会时，理由表现得太激动，使您深受委屈，为此我十分不安，特此写信慰问。"

1986年11月13日，陶斯亮来信信封

其感情用事的人，一般来说是有点可笑，但并不可怕。你们相交多年，恐怕对他还是有所了解的。唉，他充其量是个二踢脚，啪啪两下也就过去了。总之，还是友谊为重，同意吗？

陶斯亮 10/11

这是陶斯亮给我的第二次意外。她上次意外来信，是让我放过"病中"理由，另备稿件。虽然，我不可能听从她的意见，但我对这位通情达理、亲切待人的嫂夫人留下深刻印象。现在，她让我谅解"极其感情用事"的理由，"还是友谊为重"，我当然同意，我一直很珍惜我们之间的友情，并将他看成我的"文学标杆"。读了这信，还让我感到自己心胸"狭窄"，怎么就这样放不下，"耿耿于怀"呢？相形之下，比起宽以待人的梅朵来，我还差得太远：只学到他的锋芒毕露、雷厉风行；却没学到他为刊物、为组稿，有时宠辱不惊，乃至忍辱负重。

我为理由高兴，他有亮亮这样的夫人，实在是三生有幸！

意外还没有结束，九天之后，我又接读理由的致歉信：

达成：你好！听说在北京的那天会上使你很委屈，而且几天怏怏不乐，我想想又很内疚。删稿的事并不在你，而且我去汉城时由亮亮代为表态，事后让你左右为难。我就是这么个人儿，急性子，存不住话，直来直去，不久处不会了解我的性格，请多多包涵。

我仍希望能把简短的声明发出去，万一办不到，请把原稿寄我，我决不想再去扯这件事，只想在出书结集时恢复。

再次向你致意道歉，友谊长存为重。

理由

1986 年 11 月 19 日

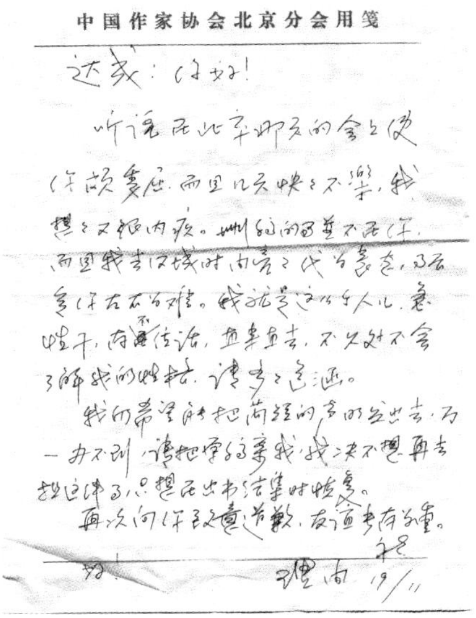

1986年11月19日，理由来信，为那天在会上发飙感到内疚。“再次向你致意道歉，友谊长存为重。”

理由就是这么个直来直去、存不住话的人，有时他的傲气让人觉得“可恨”，但骨子里却很可爱、可亲。像他这样傲气的人，写信打招呼实属不易，但他在感到愧疚，感到辜负我们的一片好心后，还是以友情为重，发出信件。他是个男子汉，也是个好哥们。

然而，就连在这封“打招呼”的短信里，他还“可爱”地坚持“把简短的声明发出去”。我当然不可能满足这个“坚持”，只能满足他的退而求其次：“万一办不到，请把原稿寄我，我决不想再去扯这件事，只想在出书结集时恢复。”我把原稿退给“理由兄”，还附上一封充满友情的信！让这点争议和不快过去吧，我们永远是惺惺相惜、对报告文学有着共同信念和追求的好朋友！

补记：

世事沧桑，当我翻阅着理由重返文坛后，在旅游出版社所出的《打高尔夫的理由》，既感到亲切，又想到阔别之久远，有三十年不通音讯了吧。

我牵记理由，他大我五岁，今年已经七十七岁了，却又不急于去寻寻觅觅、重续旧情，距离是一种美，追忆往事更是一种享受。想起不久前，几经辗转，要到原《报告文学》编辑部主任朱宝蓁大姐的电话号码，九十高龄，话语朗朗，但一对话，前言不搭后语，她先说我是老同学，继而又说不认识我了，我的心境瞬间破碎了。

打“高球”的理由自然是健康的，倘使我们重新相聚，议论起当下文坛，感叹“昨是而今非”，报告文学早已失去曾经的辉煌，不知又是何种滋味？还是让我在心中对老友遥相思念吧，尽管他有时要发点“臭脾气”。

2015年9月7日

廿四　与黄宗英争议《小木屋》

说来奇怪，从上世纪五十年代算起，在上海这个文化积淀极深的大都市，曾涌现出一茬茬有全国影响的小说家、散文家，却鲜有数得上名号、被受众广泛认可的报告文学作家出现。幸好，我们还有一位曾经是大牌演员，之后又成为饮誉文坛的报告文学名家黄宗英。否则，上海的文坛太寒碜，太无颜见江东父老了。

在散文、报告文学集《星》的后记中，黄宗英清楚地划出她的转轨印迹："从1958年上山下乡，我的演员生活渐渐'淡出'，作家生活渐渐'淡入'。"1959年以后，她就离开了银幕，转入作家协会，从事专业创作。

黄宗英跻身于一流报告文学作家中，创作的报告文学作品总量不算多，但每一篇作品都相当有分量，在读者中产生反响。她报告文学创作的喷发期，主要集中在两段时间：一是六十年代初期，她曾推出《小丫扛大旗》、《特别的姑娘》、《新泮伯》等代表作。二是"文革"结束后的七十年代末至八十年代中期，黄宗英激情奔涌地拿出一批轰动一时的佳作，如：《大雁情》、《美丽的眼睛》、《橘》、《固氮蓝藻》、《他们三个》、《越过太平间》、《小木屋》等。凭借《大雁情》、《美丽的眼睛》和《小木屋》，黄宗英曾三度获得全国优秀报告文学奖。

世事多变，人生亦多变。六十年代，黄宗英的几篇作品发表时，我还不是读者；而七十年代末八十年代初，我已开始报告文学创作，"小荷才露尖尖角"。由陈沂主编的《当代中国的上海》，在"作家队伍的壮大和文学创作的繁荣"一节中写道：八十年代初，"在报告文学领域中，黄宗英是取得突出成绩的一位。当追踪名人足迹成为一时风尚时，她却以细腻委婉的笔触描绘那些不知名的科学家的献身精神。她的大部分作品汇集在报告文学集《星》中。罗达成的报告文学也开始崭露头角。"

再往后，当黄宗英在《文汇月刊》发表《他们三个》、《越过太平间》、《小木屋》这三篇报告文学时，我已经是这个刊物报告文学专栏的责编了。而且，为《小木屋》的修改，我和宗英大姐看法不同，曾经引发一场不大不小的争论，虽则双方表现得都很理智，但还是多少留下一点阴影……

我很晚才读到黄宗英的《小丫扛大旗》。这篇文章发表于1964年，正是她的不惑之年。当时我跟文学还不沾边，志不在此，连个文学青年也算不上。我所读过的文学作品，唯有《三国》、《水浒》、《西游记》、《红楼梦》、《封神榜》和《三言两拍》，我喜欢读古典名著。要凑数的话，还可加上我在书摊上看过的好几百本“连环画”。

那时，我二十岁，正处在人生的低潮。因为迷恋棋艺，醉心于打谱与参加比赛，无心读书，我在1962年高考中毫无悬念地落榜。父亲被我伤透了心，失望地采取冷暴力——日复一日地阴沉着脸，不理睬我。而这年上海棋类锦标赛上，我在国际象棋决赛中挤进前六名。在区体委专程上门，要保送我去上海市青少体校，向专业棋手发展时，我兴奋不已，但我父亲断然拒绝，“不行，下棋不能当饭吃！”无奈，我到技校上了一年技训班后，被分配到复兴岛上的上海中华造船厂，做车工，三班倒。

日子过得又累又沉闷，我开始学习写作，做着毫无希望的文学梦，却又强烈期待梦想终能成真，能在报刊上发表作品，甚至成名成家——想以此改变人生命运，改变我的工作环境和生存状态；同时，企望以奋斗和成功缓和跟父亲的关系，让他有一天能对我另眼相看。随后，我参加了厂里的业余写作组，以及沪东工人文化宫文艺创作组，并在《文汇报》上发表了第一首诗。时值书荒年代，我们防空洞写作组的十来个人到处找书，挑选名篇，然后自己用钢板刻印“名著选编”。有时，还请工人作家赵自、仇学宝、费礼文，到这破旧的防空洞里来做辅导。

谁也没有想到，也不敢想象，这防空洞里后来竟真的走出过好几位作家。除了我，还有之后成为颇有影响的文艺评论家和《文汇报·笔会》主编的刘绪源，以及既是作家，又是《新民晚报》著名法制记者的钱勤发等。

八十年代初，那是一个非常年代。“文革”毁灭了文化，打倒了名家，却又意外地给工农兵提供了进入上层建筑的新闻和文化单位的机遇。在毛泽东“工人阶级领导一切”的口号下，通过参加通讯员学习班，或被借用或“掺沙子”，有些幸运儿得以到报社短期培训甚或参加工作。我也有幸在这个非常时刻，以非常途径走进《文汇报·笔会》。

我特别迷恋报社那藏书丰富的图书馆，花了六七年时间读完了这里所有跟文学有关的中外书籍，包括诗歌、小说、散文、报告文学和文艺评论。名家名篇，几乎应有尽有，置身其间，我像饿汉跌进粮仓，心中总是充溢着一种难以表述的幸运和兴奋。幸福不是一点点呵！

这还不算，从七十年代末到八十年代初的几年间，我每过一两天，午休时就走两三站路，去福州路上的上海旧书店淘书，先后淘到得几千册“文革”前出版的名家著作。有徐迟的、黄钢的、魏钢焰的，以及苏联著名特写作家奥维奇金的《奥维奇金特写集》。寻寻觅觅，锲而不舍，我花了两年时间，才淘到梦寐以求的魏钢焰的《船夫曲》，我甚至能大段背诵其中的一些篇章。之后，又寻觅到他的《绿叶赞》，其中收有写赵梦桃的名篇《红桃是怎么开的？》。每读一次，都有荡气回肠之感。我还终于配齐了由中国作家协会编选、作家出版社 1964 年出版的四集报告文学选。其中的第二集，书名即为《小丫扛大旗》。

那时，我刚刚起步写报告文学，还不懂得内中三昧，写出来的东西有着记者腔和通讯味，有报告，缺文学。于是，这些中外报告文学名家们的作品，成了我对照自己的镜子和“临摹”的范本。黄宗英的《小丫扛大旗》，则是我最初临摹的范本之一。

从当年的《小丫扛大旗》，到浩劫后《美丽的眼睛》和《大雁情》

初读《小丫扛大旗》，心头感到无比新奇、震撼，报告文学竟然可以这样写，这样自我，这样鲜活，这样松弛，这样收放自如，充满真实感情和伸手可触的生活细节，而又不拘一格，这跟报社传统通讯的写法完全不是一码事。试想，如果遮去黄宗英的名字，这类稿子到夜班编辑手里肯定难以过关。但我不光能接受黄宗英的写法，而且很喜欢，我知道，这才是真正的报告文学。

黄宗英跟她笔下铁姑娘队的四员猛将——秀敏、庆云、玛瑙、珍儿，好亲热好熟悉好随便呵！开篇那一节，生动而又鲜活，我仔细读了好多遍：

公社开会休息时，我在篮球架下找到铁姑娘张秀敏。她正和女伴坐在一块儿抢蜜枣吃。我跟秀敏说，要到她们村去住几天。秀敏一对大眼水珠似地朝我一闪，把一颗蜜枣往我嘴里一塞，又用眼尖把她的队员们顺溜一扫，扁起小嘴点点头："来呗。我们熬一大锅开水等着你。""干吗？我可没那么大肚子。""美得你，你一进村我们就拿小刀给你宰了，下锅炖了。"我大笑起来："好劲！不远千里的，我哪阵把你们铁姑娘队给得罪了。""你自己心里明白。"秀敏说着一吐枣核，把我往地下一推："来呀，姑娘们，胳肢她！"说时迟，那时快，秀敏、玛瑙、珍儿一起动手，庆云想拉架也拉不开，我一下子就陷入了重围。我笑得失了音："哎呀……讲点风……格呀！……燕子嗳——快来啊！出人命啦……"你们猜，铁姑娘跟我哪儿来的那么大"仇"？却原来：河北省宝坻县大中庄公社，有两面全国知名的大红旗。一是司家庄的燕子队，一是小于庄的铁姑娘队。两个庄相距八里地，是比学赶帮的对手。这一个月我都是住在司家庄，和燕子队员一道干活。我们春播占了第一，政治测验也比铁姑娘队多二点五分，开会的时候，我也常帮燕子队"啦啦"铁姑娘们，所以秀敏"恨"上我啦："端谁家碗，向着谁。大姐你等着吧！"这小丫！"哎呀……嗨……嘻嘻……"我把蜜枣囫囵吞了，噎得我："我算认得你啦，铁姑娘，我算认得你啦。"

可惜，就在黄宗英发表了数量不多的几篇报告文学，却已显露才华、自成风格，给读者留下深刻印象之际，她的写作被"文革"的狂风暴雨打断了，不得不搁笔十年。

浩劫后，她心潮难平，"哭肿了眼睛"，写了一篇《星》。文章责编、时任《人民文学》编辑部副主任，后来出任副主编的周明，在为《文汇月刊》写的《黄宗英和她的〈星〉》中，追述了这篇传诵一时的佳作形成过程：

当时正是1978年初，作者有感于电影界平反昭雪的名单中不曾有上官云珠的名字，为了用笔悼念屈死的亡友，她含泪迅笔书成。我还清楚地记得，当时，有一天，我去华侨大厦看望黄宗英，在场的赵丹同志对我说：唔，最近宗英哭出了一篇文章，不知刊物能否发表？我接过稿子一看，题目曰《星》。当场，我一口气读完后心情很不平静，很为感动，便立即带回了编辑部。当编辑部决定发表时，为了慎重起见，黄宗英又将原稿送请几位老同志看，听取了大家的意见作了修改后才正式交由《人民文学》发表。文章立即引起热烈反响。

这是“文革”动乱结束后的第三个年头，沉寂已久、积蓄已久的报告文学名家们纷纷出手，最早产生重磅影响的经典性作品，是《人民文学》杂志上发表的徐迟的报告文学《哥德巴赫猜想》。之前，我读过徐迟六十年代的代表作，写敦煌守护者常书鸿的《祁连山下》，曾不忍掩卷，感动得泪水横流。现在，他又有新的突破，大胆触及敏感题材，写出一个活生生的“数学怪人”陈景润。其影响空前，下至普通民众，上到中央领导，几乎无人不读这篇“猜想”。作为一个读者，又是报告文学新人，我读之再三，把它作为新的范文。1978 年 6 月在《上海文艺》上，黄宗英发表了《美丽的眼睛》，1979 年 1 月又在《十月》上发表了《大雁情》。

黄宗英走进全新领域，两篇文章都反映了中青年一代知识分子的追求和命运，喊出了他们的心声。而《大雁情》，还触及如何落实知识分子政策这一敏感而又亟待解决的问题：主人公西安植物园实习研究员秦官属，远离家庭，多年来在深山工作，默默无闻却又做出业绩。1978 年春天，虽然让她出席了全国科技大会，但单位里仍有争议和质疑。

黄宗英想采访她，被婉拒了。回到下榻处，桌上有着秦官属的留条：“记者同志：感谢你们对我的支持和鼓励，请求你们千万别写我。我的处境很为难，望能谅解。”这更激起黄宗英的采访欲望，在科技大会后随即追踪到陕南山区，到了秦官属所在的秦岭之巅的药材实验地。一如当年采写《小丫扛大旗》时，与铁姑娘们滚打在一起那样，她跟秦官属同吃同住，很快就彼此打成一片，走进秦官属小心翼翼、轻易不肯打开的心扉。黄宗英还采访了许多人，完整地还原了秦官属，写出《大雁情》，为中青年知识分子的境遇发出呐喊。

在这文艺复兴的大好时刻，《文汇报》创办的《文汇月刊》于 1980 年 1 月应运而生。刊物主编梅朵，五十年代就是电影评论家，还曾创办过发行量过百万的《大众电影》，和赵丹、黄宗英相识多年，很有交情，创办《文汇月刊》后，怎么能放过黄宗英？黄宗英也欣然赐稿。创刊后的第 2 期上，她就给了散文《涓涓小集》，之后又写来《旅美即兴小诗》。

采写《越过太平间》，就在女大夫做观测的动物室里“加了张床”

作为梅朵老友，黄宗英等前辈报告文学作家则是《文汇月刊》报告文学的镇舱石。专栏开张未几，1981 年 4 月号头条，是梅朵催讨来的黄宗英给我们月刊的第一篇报告文学《他们三个》。文章反映三个上海“老三届”青年，尽管命运坎坷，浩劫过后还是卧薪尝胆，研究医学测量中出现的令人头疼的“0 点漂移”难题，试制成功我国第一台医用自动永停滴定仪。

宗英大姐是最早触碰“老三届”这个苦涩题材的报告文学作家。正文伊始，她就笔蘸深情、语气沉重地发出呼喊：

人们常比较：在“文化大革命”中被残害最甚的是文艺界？教育界？是老干部们？……历史的进程告诉我们：以上的答案，是，也不是。应该说：是青年！尤其是“老三届”学生。

“老三届”，这些“文革”中的畸胎儿，是在他们最富于幻想地走向生活的当口，满腔激情地接错了电源：闪光、雷霆、迷雾、风暴掀倒了这整整一代人。十年动乱，光怪陆离，噩梦过去，都已经是“三十而立”的人了。有的已经当了爸爸妈妈，却还在为一个户口、一个在编名额而奋斗奔波。究竟有多少青年找到“而立”的“0”点呢？减去十年负荷、十年创痛，恢复真正的青春！

小韩、小林、小陈——他们三个曾是上海复旦中学的学生，高中时同班。这个班在“文革”前是试点班，五十名同学中有四十名地富反坏右和历史反革命的子女。而正因为他们的父母都是“革命的对象”，他们不能掌握自己的命运，必须逆来顺受，是老三届，又是异类青年，他们在“文革”中为谋生计不得不备受折难，却又在困境中各自攻读、自学，难能可贵地掌握了一技之长。当“文革”十年噩梦结束，三个人重新坐在一起时，他们突然发现了自己，重新衡量了自己。小陈是搞化学的，得知他所在领域的空白与要害。小韩是搞电子的，深悉电子王国的条条脉络。小林是搞机械的，能把无形的思索变成有形的实体。这三个人加在一起，将是多么理想的科研组合！他们怀着为国家填补空白的热望，决定试制自动永停滴定仪。这个意愿，得到了小陈所在单位上海医药公司领导的大力支持，公司批准试制费用实报实销，为他们三个开了一张叩开科学迷宫大门的通行证……

作为一个作家，又是一个母亲，黄宗英敢怒敢爱，激情磅礴地写下《他们三个》。这篇八千字的报告文学，是宗英大姐为我们所写的报告文学中最短一篇。脱稿后，意犹未尽，她又加上一个别致的“后记”《不要说》：“写完这篇文章，心中涌起几句诗，顺手写在下面”——

不要说我们的生活多枯燥／只有元件和线条／离开了科学／花儿暗淡，鸟儿不叫

不要说我们的生活多糟糕／只留下伤痕和烦恼／丢弃了事业／爱情之神才会失去微笑

不要说我们的幻想太无聊／只是做梦瞎唠叨／心灵的旋律／将奏响快乐的圆号

黄宗英的报告文学写作年产量不高，很少有刊物能向她如愿索稿。而素来组稿作风蛮横、咄咄逼人的梅朵，对黄宗英也破例地宽容，约稿只是写信、打电话，从不动辄用加急电报狂轰滥炸。梅朵给黄宗英的底线是，诗歌、散文不算，每年至少给《文汇月刊》一篇报告文学。

投桃报李，宗英大姐的自觉性也很高。整整一年后，当我们准备撞击出巨大声响，在 1982 年 4 月号推出第二个“报告文学特辑”时，身在无锡疗养院养病的梅朵，早早告诉我，已经约到黄宗英一篇重头稿《越过太平间》，她说还要打磨几天。

我们这回用半本杂志、四十多页的篇幅一下发了七篇报告文学，其中多半是全国获奖名家。另外，还有一篇一位报告文学大家谈报告文学写作的《报告的报告》。这规模与声势在全国刊物中绝无仅有，反响堪称“爆炸性”，这就是梅朵的风格与胆量。梅朵好生得意，乐呵呵地在长途电话里明知故问：“达成，报告文学专辑反应不错吧？”

作为“压舱石”，黄宗英的《越过太平间》不过一万字，却很有分量，采写

时间跨度长达两年。作者写宣武医院一位对癌症下战表的医生，文章开头就很吸引人，对自己所起的出现“太平间”字眼的吓人标题做了注脚：

1979 年。初冬乍冷。迎着大西北风，我走进北京第二医学院附属宣武医院，去寻找太平间，不是去寻找死亡；相反，是去寻找希望。不是为自己，那年，我和我的亲人都还没病没恙。只因我听说，在这座医院里，有位默默无闻的女医生，神不知鬼不觉地向死神递了战表，誓与癌魔争夺生命。她就安营扎寨在太平间的后边。

1979 年、1981 年，黄宗英两次采访宋慕玲，第一次就睡在羊圈旁边、兔房对面宋大夫的小屋里，她采访好深入、吃得起苦呵。

从 1979 年 9 月起，宋大夫就住进动物室，日夜盯着白鼠不回家；黄宗英为了采访她，现在也挤进来同甘苦了：

此刻，小屋里又为我挤了张床……小屋有暖气管道通着动物室，温度不低，更加重了农村牲口棚似的粪便气味、饲料发酵的酸味，还混合着莫名其妙的药味。最讲卫生的女医生能一住几个月，我住几天还不行吗？不过，老实说，乍去，恨不得鼻孔里能生出个自动启闭器来。

尽管条件艰苦、设备简陋，宋慕玲还是在这里研究出用中药制成对付脑胶质瘤的“抗癌粉 1 号”、“抗癌粉 2 号”。黄宗英急切地关注她的成果，和药物疗效印证，并忘情地为之奔走、呼吁：

两年多来，我曾经向许多亲友介绍宋大夫。在软卧车厢里，在轮船甲板上，当我得知旅伴是书记，是院长，是去探望生癌症的职工，我也都会为他们写下宋大夫的名字和地址；我安慰外国籍的朋友：“为你的亲人试一试中国医生的药吧。”但作为一个作家，我始终没敢发表我的文章，虽然我已经写了草稿、初稿、二稿……

文学界的朋友劝黄宗英：“别惹事！人物还没‘上榜’。”更有人劝她稳妥：“等宋大夫的试验通过了成果鉴定试验后，再写吧。”那当然好。可是黄宗英着急呵，以宋慕玲现今的试验条件，何年何月得以通过与国际水平相等要求的科学成果鉴定？！

难啊，真难啊！黄宗英无奈而又愤懑地写道：

李时珍生在现代，其《本草纲目》不知能不能被通过为科学成果？我说的不是气话，一个时代有一个时代的要求。所以……我想……我想不清楚了：怎么这位在科学鉴定上不知该打多少分的女医生，在我这个文学家越来越刹不住非要写她不可了呢？

当事人不像黄宗英这么冲动，她能尽心尽力拯救绝望的病人，却无意也无力改变和拯救僵化的体制：

不算成果就不算成果吧！宋大夫稳稳笃笃地坐在那小小的门诊室里，每天每天诊治那四面八方来的病人，敲打着她的打诊槌、音叉器……加加减减她那复方的药面："只要能给绝望的人一线希望；只要病人能治好了，站起来了，就行啦！"

当宗英大姐在归途火车上，还在看那份《抗瘤粉治疗脑胶质瘤》的论文，思想在世界上这场攻癌战役中，中国医学学派能否成为一支方面军时，宋大夫什么也不想，她只想到黄宗英那满头美丽的标志性白发。有这样一个名作家在关心她，为她写文章呼吁，她已经感到很温暖、很满足，夫复何求？

在不到半年时间里，《文汇月刊》两度强势推出报告文学特辑，在文学圈和读者中激起经久而又强烈的回响，这对兄弟刊物也形成很大的压力和推力。梅朵身在疗养院，却不安分，他很坚决地让我把隔三岔五出现的"特辑"转化到常态：即以后每期发三到四篇报告文学，总计不少于四万字。我好为难呵，在京城所有大牌刊物都在抓在抢报告文学情况下，要虎口夺食，太艰难了。而在刊物本身，原本已经粥少僧多，报告文学再这样扩大地盘，每期要挤掉多少别的栏目稿件？

梅朵好贪婪，为了要让《文汇月刊》的报告文学专栏最具影响力，他要我拉网式组稿，一定要把他第一流报告文学作家团结在身边，甚至牛气冲天地放出豪言："没有在《文汇月刊》发过报告文学的，不能算真正的报告文学作家；没有在《文汇月刊》报告文学专栏发过头条的，算不上第一流报告文学家！"后来我的老朋友、报告文学名家乔迈苦笑着告诉我："我就是被梅老板这个话吓坏了，不能不、不得不赶紧给你们文章。"

得陇望蜀，梅朵还要我在刊物上抓紧展开"报告文学讨论"，一定要把报告文学的话语权掌握在手里。1982年8月号《文汇月刊》上拉开讨论大幕，率先推出理由的《报告文学的遐想》；梅朵也在病中操刀，写来《成功者的力量和勇敢者的道路——关于报告文学的随想》。随后，他又为9月号的"讨论"，约来黄宗英的《与人物共命运》。

黄宗英说她一讲理论，往往越说自己也越糊涂，还是只谈谈自己写报告文学的体会，而且只谈一个问题——报告文学，重在选题。那么，她选什么呢？黄宗英推心置腹，说得很坦诚很实在：

1. 如果把笔者的感情比做一团带电的云，能击撞出雷电的，就意料不到的落在了我的稿纸上。不是我选题材，是题材撞上了我。

2. 首先，我不是作为一个作家而活着，我是作为一个人而活着：一个姐妹、一个女儿、一个母亲、一个阿姨、一个长者、一个晚辈、一个知心朋友。我应该随时随地想到自己应该做什么——在生活中以自己的身心去写；而后，才谈得上在稿纸上写。

3. 写普通人。普通人总是绝大多数，我也是其中一个。世界毕竟是普通人的。佼佼者也是从普通人中涌现出来的。如果佼佼者是普通人所不能理解的，那我也没法理解他、写他了。

4. 写正在行进的人们。写胜利者，更也写失败者；为最需要援之以手的人们，助一"呼"之力。不重在写一个人做成了什么；而重在写他是什么样的人。报告文学不能等同于英雄榜、劳模榜。有所追求的人们，我愿之同行。强者，携着我；弱者，我挽着。我更喜欢强者，由于我软弱，我需要力量。

5. 写我确实认为应该写的。虽然我还不熟悉他。我愿追踪他，去接近他，理解他；并使他也了解我。朋友总是双方的。"朋友"是一个月加一个月，又加十倍的岁月吧。所以，我有时"速写"——一见如故。更多的时候是将选材（人）存在心底，酿成友情的"酒"。

6. 写大家都很关心、我也很动心的，可又相当棘手的题材——这很可能是时代矛盾相当集中之一点。突破它，对社会进步或有所促。奇趣妙在奇险。虽险，愿为之一搏……

总之，我不纯客观地去描写人物、报告事件，而是与我描写的人物同甘苦、共命运去迎艰涉险，痛醉黄龙。

在西藏写下遗书，以生命为代价采写《小木屋》

黄宗英很遵守诺言，她答应过梅朵，每年会给《文汇月刊》一篇报告文学。在1982年9月号《文汇月刊》刊发《与人物共命运》后不久，黄宗英已经给哥哥、给孩子一一留下了遗书，毅然决然开始以生命为代价采写《小木屋》。

这是黄宗英又一篇反映中青年一代知识分子追求和命运的力作，是她跟着多年来在西藏人烟稀少的原始森林地区进行科学研究的女生态学家徐凤翔考察、采访，“为最需要援之以手的人们，助一‘呼’之力”，并与之“同甘苦、共命运去迎艰涉险”的作品。

《小木屋》是黄宗英给我们写过的三篇报告文学中篇幅最长、最具影响的一篇。稿子是由梅朵向她催讨的，梅朵养病两年后已经归队；成稿是交由《文汇月刊》的影视编辑，同时还兼任《文汇电影时报》副主编的余之拿来，而对稿子拍板提意见的主要是我。

处理宗英大姐稿件的这般周转，是少有的特例。《文汇月刊》的报告文学专栏的责编，一度只有我这个“孤家寡人”。而报告文学的约稿，一般从头到尾，看稿、提意见、寄小样、索要配发的照片，大抵都由我一气呵成。但宗英大姐既是电影人，又是文学家，老梅和余之跟她特熟，走动比我多得多。顺水推舟，我这个责任编辑，也乐得放弃了一部分责任。

黄宗英虽然萍踪不定，但梅朵、余之却很清楚她的去向。因为她外出采访，用的是“特别通行证”——《文汇报》特约记者证，作家中很少有人享受这个规格。而一笔紧巴巴的得省吃俭用，住普通旅馆、硬卧车的采访费用，也由《文汇报》负责报销。

无怪乎，时至2008年重阳，在华东医院养病、已经八十三岁高龄的黄宗英，在见到余之和他的新作《岁月留情》后，会在《新民晚报》副刊上大发感慨：

我又见到好朋友余之了，怎么会有三十年不见了呢？他还年轻，心里有诗的人，永远年轻。

他在《文汇报》工作，我们是见面熟的朋友，可以谈知心话的。1978年，我对他说："你能不能跟你的领导谈谈，给我一张《文汇报》特约记者证，并给我报销写报告文学的旅费。你试试看。"那时候，我五十岁出头，经过要求自我改造的下乡劳动和浩劫中的强迫劳动，我身子骨不错。我想趁还跑得动，就跑得远远的，至于上海嘛，是窝边草，老来再说。那时候，从上海到北京的一张软卧票是九十六元，我的工资是二百三十元，不算低。可我要去的是边疆啊。余之果然给我办妥了记者证和路费报销。让我想上哪儿就去哪儿，从此我出差都只坐硬卧了。契诃夫说：作家要坐三等车。很有道理，我是尽力找机会多接触普通劳动者。到了外省，我不去拜访省委，而是自己找个普通招待所住下，没浴室，天热，男旅客都穿着短裤衩在院子里水龙头下冲澡；我只好冲进短裤衩阵接一脸盆冷水，回屋从头到脚洗个遍。上路歇脚时，我渴了，就买两个甜瓜洗洗，两瓜一磕碰开来，啃了，又解渴也解饿更解馋。我所以能写成个报告文学家，和我对生活的适应能力强很有关系。

那时候，记者证可管用啦，火车票紧张，记者证不用排队。记者证也避免我自己变成被采访对象。我对《文汇报》铭心感激。

我写深入西藏的女生态学家徐凤翔的《小木屋》是首发在《文汇报》上的，余之是我的责任编辑。我的《小木屋》获得了当年的优秀报告文学奖。余之获得了优秀编辑奖。

宗英大姐大人雅量，挑好的说。说她跟《文汇报》、《文汇月刊》间的关系融洽，跟梅朵、余之"可以谈知心话的"；说她的《小木屋》最终拿了全国奖。不过"首发在《文汇报》上的"说法并不准确——虽然刊登文章的《文汇月刊》是由《文汇报》主办的。

她回避了当时与我之间对《小木屋》的争论，我坚持要她删掉其中一节文字，她"执意保留"。如果不是梅朵和稀泥，采用了"非常手段"先斩后奏、强行刊用，这个稿子很可能就“煮熟的鸭子飞了”，不会出现在《文汇月刊》上。而之后余之会获得优秀编辑奖，也是歪打正着的一个意外。

《小木屋》的采写来得突然，不在黄宗英事先计划之中。1982 年 10 月 3 日，黄宗英所率领的中国作家协会参观访问团，在西藏参观访问一个月后，第二天就要飞返北京。访问团能按预定日程回返，是对邀请来的贵宾的特殊优待，预订机票已登记到转年三月。代表团的成员谁也没想到，黄宗英这时竟突然提出退票，她要留下，不走了。代表团秘书长、《人民文学》杂志的周明，后来曾撰文详尽回忆这次风波：

黄宗英曾先后进藏三次。这里，她说的便是第一次进藏。这也是中国作协派往西藏的第一个作家访问团呢。我们在西藏跋山涉水，走草原，登高山，访问牧民，参观拉萨、日喀则、羊八井和水电站等近一个月，每个人都大大丰收。可就在访问结束，我们好不容易拿到了返程的飞机票时，临行前一天，黄宗英却突然变卦，说她不走了，要退票！怎么就说不走就不走了，何况她还是团长。在大家伙强烈追问下黄宗英也急了，才“坦白”说：三年前她在成都参加一个科学会议时，偶然听到一位女科学家的发言，讲述了她多年克服重重困难，在西藏林区考察和进行科研的事迹，大大吸引了她。她们互相表示期望今后能在西藏相见。她兴奋地说：太巧了！昨天下午在招待所院里意外碰见了徐凤翔，她正要进林区。因此黄宗英也要跟着去，所以她不走了。

恰巧在头两天，驻拉萨的新华社一位朋友邀我们去他家做客，他可是“老西藏”了。言谈间，他无意中说起原始森林里许多常常会遇到的野生动物伤人的恐怖故事，如毒蜂恶意蜇人，大狗熊从后背偷袭伤人……黄宗英也在场，如今她却竟然要去冒险！大家再三劝她，还是一块儿回北京吧，以后有机会再来。谁知，她一听急眼啦，和我“吵”起来！她不无激动地说：“周明，咱们是老朋友了，你难道这点都不理解我，支持我？！”

她坚定不移，我只好让步。第二天清早我们要乘早班飞机离开拉萨，头天晚上已和她告别，请她不必再送行了。不料，她又早早起身跑到院子里为我们送别。汽车发动时，她突然塞给我几封信，悄声说：“你帮带到北京后付邮，路上不许看！”什么保密的信，不许看？我见信封上的收信人都是她哥哥、弟弟、孩子们，还有上海她单位领导，便产生好奇心，想偷看。但我还是克制了自己，怕犯法。飞机将从成都中转北京，所以，在成都要住一夜。晚上，我将我的疑心告诉了几个“顽皮”的伙伴，他们也产生好奇心，说：咱们就犯一次错误吧，反正她也没封口。打开一封看看是啥内容？天哪，全是安排后事的“遗书”。比方其中在她写给大哥黄宗江的信中说：“亲爱的大哥：您好！我跟随植物学家徐凤翔到西藏林区采访去了，那里人烟稀少，有蛇，还有熊瞎子。听说熊瞎子在人面前一挥掌，人的脖子就断了。可我写报告文学必须采访，我进林区了，万一出了事，请您有个思想准备。　小妹：宗英”

她是告诉家人，她要去遥远的原始森林区，那里有很多危险存在，万一她出事儿回不来了……

这次，她跟徐凤翔进林区时间较长。经过一段时间和徐凤翔朝朝暮暮的相处以及密密森林里的生活体验，她在西藏波密写出《小木屋》的草稿，次年3月在上海修改定稿。由于林区无联络工具，我和朋友们在北京牵肠挂肚，生怕有什么意外……

还记得看《小木屋》原稿时的最初感受，我对已然五十八岁的宗英大姐充满敬意。她不避生死，吃苦耐劳，跟着多年来在西藏人烟稀少的原始森林地区做科学研究的女主人公进行考察、采访。尤其是读最后一节“不醒的梦”，我一直心悬着，担心他们在恶劣气候、险峻而又结冰棱的山道上，会有去无回。

当徐凤翔、黄宗英一行，要从波密回到成都时，热心而又为她们行程安全操心的部队领导劝说：“你们从波密往拉萨，只有六百多公里。到了拉萨，民航买不到机票，用军用机送你们。”

飞机上是难以详察树木的，所以徐凤翔全然不听部队领导的，固执地非走川藏公路不可，还非要走远而险的老公路线，要行驶一千八百三十八公里到成都。才结冰凌的山道，最容易出事，责任重大，部队领导说要请示上级。徐凤翔转而在拉萨招待所说动了运输站领导，答应放一辆车。运输站领导再三叮嘱司机冯随科：安全第一，绝对保证不出事故。

黄宗英也准备舍命陪君子了：“我呢？说实在的，我真想在波密孵到明春雪化时节；路况实在是险。我在哪儿写作不都是一样！可今番……我……豁出去了。有权的帮权场，有人的帮人场。为了小木屋的梦，奉陪了。”她跟徐凤翔终于坐在一辆老旧的“解放”牌卡车驾驶室里，带着部队炊事员起大早为她们蒸的馒头、炸的油饼上路了。

这卡车太老啦，虽然刚刚中修过，但在山路上一颠簸就问题多多：刹车不灵、离合器不灵。底盘的螺丝，四个掉了仨。防滑链也挂不上去。一路走，一路修，遇到的险情就不用说了。尽管走这条道，徐凤翔是熟路，可她一路后悔，对黄宗英说：“我不该让你和我一起走，出了事，我怎么承担得起？”黄宗英说：“我出事，你也出事了，谁也用不着承担。”徐凤翔兴致勃勃，一会儿叫停车，下去采标本；一会儿下去拍照，一会儿到河滩上取水样……

她们对科学如此虔诚，却还是被朝圣者震撼了。悬崖深壑，一片寂静，连会车也极少。车灯的光射出去，她们往往会发现：远远的，一个、两个、三五成群的小黑点。迎面，一步一长跪、五体投地、叩着头走来。有时一群黑影，缩在岩边睡着。他们就这样地向拉萨——神住的地方走去。走两个月、三个月、半年。如果有人因冻饿死在路上，会很欣慰地认为是被神接去……

徐凤翔、黄宗英不是第一次见到朝圣者，但现在还是感到强烈的震慑：

“我不如他们虔诚……”徐喃喃地，她的眼睛凝视前方，眸子里蕴蓄着内在的坚定。

“我懂，我承认：……远远不如……”

《小木屋》的结束语亦如朝圣者的誓词，令人震慑：

我们——一个一个、一群一群、一批一批知识的苦力，智慧的信徒，科学与文化的“朝佛者”啊，我们也是一步一长跪地在险路上走着。凭是怎样的遭遇，我们都甘心情愿；情愿甘心。

宗英大姐与女主人公生死与共、百折不回的朝圣精神，让我们这些后辈报告文学作家望尘莫及。她的激情，在通篇文章中，在情节跌宕中，炽热而又浓烈地散发出来，读来既感人肺腑，又发人深思：黄宗英为徐凤翔在稿纸上搭建的“小木屋”，这不算高的要求和目标，什么时候才能化为现实呢?

我坚持删去“林中鸟兽”一节，宗英大姐却回复：“我执意保留……”

宗英大姐用心血凝成的《小木屋》，是不可多得的好稿，我们准备用来做1983年5月号刊物上“报告文学专栏”的头条。好的作品是由作家和编辑共同创造的，编辑的责任是让作品更臻完美，版式和图片也力求完美，但这也需要眼光、勇气和坚持，特别是面对大名家的时候。

我对黄宗英这篇两万三千字的文章整体赞赏，但不能接受文章的第二节“波密会议”，不仅觉得整节可有可无，而且有游离、停滞感，如果删去，文章一气呵成，会更流畅。我把这节“波密会议”仔细看了好几遍——

大狗熊，端坐在云杉枝叶的沙发上。

西藏东南，波密县境。岗乡秋日胜春朝。

百鸟恰恰争啼，百兽怡怡相嬉。

“怎么？”大狗熊问，“月亮缺过又圆了，还查不出那几个连毛也不长的人，究竟来干什么？”

“我汇报过多少遍啦！”喜鹊喳喳地，“他们一共是四个藏族人、五个汉族人、支起三顶帐篷。为首的是南京林学院教生态学的徐老师，女的，还有一个女的……”

“头脑简单！”大狗熊生气地，“我们需要明确的结论：是好人？坏人？是朋友？是敌人？”

夜莺婉转：“我看，他们是勤劳的人。我夜夜飞过他们的帐篷，他们都点着蜡烛，细数树哥哥的年轮。从东南西北对着数。数了量，量了数，仿佛在弹奏新式的琴……”

阳雀抢板：“是啊，一大早，他们就钻林子，背着干粮，一干一整天……”

牦牛说：“哞，他们把树枝树叶都称过。一天要称几千斤。我恨不得借点力气给他们。”

地鼠说：“他们连树根根、树须须也称。”

花大姐说：“一片叶子也不放过。有一位叫胖朱的，把大小避债蛾、云杉木虱、松褐天牛……这些败类，钉了起来，把我们瓢虫类同胞姐妹请进小匣，高兴地说，

‘可能是新种！’”

“本质！要看本质！”大狗熊提醒。

山羊咳嗽一声。他昨天钻进帐篷想吃白菜，没想到咬了一嘴辣乳腐：“依我看……咳咳，他们是来毁我家园的。那个徐老师，她说一共要砍十棵树。咳咳咳，愚蠢的人类！”

白唇鹿补充：“人类终将毁灭他们自己。”预见的惨景，使他的嘴唇更白了。

獐子说：“人类委实愚蠢混蛋之至，我今天一早，跑了九百九十九道岗，发现负责检查林木出境的林管站干部，又在搞‘关系学’，乱敲图章，放一车一车的原木出山，我看这一小队人，也不会比同类聪明。”

……

我写了封信，陈述了我对文章的感觉，肯定有加，但建议宗英大姐去掉“波密会议”这段近两千字的文字，删去对全文毫无影响，且更干净利落；同时，请她对文章的某些地方稍加调整。附带的原因，我没说：如果删掉这一节，我们可以多发一篇散文或是两篇杂文了。当时稿挤，每期总有十几页、二十几页的版面被拉下来。

虽然，我很自信我的看稿直觉，而且我一直雷厉风行，看完稿件会立即跟名家或朋友通电话，或是写信告知感觉和意见，从不犹豫，也绝少去征求梅朵意见。只是有时很直率，有时较婉转。

我给宗英大姐写信，表现了少有的慎重，甚至先请梅朵“审读”。这是因为，黄宗英是前辈作家，是上海报告文学的一面旗帜。我是她虔诚读者，也是追随在她后面的上海后辈报告文学作家。八十年代初，宗英大姐已经名满天下，而我才初露头角，写作也刚刚进入上升期。

好在黄宗英的这篇文章我们早早拿到，还有时间切磋、修改。我给宗英大姐的信，梅朵没有表示异议，而负责版面的元老编辑徐凤吾认同我的意见。我把信和小样交给余之，不知他是面交还是邮寄给宗英大姐的。一个多星期后，接读黄宗英发出的回信：

梅朵、余之、罗达成同志：

《小木屋》已理好，我调整了结构，但并没删去多少，也还加了一些。

我想：编辑如无己见，算不得好编辑，而作家，如无己见，是根本不能当作家。我执意保留林中鸟兽聚会和两位藏族兄弟，否则，我岂不白白去了西藏密林？

如你们不同意，或嫌太长，我可以给别的刊物，以后另给你们写。这是很理智的话，不带半点情绪。我一向非常感谢《文汇月刊》对我创作的支持，不要因为在一篇文章上所见不同，而造成疙瘩。而且确实，用在“月刊”委实太长了，不如给季刊。

望三思，盼退稿，或即给小样，我等着办大事！

紧握手！

宗英　1983 年 3 月 14 日

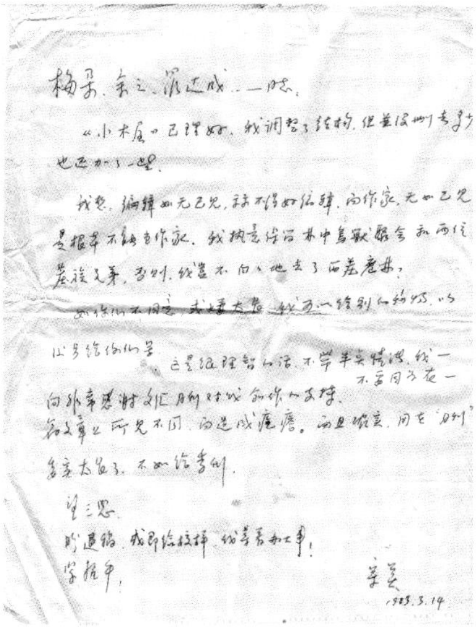

1983年3月14日，黄宗英来信表示不同意删改《小木屋 》：“我执意保留林中鸟兽聚会和两位藏族兄弟。否则，我岂不白白去了西藏密林？”

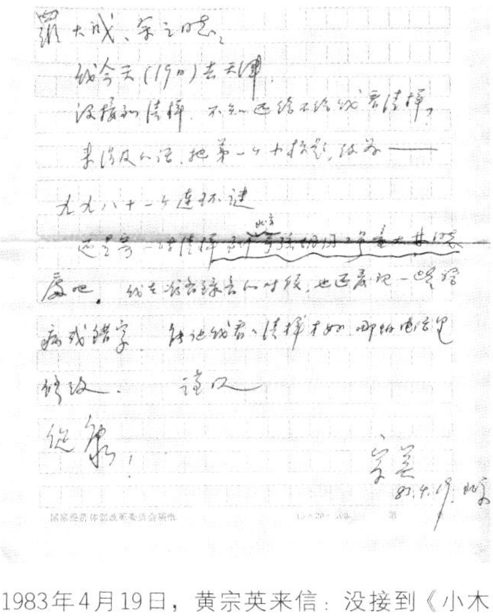

1983年4月19日，黄宗英来信：没接到《小木屋 》清样，不知还给不给我看清样？

这是一封柔中有刚的信。态度很友好、很理智，但文章又增加了近两千字，而我认为是白璧有瑕的“林中鸟兽”那一节，她执意保留。否则，“此处不留爷，自有留爷处”了。我不赞同她的坚持，但我能理解她为什么如此执着，她太看中这次西藏之行，太看中这篇文章了！而她偏爱那一节，可能觉得是想追求梦境般、仙境般、神话般的效果吧。

作为责任编辑，我的态度很明确，我很尊重宗英大姐，也喜欢这篇稿子，但还是不能接受这个段落；如果作者坚持，那就只能忍痛割爱，让她“另谋高就”吧。我觉得刊物要有坚持，要有底线，不能为任何一位作家破例。

矛盾上交到梅朵手里，他犯难了一阵。他太了解黄宗英的“只讲道理，决不通融”，也熟悉、理解我的不可动摇——正是这种“不可动摇”，决定了《文汇月刊》报告文学的身价和地位的不可动摇；才有那么多报告文学名家，愿意把最好的作品交给牛气冲天的《文汇月刊》。他找来版面责编、“刀斧手”徐凤吾，吩咐说：“《小木屋》做头条，马上让美编划版式，按照达成的意见把那一段删掉。”

梅朵是鱼和熊掌统统要。他知道黄宗英可能会不高兴，但决不会翻脸，他们有几十年的交情垫底呢！

黄宗英不知我们怎么决断，怎么这么长时间不给清样看呢，这不像是《文汇月刊》的风格。4 月 19 日，黄宗英从北京写信给我和余之，问道：

我今天（19 日）去天津。没接到清样，不知道还给不给我看清样？

来得及的话，把第一个小标题，改为——九九八十一个连环谜。

还是寄一张清样到北京弓弦胡同 × 号童大林处吧。我在准备录音的时候，也还发现一些语病或错字，能让我看看清样才好，哪怕电话里修改。

宗英大姐身经百战，写报告文学曾惹过不少麻烦。几天后，她又来信叮嘱，文章可能牵涉到民族政策，千万要小心：

关于民族政策问题，是不是还要找有关方面过过目，偶一不慎，会砸了编辑部牌子。宰了执笔者！不是闹着玩儿的，我写了两个好藏族，一个酒糊涂，自忖总不成问题（事实上，整日烂醉如泥者多矣），另外，不知哪儿会出岔子，若知道，也就不会写了，少数民族讲究特多！（其实汉族也如此，否则《橘》就不会有一百多人联名告状了。）

我按宗英大姐给的地址，把删去“波密会议”的清样寄到北京去了。不过，为了多给梅朵争取一点时间，让爆发点来得晚些，我没用“航空”，而是寄了慢悠悠的“挂号”。当黄宗英看到清样时，我们这期刊物已经付印，木已成舟了！

我们给了《小木屋》以很高规格，两万三千字篇幅，连同配发的四张徐凤翔和考察队其他成员，以及黄宗英的照片，占了两万八千字地位。而这期报告文学专栏所占篇幅为五万六千字，又大大超标了。

宗英大姐也许真的不高兴了。我不知道她是否跟梅朵通过电话，或是写过信？我只看到，过了一两个月，在跟黄宗英同去西藏访问的“秘书长”周明的《人民文学》上，重新刊登了全本的《小木屋》。堂堂的《人民文学》，不是“选刊”却转发刊登过的作品，大概也是开天辟地头一回。虽然，这触犯办刊大忌，但对我们而言，却不失为好事，因为它让宗英大姐得到宣泄，有利于“安定团结”。

还有更圆满的事，在随后的1983—1984年全国优秀报告文学获奖名单中，《文汇月刊》有四篇：黄宗英的《小木屋》、孟晓云的《胡杨泪》、周嘉俊的《南通虎》等。《文汇月刊》是刊发报告文学的大户，也是获取报告文学全国奖的大户，而且由此成为之后每届评奖的常态。

《小木屋》的责编，我主动填上余

五十年代的黄宗英

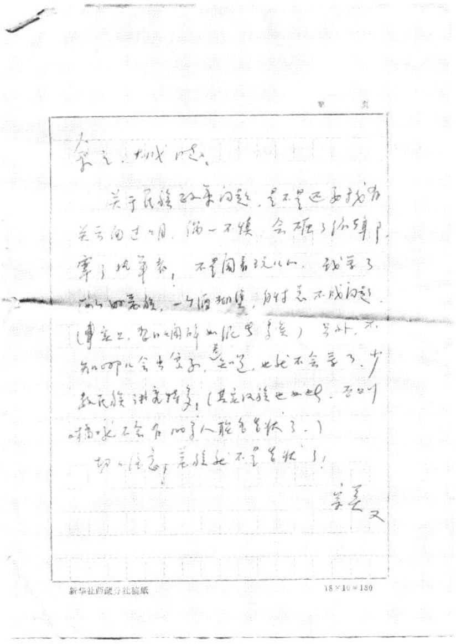

关于民族政策问题，是不是还要找有关方面过过目，[illegible]

宗英

新华社西藏分社稿纸 18×10=180

1983年3月，黄宗英就《小木屋》一文来信提醒：“关于民族政策问题，是不是还要找有关方面过过目……”

之的名字，他也去南京参加领奖活动了。宗英大姐似乎并不记“恨”，后来无论是她到《文汇月刊》来，还是在一年一度的北京《报告文学》杂志编委会上——我和黄宗英都是他们的特邀编委，宗英大姐都跟我热情打招呼，依然是一头银发，满脸充满阳光的笑。我敬重宗英大姐，她是有坚持的作家。也许她也认可我，是个有坚持的编辑。

补记：

都说报告文学不是用手写出来，首先是用脚跑出来的。而1982年10月，黄宗英为《文汇月刊》采写《小木屋》，深入采访常年在西藏原始森林里，研究高原生态保护的女科学家徐凤翔，则是以生命为代价跑出来的，她给哥哥、给孩子一一留下了遗书。

黄宗英和女主人公信念相通、生命与共。当徐凤翔为了能深入考察树木状况，谢绝部队领导走近路，或用军用飞机运送的建议，执意要走一条远而险、长达一千八百三十八公里的川藏老公路。黄宗英豁出去了，舍命相陪。破旧的卡车，才结冰棱的山道，每时每刻都可能出事故。险情不断，半路上，徐凤翔感到后悔，“我不该让你和我一起走，出了事，我可怎么承担得起？”黄宗英安慰道：“我出事，你也出事了，谁也用不着承担。”

1983年5月，《小木屋》在《文汇月刊》上发表。第二年五月，黄宗英又带着中央电视台中国电视剧制作中心电视摄制组二进西藏，在波密的原始森林里和徐凤翔再次相会。拍摄期间，黄宗英还说服摄制组负责人，从拍摄经费中省下一笔开支，在当地驻军帮助下，为徐凤翔建起了一座真正的小木屋。

十年后的1993年岁末，已经声明“归隐书林”的黄宗英，突然接到一封徐凤翔的来信。信上怅惘地说：我已经过了六十岁，还有一个愿望未了，那就是雅鲁藏布江大拐弯考察，但是没有这笔经费。一封信如同一把火，黄宗英重燃热情，为徐凤翔四处呼吁，还在《北京日报》上发表了一篇《小木屋在呼唤》。名人效应发酵了：一位香港商人捐资二十万元给徐凤翔做考察经费，北京武警总队提供越野吉普车，天津宝坻县送来了考察队野外使用的帐篷，北京电视台派摄制组跟踪拍摄。

然而，岁月不饶人，黄宗英毕竟年近七旬，当她翻过山头，再次深入到峡谷中去时，高原反应非常强烈，鼻子出血，手发麻，手臂上出现很多紫血块。但她执意要按计划完成行程，完成拍摄任务。后来，她呼吸困难，失去知觉，考察队派车连夜将黄宗英送到林芝 115 医院。醒来后，她还执拗地要求去一次拍摄现场。被送回北京后，直接从机场送往医院。

黄宗英儿子心痛地说：高原反应引起妈妈全身毛细血管坏死，内分泌紊乱。后来有朋友问黄宗英：十二年里，你三进西藏，身体付出沉重代价，感到后悔吗？回答是否定的，她无怨无悔："唯一的遗憾是没能在西藏光荣献身，以后不可能再找到比这更好的机遇、更好的地方了。"

廿五

对《文汇月刊》感情最深的陈祖芬

陈祖芬对《文汇月刊》感情极深。她曾在一篇文章中，感叹自己对《文汇月刊》的“压倒性”支持和忠诚：“1981 年我写了十一篇报告文学，除很少几篇给了《人民文学》和《北京文学》等，其余都给了《文汇月刊》。”

有意思的是，在陈祖芬、陈祖德、陈祖言三姐弟中，我的相识过程却是“反其道而行之”，由老三祖言而老二祖德，最后才认识祖芬和她妈妈陈慧若。七十年代，我在《文汇报》的《笔会》（当时改名为《风雷激》）副刊当诗歌编辑时，时在上海铁路分局宣传科工作的陈祖言，经常带着他的诗稿到编辑部来找我。祖言高挑、英俊，谈吐有礼，却从不炫耀家世。后来，他留洋去了，成为美国威斯康星大学博士，曾任宾汉顿大学亚洲研究中心主任、中国语言文学教授，研究领域包括唐宋文学、古典诗学和儒学。

与祖德相熟，是因为围棋。1979 年秋，《文汇报》要出国庆三十周年专版，让我作为特派记者，到北京采写一篇反映中国围棋队的报告文学。作为中国围棋协会会长的陈祖德，热情接待了我，与我长谈；为了方便我采访他麾下一批围棋国手，还破例让我在他宽大办公桌上打了几天“地铺”。《为你的棋手骄傲吧，祖国》那篇文章发表后不久，他从上海老家给我写过一封信。我从信封下方的住址上，才意识到祖德和祖言是一家人——因为常给陈祖言开稿费，我记熟了“新乐路 156 号三楼”这个地址。他们家在这幢小洋楼三楼，从窗前可以看到马路对面曾经的杜月笙公馆——五十年代时改建为市委招待所。那时，陈毅市长常常住在这里，而且经常派小车来接年方七八岁、却已名满上海的陈祖德去下围棋。陈毅不知道，也想不到，他的小对手的家离招待所竟在咫尺之间。

认识祖芬，是 1981 年春节后不久，她回上海探亲，应邀到《文汇报》“讲一次”写作体会之后。在祖芬造访《文汇月刊》时，梅朵介绍我认识了她。也许因为是同乡，同龄，同样钟情于报告文学，那天我与陈祖芬交谈时间并不长，却有着一种天然的融洽和亲近，半个多小时就结下最初友谊，并由此发展为一生的朋友。陈祖芬曾在文章中动情诠释过，为什么会跟我们一见如故，因为她跟这张报纸有着深厚渊源和情感联结，“《文汇报》的一代代、一任任、一个个编辑，和他们讲话，讲普通话时免不了转成上海话，讲上海话时又免不了转成普通话。两个频道切换自如，这种快感！”

祖芬从籍籍无名的“小八蜡子”，到倏然间以一篇力作名扬天下，几乎没有过渡期。她的成名作《祖国高于一切》，发表于1980年国庆的《人民日报》上。这时我到《文汇月刊》才一个多月，正着手准备明年1月号开出“报告文学专栏”，进入紧张到近乎疯狂的“倒计时”工作状态。梅朵急切地说，忙完这期刊物后一定要到北京去向陈祖芬约稿。他最赏识和推崇的三位女作家中就有陈祖芬。

多年后，陈祖芬在应约给《文汇报·笔会》写的《牛奶箱与梧桐树》一文中，曾深切回忆和倾吐了她跟《文汇报》、《文汇月刊》的相识、相知的浓浓真情：

1980年的10月1日还是2日，《人民日报》发了我的报告文学《祖国高于一切》。大约不多天，我在北京家中打开《文汇报》，吃惊地看到这篇文章整版登在《文汇报》上。粗大黑体字的通栏大标题下边还是上边，有一个醒目的编者按。于是知道了当时《文汇报》的总编马达。1981年，《文汇报》请我去讲一次。我那时实在是个“小八蜡子”（上海话：小东西）。走进《文汇报》会议室，一屋子的名编、名记、前辈……现在想来，在这么一屋子大家前，我怎么敢讲话呢？而且，记忆中，好像也没怎么紧张。或许，《文汇报》原本就是我楼下的牛奶箱，我窗前的梧桐树？

陈祖芬第一次到《文汇月刊》时，不是空着手来作客，她为《文汇月刊》赶写的第一篇报告文学《中国牌知识分子》，梅朵已经交给我发排，随后刊发在1981年3月号《文汇月刊》上，这也是祖芬所写的“知识分子系列”中极具影响的名篇。梅朵拿到这个稿子，又立马发电报催要她下一个稿子——得陇望蜀，贪得无厌，这便是“梅旋风”的本色。

“暴风雨”梅朵与“寻火者”祖芬

我不清楚梅朵最初怎么跟陈祖芬联系上的，写信、打电话、发电报，还是到北京找过她？《祖国高于一切》发表后的一两个月里，梅朵跟陈祖芬已经结下深厚友谊，联系频繁。他们间，不光是编创关系，还是极好的朋友和对话者，彼此被对方的巨大热力、冲击力所裹挟，有着一种超越性别和年龄的惺惺相惜。

在梅朵眼中，才三十多岁、思想活跃、激情喷薄的祖芬，是当代中国报告文学作家中最具时代感、最有影响力的女作家，一定要把陈祖芬最好的作品都抢到手，连续不断地推出她的报告文学。而在祖芬看来，身材瘦削、腰背有些佝偻的梅朵，身上有着无限能量。他曾被打成“右派”，经受过二十多年的磨难，但重返工作岗位后，“他依然是五十年代的他：诗人的热情和组织家的魄力。不仅如此，他因为睡了二十年而有了二十倍的能量”，“因为重新获得了信任，获得了做人的权利，而深深地感觉着一种义务感”——组稿所向披靡的“梅旋风”，是这个时代最出色最了不起，愿意为办刊为报告文学事业奉献一切的刊物主编。

正因为梅朵认定祖芬，盯住不放，而祖芬又感佩梅朵，心甘情愿地倾力支持，《文汇月刊》才得以从 1981 年 3 月到 1982 年 8 月间，连续七次、令人目眩地用陈祖芬的报告文学做头条。当时，祖芬的作品炙手可热，北京一批大刊、名刊，也对她可望而不可即，他们叹曰：抢稿子抢不过梅朵。执拗的祖芬，同样不可抗拒：一次，在北京组稿的梅朵，累病在北方旅馆，祖芬突然来采访他。梅朵坚拒，祖芬不为所动，还曾让我提供过素材，写成一万三千字的《暴风雨》，发表在 1983 年第一期的《花城》杂志上。祖芬对梅朵观察之深，剖析之深，入木三分：暴风雨的人生，暴风雨的性格，暴风雨的组稿方式。

《暴风雨》从春节将至，梅朵突然叩门，向她逼稿写起。这年底叩门声，给陈祖芬带来了问号和感叹号：

从我家的阳台里望出去，左边是在严冬的覆盖下显得冷清而光脊的乡村，右边是天体，还没有搬进住户的崭新而空寂的楼群。鞭炮声撞击在马路两边的高楼上，就如在峡谷里似地发出了连续不断的回声，连续向人们提醒着春天的来临。“咚咚！”有人敲门？年底了还有谁会来？

“啊，梅朵！”

“你一定要写！”这位上海《文汇月刊》的主编在屋里来回走着，他自身掀起的风使他那大衣的下摆来回掀动着，“你要是想松一口气，暂时不写报告文学，你肯定要失败！”

“我过两个月给你们杂志写。”

“不行不行，来不及了！”

给他写稿有什么来得及来不及的？不过，好像是有些来不及了。否则他这个六十岁的人为什么年底还到北京组稿？还一次次地赶到僻远的城郊，登上我的六楼？我几乎以救火的劲头为《文汇月刊》赶写了一篇报告文学，寄往上海，这才喘一口气吃我的年饭。

“电报！”中国人并无习惯在春节里互相打电报祝贺新年快乐，此时收到电报，准是凶多吉少！我哆哆嗦嗦地拆开电报：“稿子收到，请下月继续来稿。千万！梅朵。”

我看他自己就像个加急电报！

……

出现在人们的视角和听觉里的梅朵，往往是一种暴风雨的形象。他一天可以跑五六个作者家里组稿。可是中午怎么办？作家一般要午睡呵。这有什么？上午的最后一家跑东郊，下午的第一家跑西郊。中午正好在路上度过。他中午在电车里，无力地斜靠在座椅上。他那叱咤风云的气势哪儿去了？他原来是这样的瘦削与虚弱！这是另一个梅朵——工作之余的、走出了人们视角范围之外的梅朵。他是不是没吃好？是啊，中午又是凑合着买了个面包……现在梅朵坐在电车上，似睡非睡地垂着脑袋。但是只要他一工作起来，就像演员一上舞台就进入角色似的，进入了另一个自我，一个昂奋得自己不喘气也不让别人喘气的自我……

梅朵严重的心脏病，每每到北京就会遭遇严重的“城市病”——停电。他要登门约稿的那些北京名家，有不少住在高层。这在当时是身份象征，很气派，但这高层电梯动辄因停电而停工。这可苦了梅朵，不能因为楼高望而却步吧。尽管心跳不规律，脉搏不正常，但他不得不开始苦苦攀登了。“哦，胸闷得好难受呵！恨不得把胸膛打开来透透气！真有点支持不住了。坐下来喘一会儿吧！不行，坐下来再要站起来，就更困难了。呵，来不及了，来不及了！走吧。嗯，硝酸甘油在口袋里，那就不怕……”祖芬笔下的梅朵，怀着一种拼搏精神和牺牲精神在阶梯上攀登——

当梅朵攀登十五层楼时，每走一级无疑都是一次搏击了。开始他还算着走了几层，后来也算不过来了。他不去想那个目的地离他还有多远，只知道具体地去登上每一级楼梯。就好比他只想着办好他的杂志，而并不去想他的明天。一个心脏病患者很难预测明天的。重要的是抓住今天！否则，就来不及了！

“来不及了！今晚你别睡了。这篇评论今晚一定要赶出来！”梅朵在夜里十点多又走进一位作者家里。作者的妻子心疼丈夫呵：“梅朵再这么逼稿，我非得当寡妇了！”……

初春。祖芬回到上海，她以其人之道，治其人之身，给梅朵一个措手不及：

一个星期天的下午，我以突然袭击的方式找到梅朵的家。他甚至不知道我的出现，因为他正在看稿。我也甚至不知道他怎么会出现在这儿——这么阴暗、寒冷的所在！他得穿着棉袄坐在被窝里！这实在是一个被春天遗忘的角落。那屋里些微的亮光，那沙发大块的补丁！唯有两只装满了书的书柜，高高地矗立在屋里，开拓着主人的境界，显示着精神的充实和向上。

“你星期天还在审稿？”

“啊，你哪天到的？”他并不回答我的问题。但我却执拗地想着：你星期天还在审稿，凭着些微的亮光，凭着棉被维持的热量。我默默地往沙发上一靠：你付出的太多太多，而得到的太少太少了……

是什么在支撑着你呵？

被深深感动的祖芬，一赞三叹，既感叹“他那可怜的被滥用、被遗忘、被牺牲了的心脏！”更感叹“我们这个需要牺牲精神，又造就牺牲精神的时代！”不过，在梅朵看来，他为刊物组稿四处奔波，努力奉献，是理所当然的事，算不了什么。听听他跟别人的对话和回答——

“梅朵，你们真能组稿呵！”“组稿？我们的稿件是组来的？不，我们是靠赤诚相见，靠观点的共鸣。真诚可以消除隔阂，信念从来能沟通心灵。我们的周围有友谊，我们的脚下有大地！”

“梅朵，《文汇月刊》办得很有特色呵！你真厉害呵！”“我有什么厉害的？我们编辑部的人都这么干！想干点事业，非如此不可，非如此不可呵！我只是感激编辑部终年辛劳的同志们，感谢报社领导对我的信任和支持。我所得到的，远不止是一个工作的权利，而是道义、力量和信念！”

祖芬与梅朵确是惺惺相惜。1982 年岁末，北京出版社出版了她的第一本报告文学集《陈祖芬报告文学选》。翻开这本书，最先跃入眼帘的，便是梅朵以极大热情抱病写就的《寻火者——代序》。斯时，因为操劳过度，心脏病严重发作，梅朵已经在上海第一人民医院病房里躺了一年多。

《寻火者——代序》有近七千字，写得既鲜活，又有感染力和说服力，这是梅朵复出十年中写得最用心、最动情的一篇文学评论。此后，他再也没有写出过这样的好文章。梅朵常感叹，对《文汇月刊》最忠诚、支持最多的新生代报告文学作家，是陈祖芬和肖复兴。但肖复兴在上海文艺出版社结集出版《生当做人杰》时，梅朵所写的那个一千五百字的序，就“差强人意”了。肖复兴对此“耿耿于怀”，多年后，还曾在给我的信中回忆道：

1985 年，我在上海文艺出版社出我的第二本报告文学集《生当做人杰》，请梅朵写的序。你看过之后，对我开玩笑说：老梅还是对祖芬的感情更深，他给你的序，比他给祖芬写的，差多了。记得当时，梅朵也在场，他只是笑，没说什么。我当时对他说：您不能这样厚此薄彼呀。他说：下次你再出书的时候，我再写，一定写得好一些。他也真是一个可爱的老头。

梅朵在《代序》中开门见山地赞誉道：“陈祖芬是一个寻火者，她每时每刻都在寻找人们心中的火焰。”有感于有人非议陈祖芬“过于单纯”，只写光明不写阴暗，掩盖矛盾，梅朵做出了有力的辩解和反诘：

陈祖芬所以成为一个寻火者，有人说是因为她生性过于单纯，只知扑向火焰，而看不到泥沙、石块。其实，她既在寻火，岂能见不到泥沙、石块？事实是：当她去呈现人们心中的火焰的时候，她总是带着炽烈的愤怒去鞭挞那些妄图压灭火焰的可耻行径。她的单纯，也正是她的单纯，才使她毫不掩饰自己疾恶如仇的态度……

陈祖芬性格单纯，正因为她单纯，她才更加不能容忍弥漫在我们社会中的恶习，她才更加迫不及待地要去寻找英雄主义的火焰。她的寻找，正是为了今天，也是为了明天的斗争。

梅朵还以热烈语调盛赞陈祖芬是“艺术的寻火者”，她的作品让人一看便知，有着“与人不同的风格”：“陈祖芬从事报告文学，虽然时间不长，但是，当你读了她一年多的作品，你会觉得，她总在思索着：怎样找到一种最为合适的表现形式，可以真实有力地把她要描绘的主人公的独特个性和精神面貌揭示出来”；“应该说，她在进行着人物的开掘时，也在进行着艺术的开掘。虽然这种开掘还在开始，但是这种勤奋精神，却是令人感佩的。当你读了她的《祖国高于一切》、《美》、《朝圣者与富翁》、《一个成功者的自述》、《活力》……你就会体会到她的这种开掘精神；她又成了一个艺术世界的寻火者。”

在评论行将结尾处，梅朵感叹说：“读陈祖芬的报告文学，心是不能平静的，因为她不断地向我们提出问题：你将怎样生活？你心中的火焰呢？”

两封“求助”信：一封真情拜托，一封愤然宣泄

1981 年春天，陈祖芬造访《文汇月刊》时，我与陈祖芬相识。之后，她成为我们最铁、最忠心耿耿，把为《文汇月刊》写稿放到“压倒一切”位置上的报告文学作家。及至 1982 年 8 月，我加盟梅朵团队整整一年时，她已经令人炫目地在《文汇月刊》上接连发表了七篇报告文学。

1982 年这年春节，她按惯例回上海与家人团聚，随后又在上海采访了一些日

子。我去新乐路上海老家看望她，看望她妈妈，以及她弟弟——我在《笔会》时熟识的陈祖言，我们叽里呱啦说着上海话，无拘无束，气氛融洽。之后，我和他们一家人——连同在北京的陈祖德，都有很亲近的交往。我也曾先后多次去过祖芬在北京的三个家——先是在劲松一区，1983 年后到刘家窑北里，1988 年后又到团结湖。我第一次去祖芬家，在上海出发前就给她发电报预告时间——直到 1986 年祖芬家安装电话前，一直如此。

在那个年代，本该给人方便的电话，却让通话双方饱受烦恼和折磨——长途电话不能打，只能通过电话局“挂”。而祖芬北京的家及上海老家，当时都还没装电话，在大呼小叫传呼到她家后，她得到公用电话站去排队等候。每次苦苦走完这个流程，是对我们意志力和耐心的考验。祖芬不吐不快，后来曾多次倾诉她对那个年代电话的爱恨交加：

她在北京——

电话！我对电话这个最基本的信息手段有着最强烈的感性认识。我要多跑几个单位，多采访一些人，我就不能不打一系列电话。而打公用电话就得等、等、等——占线的、没人接的、别人插进来打的……这是北京的一个随处可见的公用电话站。这些等着打电话的人，神情都是程式化的：心急如焚，头上冒火。我拨着电话，占线、占线、占线、占线……怎么哪个电话都占线？“你先打吧。”我对身后一个人说。他刚打完，一个反应灵敏的人一下把话筒抢到手，我只好仰天长叹：时间呵！

她在广州——

我给深圳挂的电话都两小时了，还挂不上！因为电信部门从来是国营的，现在也是国营的。

我一向以为电话的存在是对劳动力的一种解放。但是我到广州的第一夜，就深感这里的电话简直是对人的一种折磨。半夜 11 点了，市内电话还是占线、占线……

她在上海——

上海有个海关关长，铁面无私，拒绝所有的记者采访。不知怎的（我常常“不知怎的”就往某地跑）我就非想采写他不可。采访之余住在上海老家，有时楼下喊“一百五十六号三楼陈祖芬电话”。那时家里哪有电话，接一个传呼要下楼奔出好几十米，再冲进一条弄堂。一次接到一个条，叫我给胡乔木办公室回电。那得奔出一站地，坐上几站电车，到思南路淮海路口邮电局去给北京挂长途。挂通一个电话有时要等一两个小时。乔木同志办公室告诉我，乔木同志当时正在云南，他七次挂电话回京，都问及我的房子解决了没有。

祖芬感慨：“我有了一个小单元的房子后，才‘得寸进尺’地想到要装电话。”大约是1986年春天，祖芬刘家窑的两居室，终于装上电话。

我粗粗算了算，整个八十年代，我给祖芬至少发过三四十份电报，打过六七十个长途电话，写过一百几十封信。我们谈很少与外人道及的家事，谈彼此工作进展及身体状况，谈北京文坛报告文学动向。祖芬还总是探问她所熟悉的我们编辑部的几个人近况。重病住院的梅朵，自然是我们绕不开的话题。

1982年8、9月间，为梅朵的事，她曾两次写信向我“求助”：一次是让我配合她，救治梅朵的“心病”；另一次，则是气愤地倾吐委屈，让我评理，说梅朵“他蛮不讲理，我也只好回敬一个‘蛮不讲理’了。”

祖芬是专业作家，她当时的生活状态可以概括为“简单生活，疯狂写作，稿债如山，疾病缠身”。我独当一面，近乎疯狂地组稿，还要苦苦挤时间写作。我们都不惜以健康为代价，在忘我工作，所以有着太多的共同语言。1982年夏，我在检查身体时发现，肺部一个稳定了四年的“阴影”，突然长大了——我知道，这是因为工作压力剧增和熬夜写稿，太过劳累所致。

8月20日，祖芬从北京的朋友那里得知我的病情后，发来一封信，劝慰我“忍痛停笔”、“千万珍重”：

从×××那儿知道你病了，你是太拼了！在上海时我就觉得你“形容枯槁”了，我就觉得你要榨干了！你伴随着足球队和跳水队在突飞猛进！你的报告文学有着令人目眩的进步！梅朵更是经常夸耀你！

真是不幸！对于又要上班，又要写作的人，只能把健康化作时间来用！但是，

“风物长宜放眼量”，你毁掉身体的同时也是在毁掉你的报告文学！你也必须忍痛停笔了！退一步，进两步呵！

祖芬不光操心我的病情，还恳切地“求助”于我，要我配合她治疗梅朵的心病——她刚发了一封直言劝慰的信，生怕梅朵难以承受，希望我在梅朵读信时，务必能够在他身旁：

我今天与此同时发一信给梅朵。×××说你天天去看梅朵，我很感动。我知道你和梅朵之间的真挚的、难能的友谊，所以我希望你收到我这封信后，好好劝劝他。我给他的信，他明天傍晚能收到，我怕他看了这封信受不了。我一直赞赏梅朵的魄力和拼命精神，他极率真，我也不会绕着弯说话。你是他的好友，我希望他看这封信的时候，或者之后——反正，是明天傍晚——你能在他身旁。我是真诚地希望他一切都好的，他又一向对我那么好！千万请你劝慰他！只要他能把身体搞好、家庭搞好，那么你，作为他的挚友，便是真正地救了他了！

梅朵的工作是众所周知的，无人不感佩的！他必须自拔，振奋起来，以勃勃的精神去获取博大之生命！请你在这个时刻，他为难的时刻，多多

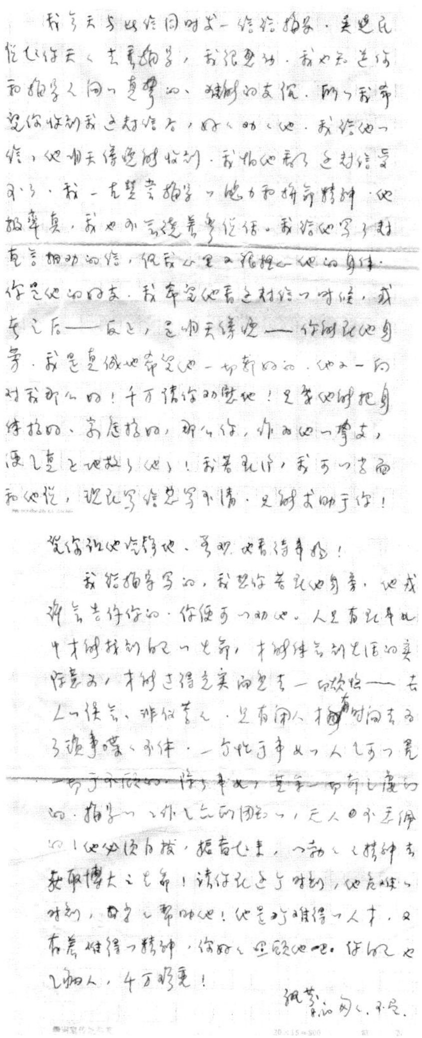

1982年8月21日，陈祖芬来信，要我劝慰梅朵，让他重新振作起来：“人只有在事业中才能找到自己的生命，才能体会到生活的实际意义，才能充实而免去一切烦恼……”

帮助他！他是个难得的人才，又有着难得的精神，你好好照顾他吧。

我无法想象，在祖芬这封春天般温暖的信之后半个月，突然收到一封让我顿时感受到萧瑟秋风和凛冽寒意的信，祖芬满怀委屈和愤怒向我告状：说梅朵“蛮不讲理”，不尊重她，甚至连信都不愿意回，她以后再也不给《文汇月刊》写稿了。我很愕然，他们两个本是彼此赏识、心灵相通的忘年交，怎么会闹成这样？

祖芬当时的处境确有些“摇摇欲坠”，身体不好，心境更不好，被无尽的烦恼和流言所包围。其间，她的第一段婚姻已经终结，却还在一个屋檐下，还得照顾好孩子。而另一段美好感情虽已萌发，但对方的离婚进程旷日持久，异常艰难，注定是一场好事多磨的姻缘。这使一些好事者有了传谣和造谣的机会。

直至六年后，1988 年 6 月 26 日，祖芬才来信告诉我，她终于办婚事了：

妈妈告诉我你来过电话，你的信我早已收到，只是近期因婚事把一切与笔有关的事全拖欠了下来——写作、写信等。与我一起忙婚事的男性公民姓刘名梦溪。我们住在团结湖，不过也常住在老家，你来信还是寄老家。我不愿张扬，所以只是静悄悄地登记了完事，不让妈妈和人说及。那天妈妈接了你的电话，说你问我在干吗，应该告诉你的，但事先不知道你来电，未向我申请“出口”权，所以也答不上来，然后叫我赶紧向你交代。日后来京，你来团结湖北头条 × 号楼 ××× 室，交通就方便了——你们北办那儿坐 43 路到底，往西走一点路即是。

祖芬很有承受力，她想用疯狂的、没完没了的写作，来冲淡和消弭负面消息和负面情绪。要不是因了梅朵的无理和任性，想让我这个既了解她又了解梅朵的最合适朋友评评理，她也不会这样解除心堤，任情宣泄、诉说自己怎样由“听天由命”，到“心劳力悴”，竭力摆脱流言给她带来的烦恼和伤害。

这封 1982 年 9 月 6 日发出的信中，祖芬冲动地宣泄道：

来信 31 日上午收到。想等梅朵来信后再回信。但一直没见他回信。他如果不是心脏病，我倒也不急的，但他这病，使我什么都想到了——

我急了，昨天找 ×××，知他身体在好起来，是生我气了，生气到说什么也不回信了！我在哪儿看到过：友谊 = 理解 + 宽恕。是的，友谊要是离开了尊重、理解和宽恕，那就是小儿科。

我前一阵子一直没给梅朵写信，这，我是不对。但我是去了信出了安民告示了：暂时不写信了。再说，当时我的心情何尝好？又何尝不需要别人安慰？这，你大概也听说了（流言的准确度达百分之几，那是另一回事）。摆脱不幸的唯一办法就是振作起来（我的报告文学也几次讲过这个意思：人的力量就是战胜自己），而振作起来的唯一办法是投身于创造性的劳动，当时多少好心的朋友、领导、同志，劝我注意身体、休息，积极解决问题。

我先是拼命写出了“最佳年龄”，当时正处于高潮的前奏。我只觉得周围是风起浪急，我好像处在大海中的一方礁石上——只要尚能找到一席之地落脚，便还要写作。我必须自拔！《人民文学》的介绍信上，写的是26日。但，实际上我是29日开始采访。因为我在采访前，回复了二三十封信，其中有--封就是给梅朵的，告诉他我暂时不写信了。再说，我每天早晨不仅要做好早饭，还要给儿子准备好午饭和晚饭，我才能出门采访——我白天整天采访，我爱人不管孩子，我又不能亏待了孩子。所以，等我做好孩子的三顿饭，我7:15出门时，我已经是筋疲力尽了。晚上回到家，根本看不动我白天的采访笔记。我回到家里，除了洗洗、看报、睡觉外，还能写什么信？连洗澡也是撑着洗的！我终于病倒了，烧了七天。我不给梅朵写信，确有我的原因。（给《人民文学》的稿，是在最后的期限到来之前，匆匆赶出的。）

我知道梅朵为什么会生气——祖芬先前迟迟没有回他信，且几次拒绝约请，不肯写“报告文学创作谈”。梅朵很看重我们预谋已久，在1982年8月号开始启动的这场大规模“报告文学讨论”。他在医院病榻上再三叮嘱说，要把这“讨论”作为《文汇月刊》的一场战役来打，花一年到一年半时间来进行。要约请几十位全国最有名望的报告文学家、评论家，以及编辑家，各抒己见，开展讨论、争鸣，以推动、引领中国的报告文学发展。还告诉我，他已去信约请夏衍、黄宗英、理由、陈祖芬等名家写文章。要我用电话、电报帮着落实，到北京时记着上门催促。

祖芬多次说过她的“三不”政策：不上封面，不让别人写自己，不写创作谈之类的体会文章。我劝梅朵放过祖芬，她不想参加“讨论”就算了。“怎么能算了？

她怎么能不写？”梅朵一意孤行，惯于不可为而为之。他仗着交情，写信给陈祖芬，坚决要她改变初衷，赶快为我们写。执拗的祖芬，还是被信上落款的“梅朵于重病中”这几个字击垮了。她采取变通办法，以书信体来写体会，寄给梅朵。然而，梅朵似乎不满足，不领情。陈祖芬的稿子我都发排了，但他就是还不给陈祖芬回信。

祖芬感到委屈和愤愤然，自己已经让步了，还不被理解；她在信中有些情绪失控，一反常态地表示——要用蛮不讲理回敬梅朵的蛮不讲理了：

我本不愿写报告文学谈这类文章的，因此得罪了一些编辑部，但梅朵电报(“在重病中”)动摇了我的决心，可是我没想到他又生气了！我为月刊写这稿，我在别的编辑部面前不好交代！所以我下决心一概不写的！但是“梅朵在重病中”几个字，又使我觉得不该考虑其他了。我对月刊是尽我所能的，梅朵如果从此不理我的稿子，请你即把此稿寄回，我不发了！我本来就不想写的！你速寄回吧！我非常伤心！梅朵是个宽厚的人，但有时会蛮不讲理，现在他蛮不讲理，我也只好回敬一个“蛮不讲理”了。你提及的今年还要给你们稿，今年9、10月我彻底养病，我在沙发茶几下压了一张纸条——拒绝一切来访者的约稿。我的肝、肾都不好了，所以，非常对不起！明年我更要少写了！我本是最喜欢给月刊写稿的——你们办事讲效率，给你们写稿，我从思想到艺术技巧，都觉得解放！但以后，再说吧！你们的主编不尊重我，不理解我，我也无法为你们写稿的，我实在不愿意这样！月刊是我最喜欢的杂志！

信的末尾，祖芬还余怒未消，写着：“又：此信可给梅朵看。”

他们两个人比横，比“蛮不讲理”，让我深感不安，急着劝和促谈。谁知，只隔了一天，暴风雨就过去了，意想不到的雨过天晴！第二天一上班，就接到陈祖芬9月7日匆匆发来的一封短信：“昨天一信，想已收到，今天接到梅朵信，我便觉得错怪了他……”

我不知道梅朵在信上说了些什么，能让矛盾瞬间化解；祖芬还揽过责任，说自己“错怪了他”？但我心中一块石头，总算落地。

那篇《一封没有写完的信》，发表在《文汇月刊》1982年10月号上。祖芬犹抱琵琶半遮面，变着法子以回复“重病中”梅朵信的方式，参加了《文汇月刊》的报告文学讨论：

你在医院里还连连来信要我写“报告文学谈”，我的决心几乎要被你动摇了。我1979年发报告文学到今天，不过三年多时间。前一年半，业余创作，只发了六篇。后一年半，专业创作，发了二十一篇。

物质的追求是无止境的，精神的追求也是无止境的。当你在这个世界有所撷取的时候，你必定在那个世界里有所失落。我也不是一个清心寡欲的人，不过有时候我觉得我快成了苦行僧。甚至我觉得我自己似乎不复存在了。我失魂落魄地好像丢失了自己。后来我才知道，正是丢掉了自我，才能得到自我。我正是在报告文学中找到了自我……

我感谢祖分，感谢她善待梅朵，做出让步。性子很直，心肠很软的陈祖芬，最终还是写了文章。她理解并谅解了一意孤行、把《文汇月刊》视为生命的梅朵；一场风波过去，他们的友谊也愈加深厚。

她说自己成了“写作机器”，身体垮掉，日子过得很粗糙

“我最喜欢给《文汇月刊》写稿！”“1981年我写了十一篇报告文学，除很少几篇给了《人民文学》和《北京文学》等，其余都给了《文汇月刊》。”可以说，祖芬对《文汇月刊》的感情，远远超出了对其他报刊的感情。

陈祖芬所以看重和喜欢《文汇月刊》，是因为这本刊物的影响和声望，以及梅朵的人格魅力和不拘一格的办刊风格。之前，报刊所沿袭的那种同一个作家不能连续上稿，更不能连续上头条的条条框框，已经被梅朵彻底冲破。在一年多时间里，陈祖芬的报告文学作品竟然七次上头条——

1981年3月号上《文汇月刊》首发《中国牌知识分子》后，又在6月号上推出写一位老编辑的《当我们赞美玫瑰》，7月号上推出写老艺术家王昆的《生命》，11月号上推出写年轻歌唱家朱明瑛的《一个成功者的自述》。1982年，势头不减，在《文汇月刊》2月号、3月号上，相继发表她写攀钢建设者、改革者的《得人心者》

和《精神之光》。8 月号上，又刊发了《最佳年龄》，陈祖芬为上海光学仪器厂的中年技术人员发出呼吁，他们正当年华，却因长期受到排挤、压制，无法充分发挥自己的才智。10 月号上，则是祖芬为《文汇月刊》“报告文学讨论”所写的《一封没有写完的信》。

《文汇月刊》如此高频率、高规格地推出陈祖芬的作品，是在做一件两全其美的事——刊物与作家相互支持、共生共荣，尽可能地把彼此的影响扩大到极致。我们每推出一期刊物，都要借“母报”作一次自我炒作：介绍当期主要篇目的“本期提要”，醒目地出现在有着 170 多万份发行量的文汇报显要位置上。这“提要”只有三百字左右，但读者很关注，作家——特别是当期发表作品的作家也很在意。我们在努力实现梅朵病中所热切期盼的，“一定要将《文汇月刊》的‘报告文学专栏’做大做强，做得在全国最具影响。”

祖芬曾不止一次地回忆起发生在兰州的感人一页，心中溢满对读者、对《文汇月刊》的感激：

1983 年国庆节我突然决定去兰州采访。到了兰州火车站已是晚上 11 点。一出车站黑压压的才觉得怕了。不知该住何处。只好返回火车厢，找到列车员，希望他能让我在停在车站的车厢里睡一晚。他说他知道我叫陈祖芬。因为他一直看《文汇月刊》的。这晚我真感激《文汇月刊》使我有了一个栖身之处。第二天早晨醒来，推开车厢门，怎么，门外没有了火车站，没有了火车？只有我这一节车厢，被扔在不知什么地方的轨道上，天苍苍，地茫茫，我这是在何方？

我拎起旅行包急急下了车厢，我想，我想顺着铁轨走，总能走到兰州？

我没想到，连祖芬自己大概也未曾想到，她被梅朵逼着写的那篇本不愿意写的《一封没有写完的信》，成了一道分水岭。祖芬总计为我们写过十七篇作品：1981—1982 年这两年，就占了半壁山河——七篇报告文学、一篇创作谈。而随后八年，只在《文汇月刊》发表过九篇作品——八篇报告文学和一篇散文。而其中，1983 年、1988 年是空白，颗粒无收。我很清醒，《文汇月刊》“垄断”陈祖芬的日子一去不返，她也早已身不由己。

我在上海、北京与祖芬见过多次，又通过许多信，更多地了解到她的烦恼和无奈：名声很大，身体很糟，日子过得很粗糙；而约稿成灾，前堵后截，“我成了写作机器”，推不掉，躲不了——

《人民日报》发现了她，推出了《祖国高于一切》，让她一夜成名，她能不听《人民日报》召唤吗？《人民文学》也有恩于她，“当我是个无名小卒时，他们就很培养我，这我是不会忘记的”，她能不写稿吗？“《北京文学》的，一个单位的人，老见着，老‘骂’我还不给他们写稿。”“只是北京的报刊层层包围，我身陷罗网。而我连读书时间也没有！”“所以我抵京后依然隐居，不让别人知道的（你也不要说出去我已回京），我实在是怕约稿等等。”

也难怪有那么多的刊物接踵而至，盯着、缠着陈祖芬不依不饶。这是一个报告文学时代，之前它被窒息了十年，现在喷发了。北京的、广东的、上海的，以及各地的大刊名刊，全都大张旗鼓地抓报告文学，加入争夺作者、争夺稿件的这场激战之中。

1983 年 12 月中旬的一天，我一下收到两封信，是鲁光和祖芬跟我通报同一战情——《人民文学》又有大动作。祖芬写道：

现在各报刊都重视报告文学，《人民文学》14 日在新侨开一天报告文学座谈会，王蒙主持，冯牧、袁鹰、刘剑青等都参加了。王蒙说现在是一个报告文学的时代，说报告文学题材的领域可更为宽广。冯牧谈到报告文学的政论性（我没去，会后高远来对我说的），他们希望每期至少发一篇报告文学。

我们和《人民文学》是朋友，也是对手。而祖芬，常常是我们两家激烈争稿的对象之一。我去医院把这个消息转告梅朵，也报告了跟祖芬多次沟通的结果，她答应以后每年给我们两篇报告文学，却又留有余地：“情况多变，不能说死，但我会努力争取。”“两篇还要‘争取’？”对我“先斩后奏”，轻轻放过祖芬，有着“垄断情结”的梅朵，显然不满意，摇头嘟囔着。

我给祖芬减负了，但还是经常给她写信、打电话、发电报，始终盯着。那是一个“煮熟的鸭子也会飞掉”的年代，即使你约的稿子，盯得不紧，也可能会被几家北京杂志上门“劫走”，他们是近水楼台——虽说“己所不欲，勿施于人”，但这种坏事，我们也没少干过。祖芬确也对《文汇月刊》有感情，一直说，“为你们写稿，我有积极性和主动性”，“请你相信我，我将尽力”，“若不能给你，那也是我实在没有办法了——非不为也，是不能也。”

祖芬自我概括说，“我是一个用脚写文章的人——边走边写”：

采写报告文学，常会派生一些不可预测的故事。整个八十年代，我的故事很多都留在了火车上。今天回想起来，这些采访背后的故事，其实就是一部改革开放的亲历史。从 1981 年开始，我年年都要南下深圳或广州。那时没有互联网，没有这么多先进的通信方式，想了解情况，只能把自己当邮包那样发过去，去吸收最前沿的观念，生怕一年不去就落后了。为了感受改革者的艰辛，我连着跑过从东北到内蒙古的十一个县、镇。什么时候采访结束，什么时候拎起背包就往火车站走，买张站台票就上车，补了票就坐地上。我在八十年代从没有怕过什么，还一个人跑到原始森林里采访，常常在山里连着走几个小时的路。去攀钢采访时，为了抄近道我从火车底下爬过去……

祖芬确实“情况多变”。1982 年，她来上海好几次，或是专程前来采访，或是想避开干扰躲回上海老家写作，但最后走得都很突然。她自嘲说，我总是“仓皇出走”、“落荒而逃”。因了一连串的“情况多变”，祖芬直至 1983 年底才给我一篇《人生的抉择》，以至只能跨年放到 1984 年 1 月号《文汇月刊》上——原本她说争取一年给我两篇，1983 年却让我颗粒无收。

1982 年 9 月 19 日，陈祖芬来信写道：

昨天我听说（刘进元来了）你“十一”前后来京，正好！我这次回京，是连连接了作协电报“仓皇出走”的。一些衣物都没拿。你能否给我带来？——量力而行。因你身体不好。我与此同时给家里发一封信。你行期定后，给我妈妈（陈慧若）写封信，她或祖言好把东西给你送到编辑部。或者，为减少你的体力消耗，可直接送到车厢或民航，你是坐飞机还是火车？送往民航更方便了。你到京后，是否住体委招待所？或这样，可把东西放吴晓民处。我上她那儿去取最方便。

一个多月后，祖芬卷土重来，闭门在新乐路老家写作，连急需买一本参考书，也让我买好寄去。11 月 13 日，她来信致谢，除说及明年给稿的事，还说走之前要来看我：

真谢谢你！这本书太好了！今天上午到的。我这几天确也没有时间上书店，所以只好求助于你了。不过钱还是要还的，请一定收下！这本书的代价，哪里是可以用钱来计算的呢？

明年给你们的稿，我会放在心上的：我只是不敢说死什么时候给你稿，因为我的事多变，我自己也无法知道我下一步干什么！我会留心题材的。当然，你若发现什么好题材（你自己不写的话）也望告诉我。走之前我去看你们——你，月刊的同志们。

八十年代的陈祖芬

我等着，想在陈祖芬“走之前”敲实明年的稿子。谁料，祖芬已“落荒而逃”，回去了。12月底，她在信上告诉我：“我在沪的第二篇采访任务还未完成，又被一个电报催了回来（和上次离沪时一样），临行又是‘兵荒马乱’，只能匆匆收拾东西，‘落荒而逃’了。不过这次是因为私事，所以我抵京后依然隐居，不让别人知道的（你也不要说出去我已回京），我实在是怕约稿等等。”“我何时搬家还未定，快则1月份，慢则春节前后，你若来信，还是寄劲松，我一旦要搬新居，会提前写信告诉你新地址的。”

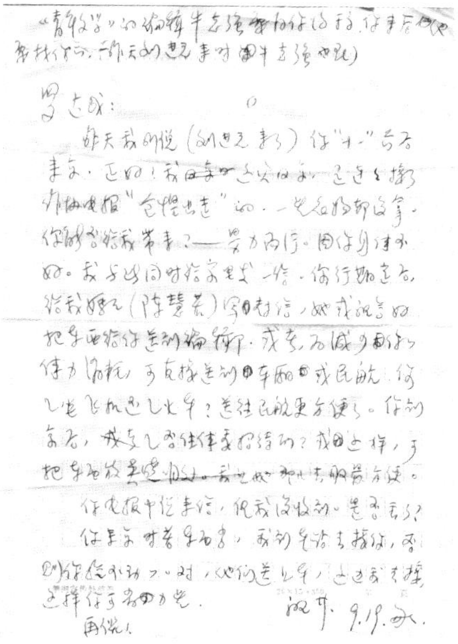

1982年9月19日，陈祖芬来信：听说你“十一”前后来京，正好！我这次回京，是连连接了作协电报，“仓皇出走”的，一些衣物都没拿，你能否给我带来？

祖芬是为房子的事匆匆赶回的。但她想在一两个月里搬家的愿望落空了，只能谢绝一切稿约。我发现了一个好题材想让她去写，自然也落空了。

1983年1月10日，她发来一信：

信早已收到，电报也收到。只是我最近因房子问题（一切手续都齐备，我本以为到京就可搬家了，谁知具体部门又生出一些事来），我什么也不能写了，一切约稿都只好谢绝了。原在沪时就答应了的给《时代的报告》的稿，也只好"毁约"。看了你的电报，我心里是真想去写的，我相信你是发现了一个好题材的，但我很快又冷静下来了——春节前后，房子压倒一切，此事不解决，后患无穷呵！

收到电报本想立即回信的，实在是最近会议、杂事太多，今天到家又是9点了。我想，再不写此信，你节前收不到了。

两个多月过去，"具体部门"生出的事还拖着。祖芬3月20日给我的回信中，满是无奈和窝火：

来信收到，房子一事，还要拖些日子，我的工作便也只能"顺延"。这些日子，一事无成，而且这种一事无成的局面，还得延续一段时间！我起初是心急如焚，现在简直有些"横竖横"了！没想到1983年上半年，我就这么虚度"青春"！

祖芬自己这么烦乱，我不知如何安慰是好。她倒惦记着，为在其间公布的全国报告文学评奖名单上，没找到我的名字的事安慰我：

报告文学的事，我问过胡蓉，她说有你一篇，没想到见报后，我没找到你的名字！再找一遍，还是没有！我知道，你不需要我安慰。我只是想说，你是很有潜力的，你一定会发奋写出更好的作品来的……

身体可好？留得身体在，就有好文章！

9月间，我去北京组稿，到北京不久，郭宝臣就送来祖芬9月12日发出的信：

你务必坚强些，这种病，与其说得用医术，不如说得用精神来战胜它！望你一定得放宽心！彻底把病治好了，你是大有可为的。我相信不会是恶性的，因为这个病灶已有很长时间，若是恶性的，你今天不会再有这个精力的。

让我9月底给你稿，这本来几乎是不可能的——我几次是说争取9月底，但基本上是要到10月底。后来因病，因其他事，更不可能了。我不敢把话说死，但请你相信我，我将尽力，实在不行的话，你回沪后我寄给你。我想，如果让你10月5日收到我的稿，还能赶上11期吧？（因为你要我9月底交，显然是为了11期。）

估计此信到时，你也迁往新址了。你天天要作气功，还要组稿，而且，还应该得保证休息。所以，忙的话不用来看我，你这样的身体还在坚持工作，就凭这一点我就应该为你们写稿，不用多费口舌的。

妈妈问你好！

祖芬知道，给我稿子，是最好的药物和最好的安慰，准备过几天就去甘肃采访，这是她难得的虚度八个月后的首次动工。祖芬大致诉说了这个故事：“1952年从印尼回来的郑华明，第二年大西北要人时，他坚决要求到艰苦地方去，到甘肃平凉教书。‘四人帮’粉碎前，他的三个妹妹、一个弟弟相约离开祖国。1980年，母亲给郑华明办好手续，他不愿走。但他的两个孩子坚持要走，他挽留不住，只身回到了平凉……”

我回来后，翘首以待，并把这篇“郑华明”排到11月上。梅朵嘀咕说：“祖芬已经整整一年没给我们稿子啦。”然而，祖芬稿子没到，国庆那天发出的信却到了：

我真不希望写这么一封信，可是现在不能不写了。我只好写上这封使你失望使我不安的信了。昨天人家刚给我火车票，今天杂事缠身，不能多写了。我这次去甘肃，稿一定给你们的（本来就是给你们的），这个题材也好，只是因为这件事本是9月份内的事，现在挪到10月份，事情就挤在一起了。因10月份，我是要全面检查身体（也是一拖再拖，有关领导几乎是对我下命令了——这次不能再拖了，因我老是肝痛什么的）。另外，10月20日还要去昌平，此稿恐怕月底要赶出——也是不能再拖了。我只能争取把甘肃这稿给你们12期，来不及的话，给你们明年第1期。

老谢（注：即谢蔚明）9月15日来过一信，也是问及稿子的。请你一定代我向他问好，并把稿子的情况转告他。

大概是发信前一刻，祖芬又临时接到作协通知，她在信封左下角匆匆写着：“又：作协通知14—22日集中学习，故只能11月底给你们稿了。”

祖芬这篇《人生的抉择》，原本准备刊发在《文汇月刊》1983年11月号上，最终却迟至1984年1月号才发出。我也能理解，她采访回来，赶完《北京文学》稿子再给我们赶：她是北京作协的专业作家，总是“吃里爬外”，给《文汇月刊》写过那么多，不抓紧给自己单位赶一篇，她的日子怎么过？

祖芬文章在1984年1月号上刊出后，我有半年时间没怎么逼她。到7月底、8月初，我开始发力，要她8月中旬一定要给我一篇报告文学。祖芬回信以柔克刚，诉说她的境况和无奈，希望我推迟时限：

你让我8月15日交稿，这实在是突然袭击。我8月底前安排得太紧了，近期杂事也多，给《报告文学》的稿和给《十月》的稿都要8月份写出，而这两篇稿都不好写的。

因忙于写稿，而且前两天一热一冷感冒了，所以拖至今才回信。可能的话，我9月份给你们写一篇，9月底或10月上旬交稿——我答应过今年再给你一篇的。我可能想去济南给你们写一篇。今年我实在够呛，约稿的压力比任何一年都大。我总要得罪一些编辑部的，我也没有办法。赵丽宏要我给他们10月号稿，我确也应该给他们一篇了。本来我想8月25日以后到9月5日前去沪采访给他写一篇的。但看来离不了京了。欠债累累，真使我感到一种压迫感！我真羡慕那些年富力强的人！我是未老先衰！去安徽又累坏！

你身体可好？还是瘦得像排骨？

也许因为欠稿太多，祖芬的采访与众不同，不是逐一解决，而是每每批量采访。她抱病跑到广东，竟然一口气采访好多单位，积攒下可以写好几篇报告文学的素材。祖芬还是把我们放在心上的，11月10日，她从广州来信，答应12月间去济南替我们采写一篇东西：

采访了这一堆东西，够我写的。而且等我回京后，先得养几天了（此刻我还是在发烧，一阵阵冒汗），然后慢慢写来，我不能再拼了。这半年为了写稿（6篇），本想10月后停两个月，没想到又来了广东。山东那里，看来只好挪到明年第二期了，就是我得把手头这些东西写了再去。12 月份去山东的话，只能给第二期了。武汉那边来了几封信叫我从广东直飞武汉，因我在京时他们给了我几个题材，其中有一个打动了我，我是想去的，他们也急得很（创刊），但我也没办法，我只能先给《文汇》写了，再给他们。

对于改革题材，她“像一头生机蓬勃的幼狮，抱到了一个五彩缤纷的绣球”

真没想到，“天上掉馅饼”了。1984 年 11 月底，突然收到祖芬随信寄来的一篇改革题材的《好同志历险记》。这是她已经给了别的刊物且已准备付印，又因故“强行夺回”的稿子——她不能接受对方的擅自改动。信上告诉我：为了“偷”出此稿，很伤精神：

我答应给你稿的，自觉这样拖不是事儿，正好发生了一事，可给你第一期稿了——《三月风》向我要去一稿，其后，他们一位领导告诉我，他出差时，责任编辑动过稿子。我要看看动了哪儿，但他说稿已付印，不能拿去看了，下次不会再发生此类事。这位领导很好的，很诚心诚意的，责任编辑这么做，当然也可以理解——各人有各人的主见么。但是，我的文章到底是哪儿动过了，我总要知道的呵！作者要对自己文章负责的么（更要对所写的人负责），所以我斗争一下，《三月风》是好意，是因为要发此稿；而我，你大概也是知道的，在文章的改动上是“计较”的。

接到祖芬的“馅饼”，发稿期已过了十天，我加急发排，同时电报催促祖芬赶快把主人公的相关图片寄来。祖芬自己，也因为“折腾”而陷入忙乱之中。12 月 5 日晚上，她匆匆发出一信：

晚饭时收到你的电报，我匆匆吃完了就去打长途。我本来有王峻的名片和省长的名片的，可惜怎么也找不到了——我的家太小，而我的东西太乱。这样，我无法打电话到王峻家里了，只好打到安庆食品厂，等了好久，但厂里两个电话都“嘟”了半天没人接，我实在看见打这种马拉松长途怕死了。明天白天打的话，等起来时间更长，所以我想：1. 明天早上我上东单邮局给王峻打一电报。2. 安庆交通不便，如你特急，你可在办公室（不像我，你比我方便多了）拨长途到安庆食品厂……

月底突然寄你此稿，可能使你手忙脚乱了？

好事成双。11月底，祖芬把从《三月风》抽回的“好同志”给了我。二十天后，她又把“赶不上《中国作家》创刊号”的《白云山》给了我，说是把1985年“《文汇月刊》这一家的债先还清”。12月18日发出的信上，祖芬写道：

我特意先出此安民告示，免得再搞得你手忙脚乱。《白云山》这篇，都是新的观念，是用十多个观念（十多个题目）把文章拎起来的，是我所偏爱的。此文我只求快发——因“白云山”讲效率，可我身体不争气，最近还有一些杂事，我准备1月5日左右改出、抄出。因此文两万字（或许还要出头一点），如果你们第3期能放进去（因第1期可能已让我挤下一篇稿了），我给你。若你们第2期稿已满（这次不要因我再挤别人的稿了），那么，这篇稿我就给别处，1985年我在适当的时候再还你一篇，因为我要2月份发出。总之，望你尽快来一信，若你们稿满，我即告之别家，让留版面——稿子我准备在开会期间改和抄，现在是一个又乱又脏的只有我自己看得懂的初稿。

《白云山》的报道，《光明》连登几天，该厂是时代精神所在！

祖芬把“讲效率”的“白云山”给我，要我预留两万字版面，确保在1985年2月号《文汇月刊》上刊出。这出于深深友情，也出于她熟知我们的发稿周期和效率，是全国任何一家刊物所不能比拟的——因为《文汇报》有自己的印刷厂。“讲效率”的祖芬，还在信、稿之外特意另附字条提醒、建议：“《报告文学》编委会定于1月6日开（因作家代表大会12月28日—1月5日），其实你在作家代表大会上可‘网罗’一批稿子，作家都在，何不来个‘一网打尽’，把1985年一年的报告文学大体定下。”但她不知道，我们已经待命出发：除梅朵月底要去北京参加这次作代会；我和五六位主要编辑——《文汇月刊》的“半壁河山”，到时也将入住京西宾馆，要在会议期间放手组到一批好稿。

梅朵知道这篇《白云山》的分量，唯恐别的刊物会抢，要我电促祖芬，能否在第四届作代会前把《白云山》赶出来？12月22日，我给祖芬发去电报，第二天她即复信：

昨收电报，上次我信上说的，我要到开会期间，才能把文章改、抄出来（我27日下午去紫玉饭店报到，把初稿带去在那儿搞），所以，只能你3日来京后我把稿交你，再发回沪，当然我看看还有没有可能在你离沪前寄到沪，你是3日坐飞机来吧？望留两万多字版面。因此稿是两万字出头，还有照片（此稿具体多少字，我改完、抄完方知）。与此信同时，我发一信到白云山制药厂办公室主任张沛添那儿，让他寄几张照片给你。

1月号上刊登了《好同志历险记》；2月号上又刊出《论观念之变革》。难得这么痛快，1985年头两个月，祖芬就漂亮而又干净利落地完成了应允给《文汇月刊》"一年两篇"的任务。

5月下旬，我意外接到祖芬妈妈电报，说祖芬有个急稿要给我们。6月上旬，接到祖芬的信和文章。信上写道："我住汉口胜利饭店315，我这两天给你连写带抄赶了这篇专写张光年、丛维熙、邓刚的文章。在京我还有别的访日的散文，但我在火车上想到还是写这篇给你，对《文汇月刊》最合适，所以当天给妈妈打一长途。此稿的清样出来后，望即寄我，一则我再看一看，二则我们五人写的访日文章要合起来出书。"作为急件，我把这篇《自转与公转——中国作家在日本》挤进《文汇月刊》7月号。一身稿债的祖芬，还是首先想到我们，她看中《文汇月刊》的速度和效率、档次和影响，最适合她这篇文章。

陈祖芬对改革题材情有独钟，她是那个火热的改革开放年代里，这类题材写得最早最多，且引起强烈反响的报告文学作家。早在1982年，她就一连写了三篇关于"攀钢"的作品：1月间，她在人民日报发表了写攀钢总经理黎明的《太阳从这里升起》。随后，又相继在《文汇月刊》2月号、3月号上发表了写攀钢人的《得人心者》和《精神之光》。及至1985年、1986年，祖芬更是激情奔泻、"走火入魔"地沉迷于写改革题材、经济题材："我是个想象力大于知识的人。作家写小说一般都写自己熟悉的东西，我喜欢写自己最陌生的东西，永远喜欢新鲜的、不懂的东西。那时我参加经济学方面的会，特来劲，整个人都兴奋起来，还跑到书店买了一大堆经济学的书看。为了写《理论狂人》，我还认真去啃《资本论》。刚有了 CBD 时，我就去参加 CBD 的会，回来写了两篇《啊，CBD》的文章。”

关于这一时期报告文学写作的“市场观念”，祖芬曾清晰而又坚定地表述说：

我要继续写报告文学的“硬通货”——写改革，写经济改革，写改革中的人的观念的变化。中国不搞改革没有出路，报告文学不写改革就脱离了时代的大趋势。

越来越多的读者，尤其是青年读者，希望从报告文学中看到现代人的活动，从而获得更多新的信息、新的思想、新的哲学、新的情绪。报告文学要全面走向社会。这是我关于报告文学的市场观念。

所以，我不想绕开改革、绕开经济和人——绕开人人感受到的这最大的课题。在这个问题上，我确实有一点使命感，一种莫名其妙使命感——没有人强迫我这样做。

许多年后，祖芬仍动情回顾、抒发她对八十年代，和对那个年代改革题材的眷恋：

我是从“文革”中走过来的人，深知对中国而言，在改革开放之前和之后，是恍若隔世，是地下天上，是真正的天翻地覆慨而慷！是这三十年的改革开放，成就了我的文字，成就了我。我怎么能不是改革开放的粉丝呢？

我就这样被卷进了那个飞速变化的时代。我这个人很容易被感染，特别是看了《第三次浪潮》后，激动得不得了，对改革开放简直有种狂热的激情，一下子就写了十几篇反映经济改革的报告文学。那个时候大家都很有热情，每发表一部作品，几乎都会收到几百封读者来信。

对于改革题材，祖芬写来得手应心，收放自如，她的一些报告文学篇名甚至带有开创性和颠覆性，简直像是论文标题：如“论观念之变革”、“论孙超现象”等等。祖芬信心满满，认为这些标题提纲挈领、画龙点睛，是她作品不可分割的组成部分。两年间，仅在《文汇月刊》上，她就相继推出四篇产生广泛影响的改革题材代表作——

1985 年 1 月号：《好同志历险记》（写安徽安庆食品厂厂长王峻）

1985 年 2 月号：《论观念之变革》（写广州白云山制药厂厂长贝兆汉）

1986 年 1 月号：《走进八十年代》（写武汉大通汽车服务公司总经理李金发）

1986 年 12 月号：《论孙超现象》（写安徽安庆市供销服务总公司总经理孙超）

全身心投入改革题材写作的祖芬，受到前辈名家的热忱肯定。在她的作品结集出版时，张光年在《序言》中赞赏地透露："女作家告诉我们，这几年她染上一个癖好：'常常想趴在经济理论这个窗口上向里窥望。'"而冰心的"序言"开篇就热情夸赞："这位年纪很轻、身材纤秀、眉宇间流露出一股扑人的英气的陈祖芬，似乎是专为描写我们祖国的值得大书特书的人和事，而出生在中国土地上的女作家。"冰心说陈祖芬对于改革题材，"像一头生机蓬勃的幼狮，抱到了一个五彩缤纷的绣球，她就欢喜腾跃地和它一起摸、爬、滚、打，使出自己的浑身解数。"

1986 年 1 月，我们发出祖芬的《走进八十年代》。让她喘息了几个月后，我开始催促、落实第二篇稿子。"明年初再给你稿，好吗？"1986 年 6 月 14 日，陈祖芬回信说：

真抱歉！至今才写信，因我给《人民文学》七月号的稿一直拖着没写——弟弟在日本又一次病危送回，孩子的事，还有一些杂事（弟弟现在基本好了）。直到近几天才赶稿，昨天送印刷厂。

这才喘一口气，但傅溪鹏已催着要小报告文学了，我也只能写一篇两千字的，因我再无精力了，我也得为孩子服务服务了。然后，一家一家的排到年底也排不下，交叉重叠地排着，总又要给几家带来失望。《上海文学》上周来过三个长途，可我也没办法，我已经着实答应了排好队的几家了，有的编辑是七八个人一起和我说，当场签"合同"的（口头）想想都不知道怎么写得完！你那儿我自然不会忘记的，只是北京的报刊层层包围，我身陷罗网。

给你们月刊写稿，我还是有自觉性的、积极性的。只是，明年初再给你稿件好吗？我已经成了写作机器，连加油的时间都没有的机器。望你对我宽松一点吧——这是一个当前流行的词汇。

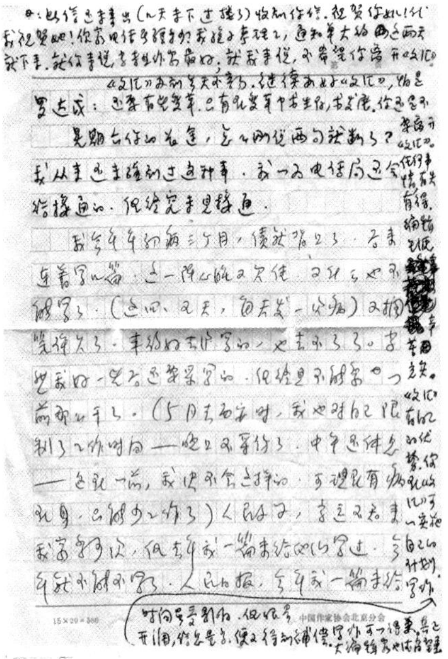

1986年8月12日，陈祖芬来信："就你来说，当专业作家最好。就我来说，不希望你离开《文汇》……"

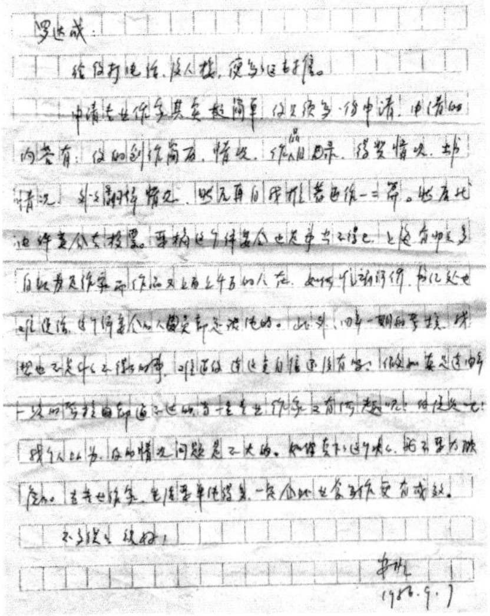

1986年9月7日，王安忆来信谈作者申请当专业作家事："当专业作家，生活要单纯得多，一定会比业余写作更有成效。"

直至8月间，她在信中还是只答应尽力，如果不行，那是"非不为也，是不能也"。8月12日，陈祖芬来信说：

我今年年初病三个月，债就背上了。后来连着写几篇，这一阵心脏又欠佳，又什么也不能写了。这四五天，每天发一次病，又搁笔许久了。我是想下半年给你一篇的，但在这种情况下，我太难了。心脏出故障后（上街我都得带上速效救心丸，以防不测），我工作时间少多了，有些采访好的素材，都没精力写。若有可能，我给你12月号一篇短报告文学，若不能给你，那也是我实在没有办法了——非不为也，是不能也。真的！我说的全是真而又真的。

祝好！别生气！

我怎么会生气呢？祖芬这两封信，是跟老朋友对话，其情切切，真实感人，让我内心很挣扎、很动摇。为什么将她逼成"写作机器"呢？这太残酷无情了。作为老朋友，我应该反省自责，高抬贵手，不难为她。但职责所在，又让我很无奈，怎么能放过她？否则，版面上头条从哪里来，主编梅朵又怎能放过我？他老人家的格言是：当编辑就要有铁石心肠！充其量，我只能选择“中间路线”，不放过祖芬，但决不穷凶极恶！

祖芬 12 日这封信付邮前，收到我的信。我在信中说及两件事，一件很高兴，我女儿考上上海第二医学院。另一件很扫兴，我想放弃《文汇月刊》副主编职务，离开《文汇报》，去作协当专业作家，自己写东西。我告诉祖芬，上海作协秘书长的赵长天说没有问题，王安忆也表示支持。肖复兴、乔迈、祖慰等老友也早已鼓动我去当专业作家。

但深层原因却不便告诉祖芬：一年前以来，因我无意卷入一桩别人的是非，让我心情很压抑。

我曾两度想坚决离开《文汇月刊》和《文汇报》，一次是接到中国作协和武汉大学中文系联合发来的“通知”，让我去读作家班。这不失为一个好去处，两年时间，一边读书，一边写作，且可让我名正言顺走出这深感压抑的“是非之地”。谁知将“通知”交给梅朵看时，十几秒钟后，他一边将通知扯成碎片，一边发脾气，责备我怎么好意思提出这个要求。另一次则是想申请到上海作协当专业作家，我当时很迷茫，曾向刚当上专业作家的王安忆写信求教。她很认真地回信道：

给你打电话，没人接，便写这封信。

申请专业作家其实很简单，你只需写一份申请。申请的内容有：你的创作简历、情况、作品目录、得奖情况、出书情况、外文翻译情况，然后再自我推荐近作一二篇。然后就由评委会去投票。要搞这个评委会也是事出不得已。上海有那么多自以为是作家而作品又上百上千万的人在。如何准确评价，书记处也难说话，这个评委会的人都是很纯的。此外，四年一期的考核，我想也不是什么不得了的事，难道你连这点自信还没有吗？假如真是连四年一次的考核都通不过的，当一生专业作家又有何趣呢！你说是吧！我个人以为，你的情况问题是不大的。如你真下了这个决心，就不要太顾虑了。当专业作家，生活要单纯得多，一定会比业余写作更有成效。

不多说了，祝好！　　　　　　　　　　　　安忆　1986，9，7

我还跟上海作协秘书长赵长天打过电话，表示过愿望，为人稳重的长天热切地说：“你想来，不会有问题。”

我萌生去意，但梅朵怒气冲冲，坚决反对，要我忍辱负重，“这里还有我呢！”这个“马列主义老头”，还用大帽子镇住我：“你是共产党员，为了事业和大局，应当把个人的一切放在一边。”

祖芬对我的去留，真诚表示了倾向性意见：不希望我离开！她以拳拳之心，在信上方的“又”中写道：

此信还未寄出（几天未下过楼了）收到你信，祝贺你女儿！代我祝贺她！你家电话号码多少？我孩子考理工，通知单大约这两天就下来。就你来说，当专业作家最好；就我来说，不希望你离开《文汇》。

《文汇》办到今天不容易。继续办好《文汇》，怕是还要有些变革，只有在变革中求生存，求发展。你还是不要离开《文汇》。任何事情，有失有得。编辑生涯，辛苦充实。《文汇》有自己的优势，你在《文汇》可以实施自己的计划，写作时间虽受影响，但眼界开阔，信息量多，便又得到补偿，写作可以兼得。真正大编辑家也德高望重。

我没有辜负梅朵和祖芬，对《文汇月刊》也有极深感情，痛定思痛，我最终还是选择了坚守阵地。祖芬在 1986 年最后期限里，给了我一篇《论孙超现象》。这是她写得最得意、最具影响的改革题材代表作。

之后几年，祖芬也竭尽所能，用自己感到满意、有所突破的作品支持我。1989 年 1 月号《文汇月刊》上所发表的《倒着写的故事》，就是她试图突破自己、呕心沥血写就的一篇力作。稿件寄来时，祖芬附信写道：

此文是我苦苦思索豁然开朗的结果，和现在所有时髦文字倒着来的，我自己也从未这么写过的。如有“实验小说”和“探索性电影”，那么这是写写看报告文学——没有人这么写过，这是对报告文学章程的大不恭，正因为此，我还要下些功夫修改、抄，而这几天我还有一件别的事。……我近期连写三篇，终于这一篇有了新鲜感，没有新鲜感就没有兴趣写。写《一个成功者的自述》是对我自己的《祖国高于一切》框式的突破，写《挑战与机会》、《日本启示》也是对自己写一人一事的突破。这次，又是一次。

非常时刻，逼着四十度高烧的祖芬赶稿：就是死，也要交稿

祖芬原本是梅朵直接联系的作者，她已经习惯了老梅那种咄咄逼人的组稿风格。梅朵骤然病倒后，我全盘接下了《文汇月刊》的报告文学专栏。跟祖芬交往和组稿的任务，也自然而然过渡到我身上——即令两年多后梅朵重回岗位，跟祖芬的联系仍以我为主。八年间，我和祖芬的交往可谓互相支持、互相理解、互相妥协——一句话，有事商量着办，绝不强人所难。最有耐心的是，为动员祖芬上《文汇月刊》封面，我前后花了四年时间：她由一口拒绝到松口答应，随后又拖延、反悔。而最终，我还是大度地放过了她；知道我很失望，祖芬也深表歉意。

从1982年下半年起，陈祖芬毫无争议地成为"封面组合"的首选目标之一后，这个任务就理所当然地落在我身上。我知道，正因为祖芬一直坚持底线：不上封面，不接受别人写她的"印象记"，不写"创作谈"之类体会文章，所以人们了解她的作品，却不太了解她这个人。陈祖芬自己都说："上海人把我当北京人，北京人把我当上海人。"

我动用友谊，反复劝说："不能光考虑你个人感受，你不完全属于自己。应当考虑读者心愿，以及我们杂志社的期盼！"我的方针是，只表述，不争论，更不强求。祖芬每每婉拒，我总是让她再考虑考虑，下次见面再说。

1984年年底，精诚所至，祖芬终于答应我，让热爱报告文学写作的《人民画报》记者王永强跟她联系，落实如何拍"封面照"。我还就写"印象记"事，先期征询《花城》编辑部主任谢望新的意见，能否考虑写篇陈祖芬的文字？祖芬在给我的信中说：1985年1月初，我们将在《报告文学》编委会上碰头，有关"印象记"的事，要"当面讲，讲得清"——

报告文学那个会，反正是作家代表大会开完后接着开，总是一月三四日，通知是还未发。有了准确的日子老朱就会告诉我的，如果我知道得早再告诉你，你好来京。何时去济南，我们见面定，我会抓紧给你们写一篇的。

写我一事，你说过多次，我实在不想叫你再失望，但我又实在不愿人写我（谢望新一说你去长途，我即说不能写的）。还是让我来给月刊写报告文学，而不要让人来写我吧。真的，这一类的文章，很少有人写好的。而且作为我，宁愿让读

者从作品来认识我，而不希望从这种文章来认识我，因为聪明的读者可以从我的作品中看到我的思想脉络，思想发展，这是真实的。

1985年2月10日，接读《人民画报》王永强信："陈祖芬来了信，她说目前在赶稿子，很紧张，脸都肿了，肿得连自己都认不出了，她说拍照事最好后放放。此事我不好强求，再说她的脸如肿了，拍出的照片也与本人相去甚远。上午得此消息，速通知您，以便早作安排。"

我去信让祖芬兑现承诺，3月23日，她又来信"稳定军心"：

答应你的事，并没想赖，时间上的自由度不会超过1985年。四月你不要"卷土重来"。我总还是贵刊有自觉性的作者。何况四月去日本，前后又要一个多月的时间。所以，答应你的两件事是否缓期到夏天。因我五六月份是肯定都外出的，四月份本来安排的外出也都只好顺延了，时间更安排不过来了。这段时间我连写四篇报告文学，实在一点不得喘息，不要说让记者来照相，我连出国的服装也没时间去买，单位里的人都为我急（知我没什么衣），而我至今刚拉出第四篇报告文学的初稿，实在不可能照相了！

然而，1985年过去了，1986年上半年也快过去了，拍"封面照"一事依然是空中楼阁。直至1986年6月中旬，祖芬来信叹息被北京的报刊层层包围，身陷罗网，成了写作机器那次，在信上明确地告诉我，《北京文学》、《报告文学》两家也要她照片，均被拒绝。因此她"不可能做封面"，希望我"可以谅解"：

又：我不给你们照片，我想你可以谅解了——《北京文学》6月号因发我文章，一定要照片，我怎么也不给（他们这个栏目都发照片的），结果终于不发了，封二我都不发，自然不可能做封面的。

傅溪鹏要我照片登8月号（8月号大概也是一人一张照片），我也没同意，这下你可以心平了。

等了四年，没等到祖芬一张封面照，怎么可能"心平"呢？其实，她知道我一定很失望，也知道，已经欠下我一笔账。怎么也没想到，将近四年后，在一个非常时刻，我欠下祖芬一笔比这严重得多的良心账——在她重病缠身、高烧四十度情况下，逼她限时限刻为《文汇月刊》“终刊号”赶出一篇重头稿。通话时，甚至不容祖芬置辩和讨价还价，我蛮横地下了“最后通牒”：就是死，也要把稿子交出来！

陈祖德见到姐姐被催逼，“躺在床上写稿”，心疼不已。而最让我感动的是，祖芬的丈夫、著名学者刘梦溪，在简短通话后居然被我说服，由坚决反对转为热情支持。祖芬后来告诉我，“梦溪说你是不可抗拒的，所以他接你电话后帮你说话了。”之前，梦溪从不插手祖芬的报告文学写作，而这次破天荒地帮助修改、复印，真是“帮忙帮到底了”。

《永恒的诱惑》，发表在1990年3月号《文汇月刊》。这篇“用生命写就”的报告文学的写作过程，让人刻骨铭心。1月15日稿子寄来时，祖芬在信中写道：

在你威逼之下，稿子近乎用生命写就，每天输液＋十支青霉素＋偏方丸药＋可待因合剂等。我家一间小屋天天挂着输液瓶，放着种种医疗器具，一走进这屋就是一股医院病房特有的味道。有些稿（少数）我是在左手输

1990年6月号《文汇月刊》，为终刊号

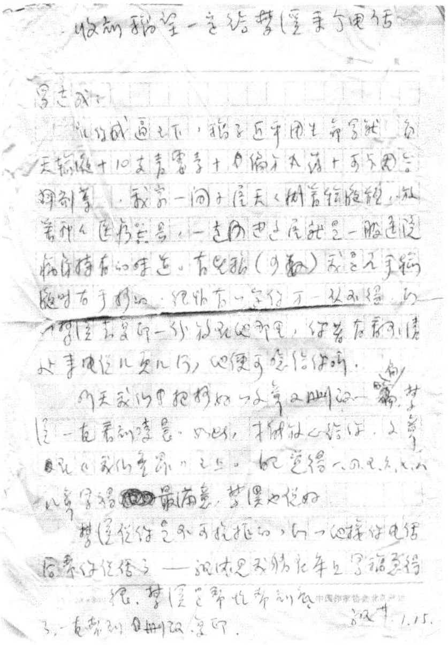

1990年1月15日，陈祖芬来信：“在你威逼之下，稿子近乎用生命写就。梦溪说你是不可抗拒的，所以他接你电话后帮你说话了。”

液时右手抄的，很怕有的字你万一认不得，所以梦溪去复印一份放在他那里，你若有看不清处来电说几页几行，他便可念给你听。

昨天我们把抄好的文章又删改一遍，梦溪一直看到凌晨。如此，才能放心给你，文章在“我们无罪”之上。自己觉得一、四、五、六、七、八几章写得最满意，梦溪也说好。

梦溪说你是不可抗拒的，所以他接你电话后帮你说话了——祖德见我躺在床上写稿急得很，梦溪是帮忙帮到底了，一直帮到删改、复印。

收到稿望一定给梦溪来个电话。

十八年后，在为《文汇报·笔会》写的文章中，祖芬重提此事，有更多细节，且透露出一句让人动容的话——在终于完成《永恒的诱惑》后，“我对梦溪说，我现在可以死了。”祖芬还为我当时的不近人情，作了辩解和开脱：

1990 年第 3 期，是最后一期。月刊的编辑罗达成，说最后一期也一定要办得漂漂亮亮的，一定要我一篇报告文学。我当时采访后气管炎很严重。天天咳到凌晨 5 点才能入睡。有一次罗达成又来电催稿。我说我快死了。罗达成说：你死也要把稿子交出来！罗达成并不知道我咳成什么样，而且我和他太熟，这种语言只是友情和信任的一种变奏。我楼里一位女士会打针，我让她每天来我家给我输液，里边放上十针青霉素。我是医盲，只是希望大量进药把病止住好写文章。梦溪看我咳得要死，不让我写了。我把采访笔记和稿子藏在枕头下。他一出门，我就左手输着液，右手接着写。一个月下来，大量青霉素入体，咳嗽一点不减轻。写到最后一个句号，是凌晨四五点。

那夜梦溪一直陪着，怕我身体顶不下去，帮我把全稿改完——我所有的稿，只有这一篇是他动了笔的。我对梦溪说：我现在可以死了。

没想到的是，稿子改完，我不仅没有死，而且咳嗽开始减轻了，稀落了。

这篇四万五千字的稿，终于在《文汇月刊》终结号的头条刊出了。

祖芬感叹："文汇"是不会被忘却的

祖芬用生命作冲刺，赶写的不是一篇普通的报告文学作品，而是体现了她对我和梅朵及我们刊物过命的交情。而我，如果不是《文汇月刊》处于非常时刻，也绝不可能用这样不近人情的残酷方式逼祖芬交稿，无论如何要赶在 1990 年 3 月号《文汇月刊》上刊出。

此前，北京方面早已风传我们要停刊，但祖芬坚信会办下去。她在 1989 年 12 月 16 日的信上还说："多次有人问我《文汇月刊》的命运，我都说，会办下去的。人们好像都觉得《文汇月刊》被取缔了。我说了又说：会办下去的。大约是大前天，上午来一人，说及她刚买了本《文汇月刊》，下午那人也说及他刚买了本《文汇月刊》。所以，《文汇》是会办下去的。"

事情远非祖芬所说的这么乐观。事实告诉我们，一切努力和争取都是无谓的——只是苟延残喘了一些时日，由原本 3 月号停刊勉强拖到 6 月号。而我们的编辑，还在抓紧最后的组稿，优雅能干、在京城人脉广泛的女编辑嵇伟，组来了冰心简短而极具影响的"一封信"（《冰心文集》第 8 卷《如果冬天来了——冰心写给嵇伟的信》）：

《文汇月刊》的编辑嵇伟给我来了一封信，大意说我们《文汇月刊》，奉命在第六期以后停刊了，要我写一篇散文，算是月刊对读者的告别纪念……

这样的信不是第一封了！今年北京也停办了好几种散文刊物，编辑们向我慨叹地说：这是"无可奈何花落去"。我回信说：你忘了这首词的下一句："似曾相识燕归来。"这是多么乐观的、充满了希望的诗句！

说到告别，我觉得中国人的"告别"也比西方人乐观，来看我的外国朋友走的时候说"拜拜"——别了，而中国朋友却总是充满乐观地说"再见"。

但是，在西方，就说英国吧，诗人雪莱，在他的《西风颂》最末的两句也是充满了向前看的乐观，他从秋天一直写到冬天，还快乐地说：

"春天还会遥远吗？"

我要引用这两句诗，作为《文汇月刊》对读者的告别纪念！

1990 年 4 月 9 日晨急就

在冰心写下这封著名的短信后三天，收到3月号《文汇月刊》——刊有用她生命写就文章的祖芬，也在回信中感叹地给我以安慰和激励；并将先于我们于1989年底停刊的《报告文学》那一拨编辑朋友，“在整个儿端到出版社”之后，“又忙起来了”的近况告诉我：

大约是莎翁的《无事生非》中的台词：人对于失去的，才更感到珍惜。现在从各方听来对《文汇月刊》的夸奖，前两天张守仁在电话中大夸《文汇月刊》，说很多文学刊物他都是不看的，唯《文汇》是必看的。说我给《文汇》写稿太对了。但我想想，无论怎样地惋惜、怀念，都只是挽歌了。有时觉得，人也很健忘。譬如有些刊物消失后，你很快就忘却了，但是《文汇》是不会被忘却的，你罗达成也是不会被忘却的……

那么苦涩的日子里，居然也有意外的快乐：5月中旬，我告诉祖芬，报社最近刚帮我置换到一套三居室。5月21日，祖芬回信说：“昨接你信，读后倒是为你高兴了一些，前天还和梦溪说及，不知你近况怎样了？命运太不公了。如今知道你昨天可迁入那么好的新居，这在上海，也是不易的。这件事，太重要了。你我这个年纪，安居或是一切的前提。我们再不是可以住在办公室里开夜车的岁数了。再说乔迁之喜，可以冲涤一些不快。我和梦溪布置新居，虽是北京式的——粗线条的，但那无尽无休的活儿给我们带来无尽无休的喜悦，几乎使人忘形。我想，一套三居室，会不断派生出活儿的。你或可暂时忘却一些烦恼。等到房子布置得差不多了，工作的转机也就出现了。”

6月30日，祖芬的信上，第一句话就问：“工作有何进展？”

为使我们的工作安排尽快得到落实，已经接任《文汇报》党委书记、总编辑的张启承和报社党委可谓殚精竭虑、亟尽心力：他们跟有关部门打过报告，提出《文汇月刊》停刊后，希望能让我们新办一本刊物——见无回音，不得不另辟蹊径。张启承后来追忆说：

7月10日，我和分管副总编找你们谈党委决定办“增刊”，听意见。第二天，党委讨论“增刊”方案。16日对增刊力量做了研究，当时考虑成立“增刊部”，还是由你们几个人来负责。实际上讲,《文汇月刊》牌子是没有了,但是这点人还在,通过“增刊”的形式,把月刊风格、精神、精彩能够发扬下去。7 月 28 日党委最后讨论定下来,把这个方案报上去……但单独设“增刊部”体制,这个班子、机构,上面不同意。第二天党委开会讨论后,马上就报了一个补充方案:决定不单独设“增刊部”,将“增刊”的四个版面“报告文学”、“随笔”、“生活”、“文摘”分散到有关部门,由部门主任初审,各分管副总编复审定稿,最后由总编辑终审签发。这样一来,对增刊的要求和管理比大报更为严格,可见“增刊”的分量和影响。

“增刊”方案获得同意了。

当张启承得到这个消息,再次找我和周嘉俊、肖关鸿,谈宣传部意见和党委新方案时,我们对这样“分而治之”毫无思想准备:要我带着“生活版”到理论部,挂名理论部副主任;而周和肖带着“报告文学”和“随笔”到文艺部,挂名文艺部副主任——尽管“增刊”的版面和组稿,实质上还是由我们这些人,在原先办公室紧锣密鼓地筹办;但组织形式上,版面和人却已瓜分到几个部门。

尽管内心有些别扭,但我们还是打起精神、全力以赴创办“增刊”,坚信自己有能力、有底气让它透出《文汇月刊》的精气神。我们不仅要以《文汇增刊》的“一鸣惊人”回报张启承和报社党委,为安排好《文汇月刊》这十几个人,不让我们的积极性受到挫伤,他们已经尽了最大努力,更要以此告慰已然黯然退休的梅朵。

张启承跟他的前任马达一样,一直对《文汇月刊》停刊惋惜不已,痛心不已。回望筹办“增刊”这段往事,张启承很动感情:当时,他对“增刊”筹办既审慎应对,不敢懈怠,又满怀热情与期待。让他深感安慰的是,在艰难中问世、大获成功的“增刊”,为《文汇报》带来了新的辉煌:

在每两周一次的“增刊”编务会议上,我和分管文艺的副总编史中兴每次都参加并主持,传达精神,讨论选题,评议稿件,部署版面,不敢丝毫懈怠。在方案批准的第三天,9 月 26 日,“增刊”第一次试刊顺利出版。北京、上海乃至全国各地的知识名流、学者都热情支持和欢迎“增刊”。相继为“增刊”开设专栏的名家就有冰心、萧乾、王元化、施蛰存、孙犁、汪尊祺、钟叔河、冯亦代、李子云等一二十位。如此规模，如此阵容，蔚为报坛盛况。1991年1月2日，《文汇报》扩大版正式问世，又是佳作云集，推出巴金、宗璞、新凤霞等一批名家作品，反映了《文汇报》的文气之旺。

有着通栏横幅的《文汇报增刊》，尽管四个版面办得风生水起，赢得一片赞誉，但它只出了四期。1991年，《文汇报增刊》又改名为《文汇报扩大版》，但内容不变。及至1992年，《文汇报》由四版扩充为八版，把“扩大版”消化了，内容也全部扩进去了。

在《文汇报》扩版，“扩大版”被消化后不久，周嘉俊退休，肖关鸿和我则各得其所——肖接替到点退休、大名鼎鼎的徐开垒，到《笔会》担任主编。而我则去接手报社新成立的“特刊部”，每周四大版的《文汇特刊》，推出了许多专副刊，琳琅满目。但我最看重、兼任版面主编的，是由“扩大版”带过来的《生活版》——编发这个“生活散文”副刊的，仍是我之前的搭档刘绪源、胡国萍，另一位搭档周玉明去了《笔会》。

所幸变来变去，《生活版》存活无恙，而且好评如潮，办出了影响，在全国风行一时，引领风骚。

副刊性质的《生活版》，每周一期，有近万字篇幅。很难想象，每期版面上七八篇倾吐生活中真感实受，发自心灵深处的千字短文，竟会吸引、打动无数读者——从普通人直至郭风等一批文学名家。那一天的《生活版》，每每被人从报夹上抽走，很有些洛阳纸贵的味道。许多报刊深感压力，寝食难安，也都赶忙开设这类版面，千方百计约请名家帮衬，想跟上这股潮流。更难想象的是，许多声名赫赫的作家不肯轻易允诺、贸然出手，因为写这千字短文，费心费力，需要功夫了得。为《生活版》写过《多情应数中年》等名篇的舒婷，也是我的老朋友，后来曾在《新民晚报》上写过一篇《千字功夫》，叹息自己被这类“豆腐干文章”逼得走投无路，还捎带点名“控诉”了我：

比如《文汇报》罗达成，十多年的老朋友了，劈头盖脸就是一顿夹棒，我嗫嚅着试图给自己留条退路：“若来不及或写不好呢？”电话里震耳欲聋：“你舒婷写不好一篇千字文，不如跳下你房前的那个什么海吧。”

让我感动的是祖芬和梦溪，妇唱夫随，对《文汇月刊》和《生活版》一往情深。先前，没有梦溪的忍痛放行和帮助，祖芬不可能答应我的那次野蛮组稿，为《文汇月刊》写下那篇“绝唱”。在我接手《生活版》后，祖芬除了应约写过那篇后来被一再转载的《在英国坐火车》外，因为种种原因，有段时间处于欠稿状态。她在信中、电话中让我“别生气”，一再安慰说：“我和梦溪，是不会忘记你和你的版面的”，“我是真心把你那《生活版》放在心上的”。而梦溪，是比我还要较真、严厉的“把关编辑”——祖芬一些稿子，原本要给《生活版》，但被梦溪果断否决了：“给别处可以，给《文汇》不行。”

读一读祖芬其间给我的几封信，足见她虽是报告文学名家，又是散文高手，对为《生活版》写稿，却是慎之又慎。为了1991年元旦版面上的头条，我差不多提前两个月向她约稿——这几乎足够她采写一篇报告文学了。我还建议说，可以写写关于祖德的事，或是她和梦溪的事。祖芬不想写这些。在1990年12月7日的信上就打招呼，说“真对不起”，让我早作准备：

祖德今天搬家，我很忙乱，但这信今天一定要发出，因昨晚我想想这篇文章目前不宜写——不能老写自家人，真不忍心让你失望！但想想实在不能这么写，元旦号，我再想想有没有别的题目，今天人好像发烧了——经不起一点累，也不想说，不想让梦溪、祖德着急，想争取今天搬完，但极困难——因事先一点没打点。

你设身处地为我想想，会知道此文接着《木头与石头》发表是滑稽的，真对不起，让我想想有没有办法另给你写一篇。

4月间，知道祖芬去海南弄书稿，我叮嘱她：元旦的那篇稿子吹了，这次要将功补过，月底前一定交稿。5月4日，祖芬来信解释，原本“先写所感然后才搞书稿”，但被出版社搅黄了：

本想海南回来可写两篇稿，没想到稍想多干点事，又发烧呕吐。加之两部书稿催着要稿，我只好先写书稿。视力又未完全恢复（面神麻引起的视神经麻痹）我一天只能写一点。如此，估计要5月中旬方能写完两部书稿，然后才能写海南的感受。此事我总在心上，力不足而已！

你放心。我们——我和梦溪，是不会忘记你和你的版面的。只不过表达方式不一样。梦溪是喜欢让我写完了再答应，我是心软，你说之恳切我容易未写当场就答应。

不光祖芬，梦溪也有着浓浓的“文汇情结”。对《文汇月刊》如此，对之后的《文汇报增刊》、《文汇报扩大版》，对我的《生活版》亦如此。之前，梦溪绝少参与、也从不干预祖芬的稿件，但对她给《生活版》的稿件，甚至是准备付邮寄给我的短文，却一再“横加干预”。梦溪和祖芬确实是把我和《生活版》放在心上的。这有祖芬 1991 年 7 月 7 日的信件为证：

我写茂名荔枝节这篇报告文学之前，写了一篇想给你的短文。梦溪看了后说给你就不够了。待他参加国际学术会议回来，我说我又看了一下觉得可以，他说是可以，给别处可以给《文汇》不可以。我只好不给你了。梦溪的眼光，是我见过所有人中最高出一筹的。我听他的。所以我只要写出他认为不错的小文，我自然会寄你而不会寄他处的。

梦溪问你好！

“我们的友谊和一个年代联系在一起，那个年代不会过去”

从二十世纪九十年代中后期，到二十一世纪前十年，我跟祖芬很少联系，十五年里大概只有四五次。收到她在海外出访时寄来的明信片，或是自制的别致贺年卡时，我会给祖芬发信息或是写封短信致谢。她的贺卡、我的短信，话语不多，但心灵相通，我们能读懂彼此，读懂过往的激情年代。

2011 年 1 月中旬，梅朵去世，我在《文汇报》上发表了悼念文章《敬畏梅朵》。不久，在报上得悉陈祖德病情恶化，我随即跟祖芬通话。她声音疲乏地告诉我：“这几天在跑医院，祖德旧病复发，可能还是癌症，手术很大，要切除胰腺、大肠。”我通过报社一位副总编，拜托驻京办事处的朋友去医院专程探望。2 月 9 日，陈祖芬发来短信致谢：

达成谢谢你！我没想到你让这边的朋友去看我弟，你真是我家的老朋友！读你的文章，那么真真切切！让我一下回到那个时代我们一起走过的那十年。

停刊那期，你还逼我四万五千字，而我病得输液一月，天天输进十支青霉素，有天凌晨四点半完稿了，我第一个想法是：现在我可以死了。没想到我正是在那一刻发现咳嗽不那么密集了，病有了转机了，于是才知道气管炎与压迫感有关……

记忆中，这是祖芬在信中、文章中第四次复述这个过程。没想到，2015 年 7 月，在我要给她快递姚芳藻一本遗著时，她又更真切动情地复述了一次。我在短信中说："梅朵夫人姚芳藻已去世，她写的关于《文汇报》1957 年'反右倾'的书，完稿十五年仍未能出版。她的子女自费印了几十本，我要来一些，给你和袁鹰、丹晨，各留一本。请将你的地址告诉我，我让快递送来。"

祖芬回复道：

谢谢达成！你是我在上海"硕果仅存"的老朋友了！梦溪问候你！昨天还和梦溪说起，最后一篇给你的稿，我重病（气管炎，天天咳到凌晨 5 点才能睡一会儿，咳得痛死），你来电催稿，我说我都快死了！你对我大吼："你死了和我有什么关系？！"我现在都记得我接你这电话时坐的位子，因为印象太深了！这是编者和作者之间的最纯粹最无间的关系。我终于冒着"生命危险"把一篇四万五千字的文章寄你。

我从这段熟悉的回忆里，读到了新细节。事隔二十五年后，祖芬居然还清楚地记得接我"吼叫"电话时所坐位子。而引号里我大吼的那句话，也比之前引用的更蛮横无理，更粗暴、武断。我知道，这一定更接近真实——在《文汇月刊》停刊将临，我焦灼、痛惜而又无处倾诉，只能向最熟悉自己、志同道合的朋友宣泄。而祖芬理解我的咆哮，珍惜我们之间"最纯粹最无间的关系"，义无反顾地答应用生命去作这最后冲刺……后来人可能无法想象，甚至觉得不可理喻——那十年，祖芬这样的作家，及我和梅朵这样的编辑，把繁荣、发展中国的报告文学事业，看得比自己生命更重要、更神圣。

2013 年 2 月小年夜，短信拜年，一般都是三言两语，我却给祖芬写了一千多字——除致以新年祝愿，主要是向祖芬求助，希望她能帮我了却心愿：我也已届古稀之年，本想安闲度日，不写东西了。但2011年初，写了《敬畏梅朵》后，我二十多年的老友、《上海文学》社长赵丽宏一次又一次劝我放开写，写八十年代，写梅朵，写《文汇月刊》：“这个题材很有意义，很有价值，很有影响。作为亲历者，你也最合适；可以先在《上海文学》上连载，然后出本书。”我犹豫了一年，还是被打动了——我已经没有退路，不写，让这段历史湮没，愧对良心，一定会寝食不安。我知道，这类文章，工作量极大，但我准备孤注一掷、竭尽余生，去完成这本关于梅朵和《文汇月刊》的回忆录：“我总觉得许多重要节点的事，记不清了，缺少故事和细节。北京等地，我也无力去采访了，心血管不好，血压高。只有请朋友们帮忙，肖复兴答应给我写他跟老梅、跟我、跟月刊打交道印象最深的几个片断。我也想请你出手相助，能帮忙写点什么。像上次你写的《牛奶箱与梧桐树》，就有好多珍贵情节，比如你在停刊前三十九度高烧，还撑着完成我的逼稿。我当时真有这么残酷？竟说‘死也要写出来！’真对不起你，对不起梦溪。本想给你写信，但你家地址一时找不到了，只好发这个短信，我一生中最长的短信。真对不起，读起来很累人。”

祖芬筋疲力尽，没有走出失去亲人的阴影和沉痛，“无力再写文字”。第二天，她回复道：

昨不适，今看到史上最长的短信，如见那位“恶贯满盈”的朋友，很感慨！但无力再写文字。这几年，大前年初妈住院，前年初祖德住院，后来他们先后走了，我活下来了。我是说，居然还能活着，外人不会知道我的伤痛，多少人要我写妈和祖德的文字，我都没法写。现身体好一些，但就是不愿写了。我不知什么时候能恢复，我有一种筋疲力尽感，一动脑就血压高。你做此事令人感佩，我只为你担心，而不想为你写诗，虽然你做的是一件很应该做的事，但我还是要说：老友罗达成，我为你担心！

2015年夏天，我给祖芬快递去姚芳藻遗著时，也随便告知写作进度：“谢谢你和梦溪。能成为你‘在上海硕果仅存的老友’，至感欣慰。姚芳藻书中午已交快递，后天大概你能收到。我还在写关于梅朵和《文汇月刊》的回忆，已经花了三年半时间，大概还要一到两年时间。不为别的，记下历史，回报梅朵，等在天堂与他见面时，不致无地自容。”祖芬回复道：“北京桑拿，这两天我小有不适。很感慨你在笔述一个时代！回想起来，那是一个纯真年代，是‘我为你写诗’（抄袭《中国足球队……》的题目）的激情燃烧的岁月，人们一旦缺失了纯真，缺失了激情，就难能读懂你的文字了。达成，了不起！”

我向祖芬致谢：“谢谢理解。这是一个追回并沉浸在八十年代的编辑和作者，用生命在作最后的斗争。倘能完成，死而无憾。算是对得起老梅和刊物了。”祖芬慨然答道：“我明白，这近乎悲壮！千万悠着点，千万保重，因为有你，就有八十年代……”

这几年，在我和祖芬不多的通话或短信联系中，“千万保重”和“八十年代”成为关键词。我说：“七十岁开始，根据自然规律大家开始排队，等待去见马克思，只是不要插队，这个队插不得。”祖芬赞同：“我们是好朋友，我们一起不插队！”

2017年春节，我拨通祖芬手机，想给她和梦溪拜年，但无人接听。过了一会儿，祖芬发来信息：“达成新年好！我在宁波，梦溪在睡觉，手机放静音，刚看到你来过电话，老朋友一切可好？和你的友谊是和一个年代联系在一起的，那个年代不会过去……愿达成在新的一年里有更好的身体和更多的欢喜！祖芬。”我也叹息：“确有隔世之感。因为留恋过去，我常常沉浸在回忆之中。看到你那本《八十年代看过来》书中，有我当年给你发的电报图片，无限感慨。有幸亲历过八十年代，这一生就没有虚度……”

我们不会忘却八十年代“那激情的岁月和粗糙的日子”。经历过那个年代的人也不会忘记，当时有陈祖芬这样一大批优秀作家，有《文汇月刊》，有梅朵和我这样一大批编辑，携手为中国的报告文学事业奋斗过、拼搏过，也曾辉煌过。

名家追忆《文汇月刊》

《文汇月刊》：一坛久封的上海老陈酒

祖 慰

开坛

2013年3月，我正在张家港投标城市规划馆的设计方案，接到故交罗达成的电话。他说有家杂志要他撰写《文汇月刊》十年的连载，我曾在其上发了不少作品，还做过封面人物，故让我写点东西。我立即满口答应。达成对作家朋友情真意厚是出了名的，因此，大家患有一种“罗达成强迫症”，他要打电话约稿从来就没法说“不”。

然而，放下电话一想，感到这次应承有点玄。第一，1996年我从法国回上海做世博会，已经跨界不当“写手”了，六七年都在做展览展示设计而“为稻粱谋”，提笔生涩或者说陌生化了。第二，毕竟已过去快三十年，记得研究大脑的学者说过，过了三十岁，每天大脑细胞死亡十万个，三十年死了多少？谁还能保险有关《文汇月刊》记忆不跟着那些死去的细胞一起死掉了呢？

正在灵性萎靡之际，达成给我传来了我当时写给他的十几份亲笔信件的扫描件，还有我在《文汇月刊》发表的几篇作品的篇名与发表时间。他还在电话里说：“搬了多少次家，扔了不知多少宝贝，可是，我保留的全部《文汇月刊》，以及当年作家朋友写给我的一千多封亲笔信完好无损。你的信就是‘众里寻他千百度’寻找出来的。”

我惊叹！我动容！突然，沉埋在脑海深沟里的标示着《文汇月刊》Logo的种种记忆，一下被久封而被达成开启的老信件激活，像我现在做的展览展示多媒体的触摸屏，一下触摸出了一坛上海老黄酒的图像，上浮，开坛，老黄酒酒香袭人，温热、细润、甘甜、抒情诗般的微醺……

迟到

达成说，从查阅我最早文章的日期以及信件来看，我是一位迟到的作者，我的加入应该是1985年之后。1985年，《文汇月刊》已经是一个中国期刊中独树一帜的大名牌了。

我在记忆屏上触摸：为什么我会迟到呢?

按理说，我出道不算太晚。1985年前，中国作家协会举办的全国优秀文学作品奖，我已经连续获得一、二、三届“全国优秀报告文学奖”。那时，全国的刊物时兴主动向他们中意的作者约稿，我主要被广东、北京的刊物编者青睐，在那里发了不少作品。当然上海的《上海文学》、《收获》、《萌芽》也发表了我不少小说和报告文学，为什么标榜是中国文学家、艺术家文章荟萃之地的《文汇月刊》偏偏不理我呢？我当时把《文汇月刊》形容为全国文学艺术界直抒胸臆、觥筹交错而饮的上海老黄酒，可是我只能远远地在一旁闻闻香气。

为什么我靠边站了呢？ 2010年5月我似乎找到了答案。当时我在上海同济大学任教与设计世博会城市足迹馆，达成告诉我，创办《文汇月刊》的梅朵大主编住在医院里，约我一起前往探望这位八十九岁的老前辈。有天，我们带了鲜花去了。看上去斜躺着的梅朵老人精气神还可以，但他睁大的眼睛不认我就认达成。达成赶紧介绍说我是祖慰，可他茫茫然没有任何反应。我们说了一些祝他长寿康乐之类的问候语，他也漠然无应。要告别时达成随手拿了两本新出版的《梅朵文艺评论选集》，给了我一本，梅朵大声喝阻，只准给达成一本。达成有点尴尬，说他老糊涂了。我悻悻然自我解嘲：“不，梅大主编过去就不大喜欢我的‘怪味文学’的文风，现在是与时俱进，不喜欢我这个人了！哈……”达成说：“瞎讲，他是老糊涂了；有次张瑞芳来看他，他也不认识了！”

我信口一说的梅朵主编不喜欢我的文风，倒也并非戏说。达成这次传来的、我在1983年3月7日写给达成的信中就有这么一段话可以佐证：“我似乎有个发现，敬爱的梅朵老人不喜欢我的风格。我的两篇小说被（你们）退（稿），退后，一篇发《人民文学》，一篇发《当代》，反应还不错。由此可见，我给你们的文稿不是瞎对付的下乘之作……”这大概是我“迟到”的合理原因?

然而，这种主编与作者之间的审美差异是常识与常态，值得大惊小怪吗？那么回忆这些鸡毛蒜皮做什么呢？就算找到了我“迟到”的原因又有什么意思呢？

且慢，我蓦然觉得，这个鸡毛蒜皮的“微事件”可能像个三棱镜，能够折射出《文汇月刊》编辑出版历程中的两个峰值的光谱来。

双峰

第一峰值，当然是梅朵一手开创的。

梅朵本是上个世纪四十年代就做得风生水起的资深报人，而且是文艺类栏目的大腕。四十年代他就出任上海《文汇报》文艺副刊和香港《文汇报》文艺副刊主编。后来还主编过《大众电影》、《中国电影时报》。想想吧，他手上有多么丰沛的中国文化艺术界高端人脉资源啊！可是1957年，他被那场“反右倾”运动给坑了。二十年之后他才被胡耀邦的“平反冤假错案”行动从坑里拉了出来。此时他雄心依然，于1980年创办了《文汇月刊》。凭着他以往的情义人缘、编辑才气，刚一发刊就召唤来齐刷刷的一大排大名家——巴金、茅盾、叶圣陶、唐弢、艾青、陈荒煤、公刘、邵燕祥、王蒙、舒芜、曾卓、冯亦代、董鼎山、杨宪益、谢晋……这在中国期刊中绝无仅有，真让同行们羡煞慕煞。

然而，梅朵不是让名家来为他站台捧场以制造明星效应的。不。他有着让刊物成为“社会良知守护者”的天职观，因而老骥不伏枥，却亲自登每个名家之门，恳请他们像托尔斯泰那样蘸着血泪，把自己至真至情殉道的苦难故事一一写来，探究缘故，杜绝重来。此外，梅朵以他极其敏锐的“新闻眼”，关注着社会热点，组织友情作家或者命令本刊兼着编辑的作家们，以最快的速度和全新的政治、文化视点给予编码，写出读者渴望深度解惑的文章来。因为这，第一期就振聋发聩；因为这，期期有爆点，洛阳纸贵，发行量竟高达二十多万份！

对于此时的梅朵，我只是远望感知，描摹他的当然只是一幅让人敬重的但细节模糊的写意画。近来我读了在他麾下拼搏十年的主将罗达成写的《敬畏梅朵》，那才叫是一幅现代主义中的“照相写实主义”，细节十分丰满精准。如是，我就不敢再多嘴了。总之，梅朵创造了同行难以企及的第一峰值。

八十年代初我不过是中国专业作家队伍中的新兵，完全没资格进入梅朵的名家资源库。虽然 1981 年我写的《啊，父老兄弟》报告文学也曾在全国闹腾了一番，记得第一届全国优秀文学奖在北京京西宾馆发奖时，当时梅朵以长辈的身份与我握手，对我支持与鼓励，但我肯定还没有资格成为他视野之内需要盯着的角色。这要等到罗达成、肖关鸿等年轻才俊被梅朵提拔到副主编位置拥有发稿权之后，我才成为他们约稿的“热门弟兄”。

我得到了《文汇月刊》主管报告文学的新执政官罗达成的认同与欣赏。我觉得找到知音了，非常兴奋甚至亢奋。我说过：“被人准确的欣赏乃是人间的大温暖。”这位“温暖先生”猛打电话给我，注入“正能量”，与我商讨“写什么”与“怎么写”。这样，我的数篇反响热烈的报告文学登上了《文汇月刊》的头条。

举两个例子吧。

1987 年第 6 期，头条刊出了《赫赫而无名的人生》。达成与我一起讨论出来的这个标题就很怪——既然“赫赫”，一定是“赫赫有名”，怎么还来个“无名”呢？好，那就您请往下看。这是一篇报告我国试制第一艘核潜艇船体总设计师黄旭华的故事。按当时保密规定，对于这位核潜艇之父只能说事，不可指名道姓。这就是说，伟业赫赫，不能署名，因而无名。文章虽然也描绘了他在道德层面上的“舍己为公、艰苦奋斗”的细节，但浓墨重彩书写的是他们创造奇迹的新思维、新方法论。例如，他们悟到了“尖端乃常规之和”，功夫在于组合，倘若常规组合具有极大的创意，就能造就出无尖端工业水平的尖端来！果然，三年之内就造出了比美国、法国第一代核潜艇更尖端的中国核潜艇而令世界震惊。

达成不仅将这篇东西发了头条，还专门请四川文艺出版社名编辑曹礼尧写了一篇《祖慰掠影》配发其后。这是《文汇月刊》对作者的高规格的抬举。

再举一例。1988 年第 7 期又发了一个头条，篇名更怪——《把野性注进逻辑》。这是一篇写连中三元获得“国际建筑设计竞赛佳作奖”、贝聿铭给他写信邀请他加入他的建筑事务所、创建武汉大学建筑系的张在元。他是在长江边上破草棚里长大的穷小子，出身微浅。然而，他却在人生的路上不停地做着超现实的大梦（狂野的感性想象），但又痴迷地、玩命地吸纳实现超现实大梦的知识（寻找理性逻辑），居然梦什么就成什么！我在细腻地、绘声绘色地讲述他的传奇之后，把他的“武林秘笈”归纳为“把野性注进逻辑”。这是上个世纪八十年代中国青年人最渴求的精神软件之一。因此一时间在大学里“把野性注入逻辑”成了高频使用的语词。后来我旅居巴黎，碰到一位到巴黎出访的中央电视台副台长，他说读我这篇文章改变了他的后半生。

写这篇东西的过程，达成就像放高利贷主豢养的收款人那种狠角色，硬是逼出来的。达成在编发这篇文章时，不仅像上次那样，专门请著名诗人徐刚写了一篇《他是超常组合——祖慰及祖慰效应》配发，而且还把我作为这一期的封面人物。

我终于跻身于“梅朵联络图”了。

当然不是我一个，而是文坛一批比我更优秀的“少壮派”，被少壮的作家兼编辑的罗达成、肖关鸿收编了。于是，《文汇月刊》在新的政治、文化生态中，即时孵化出了有着“独立之精神，自由之思想”的新“物种”；于是，依旧洛阳纸贵；于是，无论哪一项全国文学奖，《文汇月刊》的获奖者之多令人刮目相看。

这就是我一家之言所言说的第二个异峰突起。

亚特兰蒂斯?

双峰就像高度文明的亚特兰蒂斯城沉入了大西洋海底。一万年后柏拉图记叙了亚特兰蒂斯城的故事；二十三年后，我记叙了我的故乡那坛越陈越醇的上海老黄酒。

2013 年 4 月

祖慰，原名张祖慰，旅法作家，现居武汉。曾任中国作家协会理事、湖北省作家协会副主席、巴黎《欧洲日报》记者及专栏作家、欧洲华文作家协会副会长。

我与《文汇月刊》的交往

陈冠柏

冬日的一个上午，我正和朋友谈着生意上的事。罗达成来电话了，那是一种委婉带诉的声音。很多年了，我们各自西东，心常念，偶有信，通话毕竟很少了，他告诉我他接受了一份稿约，他和《文汇月刊》十年间的追忆，为此翻动了他的全部所存，包括和作家们上千封通信，而头一晚，正是读了我给他的几封信后，感动得一夜唏嘘，情不自已。

岁数大了，大多数的日子心如止水，启封往事是件困难的事，尤其当生活的剧变整个儿的将与之联系的纽带切剪得一干二净，所有的状态、内涵、色彩、结构已无一雷同，在这样的恍如隔世时刻，要回忆过去，迟疑可以想见。便给达成发了封如是短信：

“接你电话后一直心绪浓烈，为你的真挚感动。光阴掠去，二十余年前的交往已成陈酿久封，经你开启，是这等馥郁醉人。回望人生，如平川至于高地，总有几个峰，和你的友情及由此缩结的报告文学写作无疑是最耀目的峰。与被改变的世界一起改变着自己的人生，精彩苦涩，豪兴愁肠，明媚幽暗，相伴着前行，已觉无悔无憾。抱着历经后的充实，享品人生的醇厚渐入晚景，一切皆已淡然，唯兄的友情则长留心间，不时于心寂中触摸取暖，感世间的珍贵。”

原以为事情就此打住了。哪晓得达成跌进回忆竟出不来了。他是个率真的纯粹人，扛住责任会疯迷，他一旦想要去表达就不会敷衍，不会心手分离。他说要写《文汇月刊》的十年就离不开包括我在内的一群作家，他自己已经给淹没了，不依不饶，要我一起来回忆和分写。无可推却，我跟着被拉下水了。

（一）

那是1986年夏天的一个周末。在我走近上海圆明园路149号《文汇报》大楼这座维多利亚建筑前，请允许我作稍事停留，整整衣领，也整整凌乱的思路。

我的行包里装着份四万多字的报告文学稿，写的是温州苍南的龙港镇完全由四乡农民自发自主建造一座城镇的故事。那是一个传奇，当时的镇委书记陈定模凭着上级给的八千元钱生要建造出城镇，里面涉及的土地转换、农民迁徙、城乡二元、经济布局、文化营造等等经济和社会改革的超级课题，振聋发聩。当中共十八大首次把城镇化写进它的工作目标，而在三十年前的上个世纪八十年代初，这一切已在东海畔的乡村破题并成功实施着，你想想，那该是怎样的动人心魄？以充分的题材自信，我去面见眼前这座大楼里的《文汇月刊》编辑部。

那应该是我和作为《文汇月刊》副主编罗达成的头次见面。他的精干睿敏以及由职业自信支撑的张扬多少让人感到有种威严和冷峻。这难怪，作为报告文学界的大腕，他的名声可以压人。他为歌坛、体坛明星的造像是文学的典范之作，经久而不衰。他草草翻阅了我带来的修改稿，给了不称意的表情。此后的谈话并不愉快，我反复强调题材的重要，讲它的新闻性，他一直批评稿子的庞杂，缺少人的形象和成块的文学画面。有争执，也有理解，结果当然是我的妥协，拿回去再改，如果还想上这份杂志的话。

这倒是触到了我的穴。虽然我和周荣新合作的《中国的回声》刚刚获得过1983—1984全国优秀报告文学奖，我的一些稿子也可以被其他刊物悉数接纳刊登，但没上过《文汇月刊》就不算是有级数的报告文学作家，在我的心中，那是业界的一个台阶，一座山峰。阅读这份杂志的经历总是这样的愉悦和难忘，每当捧起有油墨味道的一份新期刊，打头的那篇报告文学是那样耀眼诱人，你会抓住一口气读完然后翻过去回味。每月一次的阅读盛餐是至今难有的周期性精神享受。现在，我走到了它脚下，当然希望能够攀登上去。

检阅和否定自我是痛苦的。把装订成沓的稿纸一页页扯开，顺着和达成谈稿留下的点点划划，反复琢磨和揣摩，渐渐悟出的是新闻和文学的两种走向，那是达成指给我的诀："文学容忍放浪不羁，而新闻倡导循规蹈矩。由记者而成为报告文学家的，在中国不乏其人。但这要经过漫长的、痛苦的、艰难的蜕变过程。很少有人能完成这个质变，特别是白天还得乖乖运行在新闻轨道上的人。"于是，我只能让夜晚变得不乖，在时常深夜的苦熬中，不断地调整着眼点和着笔点，从新闻追捧的事件、过程、叙述和评论员式的说教慢慢心领神会地转到对人的形象和心灵的开掘，习惯由事件外在光环照射的稿面渐被人物的动情命运所替代。新闻的"事出有因"与文学的"查无实据"在磨炼中有了心领神会。当我享受着这番光感转换的体味，追想"文学便是人学"的格言，喔的一声豁然开朗：从新闻而至文学，如同从阳坡转至阴坡，虽同属一座精神山峰却如此景象不同，但既然同在一峰，转换了路径，登顶并不遥远啊。

凭着这个要诀，回过去审视我获奖的那篇《中国的回声》恰中了达成的批评。它敏锐的叙述了作为改革者的步鑫生的沉浮，以"大题材"取胜，但"报告"得缺少文学魅力，从文字、构思、手法特别是叙述主体看，调的不是文学的羹，还不是作家的范儿。这个真悟，让我折服《文汇月刊》的不妥协，那是老师的范儿。

在多写了十几万字的改稿后，《中国第一座农民城》在《文汇月刊》刊出。这份杂志以近乎严苛的方式接纳了一个不安分记者的投诚。稿子给删得有些断续，小标题也过于直白，但给了我一种文学的自信，从心底里感激达成和月刊编辑部对于品质和品位的恪守，而我在试图登堂入室的演练中获得了比稿子发表重要千万倍的东西并影响一生。

有趣的现象是一种异端势力的进入并不是简单的被同化。随着稿子的发表，我和达成间由稿题到思考的精神交流多了起来。我以新闻一线的鲜活素材不断送进他们纯文学气息浓重的房间。以往多侧重文体明星写真的栏目由于扛进了大社会的多样课题而弄得五光十色，而他也乐于倾听和接纳，我臣服于"文学"，他关注于"报告"，发生于社会大变革时期的这种开放式胸怀使这份杂志接到了地气，有了新的编辑部的故事。我们的交往由浅入深，但依然是君子之交。我跟他最奢侈的来往是第二年春上送他两包新茶旗枪和径山香茗，他爱喝茶，且老到。

（二）

写作是一种上瘾的行当。我显然不满足于仅一篇的刊出。在与达成频密的选题磋商中，我想有必要写写现存高考制度。达成的选题敏感连同包括他自己在内一个大群体的切身感受顷刻被激发起来，这篇名为《黑色的七月》的作品在它动笔前已经成了编辑部的重头。久闻《文汇月刊》的催稿抢稿是残酷出名的，我算是领教了。达成的电话催命似地不停响起，我的采访本和稿笺几乎每一页都被酷暑的汗水湿卷了边儿，那是一种被指挥和推动着的题材掘进，它让写作成为作者和编辑间的互动，我和达成的电话也成了说故事的热线。当电话那头的达成既兴奋于题材又担心我"新闻腔"的难改，我这边其实已经有意识的移位到文学的阴坡，展开了恣意洒脱的篇章，并且孕育出多少年后依然响彻的呐喊："把选择留给青年！把安宁还给家庭！"

稿子送出后的我其实并不自信。我在电话里问："还好哦？"

此时的达成正陷于读后的巨大质疑中。他惊讶于眼前这位作者的变化：还是这个陈冠柏吗？士别三日，当刮目相看。他完完全全地换了一副笔墨，题材虽大，但写来细腻，不是大来大去，让人淹没在事件里、过程里、叙述里，也不在文章里进行说教了，而是力求展现人的形象和心灵，把一个个块面加以组合和创造，由小见大，由点到面。他不敢相信，短短几个月里，陈冠柏竟有了这样一次飞跃，一次蜕变，他从苦难里熬出来了，他从"山"那边走来了。这是他事后的叙述，在当时，达成用兴奋肯定语调答复我的是："相当好！"

这篇作品引起的轰动和反响出乎预料。1986 年 11 月号的《文汇月刊》还未上市，《文汇报》刚发了两三百字介绍内容的消息，国务院办公室就打电话来了，某副总理想看这篇文章。刊物面市后，反馈更多更强烈，这期的《文汇月刊》不知传遍了多少学校的高考生和他们家长的手，连同共鸣、感奋、自责、思考、呼喊，一道卷进了追踪的漩涡。文章被多处转载，上影、长影的编导上门来谈改编成电影、电视剧。"黑色的七月"由此成了高考苦月的代名词，直到几十年后的今天说起这个词儿，还是像找到同时代的年谱。在 2000 年的初头，天津的一家报纸还辟专题寻找最先提出"黑色的七月"的人，搜索的脚步几乎走到我的门边儿，给我封住了，可见影响的久远。

在1985—1986年全国优秀报告文学的评选中，《黑色的七月》不乎众望地入选，它也是《文汇月刊》力荐的首选作品。由中国作协主办的这项大奖一直是刊物间的兵家必争。想到《中国的回声》在1983—1984年度的获奖，完全是结果式的意外，怎样入围如何博弈整个的一无所知，连最后的被告知也是看的报纸新闻。也许是作品记述的步鑫生的改革深深打动了评委，记得获奖后中国作协的一位书记叫唐达成对我说，看了步鑫生的命运，想改革的艰难，他掉泪了。这个惊雷式的人物支撑他的进步力量和社会震荡无疑是我们那篇作品能从二线刊物脱颖而出的主要推手，我们分享了题材的幸运。而此次《黑色的七月》的获奖过程成了“进行式”。这也许正是获奖的一种潜规则：好文章要发在好刊物，它的加分决定成败。

多少年后的今天回想，这一切名利场真该淡然了。但当时，对受刊物力捧的年轻作者，一个获奖的台阶成了他自信和蓄能再爆的基石。瞬时的荣乐被很快抖落，和《文汇月刊》一道，景行行止，不停步地在报告文学的写作中动脑筋走出自己的新路来。

那是我思想的春天，也是和《文汇月刊》的蜜月。以社会学思考为突进点写时代大转折的热点，渐渐成为我的主调和风格。《文汇月刊》慷慨地为我腾出了宝贵的篇幅。对老龄化社会描述和前瞻的《夕阳并不孤独》，对海南人才大潮起落涨退全景表达的《蔚蓝色的呼吸》等作品都在这期间被特别刊出，《蔚蓝色的呼吸》还获中国潮报告文学评选一等奖，使我有了连续三届获得全国优秀报告文学奖的记录。连同我在国内其他刊物发表的《东方起动点》、《大饼油条的挽歌》、《走向花园酒店》、《集团军——试管婴儿》、《酒杯托起的海》等一系列作品，《文汇月刊》还做了作家与作品的专文推介，特约作家徐刚写了我的印象记。它的发力推荐，使作者同它更加贴心，而它通过集中优势资源的打造，又激发作者的正能量，不仅我，有一群，那便同时造就了它自身星河灿烂的岁月。

2013年3月初稿于杭州

2018年1月节选于香港

陈冠柏，中国作家协会会员，曾任《浙江日报》记者、评论部主任。

是你们改变了我的命运走向

肖复兴

达成兄：

你好，将过去的事情回忆一下，陆续写了几天，发给你看看，不知能不能对你有些帮助。

印象中我们之间的第一次信件来往，是我写的一篇关于姜昆的稿子，你打电话说给我要寄校样，我告诉你我正要跑到青海我弟弟那里。那是1981年的夏天，我在中央戏剧学院还没有毕业，最后一年实习，我到了青海。我人还没有到青海，你已经将校样寄到我弟弟那里。我弟弟到柳园火车站接我的时候，带来了你寄来的校样。我没有想到你那么快，那么负责。因为在此之前，并没有哪家报刊非要寄校样给作者看的。

从青海回来，你打电话问我青海有什么可写的东西，我写了那篇《柴达木传说》。这篇写“右派”命运的报告文学给我带来很大的影响。为了写这篇报告文学，你曾经多次打电话给我。你对我给予了很多的鼓励，希望我赶紧写出来，但是，这篇东西一直拖到一年多后的1983年5月份才写出来。我自己想沉淀一下，希望写得好一些。你既希望我尽快写出，又耐心地等我，给予我极大的信任。那时，我还没有见过这样的一位编辑会这样对待一个作者，心里很感动。

这一年中间，也就是1982年的春天，我在家里洗衣服的时候听广播，听到天津一家副食品店的女会计一家住房紧张的故事，很打动我，和你通电话的时候，说起这事，你鼓励我去写。我立刻去了天津，找到这位女会计。在天津河北区图书馆用了整整一天的时间，写完了《海河边的一间小屋》，寄给你了。你说写得不错，希望找这位女会计的照片，我又到天津找照片给你寄去。没有想到这篇报告文学获得了全国第二届报告文学奖。你得知获奖消息，想尽快地通知我，我正在南京参加《青春》杂志搞的一个笔会，住在南京郊区部队里改稿。由于是部队，电话不好打，你从北京打到南京，不知用什么法子找到了我，高兴地告诉我获奖的消息。让我心里非常感动。那时候，我家里没有电话，公共电话离我家有一段距离，你要等好长时间，每一次我跑到那里接电话的时候，总听见你第一句话是："肖复兴呀，我打电话找你可是好多次了，你的稿子写得怎么样了？……"亲切，又有催促的压力。

忘记当时听谁告诉我，第一届报告文学评奖的时候，初选篇目有我在《雨花》发的《剑之歌》，是写当时击剑运动员栾菊杰的教练文国刚的命运。有评委说写得不错，但文字有的地方有毛病，便未被评上。第二届，终于被评上，我想因素一定很多。当时，我在文坛之外，并不了解，也并不关心。但我想这篇东西发表在你们《文汇月刊》很重要，如果是发表在其他刊物上，可能是另一种命运了。我想，这就是你们《文汇月刊》的地位和影响了。

大概是1984年的春天，我要去浙江大陈岛采访一批自1950年就在那里开发建设的一批老知青，顺便带着老婆孩子到上海、杭州玩。我毫不客气地请你帮我订好在上海住的房间和他们娘俩返回北京火车票，和我去大陈岛的轮船票。你一一帮我办好，记得是住在上海文艺出版社的招待所。你到火车站接的我们。那是我们第一次见面，在此之前，我们只是通了三年的信或电话而已。但一点都不生疏，觉得很亲切，很亲近，仿佛早就相识。那一次，是你带着我到丽宏那间没有窗户的小屋。我们三人的长达三十年的友谊就是这样开始的。那时，我们真的还年轻。

那一次，也是我第一次见到梅朵，他和你一起请我们一家在锦江饭店吃的西餐。后来，你还带我们一起到红房子吃过一次西餐。在你们报社那老式的电梯间里，你带我到你们的编辑部，也见到了关鸿。记得那时候小铁见到这老式的电梯觉得好玩，总想多坐几次，都是你怕他单独一人不安全，拉着他的手来回坐了好几次。你对孩子的爱心和耐心，给我留下很深的印象。小铁的童年对你和丽宏的印象最深，在他七岁多的那一年，他说他做梦梦见你在叫他的名字。那是一种多么温馨的感觉。

在去大陈岛的前夕，由于当时工作调动问题，我接到北京的电报要立即回北京，大陈岛去不成了，你没有埋怨我，帮我退了船票，又买了飞机票，返回北京。那一次的上海之行，留给我难忘的印象。

1985年，我在上海文艺出版社出第二本报告文学集《生当做人杰》，请梅朵写的序。你看过之后，对我开玩笑说：老梅还是对祖芬的感情更深，他给你的序，比他给祖芬写的差多了。记得当时，梅朵也在场，他只是笑，没说什么。我当时对他说：您不能这样厚此薄彼呀。他说：下次你再出书的时候，我再写，一定写得好一些。他也真是一个可爱的老头。

1985年的夏天，我再次去青海采访。你帮我办了一个《文汇报》的特约记者证，说是可以帮助我采访，来回乘车如果买不到票，也可以派上用场。同时，你说这次去青海采访的车费和住费，你们来报销。记得那一次，我到兰州时候已经是半夜，先被安排住进兰州宾馆，一看那么高级，房费那么贵，就没有住，走了出来，在旁边找了一个招待所住下。回来后，你埋怨我：能有多贵呀，你就住一夜，怕什么的！其实，也是关心我。

那一次回来，我写了《柴达木作证》和《啊，老三届》。这两篇东西，对于我很重要，我希望写得好些。你开始了一贯轮番轰炸般的电话加电报的催促和督战，让我不敢怠慢。记得接到你收到《柴达木作证》后的第二天就给我发来的一封电报，告我下期发表，竟然如此的迅速。十天左右以后，你寄来了《柴达木作证》的校样，你催我改后立即寄回，我连夜改了一宿，第二天就病倒了。记得写完《柴达木传说》后，我也病了一场。那时候的报告文学，我们真的都是倾注了感情的。

这中间，还有你对我弟弟肖复华的帮助和支持，他当时在青海石油局的生产调度室当调度，学着我也写了几篇报告文学，先后都经你的手在《文汇月刊》上发表了，特别是《当金山的母亲》，让他获得首届青海省政府文学奖。他调到报社和文联，树立了写作的信心，接着写了一些关于柴达木的报告文学，都是和你的鼓励和扶植分不开的，同时也说明当时《文汇月刊》的影响力之大，几篇作品，可以改变一个作者命运的走向。

这一年，1986年的夏天，我们一起去庐山参加《百花洲》笔会，同行的还有丽宏、何立伟，还有《随笔》的主编黄伟经。他刚刚看完发在《文汇月刊》新一期上的《柴达木作证》，非常激动，要我写一篇采访札记。我当时以为他只是随便说说，客气而已。第二天，我们去看电影《庐山恋》，路上，他又对我说起写采访札记的事情，你和丽宏都对我说你应该写写。你觉得应该让更多人读到这篇作品，了解报告文学。

这是我们唯一一次共同的出游。其实，还有很多次的机会的，但是，当时你的工作很忙，杂志离不开身，你又太投入，便都没有和我们一起参加活动，失去了很多的机会。1987 年 12 月广州全运会的时候，我意外的碰见了你，难得你能又出来一次散散心。

这中间好几年，我只能在到上海的时候，或者你来北京的时候，和你见面。在北京，都是你来工作，住在你们《文汇报》驻京记者站，每一次都是来去匆匆。每一次，都是你请我吃饭。印象深的一次，我去那里找你，正好碰上蒋大为，你在采访他。那时候，我刚在你们《文汇月刊》上发表了写宋世雄的报告文学。宋世雄由此分到了前三门的一套三居室的房子，解决了他的大困难。我对你发牢骚：我们写他们，帮助他们解决了实际困难，我们自己的困难却没有谁帮我们。你对我说，大概意思是，谁让我是报告文学的作者呢，这就是我们的命。如果是为了我们自己，也就不写报告文学了。还有一次，是詹少娟请你吃饭，你拉上了我。我们一起交谈最开始相识的情景和彼此的一些感情故事，那时候，作者之间，作者和编者之间，友谊真的十分的美好。记得那是 1988 年底前后的事情了，那样的情景，只在回忆之中了。

1987 年，那一年，我四十岁。你打电话要我的照片，说是要登在你们《文汇月刊》的封面上，同时配发我写的《啊，老三届》。这是你的美意，对我的鼓励。无形中扩大了《啊，老三届》的影响。王小鹰就是看到了这一期杂志的封面，再看这篇报告文学，然后给我写了一封信，发表在《文学报》上，对这篇报告文学给予了鼓励。同时，当时从《人民日报》文艺部调到人民日报出版社当社长的姜德明，也是看到了这一期的杂志，找到我要出《啊，老三届》的单行本。这一年的年底，安徽文艺出版社也找到我，要出《啊，老三届》的书。《啊，老三届》这篇报告文学有了这样的影响，是你的鼓励和支持的结果，自然，也是我们友谊的结晶。

我在你的手下发的最后的文字，大概是 1990 年第一期的《母亲》了。那时候，我母亲刚刚去世不久，我对你说想写写关于母亲的一篇东西，你鼓励我写，然后就是以往一贯的做法，开始打电话催我。我把稿子写好寄给你，没过几天，你就着急打电话催，怎么还没有收到稿子？你收到稿子后立刻发稿，打电报告诉我下期刊发。

《母亲》发表后，自此，我所有重要的报告文学都已发表在你们《文汇月刊》上，以后我也再没有写过报告文学了。很多人是从《文汇月刊》上认识我的，而且因为都是在你们的《文汇月刊》上发表的，便以为我是一名上海的作者。我真的非常感谢《文汇月刊》，感谢你。

1992年春天，我从福州回来，路过上海，我们一起参加《少年文艺》的一个会，我们又见了一面，而且还同住一个房间，有了一次交谈的机会。那时，《文汇月刊》早停刊了，但你依然很忙。我发现，新的工作分散你的心情和注意力，也让你充实一些，所以，你很少回房间休息。

1998年的夏天，小铁高中毕业，考上大学之前，和他妈妈一起到上海玩，你还特意请他们娘俩吃饭，你打电话问我想到什么地方去吃。我说孩子想去红房子。你便约上丽宏和关鸿，事先定好到红房子，由于红房子早搬了家，你还找了一通呢。他们娘俩吃得很尽兴，也很感谢你。小铁回来后还写了一篇文章《红房子》，记录留给他少年时代难忘的纪念。饭后，你给我打电话说：你交给我的任务完成了。不过，红房子的菜可真不怎么样，远不如以前了，现在上海好吃的地方多得很，干吗非要找这么个地方？

关于我和你以及《文汇月刊》的记忆，在新世纪到来之前，算告一段落。这是最重要的一个段落，从八十年代初到九十年代末，是《文汇月刊》也是文坛最重要的段落，同时也是我们人生最重要的段落。那时，我们还算是年龄合适，精力充沛，又都对报告文学充满真诚与激情、理想和向往。无论我们的行为，还是我们的作品，真的，我们都问心无愧。记得那时看到《胡风传》，我忘记是不是李辉或者是梅志写的了。在写了胡风跌宕的命运之后，对于文坛，作者说了这样一段话，给我留下了很深的印象，大意是："文坛的得势、失势、趋炎附势……中国文坛是个没出息的地方。"我不知道这是对于以往中国文坛的总结，还是对当时中国文坛的诘问。我们都希望在潮起潮落中保持自己对于文学、对于现实的一种良知和起码的底线。

只是，这些断片可能有记忆有误的地方，而且都很琐碎，没有什么值得论说的，不知道是否会对你有多大的帮助，如果还有什么需要，请吩咐就是。

希望你的笔记录那段难忘的历史，帮助那些对历史飞快遗忘的人，也帮助那些对变化现实中的权势和资本过于钟情的人。

去年底新编了一本书，大概今年上半年能出来，是将写柴达木的报告文学集中一起，书名取为《柴达木作证》，其中绝大部分文字都是刊发在你们《文汇月刊》上的。编这本书的时候，自然想起了你。没有你的鼓励、支持和督促，就没有这些文字。这些文字中，有我们共同的感情和记忆。把这本书的《后记》也发你看看。

期待着你早日动笔。

复兴

2013 年 3 月 14 日写毕于北京

肖复兴，中国作家协会会员，曾任《人民文学》杂志副主编，北京市写作学会会长。

何等清纯的作者与编者的关系

张正隆

达成兄：

在我的记忆里，最早与你联系，好像是在1980年吧？我的一篇寄给《解放军文艺》的什么稿子，他们觉得军队杂志不适用，由袁厚春转给了《文汇月刊》，从此我们有了联系，开始给你寄稿。后来，通过你又认识了《天山》杂志的矫健，在《天山》发过两篇。所谓“认识”，都是神交，文字之交。直到1992年夏，我去哈尔滨采访，你正巧也在那儿组稿，才在满锐家第一次与你见面。与矫健则是1996年了，去乌鲁木齐采访见到的。那时没有今天的“关系稿”、“买卖稿”，就是凭借作品质量，你们都是正经、严谨的办刊人。

那时打个电话也难，甚至不可能，就有了《文汇月刊》的一大特色——电报。稿子用不用，哪期用，三四十个字，快捷、准确、诚信。稿子需要修改再写信，详细说明意见。我先后收到十几封电报吧。记得第一次接到电报，还吓了一跳。因为那个年代，打电报都是十万火急之事，不知谁打的、何事。那时与报刊、出版社联系，都是写信。我所经历的关于文稿的电报，独《文汇月刊》一家。待到电话深入千家万户时，《文汇月刊》早已没影了。

《解放军文艺》和《文汇月刊》，是我发表作品最多的两家刊物。一北一南、一武一文，各具特色。后者作为一家有全国影响的杂志，以报告文学为主，且多介绍文艺界的人事，独树一帜，在读者和作者群中颇受好评。

达成兄，当年我叫你“罗编辑”，你称我为“正隆”，那是何等的亲切，又是何等清纯的作者与编辑的关系呀？如今还去哪儿能够寻到呀？

你还记得我1989年那本书出版后，我让妻子给你写的那封电报般短的信，不让你再给我写信。程步涛、黄国柱等人当时来信，别的不敢说，国柱的信，据知被拆看了，好在不出大格，否则连累弟兄们。

2013年4月12日

张正隆，中国作家协会会员，沈阳军区文化部创作室专业作家。著有报告文学集《爱，你是太阳》、长篇报告文学《雪白血红》等。

梅朵有一支很棒的团队

周　明

《文汇月刊》的创办，为当时文坛增添了一个重要的园地。它发现、培养和联系、团结了一大批新人和老中青作家，不断推出好作品、好文章。主编梅朵带领了一批出色的编辑、记者，活跃在文坛。那时，我们在北京的几家刊物，都深感在组稿方面受到很大“威胁”，因为梅朵是个组稿能手、高手。他思想敏锐，出手快，只要他认准了的选题，便抓住不放。为了催作家的稿子，他有时一天可以给你打好几个电话，因此大家给他起了个好玩的外号叫“没法躲”，又是他名字的谐音。梅朵很善于抓选题，社会生活中热点、焦点问题，也是他的关注点。有了好选题他才物色合适的作家，然后就不断地催促。作家们虽然一边开玩笑说他是没法躲，同时也很感激他对某些作品的催生。所以《文汇月刊》那时很受欢迎，发行量节节上升。因为它几乎每期都有读者喜欢的文章、喜欢的作家。刊物内容丰富多彩，可读性很强。

梅朵有一支很棒的团队，如罗达成、肖关鸿、周嘉俊、周尊攘、嵇伟等，他们既是编辑，也是作家，所以写文章、组稿都是强手，经他们的手发出不少好文章，不少有影响的好作品。

周明，历任《人民文学》杂志常务副主编，中国作协创联部常务副主任，中国现代文学馆副馆长，编审。中国作家协会第七届全国委员会名誉委员，中国散文学会副会长，中国报告文学学会常务副会长，冰心研究会副会长。

是时代造就了《文汇月刊》

谢大光

达成：

近来忙于孙犁百年诞辰纪念的事，没能及时给你信。你提的问题，我想了一下。当年贵刊在报告文学领域打下一片天地，至今传为佳话。当然首先是你们编辑部协力同心的结果，现在看来，也应了天时地利人和的老话。

八十年代初起，改革风气渐盛，人们从原来的僵化政治中开始走出，开始关心起人的命运，而作为公众人物的文艺、体育明星，自然吸引大家的眼球。那时，大家不仅想知道他们的近况，更想了解他们心中寄托感情的人物，怎样经历了“文革”十年。你们组织的报告文学，一个很大的特色就是要求有深度，要深入到人物的命运中去，而不是像现在的表面热闹的所谓报告。再加上梅朵掌舵，他有多年从事影视刊物的编辑工作经验，知道该抓些什么题目，该找那些人写。

我之所以那几年写了一些报告文学，完全是被你们逼上去的。题目是你们出的，要求是你们提的，时间是你们定的，版面安排直到插图设计，都是高标准的。而且，发表后的反响也是出乎我的预料。所以，写起来虽然有压力，但是很愉快。记得关牧村那篇发表后，很快听到北京有关方面的好评，夏衍看了还介绍给日本友人，并要求改编成电影，上影的艾明之首先动手写出了文学剧本。你们的要求和读者的反响，给我继续写的动力，以后对你们的约稿，我是尽全力的。我们也由同行成了朋友。

所谓地利，是上海《文汇报》这块招牌。你们充分利用了自己的有利地位，刊报联动，舆论先行，注意后续扩大影响。那时的作家大多不太在乎物质利益，更看重名气、影响，你们为作者不止提供了采访写作的便利，而且注重扩大作品的影响，不是稿子组到手就和作者拜拜，这样就有越来越多的高手愿意加入《文汇月刊》的作者队伍。

人和就不用我多说了。你们几个核心编辑常争论探讨业务，为工作甚至争得一塌糊涂，却不影响刊物的总体编辑方针。对于工作、对于作者，你们是诚恳的、严格的、一视同仁的。这些作风大约也只能出现在那些年。所以，说到底，是时代造就了《月刊》，是你们顺应了时代要求。今天忆起往事，只能感叹一声“俱往矣”。好在，我们的感情保持着、延续着，比《月刊》的寿命长得多，这也是当年所想不到的。预祝你写作成功！这是艰难的，也是甜蜜的。有这样的机会，也是幸运的。望常有联系，有机会去上海看望你们。

2013年4月27日

谢大光，中国作家协会会员，历任百花文艺出版社编辑、副总编辑，《小说家》主编，《散文·海外版》主编，编审。

我和《文汇月刊》的那些事

刘进元

说到我与《文汇月刊》的交往，有些人和事让我难忘。

第一是梅朵老头儿。记不清是哪一年了，盛夏时节，梅朵到北京组稿，我到前门附近的一家旅馆去看他。天气闷热难耐，老头儿上身只穿一件挎栏背心，斜靠在床头和我聊天。当时说了些什么，现在已经记不起来了；只记得我说起自己的编辑老师殷之慧当年曾经在《文汇报》工作时，老头儿说："她呀，殷之慧，一个小姑娘，快人快语！"其实，老殷那年已经五十多岁了。天太热，我怕影响老头儿休息，坐了一会儿就告辞走了。大概一两天之后，是个星期天，外面下着大雨，我在家里写东西。传来敲门声，起身开门，梅朵拎着雨伞站在门口，脚下是一滩水渍。我忙把他让进家里，请他坐下，刚要去沏茶，老头儿却说："你不要忙，我马上就走。"我愣住了。他接着说："我来只跟你说一件事，有了好的题材，要先跟我们打招呼，写了报告文学，要先给《文汇月刊》！"我点头答应了。老头儿拿起雨伞要走，我忙拦住他。他却说："得走了，还要跑好几个地方呢。刘进元呀，你也是做编辑的，告诉你一个组稿的诀窍，天气越不好越是要往作者那里跑，最好是刮风下雨，你往作者那里一站，好稿子就来了！人心都是肉长的嘛。"说完，他狡黠地笑了起来。

第二是那些年我最怕你来电话。自从成了《文汇月刊》的作者，你的电话就到处追着我，使我食不甘味，夜不安寐。你在电话里总是说："老兄啊，怎么样，写完了没有？你不要总是不务正业，写什么破小说，要写报告文学才对！你小子不要没有良心，要给《文汇月刊》写，不许三心二意……"现在想起你那些电话，心里只觉得温暖，要是没有你催命的电话，我不会写那些报告文学的。现在还有那样的编辑吗？

第三是我第一次到你们编辑部时的情景。1984 年春天，《文学青年》在温州举办笔会。我事先打电话让你给买四张从上海到温州的船票。那天，我和李龙云、幺树森和郭小林到《文汇报》大楼去找你。编辑部人来人往，好像有好几个人都是来拿船票的。不知怎么回事，你对我说，你要船票只有三张，另外一张（你指着旁边的一位小巧玲珑的女士）是她的。我有些急了，我说，我明明是让你订四张，我们也是四个结伴来的，不行，我们得一起走！那位女士坚持要这张船票，我跟她相持不下，弄得大家都不太愉快。后来，不知从哪里又变出一张船票，问题解决了，我和那位女士互相瞪了一眼，离开编辑部。到温州以后，我们和那位女士又见了面，才知道她是著名诗人傅天琳。相隔没有几天，我们和傅天琳成了朋友，抢船票的事被忘到了脑后。记得笔会开到了绍兴，那天参观完百草园和三味书屋，突然狂风大作，天降暴雨。雨后，傅天琳拿着写完的一首诗给我看，隐约记着有这样的诗句：一阵狂风暴雨，真怕吹乱先生的稿页，长出遍地阿 Q！现在想来，我们那时真是阿 Q 啊！

不多写了。随着《文汇月刊》成为往事，一个充满理想主义的时代也结束了。你后来到《周末》当主编，你仍然给我打电话催稿，我还给你写过东西，但你觉得那好玩吗？

刘进元，中国作家协会会员，曾任人民体育出版社编辑室副主任，《新体育》杂志编辑部副主任，作家出版社策划部副主任，《作家文摘》报常务副总编，编审。

不能舍弃《文汇月刊》的诱惑

乔　迈

达成：

你在大上海，我偏居大东北，像宇宙中的两颗星，本来难得有见面机会，促成我们相识的是报告文学，使我们交往得深的是两个报告文学作者以及编辑与作者的关系。我记得咱们初次见面是在北京，当时的《报告文学》杂志（不是后来的《报告文学》与现在的《中国报告文学》杂志）开编委会，你我同为编委。中国新时期的报告文学创作因为徐迟的《哥德巴赫猜想》而点燃薪火，呼地蔚为燎原之势。大腕们如黄钢和黄宗英等随之纷纷出手。一出手便不凡，于是鼓舞起一大群热衷此道的拼命三郎，中年人和青年人以及少男少女，一齐集结于报告文学大纛之下，瞬间浩荡为大军，文学界和整个社会为之侧目。你和我便在那时被裹挟进这大军中，还带上了进见礼——我们也出手不凡，我奉上的是《三门李轶闻》，你带去的好像叫《中国的旋风》。因此我们才有资格受聘成为《报告文学》杂志的编委。使报告文学这种年轻文体吸引住国人眼球的另一个助力，是报纸杂志的推波助澜，不少报纸杂志都把头栏头题的位置让给了报告文学。你们的《文汇月刊》是最大的推手之一。

那些年编委们每年都有例会，大家聚一块乱呛呛，自由得很，宛若沙龙。但你那时双重身份，除了作家，还是《文汇月刊》的编辑兼领导（副主编吧）。这后一种身份好像更被你看重。大家见面时，二话不说，就先组稿。笑着，“乔迈兄，你还没在阿拉杂志上发过稿子呢，赶快给我一篇，要好的，二流的不行。晓得不，不在我们杂志上发稿子，称不上大家。”叫人听了直愣神。受“称不上大家”威胁，同时也巴望能借助《文汇月刊》扬名，我回去以后果真很努力。我认真分析了《文汇月刊》上发表的作品，觉得这本杂志与众不同，高雅，精致，文化底蕴丰厚，不愧上海人办的上海刊物，令我这样的被叫作“傻大黑粗”的东北人，自觉有一种天生的不谐趣。但人的本性中总有一面爱往高枝上攀的习性，我怎能舍弃《文汇月刊》的诱惑！很快就写了一篇寄上，写我们吉林省一个二十来岁的、胖胖的、养兔子的小姑娘，她的喜乐哀惧，因其岁数太小，为了鼓励她振作，我把题目起作《尹月丽，莫灰心》。没想到，稿子寄去没几天，你就给发了，还发的头条，1984年12月号，我受宠若惊。“若惊”的原因在于，那一期上，还有理由的和你的，你们两个当然比我更应该往前排，但你把理由排到二题，你自己的垫了后。因此我明白了你们贵刊缘何办得那么好，对作家们那么有吸引力。

我在《文汇月刊》首获垂青，深受鼓舞，就又写了《曾是宦门女》，这回写在我们吉林省工作的一位上海姑娘，她的祖父是国民党大官，为此她颇不顺，被放逐到我们这地方当知青，然而这女子逆境不屈，自学成才，在中学英语教学上独树一帜，成了省劳模，还被央视选中，去主持了一个全国性晚会。我记得是1985年6月底写的，随即寄给你，又一个没料到，8月号的贵刊就给发出来了，比之有些刊物动辄压人家稿子几个月甚至更长时间，真的叫人佩服。有一位上海的读者写信给我，说她看了那篇稿子，眼泪流得不成样子。我也有些得意，还期待过你们会推荐它参评全国报告文学奖，但终于没有下文，想一想，也是，你们贵刊好作家好稿子太多了，推荐不过来的。说心里话，我并无怨恨。

还得补充一句，我这两篇稿子的主人公都选了女的，是因为我分析过贵刊的风格之后，无名的产生了一个偏见，觉得贵刊虽然高雅，但好像有那么一点偏重于阴柔，女性题材更适合些——不知这想法对不对。

但我在《文汇月刊》上发的东西也就这两篇了，这点贡献比之我们之间的友谊实在太薄，现在想起来我还感到惭愧。

说起你我之间的关系，那可以说是一种无话不谈的境界。我记得有一回，也是在北京，吃完午饭我拉你上街，说来之前老婆嘱我给自己买件像样点的衬衣，请你高参。谁知你竟鄙夷地说，北京有什么好衣服——北京就是个大农村——哪天到上海去买嘛！到底不陪我去，后来还是李玲修够意思，陪我买的。

又有一回，还是说到北京，我说北京怎么盖那么多高楼大厦，你竟说，那都是用上海的钱盖的。这种牢骚我从不少上海人口里听到过。后来事实证明，你们的牢骚有一点道理。那些年，大上海没得到多少国家改革开放的好处，净做贡献了。邓小平一定也听到了这些话，因此才有后来的浦东大开发。上海人真的了不起呀，一旦政策到位，立刻天翻地覆慨而慷，不像有的地方，给多好的政策都白扯。

你们当年《文汇月刊》的人，我就是跟你接触得多。见过主编梅老板几面，印象中他对我们外地作者极和蔼。肖关鸿兄有风度，但仿佛不那么喜欢跟人亲近。印象深刻的是小女子嵇伟，她似乎总是跟你一道参加活动，见着你往往就能见到她。这女子年轻，时尚，喜欢化妆，个子不高，看人的时候总是居高临下的样子。接触得多了，发现这美人儿一点都不高傲，属于很随和的那种人。记得她写东西用的笔名叫缪士，而缪士乃是希腊神话中司艺术的女神，有一回我给她写信，开头就直呼“艺术女神呀”，不知她看到可得意了一阵没有？

《文汇月刊》不再，叫我们好生失落。你回到《文汇报》以后，也组过我的稿子，经你手大约发过一二篇报告文学，两三篇散文，再就没什么成绩可言了。再以后，我们就相继老忽忽其将至了，我也有大约十年没见到你了，你还是瘦而机智吗？梅老板仙游去了，关鸿兄健否，嵇女神却在哪里？我想念他们。

2013年7月5日

乔迈，中国作家协会会员，中国作协第五、六届全委会委员、第七届名誉委员。曾任辽宁省作协驻会专业作家、作协副主席。

《文汇月刊》半路抢走《思乡曲》

叶永烈

走笔至此，顺便写及《思乡曲》发表的内情。

《思乡曲》原本是答应给南京的《青春》文学月刊编辑吴野的。然而，却被上海的《文汇月刊》编辑罗达成“抢”走了！

罗达成是一位优秀的报告文学作家，一位反应敏捷的编辑。

1983 年夏天，我应邀到无锡参加“太湖语文夏令营”。同去的上海作家沙叶新、赵丽宏、刘征泰以及北京作家鲁光，都很热情，一路谈笑风生。唯见一位瘦瘦的上海中年作家，对我不言不语。经赵丽宏介绍，我才知道他叫罗达成，而他对我只说了一句：“我知道你——嵇伟在我们那里。”此后，便没有什么话语。

1984 年 8 月，我从四川回来，写了关于抢救大熊猫的报告文学，给了《文汇月刊》，我们算是打了一次交道。不过，只是简短地写了几封信而已。

1985 年初，我在北京出席中国作协“四大”时，他来了，算是熟悉了一点。

1985 年 3 月，我赴京专程采写关于马思聪的报告文学。事先与南京《青春》杂志编辑吴野说好，这篇稿子给他们。吴野关照说，4 月 5 日是《青春》发第六期稿子的日子，务必在此前交稿。

我在 3 月 22 日返沪。处理了一些杂事之后，开始动笔写。写了近两万字，又推倒重来。到 3 月 30 日，写了近四万字，估计再写一两天，便可完成。那时候，还没有特快专递。我怕邮寄已赶不上 4 月 5 日。我得知 1984 年度优秀报告文学发奖大会于 4 月 2 日在南京召开，估计罗达成出席会议。于是，3 月 30 日上午，我打电话给罗达成，想托他带《思乡曲》手稿给吴野。

“你去南京吗？”

“我不去。我们编辑部有好几个人去。什么事？”

“拜托，带一篇稿子到南京——怕邮寄来不及。”

“行，没问题。”

我正要挂断电话。忽然，他问：“什么稿子，这么急？”

我终于不得不说出三个字：“马思聪。”

“什么？马思聪？马思聪的报告文学？”

“嗯。”

“喂，喂，你是上海的作家，怎么可以把这样的报告文学给外地？你怎么不跟我打个招呼？我们前几天还挂长途到美国，要我们报社在美国的记者去采访马思聪。不过，希望渺茫——那位记者没写过报告文学，而且也不见得能够采访到马思聪。我们正为此着急呢！”

“我跟《青春》说好了的。”

“这有什么关系。不背信弃义，不是好作家。”

“《青春》，我怎么向他们交代？”

“责任我来承担。你就说，托我带稿子，被我半路截下！要不，你把稿子封好，交给我，我给你带——我来拆！你现在在哪里？”

“在家。”

“我现在就上你家去取稿。”

“还没写完呢。”

“今天星期六。星期一写得好吗？”

“星期一能写完。”

“好，星期一上午，我到你家去取，一言为定——你千万不能给别人。梅朵就坐我旁边，他在点头呢！”

梅朵，《文汇月刊》主编，外号“没法躲”，他如果盯住你要稿，你是“没法躲”的。罗达成跟梅朵仿佛从同一个模子里浇出来的，同样“没法躲”！

本来，罗达成给我印象是不大吭声的人，竟如此反应之快，如此敏感，完全出乎意外。

星期天，我一口气写到凌晨2点，全部写毕，五万字。

星期一清早，我便坐在书桌前校看全稿。不到9点，我还剩下最后几页未校完，响起电铃声。

罗达成把厚厚的手稿拿到手，脸上浮现笑容。

他“得寸进尺”，又问我最近还写什么，我说起了采访葛佩琦。

他反应甚快：“给别人了没有？”

我说：“还没写呢。”

他立即说：“葛佩琦也给我。说准了！这个月交稿，发第六期！”

他真是个“吃着碗里，看着锅里”的人！

他还说：“马思聪的照片不够。你马上给他的女儿去信，多要点照片，十天之内一定要寄到。”

他走了。

隔了一天——4 月 3 日，他便给我爱人打电话，告知：“稿子已发排！”

那时候，我家没有装电话。这倒不是装不起电话……

4 月 5 日，他又打电话：“要一张马思聪彩色照片，作封面。”

4 月 8 日下午，我送照片到《文汇报》。

罗达成把清样给我，除标题改为《马思聪传奇》之外，文字没有多大改动。五万字在短短几天内排好，动作是够快的。

打了这次交道之后，我们算是真正认识了。他的敏锐，他的抓稿本事，他对工作的认真负责，给我留下很深的印象。

《思乡曲》在《文汇月刊》1985 年第五期发表，产生了震撼效应。因为这篇报告文学第一次以高密度的信息量，揭开了谜一样的人物马思聪的真实形象。诸多报刊（包括港台报刊）纷纷转载、摘载，读者来信雪片般飞来。

这篇报告文学，后来被收入中国报告文学的各种版本的优秀作品选集之中。

面对这样广有影响的作品被《文汇月刊》抢走，我正为难以向《青春》交代而发愁的时候（尽管罗达成再三说一切责任由他来负），吴野的豁达大度使我感动。他并没有以此为憾，反而说：“《文汇月刊》是中国最有影响的报告文学杂志。

这么一篇优秀的作品，在《文汇月刊》发表，产生的影响比在《青春》发表更大。你的选择是完全正确的，我充分理解！”

叶永烈，中国作家协会会员，历任上海科教电影制片厂编导、科学技术协会常委、科普创作家协会副理事长，上海作协理事、专业作家，中国科普作协常务理事，世界科幻小说协会理事，香港文联名誉主席。

我为《文汇月刊》写舒婷

刘登翰

我与达成兄的认识大约在1980年的夏秋之间。我于1961年大学毕业，本想回厦门照顾抚育我们四个兄弟长大成人的母亲，其时两岸关系紧张。而我父亲长期在菲律宾，有较多的海外社会关系，便不允许回到厦门，而被发落在闽西北大山之中的三明，一待十九年。1979年10月（实际上拖到1980年3月），我把最好的近二十年青春留在三明之后，才有幸搭"文革"结束后的头班车，被允调入福建社会科学院文学研究所从事文学研究，算是重回了学术岗位。荒疏了这么多年的专业，我犹如一个刚走出校门的大学生，唯一的学术准备就是大学五年所学的那一点早已大半还给老师了的知识，一时连研究的题目都找不到。大学期间曾参与过一本《新诗发展概况》的写作，便较多关注诗坛的情况。彼时诗坛颇为热闹，一股新的诗潮刚刚涌起，引起激烈的争论。《福建文学》以这股后来被称为"朦胧诗"的新诗潮代表性诗人舒婷为中心，展开了为时一年多的新诗发展问题的讨论，约请全国不同观点的诗人和诗评家参与，不仅把舒婷推向全国，也十分难得地把全国诗评界的目光引向偏于东南一隅的福建。

达成兄大概是在这个时候来福建参加舒婷诗歌的研讨会才和我认识的。

达成兄最初写诗，后来专注于报告文学和散文，在这次见面之前我都拜读过。爱好相近，年岁相仿，观念相同，因此有许多共同语言，乍一见面就像是旧识。他身材清癯，有着上海人的灵活与精明。尤其难得的是，作为一个编辑和记者，他有着十分锐捷的新闻敏感。对于身边发生的事和人，常能第一时间就抓住，发现它背后深蕴的意义和价值，无论是自己采写还是作为题材提供给组稿对象分享，倾向都极为鲜明、准确。我们私下交谈，他一再肯定舒婷的诗及这场探讨的意义。他为人真诚，虽从上海来，对于地方的作者，从来都当作朋友，从不矫作，所以他的人脉很广。有一次我在北京开会，偶然遇到，约在一起吃饭，来的都是他的作者，不同省市都有。在他身边，围聚着一大群报告文学作家，不论当时已经出名或还不太出名，后来都成了文坛上的名角。身边有这样一群写作朋友，许多信息自然都涌向他，遇有紧要的题材，排兵布阵就很从容。他文思敏捷，笔头很快，再难写的题材，到他手下，很快就完成了。这些，对于一个编辑或记者式的作家，都是十分难得的品质。

达成兄最初约我写的是给《文汇报·笔会》副刊的一篇关于舒婷的评论。这在1980年9月23日我给达成兄的第一封信中提到过。其时我给刚创刊的《诗探索》写过一篇评价舒婷的文章，也完成了为《福建文学》的讨论撰写的另一篇较长的论文，给《文汇》副刊写当然又义不容辞，在当时还很激烈的论争中，多了一次发声的机会。因此在这封信中我说："为报纸写当尽量找一个新角度。"这篇短文在《文汇》发表后，记得曾经剪存下来，现在却怎么也找不到了。

撰写舒婷的报告文学《通往心灵的歌》，是在这次约稿之后不久。我入大学之前曾在《厦门日报》当过一年记者，采写过"八二三"炮战中的一些人物，如"小八路"、"九大娘"等；大学期间参与《北大青年》的采编工作，也写过一些人物特写；1962—1963年还参加福建省委组织的报告文学写作小组，对撰写报告文学一直很感兴趣。那时达成兄已由《文汇》副刊调到《文汇月刊》，主持"月刊"的重头栏目报告文学。在1980年12月28日给达成兄的信中，曾谈到我在此稿写作过程中的一些困惑。记得我的采访是在这年的秋天。鼓浪屿本是我出生的地方，童年在那里度过，舒婷就住在离我早先的家十几间房子的同一条街上。此次专程而来，住在鼓浪屿宾馆，每天到舒婷的家或她来宾馆聊天。彼此本来就是朋友，没有什么忌讳，可以无所不谈、无所不问，采访还比较顺利。

一周以后，我回福州写稿。彼时舒婷还处在争论的浪尖之上，用她的话说是把她的名字像皮球一样踢来踢去。初涉文坛的舒婷或许尚未见过，更别说适应这种阵势，有一次在讨论会上，在一个反对者极尽刻薄的挖苦中，竟忍不住掩面哭泣奔出会场。我在写作过程中，也听到一些流言蜚语。给达成兄的信中，有一段话透露我当时的心情："……写一半的时候，听到一些造谣家编派的流言，使我极其愤怒，当时很犹豫要不要把它写完。后来感到那些造谣家们无非是想用流言堵住对手的嘴巴。搁了一个多星期，才勉强把它写完。”又说：“……某些反对派在感到无法从诗坛上把这股潮流逐出去之后，只好借助人身攻击的造谣了。但只要历史证明这股新的诗潮健在，就说明他们站到历史的对立面去了。于这点我是有信心的。”文章这一点小波折，说明我当时也是一样少经世面。稿子写完后给舒婷看过，征得她的同意就寄给了达成兄。当时通讯并不十分便利，记得达成兄来还发过一封电报，催要配发几帧舒婷的照片。我也发了电报，让舒婷把照片直接寄去。

《通往心灵的歌》是在《文汇月刊》1981年第2期发表的。记得何为同志（还有其他一些朋友）读过之后曾给我一些鼓励的话。此文发表后，《文汇月刊》通过达成兄频频向我约稿。我采写报告文学的兴趣也由此被点燃起来。有点什么想法，或发现什么题材，都会写信给达成兄征求他的意见，与他讨论，甚或求他开具采访介绍信。每每达成兄都热诚支持，有求必应。我最初的几篇报告文学都发表在《文汇月刊》上，大约每年都有一两篇、两三篇吧。这是我撰写报告文学比较集中的一个时期。除了给《文汇月刊》，还给省内和省外的一些刊物写。后来我捡拾这些年写的一些文字，筛筛选选，编成一本报告文学集《关于人和历史的一些记述》，竟也有三十几万字。

八十年代初倾心创作，是因为我初到研究岗位，却不知道怎样研究，空有大把时间，生怕它再白白流失——大学毕业二十年，大半的青春已经荒废，再不能把有幸重获开始的这段生命再次虚度，便抓住自以为稍称熟悉的文学创作，来填补这段日子。当时除了报告文学，还写诗和散文。文章虽然屡屡发表了，但心中的惶惑却没有减去。我毕竟是在一个学术研究单位，长此不做研究怎么立足？1984年秋天，我北行兰州出席一个学术会议，恰与人民文学出版社的毛承志和李昕同行，应他们之约为人民文学出版社的分类文学史计划撰写中国当代新诗史。西北归来经停北京，邀约了我的老同学、北大中文系教授洪子诚合作。由此便决定先把创作放下来，专心致志转向学术研究。

细算起来，我与《文汇月刊》的密切关系，也就这三四年时间。1984年以后因为决心暂时放下创作，与达成兄的信件交往也就稀疏了。不过达成兄并不怪罪，依然一直给我邮寄刊物。

在《文汇月刊》短短只有十年的历程里，给人们留下了无法抹去的记忆和润物无声般的影响。我想，在中国的报刊史上，应该留下它灿烂的一笔。许多从这个刊物成长起来或在这个刊物发表过作品的作家、名家、大家，都会记住它。我只是它的一个小小的作者，和它有过几年的接触，但我却深深感到在我此后的文学人生里，潜隐着它悠远的影响。一个刊物能在人们心中留下哪怕只是短暂的记忆，都是这个刊物的功德，何况是长长的不灭的忆念。

2013年4月于厦门

刘登翰，中国作家协会会员，历任福建社科院文学所研究员、博士生导师，福建台湾文化研究中心主任，中国世界华文文学学会副会长，福建省作协顾问。

图书在版编目（CIP）数据

八十年代　激情文坛：我在《文汇月刊》十年 / 罗达成著．—北京：中国大百科全书出版社，2019.1

ISBN 978-7-5202-0386-9

Ⅰ．①八…　Ⅱ．①罗…　Ⅲ．①纪实文学—中国—当代
Ⅳ．①I25

中国版本图书馆 CIP 数据核字（2018）第 279264 号

出 版 人　刘国辉
责任编辑　李默耘
责任印制　李宝丰
封面设计　王震坤
出版发行　中国大百科全书出版社
地　　址　北京阜成门北大街 17 号
邮　　编　100037
网　　址　http://www.ecph.com.cn
电　　话　010-68341984
印　　刷　北京美图印务有限公司
开　　本　710 毫米 ×1000 毫米　1/16
字　　数　556 千字
印　　张　35.5
版　　次　2019 年 1 月第 1 版
印　　次　2019 年 1 月第 1 次印刷
定　　价　78.00 元